THE LONG MARCH

长征 上

王树增 / 著

人民文学出版社

图书在版编目（CIP）数据

长征：上下／王树增著．—2 版．—北京：人民文学出版社，
2021（2023.6重印）
ISBN 978-7-02-015935-2

Ⅰ．①长… Ⅱ．①王… Ⅲ．①纪实文学—中国—当代 Ⅳ．①I25

中国版本图书馆 CIP 数据核字（2021）第 104227 号

策划编辑 脚 印
责任编辑 王 蔚
装帧设计 刘 静
责任印制 宋佳月

出版发行 人民文学出版社
社 址 北京市朝内大街 166 号
邮政编码 100705

印 刷 三河市宏盛印务有限公司
经 销 全国新华书店等

字 数 750 千字
开 本 890 毫米×1290 毫米 1/32
印 张 25.625 插页6
印 数 650001—700000
版 次 2006 年 9 月北京第 1 版
2016 年 7 月北京第 2 版
印 次 2023 年 6 月第 11 次印刷

书 号 978-7-02-015935-2
定 价 72.00 元（上下册）

如有印装质量问题，请与本社图书销售中心调换。电话：010-65233595

前　言

　　当人类社会迈入二十一世纪的时候,《人类1000年》一书由美国时代生活出版公司出版,该书公布了从公元一〇〇〇年至公元二〇〇〇年的千年间,人类历史进程中所发生的一百件重要事件。来自世界不同民族、不同国家、不同学科领域的学者们共同认为,在已经过去的整整一千年中,这一百件重要事件对人类文明的发展产生了巨大影响。

　　这些事件包括:一〇八八年,世界上第一所大学在意大利的博洛尼亚诞生——人类的真知有了得以"世代相传的智慧之地";一五八二年,罗马教会颁布了历法——从此日历"见证着组成我们生活的每一分钟";一七八九年,法国大革命爆发——人类第一次全社会性的革命将平等的法律制度传向了全世界;一八〇四年,海地获得自由——世界上有了"第一个独立的黑人共和国";一八三〇年,第一列火车从英国的利物浦开出——人类只能通过脚力推进陆地运输的时代结束;一八九六年,法国人顾拜旦开创现代奥林匹克运动——它使人类实现了"把世界各国联合起来"的梦想;一九〇五年,爱因斯坦发表关于能量守恒定律的论文——人类的思维第一次"深入到了宇宙的两个基本构成:物质和能量的内在联系"中;一九五三年,DNA链的奥秘被解开——它使人类得以"弄清我们是怎样成为我们自己的";一九六九年,"阿波罗"十一号宇宙飞船登月——全世界得以开始探索星球之谜中一个最重要的问题:我们是唯一的人类吗?尽管人类登上月球与人类进化过程相比,仅仅相当于生命从海洋刚刚来到陆地……

　　这些最具影响力的事件可以告诉今天的人类,世界"是如何变当时的沧海为今日的桑田"。历史淘汰了千百万匆匆过客,留下的是那些能够书写并见证人类已往生存面貌的人与事,是那些能够启发和塑造人类未来生存理想的人与事。而这些人与事无不使人类生活发生了根本性的改变,并足以说明人类文明的历史进程震撼人心。

公元一〇〇〇年,中国北宋真宗咸平三年。

公元一〇〇〇年至公元二〇〇〇年间,中国的三个事件被世界认为具有巨大影响,并入选人类历史进程中的一百件重要事件。

第一个事件:一一〇〇年,火药武器的发明。

早在公元十世纪初的唐朝末年,中国人就开始将火药用于军事。至宋代出现了燃烧性火器、爆炸性火器和管形火器。一一三二年,即宋高宗绍兴二年,宋军在和入侵中原的金军的战争中,首次使用了靠火药燃烧喷火杀伤对方的火枪。由中国人发明并首先使用的火药武器,使人类战争从此进入了热兵器时代,剧烈地改变了人类生活的形态——"以常备军队为后盾的中央集权国家取代了封建分封制。火枪使殖民者对于土著人有了更大的优势。但是,这种武器的广泛传播最终使大家又站到了同一起跑线上,从而使一个充满着革命、世界大战、游击战和恐怖主义爆炸的时代来临了。"整整一千年过去了,无论当代科技如何发展,只要子弹和炮弹还在世界上继续被使用,火药武器依旧是战争兵器的主角,并继续影响着人类文明的发展或倒退。

第二个事件:一二一一年,成吉思汗的帝国。

自公元一二一九年成吉思汗第一次西征起,蒙古帝国凶悍的骑兵横扫中亚和欧洲腹地,铁戈所指,势如破竹。成吉思汗的军事占领使"蒙古帝国成为历史上拥有土地最多的国家"——"西至波斯和阿拉伯[今伊拉克],东南至朝鲜、缅甸和越南。几乎所有俄国的土地都在他们手中"。一二二七年成吉思汗去世后,"他的继承者窝阔台狂风暴雨般地征服了波兰和匈牙利,一直打到了多瑙河岸边"。然而,对于历史发展而言,重要的不是军事征服,而是成吉思汗的西征"在客观上造成了东西方的交流"——欧洲人得以知道"亚洲人竟然用纸作钱币,一种被叫作煤的石头居然可以用作燃料"。这是人类发展史上的第一次，蒙古骑兵的铁蹄和尖矛打通了东西方文明的隔膜，促成了东西方政治、军事、文化、科技等各个领域内文明成果的碰撞、交融和嫁接，由此产生出的奇异现象使人类生活陡然显得异彩纷呈，至今欧亚大陆上仍有众多的文明成果与这次东西方真正的交融有关。

第三个事件：一九三四年，长征。

可以肯定的是，来自世界不同民族、不同国家、不同学科领域的学者们，在评选一千年间影响了人类历史进程的一百件重要事件时，他们在意识形态上与中国共产党人并无共同之处，他们也不是从中国共产党党史和中国红色武装的军史角度来看待长征的。

长征是什么？

毫无疑问，在二十一世纪回首长征，我们应该从人类文明发展的角度去探寻中国历史上的这一重要事件。

长征是人类历史上罕见的不畏艰难险阻的远征。长征跨越了当时中国的十四个省份，转战地域面积的总和比许多欧洲国家的国土面积都大。长征翻越了二十多条巨大的山脉，其中的五条位于世界屋脊之上且终年积雪。长征渡过了三十多条河流，包括世界上最汹涌险峻的峡谷大江。长征走过了世界上海拔最高的广袤湿地，那片人迹罕至的湿地面积几乎和法国的国土面积相等。而更重要的是，在总里程远远超过两万五千里的长征途中，中国工农红军始终在数十倍于己的敌人的追击、堵截与合围中，遭遇的战斗在四百场以上，平均三天就发生一次激烈的大战。除了在少数地区短暂停留之外，在饥饿、寒冷、伤病和死亡的威胁下，中国工农红军在长征中不但要与重兵"围剿"的敌人作战，还需要平均每天急行军五十公里以上。

长征是人类历史上罕见的不畏牺牲的远征。一九三四年十月，红一方面军作战部队八万六千多人踏上长征之路，一九三五年十月到达陕北吴起镇时全军仅为近八千人。一九三五年三月，红四方面军近十万大军开始西渡嘉陵江，自此踏上万般曲折艰险的长征之路，一九三六年十月到达甘肃会宁时全军三万三千多人。一九三五年十一月,红二方面军一万七千多人从国民党三十万大军的合围中冲出,踏上了长征之路,一九三六年十月到达将台堡与红一方面军会师时,全军一万一千多人。红二十五军——红四方面军撤离鄂豫皖根据地后留下的一支红军武装——一九三四年十一月踏上长征之路,经过数月的颠沛流离和艰苦转战,成为中国工农红军中第一支到达陕北的部队,全军兵力最多时不足八千人,最少时兵力只有一千多人。

　　长征是人类历史上罕见的传播理想的远征。中国工农红军转战大半个中国,一路浴血奋战,舍生忘死,用坚定的信念和不屈的精神传播着中国共产党人改天换地的革命理想。长征唤醒了中国的千百万民众,给予了他们世代从未有过的向往和希望——自世界近代文明的潮流猛烈地冲击了这个东方大国之后,生活在中国社会最底层的赤贫的农民、手工业者、失业的产业工人从共产党人的宣传中懂得了人可以掌握自己的命运,世间可以有没有剥削和压迫的社会。于是,当那面画着镰刀锤头的红旗出现在他们眼前的时候,他们第一次知道了共产党人所领导的革命和工农红军所进行的征战可以改变世间的一切不公。他们随手抓起身边的锄头、铁锤甚至仅仅只是一根木棍,为了改变自己的命运跟随着那面红旗一路远去,他们坚信这条道路的尽头就是劳苦大众千百年来所梦想的中国——长征是中国工农红军走向一个崭新的中国的启程。

　　长征属于人类历史上这样一种事件:即使经过了漫长的岁月,依旧被世人追寻不已。数十年来,不断有不同国家、不同民族、不同年龄的人出现在中国工农红军曾经走过的这条漫长征途上。在人类物质与精神的文明高速发展的今天,世人何以要忍受疲惫、劳顿和生存条件的匮乏,行走在这条蜿蜒于崇山峻岭和急流险滩的路途上?在地球的另一端,曾出任美国国家安全事务助理的布热津斯基于一九八一年秋天宣布,他要来中国进行一次"沿着长征路线"的跋涉。他来了,带着他的全家走上了一九三四年中国工农红军走过的路。当这位西方政治家走到大渡河渡口的悬崖边时，他被这条湍急的河流和两岸险峻的崖壁震惊了，他被三万多中国工农红军在十几万国民党军的追堵中渡过这条大河的壮举震惊了。布热津斯基后来说："对崭露头角的新中国而言，长征的意义绝不只是一部无可匹敌的英雄主义史诗，它的意义要深刻得多。它是国家统一精神的提示，它也是克服落后东西的必要因素。"——长征是突破了国度、阶级和政治界线的人类精神的丰碑。无论是哪一个国家或民族的人，无论持有何种意识形态，中国工农红军的长征给予人类的精神财富，是走向理想所必需的永不磨灭的信念。

长征是信念不朽的象征。

一位叫 B.瓜格里尼的意大利诗人这样写道：

> 黑夜沉沉，朦胧的黎明前时分，
>
> 遥望辽阔而古老的亚细亚莽原上，
>
> 一条觉醒的金光四射的巨龙在跃动、跃动，
>
> 这就是那条威力与希望化身的神龙！
>
> 他们是些善良的，志气高、理想远大的人，
>
> 交不起租税走投无路的农家子弟，
>
> 逃自死亡线上的学徒、铁路工、烧瓷工，
>
> 飞出牢笼的鸟儿——丫环、童养媳，
>
> 有教养的将军，带枪的学者、诗人……
>
> 就这样汇成一支浩荡的中国铁流，
>
> 就这样一双草鞋一杆土枪，踏上梦想的征程！

世界上不曾有过像中国工农红军这样的军队：指挥员的平均年龄不足二十五岁，战斗员的年龄平均不足二十岁，十四岁至十八岁的战士至少占百分之四十。在长征征途上，武器简陋的红军所面对的往往是装备了飞机大炮且数十倍于己的敌人。年轻的红军官兵能在数天未见一粒粮食的情况下，不分昼夜地翻山越岭，然后投入激烈而残酷的战斗，其英勇顽强和不畏牺牲举世无双。在两万五千里的征途上，平均每

三百米就有一名红军牺牲。

世界上不曾有过像中国工农红军这样的军队,官兵军装是一样的,头上的红星是一样的,牺牲时的姿态也是一样的。在中国工农红军中,无论是政治和军事精英,还是不识字的红军战士,官兵如同一人的根本是他们都坚信自己是一个伟大事业的奋斗者,他们都坚信中国革命的队伍"杀了我一个,自有后来人",他们激情万丈、前仆后继、视死如归,决心为每一个红军所认同的理想牺牲生命。

因为付出了太多的牺牲,因为在难以承载的牺牲中始终保有理想和信念,所以,一切艰难险阻皆成为一种锻造——中国工农红军的长征在人类历史进程中留下的是:坚定的信念、坚强的意志以及无与伦比的勇敢。这些都是可以创造人间奇迹的精神。物质和精神是认识生命的过程中两个互相依存但处于不同空间的要素。前者是须臾的,后者是永恒的;前者是脆弱的,后者是坚实的;前者是杂芜的,后者是纯净的。支撑生命最可靠的力量不是物质而是精神——小到决定一个人人格的优劣,大到决定一个民族和国家文明的兴衰。

一个没有精神的人,是心灵荒凉的人。

一个没有精神的民族,是前程暗淡的民族。

精神的质量可以改变个人与世界的命运。

经过了长征的中国工农红军,成为创建中华人民共和国的武装力量。《人类1000年》对此评价道:"从此,中华人民共和国带领着世界上五分之一的人口进入了社会主义。毛泽东震撼了亚洲和拉丁美洲,他使数以百万计的人们看到了农民推翻了几百年来的帝国主义统治。"

长征永载人类史册。

长征是中国贡献给世界的壮丽史诗。

作为中国人,我们应该比世界上任何人都有理由读懂中国工农红军所进行的长征。读懂了长征,就会知道人类精神中的不屈与顽强是何等的伟大;就会知道生命为什么历经苦难与艰险依然能够拥有快乐和自信;就会知道当一个人把个体的命运和民族的命运联系起来时,天地将会多么广阔,生命将会何等光荣。

为此,我们有必要重新上路,走过那千山万水,感受那风霜雨雪,认识中国工农红军中杰出的共产党人和行进在这支队伍中的伟大的红军士兵。

目 录（上）

第一章 突出重围

1934年10月 · 贵州甘溪

货郎带来的消息使那个蒙蒙细雨中的偏僻小镇一度陷入混乱之中，人们纷纷收拾起可以携带的财物逃进深山密林，只留下一条横贯小镇的空荡荡的死街。那个消息说："赤匪来了。"

湿润的天地间只有细雨落入红土的沙沙声，寂静让进入小镇的红军官兵感到了一丝不安，他们沿着街道两侧的土墙停下脚步。二十二岁的前卫营营长周仁杰，在把这个空旷的小镇探视一遍后，站在镇口下意识地朝通往县城方向的土路看了一眼——就在这一瞬间，他看见了从朦胧雨雾中突然闪现出的三个穿土黄色上衣和短裤的人，以及跟在这三个人身后的那条同样是土黄色的狗。

接踵而来的巨大灾难令这位年轻的红军营长终生难忘，即使在十六年后他已成为新中国的海军将领时，回想起这个瞬间周仁杰说他依旧会不寒而栗。那三个土黄色的身影和那条土黄色的狗的突然出现所导致的后果影响深远：它不仅使红军的一支部队在艰难跋涉数月之后面临着一场恶战；而且对于整个中国工农红军来说它还是一个危险的预兆，预示着中国历史上一次前所未有的大规模军事转移将是充满艰辛与磨难的远征。

这一瞬间发生的时间是：一九三四年十月七日上午九时。

甘溪，贵州省东北部石阡县城西南二十公里处一个南北走向的小镇，小镇被险峻的山岭环抱着。

叙述数十年前发生在中国的那次非同寻常的军事行动——长征，

必须从远离中央苏区和主力红军上千里之外的甘溪小镇以及一支红军部队开始，理由很简单：尽管当时中国的红色武装已被分割在若干个孤立的区域里，但中国工农红军始终是一个整体。所有的红军成员，无论是占少数的政治军事精英，还是占多数的赤贫的农民官兵，因为有着共同的信仰和理想，他们在精神上是平等的。这种平等是中国共产党人最早的政治追求。所以，没有理由把一个人或一支部队认定为中国革命史上的政治主角——自人类进入有政治纷争的时代以来，所有推进文明的力量，从来不是某一个人或某一个群体，而只能是某一种信仰或某一种理想。

周仁杰的前卫营所在的部队，在当时的中国工农红军中被称为第六军团。

第六军团两个月前离开了赖以生存的根据地，那片根据地在山高林密的江西境内，有一个至今令无数中国人向往的名字——井冈山。一九三四年七月二十三日，已在根据地转战近五年的第六军团接到中共中央和中革军委的命令：由于局势日益恶化，"六军团继续留在现地区，将有被敌人层层封锁和紧缩包围之危险"，因此必须撤出根据地，以"最大限度地保存六军团的有生力量"，并运用游击战争"破坏湘敌逐渐紧缩湘赣苏区的计划及辅助中央苏区之作战"。而一个特别之处是，命令要求第六军团把一切都带走。仓促的准备之后，第六军团在八月七日这个炎热的日子里动身了。他们不知道撤离根据地在政治和军事上有什么意义，他们不知道此刻的撤离对于他们几乎等于在走向虎口，他们甚至连最终要去哪里都不知道。他们知道的仅仅是：必须从敌人逐渐压缩的重重包围中冲出去，然后在偌大的国土上重新寻找一块可以生存之地。

突围行动开始，整整四天里，第六军团九千多人的队伍不停地在碉堡群中穿梭。碉堡群是国民党军为封锁红色根据地修建的，在交通干道上黑压压地连成一线。组成第六军团的绝大部分是湖南籍士兵，平均年龄不超过二十岁，其中还有十名女性，他们几乎携带着根据地里的一切,包括兵工厂的老虎钳子,印刷厂的石印机,医院的医疗设备,甚至还有病床的床板,发电机、脱粒机和磨面机。负重累累的队伍突然出现在重重封锁线间,令认为他们很快将被消灭的国民党军万分惊愕。就在敌人短暂的不知所措中,第六军团突破地方民团的阻击到达第一个集结地:寨前圩。

在寨前圩,突围的红军建立起正式的指挥系统,并宣布了第六军团领导成员名单,除二十九岁的军团参谋长李达是陕西人外,其余是清一色的湖南人。他们是:军团长萧克,二十六岁;军团政治委员王震,二十六岁;军团政治部主任张子意,三十岁;军团军政委员会主席任弼时,三十岁。

第六军团的战斗部队分为两个师:军团长萧克兼任第十七师师长,第十八师师长由三十岁的湖南人龙云担任。然后,年轻的军团领导和红军官兵召开大会庆祝突围成功。可就在他们群情激昂地高呼"誓死保卫胜利果实"的时候,兵力数十倍于他们的敌军正迅速从四面包围而来,这些部队除了国民党政府直接指挥的中央军外,还包括广东、湖南、广西、贵州四省的军阀部队。

由于军情紧急,第六军团第二天重新上路,急切地奔向他们预定的第二个集结地:湘江。他们必须渡过这条自南向北贯穿湖南全境的大河。显然,第六军团的红军官兵过早地庆祝了胜利,因为接下来的突围在铺天盖地的"围剿"中几近出生入死。敌人在湘江沿线的防守极其严密,且已从各个方向开始实施大兵力夹击。八月二十三日,第六军团到达位于湘江东岸的蔡家埠渡口,他们这才发现江对岸已经布满严阵以待的敌人。猝不及防令他们在湘江东岸不停地徘徊,与夹击他们的敌人兜着圈子。最终,第六军团不得不放弃渡过湘江的计划,掉头往回走,进入广东与湖南交界处的阳明山中。但是,进入山区便可以暂时立足的想法,很快就被这片荒山的极度贫瘠粉碎了。要想生存下去,只有再次突围。第六军团先是向北,绕过敌人的侧翼,然后突然向南,几天之后又折向西,他们再一次接近了湘江。虽然连续的行军和不断的遭遇战严重消耗着第六军团有限的兵力,但是,九月四日,一个夜色昏暗的晚上,红军官兵以一场恶战在重围中撕开一道缝隙,他们终于渡过了湘江。这时候,中革军委的命令再次到达,命令要求第六军团在广西与湖南交界处的武冈山地区坚持到九月二十日,然后向北与红军第三军取得联系。

红军第三军转战在湖南西部,中国革命史中称那片开满巴茅花的土地为湘西。

红三军的领导人是贺龙。

当第六军团按照命令开始折向北的时候,国民党军迅速调整部署重新包围上来。数次交战后,第六军团在湖南、广西与贵州三省交界的荒蛮地区再次陷入严重危机。九月二十五日,湘军第三十二旅和第五十五旅的猛烈阻击使他们无法按照预定路线前进,而桂军和黔军也火速自南向北包抄而来,第六军团被迫绕行在广西边界的大山中。二十六日凌晨时分,他们发现自己绕到了敌人早已部署完毕的阻击阵地前。

桂军第二十四师的机枪子弹暴雨一般,第六军团必须打开通路,红军官兵只有迎着密集的子弹挺身而上。整整一天的激战令第六军团伤亡严重,那些还活着的官兵再次进入荒山野岭中,然而这一次敌人紧追而来。军团命令第十八师五十二团和五十四团阻击,以掩护军团主力突围。阻击战斗进行得异常残酷,当放弃阵地的命令传来时,两个团都没有了撤退的后路。这是挣脱罗网一般的突围:五十二团伤亡一百五十人;五十四团损失殆尽,团长赵雄阵亡,团政委身负重伤。

第六军团在撤出根据地后的一次次突围中损失严重,唯一的收获是他们发现在所有企图消灭红军的国民党军队中,黔军的战斗力是最弱的。于是,第六军团决定迎着黔军打开缺口冲出包围圈。这个判断果然正确,红军最终击溃黔军的阻击一路进入贵州,占领了贵州东北部的小城——旧州。在旧州,第六军团获得宝贵的喘息时间,还得到了急需的给养,随军的担子中又多出数万块银元和一部无线电发报机。更令军团长萧克惊喜的是,红军找到一张一平方米大的地图。在这之前,这位年轻的红军指挥员作战时所依靠的地图是从中学课本上撕下来的,那上面只有简单的城镇地名和山河的大致走向,以致部队每到一处必须要找向导。贵州东北部山高谷深,道路狭窄,河流纵横,向导往往是"对五里以外的事情就不知道了"。只是,萧克眼前这张极其珍贵的地图,上面的文字是红军不认识的洋文。为此,萧克把旧州天主教堂里一个名叫薄复礼的英国传教士叫来询问。

三十六岁的薄复礼,原名鲁道夫·阿尔弗雷德·勃沙特·比亚吉特,出生在瑞士德语区,后移居英国曼彻斯特。他在一个从中国回到曼彻斯特的英国传教士那里知道了中国,并开始向往去中国传播上帝的福音——"虽然我没有路费,但是在上帝那里什么也不缺,因为在我的脑海里,中国仿佛就在曼彻斯特的郊区。"一九二二年,比亚吉特传教士在一条日本船上漂泊了二十天才到达中国。他长途跋涉至贵州偏僻的山区,在那里一待便是十二年。他结了婚,给自己取了"复礼"这个极具中国色彩的名字,而之所以选择"薄"姓,是因为他认为"这个汉字有细、瘦、贫穷、刻薄、小气、吝啬、轻视、轻率等异常丰富的内涵"。

此刻,这位又细又瘦又贫穷的传教士极其紧张,因为红军要求他尽快筹集足够数量的银洋、枪支和药品,薄复礼显然无法做到这一点。在担心失去生命的巨大恐惧中,薄复礼就着一盏煤油灯的亮光,用了大半夜的时间,将那张地图上的法文全部译成了中文。这个举动一下就缓解了红军与传教士之间的敌对情绪。最终,薄复礼还是被要求留在红军队伍中,因为面对日益严重的伤亡红军认为他能搞到药。薄复礼就这样跟随中国工农红军度过了他一生中最难忘的一年半的时光,并在历尽艰难困苦后活下来。他于一九三六年四月在昆明附近被释放。当时,军团长萧克主持了一个小小的欢送会,红军特地为他准备了一只鸡让他品尝。薄复礼离开中国回到英国后对全世界说:"中国红军那种令人惊异的热情,对新世界的追求和希望,对自己信仰的执着,是前所未闻的。"

整整五十一年后,在英国曼彻斯特安度晚年的薄复礼与已经成为新中国高级将领的萧克彼此又获得了消息,萧克在致薄复礼的信中说:"虽然我们已分别半个世纪,但五十年前你帮我们翻译地图的事久难忘怀……"

对旧州的占领并没有缓解第六军团面临的危机。萧克在地图上找到了与红三军会合的准确位置,可去往那个方向必会陷入国民党军的围追堵截中。第六军团决定暂时放弃直接向北,转向西,渡过横贯贵州境内的水流湍急的乌江,再以乌江为屏障寻机向北靠近红三军。但是,当第六军团到达乌江岸边准备冲破黔军防线的时候,中革军委的电报又到了,电报严令他们"无论如何不得再向西移动"。电报同时说,贺龙的部队已占领湖南与贵州交界处的印江,做好了接应第六军团的准备;而追击的敌军正在向南移动,第六军团应该立即掉头向东北方向的石阡一带前进。从地图上看,这确实是一条与红三军会合的最近的路线。但是,随后发生的事实证明,敌军向南移动的情报是没有根据的推测,而这一推测几乎断送了第六军团。此刻,敌人已经准确地判断出,第六军团如果急切地想与贺龙的部队会合,就只有通过石阡县城向东北延伸而去的那条土道。于是,当第六军团在乌江岸边研究如何执行中革军委的命令时,国民党军中央军、黔军、桂军和湘军已制订出完整的大规模合围计划。第六军团就这样从乌江边折返,向着贵州的东北方向,一步步走进了埋伏着巨大危险的包围圈中。

十月七日凌晨,第六军团从乌江边的走马坪出发,行军序列是第十七师、军团部和第十八师。第十七师五十一团为前卫团,三营为前卫团的前卫营,营长周仁杰处在团侦察班与营尖刀排之间,他认为这个位置有利于处置随时发生的情况。往后,周仁杰可以看见跟随五十一团团部的军团参谋长李达和跟随三营营部的五十一团参谋长马赤。前卫营进入甘溪镇后,团侦察班和营尖刀排伸出镇外,向石阡方向侦察警戒。此时,第六军团的大部正行进在官庄至甘溪镇的十几公里的山路上。

尽管中革军委的电报说敌人已经向南移动,也就是说,至少今天可以放心地按照预定路线前进,因为无论是前面还是后面都没有敌情,但是军团指挥员们还是无法完全放心。队伍出发后不久,军团部特别询问了在路上遇到的邮差,并仔细研读了从邮差那里获得的报纸,而无论邮差的话还是报纸的报道,都证明中革军委提供的情报是准确的。——见多识广的邮差说他没有在石阡方向发现军队,报纸的报道中也没有国民党军在石阡地区活动的蛛丝马迹。一切似乎很好,因为很久没有这样的情况了。数日来第六军团一直处在被围困和追击中,每天传给部队的行军命令只能含糊地把宿营地点写成"相机宿营",而今天关于宿营地点的命令中明确地写着:甘溪。尽管情况很好,却好得令人有点不那么放心。此刻,第六军团的士兵坐在湿漉漉的路边休息,女战士甚至开始梳理让雨水淋湿的头发。马上就要到达宿营地了,如果太阳能够出来,找到些干柴烧些热水把肿胀的脚泡一泡,幸运的话再找到些包谷山芋什么的塞到嘴里,那还有什么可说的呢?围着火堆边烤衣服边唱歌吧——但是,红军官兵所有美好的期望,都将被那三个在雨雾中突然出现的穿着土黄色上衣和短裤的人以及跟在他们身后的那条土黄色的狗彻底粉碎。

周仁杰的手下意识地伸进衣服摸出驳壳枪,同时向穿着便衣的侦察班班长周来仔递了个极特殊的眼神。周来仔带领几个同样穿着便衣的侦察员迅速迎上去,然后突然扑倒两个穿着土黄色上衣和短裤的人,另一个人连同那条土黄色的狗跑掉了。

狗在奔跑时狂吠不已,凄厉的叫声打破了山野的寂静。被红军侦察员抓获的人咿哩哇啦,说的是周仁杰听不大懂的土话,这些发音奇怪的土话和疯狂不止的狗叫混杂在一起,令周仁杰愈加紧张起来。土话是广西方言,可以肯定眼前的这两个人是桂军的侦察员。接着,俘虏的口供令周仁杰的脑袋像炸开了一样:桂军第十九师的先头部队已经接近甘溪镇北面的山脊了。

周仁杰立刻命令把这两个俘虏送到军团部去,同时命令两个连沿着镇边的土墙火速散开,机枪配置在侧翼,另一个连跑步上山占领前面的无名高地——这一切,都是周仁杰的本能反应,是在没有任何命令的情况下瞬间做出的决定。

但是,俘虏送走了好一会儿,周仁杰仍然没接到军团传来的行动命令,他看见的依旧是正常行军的景象:第六军团先头部队的一部陆续进入甘溪镇,几个干部坐在一家店铺门口好像在开会;红军士兵已经开始做饭,炊烟正慢慢地向镇子上空飘散;而主力部队仍在镇外远处的土道旁休息——这一切令周仁杰恍惚觉得敌人并没有出现,刚才在镇口突然闪出的桂军只是一个幻觉。

时间一分一分地流逝过去。

接近中午十二时的时候,枪声响了。

枪声居然来自镇中!

镇子里传出的枪声,令红军官兵惊异万分,他们顺势用桌子和凳子当掩体,一边没有目标地四处射击,一边急速地向镇外撤退。

查阅现在所能查到的所有史料,也无法查清一九三四年十月七日上午,在九时至十二时的三个小时内,第六军团先头部队的指挥员面对突发敌情为什么没有做出相应的反应。唯一能够说得通的推测是,他们完全相信了中革军委的电报,把当前的重大敌情判断成小规模的地方武装企图骚扰他们。在这生死攸关的三个小时内,他们既没有下达任何展开部队以抢占有利地形的命令,也没有部署一旦遭到袭击部队如何行动的作战方案。而这就意味着,在接下来桂军突然发起攻击的时候,除了周仁杰的先头营之外,第六军团从指挥员到普通官兵甚至都不知道发生了什么。

桂军在这三个小时里占领了甘溪镇北面和东面的制高点——群宝山和白虎山,迫击炮阵地设置完毕,机枪扫清了射界。桂军那些穿着土黄色军装的步兵,在布满山脊棱线的低矮树丛中时隐时现,令山脊两面的山岭犹如在风中起伏涌动。其中,一个营规模的桂军沿着一条干涸的河床,分两路向甘溪镇的左右两翼迂回,远远地看过去像是两道浑浊的泥水正沿河道蠕动而来。而另一股桂军——其领头的一定是个富有作战经验和冒险性格的老兵——钻进了一条用厚木板封住顶部的暗水沟,这条暗水沟自镇北的小河通到镇中,十二时响起的枪声就是他们突然掀开头顶上的木板射出的。

短暂的交火之后,大批桂军呈散兵队形沿着干河道冲过来。

桂军设置在制高点上的机枪和迫击炮一齐开火掩护步兵前进。

这支一直追击第六军团的部队属于桂军第十九师周祖晃部。

当桂军快要冲过河道的时候,周仁杰突然站起来,驳壳枪和呐喊声同时响了:"打!"

此时,周仁杰依然没有接到上级的战斗命令。

在桂军被子弹和手榴弹暂时压制的空隙里,周仁杰迅速调整了部署:留一个连和一挺重机枪在原地阻击,命令另外两个连爬上附近的一个无名高地挖掘工事以迅速扫清机枪射界。周仁杰的部署刚刚被实施,桂军又开始了兵分两路的冲击:一路仍从正面,另一路从侧翼的白虎山向下冲。桂军的火力十分猛烈,步兵很快逼近红军的阵地前沿,其中的一部甚至已经从阵地的右翼突了进来。

周仁杰问身边的教导员"团部有什么指示没有"?

锡教导员的回答是"没有"。

周仁杰,湖南茶陵县一个农民的儿子,十七岁参加游击队,十八岁加入工农红军,十九岁加入中国共产党。自参加革命的那天起,他目睹过许多和他一样年轻的红军伤残或死亡,他早已不再考虑自己究竟能够活到哪一刻,尽管他和所有的红军一样曾无数次地梦想过美好的未来。

周仁杰沉默了一下,对他的教导员说:"必须把敌人顶住,准备牺牲吧。"

甘溪镇的枪声令第六军团先头部队的另一位营长刘转连顿时警觉起来。几乎就在枪声响起的同时他开始急速跑步前进,不一会儿,他看见他的先头部队一连已被猛烈的火力压制在一条山沟里。一连此时的处境几乎是绝境:山沟的一面是陡崖,官兵全部被压在沟底;而崖上的敌人一边居高临下地扔手榴弹,一边逐渐向下挤压。一连的通信员冒死从沟里爬出来报告说:一连没有手榴弹了。不但崖上有敌人,在沟底,身后的敌人正大量增援。

与周仁杰同龄的刘转连也来自湖南茶陵县,他十八岁时就有了中国共产党党员和县苏维埃政府秘密交通员的身份。参加红军后,曾在苏区瑞金的红军大学学习,在那里他知道了马克思是一个什么样的德国人以及马克思的主张究竟是什么。四十九团一营营长刘转连与周仁杰一样是战争的幸存者,当他们为之浴血奋战的新中国诞生后,他在中国人民解放军北方的一个军区任中将副司令员。

而在一九三四年的这个十月间,刘转连面对绝境的唯一念头是:不能让敌人冲下来,因为身后是毫无准备的军团机关。他命令一连坚持住,命令二连带着机枪从侧翼迂回接敌以减轻一连的压力。他还要求营部通信班和三连每人拿出一颗手榴弹支援一连。手榴弹是由人组成的深入前沿的一条传递线递过去的。得到手榴弹的一连立即在面前形成一道火墙,往下挤压的桂军暂时被遏制了。

刘转连在这个短暂的瞬间向后看了一眼,他知道,必须在这里为大部队冲击出一条通道,无论付出多大的代价。

然而,就在这时,桂军的枪声突然稀疏了。

这是一个令人费解的时刻。

尽管前面已经发生战斗,第六军团的指挥机关和主力部队依旧在通往甘溪镇的土道上缓慢向前。而桂军在正面进攻受到阻击后,开始分成两路向西运动,企图直接侧击第六军团。也就是说,此时此刻,红军与桂军双方的主力仍在迎面运动。于是,当第六军团指挥机关突然发现敌人就在眼前时,已经来不及给部队下达明确的作战指令了。

在先头部队五十一团的阻击方向上,桂军大部已冲入甘溪镇,并在镇南一个名叫青龙嘴的高地与红军展开激烈的争夺战。桂军猛烈的火力冲击令红军很难守住这一地势上的要地,军团机关被迫做出全面撤退的决定。军团参谋长李达带领一个机枪连与五十一团和四十九团的两个团部向东南方向撤退。军团军政委员会主席任弼时、军团长萧克、军团政治委员王震与军团机关和部分官兵一起离开土道折进没有道路的山谷密林中。而已被分割包围的四十九团、五十团和五十一团,为给军团机关赢得宝贵的转移时间,拼死阻击着桂军洪水般的冲锋。桂军武器精良,每个班都配有机枪,数十挺机枪一齐扫射,谷底中岩石上火光四射,坡上的枯草被飓风般呼啸的子弹引燃,熊熊大火映红了甘溪上空。

一营营长刘转连在最后关头开始组织正面强攻,力图给被包围的红军杀开一条血路。副营长樊晓洲命令机枪火力掩护二连冲击。红军士兵手扒着陡峭的崖壁缝隙,头顶着如雨的枪弹向上爬。不断地有人掉下来,不断地又有红军接着拥上去。在一排排长的带领下,二连最终爬上敌人的阵地。司号员蔡百海在爬上崖顶的那一瞬间,一手举着号一手提着马刀喊:"营长命令,冲呀!"二连官兵用血肉之躯在敌人的冲击线上撕开一条裂缝般的生路。四十九团与五十团的官兵混杂在一起从这道裂缝间向南撤去——他们不知道,前面那个名叫羊东坳的山涧会成为他们的死亡之地。

羊东坳山深涧狭,只有一条很窄的水槽从那里通过。退下来的红军官兵拥挤在一起走上水槽,很快,木制的水槽断了。红军在水槽断裂的那个瞬间,听到了迎面两百米处桂军阵地上响起的机枪声。桂军将数挺机枪集中在一起,射出的子弹被狭窄的山涧挤压得异常迅疾而锋利,红军即刻出现大量伤亡,倒下的人重重叠叠地摞在一起。到第二天战斗结束时,当地四百多位农民用了整整一天的时间,才把这条山涧里的红军的尸体全部掩埋掉。

这一天傍晚,接近十七时的时候,周仁杰的前卫营接到撤退的命令。他们把重伤员集中放在镇东南尖峰山鞍部的草丛中,然后在当地青年农民陈正财的带领下匆匆撤离了战场——三十九年后的一天,已经六十一岁的周仁杰再次来到位于贵州东北部的这片草丛中,茂密的野草迎风而立,令山岭间萦绕着无边无际的低吟。身边的乡亲对周仁杰说,当年留在这里的红军伤员,大部分被搜山的敌人发现后就地杀害了,少数还能动的自己爬到悬崖边滚落了下去。

一九三四年十月七日,天快黑下来的时候,甘溪之战结束。

受到国民党军凶猛追杀的红军第六军团,经过整整两个月异常顽强的突围后,除了那些流尽鲜血永远倒下的官兵外,其余的红军相互间都失去了联系,他们分散消失在中国西南部山高谷深的茫茫密林中。

第二天,贵州军阀首领王家烈派出黔军的一位团长,挑着茅台酒和猪肉来到甘溪镇慰问刚刚打扫完战场的桂军。双方聚集在镇中一个地主家的院子里吃饭喝酒,用各自的乡音开着些猥亵的军中玩笑,然后相继离开了甘溪镇。

又过了几天,国民党军第二十五军镇远行营参谋长黄烈侯给被打散的红军可能流动的各县发出命令。命令要求立即集中民团武装,左臂上佩戴好易识别的标记,在各个要点进行严密搜捕;侦探更是要不分昼夜地活动,随时把情报报告给政府军。命令要求尽快筹集粮食、草鞋、盐巴和大洋,以满足政府军的作战需要。同时还特别规定,无论政府军的长官到达哪里,县长和区长都要立即出面欢迎。命令最后警告县长和区长们小心自己的脑袋:"以上各条令县长、区长立即遵办,倘有迟延违误,查实即以军法枪决。须知本职法出令随,切勿以身试尝为要。"

又过了些天,内地一些报纸的角落里出现一块篇幅不大的新闻,题目是:《流窜数月之萧匪近日覆灭于黔东》。

除此之外,在贵州东北部那个偏僻的山区小镇周围发生的一场惨烈战斗,并没有给一九三四年的中国留下特别的痕迹。

一九三四年开春以后,全国气候异常。不停歇的暴雨导致面积广袤的国土上数条江河决口,大水肆意倾泻摧毁了无数房舍和苗田。而在被称作"人间天堂"的江浙一带,春来却一反常态没降一滴雨,沟渠干涸,早稻枯萎。于是,全国一半以上地区的农田在夏收还没到来之前便已收成无望。在城镇里,工业原材料价格失控导致物价崩溃,抢购之风刚过,市面立即萧条,倒闭势头几乎席卷了所有的工厂,连橡胶大王陈嘉庚都宣布破产了,银行大门外昼夜挤满等待兑现的市民。失业的产业工人、入不敷出的手工业者以及衣食无着的难民混杂在一起,遍布在密如蛛网的乡村土道和水陆交汇的城镇街道上。随着炎热季节的到来,整个国家的疲惫消沉如同暑气蒸腾的热雾一般四处弥漫。

自民国开国以来,军阀们无休止的混战犹如一出演了再演的旧戏,到一九三四年已无丝毫新的情节。唯一给报刊市井留有谈资的,是那个把慈禧太后和乾隆皇帝的陵墓炸开并盗走无数珍宝的军阀孙殿英。这一年的元旦刚过,国民党政府的委任状到了,孙殿英被任命为"青海西区屯垦督办"。尽管他知道这个任命的真实用意是把他弄得越远越好,但他还是梦想着占领一块地盘养精蓄锐后卷土重来。可是,他的部队还没吃上几顿真正的西北羊肉便遭到追杀——西北的军阀决不容忍任何势力涉足自己的地盘。孙殿英的步兵与马步芳的骑兵在戈壁荒滩上厮杀的过程激烈而短促,除了造成士兵和百姓死伤无数之外,很快就因为孙殿英部内部的分崩离析而结束。到了这一年的三月,国人已经听不到任何战事的信息。

曾经不断地成为战争主角的冯玉祥正在泰山上隐居,各路军阀忙着派兵往山上挑大洋给他:宋哲元每月五千,韩复榘每月五千外加五百袋面粉,孙连仲三个月一次三千。而冯玉祥全家粗布衣服,白菜豆腐,只在星期日兴许炒个鸡蛋,所以成千上万的大洋除养活随从外,大量地被用于救济穷人和办平民学校,同时还要付给那些不断地被滑竿抬上山来的中国最知名的教授——冯玉祥决心利用这个枯燥的年份补课。从小没读过书的他此时学得五花八门:《资本论》《西洋史》《进化史》《生物学》《天文学》,而《政治学》和《政治概论》分别是许德珩和邓初民讲的,《通史》和《心理学》分别是李达和张孝如讲的。

冯玉祥的隐居,验证了国民党最讳言的党内离心离德的传言,这个传言在年初召开的国民党四届四中全会上被表现得淋漓尽致:李济深、陈铭枢、蔡廷锴等一批国民党党员居然抛弃国民党名称,不提三民主义,不挂国民党党旗,甚至连中华民国的国号都改了。可他们并不是始终想与南京政府分庭抗礼的军阀,而是在一九二六年北伐前就已经入党的老党员。忠实的党员都嫌弃本党了,可以想象这个党成了什么样。国民党元老胡汉民逗留香港没来;山东军阀韩复榘和泰山上的冯玉祥冷眼旁观；阎锡山在山西的闭关自守更加严紧；广西的李宗仁和白崇禧因密谋着扩充地盘只派来个代表；而广东军阀陈济棠眼下正在与江西共产党人的代表谈判，谈判的内容如果让蒋介石知道他定会不敢相信自己的耳朵。

一九三四年，甚至连中国的文人也开始疑惑中国是不是个正经八百的"国家"。这种面对千头万绪的社会现状绞尽脑汁的思考，引发了一场激烈的口水战。挑战的是清华大学著名教授蒋廷黻，应战的是北京大学著名教授胡适。论战的内容是：中国未来的政治制度应该是专制独裁还是民主立宪？然而，这个问题不是被辛亥的革命者早在帝制倒台的时候就用鲜血阐述过吗？蒋廷黻撰写《革命与专制》一文，认为现在的中国"革命没有出路，不革命也没有出路"，只能持续内乱因而不能称其为"国家"。为了让中国看起来像个"国家"，可以不惜一切代价，包括牺牲可爱的民主实行全面的"新式独裁"。以声明"少谈些主义"闻名的风流倜傥的胡适教授不同意，他撰写了《建国与专制》一文进行反击，反击的理由很有趣且很有说服力：目前的中国"没有专制的政党、人和阶级"，因此没有人有资格做独裁统治者。"建国"当然要建立现代国家，现代国家的标志是民主政治，而"像我们这个缺乏人才的国家，最好的政治训练是一种可以逐渐推广政权的民主宪政"。论战持续了很长时间，结果是既没弄明白现在的中国，也没弄明白将来的中国，到底是应该独裁还是民主。

二十三年前，这个国家经过长期的痛苦酝酿和短暂的暴力行动推翻了封建帝制统治，然而革命使巨大的国家骤然裸露于政治混乱中。随后出现的那个以中国国民党为轴心的政权，从来没有在真正意义上统一过中国，疆土、政治、经济、军事、民生的裂缝在这片国土上纵横交错。国家前景暗淡不明，军阀争斗无休无止，政治统治空前脆弱，各种新锐思潮与各类陈旧陋习冲撞演绎出畸形世态，掌握绝大部分财富的少数集团导致了百分之九十以上的人口极端贫困——民国以来的中国，是一段无法叙述清晰的混乱时光，整个民族心灵麻木已久但睡梦浮浅极易惊醒。这种混乱从某种意义上讲对产生人类历史的惊人事件显得极其难得,因为当各种政治见解、政治主张和政治信仰不可避免地纷纷滋生之时,在思想的旗帜下聚集起一支张扬和捍卫思想的武装力量就不足为奇了。

在一九三四年开年后那段沉闷的日子里,没有被军阀和教授惊动的中国百姓突然有一天被军警的闯入惊动了:军警不是来搜查有没有窝藏共产党人或者违禁宣传品的,而是来搜查各家各户有没有老鼠和虱子的。

为什么?

因为新生活来啦!

这是蒋委员长说的。

蒋介石,中国近代史上最著名的人物之一,时年四十七岁的他此刻正和夫人宋美龄住在江西省府南昌城的一栋官邸内。他们于一九二七年结婚,一千五百名贵宾出席了在上海大华饭店举行的盛大婚礼。基督教青年会的牧师宣布他们结为合法夫妻,一支俄国乐队演奏了《新娘来了》,然后一位美国歌手演唱了《请答应我》。南昌城里那座外墙结实的官邸内,有一个美丽的花园,蒋介石和宋美龄常常在花园里散步。一个力图打破一九三四年沉闷时光的好主意,也许就是在这样的散步中产生的,而正是这个好主意使蒋夫人首次在中国频频露面——"新生活运动",这一名称多少带有女性温存、活泼和琐碎的色彩。

一九三四年无疑是蒋介石政治生涯的巅峰时期。有三个理由支撑着他的政治地位开始呈上升趋势。首先是日本对中国的武力侵略暂时停止了,但这并不是因为《塘沽协定》对日本人起到约束作用,而是日本人在占领东北三省和热河之后需要巩固统治。其次是在与西北军和晋军于山东、安徽、河南、湖北展开的中原大战中,蒋介石最终迫使冯玉祥下野、阎锡山辞职,并随即收编了他们的部队。再者便是消灭共产党人的问题已经明朗:自从国共两党分裂后,国民党军队对共产党武装的军事打击从未松懈。目前,国民党军队的前锋已距离最大的苏区仅仅数十公里。在铁桶一般密不透风的包围中,蒋介石确信共产党的红色武装插翅难逃。

半年前来到南昌这个"剿共"前线城市后,各种战况消息并没有消除蒋夫人在一九三四年开年后感到的极度枯燥,倒是南昌城内的杂乱和破败引起了她的格外关注,而这种关注立即得到蒋介石的强烈回应。在后来的回忆中,他们都谈到了对当时中国现状的共同感受:绝大多数人浑浑噩噩,社会生活毫无生气。民众不分是非,公私不辨;官员虚假伪善,贪婪腐败。人民斗志涣散,对国家漠不关心。有钱人纵欲放荡,花天酒地;穷人体弱污秽,萎靡潦倒——这幅悲观的图景,简直就是一个国家即将分崩离析的前兆。

一九三四年二月十日,蒋介石在南昌城中心广场上宣布:全国性的新生活运动开始。之后,蒋介石在《新生活运动之要义》的讲话中,着重列举了中国人举止不够文明的例子:随地吐痰、走路抽烟、头发很长、帽子歪戴、扣子不扣、穿拖鞋上街、厕所里的味道太臭、吃饭的样子太难看等等。蒋介石强调:不文明是国家不能进步的原因,而且还是社会混乱的根源。那么,如何不让中国社会发生混乱呢?只有中国人成为文明的国民。而如何成为一个文明的国民呢?只有人人参加新生活运动。蒋介石阐明新生活运动的要义是"礼义廉耻"——礼,规规矩矩的态度;义,正正当当的行为;廉,清清白白的辨别;耻,切切实实的觉悟。蒋介石说,如果能够把"礼义廉耻"四个字和"衣食住行"四个字融合在一起,新生活便开始了,强大的现代化国家的基础便奠定了。蒋介石宣布成立"新生活运动促进会",会长由他本人亲自担任。

一时间,南昌城的大街小巷到处弥漫着尘土——车夫们拉着陈年的垃圾向城外跑,然后把新鲜的黄土拉进来。人们纷纷佩戴起促进会制作的证章:一个盾形,表示自卫;中间一个指南针,表示准则;边缘红、黄、蓝、白四色——红色表示进取精神,黄色表示光明正大,而蓝白两色则代表青天白日。证章的图案被无限放大后,悬挂在车站、码头、学校、娱乐场所、酒馆、茶楼、街区、浴室和理发室。童子军依据《新生活公约》,在所有的公共场所监督人们的言行举止,甚至登堂入室检查居民是否一天洗了三次手,不够三次的必须立即就洗。然而,这个数千年以来便以贫困农民为主体的国家,怎么可能一夜之间遍地都是翩翩君子呢?

文人们说:"什么是新生活运动? 就是一切为了国民生活艺术化!"

蒋介石说:"什么是新生活运动? 就是使全国国民生活能够彻底军事化!"

冯玉祥说:"什么是新生活运动? 政治腐败到极点,军事无能到极点,经济贪污到极点,文化摧残到极点!"

就在新生活运动自南昌沿着中国的铁路线走向各大城市的时候,一封电报惊扰了蒋介石在这片颓败的国土上创造新生活的兴致:红军的两支小规模部队已经从被国民党军包围的苏区里跑了出来。

进入贵州的——即红军第六军团,蒋介石这时还不知道这是哪一支部队——行踪是西北方向,可以断定,这是企图与贺龙的武装会合。而另外一支却是向东北方向,可那个方向是大海呀,红军想要干什么呢? 蒋介石百思不得其解。

突然,消息传来,往东北方向去的红军对福州发动了进攻。

红军第七军团进攻福州的时间是:一九三四年八月七日。

这正是第六军团离开井冈山根据地的那一天。

福州南临闽江,城墙高大坚固。当时城内外驻有国民党军第八十七师的一个步兵团和一个宪兵团,还有炮兵、工兵和海军陆战队。重兵沿着城市周边交通干道驻扎,使整座城市的防御固若金汤。而进攻福州的这支红军部队只有四千多人,平均三个士兵才拥有一支老式步枪,至少一半以上的红军手里拿的是大刀或梭镖。第七军团对福州的突然攻击,无论如何都难以寻到合理理由,这也是让蒋介石感到困惑的原因。

第七军团是共产党在中央苏区内组建的一支部队。自组建之日起就一直在内线与"围剿"苏区的国民党军作战。在保卫苏区的战斗险象环生的危急时刻,中革军委命令第七军团立即冲出包围向北突击,因为在安徽南部有几个县发生了武装暴动。第七军团出发的时候,中革军委发表了《中国工农红军北上抗日宣言》,因此这支红军被改编为"中国工农红军北上抗日先遣队"。由于连续战斗兵力严重不足,第七军团出发前紧急补充两千新兵,使整个队伍号称六千人,但实际上仅非战斗人员就有两千,其中包括中革军委派驻的随军工作团以及五百多名挑着担子的民夫。七月六日晚上,这支由半数没有任何作战经验的青年农民组成的、武器极其原始且由于跟着长长的挑夫队而行动迟缓的队伍,从苏区瑞金出发了。几天后,在另一支红军的掩护下,他们渡过闽江的上游,并由此走出根据地,进入了危机四伏的国民党政府统治区。

按照抵达安徽南部的计划,第七军团应该直接向北,首先进入浙江西部。但是,中革军委的电报到了,命令他们改变方向,目标是东部的福州。第七军团并不明白此举的目的,只能忠实地执行命令。八月一日晚,他们冲破国民党军四个营的阻击,占领闽江边上的一个重要集镇:水口。这里距离福州城仅剩七十公里。在水口镇,第七军团召开了"八一纪念大会",进行了攻打福州的战斗动员。官兵们情绪高涨,这不仅因为福州是个物资丰富的大城市,可以使红军得到急需的补给;更令红军官兵摩拳擦掌的是,他们被告之当攻打福州的战斗打响时,城内的共产党地下组织将发动大规模的武装暴动,然后打开城门迎接他们。

第二天,第七军团开始从水口镇向福州接近。

由于没弄清楚向福州逼近的红军到底有多大规模,国民党军的一个整师奉命沿长江日夜兼程赶往福州。

双方几乎同时到达福州,战斗接着就打响了。

这场发生在炎热季节里的城市攻防战只持续了一个昼夜。

面对高大的城墙,年轻的红军士兵举着大刀和梭镖开始冲锋,而在他们的前方,从坚固的工事里射出的机枪子弹密如蝗虫。红军保持着他们一贯令敌人胆战心惊的无所畏惧的精神,冒着枪林弹雨一次又一次地发起冲锋,尽管伤亡巨大,仍一步步地顽强向城门接近,其中的一股小部队一度打到了城北关。但是,第七军团最终没能攻破福州城防。

而就在他们不断地流血和牺牲的过程中，眼前这座巨大的城市里丝毫没有发生武装暴动的迹象，直到战斗结束，紧闭着的城门也没有打开一道缝隙。

第七军团迅速撤离了。

这场战斗导致的严重后果并不是官兵的伤亡，而是第七军团彻底暴露了军事实力。国民党军立刻意识到：这不过是一支力量单薄的"小股赤匪"。于是，接下来发生的事是：自第七军团从福州撤退起，敌人便从四面八方蜂拥而来。

第七军团艰难的转移由此开始。

九月初，当第六军团辗转于广西与贵州交界处的荒山中时，第七军团到达闽北苏区。一路上，数百名挑夫被丢弃，兵力损失近半数。闽北苏区虽然不大，但这里属于山深林密、物产富庶的武夷山区，其领导人是威望极高的老共产党党员黄道，因此成为藏身休整甚至是扎下根来开辟根据地的好地方。然而，第七军团的官兵刚吃上几顿饱饭，中革军委的电报又到了。电报严厉地批评他们在闽北的停留"迎合了敌人的企图"，命令他们继续执行前往安徽南部的任务。后来被证实的史实令人震惊：命令第七军团前往安徽南部，是因为那里有几个县发生了武装暴动，中革军委计划第七军团到达后在暴动的基础上建立新的根据地。但是，就在第七军团从瑞金出发后不久，中革军委就得到了暴动已经失败的消息。

第七军团遵照中革军委的命令，移动出闽北苏区，冲破两道封锁线后进入闽浙赣苏区，与那里的另一支红色武装红十军会合，成立了中国工农红军第十军团。军团长是著名的红军指挥员刘畴西，军政委员会主席是著名的共产党人方志敏。只是，两支红军武装的会合，并没有使闽浙赣苏区被围困的危机得到缓解，由于数支一直尾追第七军团的国民党军此时也到达了闽浙赣苏区的外围，刚刚成立的第十军团只能立即转移。

此时，在甘溪战斗中幸存下来的第六军团的官兵，正长久地徘徊在中国西南部的深山密林中。山中所有可以果腹的林木野草他们都尝过，每一处有可能突围的方向他们都试过。他们没有向导，没有食物，没有药品，没有弹药，许多红军战士在这个寒冷的冬天因为没有鞋而赤着脚。他们以日月星辰辨别方向，以冰冷的山泉缓解饥饿，在灌木与乱石间开辟道路，在枯萎的草丛中躲避藏匿。军政委员会主席任弼时患上疟疾，高烧不退，已经无法翻山越岭，四个战士用担架轮流抬着他。但是，抬担架的战士很快就因为负伤、疾病和死亡只剩下一个人了。这个年轻的红军士兵把任弼时背在自己的背上，任弼时的妻子陈琮英在后面托着他的脚。从湘赣苏区出发的时候，这对革命夫妻刚刚有了一个孩子，部队要上路，他们只有把孩子送给当地的老乡，从那时起他们再也没得到过这个孩子的任何消息。在一个狭窄的山崖口，队伍通过得极其缓慢，尾随的敌人已经近在眼前。身体极度虚弱的任弼时站在崖口处指挥部队，而在他的身边，年仅二十岁的警卫连连长余秋里提着枪，用强迫的口气让他立即随先头部队撤离。任弼时发火了："一个人重要还是整个部队重要？"他索性坐了下来，一直坐到最后一名红军通过崖口。

湖南、广西和贵州的军阀决心将这些散落在深山中的红军斩尽杀绝。

十月十七日，在第六军团遭遇重兵袭击后的第十天，他们发现自己居然又离那个噩梦之地——甘溪镇——不远了。第二天大雾，红军官兵进入甘溪镇。他们知道国民党军绝不相信他们有勇气再次走入这个小镇，而对手的不备就是他们生存的希望。利用浓雾的掩护，红军官兵悄悄地穿过甘溪镇向东急行。当得知前面那个名叫马厂坪的地方没有敌人阻击，是包围圈上一个罕见的缺口时，他们立即占领有利地形，然后在一位猎户的带领下进入一条人迹罕至的大峡谷。第二天天明时分，穿过峡谷的这部分红军再次把包围他们的敌人甩在了身后。

与此同时，在甘溪镇附近，第六军团第十八师师长龙云所带领的师后卫部队和五十二团被包围了。激战中他们与军团指挥部失去联系。

在孤军作战数日后,这部分红军最终覆没。后来曾经给毛泽东当过译电员的五十二团的红军战士黄欣,是那场惨烈战斗的幸存者,他在数十年后回忆道:

> 敌人仗着武器精良,几十上百挺机枪一齐从三个山头向红军扫射,火舌像飓风从阵地上扫过,弹头打在岩石上叮当作响,火药呛得人喘不过气来。红军机枪少,子弹也少,手榴弹大多是自制的马尾手榴弹,扔出去有的挂在树杈上,有的落在草丛中,多半不能炸响……对面的桂军大部分是广西人,个头小,动作灵活,山地打仗很厉害……战斗进行了三天三夜,是我参军以来打得最惨烈的战斗……我们的子弹打光了,手榴弹也扔光了。团长田清海中弹牺牲后,二营营长代理团长指挥战斗;中午时分,二营营长被敌人的子弹打穿胸部,很快也牺牲了,于是三营营长站出来接替指挥战斗。团政委方理明右腿负伤后,三营营长要求政委立即突围,方理明坚决不离开阵地。那一刻,三营营长对年仅十八岁的黄欣说:"立即把政委背下去,不然我枪毙你!"

黄欣用绑腿带把奄奄一息的政委绑在自己背上,顺着一条一人深的水沟往山下爬,在黑暗中过了一条小河后钻进密林中。黄欣背着他的政委走了三天三夜,第四天黎明时分,他听见了熟悉的军号声,看见了熟悉的红旗,那是五十团的队伍!五十团团长郭鹏见到整个人已面目全非的黄欣很是吃惊,说"你这个小鬼还活着"!再看见黄欣背着的方理明政委,不禁潸然泪下。

九死一生的小红军黄欣没能高兴多久,因为他很快就听说龙云师长受伤被俘后被押往长沙,不久这位年轻的红军师长遭湖南军阀何键杀害。

第六军团那个名叫张吉兰的女战士没有黄欣幸运。在一次战后掩埋战友尸体的时候,她在尸体堆里发现一张熟悉的脸庞,那是她的丈夫。张吉兰把丈夫满是血污的脸擦干净,把他们夫妻平时最珍爱的一把牙刷放进丈夫的口袋里,然后把丈夫埋葬了。张吉兰因为悲伤和生病身体极度虚弱,五十团的政治部主任把自己的马给了她,瘦弱得如同秋风中的一片落叶的张吉兰在马背上说:"广西人都说猴子会骑马,我像不像呢?"几天后,她连趴在马背上的力气也没有了。她被留下来。不久后,当张吉兰觉得又有力气走路的时候,她决定去追自己的队伍。可是队伍在哪里呢?张吉兰得出的结论是:追击红军的敌人到了哪里,自己的队伍肯定就在哪里。在一个山洞里,她把自己的头发剪光,装成男人报名加入国民党军。她跟随敌人的队伍在大山中转来转去,终于有一天接近了红军,而且距离如此之近,她几乎可以看见隐约闪现在灌木丛中的那些虽然褪了色但依旧夺目的红色五角星。张吉兰立刻抱着枪向红军阵地跑去。她扑进一条河,拼命地向对岸游,就在她感到可以回到久已未见的战友们的温暖怀抱时,身后的枪声响了。张吉兰想喊一句什么,但没有喊出来,她挣扎了一下便从河面上消失了,消失在一个血红色的旋涡里。

从重重包围中冲出的红军第六军团和第七军团,就这样无声无息地淹没在一九三四年纷杂混乱的历史中了。

多年以后,曾经的军团长萧克说:"甘溪战斗,一经忆起,心胆为之震惊……"

年轻的红军士兵的鲜血和生命,并没有使中国的社会生活呈现出特别的异样:使用着原始农具的农民依旧在日复一日地春种秋收。破败小镇上的烟馆和妓院依旧烟雾缭绕。手工业产品和农产品之间的贸易依旧保留着以物易物的方式。大城市中的教授和学生还在讨论着到底该不该崇尚自由主义、无政府主义和社会改良主义。鸳鸯蝴蝶派的缠绵小说正在畅销。政府的税收和国民党军的摊派年复一年地实施着。戏院的喝彩声依旧夜夜响起。国民党中央党部秘书长亲赴山东参加盛况空前的祭孔大典。上海江湾举行了前所未见的大规模集体婚礼。胡蝶主演的《姊妹花》和王人美主演的《渔光曲》观者如潮——听说南京政府已经与日本人开始了新的谈判,而"赤匪"不过是几个政治人物带领的一群人数不多的南方农民。一九三四年,对于这个国家的数亿人口来讲,普通百姓需要关注的事名目繁多:官场的升迁,生意的起落,维持日常生活的开支,庄稼收成的丰歉……那么,又有多少中国人会对政府声称即将"剿灭"的"赤匪"的现状和行踪给予特别关注呢?

转战在湖南西部的贺龙的部队,陆续迎来了从绝境中走来的第六军团幸存的官兵,所有的食物和衣服都被拿出来送给这些骨瘦如柴的兄弟。两支部队的红军相拥而泣,之后举行了联欢晚会。

深山静谧,篝火熊熊,因为拥有信念和理想而能战胜一切苦难的红军士兵此时此刻享受着无比的快乐,他们跳着唱着:

> 共产党领导真正确,
>
> 人民拥护真多多。
>
> 红军打仗真勇敢,
>
> 粉碎了国民党的乌龟壳。
>
> 我们真快乐,
>
> 我们真快乐。

无论是对于一段历史还是一段人生来讲,快乐是什么?在偌大国土上的这偏僻一隅,烈烈燃烧的篝火向着夜空腾起璀璨的火焰。谁能透彻地解释,那些幸存下来的红军士兵在这个夜晚歌声为何嘹亮?快乐从何萌生?

逐渐明朗起来的历史表明,虽然相对整个中国版图来讲面积很小,但对于聚集在红色苏区里的那些头戴红星的政治精英和追随着他们的青年农民来讲,在一九三四年夏秋交替的季节里,一段新的历史——无论是快乐还是痛苦,是走向新生还是走向灭亡——的确就要开始了。只是那时候,没有人意识到红军第六军团和第七军团的遭遇,已经成为一个决定中国历史走向的事件即将发生的前兆。

第二章 绚丽之梦

1931年11月·江西瑞金

二十世纪三十年代刚刚开始的时候,飘荡在中国东南一角的绚丽的快乐之梦,曾经使那片狭窄的山川宛若天堂。

当时,世界并不快乐。美国失业人口达一千五百万,罗斯福将一美元的价值降至了六十美分。苏联开始推行集体农庄,斯大林认为资本家会选择战争来摆脱萧条。纳粹冲锋队在纽伦堡举行大规模阅兵,希特勒预言德意志帝国将存在一千年。墨索里尼说"国家就是我",意大利军队陈兵奥地利边境四十八万——而这一切对于中国并没有特别的影响。真正令这个国家悲伤的是接踵而来的天灾人祸:长江流域的洪水使二十万人丧生,绥远、山西、陕西的地震又使七万人死亡,而挣扎在贫困线上的饥民多达五千七百万。当经济一败涂地的时候,统治集团内部因利益分配失衡突发分化:反对蒋介石的冯玉祥、阎锡山等军阀拥兵自重,建立起与国民党南京政府对立的"第二政府",由此引发了以抢夺地盘为目的的军阀混战。战火波及十多个省份,战场纵横绵延千里。为维持浩大的战争开支,自称为"政府"的军阀不断向百姓摊派名目繁多的赋税。战争刚刚开始,在主战场之一的河南,农民所负担的军费数目是本已十分沉重的田赋的四十倍以上,且各种税收已经提前征收到了一九三六年。战争进行到第五个月时,军费开支高达五亿多元,双方死伤人数在三十万以上。这时的中国犹如一个巨大的难民所——数千万为躲避战争而流离失所的平民、人数多达五十万的失业工人以及那些番号不同但心情同样绝望的伤兵混合在一起,徘徊于荒芜的田野与破败的城镇中。

　　然而,还是这个国家,在江西与福建的交界处,在那一小片被国民党当局宣布为"赤色匪区"的土地上,傍晚时分响起快乐的铜锣声:"太阳落山后在彭湃广场开群众大会!"接着,夕阳的余晖里,一个身穿灰色军装的小战士滴滴答答吹响了军号。正是晚稻收获的季节,金黄色的稻浪在这片土地上一直荡漾到山脚。赤卫队开始帮助各家收割,妇女们把晚饭和水挑到地里,然后再把沉甸甸的稻子挑回家,竹扁担在她们肩上吱呀呀唱歌一样地响着。大路上,远远地开来一支长长的队伍——"是总部警卫师,到瑞金去,准备开大会啦!"带领队伍的干部向老人们打着招呼,队伍前面的红旗在晚霞的映照下如同一团飞舞的火焰。村里的大会按时召开,村苏维埃干部轮番上台讲话:要选举啦,大家要把最革命的人选出来!不错,白军知道我们开大会的计划,那又怎么样?我们的队伍正在前线打败他们的进攻!我们要创造一种新的制度,有了新的制度,我们就能争取自由进步的生活。同志们!苏维埃胜利万岁!

　　中华苏维埃共和国,尽管存在的历史十分短暂,但是这个"国中之国"存在的时候充满勃勃生机。站在今天的角度,无论如何都无法准确地想象当时中国的瑞金是一个什么样的地方。

　　瑞金位于福建、江西与广东三省交界的偏僻之处,即使在大比例的中国地图上也很难被一眼看见。但是,二十世纪三十年代初,这里空前密集地聚集着信奉马克思列宁主义的现政权的反叛者——作家、诗人、哲学家、教育家、职业革命家、旧式军官、流亡学生、破产商人、逃离婚姻者以及被生活压榨得无路可走的赤贫的农民。瑞金是一座苏维埃京城,一座在当时的中国除南京之外的另一个首都。这个首都所管辖的"国土",除了中央苏区以外,还有十几个面积和人口大小不一的苏区:江西赣江以西与湖南东南部交界处的湘赣苏区,湖南、江西与湖北交界处的湘鄂赣苏区,江西东北部、福建西北部与浙江、安徽交界处的闽浙赣苏区,湖北、河南与安徽交界处的鄂豫皖苏区,四川与陕西交界处的川陕苏区,湖南与湖北西部交界处的湘鄂西苏区,湖南、湖北与四川、贵州交界处的湘鄂川黔苏区,海南岛上的琼崖苏区,广西西部的右江苏区,福建东部的闽东苏区,陕西北部与甘肃东部交界处的西北苏区。这些属于中华苏维埃共和国的"国土",总面积一度达到四十多万平方公里,人口达到三千多万。

苏区祥和的生活景象出乎当时所有中国人的意料。

鼎盛时期的中央苏区,面积达八万多平方公里,被划分为四个"省"和六十多个"县",人口四百五十万之众。中央兵工厂和印刷厂都设立了分厂,烟草、制糖、织布、造纸、制药等工业和手工业的规模不断扩大。苏区设有对外贸易局,鼓励商品输出和输入,各地的商贩不顾国民党军队的严密封锁,甘愿冒坐牢和杀头的危险长途跋涉来这里进行贸易。瑞金城的南关外设有市场,农民和商贩在这里摆摊设点,百姓与红军采购员穿梭其中,讨价还价之声不绝于耳。苏区还为红军官兵和他们的家属开办了供应生活必需品的专门商店,规定国家企业和合作社赢利的百分之十要拿出来服务于红军家属,红军家属一旦患病或遇到困难就会得到踊跃的募捐。苏区通行江西工农银行发行的钞票,由于有大量的黄金和白银作为储备,这种钞票比国统区发行的钞票值钱。在苏区浓密的树荫下和宽阔的水田旁,学校、医院、合作社、俱乐部、政府机关散落其间。每一个清晨和黄昏,瑞金的天地间都会响起红军官兵的歌声:

> 当兵就要当红军,我为工农争生存。
> 官长士兵相亲近,没有人来压迫人。
> 当兵就要当红军,处处工农闹革命。
> 会做工的有工做,会耕田的有田耕。

红军确信他们是这块土地的主人。苏区开展了彻底的土地革命,不但当地的贫苦农民得到了土地,来自外省的红军官兵也都分到了土地,这些土地以公田的形式由当地的农民替他们耕种。绝大多数红军官兵有生以来第一次拥有属于自己的土地,他们立即对红色苏区产生了生死相依的感情——苏维埃共和国是给贫苦农民以土地的国家,而中国工农红军的主体正是贫苦的青年农民。于是,有足够的理由解释,为什么红军官兵对苏维埃共和国的建立充满无法遏制的热情,为什么在保卫苏维埃共和国的战斗中他们能够一次又一次地舍生忘死。

苏维埃,俄文 COBET 的音译,意思是"会议"或"代表会议",是俄国一九〇五年至一九〇七年革命时创立的一种武装夺取国家政权的组织形式。俄国十月革命胜利后,这个充满激烈反叛意味的名词成为国家政权机关的名称。

中华苏维埃第一次全国代表大会的会址,选在了瑞金城北五公里处叶坪村的叶氏宗祠前。选择这里的理由是:敌机轰炸的时候会议代表可以迅速向附近的密林中疏散;另外,叶氏宗祠前有一块面积很大的草坪。一九三一年十一月的一天,红军士兵在这片草坪上平整出一个巨大的会场。他们还在会场附近搭起一座宽敞的席棚,席棚下的饭桌呈五角星形排列开去,足够一千人坐在一起就餐。苏维埃大会的代表来自全国各省、苏区各县以及红军各个军团。代表中年龄最小的,是一位年仅十五岁的红军战士;年龄最大的,是一位裹着小脚的六十多岁的农民老太太,这位红色政权的热情拥护者,一接到开会通知就从她居住的村庄出发,整整走了一个半月才到达叶坪村。苏区成立了交际委员会,负责接待会议代表,委员会为每位代表准备了一套专门的装束:蓝色棉布做成的红军式的裤子;钉有纽扣的翻领上衣,衣袖左臂缝着用布剪出的一颗红星;胸前一条系着结的丝带,上面写有代表登记号码;一顶草绿色的帽子,上面嵌有一颗红星,同时缝有一条红带,红带上写有"苏维埃全国代表大会"的字样。红军居然还在会场上安装了电灯!电线接在一台缴获来的发电机上。当地的农民从没见过这种亮晶晶的东西,他们围着电灯看就是不走,感叹说红军什么事都能办得到。红军在会场的大门两侧一边挂上了苏维埃旗、一边挂上了共产党党旗，还用松树枝、柏树枝和菊花把大门装饰起来，菊花的中间镶有两颗巨大的星星，由于苏区出产白银，那两颗星星是纯银制作的。

　　终于到了开会的那一天。天还没亮，工作人员就在会场一遍遍地检查电灯是否能够正常亮起来；而女红军则对会场内悬挂的"勇敢、勇敢、再勇敢"和"学习、学习、再学习"两条标语的位置进行了反复调整，直到在场的每一个人都表示满意为止。早晨六点整，两队司号员一起吹响军号，住在山坡上临时帐篷里的代表们排成队沿着山路走来。红军警卫师的战士列队鸣枪致礼，然后由共青团员和少先队员组成的合唱队开始演唱瑞金最流行的《红军进行曲》：

> 同志们，你拖枪，我拉炮，
>
> 一齐向前扫！
>
> 阶级敌人真万恶，
>
> 努力去征讨！
>
> 同志们，争自由，向自由，
>
> 保我苏维埃！
>
> 帝国主义反革命，
>
> 打倒国民党！
>
> 同志们，向太阳，向自由，
>
> 向着光明走！
>
> 你看黑暗已过去，
>
> 曙光在前头！

　　红军政治部主任王稼祥宣布大会开始，中华苏维埃中央革命军事委员会主席毛泽东，副主席朱德、项英等领导同志就政治、土地、劳动、红军等问题作了专题报告。下午民主选举大会主席团，被选举出的主席团成员有：一个铁路工人、一个印刷工人、一个矿工、一个造纸工、一个卷烟工、几名党和红军的领导人，还有一名纺织女工、一名女农民和一名女赤卫队队长。

整个会议期间,苏区犹如过节。开幕的那个晚上,红军组织了浩大的提灯游行,一团团橘红色的灯火闪烁在大地上犹如星河一般。会议进入到各地代表发言的阶段气氛严肃,代表们就土地分配、阶级政策、军事作战等问题发表意见。各委员会紧张地起草《中华苏维埃共和国宪法大纲》以及有关土地、婚姻、教育、经济、财政等方面的法规,这些重要的法律法规要经过代表一致通过后,才能正式公布。会议还选举了国家和红军的领导机构。最后全体代表庄严宣誓:终生奋斗干革命,无论在任何艰难困苦的时刻都不背叛自己的理想。

夜幕再次降临,会议代表聚集在帐篷里听收音机。那台新奇的收音机是红军缴获的,每一次收听都有专门的人负责播放。开始总是嘶嘶的声音,播放人员不断地调整,于是,大家听见了上海电台的爵士乐、北平电台的京剧……终于,频率调到了苏联电台,是苏联红军远东司令部领导人纪念十月革命的讲话。现场的翻译语速很快,绝大多数代表无法完全明白,但是他们的表情始终专注,因为他们认为苏联红军讲述的必然有与中国革命相通的神圣的东西。接着,收音机里传出《国际歌》的旋律,这是每一个红军官兵熟悉的,寂静的帐篷里出现了躁动,接着大家起立跟着收音机大声地唱起来:"是谁创造了人类世界?是我们劳动群众。一切归劳动者所有,哪能容寄生虫。最可恨那些毒蛇猛兽,吃尽了我们的血肉。一旦把他们消灭干净,鲜红的太阳照遍全球!……"《国际歌》,世界上最著名的无产者之歌,唱响的是一无所有者改天换地的梦想。因此,中华苏维埃共和国的人们唱起这首歌的时候定会神思飞扬。

一八七一年七月二十三日,一个名叫"工人的里拉"的合唱团,在法国里尔的卖报工人集会上首次演唱了《国际歌》。那时的中国正值大清同治十年间,皇帝和他的军队刚刚把声势浩大的太平天国农民暴动镇压下去。在接下来的岁月里,这个古老的国度并没有获得平静,一些"古怪"的东西和"古怪"的想法不可阻挡地进入了中国:计算器、照相机、X光机以及变法、维新、图强等等。无论这个巨大的东方国度如何闭关自守,世界性的社会进步与科学发展的潮流却一次次叩开中国的国门,撞击着中国仁人志士的认知世界。从那时候起,这个古老的国度不可避免地进入了前所未有的梦想迭起的时代。

发生在戊戌年间企图引进西方君主立宪制度,从而使国家摆脱政治和军事双重危机的变革,随着其领袖人物或是流亡海外或是人头落地而迅速宣告结束。接着,义和团运动把对痛苦生活的怨恨全部指向了洋人,结果却是外国势力空前规模的入侵和大清皇室的悲惨流亡。发生于一九一一年的辛亥革命,推翻了封建帝制在中国长达数千年的统治,革命还在这片热血沸腾的国土上引发了不可遏制的集体梦想,维新主义、无政府主义、自由主义、民权主义、社会达尔文主义纷至沓来,各种社会改造学说混乱无序地进入中国的知识阶层中,往往是旧的梦想刚刚破灭新的梦想随即诞生,各种政治思潮令国人眼花缭乱也令国家不知所措。那时候,中国人谁也没有在意一种名为"马克思主义"的学说。

一九二一年七月,中国的北方酷热难耐,南方却是阴雨连绵。在上海法国租界内的一幢建筑里,十三位信奉马克思主义的中国青年与两位共产国际的代表秘密召开会议。会议从一开始便受到租界内巡捕的监视,因此不得不转移到一个湖中的小船上继续。尽管会议的细节至今回忆不一,但不争的史实是:会议明确创建了一个名为"中国共产党"的政党。参加这次会议的湖南青年毛泽东那一年二十八岁。整整二十八年后,当共产党人为之奋斗的新中国即将成立时,毛泽东说:"中国产生了共产党,这是开天辟地的大事变……"中国共产党的诞生,意味着深刻地影响了中国和世界的最伟大的绚丽梦想与最壮阔的革命实践自此发端。

中国共产党宣布自己是无产阶级政党。

对于当时的中国来讲,"无产阶级"是一个崭新的名词。按照马克思主义的经典理论,无产阶级指的是没有任何资产、只拥有劳动力供资产者压榨剩余价值的产业工人。然而,在中国,最早接受马克思主义学说的几乎都不是无产者:李大钊,毕业于北洋法政专门学校,入东京早稻田大学留学,后成为北京大学图书馆主任;陈独秀,就学于杭州求是书院、东京高等师范学校,后曾出任北京大学文科学长;毛泽东,毕业于湖南省立师范学校,后到北京大学图书馆工作;蔡和森,毕业于湖南高等师范学校,留学法国后在上海共产党中央机关工作……这些中国的知识精英,虽不是无产者出身,但他们的社会理想是属于无产者的,那就是:推翻一切形式的专制统治,谋求无产者在政治和经济上的彻底解放,最终建立共产主义大同社会。中国革命的先驱者之所以接受了马克思主义,是因为他们经过对社会现实的深入分析和痛苦思考,发现只有根据马克思的学说才能挖掘出中国社会种种黑暗产生的根源:半殖民地半封建的社会体制,受到国家法律保护和官僚阶层庇护的严重的社会分配不公,残酷的剥削和压迫导致的社会财富高度集中,帝国主义的入侵以及腐朽封建文化的根深蒂固等等。尽管中国无产阶级革命的道路上障碍重重,但是年轻的中国共产党人依旧梦想飞扬激情澎湃,因为他们看见苏联的无产阶级革命已经取得了胜利。

在苏联共产党的协调下,中国共产党在建党初期,曾与当时中国一个规模更大的政党——中国国民党——有过短暂的合作。一九二四年,中国国民党召开第一次全国代表大会,具有国民党和共产党双重身份的李大钊入选国民党中央执行委员,同样具有双重身份的毛泽东入选候补委员。如果没有中国共产党和共产国际的帮助,国民党就不可能取得一九二五年至一九二六年间与旧军阀作战的胜利。在共产党人的策划下,组织起来的农民武装不断地配合北伐军袭击敌人的后方,城市中的秘密共产党小组甚至组织过小规模的城市暴动以配合北伐军战斗。北伐军每占领一座城市,共产党人便在那里成立工会组织;在北伐军占领的数个省中,共产党人还建立起农民协会,协会的骨干大多来自毛泽东举办的农民运动讲习所。被美好生活前景激发出革命热情的青年农民,迅速地成为共产党主张的拥护者,他们从减租减息发展到阶级对抗,没收土地和财产的风潮因而迅速蔓延,这令拥有土地和雇工的地主和士绅感到了从未有过的恐惧。中国共产党按照无产阶级革命理论开展的运动,不可避免地触及了作为资产阶级代言人的国民党的利益,这种政党之间的冲突意味着一个无法调和的问题,即中国革命的最终目标是什么? 是单纯地消灭军阀和帝国主义在中国的特权重新统一中国? 还是进行一场把劳苦大众从不公正的社会体制下解放出来的阶级革命? 共产党与国民党因不同的政治信仰而代表着不同的社会阶层,因不同的阶级地位而追求着不同的社会利益——社会利益的不同是人类冲突的本质所在,本质的冲突是永远无法调和的。因此,关于革命目的的不同主张,不久之后便演变成为政党之间的政治对抗。

　　中国共产党与中国国民党的决裂是从一九二七年开始的。那一年,国民党以解散上海工人武装为借口,开始了对共产党人的彻底"清剿"。上海警察厅公开通缉所有的共产党人,悬赏价为一个人头一千块大洋。在接下来的数周之内,有八千多共产党人被杀。随着国民党在上海的行动,其他城市也以"清党"为名对共产党人大开杀戒。当国民党的每一把屠刀上都沾满共产党人的鲜血时,全国被杀害的共产党人已近五万。这一年的四月六日,在北平的东交民巷,中国传播马克思主义的第一人、中国共产党最主要的创始人李大钊被捕了。《晨报》这样记述了狱中的李大钊:"受审时,态度极其从容,毫不惊慌","身穿灰布棉袍,青布马褂,俨然一共产党领袖之气概"。入狱二十二天后,李大钊被处以绞刑。那台从德国进口的绞刑机笨拙而缓慢,绞杀整整进行了四十分钟。李大钊时年三十八岁,他是遗腹子,三岁丧母,既无兄弟也无姐妹,临刑前留下一张遗照:宽阔的额头很干净,浓黑的双眉下神情若然,方正的脸上一片平和。只是,在横着褶皱的灰布棉袍下,垂着又粗又黑的铁链……这位著名的共产党人,曾经描述过他一生最渴望看到的情景:"不出十年,红旗将飘满北京……"

面对国民党的疯狂屠杀,中国共产党人只有一条出路:起义,建立自己的武装力量!

一九二七年八月一日零时后爆发的南昌起义,是中国共产党打响的反对国民党的第一枪。起义的主要策划者是:周恩来、李立三、恽代英、彭湃;起义的军事指挥者是贺龙、叶挺、朱德、刘伯承。南昌起义在军事上迅速取得胜利,天亮的时候,起义军已经完全解除了敌对部队的武装。八月三日,根据中共中央的指示,起义军开始南下广东,一路上不断与数倍于己的国民党军作战。由于许多起义官兵并不了解共产党的政治主张,部队在艰难的征战中开始出现混乱。先是第二十军的参谋长带领一个团脱离了起义军,接着第十一军副军长兼第十师师长蔡廷锴带领第十师官兵也脱离了起义军。起义军还没到达抚州,就已减员六千以上,弹药也损失近一半。接着,起义军在江西瑞金和福建汀州的战斗中遭遇重创,数千伤员被安置在当地的一所教会医院里。教会医院的院长名叫傅连暲,这个当时还信奉上帝的中国医生,此后将他个人的命运与中国共产党的命运紧密相连,一直到二十多年后中华人民共和国诞生。

严峻的形势迫使起义军做出决定:向西,前往海陆丰地区,因为彭湃曾在那里组织过农民暴动,在已有群众基础的土地上可以发动更大规模的起义。但是,随着国民党军增援部队的不断到达,起义部队陷入重重包围之中。为了保存干部,起义后成立的革命委员会决定解散组织、部队撤离。只是,这个决定还没来得及传达,国民党军的猛烈进攻又开始了。贺龙第二十军的第一师和第二师均被打散,只有第十一军第二十四师的千余人突围了出去。这时候,留守三河坝的第九军军长朱德站了出来,并讲出他一生中那句著名的话:"要革命的跟我走,不革命的可以回家!"留下的人数大约是八百。在这些愿意继续革命的青年中,有七十三团二十六岁的政治指导员陈毅。

这时候,在中国国土的中部,田野上的稻子熟了,秋收的时刻到了——秋收是中国农村中各类矛盾一触即发的时刻,因为无论收成如何甚至是无论有没有收成,农民们都要交租子了。熟悉中国农村生活状况的共产党人懂得,这是一个发动革命的大好时机。一九二七年八月,中共湖南省委突然得知:准备参加南昌起义但没能准时赶到南昌的武汉国民政府警卫团,此刻正滞留在江西西北部的修水、铜鼓一带,而平江、浏阳等地的工农义勇队和安源煤矿的一部分工人武装也恰好聚集在这一带。中共湖南省委立即决定:利用这些武装力量,实施以长沙为中心,包括湘潭、宁乡、醴陵、浏阳、平江、岳阳、安源七个县镇的秋收起义。同时决定:起义以中国共产党的名义发动,任命毛泽东为前敌委员会书记。

九月初,毛泽东到达安源主持召开秋收起义军事准备会议,正式成立了"工农革命军第一师"。第一师下辖三个团,任命余洒度为师长。但是,当这支刚刚成立的成分复杂的部队准备攻打长沙时,长沙卫戍司令部获得了情报。国民党军火速调动部队,宣布长沙全城戒严,开始大规模地捕杀共产党人。

毛泽东在前往铜鼓时,也被地方民团抓住了,当时他装扮成了安源煤矿的采购员。可以肯定地说,民团的兵丁根本没能把面前这个手拿雨伞、穿着长衫的人的真实身份搞清楚,不然他们不会在毛泽东掏出身上仅有的几十块银元时,便那么迅速地把钱收下并随即决定放了他。但是,民团队队长反对放了毛泽东,他认定这是一个危险的共产党,坚持要把毛泽东带到民团团部执行枪决。面临死亡的毛泽东决定逃跑。在距离民团团部仅剩两百米的地方,毛泽东终于找到逃跑的机会,他一直跑到一个水塘边的茅草丛中藏了起来。民团的兵丁来回搜查,几次从他藏身的地方经过,但直到天黑下来也没发现他。毛泽东在民团兵丁放弃搜捕后开始赶路。雨伞早就丢了,脚上的鞋也不知去向,光脚赶路使毛泽东的脚肿痛得厉害,幸好他遇到了一位农民。没人知道毛泽东对这位农民说了些什么,这位农民不但为毛泽东提供了食物和住处,第二天当毛泽东再次上路的时候,他身上居然已经有了钱。毛泽东花七元钱买了一双鞋、一把伞和一些干粮,最后安全到达铜鼓起义军的驻地。这是毛泽东一生中唯一的一次与死神迎面相遇却又绝处逢生。自一九二七年九月从湖南的那片茅草丛中脱险后,毛泽东再也没有遇到过任何危及生命的危险,哪怕是被子弹或弹片轻微擦伤或者被炮弹掀起的土块石头碰一下,他是所有身经百战的共产党高级将领中唯一身上没有留下任何战争痕迹的人。

毛泽东领导的秋收起义就这样开始了,时间是一九二七年九月。

九月十一日,秋收起义部队驻修水的一团、驻铜鼓的三团和驻安源的二团,分三路向平江、浏阳、萍乡推进准备会攻长沙。为此,毛泽东异常兴奋地写下了《西江月·秋收起义》:

> 军叫工农革命,
> 旗号镰刀斧头。
> 修铜一带不停留,
> 便向平浏直进。
> 地主重重压迫,
> 农民个个同仇。
> 秋收时节暮云沉,
> 霹雳一声暴动。

但是,一团到达修水与平江交界处的龙门镇后,余洒度收编的土匪邱国轩部突然叛变,掉转枪口袭击了一团的后卫,正面的国民党军趁机发起攻击,致使一团遭遇重创。二团在攻击萍乡不成后转攻醴陵,刚刚夺取县城便因敌人增援部队到达随即放弃。三团的进攻也屡屡受挫。在敌强我弱的形势下,毛泽东命令起义部队撤出战斗,到浏阳以东的文家市镇集结。在文家市镇,毛泽东主持召开前敌委员会会议,会上余洒度主张部队继续向长沙进攻,毛泽东则认为在革命处于低潮时攻打长沙这样的中心城市是不现实的,主张放弃原来的起义计划,转移到敌人力量薄弱的农村山区,以保存革命力量,求得队伍的发展壮大。毛泽东提出的具体路线是:沿罗霄山脉南下。

横跨湘赣边界的罗霄山脉,南北绵延四百公里,其主峰位于山脉中段,名为井冈山。

秋收起义部队开始转移了,一路上不断地打遭遇战。九月二十九日,起义部队到达永新县一个名叫三湾的山村时,只剩下不到千人。毛泽东再次主持召开前委会,与朱德一样,他允许不愿意留下的人离开。结果有两百多人选择了离开,剩下的七百多人中有后来成为中华人民共和国元帅的一团特务连党代表罗荣桓。毛泽东把剩余的官兵缩编为工农革命军第一军第一师第一团。不久,他带领这支队伍到达宁冈县城,与永新、宁冈两县的共产党组织接上头,并通过他们与占据着井冈山的一支农民武装领导人袁文才取得了联系。毛泽东送给袁文才一百支枪,袁文才安置了毛泽东部队里的伤员。

就在与袁文才会面的这一天,毛泽东认识了井冈山上的第一个女共产党员贺子珍。这位来自永新的革命者,一身干净的土布裤褂,由于正患疟疾面色苍白,但究竟正值青春因而修长的身材显得格外亭亭玉立。毛泽东用他特有的幽默语言称赞道:"好哇,妹子十七八,军中一枝花。"不久,年仅十八岁的贺子珍便与三十四岁的毛泽东一起生活战斗在井冈山上。他们相濡以沫地度过了中国共产党和中国工农红军历史上最艰苦的岁月,包括充满艰难险阻的行程万里的长征,直到中国共产党和中国工农红军终于在西北获得一方得以休养生息的根据地。

井冈山,方圆二百七十五平方公里,五大隘口雄踞峡谷,一夫当关万夫莫开。这里远离中心城市和交通要道,毛泽东很快便在这里建立起第一个红色政权——茶陵工农兵政府,二十五岁的谭震林被任命为政府主席。毛泽东的中国革命武装割据计划自此开始实施。晚年的时候,毛泽东曾向外国友人谈到一九二七年的往事,他说:"国民党如果不抓人杀人,我也不会去革命。""谁教我们打仗的呢?还是蒋介石。"

"没有军队,就闹不出什么名堂来。""中国的事,历来是有枪为大。"毛泽东正是因此提出了"枪杆子里面出政权"的著名论断。

这个时候,在湖南的南部,又一次农民起义爆发了,起义的领袖是在广东已经消失、现在又在湖南重现的朱德。

一九二八年一月的隆冬时节,朱德到达湖南南部的宜章县。在这里朱德得知一个消息:国民革命军第六军一个名叫胡少海的营长,因对国民党军不满离开部队回到宜章老家,此刻正准备带领农民们闹点事情。朱德立即与胡少海取得了联系。于是,冒充国民党军副团长的胡少海,以衣锦还乡的名义大摆宴席,当宜章县的各界名流都已入席的时候,朱德的官兵持枪举刀地冲进来——宜章县城即刻被共产党人占领了。朱德在宜章把部队编成三个营,他给这支部队命名的番号竟与毛泽东的一样:工农革命军第一师。朱德任师长,陈毅任党代表,王尔琢任参谋长。朱德在湘南的行动引发了湖南境内新一轮的农民暴动,中共湘南特委的革命激情再次迸发,主张"焚烧整个城市和湘粤大道沿线五里的所有民房",目的是"用一个赤色恐怖去刺激"中国农民,使他们"与豪绅资产阶级无妥协余地"。同时,中共湘南特委派人上井冈山去找毛泽东,命令毛泽东带领部队下山加入湘南的斗争。但此时中共湘南特委的"赤色恐怖"计划所引发的后果已使朱德的部队处境困难。因为知道毛泽东在井冈山上,朱德决定带领部队向罗霄山脉进发。

两支红军武装就这样相向而行。

一九二八年四月中旬,毛泽东和朱德各自带着他们人数不多的部队在宁冈县的砻市相见了,这就是后来中国革命史中所说的"井冈山会师"。从此,毛泽东和朱德,除了因为战争需要或为政治斗争所迫曾经短暂分离过之外,一直到他们携手创建了一个崭新的中国,在漫长的征战岁月里他们再也没有分开过。这两个性格完全不同的人之间的政治友情,是世上绝无仅有的坚固无比的革命情谊的典范。直到他们都老了,然后又相继离世,相信在天国里他们依旧并肩站在一起——毛泽东曾经说过,朱毛是一个人,一个人是不能分开的。

朱德和毛泽东会合后,按照中共湘南特委的决定,两支部队被统编成一个军,名为"工农革命军第四军"。朱德任军长,毛泽东任党代表,王尔琢任参谋长,下辖三个师。"第四军"的称谓并不是虚张声势,按照刘伯承的说法,这是为了"继承北伐战争时期第四军叶挺独立团的光荣传统"。工农革命军成立一个月后,根据中共中央"在割据区域所建立之军队,可正式定名为红军,取消以前工农革命军的名义"的通告,一九二八年六月,"工农革命军第四军"正式改称为"红军第四军"——毛泽东和朱德领导的红军第四军,是中国革命史上的第一支红军。

一九二九年至一九三〇年,中国内地的《申报》《字林西报》的版面上,充斥着共产党人号召穷苦农民暴动起义的消息:"著名赤匪朱德手下兵马甚多,不少农民甚至国民党士兵投奔朱德,普通百姓喜欢他,只有富人碰到他要倒霉。""赣东共产党头目,原国民党南昌市党部主席方志敏到处宣传抗租废债,赢得了无知农民的信赖,这对躲进县城的财主们来说情况不妙。""数千共产党军包围县城,民团无力退兵,全城一片火海,县长下落不明。""几个月不见踪影的贺龙出现在他的家乡湖南省边界一带,拉起一支队伍袭击富豪,势力正在扩大。""赤祸由此村蔓延到彼村,从一村扩展到全县,如不奋起将其消灭,中国之未来必属赤匪无疑。"——在社会极端不公平的年代里,富人的噩梦就是赤贫者的梦中天堂。

红军来了!红军来了!消息惊动了偏僻的村落。向往红军的农民们秘密开会。地主家的深宅大院门户紧闭,护院的民团兵丁拿起了枪。地主的儿子腰里别着匣子枪在祠堂四周转了一圈,他家的一个佃户正在祠堂里带领穷人开会。晚上,这个佃户在地主家的后院被斧头砍死,尸体挂在院墙上。可是天亮的时候,地主家门口突然乱成一团,朱毛红军距离镇子东头不远了,地主全家开始向镇子西头逃跑。青年农民很快就集中在镇边的土道上，手里的梭镖闪闪发亮。红军的队伍走过来，这是一支衣衫破旧但队列整齐的队伍，一个年龄很小的红军吹着一支小铜号走在前面，身后步伐稳健的红军官兵有的赤着脚、有的包着脚布、有的脚上的草鞋已经磨破。

红军占领镇子后，在所有的墙上写上了标语：饥民们！向土豪劣绅要粮！消灭一切不公平现象！然后，红军召开群众大会，把地主家的财物一一分给最贫困的人。广场上挤满了穷人，少年们攀在树上，一个红军干部站在广场中央开始演讲："穷人过的是什么日子？地主老财、国民党军阀、资产阶级都压榨我们，可他们所有的东西都是我们穷人创造的！不打败他们，把本来属于我们的东西夺过来，我们永远没有出头之日！农民协会万岁！暴动万岁！红军万岁！"最后，广场的土台子上走来一个留着胡子、面色很黑的人——朱德讲话的语调很慢，他对农民们讲了自己信仰共产党的经过，讲了南昌起义和红军的主张。他长者般的话语赢得了乡亲们的掌声。有人问："我想当红军，听说当红军给发二十块钱？"朱德说："当红军没有钱，官兵都没有钱，有一桌酒席大家一起吃，有一个南瓜大家也一起吃。"又有人问："全世界无产阶级是什么东西？"站在朱德身边的红军干部说："全世界的帝国主义和资产阶级都是阔佬，全世界的穷人都受他们的压迫。全世界的穷人和我们都是无产阶级。"当天晚上，红军从这里出发，刚出镇子便发现队伍后面多了不少青年农民。农民们说他们要跟红军走，因为他们对红军很满意，如果能够发给他们一袋干粮和一支枪他们会更满意。

在不知道什么是梦想的时候，赤贫的农民只求能够活下去。他们常听富人们说"人生有命，富贵在天"，他们为此到神庙里祷告过哀求过但依旧活得一贫如洗牛马不如。红军掀起的革命风暴让农民们很快就明白了，他们也是人，也可以实现自己的梦想，只要不怕富人们说的那个"天"。各村各寨的贫苦农民开始向有红军的地方奔去，当一面画着他们所熟悉的镰刀和锤头的红旗突然出现在眼前的时候，当举着那面红旗的人告诉他们穷人也有权利过好生活的时候,他们惊讶、欣喜、冲动,然后赤着脚板跟上那面红旗无论走到哪里。这样的情景几乎能够解释二十世纪初中国所有的革命发生的根由。

那时红军的生活艰苦异常,常常因为没有粮食官兵们只能吃野菜和野果。在井冈山,新入伍的红军战士曾经抱怨说:"打倒资产阶级吃南瓜。"毛泽东则风趣地说:"这些新同志认为他们的敌人就是资产阶级和南瓜。"在这样的一支队伍里,令红军官兵舍生忘死的动因是:只有在这里他们才拥有人与人之间的平等。人世间的平等在数千年的中国历史中犹如梦幻中的珍宝。红军是这个世界上官兵之间从着装到待遇几乎没有任何差别的军队。毛泽东和战士们一起尝试各种不会令人中毒的野菜,朱德有一根和所有红军官兵一样刻着名字的扁担。平均年龄不到二十岁的红军士兵打仗、训练、学文化、唱歌、打球、种地,彼此之间没有歧视,不允许打骂。那些识字又快又多的战士,能得到一支铅笔之类的奖励,红军部队中的所有官兵都很在乎这样的荣誉。红军因为武器简陋打仗时格外勇敢凶猛,这使红军的作战伤亡率很高,在这支队伍里可以看见许多二十岁不到便少了一条胳臂的少年,但令人惊异的是,纵然如此他们依旧个个精神饱满斗志高昂。毛泽东在著名的古田会议上重申了红军的"三大纪律八项注意":上门板;捆铺草;对老百姓要和气,随时帮助他们;借东西要还,损害东西要赔;与农民买卖要公平;买东西要付钱;要讲卫生,盖厕所离住家要远……所有这些体现红军性质的纪律和原则,被毛泽东称为"民主的温和主义"——虽然绝大部分红军士兵并不明白"民主的温和主义"是什么,但究竟是红军使他们获得了人的尊严,使他们拥有了改天换地的梦想和勇气。

就在毛泽东和朱德各自经历九死一生的武装起义,终于在中国中部一个偏僻的山区创建了革命根据地的时候,中国共产党第六次全国代表大会召开了,地点在远离中国本土万里之遥的苏联首都莫斯科。

在莫斯科郊区一幢名为塞列布各耶的别墅里，会议代表们吃着面包喝着红茶然后一致认为：只要中国共产党人一声呐喊，一夜之间就会掀起声势浩大的革命高潮，资产阶级顷刻之间便会被无产阶级的铁拳砸得稀烂，一个崭新的赤色中国用不了多久就会诞生于世界的东方。会议选举出中国共产党中央政治局委员，他们是：向忠发、周恩来、苏兆征、项英、瞿秋白、张国焘、蔡和森。向忠发当选为中央政治局主席——这个轮船工人出身的共产党人，是中国共产党历史上第一个被正式命名的主席。

毛泽东不在中央的名单中，他没有选择到中央去工作，他称自己是一个典型的农民，他有一个关乎占中国绝大多数人口的农民命运的绚丽之梦：在偏僻的国土一隅，建立一个苏维埃国家，实行土地改革，发展国家经济，从而不断壮大红色武装，与国民党政府武装割据下去。毛泽东的这个愿望，与中共中央领导者的想法完全相反，中央一再要求红军去占领全国的大城市，理由很简单：列宁当年并没有在俄国的哪个角落先开辟出一个根据地，等把俄国的贫苦农民武装起来再去夺取国家政权。俄国无产阶级发射的第一发炮弹，就落在了资产阶级的老巢——彼得堡皇宫那空旷的院子里，武装的工人和水手没等炮弹的硝烟散尽，就把皇宫的铁栅栏门砸开冲了进去，然后站在宫殿的台阶上向全世界大声宣布一个无产阶级专政的国家从此诞生。

毛泽东坚持在井冈山上过"守山的日子"。一九二八年八月三十日，国民党军开始进攻井冈山的五大哨口之一黄洋界，毛泽东率领三十一团一营的两个连阻击，在反复的拉锯战后，红军用仅有的一门迫击炮把仅有的三发炮弹发射出去。国民党兵从未领教过红军的炮弹，以为主力部队上来了，慌忙趁着夜色撤退了，这便是毛泽东在《西江月·井冈山》中所描绘的："黄洋界上炮声隆，报道敌军宵遁。"那天晚上，红军召开联欢晚会，官兵们根据传统京剧《空城计》改编了一出新京剧名叫《毛泽东空山计》，戏中的毛泽东像当年的诸葛亮一样坐在空城上唱道："忽听得山下人马乱纷纷，一抬头举目来观看，原来是蒋贼发来的兵……"

国民党军这时需要调兵遣将的地方已不仅是江西,因为与江西毗邻的湖南又发生了规模浩大的武装暴动,其领导者是国民党军独立第五师一团团长彭德怀。

独立第五师的前身,是北伐时国民革命军第八军第一师。当时任营长的彭德怀与师政治部秘书长、共产党人段德昌关系密切,在段德昌的介绍下彭德怀加入了中国共产党。彭德怀升任团长后,这支部队里又来了一位年轻的共产党人,名叫邓萍,彭德怀让邓萍在他的一团一营当文书。几乎与邓萍同时进入这支部队的,还有从黄埔军校毕业的共产党人黄公略。一九二八年七月,中共湖南省委派遣湘鄂赣边特委书记滕代远赴平江寻找党的组织。就在滕代远与邓萍接上关系的这天,彭德怀截获了独立第五师师长周磐命令将黄公略"立即捕杀"的电报,他这才得知周磐已经发现了黄公略的共产党员身份。面对共产党秘密组织有可能全部暴露的危险,彭德怀、滕代远决定以闹饷为名举行起义。七月二十二日上午,彭德怀率领两个营袭击师部和民团,缴获大量的枪支弹药。起义部队随即宣布成立中国工农红军第五军,彭德怀任军长,滕代远任党代表。接下来的战斗是残酷的,新成立的红军因为没能形成稳固的战斗力,在与赶来"围剿"的国民党军的作战中伤亡巨大,彭德怀和滕代远被迫决定撤离。经过艰苦的行军,红五军一部于十二月上旬到达江西宁冈新城,与红四军会师。彭德怀带领起义部队到达井冈山,标志着中国革命史上的中央红军的主体初步形成。

随着井冈山根据地武装力量的壮大,红一军团和红三军团相继成立,组成了中国工农红军第一方面军,朱德任总司令,毛泽东任总政治委员,彭德怀任副总司令,滕代远任副总政治委员。这是当时中国工农红军中最强大的一支武装,且日后成为中国共产党武装力量中的主力部队。

红一方面军成立后,制订的第一个作战计划依旧是攻打长沙城。

　　早期的共产党中央领导人,受苏联革命模式的影响,始终坚持"首先占领几个中心城市",从而使红军屡次把革命的目标对准湖南的省会长沙。湖南地处中国中部,江河纵横、土地肥沃、山岳险峻、南北通达,一旦为革命武装所占据,对于整个中国革命确有"中心开花"的效果。同时,湖南自古民风剽悍,是农民暴动频发之地,红一方面军中大多数官兵是湖南人,打回老家去也符合中国人传统的思维习惯。

　　一九三〇年九月一日,攻打长沙的总攻令下达。

　　翌日,大雨倾盆。红军在大雨中发起进攻,湖南口音的呐喊声铺天盖地,但进攻很快受到阻击。国民党长沙守军早有戒备,城防阵地前设置了多层防御体系,战壕与通电的铁丝网多达九层。没有重炮的红军只有用生命冲锋开路,他们在大雨中前仆后继地扑向电网。电网上摞满了死去的红军官兵,冲击仍然无法突破。为了把层层电网撕开,红军使用了古老的作战方式:集中起大量的耕牛,把牛尾巴一一点燃,然后驱赶着牛群向电网狂奔而去。可是,电网后面密集的火力扫射开始了,牛群倒成一片。红军的进攻失利后,国民党军发起反击,红军激战一天才维持住对峙局面。第二天,大雨停了,红军在被鲜血染红的泥泞中再次发起进攻,攻击又持续了一天一夜,仍旧未能取得突破。这时,多路国民党军已增援而至,再战将会陷入重重围困,红一方面军遂决定撤退。

　　红军对长沙的进攻导致许多红军干部伤亡。这些二十岁上下的青年农民从红军的课堂里懂得了无产阶级革命的道理,即使在革命最艰难的时刻也从未动摇过信念和理想,他们在红军的每一次作战中都冲在士兵的前面,无论在政治上还是在军事上都是红军部队最基本的保障。红军对长沙的进攻导致的另一个后果是杨开慧遭遇不幸。一九一四年,长沙女子杨开慧在父亲的书房里与毛泽东相识。后来毛泽东对杨开慧说:"过眼滔滔云共雾,算人间知己吾与汝。"那时,杨开慧并不知道有一天自己的生命将会为所爱恋的人而面对屠刀。一九二一年,杨开慧成为中国共产党最早的党员之一。也是在这一年,她与毛泽东在湖南长沙小吴门外清水塘二十二号的三间木板房内有了一个温暖的家。那是杨开慧短暂的一生中最幸福的时光,她为共产党区委秘密传送指示和文件,还为来到清水塘的共产党人和革命者做香喷喷的湖南辣子。一九二七年八月三十一日,毛泽东为组织秋收起义起程去安源,他嘱咐杨开慧照顾好母亲和他们的三个孩子。毛泽东不知道,此一去他将永远失去那个从十七岁就开始爱恋他的杨开慧。攻打长沙的红军撤离后,国民党湖南省政府主席何键悬赏千元大洋"捉拿毛泽东妻子杨氏"。十月里的一天,子夜时分,杨开慧被捕。在经受了种种酷刑后,十一月十四日,年仅二十九岁的杨开慧被枪杀于长沙浏阳门外识字岭。杨开慧长眠九泉整整二十七个寒暑后的一九五七年,毛泽东写道:

> 我失骄杨君失柳,
> 杨柳轻飏直上重霄九。
> 问讯吴刚何所有,
> 吴刚捧出桂花酒。
> 寂寞嫦娥舒广袖,
> 万里长空且为忠魂舞。
> 忽报人间曾伏虎,
> 泪飞顿作倾盆雨。

红一方面军撤离长沙后,不顾中共中央"回攻长沙"的指示,向已被红军包围多日的吉安进发。红军攻打吉安的战斗大获成功,不但成立了江西省苏维埃政府,还有八千多青年农民参加了红军。在此基础上,以赣西南和闽西为主要地域的中央苏区建立起来。

在中国共产党与中国国民党决裂两年后,中国工农红军作为对国民党政权具有对抗能力的武装力量的存在已经成为现实。

一九三〇年八月二十九日,国民党陆海空军总司令何应钦奉蒋介石之命,召集湖南、湖北和江西三省的党政军高级官员召开"绥靖会议"，会议制定了《湘鄂赣三省剿匪实施大纲案》，计划用三至六个月的时间彻底消灭中国共产党人和中国工农红军。

至少从军事常识上讲，国民党政府军与工农红军之间无法构成军事对峙局面，因为双方的军事力量悬殊极大。当时的国民党军队连同各路坚决反共的军阀部队，总兵力至少在两百万以上；且掌握政权的国民党政府有充足的金钱来支撑强大的武装力量，国民党军部队配备有坦克、飞机和各式先进的火炮。而当时分散在全国的红军总数不超过二十万。这二十万红军分散在各个根据地内，每一个根据地都处在国民党统治的包围中，彼此之间联系十分困难，因此军事上的协同、配合、掩护等等根本无从谈起，这令每一个根据地内的红军都面临着巨大的军事危险。当国民党军对苏区和红军展开全面"围剿"的时候，红军中最强大的一支武装——红一方面军的总兵力还不到四万，而国民党军"围剿"中央苏区的兵力达到十万。

国民党军对红军的军事"围剿"持续了近四年。

一九三〇年十一月五日，国民党江西省政府主席、第九路军总指挥鲁涤平，指挥七个师又一个旅向中央苏区发起进攻。红军采取"诱敌深入，待机反击"的战术，让国民党近十万大军在苏区东奔西跑了一个多月，不但没能接触到红军的主力，还不断受到红军小队、农民赤卫队的袭击和骚扰。由于后方补给运输线一次次被切断，苏区内的百姓又早已坚壁清野，国民党军的供给发生极大的困难。而此时，隐蔽起来等待战机的红军正在加紧学习《八个大胜利的条件》和《三十条作战注意》。这两本军事教材，体现了从没有在任何一所军事学校读过书的毛泽东所创造的"另类"作战原则：敌进我退，敌驻我扰，敌疲我打，敌退我追，游击战里操胜算；大步进退，诱敌深入，集中兵力，各个击破，运动战中歼敌人。

十二月三十日清晨，冷雨霏霏。国民党军前线总指挥兼第十八师师长张辉瓒率部向中央苏区的中心地带前进。上午九时许，其先头部队突然遭到阻击，阻击异常猛烈，令国民党军无法突破。张辉瓒亲自指挥部队企图发起新一轮的进攻,但就在这时候,四面密林中杀声顿起,林彪指挥的红四军、黄公略指挥的红三军和罗炳辉指挥的红十二军已把张辉瓒的第十八师师部外加两个旅包围在一个名叫龙冈的山谷中。红军发动了总攻,漫山遍野红旗招展刀枪如林,突围不成的国民党军到处逃窜。两个小时后,龙冈战斗结束,国民党军第十八师师长、大个子红脸膛的张辉瓒被活捉。接着,红军乘胜追击逃跑的国民党军第五十师,并最终歼灭这个师的一个旅。至此,红军在五天之内两战两捷,粉碎了国民党军对中央苏区的第一次"围剿"。毛泽东为此写道:

> 万木霜天红烂漫,
> 天兵怒气冲霄汉。
> 雾满龙冈千嶂暗,
> 齐声唤,
> 前头捉了张辉瓒。

　　不久,国民党军对中央苏区发动了第二次"围剿",兵力增加至十八个师又三个旅近二十万人马。为粉碎敌人的进攻,红军做了大量的准备,包括派出侦察人员,加强战术训练,建立野战医院,甚至在部队集中时为节约粮食以减轻补给压力而把官兵的一日三餐改为一日两餐。与此同时,大批赤卫队员和少先队员再次出动,对敌人的后方和运输线进行不断的骚扰。这些穷人的孩子生在大山长在大山,翻山越岭如履平地,他们打冷枪、搞偷袭,神出鬼没,来去无踪,闹得国民党军昼夜不宁。更让国民党军恐惧的是,种种迹象表明,自己的部队里已有共产党派进来的人,可能是士兵也可能是军官,但就是难以确凿辨别,于是部队的每一次调动都无法做到保密。而所有通往红军活动区域的山路,哪怕是一条难以行走的小道,也被赤卫队员和少先队员封锁得风雨不透,国民党军派出的化装侦察员大多再也没有回来。

　　红军再次使用大规模的运动战术,自一九三一年五月十六日至三十一日的半个月中,从赣江边一直打到福建西北的山区里,一路上找到

机会就回身一战,不战则已,战就以绝对优势的兵力力求围歼。这一次毛泽东写道:

> 白云山头云欲立,
>
> 白云山下呼声急,
>
> 枯木朽株齐努力。
>
> 枪林逼,
>
> 飞将军自重霄入。
>
> 七百里驱十五日,
>
> 赣水苍茫闽山碧,
>
> 横扫千军如卷席。

国民党军对中央苏区的第三次"围剿"发生在一个月以后。屡遭军事失利的蒋介石亲任"围剿"军总司令,并发表《告全国将士书》,发誓要彻底"剿灭赤匪",表示"幸而完此夙愿,决当解甲归田",否则"舍命疆场"。这一次,国民党军调集二十三个师又三个旅,总兵力达到三十万,对苏区发起了坚决的攻击。

中国南方的盛夏闷热难当,国民党军已深入苏区内七十至一百公里处,所到之地按照蒋介石的命令"一律平毁,格杀勿论"。在逐渐向红军主力接近的过程中,双方发生了局部战斗。红军在莲塘偷袭国民党军第四十七师二旅的一个侦察营,旅长谭子钧被击毙。接着在良村歼灭国民党军第五十四师大部,击毙副师长魏我威和参谋长刘家祺。红军官兵伤亡一千一百人。

随着不断与红军交战,国民党军的八个师不断向根据地内压缩,最后从三面将红军包围。八月十六日黄昏,红军主力两万人趁着暗夜开始突围,在国民党军第一军团与第二路军之间大约十公里的缝隙间悄悄地移出——能够令两万官兵在敌人的眼皮底下悄无声息地大规模移动,也许只有红军才有这样的胆量和能力。接着,突出包围的红军与紧追不舍的国民党军,都开始在移动中寻找战机,一旦交战便苦战不休,每一次战斗都进行得十分残酷。在老营盘战斗中,国民党军死伤两千多人,红军伤亡也达两千,红四军第十一师师长曾士峨、红三军团第四师代理师长邹平阵亡。最后一战发生在方石岭,红军发现国民党军有退却的迹象后猛烈追击,先截住一个营将其歼灭,然后对国民党军第五十二师发起攻击。但是,在红军撤出战场转移时,部队遭遇国民党军飞机轰炸,红三军年仅三十三岁的军长黄公略在轰炸中牺牲。

红军连续三次粉碎国民党军的"围剿",不但歼灭了敌人大量的有生力量,而且还使赣南、闽西两个苏区连成一片,中央苏区自此成为全国面积最大的红色根据地。红军在三次反"围剿"中积累了丰富的作战经验,毛泽东说:"对于我们,当敌举行大规模'围剿'时,一般的原则是诱敌深入,是退却到根据地作战,因为这是使我们最有把握打破敌人进攻的办法。"诱敌深入作战原则的确立,是中国工农红军由游击战向运动战转变的重要标志。

一九三一年一月七日,中国共产党六届四中全会在远离苏区的上海秘密召开。一部分中央委员被剥夺了参加会议的权利,一些根本不是中央委员的人参加了会议。共产国际代表米夫发表了啰嗦的演说,在涉及中央人选问题时,他首先表示对工人出身的中央委员"决不能让他们滚蛋",中央政治局主席向忠发由此松了一口气。接着米夫又提到周恩来:"应该打他的屁股,但是也不是要他滚蛋。"最后他开始吹捧王明为"天才的领导者"。在讨论中央政治局委员的候选人时,不同立场的代表提出五花八门的名单,有的名单竟把原来政治局的人一个没剩地全部剔除出去。候选人还没吵出结果,表决权问题又引发了冲突。会场上互相指责的声音一浪高过一浪,操着异国语言的米夫不停地拍着桌子咆哮,一遍又一遍地勒令声音最大的代表滚出会场。最后,在米夫的干预下,也就是说在共产国际这个不可抗拒的权威的干预下,会议终于"选举"出中国共产党中央政治局委员、中央委员和中央候补委员。中央政治局委员是:向忠发、周恩来、项英、张国焘、徐锡根、卢福坦、陈绍禹[王明]、陈郁、任弼时。候补委员是:罗登贤、关向应、温裕成、毛泽东、顾顺章、刘少奇、王克全。政治局常委是向忠发、周恩来和张国焘。

但是，没过多久，悲剧发生了：中共中央候补委员、中央特科重要领导人顾顺章和中央政治局主席向忠发先后叛变。

顾顺章，大革命前是上海烟厂的工人，一九三一年四月，他在护送张国焘等人前去鄂豫皖苏区时，在武汉街头被叛徒认出被捕。出乎国民党当局的预料，顾顺章立即声称自己有"对付共产党的大计划"，要求速"安排本人晋见总司令蒋公"。武汉的国民党当局一边打电报请示，一边将顾顺章押往南京。万幸的是，发往南京的电报被打入国民党内部的中共党员钱壮飞截获，钱壮飞立即破译电文并连夜派人赶往上海密报李克农，许多共产党人得以平安转移。但是，顾顺章的叛变依旧导致了一些著名的共产党人遇害：恽代英，他刚刚被中共营救出来便再次被捕，随即被枪杀于南京雨花台；蔡和森，他在香港被捕，随后被引渡到广东，敌人将他的四肢钉在墙上，他坚贞不屈英勇就义。顾顺章的叛变还导致了中央政治局主席向忠发被捕。此前，因得知向忠发不喜欢自己的农村妻子，顾顺章便给他介绍了一个女人，正是因为这一点，向忠发在顾顺章叛变后设计的一次幽会中被捕。向忠发没等敌人用刑就供出了中共中央机要处所在地，这令审讯他的人都有点怀疑这个共产党主席是不是一个冒牌货。蒋介石得知向忠发叛变的消息，立即电令淞沪警备司令部"暂缓处决"，但是电报到达时，这个窝窝囊囊的老头已经被警备司令熊式辉下令枪决了。

白色恐怖之下，实际掌握着中央领导权的王明不得不到处躲藏，最后他认为能够救他于危险之中的还是苏联人。王明给米夫打电报要求去苏联，米夫立即回电邀请他到共产国际工作。临走，王明安排了中共中央的工作，这时张国焘已被派往鄂豫皖苏区建立中央分局，周恩来将被派往中央苏区任中央局书记，由于在上海的中央委员已经所剩无几，经共产国际的批准，成立了中共临时中央政治局，其成员是：张闻天、康生、陈云、卢福坦、李竹生，总负责人是年仅二十四岁的博古。

一九三二年十二月,蒋介石向中央苏区发起第四次进攻,红军开始了更为艰苦的反"围剿"作战。

"必须向外发展,必须占领一个两个顶大的城市,不要重复胜利后休息,致使敌人得以从容地退却。"——这是中共中央对红军的指示。但是,中国的哪一座城市是"顶大的"? 早在二月,红一方面军曾经攻击过赣州。赣州三面环水,往来通畅,是赣南政治、经济、军事要地,城内驻有国民党守军三千人、地方武装五千人,在其南北还驻有国民党军第十八军和第一军。毛泽东坚决反对红军攻打赣州,他认为红军还不具备攻坚作战的能力。在这种情形下如果想占领赣州,拿毛泽东的话说,唯一的办法就是"把四周农村群众发动起来",把"游击战争普遍开展起来",那时候赣州的城墙就会一块砖一块砖地被"搬掉"——毛泽东"农村包围城市"的著名战略思想那时还没有最后形成,但是他这个"搬砖头"的比喻已经十分形象有趣。可中共中央就是不同意,要求红军必须占领苏区附近的大城市,"使革命发展更迫近夺取一省和数省首先胜利"。

从二月底至三月初,红军一再向赣州发起攻击。攻击西门的红三军团第一师几次冲锋都未能突破;攻击南门的红三军团第二师组成突击队把炸药秘密埋在城墙下,但炸药用量的计算失误导致爆破时城墙向外倒塌,突击队队员全部被埋在了废墟下;攻击东门的红七军爆破成功,一度冲进城墙内并占领城楼,但在国民党军的猛烈反扑中,坚守城楼的红军官兵全部牺牲。国民党军开始大量增援赣州,当红军准备再次爆破时,城内的国民党军突然出击,城外的国民党援军也发起了进攻。在腹背两面受敌的时刻,第一师政委黄克诚组织部队用大刀与冲上阵地的敌人展开肉搏以掩护大部队撤退。赣州一役,红军伤亡三千多人,红四军第十一师政委张赤男、红十三军第三十七师政委欧阳健阵亡。接下来发生在水口的战斗,被称为"战场景象之惨烈为第二次国内革命战争时期所罕见"。战斗几乎全部在肉搏中进行,沟渠中双方官兵的尸体交错重叠,河水因为注入了浓浓的鲜血而流动迟缓。严峻的局面使红军领导人毅然放弃了城市攻坚战,避免与敌人主力决战,然后在战略转移中寻找有利的战机。红军先战黄陂,左翼部队全歼国民党军第五十二师,俘虏师长李明;右翼部队全歼国民党军第五十九师,活捉师长陈时骥。再战草台岗时,红军歼灭国民党军第十一师大部。红军连续两战两捷,迫使大规模"围剿"苏区的国民党军纷纷撤退。

这时候,由于险象环生的局势,上海的临时中央政治局决定迁往中央苏区。

一九三三年一月,经秘密交通站的护送,博古、张闻天、陈云先后到达瑞金。自此,创建于上海的中国共产党中央机关,在繁华的大城市里存在了十二年后搬到乡村,并一直在这样的乡村间领导中国革命直至一九四九年赢得胜利。

博古到达中央苏区几个月后,一位共产国际军事顾问也到达了中央苏区。他是博古请来的,博古要求同志们一律称他为"李德",取姓"李"的德国人之意。关于这个德国人如何带着几百美元和奥地利旅游护照乘英国商船到达中国广东汕头,如何在甲板上不断响起国民党兵皮靴声的船舱里躺了好几天,如何冒充考古专家通过国民党军的严密封锁进入中央苏区等等惊险的情节,叙述与描绘的版本如何众多如何过分都是可以理解的,因为正是这个人的到来导致中国共产党和中国工农红军进入了充满磨难的岁月:红军损失百分之五十以上的兵力,中国南方的红色根据地几乎全部丧失,各个根据地的红军被迫进行大规模军事转移。

李德到达中央苏区后,在他住的那座散发着新鲜石灰味道的"独立房子"里,中共临时中央政治局总负责人博古召集了会议。除了正在前线指挥作战的红军总司令朱德和总政委周恩来外,政治局书记处书记张闻天[洛甫]、红军总政治部主任王稼祥、红军总参谋长刘伯承、翻译伍修权以及中华苏维埃政府主席毛泽东等参加了会议。博古严肃地说:"今天,中央和军委,热烈欢迎我们盼望已久的共产国际执行委员会派驻中共中央的军事顾问。李德同志是一位卓越的布尔什维克军事家,又是具有丰富斗争经验的国际主义战士。他来到中国,体现了共产国际对我们党和红军以及中国革命的关怀和支持,更体现了这位革命家和军事家献身世界革命的崇高感情。"然后,这个穿着特大号红军军服,腰间扎着缴获来的国民党军官使用的带有铜圈的宽大皮带,脚上穿着一双中国人很少见过的厚底运动球鞋的外国人开始了演说:"我,李德,遵照共产国际执行委员会的指示,根据中国共产党中央委员会及其书记处的要求,来到中华苏维埃中央政府所在的革命根据地,担任派驻中共中央军事顾问之职,负责对中国共产党及其工农红军提供军事上的协助和指导,帮助建设正规的红军部队,建立强大的苏维埃军事体系,粉碎中国资产阶级政府和反动白军的军事进攻,保证苏维埃共和国的巩固和发展。让共产主义的革命红旗迅速插遍全中国、全亚洲、全世界!"

所有的领导人一时间都没有从眼前突然出现一个外国人的惊愕中反应过来,只有角落里的毛泽东在卷烟飘出的烟雾中漠然地看着这个从天上掉下来的外国军事顾问。当李德主动走过去向毛泽东伸出手的时候,他发现这个中国人的身高竟然和他差不多。他看见毛泽东似乎嘟囔了一句什么,于是把头扭向站在他身后的博古,博古赶紧翻译说:"毛泽东同志说,见到你很荣幸。"此时正在生病的毛泽东极瘦,极高,颧骨凸出,头发长而蓬乱,神情漫不经心,视线飘忽不定——在李德和博古的眼里,这位中国共产党和中国红军的重要缔造者是最不可忽视的,也是最难以琢磨的。

一九三三年夏,沿着中央苏区越来越缩小的边界,枪炮声再次隆隆作响,国民党军对中央苏区的第五次"围剿"开始了。

蒋介石认为,这是与共产党武装的最后一战。他设立了"国民政府军事委员会委员长南昌行营",亲自坐镇南昌处理一切"剿共"事务。为筹集战争经费和改善武器装备,国民党政府向美、德、法购买了八百五十架作战飞机以及大量的其他军火物资。据《大公报》一九三三年三月二十二日统计,国民党统治区内的捐税已经达到一千七百五十六种之多。蒋介石这一次采取"三分军事,七分政治"的战略方针:政治上推行保甲制和"连坐法",控制交通,实行禁运,以地主武装加强对苏区的经济封锁;军事上则推行堡垒政策,"以守为攻,乘机进剿,主用合围之法,兼采机动之师,远探密垒,薄守厚援,层层巩固,节节进逼,对峙则守,得隙则攻"。九月,五十万国民党军被调往江西前线。

面对国民党军的强大进攻,住在瑞金那座"独立房子"里的军事决策者不顾敌我力量的悬殊,仍然命令红军对敌人的坚固堡垒实行攻坚战。这使红军的反击从一开始就连续受挫,经黎川、硝石、资溪桥、浒湾、八角亭、大雄关等一系列战斗,红五军团第十三师减员过半,红三军团第四师政委彭雪枫负伤,红七军团第十九、第二十两师因为伤亡过大合编为一师,红一军团第一师、第二师师长都身负重伤,第二师政委胡阿林负伤后不治牺牲。

就在红军陷于军事被动的时候,突然间出现了一个有可能缓解甚至扭转危机的机会:驻扎在福建的国民党军第十九路军,成立了"中华共和国人民革命政府",公开表示与南京的国民党政府决裂。蒋介石不得不立即调动部队前往镇压。面对国民党营垒中出现的大分裂,毛泽东提出一个惊人的建议:红军主力抓住机会,立即离开中央苏区,深入到杭州、苏州、南昌,甚至是南京附近,去开辟新的游击区,在没有堡垒的地区寻求作战机会,迫使"围剿"中央苏区的国民党军回防,让红军的作战态势由防御变为进攻。同时,这样也可以分散国民党军对造反的第十九路军施加的军事压力。

这个建议后来被国民党高层人士获悉,仔细分析之后他们不寒而栗:如果中央根据地的红军与第十九路军合为一股,兵力便会膨胀近一倍。这些军队如果活跃在国民党统治区的中心地带,不但云集于共产党苏区的军队要全数调回,而且一旦瑞金的红军与湖南、湖北等地的红军会合,那么国民党军所要面对的局面将难以收拾。特别值得注意的是:在红军被迫开始军事转移的前一年,毛泽东就已经提出可以暂时放弃苏区,这再次体现了毛泽东"不要固守一城一地,在运动中消灭敌人有生力量"的军事思想。但是,一九三三年夏,这样的军事思想在中央苏区不被接受。

在接下来的战斗中,红军被一再命令向敌人层层叠叠的坚固堡垒发起进攻。团村一战,虽歼灭国民党军千人,但红军也伤亡千人,红三军团第四师师长张锡龙、红五军团第十五师师长吴高群阵亡。面对红军遭受的损失,朱德提出将红军主力向敌人力量薄弱的地区转移。建议没被接受反而传来了继续反击的命令,结果红军再次出现大量的伤亡。一九三四年一月,国民党军对中央苏区发起最后孤注一掷的军事进攻。强大的攻击兵力在中央苏区的东、北两个方向上集结:东路军共十六个师又一个旅和两个团,由卫立煌指挥;北路军共二十五个师又两个旅、三个团和一个支队,由陈诚指挥。二十五日,国民党军首先向苏区北面建宁方向的红军阵地发起猛烈进攻,红军的阵地上瞬间腾起一片火海,国民党军一步步筑垒推进,在飞机大炮的掩护下其前锋直指中央苏区的中心。

此时的毛泽东,孤独地住在一座破旧的寺庙中,伴随他的只有妻子贺子珍以及他们三岁的儿子毛岸红,另外还有一位法号叫"乐能"的老和尚和两个小和尚。

不断向中央苏区腹地推进的国民党军距离瑞金不远了,瑞金开始遭到国民党军飞机的连续轰炸。苏区的党政军机关已经迁到瑞金以西二十公里处的梅坑,领导人被分散安排住进各个村庄里,唯独毛泽东住在高围乡云石山山顶的这座寺庙里,无法得知在以防空为目的的隐蔽疏散中,为什么把毛泽东安排在目标明显的山顶上。青瓦黄墙的寺庙寺门上有一副对联:"云山日永常如昼,古寺林深不老春。"横批取上下联的前两个字为"云山古寺"。寺中满院芳草,寺后有一棵大樟树,树下两个青石凳,坐在石凳上可以静静地读书,或者远眺四周平展的稻田和袅袅炊烟。

中华苏维埃共和国政府主席无公可办。

此前,毛泽东刚刚受到党内的严厉批判。他的"四大错误"是:一、"狭隘经验论"和"游击主义",与中央"夺取一省和数省首先胜利"的精神背道而驰;二、"富农路线",主张在土地分配时"要给富农出路",与中央"地主不分田,富农分坏田"的精神背道而驰;三、"诱敌深入"、"后发制人"的战略是"单纯防御路线",与中央"先发制人,积极进攻"的精神背道而驰;四、"以党治国",建立中央苏区最高领导机关红一方面军总前委,赋予总前委书记对红军的指挥权,这是"国民党以党治国的余毒"。因为这四大错误,毛泽东被撤销了苏区中央局代理书记的职务。

那一年的春节,毛泽东过得十分冷清。节后没多久,一个大雨倾盆的日子,警卫员报告说两匹马正往山上来,看不清楚马上是什么人。两匹马到了寺庙门口,才知道是项英和他的警卫员。项英对毛泽东说,打赣州进行得很不顺利,恩来同志请你到前线去。项英并没有给毛泽东带来马匹,毛泽东抓起一把雨伞冲出庙门径直往瑞金走。到了瑞金,浑身湿透的毛泽东向前线发去一封电报,建议刚刚起义来到苏区的红五军团前去赣州解围。然后,他乘上一条小船赶向赣州。两天三夜后,毛泽东到达赣县的江口圩。刚刚撤退下来的红军和中央局的领导项英、王稼祥、任弼时、彭德怀、林彪、陈毅等在这里召开会议。会上又爆发了冲突,因为面对攻打赣州的失败,中央局依旧坚持攻打大城市,而毛泽东十分强硬地坚决反对。周恩来、朱德和王稼祥鉴于当前严重的敌情,主张重新任命毛泽东为红军总政委。由于他们的一再坚持,毛泽东重新拥有了军事指挥权。但是,恢复了军事指挥权的毛泽东与苏区中央局的矛盾更加激烈了。在数次军事决策中,毛泽东的建议被连续否决。

毛泽东后来一生都没有忘记在江西宁都城郊的一个农家小院里召开的宁都会议。宁都会议没有留下任何文字记录。但是,现存的一份《苏区中央局宁都会议经过简报》上有这样的表述:"开展了中央局从未有过的反倾向的斗争"……毛泽东坚决不承认自己有错误。周恩来不得不站出来表态,他同意"毛泽东有某种倾向"的说法,但是建议让毛泽东随军行动。为此,他提出两个方案:一是让毛泽东在前线当红军总政委的助理;二是让毛泽东全面负责前线指挥,自己给毛泽东当助理。中央局同意了第一种方案。但是最后的决定却是:撤销毛泽东红一方面军总政委职务,"暂时请病假,必要时到前方"。

请了病假的毛泽东从宁都走了两天才回到瑞金。贺子珍不在家,有人告诉他贺子珍快要分娩,去了汀州的福音医院。毛泽东心情烦躁,一连两天没出房间。第三天,他骑马直奔汀州。在汀州,他看见了他的老朋友、福音医院院长傅连暲。傅院长连声恭贺,原来贺子珍生了个儿子。他们为这个孩子起名为"毛岸红"。儿子的诞生使毛泽东郁闷的心情缓解了一些,他在汀州住下边治病边读书。这是毛泽东政治生涯的最低潮,他的住处门可罗雀,因为可能被归入"小集团"中,所以没有人敢与他来往。毛泽东也不愿意连累别人,他不再与别人接触、谈话,这位健谈的共产党领袖有时一连几天都不说一句话。

站在今天的角度看,那个时候共产党中央领导人与毛泽东之间的冲突,个中原因不难解释。首先是对马克思列宁主义的革命理论与中国革命实践的认识差异不可调和:毛泽东在革命实践中感悟到革命的真理,他没有按照共产国际所奉行的革命模式行事,特别是在如何建立革命武装、依靠什么阶级成员以及武装斗争的样式上,他虽然信奉马克思主义的基本原理,但一生都竭力反对"教条主义"和"本本主义",这使他从一开始就被那些在苏联受过系统政治训练的"真正的布尔什维克"认为是个"土包子"。特别是,这个农民出身的"土包子"从来就没有向"真正的布尔什维克"低头或妥协的任何迹象。其次是对中国革命领导权认识的差异不可调和:自从毛泽东将中国革命的主力军确定在农民中间,并在深山中建立了农民武装和革命根据地后,当时共产党中央的主要领导者中,没有一个人在政治威望上能够超越毛泽东,其原因是红色政权根据地的主体和红色军事武装的主体就是广大的青年农民。当共产党中央在大城市里无法生存,被迫转移到乡村根据地时,享有很高威望的毛泽东从一开始就令他们感受到无法立足的威胁。在以后的数十年间,毛泽东一直清晰地记得那段难熬的日子:"我是政治局委员,但是他们却不要我参加中央全会,把我封锁得紧紧的,连鬼都没有一个上门来找我。""那个时候,我的任务就是吃饭、睡觉和拉屎。还好,我的脑袋没有被砍掉。"

前线阵地不断后撤的战报,雪片一样飞到红军总部,苏维埃共和国政府主席毛泽东正在寻找一件没有补丁的衣服,好使自己的装束与"国家主席"的身份更加吻合——就在国民党军逐渐逼近瑞金的时候,中央苏区召开了"第二次全国苏维埃代表大会"。会议开幕前举行的阅兵式长达三个小时,红军官兵、农民赤卫队员和少先队员列队走过主席台。毛泽东已经没有了军事指挥权,他现在是一位行政领导,因此他所作的报告在国民党军飞机的轰炸声中不免令人幻象丛生。毛泽东讲了苏区的民主选举工作,强调提高选民中妇女的成分;讲了八小时工作制,要求建立专门的机构监督;讲了农村的"查田运动",指出土地分配是否公平要由群众会议来检查;讲了苏区内学校和学生的详细数字,说目前至少有百分之六十九的妇女参加了扫盲运动。毛泽东的报告还涉及植树问题、公债问题、卫生问题以及调整各种农作物的种植比例问题。针对年轻人想早点娶媳妇的倾向,毛泽东细致地讲解了苏区的《婚姻法》,他说:"等二十年有什么关系?早婚对人不好,安心点!长工们往往干活到四五十岁还没希望讨到老婆哩!"最后,毛泽东展开中华苏维埃共和国国徽和国旗的图样,他解释说国徽和国旗是这样规定的:

> 在地球形上交叉的镰刀与锤子,右为谷穗左为麦穗架于地球形之下和两旁,地球之上为五角星。上书"中华苏维埃共和国",再上书"全世界无产阶级和被压迫民族联合起来"。
>
> 地球形为白色底子,轮廓经纬线为蓝色,五角星为黄色。
>
> 国旗为红色底子,横为五尺,直为三尺六寸,加国徽于其上。旗柄为白色。

就在代表们热烈讨论着中华苏维埃共和国国旗样式的时候，距离会场并不遥远的前线，为保卫中华苏维埃共和国而战的红军正经历着从未有过的巨大牺牲。坪寮战斗最后以红军撤退结束。鸡公山战斗中红军只有边打边退，红七军团第三师七团一营营长岳忠山带领部队与敌人反复争夺阵地，最后时刻手拿大刀扑向敌群，连续砍杀十余名国民党军士兵，流尽鲜血牺牲在阵地上。红一军团第一师一团在团长杨得志的率领下，抵抗着国民党军三个师的进攻，弹药全部用光后，红军战士用石头砸、用拳头打、用牙齿咬，阵地竟然数昼夜岿然不动。只是，无论红军官兵多么不惜生命，阵地往往在红军全部伤亡后一一落入敌手。

一九三四年四月，国民党军逼近中央苏区的北部门户——广昌。十日傍晚十八时，国民党军十一个师向广昌发起大规模进攻。在敌人猛烈的炮火中，红军的阻击阵地被连续突破。十四日，红一军团军团长林彪、政治委员聂荣臻联名致电中革军委，建议红军主力避免与敌人长时间对峙，采取"运动防御"的战术"机动地消灭敌人"。但是李德和博古以中共中央、中革军委和红军总政治部的名义发布《保卫广昌之政治命令》："应毫不动摇地在敌人炮火与空中轰炸之下支持着，以便用有纪律之火力射击及勇猛的反突击，消灭敌人有生兵力。"面对这用词蹩脚生涩的命令，一脸硝烟的红三军团军团长彭德怀愤怒地说："如果固守广昌，少则两天，多则三天，三军团一万二千人将全部毁灭，广昌也就失守了。"广昌附近是开阔的平地，极不利于防守，而国民党军的坦克可以毫无阻拦地向前碾压。战至四月下旬，广昌被国民党军三面包围，红军被迫撤离。

惨烈的广昌保卫战历时十八天，红军伤亡五千多人，其中红三军团伤亡近三千。红军医院卫生班长钟明难忘一个个"血肉模糊的重伤员"被抬到他眼前时的情景：一位胸部中了开花弹的伤员不断地哀求着给自己一枪。开花弹打入身体时"是一个小孔，出来时就会把身体炸开一个大洞，肉都烂了，鲜血直往外涌，止都止不住，而且伤口还有一种极其难闻的臭味"。因为没有药品,钟明只能拿着用石灰简单消毒的"棉花和纱布"为伤员清洗伤口;又因为伤员实在太多,棉花要用成砣、纱布要用成线才会被扔掉。时光过去整整八十年后,钟明说:"最难过的,莫过于看着一个又一个刚刚从战场上抬下来的重伤员在自己手中慢慢地死去。"——没有比大量的红军干部阵亡更令指挥员痛心的了,因为对于整个红军有生力量的保存和发展来说,丧失红军干部比丧失苏区的土地更加不可挽回。

六月,国民党军占领广昌后,调集三十一个师的兵力,于七月初向中央苏区的中心地带发起全面进攻。在李德、博古做出的"全线抵御"的战略部署下,已经连续苦战近十个月的红军又开始了更加艰难的防御作战。高虎脑一战,国民党军倾泻在红军阵地上的炮弹达数千发,直至红军的阵地成为一片焦土。万年亭一战,红三军团第五师政委和军团卫生部部长阵亡,全师团以下官兵牺牲三百四十二人。驿前保卫战,红军官兵决心"为苏维埃流尽最后一滴血",仅红三军团和红一军团第十五师就有两千三百五十二名官兵伤亡。而在兴国方向的阻击战斗中,江西军区总指挥兼政治委员陈毅身负重伤。十月六日,国民党军占领石城地区,这里已经十分接近中央苏区的核心部位了——敌人拟于十月十四日对瑞金发起总攻。

危在旦夕的前夜,瑞金四周十分寂静。

不久前,中央已决定第六、第七两个军团撤离根据地。

无法得知毛泽东获得这个消息时的反应,但毛泽东前往于都视察还是引起了诸多猜测。有相当多的史料认为,毛泽东在红军即将出发的时刻到远离瑞金的于都去,这是博古想让毛泽东就此留下来。但也有史料证明,到赣南视察的要求是毛泽东自己提出的,他向中央书记处请示并且得到了同意。毛泽东到达于都的时候,他憔悴的模样令赣南军区司令员兼政治委员龚楚吓了一跳,他问:"主席身体不舒服吗?"毛泽东答:"身体不好,精神更坏。"接着,周恩来的电话打来了,他要求毛泽东着重了解一下于都方向的敌情和地形,毛泽东很快就判断出这个要求的真实含义。于是,他对于都方向的敌情和地形作出了详尽的调查——二十天后,苏维埃共和国与中央红军正是从于都突围出去的。

调查电报发出后,毛泽东突然发起高烧。警卫员吴吉清打电话向瑞金报告,张闻天派傅连暲院长赶到这里。毛泽东被确诊为恶性疟疾,他在床上昏沉沉地躺了八天。一个名叫刘英的女红军,此刻正在于都征兵,她后来成为共产党领导人张闻天的妻子。刘英来看望病中的毛泽东,毛泽东抱着被子斜靠在床上,他迷迷糊糊地给刘英背诵了一首明朝金陵人陈全作的曲子以形容自己此时的痛苦:

> 冷来时冷的在冰凌上卧,
> 热来时热的在蒸笼里坐;
> 疼时节疼的天灵破,
> 颤时节颤的牙关挫。
> 只被你害杀人也么哥,
> 只被你害杀人也么哥,
> 真个是寒来暑往都难过。

病中的毛泽东挣扎着给博古写了一封信,建议中央红军转移到外线作战。具体路线是:从兴国方向突围,攻万安,渡赣江,经遂川北面的黄陂,沿井冈山南麓越过罗霄山脉的中段,迅速进入湖南境内,再攻攸县、茶陵,在衡山附近过粤汉铁路,到达有农民运动基础的白果一带休整和补充,然后攻永丰、蓝田或宝庆。当调动敌人远离苏区后,再返回中央苏区所在的江西南部和福建西部。这封信的内容表明,毛泽东那时还没有将中央红军大规模转移到中国西北地区的打算。只是,他提出的这条作战线路简直就是返回他的故地的路线,而李德和博古无论如何也不会到毛泽东的老家去。由于信件涉及极端的军事机密,毛泽东派警卫员送信时要求带上火柴和汽油,以便一旦发现敌情立即将信烧掉。

毛泽东送出的信没有任何回音,但是一个秘密通知到达了于都,毛泽东被要求立即回到瑞金。

毛泽东知道,对于中国革命和中国红军来讲,一个极其重要的时刻到了。

瑞金的"独立房子"里正在召开小型会议,与会者除了李德和博古外,还有张闻天、周恩来和朱德。这是一次没有留下任何文字记录的高度机密的会议,会议做出的重大决定以及向共产国际发出的重要电报,如今没有任何可以核对和考证的文字线索。只是那个重大决定已经成为没有争议的史实:放弃中央苏区,进行大规模军事转移。

共产国际军事顾问李德喜欢吃鸭子,因此,"独立房子"的周围养着大群的鸭子,鸭子们的嬉戏喧闹和领导们的经常云集已经成为这里的一景。突然,细心的红军官兵发现,这一景象正在悄悄地发生变化:领导们的会议多了,鸭子却越来越少了。

红军的高级将领也嗅出了苏区空气中的异样,红一军团军团长林彪和政治委员聂荣臻找到毛泽东,小心地试探着问:"我们要到哪里去?"毛泽东面无表情地答:"去命令你们去的地方。"

除此之外,在红军开始大规模军事转移前,苏区的田野中依旧是一派日出而作日落而息的景象,红军干部们依旧三三两两地走村串户,写出"人"、"马"、"手"或"太阳"教农民识字,然后给各乡的贫协干部讲解马克思主义的基本原理。苏维埃共和国的百姓绝大多数搞不清楚"马克思列宁主义"到底是什么,他们甚至无法准确地把大胡子的马克思和小胡子的列宁区分开来,他们对苏维埃共和国的全部热情源自对共产党和红军的信任,他们坚定地相信只要跟在共产党和红军的身后,他们梦想中的无产阶级的好日子就会天长地久。尽管此刻他们也听说了前线的情况有些不妙,但他们依旧相信苏维埃共和国不会消失,他们相信红军是不可战胜的。

正是秋天,稻子金黄。为了庆祝丰收,红军剧社的小演员在广场上搭起演出的席棚,演出的内容有自创的《丰收舞》和《红军舞》,有学习苏联的《水兵舞》和《高加索舞》,然后红军女战士嘹亮地唱道:"红缨一杆捅破天,贫苦的人们笑开颜!"台下的红军官兵和四乡的百姓看到这儿时,的确个个喜笑颜开。与他们一起席地而坐的,还有苏维埃政府主席毛泽东。毛泽东已经习惯在快开演的时候走进人群找个空儿坐下来,有时为了坐着舒服些他的手里还提着两块砖头。天黑下来的时候,聚集在这里的人们点燃火把,火光闪闪烁烁地连成一片。如果从空中看下去,四周残酷的战场在沉沉黑夜中一片死寂,唯有被死寂包围着的这一小片土地上闪耀着人间欢愉的光芒——这样的景象对于中国历史宛如罕见的绚丽之梦。

第三章　十送红军

1934年10月·江西瑞金

当大规模军事转移的各项准备工作全面展开后，中华苏维埃共和国政府、中国共产党中央、中国工农红军总司令部——构成苏区指挥中枢的庞大机构开始了史无前例的快速运转。

在历史的那个时刻，整个中央苏区内工作最繁忙、心情最紧张的当属共产党中央总负责人博古。

博古是中国共产党历史上最奇特的人物之一。至少在二十世纪三十年代初的几年间，作为共产党领导层中的重要一员，他的名字无论从哪方面讲都该列入党史名册。但是，自一九三一年成为临时中央政治局总负责人后，仅仅过了三年，他便在红军大规模军事转移途中从革命史册上消失了。中国红军到达陕北，博古在中共中央组织部供职。第二次国共合作期间，他被派往湖北任中共中央长江局组织部部长。一九四一年回到延安，在《解放日报》和新华通讯社工作。一九四六年四月八日，作为与国民党谈判的共产党代表团成员之一，他乘坐的飞机从重庆飞往延安途中，在山西省兴县黑茶山坠毁，时年三十九岁的博古遇难。同机遇难的还有著名的共产党人叶挺和邓发。

随着那架"因为气候原因而迷失了方向"的小型飞机一头栽进中国西部的黄土沟壑中，博古曲折的人生经历也在刹那间被尘封为历史往事。而恰恰在博古全面掌握领导权的三年间，中国共产党人以及中国工农红军经历了中国革命史上最艰难的时光。在这段岁月里，博古所面对的复杂的政治斗争和险恶的军事形势，挑战着他十分有限的政治经验和军事才能。作为承担着中国革命命运的领导者,博古被他所肩负的巨大责任折磨得十分消瘦。

博古,原名秦邦宪。江苏无锡的秦家曾是一个书香传世的大家,这个家族的族谱上有中国文学史中赫赫有名的人物——北宋婉约派词人秦观。秦观那"两情若是久长时,又岂在朝朝暮暮"的凄婉词句,在整整十个世纪过去之后依旧被中国人在各式各样的纸页中念过来写过去。只是到博古出生时,秦家的家境已经败落。博古对诗词毫无兴趣,天生的演说才能使他成为学生运动领袖。一九二五年,十八岁的博古加入中国共产党。一九二六年,与无数向往无产阶级革命的中国青年一样,他奔赴苏联,进入莫斯科中山大学学习马克思列宁主义。在此期间,他与同学王明共同组成了一个名为"二十八个半布尔什维克"的小团体;同时给自己起了个与苏联同志类似的名字:博古诺夫。一九三〇回国后,他把"博古诺夫"省略成"博古",在中华全国总工会宣传部任干事。一九三一年,在向忠发叛变的非常时期,经王明鼎力举荐,博古年初任共青团中央宣传部部长,四月任共青团中央书记,九月任共产党临时中央常务委员,直至成为中国共产党的总负责人。一九三三年,博古连同临时中央政治局到达瑞金苏区。五月,被增选为中央革命军事委员会委员。就这样,当一九三四年巨大的动荡即将来临时,博古的政治权力也达到了顶峰:在党内,他任中央委员、中央政治局委员、政治局常务委员和中共中央书记;在政府中,他任中华苏维埃共和国中央执行委员、中央政府主席团委员;在红军中,他任红军前方野战司令部政治委员——这个拥有党政军大权的青年这时年仅二十七岁,除了读过马克思和列宁的书籍之外,没有过任何从事革命武装斗争的实践。

当中国工农红军以巨大的代价完成长征后,博古在延安的一次中共中央政治局会议上说:"长征军事计划,未在政治局讨论,这是严重的政治错误……当时是'三人团'处理一切。"——放弃中央根据地,数万红军大规模转移,整个苏维埃国家整体搬迁,如此重大的决策没有经过政治局讨论,如果博古的这个说法是真实的话,无论如何都令人难以置信。

一九三四年,中国共产党经过六届五中全会的改选,领导机构和组织程序已经相对健全。中央政治局十一名正式委员中,除王明和康生在苏联、任弼时在湘赣苏区、张国焘在川陕苏区外,其他的委员博古、张闻天、周恩来、项英、毛泽东、陈云、顾作霖均在瑞金;候补委员中除关向应在黔东苏区外,朱德、王稼祥、刘少奇、邓发、凯丰也在瑞金。当时的书记处成员在党务、政府、工会等方面各有分工:党中央设有由李维汉任局长的组织局,中央大量的日常工作由组织局处理。政府方面,虽然身为苏维埃政府主席的毛泽东已不能有效地行使权力,但是身为副主席的项英大权在握,人民委员会主席张闻天也有相当的权力。而在军事上,朱德是中央政府的军事部长、中央革命军事委员会主席、中国工农红军总司令,周恩来任中革军委副主席兼红军总政委,王稼祥任中革军委副主席兼红军总政治部主任,刘伯承任红军总参谋长。中革军委下属总司令部、总供给部、总卫生部、总兵站部、总动员武装部等机构。

在相当长的时期里,中革军委是红军最重要的领导机构,在日后红军长征的过程中,几乎所有的重大决定都是以中革军委的名义做出的。在中革军委之前组建的中央军委,成立于大革命时期,全称为"中共中央军事委员会",是隶属于共产党中央的军事指挥机构。一九三〇年,中国共产党六届三中全会决定设立"中华苏维埃中央革命军事委员会"。之所以设立一个隶属于政府但在职能上与中央军委重叠的军事机构,是因为俄国十月革命时负责指挥军队的军事机构就是隶属于政府的,名叫"苏维埃社会主义共和国革命军事委员会"。中共中央明确规定,中央军委和中革军委是同一套班子,对外是中革军委,对内则是党的军委。同时指出:"在苏维埃政府中,军事指挥系统直属中央临时政府之下的革命军事委员会","中央革命军事委员会的命令则成为绝对的,有权指挥所属红军与一切武装力量。只有其上级政府与党的苏区中央局可以变更其决定"。一九三一年十一月二十五日，在瑞金，中华苏维埃共和国中央革命军事委员会正式成立，简称"中革军委"。在红军大规模军事转移前，中革军委主席为朱德，副主席为周恩来、王稼祥，代理副主席为项英，委员共有十七人，包括彭德怀、林彪、叶剑英、谭震林、博古、张闻天、毛泽东等，军事顾问是李德。

依据李德的说法："军事转移"这个思想，"是我一个人在一九三四年三月底首先提出来的"。但是，这个外国人的头脑毕竟还没有完全错乱，或者说是因为不愿为中国红军的巨大牺牲承担责任，于是他又补充说"军事转移在军事委员会讨论通过并形成了决议"：

> 五月初，我受中央委托草拟一九三四年五月至七月关于军事措施和作战行动的三个月的季度计划。这个计划是以军事委员会决议的三个观点为基础的，这三个观点是：主力部队准备突破封锁，独立部队深入敌后作战，部分放弃直接在前线的抵抗，以利于在苏区内开展更灵活的行动。这个草案在中央政治局通过后，由周恩来在细节上进行了加工。最后计划规定：储备粮食、冬服，以保障红军的物质需要；建造新的兵工厂，以修理机枪、迫击炮和野战炮，同时加快制造各种弹药，特别是迫击炮和手榴弹；政治上和组织上系统地加强志愿兵的动员工作；改编军队，配足各师的兵力，把这些师编入军团，每个军团至少两个师；贯彻符合运动战要求的训练原则，等等。最后还草拟出一个战略战术指示，这个指示在夏天传达给红军的高级领导人。

决议草案是否如李德所说"在中央政治局通过了"，至今依旧是一个众说纷纭的话题。但有一点应该是符合通常程序的，即军事转移计划被用电报的形式发往共产国际请示；同时，军事转移的决定应该是讨论之后做出的，尽管讨论的范围可能很小。

根据李德的翻译伍修权记述：一九三四年五月，"中共中央书记处会议决定由博古、李德、周恩来组成三人团"。"三人团"是中革军委中的一个决策班子,是军事意义上的决策中心。李德曾说:"毛泽东……以他称之为'灾难'的毫无战绩的广昌战役为把柄,给博古、周恩来和我——即他所谓的军事上的'三套马'加上种种罪名。"李德的话表明,三人决策班子在广昌战役中就已存在。这个班子的工作方式是:在博古的支持下,李德排斥了朱德、王稼祥、刘伯承等红军领导参与军事决策的权利,自己包揽起军委的一切工作。凡遇重大军事行动,均由博古和李德做出决策,再由主持军委日常工作的周恩来以中革军委主席、副主席的名义签发电文并负责实施。在这种情况下,中革军委的集体领导原则在很大程度上名存实亡。而中共中央书记处之所以决定成立"三人团",是因为大规模的军事转移在即,需要有一个精干的班子秘密筹划准备工作。迄今为止,只能在史料中看到博古、李德和张闻天明确提到"三人团",而朱德、王稼祥、刘伯承等其他红军领导人从来没有提及过。由此可见,成立"三人团"的决定,没有经过中央政治局和中革军委讨论通过。而李德就在这样拱手相让般的礼遇中成为中国共产党和中国红军命运的决策者。

李德原名奥托·布劳恩,一九○○年出生在德国慕尼黑郊区的马宁镇。除了奥托·布劳恩这个德国原名外,还有"斯特洛夫"、"巴格奈尔"以及"李德"、"华夫"等一系列化名。据说李德对"华夫"这个名字最满意,因为翻译告诉他这是"中国男人"的意思。

李德的身世扑朔迷离。美国著名记者斯诺称,自己一九三三年在北平见过他,并说这个"从来不提自己的身世和姓名"的德国人曾在南美和西班牙当过"革命的代理人"——"代理人"这个用于商品交易中的词汇被用在革命事业里显得格外古怪。根据斯诺提供的履历,李德参加了第一次世界大战,一九二八年在德国被捕并被"判处死刑",但是他逃了出来且一直逃到莫斯科,在那里他受到苏联共产党的政治和军事训练。而另一位美国著名记者索尔兹伯里却是这样说的:李德是奥地利人,在第一次世界大战中作为一名德军士兵被俄军俘获,继而被押往西伯利亚。俄国一九一七年革命爆发后,几乎所有的战俘都站在革命的对立面上,唯独这个名叫布劳恩的战俘参加了苏联红军。在乌克兰与白俄罗斯打了三年仗后,布劳恩已经成为苏联红军骑兵师的参谋长。他被选送到莫斯科陆军大学进修,学成后以共产国际代表的身份被派往中国。但是,李德死后,当时的东德报纸用讣告的形式描绘出的竟是另外一个李德:十三岁在初级师范学校读书,十八岁服役上一战前线,战后回来继续上学,十九岁成为德国共产党前身"斯巴达克联盟"成员,二十岁成为德国共产党汉堡组织成员,二十一岁在德国共产党中央机关做情报工作,二十六岁被魏玛共和国司法部以叛逆罪关进柏林西区莫阿比特监狱,两年后以"曲折惊险的方式"越狱成功逃往苏联,继而以"巴格奈尔"的化名出席在莫斯科召开的共产国际第六次代表大会,一九二九年在伏龙芝军事学院学习,一九三二年离开莫斯科前往中国。

李德本人在其回忆录中写道:"我在莫斯科伏龙芝军事学院毕业后,由共产国际执行委员会派往中国。我的任务是,在中国共产党反对日本帝国主义的侵略和反对蒋介石反动政权的双重斗争中担任军事顾问。"前苏联远东研究所 A. 季托夫在《纪念奥托·布劳恩八十诞辰》一文中也说:"共产国际执行委员会根据中国共产党人的请求,派遣他前往中国,担任中共中央红军总部的顾问。"那么,究竟是哪个中国共产党人向共产国际提出了派遣军事顾问的请求?或者,究竟是哪个中国共产党人指名奥托·布劳恩来指导中国革命?

一九三七年,在充满艰难险阻的长征中幸存下来的王稼祥去苏联治病,他在那里见到了当时中国共产党驻共产国际代表王明。王稼祥就李德一事向王明提出质问:共产国际是怎样决定派李德去中国的?在李德去中国前你和他谈了什么?为什么博古要完全依赖李德指挥军事工作?王稼祥后来回忆说:"那一天王明的回答令我大吃一惊。"王明说,共产国际从来没有派李德到中国去,他本人也从没对那个德国人作过任何指示,他只知道李德是苏军总参谋部派往中国的,至于派他去中国干什么不清楚。吃惊之后的王稼祥勃然大怒，他认为这是王明为推卸责任而在编造谎言，因为当时共产国际派往所有国家的代表和顾问，必须经过共产国际的东方部和西方部。当这两个机构撤销以后，就由共产国际执行委员会直接决定和批准。王明是共产国际负责中国党的工作的执行委员，这么大的事怎么可能一无所知？而如果李德真如王明所说，是苏军总参谋部派往中国的，那么他凭什么去指挥中国共产党和中国工农红军？

早在李德没来中国前就与之相识的老资格共产党人师哲曾在共产国际工作，他不但坚持说李德是一个被俄军俘虏的普鲁士军队下级军官，而且对于李德的来历提供出一个新的说法：这个德国人本是苏联军队里的一名普通特工，之所以来到中央苏区并且颐指气使，完全是"博古搞出来的事"——"李德到中国来，根本不是共产国际派的，东方部和中共代表团都没有派他去中央苏区当什么军事顾问。我听说他开始是苏军总参谋部派往远东搞情报工作的，因为他是德国人，当时我国东北地区被日本占领着，他同日本人打交道会方便些，所以来到中国东北。后来不知怎么又到了上海，正好被博古他们在共产国际驻华办事处见到，就被博古弄到了苏区，成了军事顾问。"

师哲提到的"搞情报工作"，竟有相应的史料可以核对：一九三一年秋天，苏联著名的情报小组"佐格尔小组"中的一名成员在中国被国民党当局查获并被判处死刑。佐格尔通过各种关系与国民党当局的上层官员达成协议：用两万美金把人赎出去。苏军总参谋部得到消息后，立即派出两个"德国同志"携带美金前往中国办理此事。于是，"党龄都已十年多的德国共产党老党员奥托·布劳恩和赫尔曼·西伯勒分别踏上了征途"——这一历史情节，与王明对王稼祥说的那番话有吻合之处：李德来到中国与共产国际无关，他是苏军总参谋部派往中国的。完成营救苏军间谍的任务后，"德国同志"布劳恩来到上海的中共中央，他的主要工作是把共产国际的指示和世界各地的情报翻译整理后用电报发给中央苏区，同时再把从中国搜集的情报翻译整理后用电报报告给共产国际。在上海工作期间,他遇到了正准备撤往瑞金的博古,在博古的请求下,布劳恩化名"李德"来到中央苏区,成为"共产国际军事顾问"。

博古此举的理由很简单:请一个黄头发、蓝眼睛的"共产国际军事顾问",无疑会加强他这个从外面来的年轻的总负责人的威慑力量,因为他知道自己即将面对的是一批创建了红色根据地和红军武装的共产党领导人。

历史本来简单,是千头万绪的思路将历史搞复杂了。

一切都是"真正的布尔什维克"观念在作怪。在博古和李德这样的共产党人眼里,毛泽东和朱德都不在"真正的布尔什维克"之列。博古真诚地认为,没有规范地学过马克思列宁主义经典的人,迟早会被革命的发展所淘汰。但是,面对中国红军即将开始的大规模军事转移,博古和李德无论如何都不敢擅自决策,他们必须请示"真正的布尔什维克"的大本营——那个远在异国他乡的共产国际。

关于战略转移的计划,博古与共产国际往来多封电报。但是,令博古和李德没有想到的是,就在中央红军即将离开苏区的时候,中共中央与共产国际的电报联络突然中断了。中断的原因很久以后才知道,是因为共产党上海局连同秘密电台一起被国民党秘密警察查获。李德说:"中央与外界完全隔绝,对以后事态的发展产生了无法估量的影响。"——影响确实是"无法估量"的。秘密电台的丧失,切断了中共中央与共产国际的联系,而此时的中国工农红军即将转战于崇山峻岭与急流险滩间,恢复与共产国际联系的可能性微乎其微。这一局面导致的直接后果是:共产国际的大员无法再对中国共产党人发号施令了,而那个戴着高度近视眼镜的博古也失去了拥有"尚方宝剑"的靠山。历史突然进入这样一种时刻,对于真正的中国共产党人来讲,犹如难以驯服的烈马突然甩掉了笼头。于是,中国革命和中国红军的转危为安指日可待。

一部电台的失去竟使历史改变了走向,这是一九三四年九月间的博古、李德、毛泽东以及在上海狭窄的里弄中忙于搜查的那些国民党秘密警察,谁都不曾想到的。

中国共产党人和共产党所领导的红军,具有坚定无比的政治信仰和铁一样的组织纪律,因此他们能够身处巨大的危机中仍然从容不迫地一一打点行装,虽然几乎所有的红军官兵都不知道自己要走多远、要走多久、要去哪里。

红军大规模军事转移的准备工作首先是舆论上的。

在国民党军对中央苏区发动疯狂"围剿"的时候,中共中央提出的口号是"决不放弃苏区的一寸土地"。现在,整个苏维埃共和国都要转移出苏区了,必须在舆论上对红军官兵和苏区百姓有所交代。

发表在临时中央政府机关报《红色中华》上名为《一切为了保卫苏维埃》的文章,对此做出说明。文章首先颂扬了中央苏区反"围剿"取得的胜利,指出这一胜利"大大地兴奋了与革命化了全东方民族与全中国的民众"。接着,文章批判了"认为党的路线仅仅是进攻路线"的错误观点,批判了在苏区内部与敌人较量的"个人的拼命的英雄主义":"他们看见某些战线上几次军事的胜利,就会发狂,就会使胜利冲昏头脑,以为革命在明天就会胜利,明天我们就会占领南昌、上海。"文章最后阐述了这样的主题:放弃苏区或者说转移战线,是可以在马克思和列宁那里找到依据的一种策略,因为"马克思主义和一切原始社会主义不同,就在于他不用一种固定的斗争方式束缚运动,他承认各种各样的斗争方式"。那么,为什么要进行大规模军事转移呢? 文章说:"跟着群众自觉性的生长,跟着政治经济危机的剧烈化",便产生了"新的越来越复杂的防卫和进攻的方法",而"马克思主义无条件地不抛弃任何一种斗争的方式"——识字不多的红军官兵,根本无法弄清这些蹩脚的翻译和生涩的行文,他们只能拐弯抹角地从中捕捉即将发生的事情:红军要离开苏区了。其实,所有这一切只需一句话就能向红军官兵讲清楚:"打得赢就打,打不赢就走。"只不过毛泽东的这句话实在太

"土"了,在博古和李德看来,即使毛泽东的说法有正确的成分,"真正的布尔什维克"也绝不会像草寇首领一样粗俗地说话。

舆论准备之后,更重要的是军事转移前的物质准备。

李德亲自试验了苏区兵工厂制造的三颗手榴弹。第一颗等了好一会儿也不见爆炸,在决定前去查看的时候,手榴弹"嘭"的一声裂成了两半。第二颗根本就没有爆炸,而且无论等多久连"嘭"的一声也没有。第三颗的爆炸声虽然清脆好听,但它爆炸在空中飞行的时候,差点把李德当场炸死。李德说:"亲爱的同志们,今天,一颗炸成两半,一颗没炸,一颗全炸了,成功率应该算百分之五十。你们能够保持这个比例么?"兵工厂的红军干部表示:"能!"

苏区没有真正意义上的军事工业。最初的兵工厂仅仅是在一间屋子里简单地修理枪支,后来终于有了几台旧机床,那是许多共产党人历尽千难万险甚至是付出了生命才弄进苏区的。这些旧机床被连接在红军打漳州时缴获的那台发电机上,居然可以转动。有关部门在可能的范围内广泛征召铜铁锡匠和烧焊工,大城市中的地下党也专门送来了真正的技术工人,红军还从国民党俘虏中鉴别出懂得军工知识的官兵,同时迅速在红军部队中培养政治可靠又懂技术的人才。所有这些人集合在一起,从利用废弹壳造出不保证全能打响的步枪子弹开始,直到造出雷管、炸药,修理好从前线缴获来的机枪和迫击炮,甚至还制造出了几发迫击炮弹。苏区兵工厂最重要的任务是制造手榴弹,兵工厂的工作人员到处收集废铜烂铁用以浇铸手榴弹弹体,因为在红军所擅长的近战中手榴弹用途最大。

在大规模军事转移前夕,李德匆忙的身影在苏区内到处可见,他来回地视察通讯厂、被服厂、织布厂。为了配合他的工作,红军总部一局汇总了有关武器装备和生活物资准备的各项资料:枪支三万三千二百四十四支(挺)、子弹一百七十三万二千一百三十发、迫击炮三十八门、炮弹二千四百七十三发、冬衣八万三千件、盐巴三万四千八百六十二斤、各类药品一百七十七担。红军还筹集了够所有官兵食用十天的粮食以及至少可以维持两个月消耗的通讯材料。其中粮食是向民间征集的。中央发布了《关于在今年秋收中借谷六十万担的决定》——苏区内大量的政府工作人员和数万红军官兵每天都要吃饭,再度大量筹粮势必会加大苏区百姓交纳公粮的份额,于是便"借",只是"借"的数字格外巨大。七月正是稻谷收获的时节,百姓并不知道红军即将离开苏区,他们把一担担粮食挑进了红军的粮库。

中华苏维埃有个国家银行,行长是毛泽东的弟弟毛泽民。一九三二年,中央政府认为随着红军的军事行动越来越多,在瑞金存放如此大量的财宝不安全,遂在位于石城地区的烂泥坑建立起秘密金库。这真是一大批财宝:从攻打县城和乡镇的战斗中缴获、没收的大量金条、金锭、银元、元宝、珠宝、金银首饰以及钻翠工艺品,到国民党统治区发行的纸币、苏区铸造的银元,甚至还有在金店作坊里才能看见的金扣子、金发卡等装饰品。这些财宝被苏维埃政府雇来的一百多名民工搬运到陡峭的山上,所有的民工都不知道沉重的担子里装的是什么。财宝搬运完毕后,毛泽民和两个红军战士封闭了山洞。除了他们三个人和极少数苏区高级领导人外,再也没人知道苏维埃国家银行的金库在什么地方。

一九三四年,国民党军逐渐向中央苏区核心地带压缩,首先逼近的便是石城地区。毛泽民找到毛泽东,说他准备把金库搬到兴国附近去。毛泽东对毛泽民说:"还是分散给各部队保管吧。"毛泽东这句话的意思也许是:搬到哪里都不安全了。于是,毛泽民重新开启金库,再次雇民工把财宝往山下搬。这些财宝在大规模军事转移前被分发给各军团,各军团又把部分金锭、金条、银元以及钞票分发给每一个红军官兵。无法想象数万红军分到这些国家财宝时的情景,队伍中的欢愉和欣喜定是十分壮观。红军中的绝大多数官兵从来没有手握沉甸甸银元的经历,他们小心地把这些令他们惊喜不已的东西揣在腰间,誓死保卫苏维埃共和国的感觉油然而生。在后来的长征途中,这些财宝竟对红军官兵的生死起到了重要作用:红军用它们向遇到的百姓购买食物和用品;

而一旦他们受伤无法跟随部队行军被留下来时,这些东西可以让他们活下去。

军事转移前的另一个重要准备是大规模"扩红"。

于都距离瑞金九十公里。一九三四年夏天,"扩红"突击队队长刘英来到于都,她的任务是三个月内动员两千两百名青年农民参军。只是,这个有着丰富政治鼓动经验的女红军努力了半个月,才说服了大约五十名青年农民参军。正当刘英一筹莫展的时候,县苏维埃干部请她去审问"破坏扩大红军的反革命分子"。刘英和突击队副队长张振芳在县苏维埃主席的带领下还没走到审问地点,就听见远远地传来一声痛苦的惨叫。到了那里,才看见审问者手里的棍棒正打向被审问者的胸口。这是几个衣衫褴褛的农民,他们被认为"散布过不利于扩大红军的言论"。具体地说,就是他们不停地对红军干部诉说日子艰难不能没人干活。少女时代就参加革命的刘英目睹过许多残酷的场面,包括她那同样是共产党员的新婚丈夫牺牲在敌人的枪口下,但她还是对眼前的情景十分惊骇。她忍不住冲上去企图阻止,但是被张振芳拦住了,张振芳悄声提醒她小心成为"右倾机会主义者"——当时,矛头直指毛泽东的政治运动在苏区如火如荼,副队长的提醒显然是善意且及时的。审问在刘英的惊骇中继续进行。突然,一个红军战士骑马飞奔而来,他交给刘英一封信,写信者是苏维埃人民委员会主席张闻天,信的内容是指示在"扩红"工作中"不能乱来"。刘英立即把张闻天的信向审问者朗读了,那几个颤抖不止的农民当即被释放。那一天,刘英对这封信连同写信者充满了感激,这也许是她在万里长征结束后成为张闻天妻子的原因之一。

苏区开展的"扩红"运动十分猛烈,因为自广昌战役以来红军由于伤亡巨大出现了严重的兵员短缺。没人能够预料未来的军事形势将往哪个方向发展,而红军队伍的人数是这支红色武装战斗力的基本保证。博古在党的会议上指出:"现在红军的数量还是不够的,非常不够的。要准备与帝国主义直接作战,一百万以至几百万红军的创立是目前紧

急的任务。"博古以中共中央的名义下达指示,要求"全党全军甚至共
和国全民,最大限度地扩大和巩固主力红军……动员一切力量、一切资
源,发扬党和群众的积极性到最高限度来扩大和巩固红军,将一切其他
任务围绕在这个任务的周围"——当时,整个中央苏区总人口大约为
三百万,不知博古创立"一百万以至几百万红军"的设想从何而来? 如
果博古是针对全国所有苏区提出的这一宏伟蓝图,那么,在短时间内把
红军的数量扩大到"一百万以至几百万"也是不现实的。纵观中国工
农红军的历史,即使在鼎盛时期,全国苏区内的作战部队加在一起,总
兵力也从来没有超过二十万。

　　一九三四年九月,扩大红军数量的运动达到高潮,而这时苏区内可
动员的人力资源已经越来越少,因为自一九三三年以来,已有十七万青
年参加了红军,这个数字意味着苏区内不分男女老幼,平均每十五个人
中就有一人参加了红军。"扩红"干部找到正在于都忍受着疟疾折磨
的毛泽东,请这位动员过无数贫苦农民加入红军的领导人帮助他们动
员群众。毛泽东去了,在群众大会上,身体极度虚弱的他只讲了五分
钟,五分钟内他只讲了一个意思:决心。"决心"这两个字几乎可以概
括那时苏区军民所具有的勇气:敌人就要闯进来了,我们可以放弃眼前
的一切,但是我们必须保留决心! 决心可以使我们战胜一切艰难险阻,
决心可以使我们重新赢得一切!

　　为了鼓励青年参军,苏区给带头参军的家庭以丰厚的物质奖励,包
括当时在苏区十分珍贵的大米、火柴和盐巴。干部们当场宣布:有人参
军的家庭可以免去税收,这个家庭凭军属证还能享受无偿帮助春耕和
秋收的待遇。在干部们的努力下,长冈乡四百零七名青年中,有三百二
十人参加了红军,而瑞金一县参加红军的青年就有五万之多。

　　大量的新兵组成了新的红军部队:以萧华为政委的"少年共产国
际师",官兵平均年龄只有十八岁;以周昆为军团长的第八军团,全部
战士都是来自苏区的新兵。这些刚刚参军的青年农民,很快就跟随中
央红军离开了家乡,他们中的很多人都在日后残酷的战斗中牺牲了,仅

瑞金参军的青年就有一万八千人牺牲在长征途中,兴国参军的五万青年中两万三千人成为红军烈士。而那个全部由新兵组成的中国工农红军第八军团,因为在战斗中兵力损失殆尽,它在红军的编制序列中仅仅存在了六十多天。

当红军主力部队全部转移出苏区后,国民党军队立即占领了瑞金,从一九三四年至一九三七年间,整个苏区被屠杀的红军家属竟达八十万人!那么,苏区的百姓为什么愿意并且能够承担如此巨大的牺牲?原因显而易见:在红军没有到来之前,占总人口百分之八十的贫苦农民,仅拥有不到百分之二十的土地,几乎所有的贫苦农民都是地主的佃户,人人身上都背负着地主发放的高利贷,他们为了还贷而付出的劳作永无尽头。但是,红军来了,贫苦的农民不但拥有了土地,可以享受土地上的收获,他们甚至还知道了"人民代表大会"和"无产阶级革命",这些新奇的名词让他们享受到共产党人给予他们的政治尊严和社会权利,目不识丁的农民因此萌生了"为公家的事出力"的群体意识,这种群体意识是数千年以来中国农民最为缺乏的,也是马克思主义理论家首先把产业工人而不是农民视为革命生力军的主要原因。但是,中国革命的实践证明,由于占有万分微薄从而导致付出时万分吝啬的农民,当他们眼见为实地认为值得而且必须付出的时候,其毫无保留和不计代价的程度竟是十分惊人的。

刚刚进入九月,位于前线的红军高级指挥员突然接到了与往常迥然不同的电报,电报要求他们不要与敌人硬拼,要特别注意"爱惜地使用自己的兵力",以减少官兵的损失,特别是要减少干部的损失。电报指出:为了这个目的甚至可以从阵地上撤出。在敌人进攻最激烈的石城地区,彭德怀的第三军团接到中革军委的电报:"最高度地节用有生兵力及物资器材","不要准备石城的防御战斗,要准备全部的撤退"。九月二十四日,朱德致电第一军团林彪和聂荣臻:"预先没有充分的准备和侦察,并以密集队形冲锋,这是不适当的";"以后抗击围敌行动中,第一等原则是爱护兵力,因此主要的行动方式是防御和局部的反突击"。第二天,朱德再次致电各军团:"坚决避免重大的损失,特别是干部"。"我们工事不十分巩固时,指挥员应适时放弃先头阵地"。"在失利时,应有有组织地退出战斗的计划"。接着,朱德在致第九军团军团长罗炳辉的电报中明确指出:"为爱惜兵力,应避免坚决的战斗。"——"避免坚决的战斗",这样的措辞至少在一个月前是不可想象的。为了苏区的每一寸土地而战,无数的红军正是抱着这样的信念面对死亡的。"第一等原则"突然从"坚决和敌人战斗到底"变成了"避免坚决的战斗",红军高级指挥员们隐约意识到:要有大的军事变动了。

前线的部队在逐一后撤,苏区内在紧张地筹备转移,大多数的人并不知道,此刻,一个更为重要的问题正在很小的范围内被万分机密地讨论着:苏维埃共和国要走了,中央红军主力部队要走了,那么,现有的高级干部中,哪些人一起走哪些人必须留下呢?

最终制订的那份"走留"名单是一个永远的悲剧话题。

其悲剧性在于,所有的人都知道,留下来便意味着九死一生。

虽然军事转移一开始就意味着举国搬迁,似乎并不存在有人留下的问题,但是军事决策中心认为,必须留下干部和部队坚持战斗。理由是:军事上可以迟滞国民党军对中央苏区的占领,分散国民党军对红军主力的追击;政治上要坚决地避免造成红军完全放弃中央苏区的印象,留下的部队可利用苏区的群众基础与国民党军周旋作战。最后,还有一个理由,那就是万一中央红军走不出去需要回来呢。

广昌战役后的一天,大约是七八月间,博古把三十八岁的中央组织局局长李维汉叫去。博古指着地图对他说:中央红军要转移了,要到湘西洪江去建立新的根据地。现在,需要你到江西省委和粤赣省委去传达这个精神,并让省委提出带走和留下的干部名单。红军还要带一批优秀的地方干部走,这个名单也让省委研究后提出。两个名单一起报中央组织局批准。这是李维汉第一次听说中央红军即将转移。

确如博古所说,干部的"走留"问题,属于省委的名单由省委报中央,属于中央机关、政府、部队、共青团等系统的,由各单位的党团负责人和行政领导决定后报中央。而党的高层干部的"走留"名单,则是由军事决策中心决定的。在迄今为止可以查阅的史料中,没有确切史据支持"走留"名单被用来进行了一次"清洗"。但是,最后确定的那份党的高层干部的"走留"名单,依旧令人百感交集。

留下来坚持斗争的领导机关叫"中央分局"。因此,最先被确定的就是中央分局领导人的名单,他们是:项英、陈毅、贺昌、瞿秋白、陈潭秋。其他被留下的高级干部有:何叔衡、刘伯坚、毛泽覃、古柏……

当博古找到陈毅告诉他将被留下时,陈毅正忍受着剧烈的伤痛。博古说:"本来是想把你抬着走的,但考虑到你在江西闹革命已经七八年时间了,在江西有声望,党内军内都活动得开,最后还是决定把你留下来,负责军事工作。"陈毅不久前在兴国指挥作战时胯骨被子弹打碎,他是被抬到医院后看见医疗器械和药品都已装箱,才知道红军要转移的。周恩来让医生给陈毅照一张 X 光片,但 X 光机和发电机都已被拆成零件装在箱子里了,周恩来强行命令把箱子打开把机器重新装上。X 光片显示陈毅伤势严重,如不手术有瘫痪的可能。周恩来命令医生们立即为陈毅手术。术后的剧烈疼痛令陈毅很难忍受,但是被留下的消息令他更加难受。陈毅让人用担架把他抬到红军总司令部,到了那里他对朱德说:"我请求和红军一起走,我的伤很快就会好,我还要继续指挥作战,请不要把我留下。"朱德沉默了好一会儿才说:"你的请求,我无法回答。但是我可以转告他们,我个人同意你的意见。"可是,陈毅的请求再也没有回音了。此时,这位三十三岁的共产党人考虑的并不是自己的生死,而是红军主力走了之后他能否与心存芥蒂的项英一起坚持战斗。果然,中央红军刚刚出发,陈毅与项英就因对时局的判断和斗争策略问题争吵起来。当陈毅勉强可以挂着棍子走路的时候,他率领少数警卫人员突围成功。在以后的几年间,他在人烟罕见的荒山中过着野人般的生活,创伤复发的剧痛和极度的饥饿常常令他感到濒临死亡,他幻想过到另一个世界里与他的同志们相聚,并继续实现他们的革命理想:"此去泉台招旧部,旌旗十万斩阎罗","取义成仁今日事,人间遍种自由花"! 这位后来成为新中国外交部部长的红军将领能够生存下来,无论在革命者的意志上还是在人类生存的极限上,都是一个奇迹。

　　瞿秋白半年前才来到中央苏区。这个曾经担任过中国共产党最高领导人的思想家和文学家,此时正患着严重的肺病。他面容清瘦,气韵谦和,曾用优美的文笔翻译了马克思和列宁的著作。鲁迅在念及他的人格和才华时曾深情地说:"人生得一知己足矣,斯世当以同怀视之。"瞿秋白多次躲过国民党当局的搜捕,却无法躲避王明和博古的政治攻击。中共临时中央局做出的《关于狄康同志的错误的决定》中有这样的表述:"根据狄康[瞿秋白]同志最近所发表的几篇文章,中央认为狄康同志犯了非常严重的有系统的机会主义错误。在客观上,他是阶级敌人在党内的应声虫。"一九三三年冬天,淅淅沥沥的阴雨令上海格外寒冷,已经开始咳血的瞿秋白接到临时中央局要求他前往战火中的中央苏区的电报。瞿秋白看着电报说:"想去很久了。"一九三四年二月,艰难辗转一个月后他到达瑞金,被任命为苏维埃共和国教育部部长。他还是经常发烧,成为傅连暲医生的常客。但他主持制定了《苏维埃教育法规》,倡导创建了苏维埃大学。邓颖超不知道瞿秋白的病体里为什么会有燃烧不完的革命热情,她在供给十分紧张的条件下找来一些面粉和糖特意为瞿秋白烙了几张糖饼。整个中央苏区内,只有博古对瞿秋白的到来耿耿于怀,因为当年在莫斯科中山大学时,瞿秋白作为中共驻共产国际代表团团长,曾对王明和博古的小团体进行过严厉的呵斥。军事转移前夕,毛泽东召集苏维埃政府各部门领导开会,宣布政府各部门的"走留"名单,瞿秋白没有在转移名单中听到自己的名字。已经收拾好行装甚至打好了几双草鞋的瞿秋白当场要求跟随红军转移。毛泽东的回答是"会后再谈"。会后毛泽东找到博古,结局拿毛泽东的话讲是:"我的话不顶事。"之后,周恩来又找到博古,建议他就瞿秋白的问题"再郑重考虑一下",而博古坚持说瞿秋白患有肺病不适宜长途行军。最后,瞿秋白自己找到博古,可任凭他怎样请求,博古仍是无动于衷。从博古那里回来,瞿秋白把自己的马送给了即将转移的徐特立老人。一九三五年初,瞿秋白被要求打入白区工作。二月二十四日,他从苏区向福建转移途中于长汀被捕。狱中的瞿秋白面对威逼利诱坚贞不屈,他说:"如果人有灵魂的话,何必要这个躯壳!但是,如果没有灵魂的话,这个躯壳又有什么用处?"六月,蒋介石的电报到了:"瞿匪秋白即在闽就地枪决。"刑场位于县城西门外罗汉岭下的一块草坪上,瞿秋白到达那里后盘腿坐在青草上,然后对身后的持枪者说:"就是这里了,开枪吧。"数粒子弹瞬间穿透了这位三十六岁的共产党人的胸膛。

已经五十八岁的何叔衡也被留下了,这也许与他和毛泽东的情谊有关。何叔衡曾与毛泽东一起发起新民学会,一起创立湖南共产主义小组,又一起作为湖南的代表参加了创建中国共产党的会议。一九三一年何叔衡到达中央苏区后,出任苏维埃政府工农检查部部长、内务部部长和临时法庭主席。当毛泽东受到排斥的时候,他也被撤销了一切职务。得知自己被留下后,何叔衡准备了水酒和花生,为他的老朋友林伯渠送行。那个晚上,他将女儿为他织的毛衣送给林伯渠。林伯渠有诗记载道:"去留心绪都嫌重,风雨荒鸡盼早鸣。赠我绵袍无限意,殷勤握手别梅坑。"一九三五年初,何叔衡被要求与瞿秋白一起去白区工作。出发前因为脚上没有鞋子,他开始寻找一双结实一点的布鞋。二月二十四日,在地主武装的袭击中,何叔衡中弹倒在一片稻田里。两个匪兵赶上来搜查他的衣袋,何叔衡突然间奋起反抗,匪兵立即朝这位老人的胸口连开两枪,何叔衡的血瞬间染红了那片开阔的稻田,同时也染红了他揣在怀里的那双一直没舍得穿的布鞋。

刘伯坚毕业于苏联伏龙芝军事学院。国共合作时期,他以秘密党员的身份在冯玉祥的部队中任总政治部部长,对争取西北军将领同情甚至投身革命做出过重要贡献。一九三一年,他出任中国工农红军第五军团政治部主任。在红军大规模军事转移的前夕,他被要求离开红五军团,留在苏区,出任赣南军区政治部主任。那个时节,苏区的桂花芳香馥郁,于都河边却是一片伤感。刘伯坚带领赣南军区的官兵开始在于都河上架桥,以护送红军主力部队撤离苏区。好友叶剑英望着他忙碌的身影,不禁心如刀绞。整整二十七年后,叶剑英想及此情此景时写道:"梁上伯坚来击筑,荆卿豪气渐离情。"一九三五年三月,刘伯坚在率部突围中左腿中弹不幸被俘,二十一日在江西大庾被国民党军枪杀。刑前,国民党军警给他戴上沉重的镣铐,让他从大庾一条人口稠密的长街上走过。刘伯坚拖着带有枪伤的腿,沿着长街一步步地向前挪,这位时年四十岁的共产党人在哗哗作响的铁镣声中留下了那首《带镣行》:

> 带镣长街行,蹒跚复蹒跚,
>
> 市人争瞩目,我心无愧怍。
>
> 带镣长街行,镣声何铿锵。
>
> 市人皆惊讶,我心自安详。
>
> 带镣长街行,志气愈轩昂,
>
> 拼作阶下囚,工农齐解放。

在红军大规模军事转移后,留在苏区牺牲的革命者还有:贺昌,曾任中国工农红军总政治部副主任,一九三五年三月五日率部突围时遭遇国民党军伏击牺牲。古柏,曾任中国工农红军独立第三师师长,一九三五年三月六日,他率领的闽粤赣边游击队被国民党军包围,激战中身中数弹牺牲。毛泽覃,曾任中央苏区中央局秘书长,一九三五年四月二十六日,在瑞金附近红林山区的战斗中牺牲……

有史料表明,毛泽东也曾被列入留下的干部名单。时任李德翻译的伍修权回忆道:"最初他们还打算连毛泽东同志也不带走,当时已将他排斥出中央领导核心,被弄到于都去搞调查研究。后来,因为他是中华苏维埃政府主席,在军队中享有很高的威望,才被允许一起长征。如果他当时被留下,结果就很难预料了。"另外一个历史细节也可以成为佐证:红军军事转移出发前,毛泽东的警卫员见别人都去供给处领取行军用的布鞋、草鞋、绑腿带、背包、马袋子以及冬服等物资,就去领取毛泽东的那一份,但是负责物资发放的一位姓刘的干部在供给名单上就是找不到毛泽东的名字。

以当时博古与毛泽东的关系,他很可能更希望毛泽东留下。虽然军事决策中心在决定高层干部的"走留"问题时,因为高度机密没有留下任何文字记录,但可以肯定的是周恩来坚持让毛泽东跟随红军转移的立场是显而易见的。

家庭出身与文化背景有着很大差别的周恩来与毛泽东,他们的关系是中国革命史上最意味深长的关系。长期的革命实践使周恩来对毛泽东有一个至关重要的认识,那就是:无论把马克思和列宁的经典背得如何流畅,毕竟马克思和列宁从没有来过中国,他们所有的革命理论都产生于欧洲的人文历史中,而中国有现实的、具体的、独特的国情。在政治、经济和文化与欧洲迥然不同的中国搞无产阶级革命,公认的行家里手不是马克思和列宁而是毛泽东。因此,即使在毛泽东受到排斥和冷落的时候,周恩来也会把党内的重要文件送来请毛泽东过目,就重大的政治军事问题请教毛泽东。他甚至在生活上也尽可能地给予毛泽东细致的照顾,包括毛泽东的身体状况、警卫安全乃至食品和香烟的供应。如果仅从信任的角度讲,面对能够滔滔不绝地引用马克思列宁经典的"真正的布尔什维克",周恩来更倾向于写出了《湖南农民运动考察报告》和熟读过《水浒传》的毛泽东。当周恩来认准这一点之后,这个中国共产党内少有的温文尔雅的革命家,以他海纳百川的胸怀和气魄成为毛泽东的追随者。当博古提出把毛泽东留下后,周恩来的反对态度异常坚决,他的理由很简单:毛泽东是红军的创始人,是根据地的创始人,是苏维埃政府主席,在党内和红军中享有极高的威望,如果把他留下万一出了事,无法向全体干部和红军官兵交代。周恩来的最后一句话意义深远,他说:"中国革命需要毛泽东。"

博古突然感到自己把这个问题看简单了。

博古就毛泽东的问题与李德交换意见,李德给博古转述了斯大林常讲的一个希腊神话:每逢天神安泰与敌人作战失败,他就往母亲地神盖娅的身上一靠,这样他就能重新获得神奇的力量从而赢得作战的胜利。为此,敌人总是千方百计地隔断他与母亲的联系,想尽一切办法阻止他回到大地上。虽然李德一向认为"口头上服从,行动上反对"的毛泽东是个"危险的人物",但此刻他讲的这个欧洲故事竟使博古一下子改变了主意:如果让毛泽东留下,当中央红军主力部队撤离后,留在苏区的中央分局就会成为毛泽东的小天地。毛泽东当年在井冈山上仅仅只有几百人,不是后来也发展成一个共和国吗?那么让毛泽东留下正是给了他重打锣鼓另开张的机会。要阻止这种后果的发生,就必须将毛泽东与他的"大地"的联系隔断。

就这样,毛泽东被批准跟随红军转移了。

没过多久,博古和李德几乎同时明白了用希腊神话解释中国革命是多么的幼稚。

一九三四年十月六日,从中央苏区北部前线传来的消息令人格外焦虑:国民党军已全面突破石城防线,其主力部队正向瑞金方向攻击而来,距瑞金的直线距离只有几十公里了。而使事态变得更为严峻的是,湘鄂赣军区司令员兼红十六军军长孔荷宠突然叛变,导致湘鄂赣边区随即被国民党军占领。这一突发事件,也许还会导致另一个更可怕的后果:中央红军大规模军事转移计划将被泄露。孔荷宠,时年三十八岁,湖南平江人,一九二六年在平江加入中国共产党,历任游击队队长、湘赣边游击纵队司令员、红五军第一纵队纵队长、红十六军军长等职。一九三二年因"盲动主义"受到批评被撤销职务,后调入中革军委总动员武装部工作,他借巡视工作的机会向国民党军投降。孔荷宠叛变时,身上带有一张瑞金中央机关位置图,这张图使国民党军如获至宝,瑞金苏区内的重要目标立即遭到猛烈轰炸。

形势危在旦夕。

十月七日,这一天,萧克率领的红六军团在贵州甘溪镇遭遇国民党军重兵突袭;而在江西苏区前线,中央红军主力部队的高层指挥员接到了令他们心情异样的命令:从现有阵地上迅速撤出,把阵地移交给地方武装,清点所有的武器装备,立即到指定地点集结。

朱德致第三军团彭德怀、杨尚昆"应在目前集中地进行补充和军政训练"电:

彭、杨:

　　甲、三军团到十二号止,应在目前第一个集中地域进行人员、干部、弹药等的补充,在这时期应完成部队的整理。

　　乙、在这时应加强军政训练,主要是演习进攻战术的动作,及步兵与机枪、迫击炮及工兵的协同动作。

　　丙、三军团全部约于十二号晚出动,并于十四日晨到达第二集中地域[即集结于雩都东北之水头圩、石溪坝、车头圩、禾田及仙露观地域]。十五日晚,三军团全部应准备备战前进。

　　丁、为保守军事秘密,应[在]整理训练中严密防空,严格克服逃亡现象及随便闲谈。

　　戊、整理的经过,每日电告我们。

　　　　　　　　　　　　　　　　　　　　朱

　　　　　　　　　　　　　　　　七日九时半

朱德致第九军团罗炳辉、蔡树藩"转移到古城、瑞金间地域的部署"电:

罗、蔡:

　　甲、李[李延年部]敌于到达河田后,主要是构筑碉堡和路。

乙、九军团[医院、兵站及轻伤员均在内]准备转移方向，并应于九日晨到达古城、瑞金之间的地域。其行动部署如下：

（A）今七日夜应秘密转移到汀州地域，八日即在该处隐蔽配置。

（B）八日夜向古、瑞间前进，九日即在该地隐蔽配置。

丙、罗、蔡应于九日晨赶到军委，部队即交参谋长指挥。

丁、二十四师主力仍留河田以北地域，并向河田、大田屋、南山坝进行积极的游击活动。河田以西汀州河的桥梁应拆毁之。在河田之东端及南端，应于夜间派得力便衣队埋设踏发的地雷。

戊、军团的移动应在二十四师的掩护下，保守绝对的秘密，除二十四师首长可知道外，不得使其部属知道。

己、九军团的移动必须在黄昏与夜间行之。如行军至早晨尚未到达目的地时，必须采取办法使敌人空军侦察不能知道九军团的移动。

庚、二十四师从今晚起，应令其直受军委指挥并电告其部署。

朱

七日十时

朱德致第一军团林彪、聂荣臻"向集中地域秘密移动"电：

林、聂：

甲、一军团[欠十五师]及全部后方机关，应于今七号晚集中于兴国东南竹坝、黄门地区，于八号晚开始向集中地区移动。十一日晨应集结于以下分界的地区：在北面及西面则以宁都河为分界线，在东面则以下坝、宽田为分界线，[在]南面则以宽田、梓山市及向西到会昌、宁都河会合处为分界线，各分界线均不包含在一军团集中地域内。

乙、为保守军事秘密，应采取如下的办法：

A、对于部署只告以每天的行进路和宿营地。

B、为避免敌人的空军侦察,应于夜间移动,拂晓时则应隐蔽配置起来,并采取各种对空防御的手段。

C、要克服落伍及逃亡。

丙、十五师约于十二号到达你们集中地区内的东部。

丁、到达集中地域后,你们应于宽田、岭背间接上我们的长途电话。

戊、应给五军团首长战术上的指示,而兴国最少要于十五号以前保持于我们的手中。五军团从八号晚起即直接受军委指挥。

己、执行情形电告。

朱德

七日十一时

九日,朱德致第八军团周昆、黄甦"向集中地域移动"电:

周、黄:

甲、八军团于今九日由现地出动,并于十二日拂晓前到达杰村、澄龙、社富地域。

乙、移动的秩序如下:

(A)九日夜,八军团应到达古龙岗南岸之水南南路石桥地域,而后方机关则应到达黄沙、平安寨。

(B)十日夜,八军团司令部随二十一师应到达桥头地域,而二十三师及后方机关则应到达银坑地域。

(C)十一日夜,则全部隐蔽地到达指定集中地域。

丙、独二、独三团没有任何掩护的任务,独三团的任务则仍照你们昨日来电行之,而独二团则应于九日晚接替六十三团的任务。以后独二、三团的再行动,另有电告。你们则应转告独三团首长统一指挥行动。

丁、为守军事秘密,应注意如下事项:

(A)这一命令不得下达,而仅以单个的每日的命令实施之。

(B)严防落伍和逃亡。

(C)只应于夜间移动部队,日间休息配置时,则严密注意防空。

戊、执行情形,电告军委。

朱

九日九时

至此,除董振堂任军团长、李卓然任政治委员的第五军团外,中央红军所有的主力部队都已从反"围剿"前线阵地撤离,开始了大规模军事转移前的集结。中国工农红军第五军团,由在宁都起义的原国民党军第二十六路军改编而成,在此后中央红军大规模军事转移途中,一直担当着艰辛危险的后卫任务。一九三四年十月初,当中央红军所有的主力部队开始移交阵地的时候,他们依旧在阵地上阻击着国民党军的凶猛攻势,以掩护红军大部队撤离。

军情万分紧急,转移迫在眉睫。

朱德的电报格外引人注意之处不是移动的方向,而是被反复强调的"命令不得下达"和"克服落伍及逃亡"。

红一军团第一师师长李聚奎,仅在军团长林彪那里得到了"部队要转移"这句话以及几百名新兵和五百块大洋。他回忆说:"部队由一个区域作战转移到另一个区域作战,是常有的事。但是过去部队转移时,军团首长总是尽量争取时间采取各种办法面授任务,讲明情况;遇到情况紧急时,也要给师的主管干部直接打个电话。可是这次部队转移,军团司令部只是通知我们按行军路线图指定的方向前进。至于部队为什么要转移,转移到何处去,均不得而知。"师长都"不得而知",团一级的干部就更无从得知了。红一军团第二师四团政委杨成武是在读了那篇名为《一切为了保卫苏维埃》的文章时,才隐约感到会有异常情况。他想从自己的师政委刘亚楼那里了解更确切的消息,但是当他找到刘亚楼时,却见刘亚楼也正捧着那张报纸费力地琢磨着——从军事常识上讲,向有关指挥员尤其是中高级指挥员隐瞒部队行动目的,是不符合军事惯例的,而且是具有一定潜在危险的。但是,重兵于危急时刻的大规模移动,最严格的保密显然是必须的:在当前的前沿阻击阵地上,只有少量的后卫掩护部队以及地方自卫队武装了,如果红军主力的撤离和移动被国民党军得知,敌人也许会迅速形成全线规模的大攻击,这种局面一旦出现导致的后果将是灾难性的。

自人类有战争以来,就有在艰险之中或危难时刻的落伍或逃亡。大规模的军事转移仓促提前,致使红军刚从阻击阵地下来就开始集结行军,队伍中的大批新战士没有经过必要的政治教育和军事训练,一部分新兵甚至是在移动中被直接编进战斗连队的。况且,中国人自古以来就难离故土,红军中的新兵绝大多数是本地人,因此,部队中出现了士兵落伍或逃亡的现象。红军总政治部为此要求各部队普遍成立"反逃跑斗争委员会",同时要求"特别注意经过区域的战士的巩固工作,发动不请假不回家的斗争"。负责中革军委警卫工作的特务队队长杨世坤卸任后请假外出,两天之后仍不见回来,接任的队长潘开文立即向上级作了汇报。因为潘开文兼任朱德的警卫员,朱德的妻子康克清亲自前去检查,结果发现杨世坤外出时不但带走了两支驳壳枪和一些子弹,还带走了自己的全部衣物。这显然已经构成一个严重的事件。苏维埃共和国政治保卫局红军工作部部长李克农立即展开调查,不久就获悉了杨世坤与苏区附近的一个女人相好的线索。康克清和李克农找到那个"长得挺漂亮"的女人,女人坚决否认她与杨世坤有关系。后来,在不说就要把她带走的威胁下,她才说出杨世坤正藏在小山上的一个亭子里。李克农立即派人包围那座小山。当红军官兵冲上小山时,杨世坤开枪自杀了。

一九三四年十月八日,中共中央发布关于"红军主力突围转移,中央苏区广泛发展游击战争"的训令。这一训令被认为是长征最早的军事和政治命令：

> 在我们党面前摆着这样的问题,全部红军继续在苏区内部与敌人作战,或是突破敌人的封锁到敌人后面去进攻。很明显,如果红军主力的全部照旧在被缩小着的苏区内部作战,则将在战术上重新恢复到游击战争,同时因为地域上的狭窄,使红军行动与供给补充上感觉困难,而损失我们最宝贵的有生力量。并且这也不是保卫苏区的有效的方法。因此,正确的反对敌人的战斗与彻底粉碎敌人五次"围剿",必须使红军主力突破敌人的封锁,深入敌人的后面去进攻敌人。

训令特别表明:"当着主力红军突围之后,敌人会更加深入苏区内部,占领许多城市与圩场,切断我们各个苏区的联系,更加凶恶地摧残苏区。但是我们不是惊慌与丧气,而应该坚强而有毅力地继续领导游击战争……"训令的最后一句话是:"中央向着在艰苦奋斗着的中央苏区全党同志致热烈的布尔什维克的敬礼!"

奉命坚守苏区的部队,除了第二十四师外,全部是地方部队:第二十四师七十、七十一、七十二团,独立第三、第七、第十一、第十五、第十六团,江西军区第一、第二、第三、第四团,赣南军区独立第六、第十、第十三、第十四团,福建军区独立第八、第九、第十九、第二十团,闽赣军区独立第十二、第十七、第十八、第二十四团等,共计一万六千多人。

在红军主力部队的移动集结中,十多个团的新兵、一百四十多万发子弹、七万六千多枚手榴弹以及大批其他物资被补充到各个军团。

一天之后,国民党军各部队接到蒋介石发来的电令:"所有川、黔、湘、赣边区各县及预防匪流窜之地方,均应赶速构筑碉堡。"——没有证据表明这时的蒋介石已预感到红军将从他筑起的层层堡垒中突围而出。在"围剿"作战期间,蒋介石发出过为数甚多的关于构筑碉堡的命令,因为他对他的德国军事顾问所主张的"碉堡战术"十分着迷,甚至对那种开有小窗口的类似中国农村谷仓的建筑欣赏到了玩味不已的程度。在他亲自签发的关于构筑碉堡的命令中,对碉堡建筑材料的选择、碉堡地点地形的确定、每座碉堡之间的合理距离、碉堡的火力配置等,都有不厌其烦的说明。然而,历史只用了很短的时间就证明蒋介石的碉堡根本无法阻挡红军前行的脚步——中国不是中世纪时代的欧洲,不是一个土地狭窄的城堡式大公国,中国国土之广袤足以让不在乎任何行军条件的年轻的红军官兵自由驰骋。

十月十日,对于国民党人来说,这是一个重要的日子。一九一一年的这一天,爆发了推翻封建帝制的辛亥革命。八年后的这一天,领导了辛亥革命的孙中山将中华革命党改组为中国国民党。为此,《民国日报》在这一天特别发表社论,指出"第二次世界大战迫在眉睫",但是"乱世中之大幸,江西的局势正迅速改观,共匪一年之内即可肃清"。社论最后号召全国人民为国分忧,具体的要求是"戒酒禁舞"和"崇尚仁义道德",以便"为祖国与中华之生存而努力奋斗"!

这一天的上午,中央红军司令部所在地梅坑阳光灿烂。梅坑村口聚集着一支红军中的特殊队伍——休养连。休养连大约有一百多人,其中包括中华苏维埃共和国副人民教育委员徐特立,时年五十七岁;中央政府秘书长谢觉哉,时年五十岁;中央政府最高法院院长董必武,时年四十八岁。但是,董必武的妻子陈碧英却被留下了。军事转移计划原本决定所有的女同志都留下,直到最后一刻这一决定才有所松动。

有幸获得批准跟随红军主力部队转移的贺子珍,此刻正忙着把刚满三岁的儿子交给留下来的妹妹贺怡和妹夫毛泽覃。这个男孩子是贺子珍与毛泽东的第一个孩子夭折后使母亲重新欢愉起来的天使,但是军事转移计划规定孩子一律不准带走。贺子珍给妹妹留下一件褐色的夹衣和四块银元——夹衣可以在冬天来临时给孩子改成一件小棉袄,银元是一旦形势危急不得不把孩子托付给老乡时所需要的。从那一天起,直到四十九年后贺子珍忧伤地离世,她再也没有见过这个孩子。一九三四年十月,整个中央苏区共有三十一名女红军跟随主力部队开始长征,包括毛泽东的妻子贺子珍、周恩来的妻子邓颖超、博古的妻子刘群先、李德的妻子萧月华、李富春的妻子蔡畅、邓发的妻子陈慧清等等,她们以前所未有的意志和勇气成为中国革命史中空前绝后的一群。

还是十月十日这一天,中革军委发布命令,命令中央红军总司令部及其直属队组成"军委第一纵队",代号"红安",司令员兼政治委员为叶剑英,博古、李德、周恩来、毛泽东、张闻天、朱德、王稼祥等人都被编入这支队伍。军委第一纵队下辖四个梯队:第一梯队负责人为彭雪枫,第二梯队负责人为罗彬,第三梯队负责人为武亭,第四梯队负责人为陈赓和宋任穷。军委第一纵队总人数四千六百九十三人,枪支一千九百八十八支,子弹七万零六百五十五发,手榴弹二千三百六十一颗,梭镖三十六杆,马刀二百一十六把,迫击炮十六门,炮弹八百八十枚。命令由中央党政机关、卫生部、后勤部、总工会、青年团、担架队等组成"军委第二纵队",代号"红章",李维汉任司令员兼政治委员。军委第二纵队总人数九千八百五十三人,枪支二千二百四十支,梭镖三千二百七十七杆,马刀六十七把,没有迫击炮。两个纵队共携带冬衣一万四千六百件,盐巴六千一百一十二斤,药品二十六担,各类金银货币折合银元三十八万三千元。

傍晚时分,彩霞满天,两路军委纵队在几声军号响过后从瑞金出发,向着转移的最后集结地于都而去。

这是中国乃至世界历史上一个重要的时刻:一九三四年十月十日。这一天,中国共产党和中国工农红军离开了他们创建的中华苏维埃共和国首都瑞金。不久之后,瑞金这个国中之国便在国民党军队的枪炮声中成为一个陷于一片火海的小城。只是,在这一天的这个时刻里,无论是共产党人还是国民党人,不知有谁能够预料到,中国工农红军此一去竟是走向了一个崭新的中国。

天黑了下来,朦胧的月色里,在江西南部与福建西部交界处的丘陵中,聚集着除第五军团以外的中央红军所有的主力部队:

中国工农红军第一军团,军团长林彪,政治委员聂荣臻。

中国工农红军第三军团,军团长彭德怀,政治委员杨尚昆。

中国工农红军第八军团,军团长周昆,政治委员黄甦。

中国工农红军第九军团,军团长罗炳辉,政治委员蔡树藩。

李德后来回忆说,参加大规模军事转移的红军有十万人。然而,红军参谋部制作的"野战人员武器弹药供给统计表"显示,中央红军开始大规模军事转移时的兵力与装备情况是:

第一军团:兵力一万九千八百八十人,枪支八千三百八十三支,子弹五十四万六千六百四十九发,手榴弹一万九千二百八十一颗,梭镖五百一十三杆,马刀二百一十九把,迫击炮八门,炮弹六百一十二枚,冬衣一万九千零五十件,盐巴八千七百斤,药品三百零五担,各类金银货币折合银元三十四万元。

第三军团:兵力一万七千八百零五人,枪支八千二百八十七支,子弹四十八万二千七百三十六发,手榴弹二万零五百一十八颗,无梭镖,马刀一百一十八把,迫击炮八门,炮弹六百八十枚,冬衣一万八千五百件,盐巴九千斤,药品三百零五担,各类金银货币折合银元三十四万元。

第八军团:兵力一万零九百二十二人,枪支三千四百七十六支,子弹十八万零三百四十一发,手榴弹一万零六颗,梭镖八百一十六杆,马刀五十把,迫击炮二门,炮弹一百零四枚,冬衣九千五百件,盐巴四千零五十斤,药品二十六担,各类金银货币折合银元十四万七千元。

第九军团:兵力一万一千五百三十八人,枪支三千九百四十五支,子弹二十万八千六百九十七发,手榴弹九千九百四十二颗,梭镖一千零二十三杆,马刀八十二把,迫击炮二门,炮弹一百零四枚,冬衣九千五百件,盐巴二千五百斤,药品二十六担,各类金银货币折合银元二十万一千元。

加上两个军委纵队以及此时仍在阵地上的第五军团,中央红军转移部队的总人数应为八万六千多人。如果再加上雇用的大量民夫,这支队伍的总人数应该达到十万。

数量庞大的民夫队令各军团都成立了后方部。其中东西最多的是军委第二纵队,不但担子达到一千担以上,且奇形怪状的东西堆积如山。由于物资太多,且有重要之物,经中央指示成立了由张经武任师长、何长工任政委的教导师,教导师的三千兵力负责帮助中央机关搬运各个部门的物资。当时,中央决定所有可以搬走的东西都要捆扎起来搬走,包括兵工厂、服装厂、印刷厂、医院等部门中的织布机、缝纫机、铅印机、石印机、印币机,还有红军总部储备的银元、大米、盐巴、药品、通讯器材等等。野战医院的同志们认为,转移仅仅是到苏区的边缘作战,因此把病号的尿盆都捆在一起带上了。更有机关办公用的桌椅和文件柜被捆扎好,等着教导师的战士们抬着行军。所有这些物品堆放在一起,就是教导师再派三千兵力也无法全部搬走。最后,中央同意把已经捆扎起来的物品拆开、整理、压缩,并要求每副担子不得超过五十斤,但结果还是整理出了一千多担。红军战士必须携带的干粮、枪支和弹药加起来已有四十多斤,再挑上五六十斤重的担子,如何长途行军?一旦遇到敌情又如何机动作战?——"整个国家走上了征途。"美国记者斯诺说得十分准确而形象。

一九三四年十月十四日,国民党《中央日报》报道:

中央社西安十三日电,蒋委员长日前由汉经洛于十二日莅陕,以绥署新城大楼为行辕,当晚接见本省各党局,咨询一切。十三日晨微雨,上午十时十五分,蒋委员长偕夫人宋美龄,由杨虎城夫妇陪同乘车赴碑林游览,旋即返行辕午餐。下午召见邵力子、杨虎城,对陕建设及治安情形垂询甚详。

在中国西北难得的细雨中悠闲漫步，欣赏历史上文人墨客留下的笔迹，此刻的蒋介石无论如何也不会想到，他一直处心积虑要消灭干净的红军在他认为"插翅难飞"的重兵包围中已经开始突围了。

就在国民党军向中央苏区的核心地带逐渐压缩的时候，认为"围剿"胜券在握的蒋委员长开始了全国性的周游，目的是向各方人士解释他那颇受争议的"攘外必先安内"的主张。

近一年来，国人不断地指责蒋介石消极抗战，甚至已经有了他勾结日本人的舆论，这令他十分不安。蒋介石明白，如果让这样的舆论剧烈起来，等于给了共产党人一个求生的机会。他强调说："现在国人关注外患，忽视了内乱"，"如果我们放下共产党不管，用全部的精力去抗日，共产党就会趁机扩大"——如果说蒋介石主张不抗日，甚至是与日本人勾结出卖国家，这至少是不够客观和不够准确的。在那样的时刻，蒋介石不敢公然主张不抗日，因为自甲午到"九一八"事变以来中国与日本的积怨实在是太深了。在接见到南京请愿的学生时蒋介石说："三日内不出兵，砍我蒋某人的头，以谢国人！"在南京的中央礼堂，他又说："三个月内一定收复失地。如果收复不了，我亲自上前线堵炮眼儿。"虽然这句话当即受到台下一名军校学员的讥笑："不要言过其实！"但蒋介石无论如何也不敢拿"抗日"在国人面前儿戏。所以，那一天，他愤怒地冲下讲台，当众给了那个讥笑他的军校学员一记响亮的耳光，然后重新回到台上，朝着孙中山的遗像三鞠躬。蒋介石人生中最值得提及的历史，便是他继承孙中山的遗志率领北伐军完成了中国的南北统一。所以，于公于私他都没有理由对蚕食自己国土的外国势力屈服，甚至与之勾结。但是，蒋介石认为有两个现实严重地影响着他面对日本人的入侵立刻宣布全面抗日：一是中国缺少足以战胜日本军队的强大的武装力量；二是共产党武装的不断扩张对他的政权已经构成直接威胁。为了巩固自己的政权，蒋介石只有把共产党武装放在敌对的第一线，因为对于至少在短

期内不会直接威胁他的政权的日本方面,或许可以采取外交手段寻
找解决问题的办法,或许可以在政治上和经济上期待国际援助——
国民党政府正式宣布全面抗战是在两年以后了。

蒋介石来到陕西,真正的目的是部署"围剿"川陕地区的红军。因
为在四川与陕西交界处的共产党根据地不断扩大,让他有了从前面对
江西红色根据地时的忧虑和恐惧。可是就在这时候,一封来自南昌的
电报令他大吃一惊,电报说:"最近红军调动频繁,有向西南移动的模
样。"——这是迄今所能见到的史料中,蒋介石最早获悉中央红军开始
转移的记载。蒋介石只有先放下川陕方面的事匆匆赶往江西,等他到
达南昌已经是十月十五日了。

十月十五日上午,于都县郊外昏暗的谢家祠堂里,面容憔悴的毛泽
东坐在长凳上,面对两百多名被留在根据地的干部沉闷地吸着烟。赣
南省委在中央红军出发的最后时刻,召开了省、县、区三级干部会议,同
志们希望苏维埃共和国主席对他们说些什么。毛泽东的心情格外沉
重,他知道必须向这些同志交代红军为什么要放弃中央苏区,为什么苏
维埃共和国要举国上路,但是他又无法将所有事情的原委一一解释清
楚。沉默了一会儿,毛泽东缓慢地开口了:"敌人已经打到我们的家门
口了,蒋介石的目的是要全部消灭红军。我们的主力只有冲破包围,到
敌人的后方去。你们不要怕,不要认为红军主力走了,革命就失败了。
不能只看到暂时的困难,要看到革命是有希望的,红军一定要回来。"
毛泽东把最后这句话说得很重,力图让同志们确信他说的是真话。而
这句话确实代表了毛泽东当时的想法:在中央苏区周围转个圈,把敌人
调开之后再回来。

一九三四年十月十七日,中央红军主力部队出发了。

三天之内,他们将全部走出苏区,离开他们从前赖以生存、发展、壮
大的根据地,开始后来被世界称之为"长征"的悲壮的大规模军事
转移。

江西南部的于都是个宁静的小县城,城边有一条河,叫于都河也叫

贡水。此刻,河上已经架起数座木桥,开辟出十个临时渡口,所有参加军事转移的人员都聚集在于都县城里,等着太阳落山。

黄昏时分,红三军团军团长彭德怀和政治委员杨尚昆走进县城的一家小酒馆。酒资是彭德怀付给店家的一块银元。两个人都不是善饮之人,可还是把一壶当地的老白酒喝光了。彭德怀的恶劣心情已经持续了几个月,根据地的逐渐缩小直至丧失,令他这个前线指挥员无比愧疚。为此,他与博古和李德大吵了一架,他指责李德根本不懂军事不懂打仗。李德还击说他是因为军委副主席的职务被撤销故意在找麻烦。彭德怀那一刻感受到极大的侮辱,他怒火万丈地指着李德高声喊道:"你下流无耻!"然后对翻译伍修权说:"把这句话翻译给他!翻译给他!"现在,一切都无法挽回了。彭德怀想到那些依旧躺在医院里无法跟随部队转移的红军伤员,他们大多是在李德一再要求强攻的广昌战役中负伤的。

第三军团从阻击阵地上撤下来后,博古曾经到军团来讲过一次话,只笼统地说中央红军要"转移阵地"。第三军团第四师政委黄克诚当时就预感到中央红军要撤离苏区,他的第一个反应是立即跑到医院动员伤员出院。那时,第三军团有近万名伤员躺在医院里。只是,因为自己并不知道真实情况,还因为必须遵守组织纪律,黄克诚无论如何也说不出"红军就要走了"这样的话。结果,他只动员了少数伤员跟着他出院归队,这些伤员包括甘渭汉、钟伟、张震,他们后来都成了中国工农红军的著名指挥员和中国人民解放军的著名将领。为把更多的红军官兵带走,彭德怀在出发前夕下达了一个"死命令":第三军团的伤员,凡是能走路的,全部要带上。要检查落实,不能放弃任何一个可能跟随转移的受伤战士。正是有了彭德怀的这个命令,更多的红军官兵活到了革命胜利的那一天。而那些被留下来的伤员,在红军主力出发后不久,全部死在了国民党军的搜查捕杀中。

晚上七时左右,依旧在北线阻击敌人的军团长董振堂接到命令,命令要求第五军团将阵地移交给独立第三团并开始撤离。董振堂立即将军团营以上干部集中在一座大庙里,听参谋长刘伯承讲话。红军总参谋长刘伯承,这时已被贬到第五军团任参谋长,原因是他对李德的军事指挥持反对意见,而李德说中国红军总参谋长的"战术水平还不如一个参谋"。而在红军官兵的眼里,刘伯承可不是一般的人物,大家都知道他在一九一六年的护国战争中右眼被子弹打中,手术是在没有麻醉药的情况下进行的。手术做完后医生小心地问"是否很疼",刘伯承说:"才七十多刀,小意思!"刘伯承讲话的主要内容是:不能因为中央红军转移,就认为中国革命失败了,失利是军事指挥上的失误。第五军团担负的是殿后掩护任务,要有充分的思想准备,要准备做出牺牲,在任何情况下都要确保中央机关的安全。

此刻,于都河边的十个渡口同时拥挤着渡河的队伍。当成千上万的涉水官兵同时踏进河水中时,于都河水顿时浑浊起来。

这是一个离别的时刻。

从下午起,红军官兵就开始打扫借宿的老乡家的院子,把水缸里挑满水,甚至还上山割了些草把房东家的牛喂了。百姓们知道红军要走了,妇女们聚集在一起把她们做的鞋和缝补好的衣袜送给红军;年纪大些的妇女拿着针线站在路边,发现哪个红军的衣服破了就匆忙上前缝几针;孩子们追着队伍往红军的口袋里塞上一把炒熟的豆子;另一些百姓聚集在路边,努力想在队伍中认出自己的孩子或者兄弟。

红一军团第二师四团政委杨成武,是闽西长汀县一个普通农民的儿子,因为在广昌战役中负伤,这个二十岁的团政委此时走路还有点不利索。不久前,他的一位同乡把他在红军部队的消息带回老家,他的父母在与儿子失去联系六年后得知儿子还活着。家里为此派出了一个包括他父亲在内的"代表团"来部队看他,"代表团"中还有他的堂嫂,因为他的堂哥也在这支部队里当连队的司务长。亲人们挑着装满炒米、草鞋、鸡蛋、红薯干、萝卜干、豆子、兔子和活鸡活鸭的担子从百里之外出发,居然找到了他的部队。那时,四团刚从阵地上撤下来休整,团长耿飚告诉他家里来人了,杨成武一出门就看见了摆了一院子的担子,还有站在角落里的父亲。父亲一认出他便蹲在地上哭了。杨成武十四岁背着父母参加革命,母亲因为不知道儿子去了哪里把眼泪都哭干了。四团的红军用丰盛的饭菜招待政委的亲人,但是那位当司务长的堂哥外出执行任务一直没能回来。三天过去了,部队要走了,亲人们也要走了,那位堂哥这时候回来了。一对夫妻仅仅见了一面便要分手,女人哭着就说了一句话:"胜利了,就回来。"此刻,杨成武在送行的人群中发现了他的房东。这位六十多岁的老人把自己的三个儿子都送进了红军,其中有两个儿子已经牺牲,她这个时候来到于都河边定是想再看一眼她唯一还活着的儿子。于都河边挤满了红军,天色越来越暗,杨成武走到大娘身边,大娘一把抱住了他,塞给他一个白布包,布包里面是两个还热着的红薯。杨成武把红薯收下,说了句"我们很快就会回来",然后带领部队上了于都河上的木桥。

四团团长耿飚在部队准备转移的时候开始打摆子发高烧,第二师师长陈光决定让他留下来养病。万分焦急的耿飚把卫生队队长姜齐贤找来,因为他的病是这个队长诊断并报告给师长的。耿飚的话很不客气:"姜胡子,你搞的什么鬼名堂?"姜队长只好一再解释疟疾病是很危险的。可耿飚还是一个劲儿地骂。出发前,师长陈光和政委刘亚楼一起来看望他,耿飚坚决要求跟随部队转移,并表示他能够顶得住。陈光和刘亚楼都不愿失去这个能带兵打仗的团长,耿飚在最后的时刻被批准转移了。

回到部队,耿飚发现他的房东一家总是躲在窗后偷偷地看他,而且还向警卫员询问他的情况。直到政委杨成武来检查准备工作,被这一家人请到屋子里,耿飚才知道原来房东家的儿子五年前参加红军,临走的前三天结的婚,但是一走就没了任何消息。耿飚住进房东家后,母亲觉得耿飚像那个失去消息的儿子,媳妇觉得耿飚像那个失去消息的丈夫。最后,在师政委刘亚楼的安排下,耿飚和这家人面对面地坐在了一起,结果耿飚一开口,浓重的湖南口音令房东一家大失所望。部队出发了,耿飚看见了在战斗中被炸伤眼睛的特务连谭排长正站在大路边摸索着与战友们道别。耿飚停下脚步,他不忍心走上去,但是谭排长已经摸了过来,当摸出是自己的团长时,谭排长哭了。耿飚说:"谭伢子,莫要这样!我们十天半个月就回来!"谭排长知道团长这是在宽慰自己,他哭着说:"团长!记住我是浏阳县的!"耿飚从口袋里掏出几块银元,送给了照顾谭排长的老乡。当他走出去之后,再次回过头来时,看见谭排长正拼命地撕扯着蒙在眼睛上的纱布。耿飚说这一幕他一辈子都没忘,数十年后,那位眼睛蒙着纱布的红军排长还曾出现在他的梦境之中。

十月十七日黄昏,共产国际军事顾问李德渡过于都河。临走的时候,他与项英单独谈了很长时间。根据李德的说法,项英在谈话中"对老苏区的斗争和前途是那么乐观,可是对共产党和红军的命运又是那么忧虑"。项英特别警告说,"不能忽视毛为反对党的最高领导而进行的派别斗争,毛暂时的克制不过是出自于策略上的考虑"。他认为"毛可能依靠很有影响的、特别是军队中的领导干部,抓住时机在他们的帮助下把军队和党的领导权夺回来"。事后,李德就项英的忧虑与博古交换意见,博古说:"党的政治总路线不存在任何分歧了,军事问题上的不同意见随着红军已经转入了移动作战,这个问题也消除了。"

一九三四年十月十八日下午五时,毛泽东来到于都县城北门与军委的队伍会合。毛泽东的随身物品不多,只有一袋书、一把雨伞、两条毯子和一块旧油布。他甩着胳膊顺着于都河岸走着,已经有些凉意的秋风吹着他的长发。毛泽东很清楚,此一去,包括博古和李德在内,谁都无法预料中华苏维埃共和国和中国工农红军将要走向哪里。现在要紧的问题是,国民党军的飞机最好晚一些发现这支逶迤如长龙的队伍——那一天,走在于都河边的毛泽东并不知道,人类历史上一次惊心动魄的军事远征就要开始了,踏上征程的每一个红军都将成为一部前所未有的英雄史诗的主人公,不管他是新入伍的战士还是拥有军事指挥权的领导者。仿佛是为了证实这一点,在那个秋天的黄昏,毛泽东的身影很快就淹没在渡河的人流里,他匆忙的脚步声和上万红军官兵的脚步声混杂在一起瞬间便融入到夜色里。

月亮升起来了,又大又圆。

红军主力部队和挑着各种担子的民夫队同时通过于都河上的木桥,拥挤着的长长的人流望不到头也望不到尾。一个肩上挂着个印花包袱的女红军,因为人流的阻挡无法过河,焦急中她突然看见了四团团长耿飚,于是像是看见救星似的大声喊着:"耿猛子!我走不动呀!过不去河,怎么追上队伍呀?"耿飚刚刚接到中革军委作战局的一纸命令,命令他的部队不得延误立即过河,要求其他人必须等待主力部队过完后才能使用木桥。耿飚在人流里高声喊:"大姐!别着急!实在追不上,就等后卫部队吧!"

经过耿飚身边的一位红军战士这时问了一句:"团长,看这个阵势……咱们这是要到哪里去呀?"

耿飚说:"打敌人去!"

月亮被云彩遮住了,红军的队伍点起了火把。

伴随着于都河溅起的水花,数万红军身后的苏区响起了流传至今的歌声:

> 一送[里格]红军,[介支个]下了山,
> 秋风[里格]细雨,[介支个]缠绵绵。
> 山上[里格]野鹿,声声哀号叫,
> 树树[里格]梧桐,叶呀叶落光,
> 问一声亲人,红军呀,
> 几时[里格]人马,[介支个]再回山。
>
> 三送[里格]红军,[介支个]到拿山,
> 山上[里格]包谷,[介支个]金灿灿。
> 包谷种子[介支个]红军种,

包谷棒棒咱们穷人瓣。
紧紧拉着红军手,红军呀,
撒下的种子,[介支个]红了天。

……

第四章　路在何方

1934年10月·粤北与湘南

一九三四年十月二十一日凌晨时分，在江西南部的赣州，驻新田的粤军第一军第一师二团团长廖颂尧、驻重石的三团团长彭霖生和驻版石的教导团团长陈克华几乎同时接到了防线前哨的电话：发现红军部队。

这里是国民党军包围中央苏区防线的最南端。此刻，国民党军主力部队正从防线的北端向中央苏区的核心地带压缩，蒋介石给驻扎在这里的粤军的任务是：筑起像铁桶一样密不透风的防线，不能让防线内的任何一个东西活着出来。可是蒋委员长又不是粤军的首领，况且一个团挨着一个团的布防已经很密了。因此，这个电话对于粤军的三个团长来说也就是提醒"注意观察"罢了，他们又一一接着睡了而且睡得还挺踏实。

南中国最著名的军阀是号称"南天王"的粤军首领陈济棠。这个地方军出身的军人不属于蒋介石的嫡系，他甚至曾经一度联合广西军阀李宗仁和白崇禧成立了"广州国民政府"，试图与蒋介石的南京国民政府分庭抗礼。一九三四年，陈济棠在广东办军事学校，组建海军和空军，改革民政机构，建立起一整套政府公务员考核任用制度，发展工业和农业，兴办教育，整理财政，整顿治安，一个广东省让他治理得大有兴旺发达之势。但是，比起中国其他省份的军阀，这个在广东说一不二的人物多了一个说不出的苦衷：除了要时刻防备蒋介石的吞并之外，他还有数百公里的"防线"要守，因为他的地盘与共产党红色苏区几近接壤。

当蒋介石对中央苏区发动第五次"围剿"时,陈济棠被任命为赣粤闽边区"剿匪"副总司令兼赣粤闽湘鄂南路军总司令。被授予如此重任理应喜出望外,但是陈济棠却格外忧虑。在蒋介石的一再催令下,粤军出兵与红军作战,结果遭到红军伏击,一下子损失两个营,这令陈济棠心都疼了。在这个时局日益动荡不安的年份,军阀陈济棠深陷蒋介石与共产党政治对抗的夹缝中,他觉得必须为自己的生存安全寻找出一种最有利的策略。

拖延迟缓——这是陈济棠想出的上策。自江西出现红色根据地起,蒋介石年年要求他沿着共产党苏区的边界修筑碉堡封锁线,但是直到中央红军出走江西,他管辖的南部碉堡封锁线仍旧没有修筑完毕。而对蒋介石让他出兵参加"围剿"作战的命令,他口头上坚决执行,至于具体怎么打,他给粤军下达的作战原则是:修碉堡,守阵地,决不主动进攻;即使发生战斗,也不求有功,但求少受损失。部队每天的前进行程绝不能超过二十公里。陈济棠对他的部下说:"这个原则,必须遵守。"

一九三三年十一月二十日,驻守福建的国民党军第十九路军发动兵变,公开宣布在福州成立政府与蒋介石决裂。蒋介石急调十五个师分兵三路合围福建。两个月后兵变平息,蒋介石遂令其嫡系部队自此陈兵闽西南。闽西南与广东交界,国民党中央军得以直接威慑陈济棠的广东了。在这种局势下,当蒋介石再次催促粤军向苏区出兵时,陈济棠的生存危机感更加强烈了。于是,他一方面派出部队对扼守苏区南大门的筠门岭摆出进攻态势;另一方面却派出心腹参谋秘密前去筠门岭,试图私下与红军达成"互不侵犯"协定。

陈济棠本没指望这种临阵谈判能有多大效果,但是他发现当粤军的部队开始进攻时筠门岭一线的红军主动放弃了阵地。占领筠门岭的粤军对自己的"战果"狠狠吹嘘了一阵,蒋介石在"通令嘉奖"的同时赏给粤军官兵五万大洋。可当陈济棠亲临筠门岭向北看去,"南天王"突然明白了一个道理:自己不是时刻担心蒋介石的中央军会开进广东吗?中央军要想进入广东只能从北面来。那么,在自己与蒋介石之间存在的共产党苏区,正好是目前蒋介石部署在江西的大军进入广东的屏障。筠门岭一战,红军并非没有战斗能力却主动放弃了阵地,这表明红军并不想与自己的粤军过不去,红军与陈兵闽西南时刻窥视着广东的蒋介石截然不同。陈济棠仔细想来,这么多年,蒋介石频繁调兵前来"围剿"共产党苏区,永远采取的是大军自北向南齐头并进的战术,这难道没有一点想把红军赶入广东境内的意思吗?一旦真成这样,自己与红军不想拼也得拼,而蒋介石的中央军也就有了充足的理由进入自己的地盘。到那个时候,自己苦心经营多年的广东算是完了。因此,如果红军能够在北面顶住蒋介石的进攻,对自己的粤军和自己的地盘百利而无一害。陈济棠由此得出的结论是:红军不能垮,最好永远在。自己无论如何也要想法与红军达成正式协议,如果红军承诺不侵占自己的地盘,自己就与红军和平共处,为此在物资上接济红军都可以——不就是盐巴和弹药吗?让红军去打那个心术不正的老蒋吧,以免老蒋有一天打了自己。

陈济棠开始颇费心思地派人打探与红军接上关系的可能,其中包括曲折地找到一位红军指挥员在广州的亲属,让这个亲属无论如何联络上那位指挥员向周恩来传话。陈济棠还派人秘密地给红军送去弹药和药品以联络感情。在他坚持不懈的努力下,粤军与红军的秘密谈判通道逐渐打开,这使中央苏区的南线一度出现了相对平静的局面。战事暂时平静后,陈济棠便鼓动广东的商人去共产党苏区做生意,通商贸易使意识形态完全不同的两个区域都得到了实惠:陈济棠卖了商品赚了钱讨了苏区的好,红军找到了突破国民党军严密经济封锁的缺口,得到了那些急需的和必需的物资。毛泽东对苏区南部的政治军事形势感到高兴,开始具体地指导红军如何进一步消除"赤白对立"。苏维埃政府和红军总司令部发出一份《告白军官兵书》,特别强调了在日本侵略中国的时候中国人不打中国人的道理。《告白军官兵书》一共印刷了五千份,被散发在苏区南线的粤军阵地前。毛泽东还指示部队可以适当地小规模出击,战斗的分寸是"不吃陈济棠的主力",这样既可让陈济棠保持对红军战斗力的认识,也可让粤军在蒋介石那里多少有个交代。当时,苏区的北部防线上战火纷飞,南部防线上却出现了难得的宁静。面对宁静中南中国郁郁葱葱的山峦,毛泽东诗曰:"东方欲晓,莫道君行早。踏遍青山人未老,风景这边独好。"不知毛泽东那时是否预料到了,不久之后当红军面临危难时,这里将成为数万红军冲出重围的唯一突破口。

红军大规模军事转移前夕,陈济棠派来的代表秘密进入苏区,要求见一个名叫何长工的人。何长工,一九二二年加入中国共产党,一九二七年参加湘赣边秋收起义,曾任红五军团第十三军政治委员、红军大学校长兼政治委员,一九三四年春出任粤赣军区司令员兼政治委员。他是中央苏区南部防线的负责人,陈济棠的代表之所以要见他,是因为在以往的接触中粤军对这位红军将领有信任感。通过何长工,陈济棠的代表带走了一封朱德的亲笔信。朱德在给陈济棠的信中,用毫不掩饰的措辞指出红军与粤军应该协同作战以消灭蒋介石的军队:

> 红军粉碎五期进攻之决战,已决于十月间行之。届时我抗日先遣队已迫杭垣[杭州],四川我部将越川边东下,威胁武汉,贺龙同志所部及在湘各部均将向湘敌协同动作,而我主力则乘其慌乱之际,找其嫡系主力决战而歼灭之。若贵部能于此时由杭、永[上杭、永定]出击,捣漳州、龙岩,击蒋鼎文之腹背,而直下福州;另以一部由湘南而直捣衡阳、长沙,则蒋贼将难免于覆亡也。

朱德在信的最后特别强调:"为顺畅通讯联络起见,务望约定专门密码、无线电呼号波长,且可接通会昌、门岭之电话。"——处于被国民党大军"围剿"中的红军总司令,与实施"围剿"的敌南路军总司令就要互通"密码"与"波长"了,这是发誓要彻底"剿灭赤匪"否则就"舍命疆场"的蒋介石无论如何也想不到的。

　　特别值得指出的是,当朱德写这封信的时候,中央苏区面临的军事形势十分严峻,军事决策中心已经做出大规模军事转移的决定。在这种情况下,朱德宣称全国的红军正准备向蒋介石全面开战,中央红军必求与蒋介石的主力"决战而歼灭之";同时建议粤军兵分两路倾巢出动,一路"直下福州"而另一路"直捣衡阳",袭击蒋介石在福建和长沙的嫡系部队。最后认为如此一来,蒋介石就会"难免于覆亡"——这样的协同作战计划,无论如何是不切实际的,最合理的解释是:红军试图利用这些说辞将粤军调开从而冲出重围。

　　陈济棠身经百战,见多识广,老谋深算。对于打倒日本帝国主义,对于让蒋介石的中央军"覆亡",他知道仅凭一己之力也就是有个念头而已,对于他最要紧的问题是如何保存势力范围。所以,面对朱德的这封信,他看进去的只是"谈判"完全有可能;至于其余的,他认为自己像了解蒋介石一样也了解共产党人。此刻,关于陈济棠是否预感到中央红军即将突围,并已选择了他的防线作为突破口,不得而知。但是年初,当蒋介石的中央军正在苏区北部大举进攻的时候,陈济棠曾邀请他的老盟友白崇禧来"共商防共防蒋军事大事"。广西军阀白崇禧到达广东后,专门去陈济棠布防的"围剿"前线走了一趟,而且一直走到了筠门岭。从筠门岭回来,白崇禧关起门来告诉陈济棠:一、共产党红军定要突围。二、突围的方向很可能是广东。三、突围的时间应在秋冬之间,因为红军要等收获季节解决粮食问题——白崇禧说这番话的时间是一九三四年春,距离中央红军开始大规模军事转移还有半年的时间。无法得知陈济棠听了这番惊人的判断之后的表情,但从历史档案的记载中可以发现,白崇禧刚一离开广东,陈济棠就向粤北方向增派了兵力,特别是在粤汉铁路的两侧加强了防御部署。但是,半年之后,陈济棠却主动要与红军谈判,并且不惜工夫万分诚恳。就在红军已经做好突围的一切准备时,陈济棠依旧心存着红军在北面为他阻挡蒋介石的幻想。

一九三四年十月五日,中央红军开始军事转移的前夕,粤赣军区司令员何长工接到命令让他立即赶回瑞金。在瑞金,周恩来当面向何长工交代了任务:到陈济棠管辖的一个名叫寻乌的地方去,与粤军第一军少将参谋杨幼敏、独立第七师师长黄质文和独立第一师师长黄任寰举行秘密谈判。与何长工一起执行这个任务的,还有赣南省委宣传部部长潘汉年。时年二十八岁的潘汉年,一九二五年加入中国共产党,曾任中共江苏省委宣传部部长。一九三一年顾顺章叛变后,他被周恩来调进中央特科出任二科科长。

何长工和潘汉年化装成江西老表,骑马到达筠门岭附近一个名叫羊角水的地方,看见粤军一个连的人马正在等着他们。这是陈济棠的粤军第一师第二旅的特务连,连长是早年毕业于日本军官学校的旅长严应鱼的心腹,名叫严直。严应鱼的第二旅长期驻扎在赣粤闽边区,即与共产党苏区交界的寻乌、平远、武平三县交界处。一个月前,蒋介石电令陈济棠向苏区展开攻势,第一师师长黄任寰命令第二旅进入江西寻乌前线掘壕设网。由于第二旅的官兵大多是本地人,不少士兵和苏区的百姓甚至是红军战士都有亲戚关系,再加上陈济棠有"决不主动进攻"的指示,因此这一带一直很平静。与红军谈判是一件万分机密的事,师长黄任寰从陈济棠那里领受任务后,为保证红军方面代表的安全,责令第二旅负责迎接红军代表。为此,旅长严应鱼派出了他最信任的人:特务连连长严直和旅参谋长兼军法处处长韩宗盛。严直布置了严密的警戒,同时还准备了两顶轿子,四个轿夫都是严旅长的私人轿夫。严直见到何长工和潘汉年的时候,悄悄地说他看过那份《告白军官兵书》。两个红军代表坐着轿子向第二旅旅部驻地罗塘镇而去,一路凡是遇到岗哨在前面带路的严直便大声说:"这是旅长请来的贵客!"轿子被顺利地抬进罗塘镇附近一个十分偏僻的小山村,在一座崭新的两层小洋楼前停下了。何长工给轿夫每人一块大洋,这让轿夫们十分惊喜,因为当时即使在大户人家现大洋也是极其珍贵的,大多被用于储藏而不是花销。这时候,谈判双方的代表都已经到齐,红军代表住在二楼,粤军代表住在一楼。

第二天,秘密谈判在楼上的会议室正式开始。双方态度都很诚恳,因此气氛一直融洽。经过三天的密谈,红军与粤军达成以下五项协议:

一、就地停战,取消敌对局面;

二、互通情报,用有线电通报;

三、解除封锁;

四、互相通商,必要时红军可在粤军的防区后方建立医院;

五、必要时可以互相借道,红军有行动事先告诉粤军,粤军撤离二十公里。红军人员进入粤军防区用陈部护照。

可以肯定地说,双方商量第五项协议的时候,粤军代表并不知道红军方面的真实用意。谈判期间,何长工接到周恩来用密语发来的电报:"长工,你喂的鸽子飞了。"在场的粤军代表极其敏感,问:"你们是不是要远走高飞了?"何长工答:"鸽子是和平的象征,这是说谈判成功了,和平鸽上天了。"——何长工和潘汉年心里明白,周恩来密语电报的意思是:中央红军就要出发了。因此,协议的其他条款对于红军来讲已经没有意义,红军此时不惜一切与粤军谈判的唯一目的是:借道。即红军"有行动"时"事先告诉粤军",以便粤军撤出一条二十公里的通道。周恩来的电报显然是在提醒和催促。

粤军首领陈济棠私下与共产党红军谈判,事关重大。尽管蒋介石的特务网十分密集,但是,等蒋介石惊悉这一消息时,红军已经越过粤军的防线进入了湖南。怒火万丈的蒋介石发电谴责陈济棠"通共",可中央红军的大规模突围令他已经没有时间讨伐粤军了,他必须分秒必争地把江西的大军一一调往湖南。后来,一九三六年七月里的一天,蒋介石通过收买、兵谏、胁迫等各种手段,分化瓦解了粤军的高层将领和广东的高层政客,最终让陈济棠尝到了众叛亲离的滋味,大势已去的陈济棠被要求二十四小时内离任,"南天王"只有"声言"下野从而彻底结束了他对广东的割据。

尽管并不清楚粤军与红军达成了什么协议,但是有一点被明确地写进下传的命令中:粤军与红军互不侵犯。这就是处在中央苏区南部防线上的三个粤军团长在接到遭遇红军进攻的报告后依旧能够安心睡觉的原因。

秋高气爽,山林寂静,这几天前沿阵地附近除了有小股红军侦察部队时隐时现外,一切如常。粤军各个团都已奉上司之命派人去红军那里交涉卖给他们紧俏货物的事,包括电线、煤油、盐巴、卷烟,而电池红军是有多少要多少,出的价钱也很高。交易时红军那边的人不赊不欠,付的全是响当当的现大洋——粤军已经与红军达成默契的事,士兵们并不知道;但他们知道在与红军的交易中,自己的长官肯定是捞足了油水。但是,今天红军怎么在凌晨突然出现了? 防线上的粤军判断:这些人肯定不是正规的红军部队,而是些零散的地方"土共"。这样也好,小摩擦还是应该有的,双方都放上几枪,然后让参谋官写一份"我将士同仇敌忾,赤匪狼狈逃窜"的战报就没事了。

晨雾刚刚散去,起了床的三个粤军团长正吃早饭,防线前哨阵地的电话又来了。这一次口气十分惊慌,说是红军攻击猛烈,前沿阵地怕是要丢了。三个团长商量了一下,决定各派一个营上去把"土共"赶走。向前沿增援的粤军磨蹭了好一会儿才出发,一路上直埋怨那些"土共"逞什么能呀。结果还没到中午,增援的三个营长先后打来电话:向前沿阵地攻击的红军越来越多,绝对不是打个小摩擦的"土共",而是红军的大部队来了! 二团团长廖颂尧一听就蒙了,他一面命令自己的营坚持住,一面向正好在这里巡视的副师长莫希德报告。莫希德立即命令所有部队向古陂方向撤退。三团和教导团没有马上执行命令,因为三团团长彭霖生认为,向前沿阵地发起攻击的绝不可能是红军主力,完全没有必要慌成那个样子,他倒想和"土共"打上一仗顺便捞点便宜。结果,三团的部队还没来得及部署,分兵两路的红军攻击部队瞬间便到了跟前。等彭霖生大喊"撤退"的时候,三团已经没有了后路,官兵们只有自顾自地四处逃散。

莫希德带领一、二团和师部，一直退到安西才停下来构筑阻击阵地，他们在那里整整等了两天收容逃回来的残余官兵。这一仗粤军不但伤亡严重，辎重行李也全部丢失。盛怒之下的粤军第一军军长余汉谋，把三团团长彭霖生痛骂一顿，把教导团团长陈克华撤了职。

一九三四年十月二十一日，中国工农红军第一、第三军团的先头部队，沿着预定目标向粤军的封锁线开始强行突击，并在国民党军对中央苏区实施严密包围的防线南部撕开了一个口子。

从于都出发以来，连续几个晚上，由军委纵队和红军主力组成的浩浩荡荡的队伍缓慢移动着。按照这样的速度，他们至少要走三个晚上才能到达苏区的边界。在最初的几天里，队伍的头顶上没有飞机，那些携带着炸弹的飞机依旧在瑞金上空盘旋轰炸，国民党军根本不知道他们轰炸的瑞金已是一座空城。那些没完没了地执行轰炸任务的飞行员，哪怕是将飞行半径稍微扩大一点，或者只是向南偏离预定航线十几分钟的航程，他们便会看见令他们目瞪口呆的情景：近十万人组成的三条长达十多公里的队伍正在齐头并进。如果太阳还没有落山的话，红旗在林木中若隐若现，土路上扬起的尘土遮天蔽日；而如果一旦天色暗下来，地上便会出现数条逶迤的火龙。

这是一个"甬道"式的行进方式。

走在"甬道"中间的队伍，是包括共产党中央、苏维埃政府机关和红军总司令部在内的军委纵队。这是一支近一万五千人的长长的队列：党政军首脑，老人和妇女，警卫部队和后勤人员；用锡铁皮、木板或竹片制成的各式箱子；用稻草绳子捆扎着的机器部件和行李物品；各种形状奇特颜色各异的包袱。所有这些都使得这支队伍的行进速度极其缓慢。翻山的时候，抬着大件的战士和民夫喊着号子一点点地往上挪，每挪上去一个巨大的箱子他们便欢呼一下。那些挑着银元、盐巴和大米的担子分量也不轻，民夫们时时需要停一小会儿喘口气。女人们边走边议论自己的丈夫走到哪里了。中共中央总负责人博古骑在马上，望着向天边延伸而去的队伍，一一回想着他所知道的人类行进史中的壮举,比如俄国著名将领苏沃洛夫,为援助在瑞士作战的俄军,一七九九年曾率领着他的无敌兵团跨越高耸入云的阿尔卑斯山……共产国际军事顾问李德骑在一头高大强壮的骡子上,他后来回忆说,他一路都在默诵苏联著名作家绥拉菲莫维奇在《铁流》中的描述:"人们拥挤着,步行的、负伤的都挤成了一堆,几十里长的大路,都被队伍塞满了……"傅连暲医生坐在一顶轿子里,轿子后面跟着八个装有医疗器械和各种药品的大箱子,这番如同嫁新娘的阵势引起红军士兵的激烈议论。曾经是教会医院院长的傅连暲,将自己的全部家产和整个医院捐献给了红军,一百七十个人整整搬了半个月才把那座红军急需的医院搬到瑞金。参加红军后,傅连暲救治过无数在战场上负伤的红军官兵,包括王稼祥、蔡树藩、伍修权、方强、伍中豪……他后来跟随中国共产党和中国工农红军经历了艰苦的战争岁月,成为一名真正的共产主义者,其政治信仰的坚定和政治品格的高尚绝不亚于那些自称为"真正的布尔什维克"的人。懂得共产党规定的傅连暲不愿坐轿子,之前他特意练过骑马,但是屡次从马背上摔下来。傅连暲在轿子里不断地回头看,那些大箱子就是一座医院。有时他还能看见毛泽东。毛泽东的疟疾尚未全好,但并没有骑马,他走路一晃一晃的以特有的姿势甩着胳膊,眼睛看着很远的地方。还有朱德,出发时要给他配担架,朱德却说他只要马,而且要两匹,一匹他骑,一匹驮着他的文件。他是个永远乐观的人,腰带扎得很紧,一把小手枪别在腰间,他大步走着和旁边的人有说有笑,警卫员牵着那两匹马跟着他。

在两个军委纵队的前后左右,是中央红军的主力部队。

第一军团和第三军团分别位于军委纵队前方的左右两边开路,第八军团和第九军团分别位于军委纵队的左右两侧护卫,第五军团在整个军委纵队的最后面担任后卫。拿红军总参谋长刘伯承的话讲,军事转移的出发队形,像是红军主力抬着个"八抬大轿",轿子里需要保护的是没有任何抵抗能力的"新媳妇",这个"新媳妇"就是庞大冗长的两个军委纵队——如果说共产国际军事顾问李德设计的这个行军阵形还

有优点的话,那就是在以后漫长的征战路途中,无论红军主力部队遭遇
多么残酷的战斗,走在"甬道"中间的这支上万人的队伍却少有战斗
伤亡。

转移的队伍白天隐蔽休息,红军就在民宅或者树丛中睡觉。每天
黄昏五时半开饭,然后大队人马启程出发。队伍走不了多久就需要点
燃火把了。红军的夜间照明用具基本有三种:点燃的竹片,以松脂或洋
油为燃料的竹筒灯,还有军委纵队和各部队连部、营部、团部使用的马
灯。灌上洋油的竹筒灯和使用洋油的马灯,在红军中属于高级照明设
备,因为携带的洋油不多,在以后的日子里这种东西很快就没有了。因
此,红军大规模转移之初的行军,称得上是夜晚的大地上最明亮的
行军。

绝大多数红军战士并不完全了解红军此时的处境。占兵员总数一
半以上的新兵军装是新的,背包、绑腿带、皮带、帽子是新的,口袋里的
步枪子弹和胸前挂着的几颗手榴弹也是新制造的。他们每人准备了三
双草鞋和十天的粮食,队伍后面跟着的伙食担子和公文担子让他们走
起来踏实而放心,于是他们在行军时唱起他们刚刚学会的《胜利反攻
歌》:

> 战士们高举着鲜红的旗帜,
>
> 奋勇向前进,
>
> 配合那全国红军要实行总的反攻,
>
> 创造新的革命根据地,
>
> 大家要努力。

红军临近苏区与白区的交界处,天开始不停地下雨,大队人马行军
的速度更加缓慢了。半夜时分,队伍在大山中转来转去,不时地需要所
有的人都停下来,因为前面遇到了山崖,要等把大行李大箱子弄过去人
才可以顺利通过。停下来的官兵开始打瞌睡,新兵们睡着了,老兵蹲在
地上吸烟,烟锅子的光亮一闪一闪的。有时候,队伍一停下来便长时间

不动了,着急的指挥员一直跑到最前面,才发现黑暗中几个新兵睡得很死。于是赶快叫醒他们,整个队伍又接着蠕动起来。秋雨中的小路经过千万人踩踏,成了一道稀烂的泥沟,不断地有人滑倒。有挑担子的战士和民夫滑下山崖,跟着滚落的箱子破了,里面的东西撒了半山坡,细看一眼,有时撒出的竟然都是钞票。挑担子的民夫的鞋很快就磨烂了,没有新鞋给他们,于是他们就用烂布裹脚,但是脚还是肿了起来。眼看着离家乡越来越远,并且就要进入白区了,一些胆大的民夫丢下担子跑了,胆子小的便向红军干部求情:"再走远,回去被当成红军抓起来就没命了!"虽然进入白区之后敌人已被先头部队赶跑,红军官兵还是意识到自己到底是走出苏区了,因为看不见"工农政府"的木牌子了,路边也没有招展的红旗了,更没有地方武装的同志站在路边给他们端上一碗热水。黑暗中的村落荒芜而寂静,红军干部反复对战士们说:进入白区之后要提高战斗警惕,因为即使没有敌人正规部队的阻击,由地主豪绅自发组织的类似民团的反动武装,对待掉队的或是负伤的红军手段也极端残忍。

一九三四年十月十八日,朱德签发关于"野战军攻占古陂、新田地域的命令"。这是一个内容极其详尽的作战命令,其部署的周密程度在以后的日子里不曾再出现过。命令明确了各路部队的进攻出发地以及进攻前必须做的准备,规定红军主力部队发起总攻击的时间为二十日晚。但是,由于第三军团没有按规定时间到达攻击地域,总攻击的时间拖后至二十一日拂晓。其部署是:中央红军由王母渡、韩坊、金鸡、新田地段突破粤军封锁。第一军团为左路,攻击新田、金鸡,向安西、铁石口方向发展;第三军团为右路,攻击韩坊、古陂,向坪石、大塘埠方向发展;第九军团跟随第一军团前进,掩护左翼安全;第八军团跟随第三军团前进,掩护右翼安全。军委第一、第二两个纵队居中,第五军团担任后卫,掩护红军主力和中央机关前进。

粤军在与中央苏区交界的防守线上部署了东、西两个战斗群。东线战斗群为粤军第一军余汉谋部。其各部队部署是:第一师,师长李振球,主力位于安西;第二师,师长叶肇,主力位于信丰;第三师,师长张达,主力位于赣县和南康;独立第二旅,旅长陈章,部署在安远。各部队沿纵贯江西西南的桃江,构筑起一道由碉堡组成的阻击阵地,这便是红军大规模军事转移所面对的国民党军的第一道封锁线。

虽然红军与粤军事先达成了那份"粤军撤退二十公里"的协议,虽然在总攻击发起前红一军团和红三军团都收到了中革军委"如粤军自愿撤退,应勿追击和俘其官兵"的电报,但是,红军与粤军的协议有一个重要的前提,即"红军有行动事先告诉粤军"——对于中央红军的大规模军事转移,事先在红军内部都实行了严格的保密,怎么可能"事先告诉粤军"呢?况且,即使红军方面执行了这个前提,由于政治上的对立,双方达成的协议也不可能向下级部属传达。事后得知,关于协议之事,粤军方面对团一级都采取了保密措施。而这就导致了当战斗发生的时候,粤军防线上的部队多次在上级命令撤退时因为打红了眼而坚决不撤——一九三四年十月二十一日,两军刚一接触,枪声即刻响起,双方展开的竟是激烈的生死之战。

粤军的防御阵地虽没有最后修完,但毕竟修筑了多年,不但有坚固的碉堡,碉堡的前面还加设了两层由铁丝网、竹桩、地雷和深沟组成的工事。战斗打响的时候,粤军声称他们的阵地坚不可摧,"红军休想越雷池一步"。面对粤军坚固的防御工事,手中只有步枪和手榴弹的红军拼死冲击。担任主攻的红三军团第四、第六师干部伤亡将近一半,战士伤亡近千人。第四师是第三军团的先头部队,其先锋团是十一团,战斗僵持不下时,独臂师长洪超亲自指挥十一团冲击,最后以肉搏战击溃了当面阻击的粤军。接着,十一团的侦察排奔向最前沿侦察敌情,在信丰木桥镇附近,他们遇到一股退下来的粤军。红军战士大声询问这股粤军的番号和他们长官的姓名,惊慌的粤军士兵说:"我们的师长跑远了!我们的师长跑远了!"就在粤军师长丢下部队跑得无影无踪的时候,红三军团第四师师长洪超策马扬刀疾驰在自己队伍中——朦胧的月色下,一个粤军士兵抬起头,看见一个一只袖子空荡荡地飘着的红军骑在马背上飞驰而来,另一只手里举着的马刀在月光中上下翻飞。战马越来越近,惊恐万状的粤军士兵举起了枪。在子弹呼啸的战场上,十一团的红军官兵还是清晰地听见了"砰"的一声——子弹不偏不倚击中洪超的胸口,洪超直挺挺地跌下了战马。年仅二十五岁的红军师长洪超,在部队刚刚出征的时刻阵亡,这令第四师的红军官兵万分悲痛。军团长彭德怀闻讯大为悲伤,因为洪超已是红三军团在短时间内失去的第二个师长了。

不久前,在反"围剿"作战的团村一战中,第三军团阻击着兵力一倍于己的敌人的冲击,双方士兵如同两股洪水撞击在一起,阵地上的肉搏战杀得天昏地暗。面对成百上千的红军不畏生死的拼杀,敌人最终支持不住,数万人开始一起狂逃。彭德怀站在阵地后的指挥所内,虽然身经百战,但看着敌人从他面前汹涌而过,这位著名的红军将领仍是为之心惊。数十年后彭德怀回忆道:"当时尘土漫天,只见敌军狼奔豕突,不见我军混杂其间,虽是猛虎突入群羊,可是羊多亦难捉住。我以一万二千人,击溃敌三万余,仗虽打胜了,俘虏不及千人,算是打了个击溃战。"第三军团第四师师长张锡龙与政委黄克诚也在前沿指挥战斗,当敌人开始疯狂溃退的时候,他们走上阵地的高处观察战场形势。他们没有料到,在不远处的一个山包上,草丛中埋伏着一小股敌人。师长张锡龙刚刚走上阵地,枪声响了,狙击步枪的子弹击中他的头部并穿越而出,带着鲜血和脑浆继续朝前飞,又打在了政委黄克诚的眼镜上。猝然间不知到底怎么了的黄克诚弯腰去找眼镜,却听见脚下有人发出痛苦的呻吟。待黄克诚重新戴上眼镜时,看见倒在阵地上的张锡龙已没有了气息。红三军团第四师师长张锡龙生于巴蜀山区,二十岁加入中国共产党,参加过著名的南昌起义,后毕业于莫斯科高级步兵学校,曾任红一方面军政治部主任。张锡龙倒下的那一天,恰逢他二十七岁生日。

年轻的红军师长长眠在被战火烧焦的阵地上令军团长彭德怀悲伤不已。现在,第四师的又一个师长牺牲了。洪超,湖北黄梅县一个贫苦农民的儿子,十八岁加入国民革命军叶挺的部队,在南昌起义中又加入朱德的部队。一年前,在保卫苏区的反"围剿"战斗中他身负重伤,终于从死神那里挣脱时他少了一条胳膊。张锡龙师长牺牲后,晃动着一只空袖筒的洪超担任了第四师师长。在国民党军大举进攻苏区的时候,他率部血战在苏区北部阻击阵地的最前沿誓死不退,成为红军师一级指挥员中少有的获得过"红星"奖章的人。此刻,洪超无声无息地躺在江西与广东交界处的泥泞中,第四师的红军官兵围着他的遗体,拉着他那只空袖筒哭成一片。

第一军团前卫团是第二师四团,团长耿飚,政委杨成武。在第一军团的序列中,四团的前身是北伐战争时国民革命军第四军叶挺独立团,这支参加过南昌起义的部队在以后漫长的转战中总是处在开路前锋的位置。一九三四年十月二十一日,红军的总攻击即将打响的时候,团长耿飚因疟疾发作浑身发软,警卫员不得不找了个门板抬着他。耿飚在迷迷糊糊的高烧中听见杨成武正给部队下达战斗任务,然后就是来来回回急促的脚步声。耿飚睁开眼,拉住一个人,一看是先锋营营长,就问:"部队要干什么?"杨成武没等营长回答就说:"要打一仗!"耿飚一下子从门板上下来,叫参谋长李英华拿地图来。警卫员赶忙递过来一缸子热水,耿飚不停地喝着热水,然后用斗笠遮住马灯盯着地图看。李英华说:"我们的突击方向是古陂,离这里近十公里。"耿飚和杨成武商量了一下,决定派尖刀连迅速接敌。

四团的那场战斗进行得十分激烈。粤军支持不住开始向后撤退时,尖刀连连长喊:"追!不能让他们回去报信!"于是红军战士猛追不舍,最终把这股逃跑的粤军追上了。粤军士兵穿着清一色的斜纹布军装,个个都戴着钢盔且武器精良。部队刚出苏区的第一仗就抓了俘虏,红军战士很是兴奋,他们让耿飚继续躺在门板上,说保证让团长在古陂吃上早饭。因为是第一仗,耿飚不敢马虎,他把特务连连长王友才叫来交代任务。因为王友才是广东人,所以耿飚说让他去"招待"一下他的老乡:"从右翼插进去,猛打猛冲,但是不要硬攻碉堡,只要把他们赶出来就行。"王友才边点头边用广东话说："系[是]的啦！系[是]的啦！"特务连上去了，冲到距碉堡十几米远的地方，王友才开始用广东话向粤军喊话，其他的战士在他身边"冲呀杀呀"地一通乱叫，结果果然把粤军的增援部队引来了。粤军一到，四团一营就冲了上去，与粤军增援的一个营扭打在一起。这时候，四团的其他部队向古陂发动冲锋，并最终占领了这个小镇。

位于赣州西南的古陂虽是白区，可这里的群众并不怕红军，他们把愤怒全都发泄到了粤军的碉堡上，因为粤军在修筑碉堡时强行征用了他们的木材、家具，甚至是棺材。红军将粤军打跑后，小镇上的人们蜂拥钻进碉堡，把里面的东西抢了个精光。四团在粤军的一个营部里，缴获了一些枪支弹药，还有几床丝绵被，这几床丝绵被经师政治部批准，耿飚和杨成武每人分到了一床。杨成武很珍惜这床被子，在后来艰苦的征战中，他一直小心地带着它走了万里之遥。数十年后，杨成武依旧将这床被子保存在身边，他说看见它便会想起"长征第一仗"的那个夜晚——那个夜晚"有月亮，视野很好"，杨成武在"战斗间隙时不由得向后望了一眼，惜别的情绪依旧盘旋在心里"，因为"真的离开苏区了"。

二十一日，第一军团第二师六团的一个连占领金鸡，第一师一团占领新田；第三军团先头部队占领百宝，第六师十六团占领韩坊。粤军开始全线撤退，红军开始全线追击。二十二日，第一军团击溃从重石、版石向安西撤退的粤军的两个团；第三军团占领桃江以东的坪石；第八军团在坪石以北的王母渡渡过桃江，向坳头背、大垅方向前进。二十三日，在第九军团监视粤军之时，第一军团在坪石以南绕过安西直奔桃江，第三军团顺利地占领了与桃江近在咫尺的大塘埠。二十四日，中央红军主力部队占领桃江东岸，控制了岸边的渡口。晚上，各军团先头部队渡过桃江，抢占了河西岸各个要点。

十月二十五日，在红军官兵用热血和生命开辟出的狭窄的"甬道"间，在两侧红军主力部队的严密掩护下，军委两个纵队的上万人马安全渡过桃江。至此，中央红军以伤亡三千七百多人为代价，突破了国民党

122 · 长 征

军设置的第一道封锁线,从被国民党军围困了四年之久的中央苏区突围而出。

就在中央红军开始全面突围的二十一日,位于江西的国民党军各部队收到湖南军阀何键转发来的一封蒋介石的电报。蒋介石在电报中汇集了各部队关于中央红军动态的报告,因为消息互不验证甚至没有关联所以看去如同大杂烩:十六、十八日有报告说,红军第一、第三军团正向宁都方向移动,携带了大量的粮食和弹药,初步判断红军准备攻击赣州。十七日有报告说,第五军团罗炳辉部两千人、机枪二十余挺已西去,长汀现仅由杂色部队维持秩序,"俱甚恐慌"。同时,一个情报参谋报告说,红军在兴国的医院也有移动的迹象。无线电侦察的结果是:红色中华通讯社已经五天没有广播了。综合上述所有情况判断,"赤匪"有可能"西窜"。这封电报,是蒋介石对中央红军军事转移做出的最早判断,但是口气并不十分肯定。因为就在中央红军的先头部队已经与南部防线上的粤军发生了激烈战斗的时候,陈济棠依旧向蒋介石报告说"毛泽东现在于都"——这本不是一个"情报",蒋介石早就知道毛泽东在于都,毛泽东在那里已经有一阵子了。但是,陈济棠的电报如此简明,这等于告诉蒋介石,至少在他防守的那个方向上红军还没有什么动作。

然而,就在陈济棠给蒋介石发出这封电报的时候,粤军第一军军长余汉谋关于前沿军情的电报到了:

> 赣匪主力伪一、三、五军团企图西窜。本日发现赣、信两县之东北地区,计有伪一军团一、二师及三、五军团全部,其先头部队现在信丰属安西等处,与我守备部队激战中。

二十二日,中央红军全面突破当面粤军的封锁线。尽管陈济棠对红军没有"事先通知粤军"就发起全线攻击强烈不满,尽管已经明知红军开始了大规模的突围,但他还是没有把这一重要军情报告给蒋介石,至少是没有及时报告。

二十五日，驻吉安的国民党空军第五中队飞行员报告说，他们在粤赣湘边界地带的大山中发现了"从来没有过的大部队红军"，"数量约数万人正向湖南方向行进"——这是国民党军飞行员第一次发现共产党中央、苏维埃政府机关以及中央红军主力部队行进的情景。而这时，军委纵队和红军主力离开中央苏区的边界已经有上百公里，红军正迎着国民党军的第二道封锁线走去。

航空照片和情报分析被立即送到蒋介石手里，蒋介石终于确信中央红军已经突围而出。蒋介石的困惑和恼怒几乎无法用语言形容：虽然那支被围困中的部队突围是预料之中的事，而且毛泽东绝不会等到国民党大军兵临瑞金城下时才做打算，可他们竟然如此轻易地突破了重重叠叠的封锁线——五十多万的重兵，九千多个碉堡，成百上千的飞机大炮坦克，花费金钱无数，伤亡官兵数万，费时数年之久，可最终还是让毛泽东就这么走出来了。

红军的突围究竟是一个什么样的计划呢？关于这个问题，蒋介石和他的参谋们有过数种设想：从中央苏区所处的地理位置而言，如果红军向东突围，那么国民党军就要从三面向东压缩，把红军赶进福建然后一直逼到海滩上歼灭。如果红军向南突围，肯定是要走南昌暴动后朱德和周恩来走的那条老路——南下广东。虽然陈济棠有"通共"的嫌疑，但只要红军真的进了他的地盘，他就得全力迎战以求自保。那时中央军就趁势进入广东，在把共产党武装消灭的同时，顺便把那个不听话的陈济棠也解决了。可是，现在红军正向湖南方向行进，也就是说，他们出了苏区就折向了西面，根本没有进入广东的迹象。事情如此一来便有点复杂了。因为位于川陕地带的红军已把"围剿"他们的四川军阀刘湘打得狼狈不堪，刘湘不得不提出引咎辞职；而且有确切的情报说，萧克的红军残部已经与贺龙的部队在湘西会合，如果毛泽东走萧克的那条路，朱毛红军就会与贺龙、萧克会合，那样的话局势可就严重了。

"生擒毛泽东朱德者，赏洋十万元。献其首级者，赏洋五万元。生擒或杀死彭德怀等以下者,各赏洋一万元。"一九三四年十月二十五日,蒋介石召集军事会议,发布了把朱毛红军消灭在第二道封锁线的作战命令。同时,以南昌行营的名义向全国发布重新更改的"赏格":"生擒毛泽东朱德者,赏洋二十五万元。"蒋介石的悬赏布告发布在中国的各大报纸上。有好奇的外国记者就此顺着世界历史的线索调查了一番,找寻能够找到的所有有据可查的悬赏公告,最后得出的结论是:这份悬赏是迄今为止以政府的名义针对某一个人的"最昂贵、最诱人的悬赏"。

虽然悬赏公告发布了,作战命令也发布了,但中央红军到底要干什么,到底要走向哪里,蒋介石仍在各式各样的猜测中。于是,南昌行营关于"围剿"中央红军的部署便以问号开了头:

> 查匪徒此次南窜系全力他窜?抑仍折回老巢?或在赣南另图挣扎?刻下尚难断定。唯歼匪于第一线以东地区已不可能,自应歼匪于第二纵线及万[万安]、遂[遂川]、汾[大汾镇]横线中间地区之目的,另为机动之部署。经详商拟定:
>
> (1)先电芸樵[何键]迅就上述纵、横两线加强工事,严密布防。
>
> (2)令李云杰集结遂川,援助罗霖,巩固赣州以北江防。
>
> (3)周[周浑元]纵队抽调十六个团集结泰和,薛[薛岳]路抽集十二个团集结龙冈。
>
> (4)匪如他窜,即以薛、周会两李[李云杰、李生达]进剿。如回窜,即以周纵队会罗、李,由赣州东进。薛路仍服原来任务。
>
> (5)东路及辞修[陈诚]应加速向长汀、宁都分进。

渡过桃江的中央红军依旧分成三路,在广东西北部边界折向正西,沿着岭南山脉巨大的山谷向湖南方向行进。这里山深林密,溪流湍急,人迹罕至。在山谷两侧的密林中,偶尔会突然响起零星的枪声。集结在广东边界各个要地的粤军,甚至能够从阻击阵地上看见红军的队伍蜿蜒而行。那些挑着担子的红军和民夫,一路都在他们精良武器的射程之内,但是,他们没有接到实施攻击的命令。

十月二十六日,中革军委发出《关于我方正与广东谈判让出西进道路,如粤军自愿撤退我军应勿追击的指示》:

> 林、聂、彭、杨、董、李、罗、蔡、周、黄:
>
> 现我方正与广东谈判,让出我军西进道路,敌方已有某种允诺。故当粤军自愿地撤退时,我军应勿追击及俘其官兵;但这仅限于当其自愿撤退时,并绝不能因此而削弱警觉性及经常的战斗准备。
>
> 军委
>
> 二十六日

粤军第一军警卫旅少将副旅长兼二团团长黄国梁,是叶剑英在云南讲武堂时的同学,毕业后与叶剑英一起在孙中山领导的粤军中工作。黄国梁曾任国民革命军第九军第十四师师长,后因蒋介石怀疑他与广西的白崇禧暗通而被撤职,黄国梁自此投奔了陈济棠。在接到命令率部开赴粤北时,他对军中的好友说:"最好不要和红军打碰头仗。"部队到达韶关,黄国梁见到第一师参谋长李卓元。那天与黄国梁一起到达韶关的,还有二团少校政训员黄若天。黄若天后来回忆,当时李卓元说:"已经同共产党达成协议,互不侵犯。共产党借路西行,保证不入广东境内;我方保证不截击,在湘粤赣间划定通道让他们通过,并由我方赠送步枪子弹一千二百箱,由四师负责运送,到乌迳附近交接。拟定共产党西行通道是乌迳、百顺、长江圩以北,以及城口和二塘。过了二塘,便脱离了广东境。"李卓元还强调说:"关于协议的事,不能向团长传达,但要明确要求。共产党不向我射击,不准开枪;不向我袭击,不准出击。总之,保持不接触。说不接触容易,要各级做到,执行起来不容易。"这段当事人的口述,至少证明即使在中央红军开始突围后,红军依旧与粤军保持着极其机密的谈判状态。虽然在向南突围的时候,双方发生过激烈的战斗,但当中央红军开始向湖南方向行进时,粤军证实了红军没有进入广东的意图,确实在某种程度上让开了一条通道。从军事上讲,如果粤军在红军进入岭南山谷后全力发动攻击,红军将面临空前惨烈的战斗和难以预料的结局。从地图上看,这条沿着广东北部边界延伸出的通道,宽度也许不足二十公里,东起广东与江西交界处的乌迳,西至广东与湖南交界处的城口,城口镇的北面就是湖南的三江口镇了。通道的路线虽然不长,因为行军速度缓慢,中央红军至少也要走三天以上。

黄国梁率领二团继续向北,沿着给红军留出的通道的南侧布防,以监视红军的行动,防止红军进入广东。二十七日,二团到达指定地域并开始修筑工事。晚上,黄国梁接到一团团长莫福来的电话,说红军正在渡锦江,队伍庞大,有乘骑有辎重,好像还有一个高级指挥机关。莫福来最后说:"一团请求出击。"黄国梁立即指示:"不准出击。"莫团长没有吭声便放下了电话。于是一夜无事。

二十七日晚,渡过锦江上游的红军正是军委纵队。

二十八日,天还没亮,剧烈的枪声惊醒了黄国梁,他赶紧打电话询问,原来是布防在城口南面仁化县厚坑方向的一个营与红军发生了枪战。这个营违反"在厚坑以南布防"的作战命令,擅自把部队部署在了厚坑以北,而他们布防的阵地正好处在狭窄的通道内。黄国梁立即命令接电话的何营长"撤退到厚坑以南"。谁知何营长在电话里百般强调,就是不愿执行撤退命令,坚持要与红军打上一仗,以表现自己的勇敢无畏。黄国梁只好给仁化县县长打电话,让他亲自赶到何营长那里再次传达他的命令。天亮的时候,厚坑方向的枪声停止了。第二天,粤军第一军警卫旅召开营以上军官会议,黄国梁在会上声称要把一再违犯军令的何营长枪毙了。这边黄国梁的火气未消,那边他自己便挨了一顿骂。一直尾随着中央红军来到这里的粤军第二师五团团长陈树英火冒三丈地对着黄国梁喊:"眼看着共产党经过,不截击,真是饭桶!"

陈树英之所以敢骂军阶比自己高的黄国梁,是因为他是陈济棠的亲侄子——这样看来,连陈济棠当团长的亲侄子都不清楚粤军与红军之间的协议。

二十九日,中央红军接近了广东与湖南的交界处。

这时,根据蒋介石的命令,国民党军的第二道封锁线已经部署完毕。这是由粤军第一军主力部队组成的防线,阻击线沿着大庾、南雄和沙田一线构成。如果不发生意外,红军通过粤军的阻击线应该没有问题。但是,国民党中央军已经开始向这个方向紧急调动,特别是湘军第六十二师正迎面开来。蒋介石对"追剿"中央红军做出的军事部署,是以他对红军动向的判断开始的:"由赣南西窜之匪,尚徘徊于大庾东北地区,有向西北逃窜之模样。判断匪将以全力经赣南西窜,或以一部北犯遂川……"蒋介石使用了"尚徘徊"这三个字,足以显见中央红军行军速度之缓慢。中央红军自二十一日开始突围,整整一个星期,队伍仍没走出粤赣交界处的大山。蒋介石是以战斗部队通常的移动速度来判断的,如果不是"徘徊"的话,红军早已进入湖南境内了。中央红军"徘徊"式的行军,给蒋介石带来判断上的误导,他始终无法断定毛泽东的真实意图是什么。于是,他的军事部署只能是把"西窜"的红军歼灭在粤赣湘交界处的"纵横碉堡线之中间地区"。

国民党军的具体部署是:位于中央苏区北面和西面的部队迅速集中,然后分路进入湖南南部;粤军则需一面"努力堵截",以迟滞红军的行进速度,同时还要派出主力"追击"。蒋介石唯恐粤军追击不力,特别强调由湖南军阀何键负责追击部队的给养:"先行饬知境内官吏、团队先事筹备,尽力协助。"并细嘱粤军官兵追击的时候"应轻装并携带炒米袋"——这时的粤军正缩在几个军事要点内,除了防止红军进入广东之外,他们绝不会主动追击红军;而湖南军阀何键正忙于本省内的"清剿",因为贺龙的红军有不断扩大的趋势,所以他只派出一个师的湘军前来防守边界。除此之外的其他国民党军,此刻都远在数百里甚至上千里之外,所以蒋介石的作战部署如同纸上谈兵。

不知实情的蒋介石雄心勃勃，但是国民党军第二十一军军长刘湘从四川发来的一封电报令他顿时气概全无。刘湘的电报内容为两项：其一，通报红军第二、第六军团会合后，正向他的地盘四川方向开进："萧、贺合股已成事实，燎原之势既成，后患之忧更大。不特湘、鄂、川、黔边徽永无宁日，万一绕窜万〔万县〕东，以扰我五路剿匪后方，则将势成不至。"刘湘含蓄地警告蒋介石，别以为国家的祸害只有朱毛红军，会合之后的萧贺红军不但到处袭扰且发展很快，闹不好就会成为扰乱后方的心腹大患。到红军抄了你中央军后路的时候，可别说我"剿匪"不力以及没有事先提醒。其二，刘湘说："近据各方情报，朱、毛西窜，先头彭部已达湖南汝城。是川、黔形势日趋紧张，川民引领，切盼中央速筹大计，早清搀枪，用固西陲。"——中央红军从江西突围而出接近湖南，这已经不是秘密，刘湘煞有介事的"近据各方情报"的说辞等于废话。这个四川军阀的真正用意，在于"川民引领"和"早清搀枪"：不是总说我们地方军"剿匪"不力么？蒋委员长不是亲自坐镇南昌声称"不日歼灭赣南残匪"么？怎么最后却让朱毛红军跑出来了呢？这回倒要看中央军如何办理了。为此，川民都瞪大眼睛伸长脖子盯着看呢。《史记·天官书》中曰："三月生天搀。"《尔雅·释天》中曰："彗星为搀枪。"彗星俗称"扫帚星"，汉民族普遍认为天上出现彗星是大祸临头的先兆。刘湘在此引经据典，比喻因为蒋介石的无能致使中央红军突围而出，一旦由此酿成大祸，蒋介石要承担主要责任。蒋介石阅后称，这是一封"火上浇油"同时又"居心叵测"的电报。

广东仁化县城口镇是个隘口，南面的粤军严阵以待，北面是无路的大山，这里是中央红军西进的唯一通道。

情报说，城口镇内没有粤军防守，只有几百人的民团。

一九三四年十一月，中国工农红军突破国民党军设置的第二道封锁线，就是从袭击城口镇开始的。

担任袭击任务的是第一军团第二师六团一营。年仅二十三岁的一营营长曾保堂,家乡就在部队刚刚路过的江西信丰。他一九二八年参加农民起义,一九三一年加入中国共产党,是一位机智勇敢的红军指挥员。此刻,曾保堂面临的是一个艰巨的任务:城口镇内的敌人虽并不强大,但要求他的营一昼夜间奔袭二百二十里,这无论如何都是难以做到的。团里要求他去军团部领受任务,曾保堂到达军团部时,看见军团长林彪神情有点忧郁,在铺盖上半靠着不说话,政委聂荣臻和参谋长左权正在分析地图。左权交代:一营必须按时到达城口镇,不然湘军先到就麻烦了。聂荣臻说:"保堂,那是红军突出去的唯一的口子,要不惜一切代价占领它! 几万红军战士的生命就托付给你们营了。回去一定要向战士们讲清楚! 现在,把参谋长交代的任务给我重复一遍。"临走时,曾保堂向军团长林彪请示,林彪只说了一句话:"按照命令执行吧。"

第二师六团团长朱水秋和政委王集成把团侦察排加强给一营,并派来了曾在这个营代理过营长的团参谋唐振旁协助指挥作战,团俱乐部主任余勋光也被派来协助做政治工作。经过加强的一营官兵吃了一顿很饱的晚饭,每人还携带了够一天食用的米饭团子,临时又补充了弹药,连排长的作战动员会议也开过了。十一月一日黄昏时分,一营出发了,序列是侦察排、机枪排、一连、二连、三连。按照参谋长左权的指示,全营官兵都上了刺刀,排成四路,疾速跑步前进。一营沿着大路没跑出多远就看见了碉堡。碉堡上传来严厉的询问声,战士们有点紧张,但前面的侦察排已经回答了:"老子是中央军! 咋咋呼呼的小心把红军引来!"结果,就这样过去了。后来又不断地遇到碉堡,每一个碉堡都无声无息,可能是第一个碉堡里的敌人已经把"别惹中央军"的意思挨个通知了下去。天亮的时候,曾保堂看看自己的队伍,掉队的不多,但干部们的肩上都多了好几支枪。趁着在树林里吃早饭的空隙,曾保堂在地图上一量,发现这一夜竟然跑了一百五十多里路。本打算让部队休息一下,但是怕一休息就睡着了,于是决定连续赶路。第二天黄昏来临时,曾保堂看见了前面的城口镇。

这是一个被几条河渠环抱着的小镇，镇前有一座木桥，要想占领镇子必须从桥上过去。曾保堂部署了两个连攻击两侧的碉堡，又选出十几名水性好的战士分别从木桥的上、下游泅水过去，然后自己带领侦察排强行闯桥。桥头草棚子里的敌人正在灯下赌博，一个哨兵在草棚外来回晃荡。红军走近了，哨兵喊："什么人？"红军战士答："中央军！叫你们当官的出来说话！"红军说着话脚步却没停。哨兵慌了，回头喊："班长！中央军兄弟要过桥！让不让过？"棚子里说："是陈长官的队伍吧？先过来一个问问。"棚子里的话音还没落，棚外的哨兵已被红军扑倒，接着一颗手榴弹在草棚子里爆炸了。侦察排在爆炸声中从木桥上一拥而过。这里的枪声一响，迂回的连队也开了枪，驻扎在镇子里的民团团长吓坏了，当即决定逃跑，刚出镇子就被包抄过来的红军俘虏了。一营迅速控制了城口全镇，而国民党军的大部队此时还没有到达，城口这个隘口要道已经扫清。曾保堂命令三连一排长和一个班的战士赶快吃点东西，然后往回跑，把战斗结果报到军团部去。一排长带着一个班走了之后，一营的官兵虽已万分疲惫，但还是不敢睡觉，因为一旦敌人压过来，守住这个通道必将是一场血战。

曾保堂也没睡，但一夜无事。

第二天上午，哨兵抓到几个便衣侦察员，一审问，曾保堂吓出一身冷汗：国民党军的一个师已于昨晚六时到达城口镇附近。也就是说，这个师几乎是与一营同时到达的，当曾保堂强行闯桥的时候，他们距离城口镇仅仅还有十公里的路程。但是，从城口镇方向突然传来的枪声令这个师停下了脚步，他们截住几个从镇子里逃出来的民团士兵，惊慌的民团士兵对他们说镇子已经被红军主力占领了。结果，这个师立即往回撤，一撤就撤出去四十多里。曾保堂后怕的原因是，如果一营奔跑的速度慢了一点，或者是在中途休息了一下，那么，当攻占城口镇的战斗打响时，一营也许就要面对国民党军的一个整师了，那将会是付出巨大牺牲的拼死夺路。

但是，究竟四十里之外有敌人一个师的兵力，曾保堂因此作了拼死也要守住城口镇的战斗动员。中午,参谋长左权带领一个连进入镇子。曾保堂正要上前报告,左权劈头就问:"占领镇子为什么不及时报告?"曾保堂忙说昨天晚上就派一排长回去报告了。后来才知道,已经奔跑了一昼夜的一排长,半路上实在跑不动了,钻进一个废弃的碉堡里准备休息片刻,谁知那一个班的红军士兵一坐下来就睡了个昏天黑地。

国民党军对中央红军布防的第二道封锁线,由粤军和湘军共同构成。这是粤军和湘军头一次"互相协同",按照双方总司令的话讲,简直是"珠联璧合"。但是,只要红军一出现,粤军就往后缩,希望湘军快点上来;而湘军因为红军还在广东境内,希望以邻为壑,不肯耗费兵力冒险出击。结果,中央红军在混乱而单薄的防守中通过了国民党军的第二道封锁线。只是红军先头部队开路的时候,粤军、湘军和地方民团的混乱敌情,常常让红军指挥员们有点糊涂。

第一军团第二师四团团长耿飚就糊涂了好几天。抓到敌人的尖兵,交代说是湘军,于是冲上去打,结果发现打的不是湘军而是粤军。侦察员报告说前面的村子里有敌人,于是紧急组织攻击,冲进去发现敌人已经没了踪影。正要命令部队追击,又报告说后面发现了敌人,接着就见村后的道路上果然来了一支队伍,走近一看原来是支由少数官兵押送的挑夫队,挑着满满的军需物品。不用打就缴获了这些担子,问他们是给哪支部队送的,连押送的军官都说不清楚,只要是"剿匪"的部队就行。红军官兵打开担子一看,个个眼睛一亮:清一色的带曳光的尖头子弹。红军官兵的子弹全是苏区生产的"再生弹",他们见到这些崭新的子弹如同见到珍宝一般。耿飚命令给每个挑夫三块大洋全部放走,然后让官兵把那些子弹尽力往身上塞。耿飚自己塞了满满三条子弹袋。这些优质子弹太宝贵了,因为常常舍不得使用,所以直到翻过雪山,耿飚的这些子弹都没有打完。后来在两河口与红四方面军会师时,耿飚把其中一条仍是满满的子弹袋作为礼物,送给了第三十军第八十八师政委郑维山。

一九三四年十一月五日,军委纵队和红军主力按照朱德发布的命令,开始陆续在先头部队开辟出的通道间穿越封锁线,向湖南与广东交界处的宜章、乐昌方向前进。

随着中央红军即将全部进入湘南,十一月六日,蒋介石给何键发出"关于消灭中央红军于湘、漓水以东地区"的电报。这封电报显示出蒋介石混乱的猜测终于有了一个清晰的结果:"判断该匪必沿五岭山脉,循萧匪故道,经兴[兴安]、全[全州]间窜,且其行动必速,不致北犯,既有亦不过以一部掩护其侧翼。"蒋介石的判断已经没有差错,他确信中央红军将要取广西全州西进。按照这个判断,蒋介石做出了阻截中央红军的军事部署:任命何键为"追剿军"总司令,调集中央军薛岳部、周浑元部以及湘军和桂军共二十一个师,组成第三、第四道封锁线。而此时粤军独立第三师李汉魂部、独立第一旅范德星部已从仁化前出至乐昌地区,粤军第一师李振球部和湘军的一部也已从郴县前出至宜章地区。

对于中央红军来讲,往北,并不是没有军事上的出路。蒋介石凭什么肯定地判断中央红军不会向北而是要沿着湘南边界继续向西?蒋介石的判断在军事和政治上的依据是什么呢?查阅现有的史料,无法得出结论。而之所以要强调这一点的原因是,就在这一天,自离开中央苏区以来一直沉默的毛泽东第一次开口说话了,毛泽东提出的建议是:立即停止向西的行军,中央红军要向北走。

十一月六日,毛泽东跟随军委纵队到达城口镇。虽然他没有任何军事指挥权,但只要队伍停下来宿营或休息,他便要对着地图仔细研究,他常常因为警卫员忙着给他烧水弄饭而没有把地图及时展开而大发雷霆。红军不能再往西走的想法,产生在突破第一道封锁线以后。向北,在北面的大山后面有毛泽东熟悉的湘南和赣南,有红色武装的起源地井冈山。毛泽东没有想要到中国的西部去,他认为在红军向西的道路上必会有敌人的重兵阻截。如果继续往西走,就不仅仅是国民党中央军和湘军的堵截了,广西军阀的部队一旦加入进来将导致军事形势的更加恶化。毛泽东郑重地向中共中央提出自己的建议:"红军不要向文明司前进,不要在坪石过粤汉铁路,不要夺取宜章、临武,而应该向北越诸广山,沿耒水北上,在水口山一带休整,仍回到永丰、蓝田、宝庆等地摆开战场,消灭'围剿'之敌。"——毛泽东的计划是:在城口直接折向正北方向,沿诸广山北麓和耒水两侧一直挺进到井冈山西麓。红军在那里休整之后,集中优势兵力,寻找最有利的战机,与尾随而来的湘军或中央军打个歼灭战。然后,或上井冈山,或者沿着当年自井冈山出兵开辟赣南和闽西的路回到中央苏区瑞金去——毛泽东最初并没有转战上万公里把红军带到中国偏僻的西部去的想法,他那时候仅把中央红军的大规模军事转移当作了一次战略性地调动敌人的机动作战。

毛泽东的建议没有被理会。

连日阴雨,山路泥泞而陡滑。

红军规定每天必须行军七十里,于是早上就出发,要一直走到半夜才能到达指定的宿营地。阴雨中火把无法点燃,冰冷的雨点打在脸上,无法看清楚脚下的道路。前面的人滑倒了,连锁反应会引发一大串人倒下。身上的水和路上的泥沾在一起,站起身来都很困难。机器与行李担子在民夫和红军战士的眼中几乎等同于灾难,由于负伤、掉队、牺牲等原因,负责搬运这些大箱子的人已经减少了三分之一,这给剩下的人造成了更加沉重的负担。上山艰难,下山更险,一不小心就会连人带担子一起滚下去。为了寻找可以顺利通行的路,各部队都找当地的农民做向导,向导们对这支庞大的军队和其所携带的庞大的行装感到十分惊讶与不解。在缓慢的行军中,极度的疲劳和困倦折磨着每一个人,红军官兵吃辣椒、咬手指,生怕自己一迷糊掉了队或者滑进山涧。更严重的是饥饿,深山里没有人烟,携带的干粮早已吃光,即使偶尔路过一个村镇,粮食也被先头部队买光了。于是就喝山涧里的水,但是很快就闹了肚子,收容队每天的收容量都在百人以上。大家在收容队里互相搀扶着走,那些根本走不动和已重病在身的人,只能在经过村镇时留给当地的百姓。在一个巨大的陡坡下,几个红军干部掉了眼泪,因为数十名战士用了整整一个晚上也无法将一个巨大的箱子搬上去。忽然,有人主张把箱子扔下,可是没有一个人肯下这个命令。天亮以后,干部动员战士们再做一次努力,他们弄来绳子,前边十几个人拉,后面十几个人推,一寸寸地向上挪,终于把大箱子挪上了陡坡。然而,这时候他们已经掉队了,因此只有不吃不喝不睡觉,抬着大木箱子赶了两个昼夜才追上大部队。

十一月七日,中革军委发布红军主力部队通过"第三道封锁线"的行动电令。从电报中看,前方的敌情并不严重:"九峰似有粤敌独三师一个团","乐昌似有独三师二个团","在汝城、宜章间没有正式部队"。湘军至少在预知的前进路线上"无大变动"。因此,电令要求"野战军于宜章北之良田及宜章东南之坪石[均含]之间通过"。然而,电报发出之后,军情骤然紧急起来:自从红军突破中央苏区的边界以后,粤军的一部就一直跟在中央红军的后面,保持着约一两天的路程,始终没有攻击的意思。按照广东军阀陈济棠的说法,跟在红军后面的粤军是为了"监视红军不得南下进入广东"。现在,中央红军的大部已于城口镇进入湖南南部,按理说后面的粤军应该回广东了。但是,不断有侦察情报报告,红军身后的粤军跟随的速度越来越快,眼看着就要追上红军了。为此,中革军委决定:担任后卫任务的第五军团停下来阻击粤军,阻击地点是延寿。

追击红军的是粤军第二师和独立第二旅。其中,以第二师五团的追击最为积极,五团团长就是那个在仁化县城大骂黄国梁放走了"共匪"的陈树英。陈树英眼看着红军就要走出广东了,急切地想与红军打上一仗。八日,他接到了在"延寿附近发现红军后卫"的报告,报告里居然有"看样子他们很疲劳"的揣测,陈树英立即命令全团跑步前进——现有的史料无法提供这个粤军团长非要与红军作战不可的充足理由,在意识形态上、政治立场上,甚至在个人恩怨上,都有产生这种极度对立情绪的可能,但如果陈树英不是团长而是师长或者军长,这种情绪所导致的后果也许就会改变历史了。陈树英的先头营营长李友庄，执行团长的命令十分坚决，他带领官兵跑步翻过一座山脊后，在一条小河的对岸发现了红军部队。双方当即发生战斗。这些红军确实是担任后卫任务的红五军团的官兵。红军在高处，有小河作为屏障，加之他们的任务是后卫掩护，自然要据险死守。陈树英命令部队涉河发动强攻。战斗进行得十分激烈，举着望远镜的李营长的手腕被红军击中。他的副营长潘国吉带领部队继续向前冲锋，刚冲上一个山坡，突然发现山坳中至少有千人以上的红军正在集结。潘国吉急忙转身，发现跟上来的部队充其量只有一个排，他想撤退已经来不及了，陈树英的先头营瞬间成了红军的俘虏。

红军没有留恋战斗，迅速脱离战场向西走了。

清理战场之后的陈树英不甘心，依旧主张迅速追击。果然，在继续追击的时候，他的部队再次与红军遭遇并立即展开攻击。这次攻击陈树英所在的粤军第二师全部上阵了。陈树英决心打个大胜仗，他站在粤军的冲击队形后，一个劲儿地催促着粤军士兵向前冲。仗一直打到后半夜，陈树英觉出了有点不对劲儿，第二师的官兵都说从猛烈的火力上判断无论如何都不像红军。于是进攻暂时停下来，派出人去观察，这才发现打了大半夜，打的竟是从另一条路追击红军而来的粤军第三师。这场粤军自己和自己的战斗，使两个师均损失惨重，后来陈济棠把所有这些损失都作为与红军作战的消耗报给蒋介石，要求委员长给予补充。

在红五军团与粤军交战的时候，红一军团受命抢占乐昌以北的制高点九峰山，以掩护军委纵队从九峰山山脚下通过。

九峰山，位于广东与湖南边界，是从广东进入湖南的咽喉之地。接受任务后，第一军团军团长林彪与政委聂荣臻之间发生了短暂的摩擦。林彪认为，目前粤军并没有占领广东北部的乐昌，因此没有必要派出部队占领九峰山，只要催促军委纵队提高一下行军速度，完全可以顺利地通过乐昌一线。聂荣臻则认为，万一粤军先于红军占领乐昌，西进的通道就等于被堵死了，因此必须抢先占领九峰山制高点，以控制九峰山与五指峰之间的地带,保证军委纵队安全地通过。参谋长左权见军团长和政委意见不一,建议先派侦察部队到乐昌方向摸一下情况。

正在争执的时候,第二师师长陈光到了。陈光报告说,他的部队在向乐昌方向侦察时,看见了正在大道上快速行军的粤军。军团部里的争执立即被放下了。第一军团按照朱德的命令,按时到达一个名叫麻坑圩的地方。林彪在那里发现一条电话线,沿着电话线找到一部电话机,一摇,居然通了。接电话的是前边一个民团自称是"师爷"的家伙。林彪装作国民党中央军军官在电话里骂了几句,口气蛮横的"师爷"立即缓和了态度。林彪让那位师爷把民团团长找来讲话。林彪问:"林彪的红军现在到哪里了?"民团团长说:"红军到哪里不清楚,粤军的三个团已经开到乐昌,其中的一个团去九峰山了。"林彪这才知道自己差点铸成大错,他放下电话立即命令道:"耿飚那个团能跑,让他们立即出发,不惜一切代价抢占九峰山!"

阴雨变成了暴雨,天地间一片昏暗,山涧中唯一的一条小路已被红军挤满,数万人的队伍在大雨中缓慢向前蠕动着。四团政委杨成武在拥挤的人流中看见第九军团军团长罗炳辉,高大的罗炳辉因为马丢了正艰难地走在前堵后拥的队伍中,杨成武立即把自己的马送给了罗炳辉。山涧小路上的情形,让耿飚和杨成武产生了巨大的担心:现在,几乎所有的红军部队都被压到一条狭窄的道路上了,如果前面的九峰山拿不下来,后果不堪设想。耿飚带着他的四团不顾一切地向前跑。巨大的雷声和粗大的雨鞭把马吓坏了,无论如何也不肯再向前一步。耿飚立即弃马和部队一起跑。跑着跑着,就觉得浑身颤抖不止,他知道自己的疟疾又犯了。他向身边的师长陈光嘟囔了句什么,陈光一个劲儿地点头:"要得!要得!"实际上,在暴雨中奔跑的陈光什么都没听见。四团的官兵一跑到九峰山下,就开始在暴雨中往山上爬。他们不知道在山的另一面,粤军也正在往上爬,且粤军比红军离山顶更近一些。但是,狂风暴雨帮了红军的忙,粤军是顶风,红军是顺风,结果刚刚上了山的粤军还没来得及设置阻击阵地,就被爬上山的红军赶了下去。占领山顶的红军立即开始挖工事,官兵中有人还穿着从苏区穿出来的短裤,因此在大雨中被冻得瑟瑟发抖。发着高烧的耿飚嘴上起了一串水泡,师长陈光给他卷了一支旱烟让他提提神。

大雨停了,粤军的反击开始了。

在四团与粤军交火的时候,九峰山相邻的山头上插满了红军的红旗,冲击的枪声此起彼伏。在两侧部队的全力掩护下,军委纵队及其他红军部队从山下狭窄的山路上滚滚而过。

万分危急的军情令红军明白了那些巨大的箱子可能导致的危险,中革军委终于下令将搬运不了的大行李就地销毁。恨透了那些东西的红军官兵立即开始砸,最后只剩下四百多件。摆脱了大行李的红军官兵情绪明显好转,他们唱着歌喊着口号一路向前——在中国广东与湖南交界处的巨大的山峦褶皱中,数万人的队伍在不断的作战中汹涌流动,这肯定是人类历史中前所未有的奇观,尽管当时中国的大多数人和整个世界并没有注意到这一景象。

中央红军通过乐昌一线,陈济棠终于松了一口气:红军完全走出了他的地盘,粤军的任务也完成了。红军说话算话,没有进入广东;而自己也遵守了协议,没有与红军为难。

九峰山阻击战是粤军与红军的最后一战。

完成掩护任务之后,四团官兵抄小路赶到主力部队的前面,重新回到了整个中央红军的前卫位置。由于四团官兵中生病的人太多,耿飚在一个名叫天堂圩的宿营地请来个老中医给大家看病。这位拥护共产党主张的老中医,专门为四团官兵熬了一大锅中药,还给很多人做了针灸治疗。耿飚要求老中医马上治好他反复发作的疟疾。老中医沉吟了良久说,有一个祖传的秘方,但毒性很大,平时不敢轻易使用,因为病人服后会大把地掉头发。老人担心面前这个年轻的小伙子如果变成个秃子,将来就可能找不到"堂客"了——江西、湖南一带的人管"老婆"叫"堂客"。耿飚大笑道:"不怕!只要能继续干革命,不要堂客也行!"耿飚要了老中医的秘方,走了好久之后才在贵州境内的一个县城里配齐药,一剂喝下去,头发掉了很多但没掉成秃子,手脚麻了些日子但无大碍,最重要的是疟疾治好了! 耿飚把这个秘方一直带到了延安。

红军全部通过九峰山一线的消息传到南昌,蒋介石这才明白那个陈济棠一直在与他耍把戏,其“通共”的程度比想象的还要严重而恶劣。恼怒的蒋介石给陈济棠发去一封措辞严厉的电报,声称要对陈济棠动用刑法:“……平时请饷请械备至,一旦有事,则拥兵自重……此次按兵不动,任由共匪西窜,贻我国民革命军千秋万世莫大之污点。着即集中兵力二十七个团,位于蓝山、嘉禾、临武之间阻截,以赎前愆。否则本委员长将执法以绳……”而陈济棠在蒋介石的电报上只草草地写下了几个字:“本电报转发至团长为止。”

蒋介石匆匆回到南昌大本营,两份重要的情报随即到了眼前:一是向瑞金前进的国民党军获得了中共的材料,其内容充分证明红军的大规模移动不是战术机动而是战略转移;二是粤军与红军的作战虽然规模并不大,但是,红军主力部队的番号都已一一显露,这再次证明江西的红军确实是“倾巢逃窜”了。蒋介石立即召开军事会议,再次对中央红军的走向进行讨论。在红军西行的问题上没有争论,但是,鄂豫皖“剿匪”总司令部秘书长杨永泰的一个猜测令人吃惊。这个“攘外必先安内”理论的主要策划者有蒋介石的“策士”之称,他认为“中央红军有渡长江上游金沙江入川西的可能性”——这时,中央红军刚刚进入湖南南部,杨永泰如此超前的判断,如果不是他直觉敏锐,便是他故意在蒋介石面前危言耸听。因为就当时的情报而言,判断中央红军将去湘西与贺龙和萧克的红二、红六军团会合有充分的理由,但是预言中央红军将绕行遥远而艰难的路途前去四川西部,显然有点不合逻辑。因此,蒋介石当即反驳道:“那是太平天国石达开走的死路。他们走死路干什么?”——后来的历史证明,杨永泰那个近乎胡思乱想的判断竟然是正确的。

会议做出军事部署,心情急切的蒋介石要求立即把军事部署的电报发出去。他的急切既来自担心也来自兴奋。担心的是,按照目前朱毛红军的走向,与贺龙、萧克会合的趋势已经明朗,如果让他们如愿以偿地实现了会合,那么红军主力将在湘南和湘西重新建立根据地,将来湘鄂川黔的红军连成一片,后果将是灾难性的。而兴奋的是,朱毛红军已经"流徙千里,四面受制,虎落平阳,不难就擒"。且从军事上看,共产党红军已经走进了一个绝境。负责起草军事部署电文的侍从室主任晏道刚正患头疼,但是每过十分钟就接到南昌大本营参谋长贺国光的一次催促电话,贺国光在电话里只有一句话:"校长等不及了。"于是,电报被迅速地草拟出来,其主要内容是:

一、以湘军刘建绪部率章亮基、李觉、陶广、陈光中四个师,立即开赴广西全州依湘江东岸布防,与驻守在灌阳的桂军第十五军切取联系,进行阻截。

二、以中央军薛岳部率吴奇伟的第七纵队及韩汉英、欧震、梁华盛、唐云山的四个师,沿湘桂公路进行侧击,保持机动,防止朱毛红军北上与贺龙、萧克的部队会合。

三、以中央军周浑元部率所辖谢溥福、萧致平、万耀煌、郭思演师尾追红军,取道宁远进占道县加以确保,防止红军南下进入桂北。

四、以湘军李云杰部率王东原师及其所兼之第二十三师,取道桂阳、嘉禾、宁远,沿着红军前进的道路尾追。

五、以湘军李韫珩部率所兼之第五十三师,取道临武、蓝山,沿红军前进的道路尾追。

五路大军协同作战的部署,颇费了蒋介石的一番苦心。第十六军李韫珩部和第二十七军李云杰部,官兵多来自嘉禾、蓝山和宁远,部队十分熟悉即将展开作战的地域;周浑元部属中央军精锐部队,所以用其强占道县以压迫红军西进;而吴奇伟部沿着永州西进,可阻止红军向北,令其非渡湘江不可。如此,五路大军可在湘江东岸的有利地形上形成决战局面,这势必会给朱毛红军以毁灭性重创。即使红军能够挣脱"围剿",也只能掉头进入广东,陈济棠总不至于欢迎红军进他的广东吧？他手下的几万部队对付红军余部应该没有问题。至于有人提醒蒋介石说，广西的桂军可能和粤军一样不听指挥，甚至也可能"通共"，蒋介石的回答是："不必担心，广西北部有大量的民团，红军即使想进去也不那么容易。如果桂军真把红军放进了广西，中央军也会跟进，那时他们就知道利害了！"

下达命令时，担心部下不认真落实部署的蒋介石还在电文中引用了中国古代兵家尉缭子的四句话："众已聚不虚散，兵已出不徒归；求敌若求亡子，击敌若救溺人。"——中国战国时期的兵家著作真可谓亦兵亦文，只四句话就把求敌若渴的心境描绘得形象之极：既然大军集结了，官兵出击了，也就没有任何退路了。寻找敌人要像寻找自己丢失的儿子那样心急火燎，打击敌人要像去救一个快被淹死的人那样奋不顾身。

蒋介石任命湖南省政府主席何键为"追剿军"总司令，也是出于周密的考虑。在向国民党军各部队发出任命何键的委任电后，蒋介石专门派飞机给何键空投了一封亲笔信：

芸樵兄勋鉴：

今委任兄以大任，勿负党国之重托，党国命运在此一役，望全力督剿，并录古诗一首相勉：

昨夜秋风入汉关，

朔云边月满西山。

更催飞将追骄虏，

莫遣沙场匹马还。

中正 文酉行战一印

面对委员长的恳切言辞，何键受宠若惊，他当即复电表示拼死决战不负重托。然后，他将蒋介石的信札大量复制，广为散发，以激励下属同时抬高自己。

在任命何键的同时，蒋介石任命原国民党军第六路军总指挥薛岳为"追剿军"第二路军司令。薛岳对此很不满意,作为蒋介石中央军的主力,他不愿意把近六个师的兵力置于何键这个地方军阀的指挥下。薛岳向蒋介石发牢骚,得到的是"越境追歼有利于国家大局"这句听上去意思很含糊的话。薛岳确实无法理解蒋介石的周密打算:首先,红军现在进入了湖南,那里是何键的地盘,无论任命谁当"追剿军"总司令,在何键的地盘上调动部队、筹集给养以及求得作战支援等等,只要湘军不想积极配合,所有的行动都将受到制约,所以不如直接任命何键统筹指挥。何键杀了许多共产党人,特别是他杀了毛泽东的妻子,挖了毛泽东的祖坟,毛泽东的军队一旦踏上湖南的土地,何键自知他将要面对的是血海深仇,那么让他率领湘军与朱毛红军杀个天昏地暗有什么不好?最终,湘军与红军拼光了,湖南自然就变成了中央军的地盘。其次,何键不会容忍朱毛红军在湖南立足,而如果他是"追剿军"总司令,湘军就会跟着朱毛红军一路追击下去,哪怕追出了湖南。湘军一旦被调出湖南,薛岳率领的六个师就可以趁机进入,成为中央军钉进湖南的一颗钉子。而在这之前,别说皇皇六个师的中央军,就是蒋介石的一兵一卒也休想进入湖南。最后,蒋介石向来与广东的陈济棠、广西的李宗仁和白崇禧猜疑很深,而中国各省的军阀们彼此又从来互相戒备,现在朱毛红军进入湖南与广西的交界处,湘军也许不可避免地要进入广西境内,而何键却与李宗仁和白崇禧有着很深的私交,湘军的进入决不会引起桂军的猜疑,两军必能协同合力封锁湘江——果然,如蒋介石所盘算,接到任命的何键立即给已经归他指挥的薛岳发出电报,内容是:"欢迎中央军入湘作战,戮力同心,共矢有我无敌之决心。"

现在,中央红军的前面横着两条大河:潇水和湘江。

两条大河之间地域狭窄,河渠纵横,地势平坦。

从军事地理上看,大军一旦进入这样的地带,当前后都有河流阻隔的时候,如果陷入包围几乎等同置于绝境。

一九三四年十一月十日,湘南宜章方向一直有炮声传来,无法得知那里的战况。侦察员报告说,前面的路上有数座难以逾越的大山,能供主力部队和军委纵队通过的只有两条不宽的土路,两条路都要经过宜章县城。更严重的是,连日大雨不断,无论是潇水还是湘江必会洪水暴涨,如不提早派出部队占领渡口、准备船只、架设渡桥,大队人马一旦拥挤停滞在大河岸边,国民党军几乎不用使用地面部队,仅凭飞机轰炸就会给红军造成巨大伤亡。为此,根据中革军委"突破第三道封锁线"的部署,红三军团军团长彭德怀和政治委员杨尚昆提出了以第三军团为先遣军团抢占潇、湘两水主要渡口的建议。

至此,中央红军离开瑞金苏区已经一个月了。

一个月内,红军没有遭遇重大敌情,已经通过敌人的两道封锁线。之前,萧克的第六军团在中央红军主力部队出发前撤离根据地时,走的也是这条路。现在,第六军团已经与贺龙的红二军团会合。第六军团仅有七千人,中央红军有数万人;第六军团走了两个月,那么中央红军再走一个月就能与贺龙和萧克会合了。博古和李德为此心情一直很好。只有周恩来的心情一直不佳:转移的突然性使敌人没能来得及调整部署;通过封锁线的时候与粤军事先有协议;第六军团七千人中有五千的作战部队,依旧遭受了巨大的损失,现在中央红军近十万人的大搬家,作战部队的任务已不只是消灭阻截的敌人,还要打通并守护一个长长的"甬道",以掩护两个庞大的军委纵队通过。在这种情况下,一旦敌人调动完毕,谁也无法料到如此规模的转移将会面临什么样的局面。

中央红军自踏上军事转移之路,一直避免攻打县城,只要有可能都是绕着走。现在,湘南的宜章横在了红军向西行进的通道上。

既然宜章是必经之地,那就必须占领宜章。

大雨中的一个夜晚,距宜章县城四十公里处的一个小村庄里,第三军团第六师师长曹德清和政委徐策来到十六团团部,下达了明天黄昏前必须占领宜章县城的任务。为了加强十六团的力量,彭德怀专门把军团的山炮营派来配合战斗。

宜章县城,南接广东,东接江西,全县丘陵地貌,植被葱茏茂盛。

　　根据情报,宜章由湘军的一个营防守,县城四周碉堡林立。由于通往县城的公路畅通,战斗打响之后湘军的增援能够快速到达。接受了任务的十六团团长李寿轩和政委余瑞祥,立即召集营以上干部开会。团长李寿轩认为,要对打碉堡有充分的准备,山炮够不到的碉堡,必须上爆破组,与那些坚固的碉堡拼死一搏。政委余瑞祥发言时表情严肃,说如果宜章县城拿不下来,军委纵队的行军道路就会被堵死。现在国民党军正从各个方向包围过来,大家掂量一下这个任务的重要性吧。会议最后决定:一营、二营担任主攻,三营为预备队。会议正开着,来了几个老百姓,原来是中共宜章县委派出县游击队副队长前来接洽。副队长显得很激动,说游击队的百十人都归红军指挥;还说现在宜章县城里的那个营是何键收编的一股土匪,大约有五百多人,头目名叫程绍川,是个无恶不作的家伙。

　　天亮的时候,十六团出发了。依旧是冷雨。游击队带着抄近路,走的全是泥泞的山路。直到中午的时候,红军才上了大路,疲惫不堪的官兵刚把粘在鞋底上的沉甸甸的泥巴刮掉,前面就响起了枪声。敌人已经占领了大路两侧的有利地形,十六团的队伍短暂混乱了一下后迅速组织起反击。机枪压制,两路包抄,当红军官兵发起冲锋的时候,阻击的敌人撒腿就朝县城跑去。红军官兵在后面追,边追边喊话,逃跑的敌人还是拼命跑,有跑不动的就当了俘虏。一问,是程绍川的队伍,上司命令他们把红军阻击在距离县城二十公里之外,只能成功不能失败。

　　下午三点,十六团指挥所设立在县城外的一个山包上,从这里可以俯瞰宜章县城全貌。军团的山炮营上来,开设了射击阵地。各营根据各自的任务,开始攻击县城外围的那些碉堡,结果山炮一响,还没派出爆破组,碉堡里就空无一人了。外围清扫得很快,下面就是攻城了。十六团开始做战斗准备,这时,他们发现当地的百姓在周围越聚越多。突然,不知哪个一声呼叫,百姓们蜂拥向红军跑来,加入到战斗准备的行列中。他们为红军推炮、挖工事、搬运弹药,还有一群百姓弄来木头为红军制作攀登城墙的云梯。最后来了一群手拿工具的民众,一问,原来是在这里修建粤汉铁路的工人,他们的到来引起正在忙乎的红军官兵的热烈欢呼。这个场面令走了上千里路的红军骤然想起了苏区的日子,想起了苏区的兄弟姐妹和父老乡亲,他们眼睛湿润着一个劲儿地说"谢谢同志们"。

一个小时后,指挥部下达攻击宜章县城的命令。红军官兵劝说百姓躲远点,免得伤了,可百姓不但不走还要往前冲,这一幕使得宜章城门外竟不像是大战在即而像是即将联欢。攻城的第一枪打响了,十六团的队伍刚刚向城墙冲去,眼前的情景又令他们大吃一惊:宜章城门突然大开,百姓从城内汹涌而出,他们大声喊着:"红军进来吧!红军进来吧!他们已经跑啦!"

在百姓们的簇拥下,第三军团第六师十六团的红军官兵凯旋一般走进宜章县城——宜章,当年朱德和陈毅在南昌起义后曾转移到这里举行湘南暴动。这里的百姓知道红军的主张是什么,知道红军官兵是什么样人。

然而,红军自上而下的快乐并没有持续太久。因为占领了宜章的红三军团军团长彭德怀提出一个建议:不能再往西走了,尤其是不能向湘江走了:"以三军团向湘潭、宁乡、益阳前进,威胁长沙,在灵活机动中抓住战机消灭敌军小股,迫使蒋军改变部署,阻击、牵制敌人;同时我中央率领其他军团,进占溆浦、辰溪、沅陵一带,迅速发动群众创造战场,创造根据地,粉碎敌人的进攻。否则,将被迫经过湘桂边之西延山脉,同桂军作战,其后果是不利的。"彭德怀的建议与毛泽东的建议有相似之处,即:以一支部队向北,直接威胁长沙,打乱敌人的部署,牵制敌人的兵力;红军主力和军委纵队直接深入湖南腹地,向湘西拓展,寻求创建新的根据地。应该说,这样的建议有相当的合理成分,因为这样一来便会搅乱蒋介石的部署,数万红军主力完全能够与湘军周旋作战并且打几个胜仗。再者,在中央红军行动的同时,命令贺龙和萧克于湘西同时出击,在沅陵一带创建根据地不是没有可能。但是,博古和李德"既未回信,也未采纳"。中革军委的思路是:沿着第六军团转移的路线,沿着湘桂边界向西再向北,与贺龙和萧克的部队会合。这就是说,红军必须渡过湘江。

过粤汉铁路的时候,第一军团第一师师长李聚奎见到了毛泽东,这是毛泽东离开红军领导岗位后,这位师长一年多以来第一次见到他。当时,红军主力和军委纵队都挤在一条小路上,正在粤汉铁路东侧的第一师接到军团部的紧急命令,要求他们派出一个团立即赶到军委纵队的前面去:"动作要快,不得延误。"李聚奎亲自带领三团从掩护阵地上撤下来往前跑,行进途中,他看见了坐在路边休息的毛泽东。和毛泽东坐在一起的还有周恩来和朱德。出生于湖南涟源的李聚奎时年三十岁,是一名在保卫井冈山根据地和湘鄂赣根据地的战斗中成长起来的优秀红军指挥员。当他看见又瘦又高的毛泽东坐在潮湿的地上吸着烟时,心里一阵难过。没等他开口,周恩来就跟他打了招呼:"来得好快呀!"接着,周恩来展开地图,向李聚奎具体指示哪里放一个连,哪里放一个排,目的是全力保卫军委纵队的安全。周恩来说:"别怕部队撒得太散,后续部队一上来,你们立即收拢,不影响你们执行左翼前卫任务。"这时,毛泽东说话了:"动作要迅速,不然后面的队伍就会堵塞住了。大方向是嘉禾、蓝山,你们如果相机占领一两个县城当然好,如果不能走大路就走小路,小路过不去就爬山,具体道路由你们在前边决定,不要等指示,我们在后面跟着!"毛泽东特有的语言风格和表情手势,令李聚奎想起了井冈山上的日子。李聚奎向毛泽东、周恩来和朱德分别敬了礼,然后朝他的部队跑去。跑出几步他又回头看了一眼,看见毛泽东正在细雨中凝望着他。

军委纵队和主力红军进入了宜章。

欢乐的宜章!

欢乐的突然降临,令红军官兵疲惫的身心猝不及防,他们恍惚觉得艰辛的征程到此为止了。红军砸开监狱,释放了革命者和无辜群众。红军召开声势浩大的群众大会,把没收的豪绅地主的财物全部分给了贫苦百姓。宜章全城店铺营业,生意兴隆,因为红军要补充许多物品。

红军的采购人员用的是红军自己的钞票,店家收下后到一个指定地点去换大洋;红军的信誉好,店家换来的大洋货真价实。晚上,红军宣传队在露天演出,军委卫生部的两百多名十四五岁的小红军都是看护,小看护们唱起的歌清脆悦耳余音缭绕,百姓们对他们仰着头唱歌的模样十分喜欢。天黑了,县城里各家各户的灯都很亮,百姓们男女老少聚在一起,话题全是红军。第二天早晨,像是约好了似的,上百个青壮年来到红军驻地要求参加红军。因为当年朱德的部队来过这里,不少百姓打听自己当年参加红军的兄弟或是侄子现在在哪个部队。军委纵队的一个管理科长是当地人,他请假两个小时回家看看,结果等他回来的时候,不但带回一大罐子家乡的甜米酒,还有十一个要求参加红军的老乡。最踊跃参加红军的,是在这里修筑粤汉铁路的四千多工人,他们多数是从湖南各地招募来的。红军专门给这些铁路工人开了大会,告诉他们受压迫受剥削的原因,然后给他们发大米和衣服,还给愿意回家的人发路费。这些贫苦人从没见过对穷人这么好的队伍,一个口号在铁路工地上流传开了:"兄弟们,跟着红军干事去!"

红军继续西进了。

百姓不愿意红军走。

红军官兵唱着歌,向百姓挥着手,脚步格外坚定地向着前方,脸上洋溢着走向胜利的欢欣的笑容。

对于刚刚踏上艰险征途的红军官兵来说,湖南南部那个名叫宜章的县城给予他们的短暂欢乐将永远留存在他们的记忆中,尽管他们中间的许多人在接下来最残酷的战斗中很快便走到了生命的尽头。

第五章　山河苍茫

1934年11月·湘西、皖南与豫西

三十八岁的贺龙站在湖南西部一个长满香樟和苦竹的山顶上，目光越过山下的一大片平坝在对面同样葱郁的山岭间游移，他想看见哪怕是瞬间闪现出来的那个熟悉的身影。

个子不太高但显得十分结实的贺龙，与个子同样不高但显得有些瘦小的萧克之间的不寻常的友情，在中国革命史中堪称佳话。这不仅仅是因为他们娶了一对亲姐妹为各自的妻子，更重要的是，这两个具有同样政治信仰的共产党人志同道合。

山下的那一大片平坝，被当地人称为十万坪谷地，这个南北长约十五公里、东西宽约四公里的平展坝子，面积之大在湖南西部连绵的群山间十分罕见。

一场为摆脱围困而进行的伏击战，就要在十万坪谷地中打响了。

这是一九三四年十一月十六日的上午。

在离这里大约四百多公里的湖南与广西交界处，中央红军庞大的队伍正在连绵阴雨中向着凶险莫测的湘江上游移动。而此刻贺龙的眼前却是阳光灿烂，宁静的平坝在暖洋洋的冬日阳光的照耀下浮动着一层金黄色的尘雾。

贺龙的部队是一九三四年分散在中国的数支红军武装中的一支，在当时中国工农红军的序列中被称为第三军。

湘西是贺龙的家乡。

原名贺文常的贺龙，一八九六年出生在桑植县一个名叫洪家关的村庄里。他的祖父是清末的一名武举人,其父虽然以农为业,但仍继承了家传的武艺。这个家族的从武传统,对贺龙一生不改的强悍性格有着决定性的影响。少年贺龙为了谋生,曾经在这一带的崇山峻岭中赶过马帮,因此对这里的每座山每条水都了如指掌。十八岁时,贺龙成为由孙中山领导的中华革命党中的一员。这个以推翻袁世凯为政治目的的政党下达给贺龙的指令是:拉起一支队伍并组织武装暴动。但是,由于消息走漏暴动没有成功。一九一六年,二十岁的贺龙给云南护国军首领蔡锷写过一封信,请求蔡锷派军队进入湖南帮助他再次举行暴动,他的邀请被蔡锷拒绝了。贺龙决定自己干。那是初春的一个晚上,贺龙带领二十多个青年袭击了盐局税务所和团防分局。袭击时,他们手中只有一支老式火枪、三把马刀和三把菜刀,而袭击的收获却是缴获了枪支和财物。在把财物分给当地的贫苦农民后,这个二十岁的山村青年成为湘西护国军左翼第一梯团二营营长。在混乱的年代里,无论各路军阀如何利诱,他从未改变过对孙中山的忠诚。到了一九二六年广州国民政府出兵北伐时,贺龙成为国民革命军第九军第一师师长兼湘西镇守使。战争一年以后结束,他升任国民革命军第二十军军长。同年,在共产党人策动的南昌起义中,贺龙的部队成为起义军主力之一——就在国民党开始残酷屠杀共产党人的时候,贺龙毅然加入中国共产党,并自此确立了至死未曾改变的信仰。

南昌起义军转战广东失利后,贺龙在湖北南部的洪湖地区开始了他组织红军武装的革命生涯。一九二八年,他在家乡聚集起三千多人的队伍,成立了红军第四军,任军长。在国民党军和地方军阀的疯狂"围剿"下,这支红军武装数次陷入危机,数千人的队伍曾一度仅剩下不足百人。但是,无论环境如何恶劣,贺龙率领的红军始终转战在湖南与湖北的边界地区。一九三〇年,第四军与另一支红军武装第六军会合,成立了中国工农红军第二军团,贺龙任总指挥。一九三一年初,红二军团改称红三军。红三军先后开辟了湘鄂西和洪湖两个革命根据地,鼎盛时期部队发展到两万多人。然而,令这个在死亡面前都不会退缩的共产党人悲愤的是不断发生在红军内部的"肃反"运动。一九三一年,王明派来的那个名叫夏曦的湘鄂西分局书记,竟然将贺龙也列入到审查名单中,"肃反"运动不但令许多红军干部遭到错杀,最终还导致了两个革命根据地的丢失。贺龙的姐姐贺英在战斗中牺牲,妹妹贺绒姑被敌人追到一个山洞里残酷杀害。一九三四年夏,当江西南部的中央红军准备军事转移的时候,贺龙率领的红三军经过艰苦转战在一个更偏僻的地区——四川与贵州交界处的苗族和土家族聚集地——开辟出一个狭窄的立足点,军指挥部就设立在四川境内酉阳县一个名叫南腰界的小村庄里。

在南腰界,贺龙从当地小学校里弄来一张国民党当局的报纸,他在报上看到这样一条消息:"江西萧克匪部第六军团窜入黔东,企图与贺龙匪部会合。"此时,由萧克和王震率领的红六军团已经从甘溪的围困中冲出,官兵正分成数股顽强地向红三军所在的方向艰难靠近。红六军团转战如此遥远的路程,遭遇如此严酷的战斗,突然之间距离红三军是如此之近了,这让偶然获得消息的贺龙悲喜交加,他立即命令第七师和第九师分两路前出贵州方向,他对红军官兵说:"咱们去撞六军团!"

两天之后,红三军第九师到达名叫铅厂坝的小镇,当他们准备宿营的时候,与湘军周燮卿部遭遇。第九师二十六团被湘军从行军序列中阻断分割出来。二十六团团长常德善、政委汤成功正纳闷湘军为什么会出现在如此偏僻的地方,却突然发现山下的小河边有一小股部队在慢慢移动。二十六团立即派出部队前去与那股小部队接触。在远远地开了几枪试探之后,二十六团的红军官兵在草丛中发现了一个令他们眼睛一亮的东西:一顶缀有红五星的军帽。他们放下枪,轻轻地喊,大声地喊,然后,他们奔跑过去。躺在草丛中的人已经无力站起来,红三军的官兵小心地走到跟前,把这些红六军团的士兵扶起来,然后他们紧紧地拥抱在一起。

几乎与此同时,在贵州沿河县的水田坝村,由贺炳炎率领的红三军独立团的官兵把一支大约百人的队伍带到了贺龙面前。尽管百人中无一人不是衣衫褴褛,但贺龙还是一眼就认出了站在最前面的那个万分消瘦的人是红六军团的参谋长李达。

这一瞬间发生在一九三四年十月下旬。

第六军团以巨大的代价揭开了中国工农红军长征的序幕,尽管这一过程使这支红军武装经历了太多的艰险与苦难,但他们终于与红三军在贵州、湖南与四川三省交界处的荒僻群山中会合了。可以想象长着一张娃娃脸的萧克和留着胡子的贺龙自南昌起义之后再次相逢时的情景。

同样是湖南人的萧克,十七岁便只身来到广州参加国民革命军。与贺龙一样,萧克也是在南昌起义爆发时加入中国共产党的。起义失利后,萧克在湖南宜章担任一支农民武装的指挥官,而后参加朱德领导的湘南暴动,跟随朱德的部队上了井冈山。他先后在红一方面军中担任独立第五师师长、第二十二军军长、第八军军长,一九三四年出任中国工农红军第六军团军团长,那一年他刚满二十七岁。

十月二十六日,红三军和红六军团的官兵在南腰界举行了联欢会。

红三军恢复了红二军团的番号。

贺龙与萧克,两个性格坚强的共产党人从此生死相依。

第二、第六军团会合后,向中革军委提出两个军团建立统一指挥的建议,但受到临时中央局的严厉指责,中央局要求两个军团各自"单独接受中央和军委的指示并且单独地活动"。当时,红六军团归队的官兵只有三千多人,其中还有三百多名伤员,由于干部大量牺牲和部队曾被打散,建制已不全;红二军团由于"肃反"扩大化,基层连队的党团员和政治干部也非常缺乏。"我们谁也离不开谁!"在没有得到临时中央局同意的情况下,红二、红六军团还是迫不及待地建立起统一的指挥机构。第二军团军团长贺龙曾是南昌起义的总指挥,第六军团的军政委员会主席任弼时是中央政治局委员,于是,两个军团近八千名官兵热烈拥护贺龙和任弼时的统一指挥。"会师,会师,我们见到老师了。"在贺龙的眼里,红六军团是来自中央苏区的部队,是诞生于井冈山革命根据地的部队,他们具有丰富的建军和作战经验。为此,贺龙向红六军团要了数名优秀干部担任红二军团的师团政委。

第二、第六军团所在地,是一块纵横不过一百公里、仅有十万人口的荒凉地带,这里无法养活八千人的红军队伍。因此,两个军团统一指挥后做出的第一个决定是:离开这里,到湘西寻求发展。在红军官兵的大会上,贺龙说:"六军团的同志们来到我贺龙这里,想好好休息一下打双草鞋,这个要求不过分。但是,我们这块根据地是新开辟的,还不巩固。可靠的根据地在哪里呢?"贺龙抬起一只脚,用手里的竹烟袋杆敲敲他的草鞋底,然后大声说:"根据地在我们的脚板上!"

一九三四年十月二十八日,中央红军突破瑞金苏区南端的粤军防线,正缓慢地行进在广东北部的大山中,而第二、第六军团这一天则从南腰界出发,开始向湖南西部的永顺、龙山和桑植地区开进。

这支八千人的红军队伍,由熟悉地形的红二军团开路,红六军团跟随在后,他们沿着湖南、湖北与四川三省的边界一直向北,一度进入湖北的来凤县境内。在确定敌人已从各个方向开始向湖南北部集结时,他们突然将行军路线折向东,重新进入湖南。之后袭击了湖南西部的龙山和永顺两座县城,县城里的团防根本没有招架之力,拿红军官兵的话讲:"打得他们连骨头渣渣都没了。"十一月七日,当中央红军到达广东与湖南交界处那个名叫城口的小镇时,红二、红六军团的领导们已经住进了永顺县城一座华丽的老宅之中。这座老宅是国民党永顺县党部的办公地。眼下,在大厅悬挂的那块"天下为公"的匾额下,谈笑风生的是一群无比坚强的共产党人。

第二、第六军团在风景秀丽的永顺县城开始了难得的休整。

军团领导在县城的天主教堂里召开干部会议。红六军团政委王震传达了中央六届五中全会精神,虽然这一精神表明国民党军对中央苏区的第五次"围剿"是"绝望的进攻",红军很快就会取得"一省和数省"的苏维埃革命胜利,但博古的这些话显然与中央红军放弃根据地开始大规模军事转移的现实不相符了。会议对中央派来的湘鄂西分局书记夏曦的"肃反"扩大化问题进行了批评,在随后写给中共中央和中革军委的报告中"建议中央撤销他中央分局书记及分革军委会主席"职务。尽管如此,"左"倾的思想依旧影响着这支红军部队,因为会议做出的决议之一是:"凡是受到批判的干部不能担任主官。"结果,贺炳炎团长被撤了职,分配到管理科去当管理员。会议批判的另一件事与贺龙有关:贺龙曾经利用他在湘西的一些社会关系,把不少红军伤病员安置在了政治上比较中立的团防那里。凭着贺龙的威名,团防不敢怠慢红军更不敢出卖红军,不少红军伤病员得以养好伤回到队伍中。可是会议说,贺龙的这个做法违反了中央六届五中全会"要有明确的阶级路线"的指示。大部分红军干部对此心里充满困惑:红军要不断地机动作战,天天抬着伤病员肯定不行,如果没有可靠安全的安置办法,一旦负伤不就是死路一条了吗?

会议仅仅开了两天,就被突然发生的敌情中断了。

号称"湘西王"的陈渠珍已派出周燮卿、龚仁杰、杨其昌的三个旅又一个团共万余人向永顺扑来。

与此同时,第二、第六军团收到中革军委的电报,电报说中央红军已经接近湘江,湖南的国民党军已被全部调来阻击,第二、第六军团应趁此时机深入湖南西北部扩大行动地域。

两个军团的领导经过紧张磋商,认为只有给予敌人重创才能重新打开局面。于是制订了这样一个作战计划:撤离县城,先向敌人示弱,待把追击之敌人引到适当的地点,打一个快速的伏击战。

红军从永顺县城撤离的时候发生了一些混乱。

永顺县城边有条河,河上那座古老的花桥是通往县城的交通要道。为了迟滞敌人的追击速度,红军决定把这座建造得格外精美的花桥烧掉。为避免引起当地民众对红军这一举动的反感,贺龙命令执行烧桥任务的五十一团团长郭鹏到军团供给部领取一千块大洋送到县商会会长家去。郭团长对这个数字之巨大感到十分惊讶,但他还是立即执行了。八十四岁的永顺商会会长也被这笔巨款吓住了,他让人挑着大洋找到贺龙,战战兢兢地说不要和他一个老头子开这么大的玩笑,自古以来还没听说过哪支军队自己掏钱打仗。贺龙说这不是玩笑,他找人测算过,重新修一座更漂亮的桥,一千块大洋大致够了。贺龙麻烦老人家在事后建桥的时候组织工匠并负责监督。商会会长感动得小心翼翼地把钱收下了。接着,五十一团一营二连连长苏杰又来报告,说有一群百姓正在花桥边哭呢。原来这些百姓都是靠在桥上摆摊谋生的,烧了桥等于断了他们的生路。军团政委王震把五十一团批评了一顿,说他们考虑不周,完成任务不好,要求他们即使借钱也要给百姓赔偿损失。五十一团到供给部去要钱,回答说没有了。五十一团只好人人掏口袋,全团官兵把所有的积蓄都掏出来,凑够两百块大洋分发给了桥边的百姓。但是,当花桥着火的时候,又发生了混乱。县城里拥出一批人,有的往燃烧的桥上冲,有的往河水里跳。原来,县城里的不少富户人家把大量的金银细软甚至是烟土,偷偷地藏在了这座桥的木板缝隙里,火一起,这些财宝噼里啪啦地往下掉,争抢财宝的混乱直到追击红军的国民党军到达,乒乒乓乓放了一通枪后才告结束。

到达河边的国民党军看见的花桥只剩了几座桥墩。

河对岸,负责引诱敌人追击的五十一团随便放了几枪,然后跑得没了踪影。

一九三四年十一月十六日上午,站在山顶上向平坝瞭望的贺龙对这个伏击地点感到很满意:红二军团第四师埋伏在坝子一侧的毛坝;红六军团的部队在萧克和王震的带领下分别埋伏在坝子另一侧的东山和北山;另有一个师负责守住"袋底";引诱敌人追击的五十一团则负责最后封锁"袋口"。伏击敌人的"口袋"已经布置完毕,官兵们已经吃饱饭,武器也已经检查了好几遍,政委们正在各部队进行最后的战斗动员。

从上午一直等到下午,天快黑的时候追击的敌人到了。先头部队龚仁杰和周燮卿的两个旅刚刚进入伏击圈,平坝四周山上的军号声便骤然响起,埋伏在侧翼的红六军团官兵呐喊着顺着山坡向敌军拦腰冲去,红二军团的官兵则把攻击方向对准了敌人的前卫部队。湘军陈渠珍部的两个旅在没有任何先兆的突袭中混乱起来,根本无法组织起有效的抵抗。由于部队在平坝中拥挤在一起,本来占据优势的火力也无法发挥。

　　宽阔的坝子一望无际,村庄间、田埂上、土路上,到处是红军的砍杀声,湘军官兵只有争相逃命。自从贺龙的部队被湘军赶到四川与贵州的交界处,湘军的长官就宣布"湘西的剿匪已经告一段落"。湘军士兵已经闲散很长时间了,已经不再做与红军打仗的噩梦了,因此突然降临的砍杀声令他们顿时魂飞魄散。平坝里到处是湘军丢弃的武器,侥幸冲出红军伏击圈的敌人不顾一切地向县城跑去。红军开始了追击,是红军官兵最擅长的。那些年轻的贫苦农民此刻心情畅快淋漓,追击起来便会脚步如飞。红军干部们边跑边喊:"县城的桥没有了,把他们堵在河边,把他们消灭呀!"

　　茫茫夜色中,红军官兵一口气追出近二十里,这才发现没有进入伏击圈的杨其昌旅正在构筑工事企图阻击。萧克把追在最前面的第二军团十八团和第六军团五十一团的团长召集在一起,进行战前部署和动员。萧克认识当面的对手杨其昌。一九二六年国民革命军第二次北伐的时候,杨其昌是第二十六师师长,萧克所在的那个团归第二十六师指挥。一九二七年国民党公开屠杀共产党人后,萧克与杨其昌走的是完全不同的人生道路。只是两个人恐怕谁也没有想到,有一天他们会以敌我的身份在这样一个偏僻之处相遇,并且双方都要决一死战。萧克布置好战斗方案,命令部队立即攻击。红军的这两个团不属于一个军团,相互还十分陌生,是瞬息万变的战场形势把两支部队临时组合在了一起——"动作协调一致,配合很好,只有共产党领导的部队才做得到。"事后萧克这样说。萧克的攻击令发出后,十八团在团长高力国的带领下,从右侧顺着一条干涸的水沟迅速接近敌人,之后红军官兵瞬间发起猛烈的攻击。五十一团则同时从正面直接向敌人冲击。战斗进行了两个小时,杨其昌旅的阵地接连失守,大部分官兵被红军歼灭,杨其昌自己带领残部趁着黑暗落荒而逃。

　　红军官兵一口气追到永顺县城。由于其中的一支红军部队是抄小路来的,因此他们比逃跑的敌人更早地占据了县城附近的有利地形,并且把敌人在被红军烧毁的桥上临时架设的木板全拆了,致使逃到这里的国民党军因无法渡河而纷纷投降。此一战,红军俘虏湘军两千多人,缴获枪支两千多支,初步扭转了两个军团会合以来的困难局面。

　　为了寻找到能够立足的根据地,两个军团留下四十九团的三个连在永顺地区打游击,以保护伤员同时钳制敌人,主力部队则随即向南准备渡过酉水,争取在酉水以南地区建立新的根据地。但是,部队到达酉水北岸时,发现敌人早已严阵以待,于是立即放弃渡过酉水的计划,折向东北方向,于十一月二十四日攻占大庸县城,接着占领了贺龙的故乡桑植县城。第二天,中革军委的电报到了,电报要求第二、第六军团深入湖南的中部和西部,"力求占领沅陵",目的是最大限度地调动湖南境内的国民党军,以减轻中央红军方向的军事压力。此时的中央红军"已过潇水,正向全州上游急进中"。虽然情报显示沅陵县城及周边地带敌人戒备森严,第二、第六军团经过短暂休整之后还是执行了中革军委的指示。结果,攻击沅陵的行动没能成功。

　　攻击未果的两个军团在顺沅江东下时发现了一个战机:国民党军独立第三十四旅奉蒋介石之命,刚从湖北黄陂乘船赶至常德和桃源一带,目的是防止贺龙和萧克的红军攻击湖南省会长沙。自以为装备精良的旅长罗启疆,把他的三个团布置得很分散,彼此之间相距都有数十里。于是红二、红六军团决定以突然袭击的方式攻击其一部。红军选择的目标是驻扎在桃源北面浯溪河附近的敌七〇一团。

　　大雨滂沱,道路泥泞。红军官兵以夜行百里的速度迅速接敌。十二月十六日拂晓时分,先头部队十二团一举突入敌人的阵地。短暂的混乱之后,敌人随即进行反冲击。这时,两个军团的主力到达了。第四师师长卢冬升指挥部队向敌人展开猛烈攻击,将七〇一团和赶来增援的七〇〇团两个营的敌军打得纷纷南逃。红军官兵紧追不舍,溃逃的敌人一直逃进常德县城。常德是湖南西部的政治、经济和交通中心,县城内驻防有国民党军的一个保安团和独立第三十四旅的残部。红军的逼近引起国民党军的极大恐慌,正在策划对中央红军进行"围剿"的何键一日数次急电蒋介石:"共军围攻常德甚急,势难固守,请飞兵救援。"蒋介石遂令位于江西的国民党军第二十六师乘火车驰援常德。同时,何键命令在湖南南部的国民党军第十九、第十六和第六十二师迅速北进,向常德、桃源方向靠拢。而此时的红二、红六军团在占领桃源后,又掉头向北占领了慈利县城。

这是红二、红六军团会合的一段美好时光。战斗缴获丰富,没有险要敌情,因为贫苦农民踊跃参加红军,红军的队伍几乎扩大了一倍。后来成为萧克夫人的蹇先佛时年二十岁,她在红军占领慈利县城时参加了红军。蹇先佛的全家几乎都是红军:姐姐蹇先任一九二九年成为湘西的第一个女红军。当年贺龙先是托人说媒后又当面求婚,都被蹇先任拒绝了,贺龙只好在一次前敌委员会会议上向蹇先任再次求婚,然后动员所有参加会议的红军干部帮他做工作,蹇先任实在抵挡不住这样的攻势终于同意嫁给贺龙。而蹇先佛的哥哥蹇先为,曾历任红军营长和游击队参谋长等职,一九三一年在战斗中牺牲。一九三四年十二月在慈利与蹇先佛一起参加红军的,还有她年仅十六岁的弟弟蹇先超,不幸的是,一年多以后小红军蹇先超在随部队过草地时牺牲。

红二、红六军团在湖南西部和中部的移动作战,最大限度地牵制着湖南境内的国民党军队。但是后来的史实证明,他们的战斗并没有真正解除中央红军所面对的越来越险要的军情。红二、红六军团在不断的移动作战中,一直试图寻找到一块能够立足的地方。中国湖南西部的那片山水,数十年后被全中国乃至全世界视为山川奇秀宛如天堂,但是在一九三四年,对于转战中的红军官兵来讲,翠绿的山峦和清澈的河流无法令他们留恋,如果要他们描述自己心中的天堂,那就是一片可以自由歌唱的红色根据地。

如果试图在一九三四年末的中国地图上,标出共产党红色武装所占据的红色区域,应该不是一件容易的事情,因为这些区域的位置和范围自年初开始就不再固定,如同溅落在一块平滑玻璃上的一些水珠,水珠在不断的流动中或缩小、或汇合、或扩大、或消失。在那段时光里,除了位于四川西部的川陕苏区与不断"围剿"的国民党军保持着抗衡状态外,位于江西南部和福建西部的中央苏区由于中央红军的军事转移已不复存在,位于江西西部与湖南东南部的湘赣苏区也由于红六军团的撤离不复存在。这时候,共产党中央并不知道,在陕西北部的黄土沟壑中,共产党人刘志丹领导的一支红色武装正活动于陕北苏区内;而在中国的中部,河南南部与湖北的交界处,安徽与浙江的交界处,也同时存在着两支规模不大的红军武装,其领导人分别是徐海东和方志敏。

在安徽与浙江交界处的闽浙赣苏区,一九三四年秋,中国工农红军第七军团与第十军在这里会合了。第七军团自一九三四年七月六日以六千多人的规模从中央苏区出发,历经三个多月的艰苦转战,终于在绕行了上千公里的崇山峻岭后,于江西东北部一个名叫重溪的地方看见了长满毛竹的山顶上高高飘扬着一面红军的战旗——这座飘着红旗的山峦名叫怀玉山。欣喜万分的第七军团官兵此刻无法知道,仅仅几个月之后,怀玉山将给这支红军武装留下永远的悲怆。

在福建、江西、浙江交界处坚持战斗的是中国工农红军第十军。在根据地苏维埃政府主席方志敏的率领下,这块小小的红色区域在敌人的重重围困中异常顽强地生存扩大着。一九三四年秋天,第七军团红军官兵的到来,给红十军带来了难得的欢乐,而第七军团也有一种游子回家般的亲切感。这里的红军称第七军团为"老十军",因为第七军团是红十军的前身——一九三三年一月,红十军主力部队被调往中央苏区,改编为红十一军,后以此为骨干组建了中国工农红军第七军团,当时留下的少部分红军组建了现在的红十军。

一九三四年十一月四日,正在广东北部穿越国民党军第二道封锁线的中革军委发来命令,要求第七军团与红十军连同这里的地方红色武装合编为中国工农红军第十军团。原第七军团改编为第十九师,原红十军改编为第二十师,地方红色武装改编为第二十一师。原闽浙赣军区司令员刘畴西任军团长兼第二十师师长,原第七军团政委乐少华任军团政治委员兼第二十师政委;原第七军团军团长寻淮洲任第十九师师长,原闽浙赣军区兼第十军政委聂洪钧任第十九师政委。方志敏任闽浙赣省苏维埃主席兼闽浙赣军区司令员。中革军委特别强调,第十军团要接受留在中央苏区的项英的领导和指挥。

改编后的红十军团,兵力六千人左右。

军团要决定的第一件事就是:向何处去。这一问题的紧迫基于红十军团所面临的严重敌情:在距离这片狭小的红色区域中心仅仅几十公里的四周,成环状部署着兵力为红十军团十倍以上的国民党军。军团领导决定:红十军团第二十师、第二十一师留在根据地坚持战斗,由第十九师率先冲出国民党军的重围。

十一月十八日,离开湖南南部宜章的中央红军继续向西开进,红十军团第十九师在师长寻淮洲的率领下也出发了。他们先向南,经过江西上饶附近;再向东,进至赣浙边界处的玉山县,在那里迅速通过国民党军布防在玉山至开化间的封锁线。第十九师突然冲出包围令国民党军十分意外,他们认为这股红军的举动有点孤注一掷的意思。负责防守浙江边界的浙江保安纵队副总指挥蒋志英亲自率领两个团一路尾追红军,但很快就被第十九师的红军官兵杀了个回马枪,蒋志英负伤后带领部队溃退而去。第十九师沿着浙江与安徽边界的浙江一侧向北疾行,经过上方镇,渡过新安江,向昌化、临安附近逼近,这里距离浙江省会杭州已经不远了。就在杭州城里的国民党军如临大敌的时候,第十九师突然转向西进入安徽境内,通过歙县和绩溪,突袭并占领了旌德县城。旌德县里的富人们开始争相逃亡,红军却又突然离开继续向北开进。他们在泾县与宣城之间穿过,直逼长江南岸的重要城市芜湖。这短短的二十天,定是第十九师的红军官兵心情十分畅快的日子,因为年轻的师长寻淮洲充分显示出他机动灵活的军事指挥才能,红军官兵也找到了与敌人周旋作战的胜利感。江浙地区是国民党政权的心腹地带,只有规模小且机动性好的武装,依靠没有规律的灵活作战,才有可能生存下来。

但是,就在第十九师出发的那一天,坚持在闽浙赣苏区的第十军团主力部队收到了来自留守中央苏区的负责人项英的命令。命令的内容是:第十军团立即率领第二十、第二十一师离开根据地,"集结主力坚决地争取运动中消灭敌人以创造皖浙边苏区"。命令还指定以方志敏、刘畴西、乐少华、聂洪钧等同志组成军政委员会,方志敏为军政委员会主席,跟随第十军团行动。同时任命粟裕为军团参谋长,刘英为军团政治部主任。

项英的这个命令意味着小小的闽浙赣苏区要被彻底放弃了。

这是后来始终受到史家质疑的一个命令。最普遍的认识是:这个命令的错误在于,把长于打游击战的红十军团和地方红色武装集中起来,放弃红军浴血奋战开创并坚守的根据地,以大兵团的规模转移到外线去"打大仗",从而导致了整个红十军团遭遇重创的结局。

十一月下旬,在方志敏和刘畴西的率领下,红十军团军团部和第二十、第二十一师离开根据地,向着敌人的封锁线冲去。与第十九师先向南兜个圈子再向北不同,红十军团的主力由重溪出发后直接向北,在江西的婺源与浙江的开化之间突破国民党军的封锁,而后径直往北向安徽南部而去。十二月十日,当国民党军还没能搞清红十军团行动的意图时,他们已在黄山东南的汤口地区与寻淮洲率领的第十九师会合了。

放弃根据地后的再次会合,并没有给红军官兵带来多少欣喜,因为国民党军很快就得知,闽浙赣苏区内的红军已经全部出动,于是立即调集了怀玉山附近所能调动的所有兵力,对红十军团展开了最猛烈的追击与合围。十二月十日,国民党军第四十九师从婺源向北推进,第七师则从北向南压过来,而"追剿军"补充第一旅和浙江保安团的一个营由歙县方向推进到汤口附近,几乎要与红十军团迎面相撞了。

红十军团沿着安徽南部屯溪至青阳的公路向北转移,十二月十三日到达黄山东麓的谭家桥。而在他们的身后,国民党军补充第一旅已经越追越近了。补充第一旅是蒋介石的嫡系部队,共有三个团,兵力与红十军团的三个师相差无几,但是武器装备异常精良。红十军团领导在分析了敌我力量对比后,认为乌泥关是一个隘口,从那里到谭家桥之间的公路东侧有一个制高点,是可以伏击敌人的有利地形。红十军团的作战部署是:由乌泥关起沿着公路两侧自南向北,第十九、第二十、第二十一师相连设伏,再从战斗力最强的第十九师抽出一个连控制乌泥关以南的制高点,从第二十一师抽出一个营在谭家桥正面构筑工事,以向南封锁道路同时阻击北援之敌。

红十军团的伏击圈已经布好,只等着敌人走进来,红军力图把敌人彻底消灭在这段公路上。

十四日上午九时,补充第一旅前卫部队二团和旅直属队走进了乌泥关伏击圈。红十军团第二十师和第二十一师同时发起攻击,敌人突遇埋伏顿时乱作一团。但是,很快,补充第一旅调整部署,稳住阵脚,集中兵力发起了猛烈反击。尽管红军官兵奋力作战,但是由于兵力单薄,武器简陋,特别是由地方武装改编的第二十一师士兵大多是没有任何作战经验的青年农民,阵地很快就被冲垮了。在这个急需增援的时候,红十军团指挥部发现,第十九师主力并没有按照事先的部署配置在便于冲击的公路北侧,而是不知道什么原因配置在了公路的南侧。南侧是高高的悬崖峭壁,兵力和火力都无法展开,同时也无法及时增援第二十师和第二十一师。这一错误,最终导致从乌泥关以北至谭家桥东端的红十军团的所有阵地全部被敌人占领,包括乌泥关以南那个至关重要的制高点。

激战中,第十军团政治委员乐少华和政治部主任刘英先后负伤。

第十九师师长寻淮洲对制高点的丢失异常愤怒,亲自组织起一支突击队向制高点冲去。冲击的时候,寻淮洲位于所有红军士兵的最前面,决一死战的精神令红军的冲击一时间势不可挡。当敌人被迫从高地上退下去的时候,红军官兵发现他们的师长已经倒在地上血流如注。

寻淮洲出生在湖南浏阳,十五岁参加秋收起义,之后跟随毛泽东上了井冈山,十六岁加入中国共产党,十八岁任红军团长,十九岁任红军师长,二十岁任红军军长,二十一岁任红军第七军团军团长。因为指挥机智,作战英勇,一直深受红军官兵的爱戴和崇敬,牺牲时年仅二十二岁。

红十军团撤出乌泥关阵地开始向北转移。

红军官兵抬着他们不忍丢下的师长的遗体走了很远。

红十军团刚刚转移,国民党军便蜂拥而上,兵力多达二十个团。

红十军团官兵在黄山周边十余个县的范围内,与数倍于己的敌人兜着圈子。安徽黄山,以姿态奇异的青松、鬼斧神工的岩石和苍茫无际的云海成为人类居住的这个星球上最美丽的山峰之一。如果把红十军团最后的撤退路线在地图上标出来,便会发现他们一直围绕着这座山峰转来转去。无法考证红十军团的官兵为什么会选择这样一条路线作为他们青春和理想的归宿,因为已经无法详尽地恢复出当年数万国民党军追杀几千红军时的具体攻击线路。但可以肯定的是,在那段短暂的时光里,红十军团的官兵无论走到哪里,抬起头时便会看见黄山那缭绕着茫茫云雾的峰峦。干部和老兵告诉年轻的红军士兵,在那云雾深处住着容颜美丽的仙女、心地善良的菩萨和永远面带笑容的胖胖的佛,那里是诸神的家。

十二月二十日,红十军团到达安徽南部的柯村地区,那里曾经是一个小小的苏区,但此时已是一片断壁残垣。军团领导最后的决定是:回闽浙赣苏区去,回到他们一个月前离开的那个地方去。

可是,回家的路上已经布满了敌人。

怀着回家的梦想,红十军团官兵继续转战,甚至一度再次回到了令他们不堪回首的乌泥关。然后,沿着一条螺旋状的路线,在一场接一场的遭遇战中,他们逐渐地向南移动,终于靠近了老家。就在红军官兵已经看见他们所熟悉的怀玉山时,却发现自己被密不透风地包围在一个很小的范围内。

包围红十军团的国民党军,是一直追击他们的第四十九师、补充第一旅、第二十一旅和浙江保安第五团。国民党军先于红十军团到达安徽南部的徽州地区,并派出部队抢占了附近的所有有利阵地,敌人决心把红军第十军团彻底歼灭在这块原来的红色根据地内。

方志敏一直跟随着红十军团参谋长粟裕率领的先头部队行动。方志敏和粟裕商定,部队必须立即出发,一刻也不能在此停留,当晚要全部突破敌人的包围,进入闽浙赣苏区内,并决定粟裕率领先头部队先行出发,军团长刘畴西率领军团主力迅速跟上。此时红十军团的先头部队,主要由军团机关人员、伤病员、后勤人员以及早已没有了炮弹和子弹的迫击炮连和重机枪连组成,共八百多人。天近黄昏的时候,粟裕刚要出发,军团长刘畴西派人过来说,官兵已经十分疲劳,建议休息一个晚上再走。粟裕坚决反对,要求部队今晚必须通过封锁线。方志敏同意粟裕的意见,他让来人回去告诉刘畴西,今晚必须行动否则将会面临极大的危险。之后,方志敏担心刘畴西行动犹豫,决定留下来等待军团主力。

一九三五年一月十六日晚,粟裕带领着红十军团先头部队消失在赣东南的茫茫夜色中。

从敌人严密包围的缝隙中冲出来后,粟裕整整等了七天,七天之后,他从截获的国民党军的电台里听到这样一条消息:国军在怀玉山地区的"清剿"已基本结束。粟裕痛苦的心情难以言表。

那个夜晚,粟裕率领的那八百多名红军官兵是幸运的。

粟裕出发以后,方志敏没能说服军团长刘畴西,第十军团主力开始原地休息。那一夜,天降大雪,山峦苍茫。等红军官兵早上睁开眼睛的时候,除了天地间一片洁白之外,敌人已经近在眼前。层层包围的敌人呐喊着从四面冲上来,把第十军团的队伍切割成碎块,然后开始了疯狂的捕杀。

方志敏和刘畴西带领一部分官兵奋力突围,遭到国民党军的猛烈阻截。在迎着敌人的枪弹战斗近五个小时后,红军官兵的背后又出现了另外一支国民党军。方志敏和刘畴西带领战士们向着山林最深处跑去。夜幕降临后,为把散落的红军官兵集合起来,方志敏点燃了两堆大火,最后聚集在他身边的红军官兵还有八十多人。官兵们劝方志敏化装逃出去,他们说他们将拼死掩护苏维埃主席,但是方志敏不肯离开官兵们。天亮的时候,国民党军把他们藏身的这座小山团团围住,方志敏在怀玉山东麓陇首村被俘。

中国工农红军第十军团从此在中国革命史中消失了。

国民党军给方志敏钉上十斤重的铁镣,让他从怀玉山走到上饶,再从上饶示众到南昌。被沉重铁镣桎梏的方志敏,在日复一日的折磨中给今天的中国写下了最优美的文字:

> 我相信,到那时,到处都是活跃的创造,到处都是日新月异的进步,欢歌将代替悲叹,笑脸将代替苦脸,富裕将代替贫穷,健康将代替疾苦,智慧将代替愚昧,友爱将代替仇杀,生之快乐将代替死之悲哀,明媚的花园将代替凄凉的荒地!

一九三五年八月六日凌晨,方志敏被枪杀在南昌城外的一口小水井边。这位三十六岁的共产党人在牢房的墙壁上留下的遗言是:"敌人只能砍下我们的头颅,决不能动摇我们的信仰!"

就在红十军团的官兵围着安徽南部那座美丽的山峰寻求生路的时候,一九三四年十一月二十六日下午,在中国河南省的中部,中国工农红军第二十五军副军长徐海东带领着二二三团从阻击阵地上撤了下来。主力已经转移,二二三团在雨雪交加中开始疾行。估计快要追上主力的时候,前面骤然响起剧烈的枪声,徐海东立即带领部队向前奔,狂风卷着雨雪打在脸上使他双眼迷蒙,在前面出现的混乱人影中,他看见军政委吴焕先提着一把大刀对他喊道:"情况不好!二二四团垮下来了!"

这里是位于河南方城县东南方向名叫独树镇的地方,一条南阳通往许昌的公路自西南向东北横穿于此。

拂晓出发的时候,一直尾随的敌人再次发起攻击。红二十五军留下一支阻击部队后,主力还是按时出发了。雨雪交加,气候寒冷,道路泥泞,衣衫单薄的红军官兵脚下的草鞋早已磨烂,大多数人赤脚走在冰冷的泥水中。前几天行军时就有红军战士被冻死,这个早晨,依旧有人在夜晚的短暂宿营后再也没有醒来。走在主力最前边的是二二四团,他们将从独树镇附近的七里岗通过公路。在忍受着饥饿、寒冷和疲惫的行军中,红军官兵的心中仍旧充满希望,经过了许多天的战斗和转移,他们知道只要能通过公路就会相对安全。这条公路的对面就是一片大山,大山的名字叫伏牛山。

雨雪之中天地一片混沌,二二四团已经可以隐约分辨出公路了,然而,密集的子弹突然间向他们倾泻而来。没有任何思想准备的二二四团官兵匆忙举枪射击,但是已经冻僵的手根本拉不开枪栓。就在二二四团拥挤在一起向后撤去的时候,正面的敌人发起冲击并从两翼开始了包抄。

国民党军的第四十军第一一五、第一一六旅和一个骑兵团,早在两个小时前到达这里且布置了伏击阵地。

从国民党军作战记录上可以看出,对于活动在河南中部的这支不足三千人的红军武装的行踪,他们一直了如指掌。当时,国民党驻河南省特派绥靖主任、河南省政府主席刘峙,每天都向部队报告红二十五军详细的行动路线和宿营地点。桐柏县县长文心在报告红军的行踪方面更是十分尽力,他派出侦察红军动向的人,化装成普通农民直接与红军官兵接触,因此他提供的情报甚至包括红军今天是否吃了饭。根据情报,国民党军第四十军几乎每天都在调整追击部署,军部发出的战斗指令详尽到连一级,上万兵力始终围绕在移动中的红二十五军的四周——合围谨慎而严密地实施着,他们等待着最后决战的契机。

十一月二十五日,独树镇战斗发生的前一天,根据红二十五军的移动速度,第四十军命令其第一一五旅和骑兵团连夜赶往独树镇,命令骑兵第五师对红二十五军加紧尾追。

第四十军军部要求第一一五旅到达独树镇的时间是当晚十时,但由于狂暴的雨雪和寒冷的天气,第一一五旅整整走了一个晚上,二十六日上午十一时才到达独树镇。即使如此,他们到达独树镇的时间还是比红二十五军早了两个小时。

这是一场事先预谋好的伏击战。

二十六日,红二十五军向独树镇走来,尽管指挥员们知道敌人正在追击和合围,但对正前方那个名叫独树镇的地方竟然有敌人整整一个旅已经张开的火网,他们毫不知情。

此时的红二十五军与四周合围而来的国民党军力量对比极其悬殊,即使与在前面布防伏击的敌第一一五旅相比,红二十五军无论在兵力上还是在武器装备上也不占优势。敌第一一五旅出发时给军部报告的人数和武器清单是:二千四百六十六人,三百零五匹马,一千八百一十九支轻武器,二十二挺重机枪,三十多万发子弹,六门迫击炮。而红二十五军不足三千人,其中还有很多伤员,官兵由于冻饿身体十分虚弱,弹药也已十分缺乏。更重要的是——迄今为止有关这支红军武装生存经历的叙述,几乎都没有认真地涉及他们的平均年龄——与面前的国民党军相比,这支红军部队几乎全部是由娃娃组成的。

中国工农红军第二十五军是一支奇特的队伍。

一九三六年《共产国际》第七卷第三期刊登的一篇题为《中国红军第二十五军的远征》一文这样写道:"最堪注意的,就是这支队伍差不多没有年逾十八岁以上的战斗员。从前的鄂豫皖苏区里,遭受异常残酷的白色恐怖。那些在战斗中牺牲者的孤儿,那些在一九三二年随红四方面军远征到四川的红军战斗员的子弟,便在这种恐怖条件下建立起游击队,从游击队变为现在以'儿童军'著名的红二十五军。"

红二十五军"差不多没有年逾十八岁以上的战斗员"。

这样的表述是真实的。

这支红军武装除了军长程子华二十九岁、政委吴焕先二十七岁、副军长徐海东三十四岁以外,全军团营干部很少有超过二十岁的。最精干的作战单位要数军部交通队,由精心挑选出来的最有战斗力的战士组成,清一色都是十六七岁的少年。队伍里还有不少十二三岁的小红军,甚至还有八九岁的儿童。一个名叫匡书华的少年,是河南光山县匡家湾人,他家被国民党军烧光了,他带领六七个和他年龄相仿的少年当了红军。一开始因为他个子太矮,没有被批准入伍,但他的堂兄匡占华是红军连队的炊事班班长,于是他就跟着堂兄在炊事班里干活。后来堂兄在战斗中牺牲了,红二十五军所有的官兵都成了他的哥哥,匡书华加入红军的愿望终于得以实现。十八岁的安徽人明道和是一名"老红军",两年前他在战斗中负伤掉队,后被一户人家收留。当他听说红军又回来的时候,带着十几个放牛娃找到了队伍。政委吴焕先怎么也记不起这个小红军了,明道和说:"我是七十三师的,还听过你的讲话呢!你说,我们红军队伍好比一把大扫把,要把敌人扫个落花流水!"吴焕先这才想起来了,他说:"好同志,你还没有忘记自己是一个红军战士。"明道和带来的十几个放牛娃刚好组成一个班,明道和也就当了班长。政委吴焕先说:"你这根孤零零的竹子不又扎成一把小扫把了么。"

在红二十五军这支年轻的队伍里,红军官兵常唱的歌曲是《红军青年战士之歌》:

> 红色的青年战士志气昂,
> 好比那东方升起的太阳。
> 不怕牺牲英勇杀敌如猛虎,
> 冲锋陷阵无坚不摧谁敢当。

可以想象这首乐观而自信的歌曲,在被这群红军少年唱响的时候该是多么动人。只是,这些红军少年在以后的生存经历中承担了他们这个年龄几乎不可能承担的挫折与苦难。

一九三二年,中国工农红军第四方面军因国民党军的疯狂"围剿"撤离鄂豫皖苏区,红二十五军就是第四方面军留下的部队。当时,留下的部队有军部特务营、第七十五师的二二三团和二二四团、第二十七师的三个团以及由地方红色武装新组建的两个团,再加上各县的游击队和独立团,还有大批的红军伤病员,总人数约两万人。国民党军派出十万兵力追击撤离苏区的红四方面军主力,又以十五个师又两个旅的近二十万大军对留在苏区的红军进行残酷"清剿"。蒋介石下达的作战任务是:在两个月之内完全占领并彻底摧毁共产党鄂豫皖苏区。红四方面军主力撤离后,鄂豫皖苏区的大部分地域逐渐丧失。最后,根据地被国民党军分割成鄂东北和皖西北两个互相隔绝的狭窄地域。主力红军的撤离使苏区的军事形势十分严峻,国民党军挨村挨户的"清剿"使得大批贫苦农民放弃家园跟随红军进入大别山,他们宁可吃树皮也要和红军在一起。百姓为红军探敌情、送消息,国民党军靠近了,他们就摇红旗,放鞭炮,为红军的战斗助威;国民党军烧山毁林,他们就到处贴标语:"树也砍不完,根也挖不尽,留得大山在,到处有红军。"

一九三二年十一月,被打散的红军官兵聚集在一起,红二十五军再次重新组建。军长吴焕先,政委王平章,两个师长是姚家芳和徐海东,总人数约七千人。一九三三年,临时中央局所奉行的"夺取一省和数省首先胜利"的政策,也影响到了这样一支艰难生存的红军小部队。鄂豫皖省委要求红二十五军"向敌人实施大规模反攻夺回中心城市"。而在湖北与河南交界处的穷乡僻壤中,"中心城市"到底在哪里呢? 鄂豫皖省委选定了包括黄安和七里坪等县城和集镇在内的几个目标。

七里坪,湖北东北部距离黄安县城大约二十公里处的一个集镇。

攻打七里坪对于红二十五军如同一场灾难。

正是初春青黄不接的时节,红军官兵腹中无粮,弹药也十分缺乏,鄂豫皖省委领导在战斗动员时说:只要夺取了七里坪,根据地就会得到恢复和巩固,春耕秋收就有了保障,官兵们就不再饿肚子了,群众就能过上好生活了。为了好生活,年轻的红军官兵面对火力强大的国民党军发起一轮又一轮的冲锋,最后都因牺牲惨重而被迫放弃。在战斗根本无法继续进行的时候,徐海东等人建议撤退,但被指责为"右倾"。此后,红二十五军陷入艰苦的攻坚战长达四十一天,国民党军趁机深入到苏区的核心地带进行了大规模的破坏。在仅存的红色区域也完全丢失的情况下,一九三三年六月十三日,鄂豫皖省委终于对红二十五军下达了撤出战斗的命令。

　　七里坪战斗之后,损失严重的红二十五军进行整编,撤销了一个师的番号,所辖第七十四、第七十五师两个师仅剩下约六千人。十月二日,在通过一条公路的时候,严重减员的红二十五军又一次遭遇伏击,突围之中部队被分割成两截,军长吴焕先带领一部分官兵冲过公路向西而去,副军长徐海东率领的一部分官兵被阻截于公路的东侧。各路合围的国民党军开始大规模搜山,两部分红军的损失都在一半以上。

　　更严重的是,当第七十五师二二五团的大部分官兵终于冲出合围到达乌鸡山后,一直跟随这个团行动的师长周希远产生了到七里坪投降敌人的念头。周希远把营连干部集合起来后,二营政委李世煌发觉了周希远的企图,他借口说去把自己的部队带过来而迅速脱身。回到营里,李世煌立即进行紧张的布置,然后带着营交通班和五连再次来到周希远处。周希远问他为什么这么久才来,李世煌回答说敌人在打枪绕了点路,话未说完就扑上去把周希远拦腰抱住,跟随政委而来的红军官兵随即一拥而上,用绑腿带子把他们的师长绑了个结实。官兵们用一根粗木棍抬着周希远往吴焕先军长那里送。当他们到达一个水塘边的时候,发现一股搜山的敌人距他们仅三十米远。这是万分危险的时刻,仅仅犹豫了一瞬,在李世煌的示意下,红军战士用刺刀把周希远捅死,然后他们掉头就跑,一直跑到吴焕先所在的那个小村庄。二营官兵把事情的经过向军长作了汇报。吴焕先说:"你们干得好。李世煌,你就当二二五团的政委吧。"

　　红二十五军在军长吴焕先的带领下进入了天台山。这里曾经是皖西北苏区的中心地带,但在国民党军毁灭性的"清剿"下几乎成了无人区。国民党军天天都在搜山。在一个名叫仰天窝的地方,红二十五军被三个团的敌人包围,红军官兵用大刀、梭镖和石头与敌人搏斗。为了掩护部队突围,军长吴焕先带领一个排冲出去吸引敌人,敌人在追赶中大喊:"抓活的! 抓活的!"当吴焕先的衣角几乎被敌人拉住的时候,他把随身携带的一袋银元撒了出去,在国民党军争抢之际得以逃脱。晚上,部队重新集合的时候,吴焕先发现除了牺牲的官兵外,没有一个人脱离队伍,年轻的红军军长对更年轻的红军士兵说:"我们都是革命的坚定分子!"

红二十五军的少年们无疑具有极其坚定的革命意志,但是拥有幻想的年龄仍会使他们不时困惑地发问:明天我们到哪里去呢?

这个问题也同样困扰着鄂豫皖省委。经过研究,省委决定派人去寻找共产党中央当面请示工作,并要求中央支援一些军事干部。被派出寻找中央的人,是鄂豫皖省委宣传部部长成仿吾。

成仿吾从天台山一个名叫高山岗的村庄出发,一支持有四十把盒子枪的红军便衣队负责护送。由于国民党军封锁严密,省委特派员成仿吾跟着便衣队打了一个多月的游击,才从湖北北部的广水火车站上了火车。

到达上海后,成仿吾找了一个多月,也没找到共产党中央。于是,他找到与鲁迅有联系的内山书店,通过书店经理的安排,成仿吾在上海外滩的一间咖啡馆里见到鲁迅。从鲁迅的口中成仿吾得知党中央已经去了中央苏区,目前留在上海的只有一个中央局。成仿吾通过鲁迅与中央局接上了关系,中央局安排他和几个去苏区参加五中全会的代表一起去瑞金。成仿吾到达瑞金时,正是中央苏区军事形势异常紧张的时刻。成仿吾向中央汇报了工作,中央决定派正在红军大学学习的独立第二十二师师长程子华到红二十五军去。程子华临行前,周恩来亲自向他交代的一项重要任务是:率领红二十五军到更有利于发展的地方去创建新的根据地。

到达鄂豫皖苏区的地域后,在一个名叫卡房的地方,程子华见到了中共鄂东北地委书记兼游击总指挥郑位三。那时,红二十五军和鄂豫皖省委都在皖西北。关于红二十五军到底去哪里的问题,程子华建议要走就走得远一点,比如去河南西部的伏牛山地区。

一九三四年十一月四日,在皖西北的大山里与国民党军周旋的红二十五军和鄂豫皖省委收到郑位三的来信,信上只有一句话:"中央派来程子华同志送来了重要指示,已到我处,请你们接信后,火速率领红二十五军到鄂东来。"信是九月写的,并不漫长的路,送信的陈锦绣同志竟然走了两个多月,可见沿途国民党军队封锁之严。尽管如此,这封信的到来,还是令鄂豫皖省委书记徐宝珊和红二十五军领导吴焕先、徐海东等人兴奋异常。红二十五军刚与国民党军上官云相的第四十七师打了一仗,激战进行了两夜一天,撤出战斗后的军领导正在为下一步怎么办苦思冥想,现在党中央不但派人来了,还带来了重要的指示,顿时,大家都觉得革命的前景定会如同这位送信人的名字一样美好起来。

一九三四年十一月六日,红二十五军开始西进。

这时,张学良东北军的第一〇七、第一〇九、第一一〇、第一一七、第一二九师已经在红二十五军西进的路上设置了数道封锁线。

红二十五军出发后的第二天,突袭了东北军第一〇九师的一个工兵营,然后又与企图阻截的第一〇七师的两个团发生了战斗。当晚,红二十五军强行军一百三十里,拂晓时分逼近敌人的第四道封锁线。为了摆脱追击,避免陷入包围,体力消耗已到极限的红军官兵疾速地且战且行。八日上午,他们到达河南南部光山县扶山寨地区。红军停下突进的脚步,准备稍事休息。然而,追击而来的东北军第一〇七师和第一一七师各一部共四个团以及国民党军刘镇华部的第六十四、第六十五师共六个团,从东西两面开始了夹击。

红二十五军再次面临着生死存亡的考验。

国民党军从地面发起猛烈冲击的时候,四架战机在空中盘旋轰炸红军的阵地。红二十五军指挥员认为,在如此强大的敌人面前,如果撤退,不但退不出去,很可能彻底覆灭,唯一的选择只能是坚决地打,与敌人拼个你死我活。身处绝境的红军官兵爆发出的战斗勇气惊天动地,国民党军一次又一次地发起冲锋,红军一次又一次地顽强阻击。战斗从上午一直打到黄昏,红军的阵地始终屹立不倒。就在国民党军的攻击锐气被残酷的战斗逐渐消磨之时,一声军号在残阳的余晖中嘹亮地响起,红二十五军开始了大规模反击。年轻的红军官兵从各自的阵地上跃起,向当面的敌人猛扑过去。在红军官兵视死如归的气势面前,国民党军立即慌乱起来,接着就是兵败如山倒的大撤退,而且一旦撤退速度飞快,即刻就脱离了战场。

红军抓获近四千俘虏,打扫战场时仅捡回的机枪就有一百多挺。

俘虏无法处置,全部就地释放。红军对他们的要求很简单:不要在国民党军队里当兵了,回家老老实实种地去吧。被释放的国民党军士兵坐在地上直发愣,因为他们的长官多次对他们说,红军是一群土匪,只要被抓住就要被扒皮抽筋砍头活埋。

第二天,红二十五军到达光山县西南的花山寨。

一九三四年十一月十一日,在花山寨举行的中共鄂豫皖省委第十四次常委会,在红二十五军的历史上具有相当重要的意义。会议在讨论了周恩来同志的指示后,做出放弃已经不适合红军生存的地域、开始军事转移以寻找创建新的根据地的决定。关于转移方向:向北,有黄河,是平原,不行;向南有长江,不行;向东有津浦路,也不行;唯一可能的方向是穿越平汉铁路向西,因为在那个方向上不但敌人的封锁相对薄弱,而且还有红军生存所必需的两座大山:河南与湖北交界处的桐柏山和伏牛山。参加会议的人都说,还是省与省的交界处好,国民党的特点就是这个省不管那个省的事。

虽然中央的指示是程子华任红二十五军参谋长,但根据红二十五军军长徐海东的提议,会议决定程子华任红二十五军军长、徐海东任副军长、吴焕先任政治委员。

红二十五军开始了军事转移前紧张的准备和动员:安置好不能随军的伤员,部队准备三天的干粮和两双草鞋,动员官兵们有“打远游击”的准备。同时,红二十五军重新整编部队,撤销了师一级建制,军部直接指挥二二三团、二二四团、二二五团和手枪团,共两千九百八十七人。

这是红二、红六军团烧毁了永顺县城边那座漂亮的花桥的时候,是在安徽与江西交界处的红十军团准备放弃闽浙赣苏区突围的时候,也是中央红军已经移动到湖南西南部那条名叫潇水的大河东岸的时候——一九三四年十一月十六日,红二十五军,这支在鄂豫皖洒下了无数红军官兵鲜血的部队,离开他们亲手创建的红色根据地,开始了长征。

获悉红二十五军开始转移的国民党军用飞机撒下传单,传单上写着:击毙徐海东者,赏大洋十万。

徐海东,湖北黄陂徐家窑村人,时年三十四岁。他的祖辈都是窑工。一九二五年,二十五岁的徐海东挑着窑货在庙会上叫卖时,碰见一个读私塾时的同学,同学是受共产党人陈潭秋的指派回到家乡来发展革命力量的。在这个同学的影响下,徐海东加入中国共产党,开始了他的革命生涯。一九二六年,他到广东加入国民革命军第四军,在第十二师三十四团任排长,并跟随这支部队参加了北伐战争。一九二七年,国民党开始大肆屠杀共产党人时,徐海东回到家乡建立起一支三百人的农民自卫队。一九三二年,这位参加了黄麻起义和鄂东暴动的革命者,成为红四方面军独立第四师师长。同年秋,当红四方面军主力西征后,成为红二十五军副军长、军长。这是一个生性豪放、秉性耿直的共产党人,对于敬重之人披肝沥胆,对于轻看之人横眉立目。他的腰间总是扎着一根宽皮带,发火的时候说不定就会解开抡起来。在一次战斗中,一颗子弹卡在他的腿骨里,没有任何麻醉药物,他硬是让人把子弹生生地拽了出来。黄麻起义失败后,他的家族共有六十六人惨遭国民党军杀害,如此的血海深仇令他率领红军作战时身先士卒,凶猛无比。国民党军只要听说阵地对面有"徐老虎",仗还没打就会胆战心惊。

经过急促的行军,红二十五军进入了桐柏山。

红二十五军的突围行动令蒋介石颇感意外,因为根据他看到的《匪情通报》,中原地区的那一小股"赤匪"早已"覆灭"很多次了。蒋介石立即让鄂豫皖三省"剿共"副总司令张学良命令"追剿"纵队五个支队和东北军第一一五师跟踪追击;同时命令驻扎在河南南阳、泌阳、方城、叶县一带的庞炳勋部第四十军和驻扎在湖北老河口一带的萧之楚部第四十四师迎头阻截。蒋介石决心以三十多个团的兵力,趁红二十五军孤军远征之际一举将其包围歼灭。

进入桐柏山的红二十五军不久就发现这里不是久留之地。首先因为这里距平汉路和汉水太近,国民党军调动起来十分便捷。同时,桐柏山令红军难以与敌人兜圈子打运动战。经过研究,红二十五军决定放弃在这里建立根据地的计划,部队迅速向北通过豫西平原,向河南西部的伏牛山转移。

从桐柏山重新出发的时候,由于所面临的军情险恶,军部决定再次精简部队。首先需要精简的就是军中的七名女红军。军部决定每人发一些银元作为盘缠,让她们脱离红军返回老家。这七名女红军从根据地出发的时候就曾被命令留下,但在她们的坚决请求下,军领导勉强同意她们跟随大部队转移。当再次听到让她们离开红军的消息时,七名女红军并排坐在路边放声大哭。她们边哭边喊:“红军走到哪儿,我们就跟到哪儿!”军领导为此再次开会研究,最后大家一致认为:她们都是孤儿,离开了红军,等于死路一条。困难是很大,但不至于带不走几个女娃娃。军政委吴焕先让供给部给七个女红军每人准备了一匹小马,可以骑也可以驮行李,以免她们在情况危急的时候掉在后面让敌人捉去。

后来的战斗证明,红二十五军七名年仅十六七岁的女战士,不但没有成为部队的累赘,反而在最需要的时候成了最勇敢的战士。她们从没有骑过配给她们的马,马背上总是驮着她们救护的伤员。她们中间有的人曾缠过足,在翻山越岭涉水过河的艰难行军中,她们抬着好几副担架却从没有一个人掉队。在枪弹横飞的战场上,她们无所畏惧地奔跑,在任何一个交战的空隙间寻找红军伤员并把他们抢救下来。红二十五军每打下一座县城,她们都是最活跃的宣传员,动员群众参加红军,努力筹集粮食药品。这些被饥饿疲惫折磨得面容黑黄、身体清瘦的女孩子,被红军官兵心疼地称为“七仙女”。

为隐蔽向北行进的意图,红二十五军继续向西,并派出一支小分队佯攻了位于湖北北部的枣阳县城。当各路国民党军纷纷向枣阳一带集中之际,他们突然掉头向东,冲破敌人包围圈上的薄弱之处,然后转向北。由于国民党军第四十军的两个旅已经堵住了红二十五军北上伏牛山的道路,他们在当地地下党员的带领下绕过泌阳县城,进入平坦的豫西平原。

常年在山区里生存和作战的红军官兵对平原很陌生。这里的平原上村落稠密,围寨林立。所谓"围寨",是用高墙围起来的大村庄,村庄外营垒重叠,形成了独立坚固的防御体系。围寨里的武器很多,甚至有土炮。有的在外围还挖有深壕,在入口处设有吊桥。这些由地主豪绅把持的村庄连通一气,一寨有事烽火四燃。

为了迅速安全地通过平原,红二十五军给围寨首领写了信,红军的信被一寨接一寨地传递下去。信中除了说明红军北上抗日的目的外,还提出你不打我、我不打你的协议。红二十五军的宣传队每路过一座围寨便散发传单,张贴标语,并且高声喊话:

老乡老乡,不要惊慌,
红军所向,抗日北上。
借路通过,不进村庄,
奉劝乡亲,勿加阻挡。

红军的政策产生了效果。他们路过围寨的时候,并没有受到激烈的阻击,在大多数情况下围寨的团丁们都架着枪观望,还有的围寨甚至在路边摆放了开水和饭食供红军取用。

此刻,在红二十五军即将通过的豫西平原上,还有最后一道屏障——南阳至许昌的公路。国民党军第四十军已经在这条公路上那个叫独树镇的地方布防了阻击阵地。而独树镇是红二十五军进入伏牛山区的必经之地。

袭击是突然开始的,红二十五军二二四团在混乱中开始迎战,手枪团冲上去向蜂拥而来的国民党军抢起大刀,其他的两个团迅速展开应敌阵形。二二三团五连一排排长用几台大轱辘车挡住了通往镇子的路,敌人的一队骑兵被堵在这里,红军官兵躲在车轱辘后面扔出手榴弹,手榴弹硝烟散尽后,五连被敌人密集的子弹打倒了一片。这时,一个名叫薛云阶的参谋惊慌地喊叫起来:"我们被包围了!我们被包围了!"他的喊叫令红军瞬间出现撤退的迹象。在这个关键时刻,军政委吴焕先提着大刀冲过来,他厉声喊道:"谁也不准撤退!撤退就等于自己找死!现在只有冲上去和敌人拼了!共产党员跟我上!"说完,吴焕先举起大刀率先向敌人扑上去,红军官兵跟随着他,残酷的肉搏战开始了。

吴焕先,湖北黄安人,十九岁加入中国共产党。历任红枪会会长、农民自卫军总指挥、黄安县委组织部部长、鄂东暴动委员会委员等。当地的地主豪绅对他恨之入骨,勾结土匪把他的父亲、哥哥、嫂子和弟弟全部杀害,全家只有母亲一人幸免于难。母亲说:"只有打倒了军阀和地主,咱们才有活路,儿子从此就是革命的人了!"吴焕先在他的家门口支起铁匠炉,昼夜不停地打制大刀和梭镖,然后组织起一支农民武装。一九二七年十一月,他参加领导了著名的黄麻起义,成为鄂豫皖革命根据地的创始人之一。一九三二年十一月,吴焕先出任红二十五军军长,一九三四年四月任红二十五军政委。他和红军官兵有着深厚的情谊。在部队最困难的时候,他的妻子听说红军断了粮,背着讨要来的一些米和鸡蛋千里迢迢送到部队,在亲眼看着丈夫把米和鸡蛋送到伤员那里后,这个已经十分虚弱的女人离开了部队。从此,吴焕先再也没有了妻子的音信。后来战士们才知道,军长的妻子在那次离开部队后饿死在山里的草丛中。他的母亲为躲避国民党军的捕杀,一路讨饭找到了部队找到了儿子,艰难的日子里母子相见使红军官兵都为他们的军长高兴。官兵们不忍军长的母亲再到处乞讨,建议把母亲留在部队里,可是吴焕先坚决不同意。母亲理解儿子,走了。这一走,直到吴焕先牺牲,他再也没有见过自己的母亲。

战斗一直持续到天黑以后,由于国民党军固守在坚固的工事里,红军的反击始终无法突破,战场陷入僵持。

雨雪还在继续下着。

红二十五军的领导认为,在目前腹背受敌的情况下,如果继续在平坦的平原上与敌人决战下去,后果不堪设想,所以必须立即脱离战场,尽快进入预定的伏牛山区。

当夜,红二十五军绕过敌人的阵地,沿着弯曲的小路在寒冷的狂风中开始秘密突围。红军官兵不顾极度的饥饿和疲劳,伤病员们忍受着剧烈的伤痛,彼此相互鼓励着坚持前行。天亮之前,他们终于穿过了南阳至许昌的公路。

国民党军发觉红军已脱离战场立即展开追击。

这时候,红二十五军面前出现了一条大河——澧河。

红军官兵知道,只要渡过澧河,就进入伏牛山了。

隔河望去,伏牛山莽莽苍苍。

澧河边有一个名叫孤石山的渡口,当红二十五军到达这里准备渡河时,大量的敌军从南北两面压了过来。

向红二十五军进攻的是国民党军第四十军骑兵第五师和第一一五旅又一个骑兵团。其中的一部分骑兵,已经越过红二十五军,占领了澧河对岸的高地,把红二十五军进入伏牛山的道路封锁了。

徐海东命令前卫二二三团无论付出多大牺牲也要强渡澧河,并把对岸的国民党军骑兵消灭,为全军开辟进山的道路。

河水冰冷,火网炽热。

红二十五军官兵拼出最后的气力,一边抵抗敌人的阻击,一边跳入河水中奋力向对岸游去。连日的作战使国民党军万分疲惫,恶劣的天气严重影响了他们的士气,更令他们心惊的是眼前这些还是孩子的红军战士面对子弹脸上显现出的慷慨赴死的神情。

红二十五军终于冲过澧河,进入伏牛山的大山之中。

刚刚进山,吴焕先就说:"同志们,咱们来了三个团的增援!"

官兵们惊讶之余,顺着政委的手臂看去,他们看见了伏牛山三座高高的尖峰。

大山，永远是红军的家。

红二十五军的官兵向着大山一头扑了进去。

就在红二十五军于狂风怒号中强渡澧河的时候，在他们的南面仅仅数百公里之遥，中央红军的官兵正用生命和热血强渡另外一条大河——湘江。

此时，两支红军的面前是同样奔涌的河水和苍茫的山峦。

中央红军撤离苏区后的一九三四年十月，国民党军于二十六日占领宁都，十一月十日占领瑞金，十一月十七日占领于都，十一月二十三日占领会昌。至此，中央苏区全部沦陷并陷入一片血海之中。

国民党军《剿匪报告》记述：

> 剿匪之地，百物荡尽，一望荒凉。无不焚之居，无不伐之木，无不杀之鸡犬，无遗留之壮丁。闾里不见炊烟，田野但闻鬼哭。

中国共产党人和中国工农红军已经没有了任何退路。

这些具有坚定信仰和灿烂理想的人，只能奋不顾身地一再向前，无论遇到多么巨大的艰难险阻。

在湘江的附近，有一条窄小的水渠举世闻名。水渠名叫灵渠，是第一个统一了中国的秦始皇下令修建的。水渠奇异地通过湘江和漓江，连接起南中国最著名的两大水系，使长江中的舟楫能够在渠水上摇摇摆摆地进入珠江。当年设计这条渠道的智者和修建这条渠道的工匠绝不会想到，两千多年后，他们的智慧和劳动使得一群为了生存和理想而抗争的青年洒下的鲜血，同时染红了注入长江的湘江和注入珠江的漓江。

湘江之战，年轻的红军士兵前仆后继的壮烈牺牲，令大半个中国山河苍茫。

第六章　橘子红了

1934年11月·湘南

暴雨骤停，道路泥泞。

刚刚走了四十公里的红一军团第二师四团的官兵正准备宿营，却接到了要求他们继续前行二十公里的命令。官兵们纷纷向小山上跑，争着折树枝做手杖。连队干部们喊："不要把群众的树弄死了！"但是"啪啪"的折枝声依然没有停。已经十分疲劳的红军官兵预感到，在漆黑的夜色中那二十公里的泥泞之路并不好对付。

再次出发后不久，四团官兵发现情况比预想的还要糟。刚刚拐上一条泥泞的小路，就迎头碰上其他部队的行军队伍，四团走着走着就被冲乱了。小路上拥挤不堪，泥路被千百双脚踩踏后变成一条黏稠的泥河。不断有人接连摔倒，负重的骡马滑倒了很难站立起来，黑暗中充满喘息声、咒骂声以及相互联系的叫喊声。四团的连排干部着急地呼唤着战士们："靠过来！靠过来！不要走散了！"

这是一九三四年十一月十六日，北面的红二十五军撤出了鄂豫皖根据地。而在湖南南部嘉禾、蓝山与临武三县之间，下弦月下半夜的时候才露出些许微弱的光亮，田野上一片漆黑。

中革军委十四日的部署是：迅速、秘密地脱离尾追之敌，向西前出到湖南南部的临武、嘉禾、蓝山地域。第三、第八军团为右纵队，由彭德怀、杨尚昆指挥，向嘉禾方向前进，并占领嘉禾县城。第一、第九军团为左纵队，由林彪、聂荣臻指挥，向临武、蓝山方向前进，并占领这两个县城。军委第一、第二纵队和第五军团随后跟进。

十七日,由于两个团的国民党军增援部队已经到达嘉禾,第三军团放弃强攻,部队绕到城南阻击城中的敌人南下,以掩护第一军团占领蓝山。第一军团第二师五团此时已经顺利占领临武。为了尽快打通红军西进的必经之地,周恩来亲自赶到前线,指挥第九军团消灭了国民党军的一个营,占领了临武以西的蓝山县城。红军打开县政府的仓库,起获了大批的粮食、被服和军装,并从县政府的金库里用箩筐抬出来五千块大洋。同时被抬出来的还有一个沉甸甸的箱子,砸开一看是黄澄澄的金子,"至少有十斤以上"——至少在这个时候,中央红军西进的路上还没有出现重大敌情。

午夜时分,走完二十公里泥泞小路的四团官兵终于看见了前面的火把。那个村子名叫雷家祠,四团的官兵进村才发现,在这里宿营的部队不是红一军团的。经过交涉,四团官兵终于得到一个干爽的住处,匆忙吃了点干粮便躺下睡觉。但是,没睡一会儿,官兵们就被叫醒了:"有命令!立即出发!"

带着睡意急促地走出十五公里,到达一个名叫祠堂圩的地方。四团在那里接到了由师长陈光和政委刘亚楼亲笔签署的命令:

> 薛敌率五师之众在我野战军后尾追,湘、桂两敌向道县、蒋家岭前进,企图配合薛敌截我于天堂圩、道县间。道县无大敌。我野战军为达到迅速先敌占领道县,渡过潇水,转入机动地域,打击敌人的目的,着你部立即由此地出发,经天堂圩,限明日[十八日]相机占领道县城,并拒止由零陵向道县前进之湘敌。

第二师的战斗部署是:五团负责迂回,四团正面攻击。

从祠堂圩到道县,路程约两百里。

四团只有一天一夜的时间。

道县,古称道州,紧临潇水西岸,是湖南西南部最大的县城,同时也是潇水河上著名的渡口。

敌情通报显示,何键已命国民党中央军周浑元部火速赶往道县截击红军。因此,红军必须赶在国民党军的前面占领道县,才能确保军委第一、第二纵队从道县渡口安全渡过潇水。

四团迅速集合交代任务,团长耿飚提出的要求包括:"加强先头部队的火力配备"、"行军中加强侦察和警戒"、"干部的位置一定要靠前"。政治动员完毕,部队立即出发。向前跑出几十里,爬过一座小山,面前突然出现一群人。这些人长衫短衣,挑筐提篮,看样子是一群赶集的群众。部队停下来,杨成武和耿飚掏出香烟上前打招呼。在询问了前往道县的道路和地形之类的问题后,红军宣传员开始给他们分发红军的宣传品,群众这才知道这些人就是保长跟他们说的最近要来杀人的"赤匪"。群众抢着宣传品,七嘴八舌地说,现在县城里把守的只有从广西来的一个连和几十个民团。当四团继续前进的时候,一个挑夫突然跑回来对耿飚悄悄地说:"长官,我还告诉你一个事,道州有座浮桥,进城要从桥上过。桥是船做成的,用铁链子串好。他们如果知道你们要进城,会把桥拉过去。你们就要夜晚游水过去,把桥放过来才行!"这个情报十分有用,耿飚立即掏出两块大洋递给挑夫,挑夫坚决不收,他用更低一些的声调对耿飚说:"我家老弟去年当的红军,在贺胡子那里。"

情报被立即通知了最前面的尖刀连。

中午,四团开进一个小集镇。集镇里的群众蜂拥来看红军,端出的开水里面放了大把的茶叶。四团官兵喝着茶水吃着东西大声问:"到道州还有多远?"群众也大声答:"还有一百里!"一个红军战士因为草鞋烂了,脚上磨得全是血泡,坐在路边让卫生员给他上药。杨成武认识这个战士,是江西人,同志们都称他"小老表"。杨成武问:"是党员吗?"小老表答:"是共青团员,正争取入党呢。"旁边一个十五六岁的小红军喊起来:"学习团员同志的模范行动!"他一喊,大家也跟着喊起来,弄得小老表看着周围看热闹的群众很不好意思。

在距道县还有三十多里路的一处树林旁,四团抓到一个军人打扮的人。这个人把红军误认为是国民党中央军了,说自己是县长派去天堂圩送紧急公文的。红军官兵在他身上搜出一封信,是道县县长亲笔写的,信上说县城里只有团丁四十人枪三十支,前天花一万元从广西请来的那个连,人是来了但连行李都没带,看来是靠不住的,急需天堂圩派人来帮助守城。

为了给敌人以突然袭击,四团加快了前进的速度,官兵们终于在天黑下来的时候到达道县城下。守城的敌人果然已经把桥拉到了对岸。红军官兵在做战斗准备的时候,大批的群众就站在河岸边等着看红军如何攻城。陈光师长的电话打了过来,原来第二师师部一直在四团的后面以同样快的速度跟进,现在距离道县县城只有十里路了。陈光说,已命令迂回的五团从河的上游过河,然后攻击道县的西北门,四团必须即刻开始攻击。耿飚首先派出工兵排排长带领三个战士向河对岸泅渡。工兵排排长在火力的掩护下,快速登上泊在对岸的船,然后群众一拥而上,帮助红军拉船系绳子,很快将一座浮桥搭好了。四团主力迅速从桥上通过,向道县城里冲过去。县城里的敌人乱放了一阵枪后开始各自逃命,因为这时候五团已经打进县城的西北门了。

二十二日天亮的时候,红军主力部队开进道县县城。

队伍正走着,天空出现了敌机。急忙隐蔽的红军官兵向天空看,竟然看见一架飞机突然栽下来。红军官兵愣了片刻,然后呼叫起来。原来,正在进城的红三军团第五师十三团的官兵对空射击,机枪射出的子弹居然把一架飞机打中了。红军官兵端着刺刀向栽下来的飞机冲去,飞机里的飞行员看见红军一个劲儿地喊,后来才弄清楚他们喊的是"中央军饶命"。原来国民党军把中央红军也简称为"中央军"。两个飞行员,一个是广东人,一个是江西人,他们是从广西柳州机场起飞的。红军把飞机上的机关炮和炮弹卸下来,由于飞机无法带走,便由工兵排排长负责把它彻底烧毁。围观的群众人山人海,众目睽睽下,从来没有如此近距离地看过飞机的工兵排排长把一些破布等引燃物塞进飞机的座舱,然后亲自点着了火。谁知,坠毁的飞机油箱已经破裂,工兵排排长手里的火苗刚伸过去,四溢的燃油"轰"的一声腾起一团巨大的火球,围观的群众在欢叫声中拼命逃开。尽管工兵排排长也跑得很快,但他的头发还是瞬间就被火焰烧光了。

二十三日,就在何键命令周浑元部"务必占领道县"的这天,中央红军和军委纵队进入了道县县城。

湖南南部盛产蜜橘,此时正是橘子红了的季节。在道县,几乎所有的红军官兵都尽情品尝了这块土地上出产的蜜橘。蜜橘甘甜的汁液,令疲惫万分的红军官兵的心情如同连日阴雨之后突然放晴的天空一样,温暖而明亮起来。

红军攻击道县时,县城内外的百姓自发地参加战斗,他们对红军的每一句赞扬和每一次笑容,都让官兵们激动不已。对于普通的官兵来讲,他们并不清楚此刻红军置身在何种局势中,他们也不知道转战路途的前方究竟是生还是死。至少从四团急促的行军和充满斗志的作战中,可以感受到红军官兵对于未来不曾有过一丝担忧。一路上,他们心中对苏维埃共和国美好生活的记忆,只要被哪怕一个瞬间的类似情景所唤醒,便会格外地兴奋因而也就能够始终拥有信心。

早在十一月中旬,国民党军南昌行营就已制订出在湘江以东地区围歼红军的作战计划。这一计划包括两个作战意图:一是把中央红军合围在天堂圩与潇水之间的地区;二是把中央红军歼灭在湘江东岸。蒋介石把在湖南南部的国民党军部队编为五路大军,并且制订了五路大军的作战任务:

第一路军:湘军刘建绪部第十六、第六十二、第六十三、第十九师共四个师,加上两个补充旅和十四个保安团,南下至黄沙河、全州一带,布防在潇水与湘江之间,负责从北面攻击,以防止中央红军在湘江受阻后往北转向湖南腹地。

第二路军:中央军薛岳部第五十九、第九十、第九十二、第九十三师共四个师加两个旅,位于湘军刘建绪部的侧后,由茶陵、衡阳前进至零陵附近,任务是与第一路军一起防止中央红军前去湘西与贺龙、萧克的部队会合。薛岳的部队之所以跟在湘军的后面,还有一个只有蒋介石和薛岳才明晓的意图:催促和监督湘军与红军作战。

第三路军:中央军周浑元部第五、第十三、第九十六、第九十九师共四个师,近距离地位于中央红军的右后方,直插道县,"而后与第一、第二路军及桂军联络截击"。

第四路军:湘军李云杰部第二十三、第十五师共两个师,"由嘉禾向宁远及其以南地区蹑匪尾追"。

第五路军:湘军李韫珩部第五十三师,位于中央红军的左侧后,"与第四路军及粤军联络,经由临武、蓝山、江华、永明蹑匪尾追,并与桂军适切联络"。

国民党军五路大军,近二十五万兵力,从前后左右开始向中央红军实施四面合围。

十一月十四日,蒋介石致电何键:

> 现在匪已窜过一、二两线,今后倘再不幸窜过第三线,则扑灭更难,贻害国家不堪设想。希芸樵[何键]兄督饬两李[李云杰、李韫珩]各部及军队、民团,并会同粤、桂两军,妥为部署,分别严密追堵,务歼灭窜匪于湘水以东;尤须注意勿使迂回粤、桂,剿办更难。并须粤、桂两军严密防堵南窜,且压迫于郴水以北地区聚而歼之,最为有利。又亟须设计迟滞匪之行动。

蒋介石的电报被红军截获了。

中革军委经过研究做出的判断是:敌人在潇水、湘江地区的集结,十一月二十二日才能部署完毕,此之前中央红军是可以安全渡过潇水和湘江的。

众多的史料都难以提供做出这一判断的依据。因为尽管中央红军的先头部队已经前往湘江上游抢占渡口,甚至红军主力的一小部分部队已经到达了湘江岸边,可此时两个军委纵队依旧停留在距离湘江一百六十公里外的道县。

军委纵队刚到道县的时候,毛泽东再次对中央红军的军事转移计划提出不同意见:中央红军自苏区的战略撤离,到此应该是向西的最后终点了。红军不要渡过潇水,应沿潇水的西岸向北,攻击板桥铺、渔涛湾、华江铺、双牌、富家桥,再向西攻击零陵,从那里渡过湘江,向北攻击冷水滩,越过湘桂铁路,进军至宝庆诱敌决战,然后再回到中央苏区去——这时候,毛泽东仍然认为中央红军的军事转移,应该是受到严重军事威胁时进行的一次大规模的战略机动,在充分调动敌人之后红军主力部队应该再回到中央苏区去。

毛泽东的建议有相当合理的成分。

但是,博古和李德的意图是红军必须继续向西,沿着几个月前红六军团走过的那条路,将整个苏维埃共和国和中央红军主力部队带到湘西,与红二、红六军团会合,在那里重新建立一个如同赣南和闽西一样的红色根据地。

中央红军的这一行动意图,连蒋介石都已十分清楚,况且第六军团在这条路上遭遇过重创,因此中央红军继续向西,几乎等于在往国民党军已经布置完毕的"口袋"里钻,这显然是万分危险的。

有史料显示,在中央红军军事转移的初期,军委纵队里一个小小的政治集体已经开始形成,其成员是:毛泽东、张闻天和王稼祥。

在通往道县的路上,毛泽东经常躺在担架上行军,他在军事转移前夕所患的疟疾令他的身体十分虚弱。始终和他一起行军和宿营的是张闻天和王稼祥。张闻天时任中央政治局委员、苏维埃共和国中央执行委员、中央政府人民委员会主席,王稼祥时任中央政治局候补委员、苏维埃共和国中央执行委员、中央政府人民委员会委员。这三位当时都处于被冷落境地的高级领导人,自军事转移以来一直形影不离。显然,这是毛泽东的有意为之,他需要政治上的支持者。即使在行军最艰苦的时候,即使毛泽东只能躺在担架上,他也没有间断与红军高级将领们的交谈。李德多次对此表示出不满，他说："不顾行军纪律，一会儿待在这个军团，一会儿待在那个军团，目的无非是劝诱军团和师的指挥员和政委们接受他的思想。"毛泽东坚决要求张闻天和王稼祥与他一起行军宿营，是要冒政治上的风险的，但毛泽东认为形势已经到了需要为风险付出的时刻。博古同意他们同行的原因不明，可以猜测出来的原因是，他没有足够的能力和充足的理由把这三个老资格共产党领导人分开。

二十八岁的王稼祥一直躺在担架上。在中央苏区的第四次反"围剿"作战中，时任中革军委副主席和红军总政治部主任的王稼祥被国民党军飞机扔下的炸弹炸成重伤——数块弹片切进他的腹部，他的肠子被打穿。虽然经过瑞金医院的紧急手术，但限于医疗条件的简陋，直至红军撤离中央苏区时，王稼祥腹部的弹片仍然没能全部取出，这导致了他的伤口不断地化脓。王稼祥是安徽泾县人，十九岁在上海大学中学部读书时加入共青团，后在苏联中山大学和红色教授学院学习时加入中国共产党。从政治经历上讲，他与毛泽东本没有达成共识的更直接的可能，因为他在苏联学习期间与王明、博古和张闻天同在共产国际的领导下，所以在党内他一直是坚定地执行共产国际路线的中坚力量。但是，王稼祥又是一个具有优秀政治品格的共产党人，当他发现博古和李德在政治路线和军事指挥上的错误时，就开始毫不掩饰地表达自己的反对意见，而王稼祥所主张的军事策略竟与毛泽东的观点有许多共同之处。

三十四岁的张闻天一直骑在马背上行军。他是东海之滨一个农民家的孩子，在他家的东面有一大片大海的滩涂，传说是仙鹤鸣叫之地，于是村里的秀才给他取名应皋，字闻天，秀才解释说这是取《诗经·小雅·鹤鸣》中的"鹤鸣于九皋，声闻于天"之意。这个农家子弟果然聪慧，十五岁高中毕业后进入水产学校学习捕捞技术，不久转入南京全国水利局河海工程专门学校。由著名实业家张謇创办的这所学校，并没有使张闻天成为一名水利工程师，却使他因为接受了开明思想而成为一名学潮领袖。一九二五年"五卅惨案"发生后,张闻天加入中国共产党,为此他写了一篇抒情书信体小说,通过小说主人公之口他说:"我将认真地要开始做一个无私的光明的找求者了,把自己变作一片光明,照彻这黑暗如漆的世界。"这一年的十月,他成为莫斯科中山大学的首批学员,他的俄文名字叫"伊凡·尼古拉耶维奇",笔名叫"洛甫"。他的博学多才很快使他出类拔萃,二十八岁毕业时已开授了《列宁主义》和《联共党史》两门课程,成为中山大学著名的青年教授。一九三一年,张闻天和杨尚昆结伴回国,到达上海后担任共产党中央宣传部部长。张闻天与从来没有出过国、不会任何一门外语的毛泽东有着诸多不同。在以往的岁月里他可能与毛泽东相识的唯一机会,是十九岁那年参加"少年中国学会"时,因为比他大七岁的毛泽东也加入了"少年中国学会",他们两人的名字同时刊登在一九二〇年出版的《少年中国》第一卷第八期上。但是,他们确实互不相识。张闻天与毛泽东第一次见面,是一九三三年他进入中央苏区后。那时,他对毛泽东的第一印象是:一个老资格的和不守规矩的红军领袖。然而,自从担任中央政府人民委员会主席,张闻天与担任苏维埃政府主席的毛泽东来往越来越多。为躲避国民党军飞机的轰炸,张闻天被安排了一个新的住所,这个住所正是毛泽东居住在里面的那座寺庙。毛泽东在生病,张闻天十分关注毛泽东的治疗,这两个身世和性格迥然不同的人,终于得以在一种闲散的状态下坐在了同一条石凳上。他们开始谈的是文学,毛泽东对文学闲云野鹤式的独特理解让张闻天吃惊不小。谈话逐渐深入到政治和军事,毛泽东对马列主义"本土"式的解释、在军事指挥上的丰富经验以及对中国革命的未来充满豪迈情怀的描绘,令张闻天刮目相看。

红军大规模军事转移后,毛泽东、张闻天和王稼祥一路畅谈。他们偶尔还会谈到文学,毛泽东低吟苏轼的"乱石崩云,惊涛裂岸,卷起千堆雪",张闻天背诵歌德的"小麦、黑麦之间,绿篱、荆棘之间,树林、草丛之间,恋人在哪里"?但是毫无疑问,他们更多的是在谈论红军的前途。这样的反复谈论确实像在谋划着重要的问题,而他们的出发点却十分简单明确,即如何使中国共产党和中国工农红军从目前的危机中解脱出来。

毛泽东要求中央红军不过潇水的建议虽被断然拒绝,但发生于此时此刻的另一件事却令人回味。时任苏维埃共和国政治保卫局执行部部长的李一氓回忆:"有一天,中央把红军当中湘南籍贯的连排级干部集合在一起,约两百多人,成立了一个湘南营,调一个湘南籍贯的团长当营长,把我调去当教导员。调来的干部以三军团的为多。他们包括衡阳以南宜章、郴州、临武、蓝山、嘉禾、桂阳、资兴、汝城等县籍贯的同志。我们的作战意图在于吸引围攻江西的国民党顾祝同、陈诚的部队尾追我们到湖南南部,我们相机在湘南同他作一次战役性决战,如果取胜,既能够解江西之围,又能够在湘南立脚下来。"——"作一次战役性的决战",不是一个营能够完成的,显然在这一举动的背后有着更大的作战计划。在湖南南部与敌人周旋并相机建立立足点,这与博古西渡湘江与红二、红六军团会合的想法是矛盾的。如果李一氓的回忆可靠的话,那么这一举动唯一意味着:毛泽东的建议已在一定范围内达成了一致,这是中央红军西进万一受挫后的预备打算,而将这一打算落实在行动上的只能是周恩来。"湘南营"的存在没有可以印证的历史记载,它很快就因迅速降临的军事危机而解体了。只是,李一氓的回忆从另一个角度证明,在中央红军即将扑进湘江这个巨大的陷阱前,掌握着红军命运的高层决策者已经有了相当的不安。

一九三四年十一月二十三日,军委纵队到达道县的那一天,朱德发布"关于野战军二十五日晨前西渡潇水的部署":

第一军团:于二十三日夜"移至道州地域",以一个师的兵力控制河水东岸,"准备突击向西追我之敌"。二十四日黄昏,军团主力开始"向永安关方向移动,在河东之后卫师转移到道州地域,并破坏浮桥"。

第三军团:在可能的情况下,"应以一个师随先头渡过河西"。另一个师则须"准备明晨突击追我之敌"。二十四日夜,军团主力"应全部西渡完毕,而后卫则应破坏桥梁"。

第五军团:"准备突击明日由东向我尾追之敌",严防敌人从侧翼包抄而来。二十四日黄昏迅速脱敌渡河,"并破坏浮桥"。

第八军团:军团主力"可于二十四日拂晓前渡过河西"。如不可能,应改于二十四日黄昏时"全部渡过河西","并限三小时渡完"。

第九军团:"袭取江华的任务不变"。

部署最后要求:"二十三、二十四两夜渡河动作应迅速,绝对保证遵守时刻,严禁日间渡河。各兵团应派得力人督队收容落伍,限二十五拂晓前止全部渡完,并破坏完浮桥,将一切船只集中西岸。"

十一月二十四日,红军野战司令部向各军团通报了何键给国民党军各部队下达的作战任务。红军之所以能够迅速截获敌方详尽的作战命令,据说是"运用了某种侦察手段"。将红军野战司令部的这份通报,与现存的国民党军有关档案资料比照,内容竟是惊人地准确。中央红军在长征途中所获得的及时而准确的情报为数不少,尽管至今也无法翔实考证出共产党方面获得情报的切实来源,但这至少说明共产党人在情报搜集方面确实存在着相当机密而又可靠的渠道。何键于二十三日下达的作战命令中,预测中央红军必定向西通过湘江地域,所以急令国民党军各部队即刻向湘江上游集结。这也就是说,二十四日,中央红军已经完整清晰地了解了国民党军准备在湘江与潇水之间与红军决战的意图和部署;那么,中央红军如果决定继续西进,必须尽一切可能在国民党军调动完毕之前渡过湘江。

可是,二十四日,军委第一、第二纵队仍在道县。

即使从道县启程,两个纵队还需渡过湘江以东的另一条大河——潇水,而从潇水到湘江还有近八十公里的路途。

在何键下达的作战命令中,有这样一句话值得关注:"匪一、九两军团在龙虎关与桂军激战,桂军主力已移向恭城方面。"——这就是说,二十三日的时候,桂军并没有执行蒋介石的命令向湘江上游地域开进,反而开始向南往广西境内的恭城方向撤退了——这就是中国工农红军长征史中著名的"走廊"问题。所谓"走廊",是指在中央红军试图西渡湘江时,国民党军决心在湘江东岸与中央红军进行最后的决战;可是,桂军却在自己的防区内为即将西进的红军有意地让出了一条通道。

　　关于一九三四年十一月下旬在广西北部边界附近是否存在着一条"走廊",翻阅所能查阅的史料,共产党方面和国民党方面都没有明确提及此事,也从没有"走廊"一词出现。因此,有史家认为,这条"走廊"根本不存在,是后人对历史的误读;也有史家认为,即使"走廊"存在,也是广西军阀部队的"虚晃一枪",意图是引诱中央红军更快地走进罗网,国民党军与中央红军在湘江东岸的惨烈战斗就是证明;还有史家认为,也许"走廊"只是一种理论上的虚拟,因为当中央红军先头部队西进到湘江西岸时,所谓"走廊"的存在也就不成立了。但是,将大量的史料一一比照可以发现,"走廊"不仅存在,而且确实是桂军为红军迅速通过有意避开的。那是一条位于广西北部全州与灌阳之间的一条宽约四十多公里的山谷地带,它的东面与湖南交界,它的西面那条向东北方向流去的河流就是湘江的上游。"走廊"距离湖南道县约一百公里。只是,在"走廊"已被让出的那万分宝贵的几天内,庞大的军委纵队没能迅速走出道县地区,以至丧失了利用"走廊"的宝贵机会。

　　在当时国民党军阀系统中,桂系军阀李宗仁、白崇禧与蒋介石之间的矛盾众所周知。一九二八年,因与西北军将领冯玉祥的矛盾日益尖锐,蒋介石力邀李宗仁的桂军通力合作对付冯玉祥。李宗仁表示:如今冯玉祥统兵十万,他的作用就像一串钱上的线索子。有事索子一提钱串子即起;一旦索子断了,遍地散钱拾起来可就太麻烦了。蒋介石随即将对李宗仁的"近交远攻"的政策改为"远交近攻",直至干脆放下冯玉祥开始对付李宗仁。一九二九年三月,蒋桂战争爆发,国民党十万大军水陆并进合围广西。至五月,李宗仁前往香港,广西全境为蒋介石国民党南京政府暂时统一。一九三〇年,冯玉祥、阎锡山为反对蒋介石挑起中原大战,李宗仁即刻在广西遥相呼应,他成立"护国救党军",自任总司令,同时任命白崇禧为前敌总指挥,桂军挥师入湘,企图北上攻打武汉,然后与冯玉祥、阎锡山的部队会师中原。但是,进入湖南的桂军在衡阳被粤军拦腰截断,最终因弹尽粮绝不得不退回广西。一九三〇年秋,国民党军开始"围剿"中央苏区,为了在蒋介石面前做出姿态,桂军派出一个师前去江西前线,但很快就以广西防务紧张为由又将部队撤了回来。

一九三四年十月,得知中央红军突围而出的消息时,虽然白崇禧和李宗仁早有思想准备,但对于中央红军的突围方向十分恼火。李宗仁和白崇禧认为,既然已经把中央红军合围多年,而且已经接近彻底消灭的时刻,本应全力以赴与红军做最后的决战,蒋介石的中央军却"网开一面"把朱毛红军放了出来。如果在军事上非要如此的话,也应该在包围圈的东面敞开口子,让中央红军进入福建、进入浙江、进入广东,让他们一直跑到大海里去。但是,中央军却把口子开在了湖南、广西方向,这不是居心叵测是什么?中央红军突围进入湖南后,蒋介石完全可以利用粤汉铁路,把红军包围在湖南境内一举歼灭。但是,他把中央军的主力远远地放在湖南北部,眼看着朱毛红军缓慢从容地向西开去,直等到红军快要到达湖南与广西的边界了,中央军这才大举南下,难道不是想把红军赶进广西吗?蒋介石的心思谁都明白,让红军与桂军在广西境内厮杀,然后中央军借口追击红军进入广西,最终再次占据桂军的地盘。

就在中央红军向湖南道县前进的时候,白崇禧从上海请来了一位"高参"——刘斐。当年,白崇禧率部在湖南作战的时候,曾大病于刘斐的家乡湖南醴陵,后经刘斐父亲的精心医治才得以痊愈。于是,刘斐先被送到江西讲武学堂,毕业后跟随白崇禧,后被送到日本陆军大学深造。这个三十六岁的高才生足智多谋,深受白崇禧的器重,成为白崇禧身边不可缺少的智囊人物。当时刘斐正在上海,因为蒋介石屡次电令桂军出兵阻截西进的红军,为了"防蒋、防共",白崇禧让刘斐速回广西商讨军机大事。

刘斐到达广西的第二天,就随白崇禧去了桂北前线。在前线阵地上,刘斐告诉白崇禧,虽然中央红军现在处于被动,但是终究号称十万,桂军有作战能力的部队只有十八个团,所以桂军不适宜与红军发生正面的剧烈冲突。与红军作战,桂军既不能败也不能胜。败了红军进入广西,蒋介石的中央军跟进来,广西就是老蒋的了;而要想胜,桂军定会损失巨大,那样蒋介石就会来"善后",广西还是老蒋的。因此,桂军的作战总方针应该是"拒客和送客"——对于蒋介石的中央军,只要他们有进入广西的态势,就要坚决阻击;而对于朱毛红军,则采取"不拦头,不斩腰,只击尾"的原则,但求赶快送走。具体做法是:重兵把守进入广西的隘口龙虎关,迫使红军不能进入广西,只能从龙虎关以北过境,这样一来也可防止蒋介石的中央军进入广西。刘斐为白崇禧制定的作战方案,与蒋介石命令桂军配合湘军和中央军与红军决战毫无关系,其要点既是为防止红军进入广西,也是为防止国民党中央军进入广西。

由此也可看出,蒋介石对各省军阀存有巨大戒心不是没有理由的。在任命湖南军阀何键为"追剿军"总司令的时候,蒋介石曾给愤愤不平的薛岳写去一封亲笔信。蒋介石在信中让薛岳"顾全大局",而所谓的大局就是,暂时利用地方军阀,最终目的是消灭他们:"西南诸省久罹军阀鱼肉人民之苦。此次中央军西进,一面敉平匪患,一面结束军阀割据。中央军所至,即传播中央救民德意,同时也宣扬三民主义之精神。"蒋介石要求中央军尽量避免与红军直接作战:"匪行即行,匪止即止,堵截另有布置。"然而,军阀们无一不把蒋介石的心思看得透透的。

刘斐给予白崇禧的最重要的建议是:"开放一条让红军尽快西进的通道。"

一九三四年十一月二十二日,中央红军到达道县的当天,桂军防守的隘口龙虎关遭到红军攻击——实际上,那只是红九军团先头部队的一次小兵力佯攻。无论红军对龙虎关的攻击是否是为了调动桂军对湘江的封锁,可事实上这一行动确实让桂军找到一个借口——桂军只在全州留下两个营,在兴安和灌阳分别留下一个团,而主力部队瞬间就从湘江边上的全州、兴安和灌阳撤回到上百公里外的恭城去了。这时候,无论是湘军还是国民党中央军,都不可能立即调动部队封堵桂军造成的缺口,湘江防线终于向中央红军敞开了一条通道。

但是,直到二十五日,军委纵队才从道县出发,而且是仓促之间的立即动身,因为国民党军已经从道县的东面压了过来。

在桂军的"走廊"已经出现的情况下,军委纵队为什么仍在道县停留了三天,史料中没有确切的解释。

事后证明,对于中央红军的全体官兵来讲,这三天的停留几乎是致命的。

从道县出发后,首先要渡过潇水。

依旧是庞大的队伍,依旧是浩浩荡荡的移动。两支军委纵队拥挤在潇水岸边等待渡河。红一军团第二师六团已在河上架好浮桥,但是浮桥狭窄致使渡河的速度十分缓慢。潇水河上正混乱着,国民党军周浑元部冲了过来。红一军团第一师师长李聚奎立即指挥部队进行阻击。

第一师到达潇水之后,按照军团首长的命令应该继续前进。当时,第一师的左边是红五军团的部队,右边是红三军团的部队,李聚奎师长与红五军团联系,告诉他们第一师奉命往前赶,结果电话里传来刘伯承的声音:"同志呀,你们的队伍不能走,我们的队伍还没上来哩!"李聚奎又与红三军团联系上了,彭德怀在电话里说:"刘伯承的意见对头,潇水西岸要有部队掩护军委纵队过河。你们不但不要走,三军团的六师也留下归你指挥。至于一军团给你的命令,我负责向你们司令部解释!"李聚奎坚决执行彭德怀的命令,除了让二团去追军团主力外,他亲自率领一团和三团留下来,并在潇水西岸开设了阻击阵地。

尽管如此,李聚奎也没想到敌人会来得这么快,攻击会这么猛。国民党军周浑元部的官兵叫喊着,一轮接一轮地不断冲锋,除了从正面向军委纵队的浮桥冲击外,侧翼也划着船冲过来,企图往军委纵队的侧后迂回。红军的阻击部队不但要坚守阵地,还要不断地组织反冲击,尽可能把敌人阻击得距离渡口越远越好。几乎用了整整一天的时间,两支军委纵队才全部渡过潇水。

红军总司令部作战局局长张云逸命令立即把浮桥炸掉。

红军工兵营把浮桥炸了,当浮桥变成碎片漂浮在潇水河面上时,河的东岸又出现了一支红军队伍,这是负责断后的红五军团的一个营。这个营的红军官兵与追击的敌人纠缠了很久,在最后一刻才摆脱追击奔向浮桥。跑到河边的红军看见"浮桥"已经消失,他们的脚步一刻未停纵身扑到了河水中。

军委纵队渡过潇水的第二天,道县即被国民党军占领。

这意味着渡过潇水的中央红军的退路已被完全封死。

被封堵在潇水与湘江之间的狭小区域里的红军,此刻只能继续向前,即使需要流血需要牺牲……

从潇水到湘江,横在路上的是南岭山脉中的都庞岭。

都庞岭山峰险峻,道路崎岖。

十一月二十五日,中共中央和红军总政治部发出"关于野战军进行突破敌人第四道封锁线战役渡过湘江的政治命令":

[致一、三、五、八、九军团,二纵队]

各兵团首长:

　　一、我野战军即将进行新的最复杂的战役,要在敌人优势兵力及其部分地完成其阻我西渡的部署条件下,来突破敌人之第四道封锁线并渡过湘江。此战役须经过粮食较缺乏之两个大山脉[都庞岭和越城岭],并要克服二条河道[灌江和湘江]与开阔地带,及部分的敌人堡垒。野战军应粉碎前进路上敌人之抵抗与击溃向我侧翼进攻及尾追之敌,任务是复杂与艰巨的。但由于敌我部队质量之悬殊,我工农红军之顽强坚决、忍苦耐劳,可断言胜利是属于我们的。

　　二、为着胜利地进行这次战役,要求野战军全部人员最英勇坚决而不顾一切地行动。进攻部队应最坚决果断地粉碎前进路上之一切抵抗,并征服一切天然的和敌人设置的障碍,掩护部队应不顾一切阻止及部分地扑灭尾追之敌。各兵团应不断地注意自己侧翼之安全，如敌人向我翼侧进攻时，应机断专行地坚决击溃之。同时，不应离开、放弃完成自己的前进道路。

三、对每一个指挥员要求明确地执行放在前面的战斗任务，与友军确实地协同动作，不间断地进行各种侦察、警戒，并应遵守一切战术规定，以避免不必要之损伤。指挥员应牢记争取战斗的胜利，不仅依靠个人的勇敢，而首先是在正确地指挥部队。

四、政治工作人员应不疲倦地政治宣传与鼓动及个人的模范，克服战斗员中的疲劳、落伍与各种动摇，应与指挥员一起征服为完成战斗任务上的一切客观困难，并最高限度地提高全体红色军人的战斗精神、顽强抗战及其坚定性。我野战军的基本口号应该是：不仅要安全地不受敌人损害地通过封锁线，且须击溃及消灭所遇之敌军。

五、当前战役的胜利完成，是将决定着我们突破敌人最后的封锁线，创造新的大块苏区，协同其他红军部队［二、六军团，四方面军］一致进行全线的总反攻，与彻底粉碎敌人五次"围剿"。

六、本政治命令随军委二十五日十七时作战命令同时下达至团、至梯队首长为止。军团、师、团政治部［处］应据此进行加强的政治工作，但不应下达提出作战任务。

党中央及总政治部

二十五日

这一政治命令中，使用了"最复杂"、"最英勇"、"最坚决"、"最高限度"、"最后的封锁"等极其严峻的词汇，显示出中央红军的领导层已经意识到西渡湘江的路上存在着极大的危险。

同一天，国民党军"剿匪军"总司令何键，给第一路军刘建绪部和

第二路军薛岳部发出"向零陵、黄沙河、全州间推进的命令":

> 命令:
>
> 一、据报,窜匪万余本日到王母渡,似为敌之右侧卫。讯俘匪供称,匪系伪三军团、伪中央机关、伪九军团、伪一军团之行军序列。推测任右侧卫者为伪五军团,任左侧卫者为伪八军团。
>
> 二、着第一路追剿司令刘建绪指挥所部担任黄沙河[不含]至全州之线,置重点于全州东北地区,便于桂军及第二路部队夹击。
>
> 三、着第二路追剿司令薛岳指挥所部担任零陵至黄沙河[含]之线,集结主力于安东附近,并策应第一路。
>
> 四、第一、第二路均限明晨开始行动。第一路所遗零陵至黄沙河之线防务,俟第二路接替完毕,逐渐移防。
>
> 上四项,仰即遵照为要。

中央红军西渡湘江的渡口,位于广西东北部的全州至界首间。

红一军团第一师被刘伯承和彭德怀留在了潇水西岸,所以,当军团长林彪接到抢占湘江渡口的命令时,不得不把本来应由第一师完成的任务全部交给了第二师。

红一军团左翼的界首,本是红三军团的防区,但是红三军团还没有赶到,林彪对第二师师长陈光说,现在已经没有时间等了,桂军正在向界首运动,再等下去界首就没了,你的四团必须立即往前冲!

红一军团第二师四团再次成为整个中央红军的尖刀。

为了抢时间,四团在地图上自东向西找到一条通往界首的最短的路途。这条几乎是直线的路途上有大路,也有小路,或许根本就没有路。团长耿飚和政委杨成武率领全团官兵不顾一切地向界首奔去。幸运的是,沿途他们没有遭遇大的敌情——这再次证明,由于桂军南撤所形成的"走廊"是存在的。

四团到达湘江边后,立即涉水过江上了湘桂公路。刚上公路,就听见附近有联络的军号声,仔细一听,竟然是桂军发出的。同时前来抢占界首的桂军先头部队,发现公路上出现一支队伍,一时还弄不清究竟是哪一部分的。四团迅速隐蔽起来,却又听见一阵号声,这一次的号音很熟悉,四团的官兵听出是红三军团发出的。原来彭德怀已命令第四师迅速赶往界首,这阵号声是第四师呼唤四团的,他们要知道四团目前的位置。但是,第四师不知桂军也已到达界首,号声令双方都知道了相互的存在,情形骤然紧张起来。

四团刚隐蔽好,便见一队桂军排列成战斗队形沿着通往界首的公路运动而来。桂军的武器十分精良,因此他们的行军是一副很轻松的样子。等他们走进四团的隐蔽区域后,团长耿飚一声令下,四团开火了。桂军的先头部队胡乱放了一阵枪后,因为出现伤亡立即向后撤退,不久就与后面的大队人马撞在了一起,混乱的桂军队伍从公路上散至公路两侧的稻田边。这时,四团的军号吹响了,红军官兵端着刺刀开始了冲锋。桂军没能支持片刻,留下尸体和伤员,顺着公路向南跑得没了踪影。四团打扫战场时缴获不少,其中还有几大箱白金龙牌香烟,这让一直在吸自制"土烟"的耿飚异常高兴。

四团先敌占领了湘江上的重要渡口界首。

在构筑阻击阵地的时候,红三军团第四师的先头部队赶到了。界首在军事部署上归红三军团防守,因此双方交接了阵地。四团还没离开,第二师师长陈光的又一个紧急命令到了,看完命令的杨成武脸色立刻阴沉起来,他悄声对耿飚说:"团长,问题严重了。"

就在四团向界首奔袭的同时,红一军团第二师五团奉命向右翼的全州急促前进。然而,当五团接近全州的时候,发现全州已被湘军刘建绪部抢先占领。这是一个危险的信号,如果全州不在中央红军的掌控之下,中革军委西渡湘江的计划将无法实施,整个军委纵队就有可能被封堵在湘江东岸。

军团长林彪顿时紧张起来,他在地图上急忙寻找可能构成阻击线的新地点。最后,林彪在距离全州十六公里处的觉山、脚山铺、鲁班桥一带画出了一条线。

师长陈光给四团的命令是:立即把界首阵地交给红三军团,连夜赶回与主力会合。四团没有时间吃晚饭了,官兵们一边啃干粮一边顺着公路往回跑。

从左翼的界首到右翼的脚山铺,距离约为三十公里。

这三十公里将是近十万人的中央红军西渡湘江的唯一通道。

因为十分狭窄,所以万分危险。

四团在越过这条通道的时候,看见中央红军各部队正在陆续抢占要点——这是一个至关重要的夜晚:右翼红一军团主力已经全部到达湘江渡河地点;左翼红三军团的前锋第四师占领了界首以南的光华铺;红八、红九军团由于在西进的路上受到国民党军的阻击,已改道向这个方向靠拢。在界首到脚山铺的这条狭窄的通道间,联络的军号声、战马的嘶鸣声、嘈杂的喊人声充斥在茫茫黑夜中。没有敌人的影子,无论是湘军、桂军还是中央军,至少这时候,在三十公里的渡江范围内没有敌情。湘江正值枯水期,有些地段的江面甚至可以涉水而过。奔跑中的四团官兵盼着军委纵队能够立即到达并迅速渡江。但是,红军官兵并不知道那支庞大的队伍此时走到了哪里。

天蒙蒙亮的时候,奔跑了一夜的四团到达觉山。

师长陈光命令四团立刻修筑阻击阵地,不少官兵修着修着就睡着了,嘴角上还粘着炒米。

这是一九三四年十一月二十七日,军委纵队翻越庞都岭进入广西境内,到达了一个名叫文市的小城镇,这里距离预定的湘江渡口还有七十公里。

到达文市的军委纵队在仓促安排了宿营地后,军事决策中心立即开会研究目前的敌情。

敌情比想象的严重。

二十七日,在中央红军的右翼,湘军的四个师已经到达全州,中央军薛岳的四个师也到达全州以北的黄沙河一带。在中央红军的身后,中央军周浑元部和湘军李云杰部共六个师,正以拉网的阵形扑上来,敌人距离文市也就一两天的路程了。更为严重的是,南面的桂军重新将主力部队调了上来,其前锋已与到达界首的红三军团遭遇。

敌人从南、北、东三面围来,而西面就是湘江。

自十一月二十二日桂军南撤形成的"走廊"存在了五天。

现在,这条"走廊"已经从中央红军的面前消失。

桂军重新北上封堵中央红军,既是迫于压力,也是出自本能。桂军向全州、界首以南的恭城移动,曾引起何键和薛岳的极大愤慨。何键以激烈措辞致电蒋介石,暗示桂军有"通共"的嫌疑:

> ……若灌[灌阳]、兴[兴安]、全[全州]间又准桂军移调,则不免门户洞开,任匪长扬而去;加之萧、贺两匪现复乘机窜扰桑[桑植]、永[永顺],逼近辰[辰溪]、沅[沅陵],湘西全部阢隉不定。似此情势迫切,忽予变更计划,兵力、时机两不许可。合围之局既撤,追剿之师徒劳。

最后,何键含蓄地表明,桂军此举如导致严重后果,自己将不负任何责任:

> 职受钧座付托之重,虽明知粉身碎骨,难免一篑功亏,亦唯有勉策驽骀,不稍回顾,继续追剿。用敢历陈利害,幸乞钧座睿察详筹,指示机宜,俾资尽力,无任惶悚待命之至。

虽然李宗仁和白崇禧可以忽略蒋介石对桂军南移的责备,但是他们也明白,与对"追剿"负有战场责任的何键和薛岳结下怨恨,于巩固广西的地盘并不利。更何况,一旦中央红军真的与贺龙、萧克会合成了气候,共产党红军也将是广西的一个巨大威胁。于是,在蒋介石的一再催促下,桂军十一月二十六日开始重新北进,并派出战斗力最强的主力部队逼近中央红军,企图在与红军的决战中捞取政治和军事上的资本——此时的李宗仁和白崇禧已经预感到,即将爆发在湘江边的决战很可能是与中央红军的最后一战。

在讨论作战方案的时候,毛泽东与李德发生了激烈的争论。

毛泽东再次重申自己的建议,主张中央红军不要从文市继续向西,不要从界首西渡湘江,而应该从文市直接向北,从黄沙河附近渡过湘江,经湘桂边界处的庙头,攻占湘南的白牙,沿着夫夷水的东岸北上直取宝庆。接着,既可以向东北攻击两市镇和永丰镇,也可以继续北上攻击酿溪镇。之后穿过湖南中部的丘陵地带,或在湖南中部建立革命根据地,或者返回到中央苏区去。

几乎从中央红军刚一进入湖南起,毛泽东就一直主张红军向北深入湖南的腹地。毛泽东从来没有把中国革命的中心移到荒凉的西部去的念头,尽管后来中央红军的长征不得不一再向西、向西,直至头戴红军八角帽的毛泽东站在中国西部的黄土窑洞前成为中国革命的经典画面。

多年后李德回忆说:"我建议从南面绕过全州县,强渡湘江,在突破第四道封锁线之后,立即向湘桂黔交界的三角地带前进……毛泽东粗暴地反对了这个建议。"李德使用了"粗暴"一词,可以想见在军事形势万分危急的时刻,毛泽东对红军即将面临的危险焦虑到了何种程度。

文市狭窄的街道上由于数万红军的到达显得格外拥挤。大批的行李散乱地堆放着;大量伤病员的抬进抬出使临时野战医院内混乱不堪;红军指挥部里的电话声不断响起,前方渡口的掩护部队已经与敌人交战了,指挥员们在电话里不断地问,军委纵队什么时候能到达渡口……

中央红军抢渡湘江的作战命令最后下达了:

第一军团,由林彪和聂荣臻指挥,在右翼距全州十六公里处的鲁班桥、脚山铺一线构成第一道阻击阵地。其中第二师重点部署在桂黄公路的两侧,准备阻击南下的湘军刘建绪部的进攻。

第三军团,由彭德怀和杨尚昆指挥,在左翼的灌阳、新圩一线构筑阻击阵地,准备阻击北上的桂军的进攻。

两个军团的作战目的是:确保军委纵队和中央红军渡过湘江。

即使按照一般的行军速度,文市至湘江渡口七十公里的路程,一个昼夜也可以走完。中央红军主力部队自道县向西直至渡过湘江,近一百多公里的路程只用了两个白天和一个晚上。而此时,在敌人大军压境的情况下,军委纵队依旧没有轻车简从,七十公里的路走了整整四天。这四天的每一分每一秒,对于数万阻击着国民党军围攻的红军官兵来讲都是生死考验。

毛泽东在文市边缘的旷野中徘徊,蓬乱的长发无法掩饰他忧郁的神情。这里的西面就是那条名叫湘江的大河了。湘江在毛泽东心中留有挥之不去的情愫,那是一条孕育了他生命的大河,是一条赋予了他浪漫情怀的大河:

> 独立寒秋,
> 湘江北去,
> 橘子洲头。
> 看万山红遍,
> 层林尽染;
> 漫江碧透,
> 百舸争流。
> 鹰击长空,
> 鱼翔浅底,
> 万类霜天竞自由。
> 怅寥廓,
> 问苍茫大地,
> 谁主沉浮?

毛泽东知道,中国工农红军,包括他自己,已经走到了一个不是走向灭亡就是走向新生的关口。

毫无疑问,毛泽东以其辉煌的人生成为二十世纪最伟大的中国人。他传奇般的革命史和异常丰富的心灵史交织在一起,成为当代中国乃至世界政治史中的一个热门话题,尽管这是已经四十一岁的毛泽东在广西北部那个名叫文市的小城中无论如何也不会想到的。

那一刻的毛泽东面色黑黄,消瘦憔悴,手指被劣质的烟草熏得乌黑——整整四十一年后,美国作家特里尔是这样描述他所见到的八十二岁的毛泽东的:"黑头发下温和的面容,柔软的双手,炯炯逼人的目光,保持头部稳定的宽大的双耳,在没有皱纹、宽阔而苍白的脸上尤显突出的是下巴上的黑痣。""脸的上半部分显示他是一个知识分子:宽阔的前额,探索的眼睛,长长的头发。下半部分则表明他是一个感觉论者:厚厚的嘴唇,高隆的鼻子,稚童般的圆圆的下巴。""在几十年的战争生涯中——这一战争摧毁了占人类五分之一人口的古老帝国,同时也使他家中四分之三的人以身许国——他却从未负过一次伤。""他活着。他以铲除所有的不平等让社会进入一个新时代为毕生使命,这位幸存下来的农家子弟看上去更像一位先祖而不是政治家。"——自二十世纪二十年代以后,无论是站在哪种政治立场上的人,都无法否定这样一个事实:离开了这个身躯高大、行动缓慢、面容慈祥的中国人,叙述中国社会生活的变迁史乃至世界政治风云变幻的脉络,几乎是不可能的。

这是一位性格和行为都十分独特的中国人。他欣赏由于消灭异己言论而受到非议的秦始皇,欣赏被称为"治世之能臣,乱世之奸雄"的曹操,欣赏转战半个中国与起义农民作战而成为"同治中兴"名将的曾国藩,欣赏共产党人陈独秀、李大钊以及至死也不宽容任何人的作家鲁迅。毛泽东常用"和尚打伞,无法无天"这句中国俗语来表明自己的个性,他说自己是一个"不会为戒律所困扰的人"。当和平的生活来临以后,他让自己吃饭、睡觉和工作的时间,与所有人的正常作息完全相反。"他善穷经据典,使来访者大惑不解,或以沉默静思使对方不知所措"。他写字不论铅笔、钢笔和毛笔,只看离手边最近的是什么笔,写出的字自成一体,恣意纵横,妙趣横生,同一张纸上最大的字和最小的字甚至能够相差十倍。他不屈服,不谄媚,不信邪,对任何强加给他的意志绝不苟同,"对任何事从不持中立或消极态度"。"他说自己既有虎气又有猴气。他的性格中冷峻无情的一面和幻想狂热的一面不断交替出现"。

准确地了解毛泽东所说的"虎气"和"猴气"的含义,不是容易的事情。在中国传统文化的范畴中,"虎气"意味着傲视群雄,独占一方,甚至是横扫一切如卷席。而"猴气"一说,似乎只有在中国古典小说《西游记》中可以找到来龙去脉。《西游记》里著名的孙悟空,这个从石头缝中蹦出来的猴子,居然能够成为标榜"中庸守礼"和"忠厚传家"的中国人的精神偶像,一直令西方学者大惑不解。这是一只以造反著称的猴子:我行我素,随心所欲;喜欢恶作剧,特别热衷于对权贵阶层和妖魔鬼怪嬉笑怒骂;对现实充满不平和怨恨,在自由理想的折磨下非常容易火冒三丈;不喜欢安宁和平静的日子,天下大乱乾坤颠倒才能使它纵横驰骋;它刀枪不入,筋骨结实,至死也不嘴软,即使磨难重重也永远毫发无损;他的寿命几乎接近永恒,因此尽管世间沧海桑田,天荒地老,而它那张年轻顽皮的猴脸却恒久不变——至少在中国人的心目中,这是一个不但不需要任何私人财产,而且可以随心所欲占有天下财产的快乐的无产者,是一个哪一条清规戒律都拿它没有办法的独行者,是一个脱离了现实生活的压力、能将所有关于物质和精神的幻想轻易实现的魔幻大师,是手拿一根锄头把似的棍子便可以把一切不顺眼的东西包括眼前的这个世界砸个稀巴烂的人生楷模。而毛泽东对孙猴子的评价是:"金猴奋起千钧棒,玉宇澄清万里埃。"

毛泽东,一八九三年十二月二十六日出生于湖南中部一个名叫韶山冲的村庄。这里之所以叫"韶山",据说是因为上古时代一个皇帝曾经路过这里,且在这里演奏韶乐,引来了无数凤凰翩翩起舞。毛泽东的父亲毛贻昌十七岁当家理事的时候,毛家家境拮据,为了还债毛贻昌在湘军中当了几年兵。当兵的经历不但使他长了见识,还积累了一些钱财。毛贻昌回家之后买了点地,到毛泽东出生时,他不但已经拥有二十二亩地,每年至少可以收获八十余担稻谷,同时还做着贩运稻米和猪牛的生意。日子过得兴旺发达时,长子出生了,这令毛贻昌兴奋不已。他摆了几桌酒席,邀请同宗长者为长子取名。长者没费什么心思脱口而出:名泽东,字咏芝——后改为"润之",改得极其恰当,因为"润"和"泽"的含义是相通的。无法猜测这位同宗长者的脑子里游荡的是什么,因为中国农民一向认为孩子的名字不能过于显赫,那样的话孩子容易受到各种鬼魅的嫉妒和攻击。"泽东","润泽东方"或者"恩泽东方",这个气魄惊人的名字显然不是农家子弟能承受的。于是,母亲把他抱到一个用石块垒起的观音庙里,代替孩子给庙里的一块石头磕了头,并决定让自己的孩子认这块石头为"干娘",同时给孩子取了个小名叫石三伢子。母亲希望以此向鬼魅们声明,她的这个孩子只不过是一块普通的石头而已——没有人知道毛泽东的母亲是否读过《西游记》,因为神通广大的孙悟空出世前就是一块石头。

韶山冲里的那位农民兼小业主,很快就领教了儿子的"猴气":八岁就在学堂里与先生顶撞,原因是拒绝站着背书而要求和先生一样坐着。十岁干脆从学堂逃到县城,结果流浪了三天才被找回家。十三岁因为拒绝给父亲请来的朋友斟酒而与父亲发生冲突,父亲追打过来,他站在一个水塘边宣布,如果父亲再往前一步他就跳下去——那个水塘在韶山的山脚下,水面上漂满碧绿的浮萍。十四岁父亲给他娶了个十八岁的媳妇,他拒不接受并且从没看过那个姑娘一眼。因为拒绝父亲让他到一家米店当学徒,父子又发生了激烈口角,毛泽东再次声明要离家出走,结果父亲同意他到邻县的一所新式学校去上学,并为他交纳了一千四百个铜板作为五个月的学费和住宿费。

从家里出发的时候,毛泽东写了一首诗夹在父亲的账本里:

> 孩儿立志出乡关,
> 学不成名誓不还。
> 埋骨何须桑梓地,

人生无处不青山。

诗的后两句是一个日本人写的,曾经刊登在《新青年》杂志上,显然毛泽东读过并且很受感动,于是一字不差地放进自己的诗中。而他自创的前两句诗,稚气十足且情绪悲壮,无法想象对于一个十六岁的农家少年来说"成名"到底意味着什么。毛泽东拎着母亲为他准备的粗布包袱,顺着乡间小路大步向前走去——这个懵懵懂懂的少年至少知道"埋骨"需要慷慨以赴。

新式学校使又瘦又高的毛泽东眼界大开,他知道光绪皇帝和慈禧太后两年前就死了,他对"华盛顿胜利了并且建立了他的国家"这句话印象深刻,他还喜欢听一个从日本留学回来的老师讲述日本的事情。当年那位老师对毛泽东吟唱的一首日本歌曲,五十年之后,当他孤独地坐在中南海中的大书房里时依旧可以哼出它的歌词:

麻雀歌唱,

夜莺跳舞,

春天的绿色田野多可爱。

石榴花红,

杨柳叶绿,

展现一幅新图画。

一九一一年,对于中国是一个天翻地覆的年份。刚到长沙不久的毛泽东初次体会到革命是怎样的激动人心:长沙城外炮火猛烈,城里革命者的呐喊声响彻夜空,城门被暴动的人们打开了。当黎明来临时,革命军在城头竖起一面白色的旗帜,旗帜上写着一个大大的"汉"字,这个字意味着大清被推翻了,千年的帝制被推翻了。毛泽东立刻成为湖南新军第二十五混成旅第五十标第一营左队的一名列兵。但是,半年之后他不干了,他说他当不了兵。毛泽东也不清楚自己到底适合干什么,他先后投考过警察学校、商业学校、法律学校,甚至一度强烈地想成为一个制造肥皂的专家。最后,他参加了一所不收学费的师范学校的考试,在考场上连写三篇作文,其中两篇是替他的朋友写的,结果他和他的朋友都被录取了——"我没有觉得代替别人考试是不道德的。"毛泽东曾经这样评判自己。

师范学校里有一位名叫杨昌济的老师,曾获得过爱丁堡大学哲学博士学位,他成为深刻地影响了毛泽东的第一人。这不仅是因为杨昌济把自己心爱的女儿许配给了这个农家子弟;更重要的是,崇尚宋明理学同时也崇尚康德的杨昌济,在这个农家子弟身上发现一种非凡的了解力和惊人的精神活力。这也许就是后来西方记者所说的:"在他个人的身躯里含藏着中国革命的故事。"而杨昌济是第一个在毛泽东身上意识到这一点的人。

韶山冲的父亲按月给儿子寄钱,这些钱有一半让毛泽东用来买了书籍。他的阅读能力和刻苦精神来自他内心的矛盾:"我是极高之人,又是极卑之人。"在杨昌济的教导下,毛泽东已经能够把以康德为代表的具有欧洲风格的理想主义,和以梁启超为代表的具有中国风格的公民意识结合在一起了。毛泽东公开宣布要做个"读奇书,交奇友,创奇事"的"奇人",他的同学们因此给他起了个绰号叫"毛奇"——他在冰冷的池塘中游泳,迎着风背诵唐诗,一天只吃一顿饭,长久地暴晒在日光中,不在宿舍而在学校的院子里睡觉,身上不带一文钱就开始长途游历,站在长沙南门最嘈杂的街市中读书并说这种锻炼是"成为英雄的一条小径"。

一九一八年,世界上第一个无产阶级专政国家在俄国诞生的时候,幻想成为"奇人"的毛泽东从师范学校毕业了。他追随着去北京大学执教的杨昌济到了北京,在北京大学图书馆当管理员,负责打扫卫生、整理书籍和登记借阅者的姓名。这个已经二十五岁的湖南青年孤独而寂寞,他穿着褪色的旧蓝布长衫和布鞋,一口湖南乡音在学术圣殿里显得十分不合时宜——"我的地位低下,人们都不愿意和我来往。"唯一能让毛泽东心境好转起来的,是杨昌济年仅十八岁的女儿杨开慧的温柔,当她走在毛泽东身边的时候,如梅花盛开在中国北方初春的阳光下。不久,杨昌济因病去世,悲伤的杨开慧将自己的一生托付给了她面前的这个贫穷而高大的青年。

毛泽东站在北京大学光线昏暗的借阅室默默地观望着,他看见了很多令他崇敬不已的人物:陈独秀、李大钊、胡适,他还认识了谭平山、张国焘、陈公博。李大钊对这个湖南青年的影响不可估量,直到一九四九年毛泽东依旧说:"在他的帮助下,我才成为一个马列主义者。"毛泽东还热切地希望与陈独秀见面,以便阐述自己的思想。那时,陈独秀正在上海筹备创建中国共产党。于是毛泽东卖了过冬的大衣,买了一张去上海的车票。名满天下的陈独秀教授坦率地与湖南青年毛泽东交流了关于政治信仰的见解,这一幕令毛泽东终生难以忘怀,他后来说:"在我一生中可能是关键性的这个时期,陈独秀表明自己信仰的那些话给我留下了深刻的印象。他对我的影响也许超过其他任何人。"

一九二一年六月,毛泽东接到赴上海参加中国共产党第一次全国代表大会的通知。他穿着一件蓝色的土布长衫但不穿袜子,吃饭的时候用袖子去擦桌上的饭粒,脖子和身上的泥可以"刮下斤把"。可是,当辩论问题的时候,毛泽东突然令所有的代表刮目相看,他"微笑着布下陷阱引诱辩论的对方上钩,使之无意中陷入自相矛盾的境地。结果常常惹得对方很恼火。"尽管当时毛泽东在中国共产党内的地位并不高,但是,这次会议使毛泽东第一次接触中国共产党的领导核心。

中共中央委派毛泽东回湖南去做发展国民党党员的工作。为使这项工作名正言顺,当时在国民党中央担任总务部副部长的共产党人林伯渠给了毛泽东一个头衔:国民党中央党部筹备员。在中国共产党第四次全国代表大会上,毛泽东没能继续当选中央局委员,张国焘用轻蔑的口吻说毛泽东正忙于"国民党的工作",而李立三的话更具有讥讽性,他直接说毛泽东现在是国民党元老"胡汉民的秘书"。如同验证张国焘的话一般,回到湖南后不久,毛泽东就接到了广州国民政府主席汪精卫的邀请信,汪精卫邀请他到广州代理自己因为"政府事繁,不能兼理"的国民党中央宣传部部长一职。此时,国民党左派领袖廖仲恺被暗杀,国民党内部政治斗争十分严酷,毛泽东不但喜欢这个职务,更喜欢复杂动荡的局势的挑战。他先后把萧楚女、沈雁冰等共产党人调进宣传部,并撰写了大量文章揭露国民党右派的分裂本质,指出中国革命的步伐决不会因为分裂而停滞不前。毛泽东写下《中国社会各阶级的分析》一文,发表在国民革命军第二军司令部编印的《革命》第四期上,文章在分析了中国社会各阶级的经济地位和政治态度后,观点鲜明地指出:国民党右派是我们的敌人,国民党左派是我们的朋友,但这是个我们要时时提防的朋友——几十年后,毛泽东把这篇文章作为了《毛泽东选集》的开篇之作。

随着北伐战争的节节胜利,中国的湖南、湖北和江西爆发了大规模的农民运动。毛泽东认为,推动农民革命是中国革命的根本——各地的农民簇拥着黑脚板的农会主席,敲锣打鼓地把地主和劣绅牵上街头批斗。一个字都不认识的农民,在斗争大会上质问那些压迫和剥削他们的人:"你晓得三民主义么?"农民们砸了老爷平时乘坐的轿子,闯进土豪家里在精致的牙床上打滚,然后拥进祠堂把族长老爷摆的酒席瞬间吃个精光。农会强迫地主减租减息,不准加押,不准退佃,不准欺负孤儿寡女,不准说农会的坏话。大地主和豪绅们都跑进了大城市,小地主们赶紧给农会送上写有"革故鼎新"的匾额——毛泽东的《湖南农民运动考察报告》几乎可以解释数千年来发生在中国的所有农民暴动的根源。

一九二六年一月,国民党第二次全国代表大会召开,毛泽东继续当选国民党中央候补委员。而时年三十九岁的国民革命军第一军军长蒋介石,首次当选国民党中央执行委员和常务委员。当时没有人能够预料到,这个操着浙江口音、身材细瘦的军人被选入国民党中央的严重政治后果。这也许是毛泽东第一次见到蒋介石。在以后的岁月里,这两个中国历史上最著名的人面对面只见过一次,那是在中国共产党人即将打响解放全中国的战役的前夕。

国民党与共产党决裂之时,也是毛泽东与蒋介石形成政治对抗的开始——政治信仰最根本的出发点是代表社会生活中哪个阶层的利益。蒋介石很快就成为中国社会地主、官僚、资产所有者和军阀的代表，而毛泽东却愿意一生是中国最广大的贫苦民众的代表。

从一九二七年开始，蒋介石决心对共产党人"宁可错杀一千，不得放走一个"。经过七年的调兵遣将，国民党军终于使毛泽东和他的军队撤离了红色根据地。占领瑞金的国民党军给蒋介石送来拍摄的影片，他很认真地观看了，他很想看看毛泽东住的地方是什么样子。然而，他只看见一间普通的农家房子，房内窗前有一张粗木桌，桌上有一盏农家油灯。

一九三四年十一月二十日，蒋介石从南昌飞到南京。这一天，毛泽东和中央红军正走在通往湘南道县的路上。如果蒋介石的座机稍微向西偏一点，他就可以看见在已经收割完毕的稻田边走着怎样一支庞大的队伍。六天之后，蒋介石收到何键关于湘江布防的电报。电报显示出大战前夕战场上常常会出现的某些混乱，也显示出中央红军各主力部队在抢占湘江渡口时不顾一切的行动给国民党军造成的错觉："匪众数在十万以上，故我一旅或一师动辄与匪二三万接触。谓非匪之主力，则其数实众；谓系匪之主力，则他窜或又发现大股，不综合各方面之情况，颇难为确实之判断。"——发现当面的红军有两三万人，说不是主力吧，人数实在很多；说是主力吧，瞬间就没了踪影，然后又在其他地方发现人数更为庞大的一股。作为总指挥，何键到现在还没弄清楚与他作战的中央红军到底有多少人。只是，何键对中央红军的作战意图还是十分清楚的："匪之主力似在桂属文市及湘属寿佛圩以西地带。其先头已进至桂属石头圩、蒋家岭。匪左翼正在龙虎关、桃川地区与桂军持战中；右翼进至黄沙河东南之西头之线。"电报的最后，何键表示，湘江防线的作战调动和部署已经完毕，剩下的就是"各部奋勇夹击，期收聚歼之效"了。

按照蒋介石的想法，他与毛泽东的较量就要在湘江边结束了。

就在蒋介石收到何键的电报的同时，何键收到了来自前线的最新军情报告："匪两万余本[二十七]日晨抵达文市。其最先头便衣散匪约二三千人，刻正分途通过茅埠、屏山渡、凤凰嘴之线，向我侦察。"何键立刻给国民党各路大军发出急促推进防线的电报：

第二路司令薛岳、第三路司令周浑元、第四路司令李云杰、第五路司令李韫珩：

匪循萧匪故道西窜企图甚明。彭匪德怀到达文市，有[二十五日]晚在江西渡架设浮桥，今晨续向古岭头、鲁荐、两合坊移动。其右侧卫经桥庄村、黄腊洞，宥[二十六日]日已到西头附近；左侧卫在永明附近地区构筑工事中。与第三、四两路保持接触之匪仅少数后卫。我桂军十五军全部感[二十七日]午可在灌[灌阳]属新圩、全[全州]属石塘圩、咸水以南之线展开完毕。我第一路章[章基亮]、陶[陶广]、陈[陈光中]各师，感日推进全州；第二路向东安、黄沙河推进；第五路仍遵前令迅经零陵、东安西进。着周司令浑元、李司令云杰速督所部觅匪猛攻，以收包围之效为要。

总司令　何键　感巳衡总参机

何键的电报发出不久，在中央红军的左翼，桂军第四十四师师长王赞斌的一个团到达新圩，迎面与红三军团的部队撞上，双方立即展开了战斗。桂军处在一条隘路上，部队无法迅速布阵，因此拥挤在一起凭借火力优势与红军对峙。而在中央红军的右翼，刚刚筑好阻击阵地的红一军团官兵听见了迎面而来的枪声——湘军刘建绪部开始了试探性进攻。

一九三四年十一月二十八日，红军总司令朱德给中央红军各部队发出"至三十日止全部渡过湘江"的战斗命令。命令要求中央红军各部队"自二十八日起至三十日止全部渡过湘水，并坚决击溃敌人各方的进攻"，"以最大的坚决性完成放在自己面前的战斗任务"。

二十八日，天蒙蒙亮的时候，军委纵队从文市出发了。

　　刚刚走出文市，天空出现了敌机。军委纵队庞大的队伍混乱起来，但敌机仅仅盘旋几圈就飞走了。

　　这架国民党军侦察机上的飞行员所看见的情景，定是他此生从未见过的：从文市通往湘江渡口的路上，行进着数万身穿灰色军装的红军，多路并进的队伍令小路无法容纳，于是田埂上、山坡上、沟壑里布满了滚滚人流，宛如漫山遍野都已成为战场——一个大地上从未出现过的巨大的战场。而在这支队伍的周边，身穿土黄色军装的国民党军正从所有的公路和山路上像一张放射状的网在快速靠近，夹杂在其间的汽车卷起了一团团翻滚的烟尘。

　　天空阴沉，灰云低垂，似乎要下雨了。

　　西边，连接地平线的地方，斜着一条弯弯曲曲的亮线，那就是湘江。

第七章 血漫湘江

1934年11月·湘江

一九三四年十一月二十八日一大早，一份空中侦察报告被送到国民党"追剿军"第二路军指挥部，薛岳一看不禁万分惊愕：红军一部分部队已经渡过湘江，并且占据了湘江西岸的滩头阵地。红军另一部分部队在湘江上架起一座浮桥，浮桥上陆续走过零散的队伍。中央红军主力部队的番号和位置已经明确，这些前几天还来去不定的红军，现在用南北两线构筑的阻击阵地形成了一个长廊式的通道。尤其是在南面，湘江上重要渡口界首的掩护阵地显然已被红军巩固；而在北面，全州附近的阻击线也清晰可见。在这条长廊式通道的东端，中央红军的"大队伍"——国民党军飞行员几乎是惊叫着这么说——确定无疑是共产党武装的核心机关，正在向湘江靠近。

　　这是军事部署中早已预料和防备的情形，可是真的发生了的时候还是令薛岳万分紧张。

　　作为蒋介石直接委派的中央军指挥官，薛岳不得不为可能出现的后果担心：眼下，南边的桂军虽然已经向界首靠拢，但是白崇禧是否真能与红军血战到底还很难说。而在北线，何键的湘军四个主力师中，到达全州防线的仅有陈光中的第六十三师和章亮基的第十六师，李觉的第十九师和陶广的第六十二师还在零陵通往黄沙河的公路上磨蹭呢。按照目前的态势，红军顺利地渡过湘江几乎没有问题——即使从文市镇算起，到达湘江渡口最多七十公里，行军速度再慢，一个昼夜也足够了，更何况红军向来是一旦移动便快步如飞。如果真的让红军渡过了湘江,即使有广西的白崇禧和湖南的何键在前边承担罪责,作为中央军指挥官的自己也不可能完全逃脱干系。与共产党武装作战,目前是蒋介石的头等大事,贻误战机乃至纵敌逃窜,自己的仕途很可能到此为止了。可是,如果率领中央军的部队向前冲击,不要说蒋介石亲自交代过要尽量避免与红军正面作战,就是蒋介石不得已下达了这样的命令,湘江上游的那个地段是白崇禧的地盘,中央军一旦进入广西,哪怕仅仅是擦个边,也可能会受到桂军的暗中袭击——这些可恶的地方军阀,没有中央军的监视,他们与红军一场像样的仗都不肯打;而如果打的是中央军,他们从来没有手软过。

薛岳左思右想得出的结论是:中央军绝不能直接冲到湘江岸边去,但至少可以派一支部队赶往广西境内的文市方向,在中央红军队伍的尾巴上打一下。这样总不会引起白崇禧的误会吧?

此时,"追剿军"第一路军司令刘建绪也有点慌了。红军大部队到达,渡江态势坚决,仅凭他那两个师恐怕根本不是红军的对手。如果把红军就这么放走了,自己在蒋介石那里一定罪责难逃;但如果让自己的两个师与红军作战,很可能要拼得血本无归。刘建绪急忙给何键打电话请示,何键刚刚受到蒋介石的斥责,无奈之下只有命令把湘军的另外两个师也调上去。于是,刘建绪立即命令李觉的第十九师和陶广的第六十二师火速赶往前线。接着,衡阳机场的电报也到了第一路军指挥部,电报说刚刚接到何键的命令,立即出动十五架飞机为刘建绪部助战。到了这个时候,刘建绪没有任何退路,只能下决心在湘江岸边与中央红军决一死战。

十一月二十八日,刘建绪发布第一道作战命令,命令全州防线上的湘军部队依托全州、桥头之线阵地夹击中央红军。

第二天,刘建绪的又一个作战命令发布了:

1. 据报,西窜之匪约五六万,其先头万余已在麻子渡、屏山渡等处渡过湘水,出没于路板铺、珠塘铺、沙子包、界首一带。我桂军主力在新圩、灌阳、龙虎关之线,其黄振国团在光华铺、卖猪岭一带。

  2．我军以与桂军协歼股匪于兴［兴安］、全［全州］地区之
目的，决乘匪主力未渡之前，先将渡河之匪歼灭之。

  3．着陶广师为预备队，位置于五里牌、石角村中间之金家
村附近，策应各方。

  刘建绪决定在红军大部队尚未渡过湘江之前，先将已经渡江的那
部分红军歼灭。

  就在刘建绪下达这道命令的同时，在国民党军湘江防线的南端，桂
军第十五军军长夏威在距离界首西南二十公里的兴安接到白崇禧的电
报。白崇禧在电报中说，刚刚收到委员长的电报，委员长表示了强烈的
不满，认为是桂军把红军放走的。要求立即派出主力部队追击，"务使
后续股匪不得渡河"。

  在红军主力部队于湘江渡口的南北两侧构筑防线准备掩护军委纵
队渡江的时候，已经赶至湘江地区的国民党军均没有实施相应的阻击。
口口声声要"不负钧座厚望，与匪殊死一战"的湘军、桂军和中央军，这些
拿着南京政府调拨的军饷和物资的各路大军，出于什么意图和目的竟然
使战场上出现了这种情况？尽管在国民党军与红军的数年作战中，这样
的情形曾经不断地出现——"各军相互掣肘，全无大局观念"——但是如
今中央红军已置身在几近弹丸之地，蒋介石由此精心部署了把红军一举
歼灭在湘江岸边的作战计划，可至少从一九三四年十一月二十八日这一
天的战场态势来看，国民党军的宏大军事部署等同了一张废纸。

  蒋介石在给何键和白崇禧的电报中，充满怒不可遏的诘问：

   ……迭电固守河流，阻匪窜渡，何以全州沿至咸水之线并
  无守兵，任匪从容渡河，殊为失策。窜渡以后，又不闻我追堵
  各队有何处置，仍谓集结部队，待机截剿。匪已渡河，尚不当
  机立断痛予夹击，不知所待何机？可为浩叹。为今之计，唯有
  一面对渡河之匪，速照恢先［刘建绪］、健生［白崇禧］所商夹

击办法,痛予歼除;一面仍击匪半渡,务使后续股匪不得渡河,
并照芸樵[何键]预定之计划,速以大军压迫。匪不可测,以
迟滞匪之行动,使我追军得以追击及兜剿。总之,窜匪一部漏
网,已为失策,亡羊补牢,仍期各军之努力,歼匪主力于漓水以
东、四关以西地区也。前颁湘水以西地区剿匪计划,已有一部
之匪西窜,并望即按计划次第实行,勿任长驱西或北窜为要。

在蒋介石的催促下,国民党军开始加速向湘江渡口推进。

但是,令蒋介石担心的事情还是发生了。

二十八日,桂军第七军第二十四师覃连芳部到达新圩以北地区,准
备在中央红军"大队伍"的侧后发动攻击。在前出至攻击阵地的路上,
桂军突然发现在他们的前面出现一支部队,紧张了一阵子之后才辨明
那是薛岳派出的中央军周浑元部的一个营。本是"友军"的两支部队,
乍一相逢就分外眼红,白崇禧曾多次向桂军官兵强调要坚决"拒中央
军于广西之外",于是,桂军根本就没想还要请示上司,毫不犹豫地就
向中央军开火了。双方交战一个小时,周浑元部的这个营全部被桂军
缴了械。事后这个营的长官解释说,他们堂堂的中央军不是在向桂军
投降,而是以为向他们开火的是红军主力部队。

战斗进行的时候,桂军第十五军军长夏威和参谋长蓝香山就在附
近观战。

中央军的一个营被桂军缴械之后,周浑元部反倒派人来向桂军道
歉,反复说明中央军是来追击红军的,根本没有进入广西的意思。可白
崇禧还是不放心,他专门与湘军第十九师师长李觉通了个电话,核实中
央军的真实意图,李觉说"薛岳的部队已经沿着黄沙河向湖南方向去
了",于是这场"误会"最终以桂军把缴获的人和枪还给中央军方面了事。

全州,位于中央红军军委纵队即将渡江的通道的右翼,湘军刘建绪
部的两个师先于红一军团到达了那里,这使红一军团的阻击阵地被迫
构筑在觉山的脚山铺一带。这里向北距离全州十六公里、向南距离界
首三十公里,与湘江并行的一条公路从这里穿过,公路的两侧是起伏的

丘陵。虽然地形并不适合展开阻击战,但红一军团只能选择这里了。

　　担任阻击任务的第二师刚刚挖好工事,湘军就开始了试探性攻击。从湘军设在山上的炮兵阵地发射的炮弹,暴雨一样落在红军的阵地上。从衡阳机场起飞的飞机也到达脚山铺上空,开始俯冲投弹。如此猛烈的炮击和轰炸,即使是身经百战的红一军团的官兵也不多见,这种预示着一场大战即将来临的攻击,令挖了一夜工事还没来得及休息的红军官兵骤然紧张起来。接近中午的时候,湘军发起地面攻击。红一军团的指挥员从望远镜里看去,冲击上来的湘军黑压压的一片——“像蚂蚁一样,把整个山坡都盖满了。”红一军团各团的阵地都陷入了短暂的沉默中,因为红军官兵的弹药十分紧张,缴获来的子弹几乎都给了机枪手,普通官兵手中的步枪子弹全是红军兵工厂制造的“土弹”。为节省弹药,红军有这样一条规定:不到步枪的有效射击距离内,任何人都不准开枪。湘军成群地往山坡上爬。红军阵地上的沉默让他们产生了误会,他们认为在猛烈的炮击和轰炸中红军已经丧失了战斗勇气。但是令他们没有想到的是,在他们就要接近红军的阻击阵地时,红军官兵突然间开火了。

　　虽然二十八日攻击红一军团阻击阵地的湘军只有两个师,但在兵力、火力上与红军比还是占据着绝对优势。敌人的炮弹很快就把红军仓促修筑的工事炸塌,巨大的爆炸声把阵地上的不少官兵震得耳鼻出血。虽然湘军的攻击被一次次击退,但是敌人依靠着兵力充沛,前面的撤下去后面的接着冲上来,一轮接着一轮,双方多次发生近距离的搏斗,厮打声整整一个白天几乎没有间断。

　　在通道左翼的新圩方向,战斗同时开始。新圩距离湘江渡口七十公里,扼守着通向湘江的一条公路,是桂军向北攻击湘江渡口的必经之地。公路的两边是长满杂草的丘陵,丘陵的后面是一片平川。在这里设置阻击阵地,是没有退路的绝地。红三军团的前卫部队第五师奉命在这里阻击桂军,军团长彭德怀给师长李天佑的命令是:“不惜一切代价在这里坚持四天。”

　　二十八日天刚亮,桂军第七军的攻击开始了。武器精良的桂军,从士兵到军官都没把红军放在眼里,他们认为红军虽说打仗不要命,但是毕竟武器太简陋。而数架作战飞机和数十门大口径火炮的支援,也给桂军官兵长了胆量和信心,这使桂军的攻击一开始就显得十分凌厉凶猛。但是,当红军阵地上发射出炮弹的时候,桂军官兵一时间全都愣住了,因为他们从未听说过红军有大炮。原来,彭德怀深知新圩阵地对于保障军委纵队安全渡过湘江的重要性,他把中革军委配属给红三军团唯一的一个炮兵营加强在了这里。

打了一整天,桂军虽然夺取了公路附近的几个小山包,付出的代价却是五百多名官兵的性命,这个结果使桂军感受到与红军主力部队作战的恐惧。

红三军团第五师的伤亡也在数百人。时任第五师十五团政委的罗元发后来回忆道:

> 敌人离我们很近,炮火打得到处烟雾漫天,很快就分不清敌我战线了。一营在前面的战斗最激烈,当敌人一个营的兵力冲上来以后,被我们打了下去,随后整营整团的敌人就暴露在我军阵地前,向我前沿冲击,很快就冲到我前沿阵地几十米处。我炮兵营的大炮猛烈地向敌人发起轰击,炸弹声和我们的手榴弹声连成一片。经过激烈的战斗,敌伤亡惨重,惊慌溃退。第一天的战斗,我们打垮了敌人的多次进攻,阵前留下了遍地尸体,我团也伤亡一百三十多人。

桂军出师作战不利的战报被迅速报给白崇禧,白崇禧立即命令查一下在新圩与桂军作战的到底是中央红军的哪支部队。调查的结果让白崇禧的心情更加阴郁不安了:红三军团第五师,由一九二九年十二月广西百色起义部队发展而来,当时起义的参加者有桂军的警备大队和教导队,所以这支部队从师长李天佑到大多数官兵都是广西人。

十一月二十八日这一天,担任中央红军后卫掩护任务的红五军团第三十四师,在文市的水车地区开始了对国民党中央军周浑元部的阻击战斗。朱德给军团长董振堂和政委李卓然发去电报,命令第五军团无论如何也要在军委纵队的侧后方阻击敌人至二十九日晚。第五军团在掩护军委纵队的安全的同时,还要掩护第八、第九军团向湘江渡口方向移动。周浑元部的先头部队在与桂军发生误会之后,桂军有意把部队向后撤了一段距离,这让周浑元部不得不面对中央红军后卫部队的阻击。周浑元部对红五军团的攻击凶狠而猛烈,因为他们知道这里是中央红军最薄弱的部位,只要冲过这道阻击线就可以直接追击共产党武装的主力部队了。

这个早晨,军委纵队的大队人马从文市出发向西,根据他们的行军速度,走不了多远定会进入国民党军的合围中,而这也正是蒋介石所期待的。红五军团第三十四师的一〇〇团,是全师阻击阵地的前沿部队,面对周浑元部整整四个师的攻击,这个团承担着巨大的压力和牺牲。战斗到最激烈的时候,阵地上所有的掩体全部被敌人的炮火摧毁,但是连同负伤的人在内红军官兵没有一个人退缩。一位福建籍的连长肠子被打了出来,鲜血把半个身子都染红了,他用手按着腹部,斜靠在指挥位置上边射击边不断地喊:"同志们! 咱们没有退路,身后面就是党中央!"当又一次把敌人打下去时,红军官兵发现连长的呼喊声已经停止。官兵们把自己的连长从落满炮灰和子弹的阵地上抱起来,没有了呼吸的年轻的红军连长眼睛瞪得滚圆,一只虽手已被完全炸断但食指依旧紧紧地按在驳壳枪的扳机上。

一九三四年十一月二十八日,是军委纵队安全地渡过湘江的最后时机。

此时,在军委纵队的左、右两翼,中央红军的主力部队对从南、北两面夹击而来的国民党军进行着顽强阻击,使南起界首北至全州之间宽三十公里的通道依旧畅通无阻。湘江上的浮桥已经架设完毕,渡口四周除了天空的敌机外,没有国民党军队到达。如果在二十八日夜晚来临的时候,或者是在二十九日天还未亮之前,军委纵队能够到达湘江并且迅速过江,整个中央红军的命运也许会是另外一种走向。但是,二十八日,由朱德签署的红军行动部署向各军团表明:我军"至三十日止全部渡过湘水"。行动部署还表明:二十九日,军委纵队将到达"石塘圩以东之官山"。——从地图上看,军委纵队二十八日晨从文市出发,二十九日到达位于文市西南方向的石塘圩,一天一夜之间仅仅前进了不到二十公里。

军委纵队缓慢的行军,令红军官兵在湘江上构成的那条走廊式的通道,静静地等了整整三天。

在这三天里,通道的南北两线是日夜不断的密集的火网,通道的中间则是碧绿舒缓的寂静的江水。

中国革命史中异常惨烈的战斗在这三天里发生了。

在通道的左翼,中央红军有两个阻击地点,一个是湘江边上的界首,彭德怀的红三军团指挥部就设在那里;另一个是名叫新圩的小集镇,集镇位于文市西南方向中央红军的侧后,横跨在灌阳至湘江渡口的公路上。奉命在新圩阻击桂军进攻的是红三军团第五师。因为十三团被军团部调去直接指挥了,第五师这时候只有十四、十五两个团。二十八日,红军官兵刚把阻击工事挖好,桂军的队伍就开过来了。红军与桂军刚一交战,战斗的残酷立即让师长李天佑想到了高虎脑战斗。红三军团第五师在保卫中央苏区的高虎脑战斗中,面对国民党军作战飞机倾泻下的数千发炮弹,面对国民党军六个师在大炮掩护下的进攻,阵地上所有的红军官兵无不舍生忘死,每个人都准备为保卫苏区流尽最后一滴血。战斗进行到最后的时刻,第五师阵亡的团以下干部达三百二十四名,阵地虽已成为一片焦土但依旧在红军官兵的脚下。年仅二十岁的红军师长李天佑出生在广西临桂,十五岁加入中国共产党,参加过著名的百色起义,历任红军排长、连长、团长,因为作战勇敢获得过"红星"奖章。一九三四年,在国民党军"围剿"中央苏区的最危急的时刻,他出任了红三军团第五师师长。身经百战的李天佑预感到,新圩阻击战也许比高虎脑战斗还要残酷。

当时的国民党军对桂军的评价是:打仗狡猾且又固执,一旦打红了眼就分外凶狠。二十九日天刚亮,桂军对新圩的攻击又开始了。桂军的火力异常猛烈,飞机投下的炸弹把红军的阻击阵地几乎炸成平地。除了正面进攻外,桂军还派出数支小部队不断地迂回,试图切割红军的阻击防线。第五师在战斗开始后不久,丢失了前沿的几个小山包,原因是坚守在阵地上的红军官兵全部牺牲。战斗持续到中午,在漫天的硝烟中,李天佑师长站在指挥所的掩体上已经忘了头顶上盘旋的敌机,因为不断从他眼前抬下去的负伤和牺牲的官兵令他万分焦急:十四团政委负伤了;十五团团长白志文和政委罗元发都负伤了,两个营长也已经牺牲,全团伤亡已达五百多人。虽然阵地仍在,但李天佑还是盼望这样的阻击战早点结束。可是军团指挥部的电报不断到达,电报的内容全部是"继续坚持"。

　　没有了军政主官的十五团需要有人指挥,第五师政委钟赤兵向十五团的阻击阵地冲上去。由于阻击阵地被不断压缩,敌人的炮火已经打到了师指挥所。李天佑把十四团团长黄冕昌叫来,准备当面向他布置反冲击任务。当黄团长的身影刚从硝烟中冒出来的时候,又一个不幸的消息传来了:在前沿指挥战斗的师参谋长胡震中弹牺牲。李天佑心头一阵撕裂般的剧痛,他和胡震相识于瑞金红军学校,这个与他年龄相仿的战友坚毅、勇敢、乐观,无论第五师承担多么艰巨的战斗任务,只要有参谋长胡震在,李天佑的心里就能踏实许多。战斗开始的时候,胡震对团长们交代任务时大声说:"无论如何不能在阻击阵地上撤退一步,要把命豁出去在这里死顶! 如果让敌人冲过这里,中央纵队就要被拦腰截断,绝不能让党中央和中央纵队受到任何损失!"说完他亲自带领团长们上了前沿。李天佑的双眼湿润了,在向黄冕昌交代任务后,他强调说:"记住胡参谋长的话,只要阵地上还有一个人,就不能让敌人过新圩!"黄团长敬了个礼,转身消失在炮火中。李天佑回到师指挥所不一会儿,电话响了,是十四团打来的,十四团的一个连长报告说:"团长在和敌人的搏斗中牺牲了。"十四团团长,那个几分钟前在向师长敬礼的时候还微笑了一下的黄冕昌! 李天佑抓起电话大声地喊:"我们是红军! 我们是打不散的!"说完,他拿起自己的驳壳枪冲出指挥所。

在新圩的西北方向,湘江岸边的界首距离军委纵队的渡河地点仅仅几里地。二十九日清晨,这里的战斗是在熊熊大火中开始的,敌机扔下的燃烧弹把红军的阻击阵地烧成一片火海。红三军团第四师的官兵顶着数倍于己的敌人的疯狂进攻,他们的顽强坚守使整个前沿阵地成了一个巨大的肉搏场。位于最前沿的是第四师十团,这个团在无险可守的开阔地上与敌人拉锯般地来回争夺阻击阵地,交战的惨烈使这片开阔地上布满了桂军和红军的尸体。十团团长沈述清身先士卒,当敌人再一次冲上来时,他一声呐喊从掩体中跃出,带领官兵开始了不畏生死的反冲击。搏斗中,沈述清的呐喊猝然停止,这个一九三〇年参加红军的湖南青年身中数弹,一头栽倒在被鲜血染红的泥浆里。

军团长彭德怀得到沈述清牺牲的消息后,冲出指挥所奔上前沿。在前沿指挥战斗的第四师政委黄克诚大喊:"你下去! 太危险!"彭德怀不理会,当即任命红三军团第六师参谋长杜中美为十团团长。时年三十五岁的杜中美,一九二七年加入中国共产党,一九二九年参加中国工农红军。彭德怀站在前沿阵地上问第四师师长张宗逊现在哪里,得到的回答是在前沿的最前边。彭德怀发火了:"把他给我拉下来!"彭德怀那一刻想到的定是张宗逊师长的前任洪超,他对那个骑在战马上冲锋的年轻而勇敢的身影难以忘怀,他不愿意听到又一个师长阵亡的消息。在黄克诚的竭力劝阻下,彭德怀回到军团指挥所,然而身后跟进来的人报告说,十团团长杜中美刚刚牺牲了……

位于通道右翼的红一军团的正面是湘军。

二十九日清晨,经过昨天一天的战斗,红一军团的官兵正在战壕里吃饭,湘军的炮火准备就开始了,与炮火同时袭来的还有天上十几架飞机的轰炸。与二十八日相比,湘军从一开始就显示出不惜代价的战斗决心。红一军团的脚山铺阵地位于一片小山岭上,这些山岭有着古怪的名字:尖峰岭、米花山、美女梳头岭和怀中抱子岭。湘军的炮火和炸弹几乎把所有的小山岭一一覆盖,山岭上被打断的树枝横飞乱舞,泥土被一次次地掀起来把红军的工事全部压塌。湘军在这次战斗中使用了燃烧弹,燃烧弹接连爆炸,令脚山铺的每一个小山岭都如同火炬般熊熊燃烧。几次近距离的战斗后,红一军团的前沿阵地相继丢失。红军强行发动反冲击,在战斗最激烈的时候,红一军团第一师赶到了。

第一师自被留在道县担任后卫阻击任务以来,一直在与紧追不舍的国民党中央军周浑元部作战。当他们接到立即向全州方向增援的命令后,即刻从整个红一军团序列的最后面不停歇地奔跑了一天一夜,终于到达军团最前面的阻击阵地。下午,红一军团第一师扼守的米花山阵地的第一道阻击线被湘军突破。接着,美女梳头岭前沿阵地也被敌人占领。第一师奉命在师长李聚奎和政委赖传珠的率领下向第二道阻击阵地转移。转移的时候,第一师三团的两个营陷入敌人的包围中。其中的一个营从敌人的空隙中突围而出追上主力,另外一个营因突围方向上的误差在密林中迷失了方向。当四周都响起敌人的枪声时,部队一时出现了的混乱,营长对大家说:"同志们不要急,我有把握! 政委告诉过我,有紧急情况让我们向右面的大山靠拢,跟我走!"

此刻,在由第二师扼守的尖峰岭阻击阵地上,只有五团政委易荡平率领的两个连了。面对嚎叫着冲上来的黑压压的湘军,两个连的红军官兵一直坚守到最后一刻。子弹没有了,就与敌人抱在一起用拳头打、用牙齿咬。易政委负伤倒在血泊里,敌人端着刺刀冲过来时,他命令自己的警卫员向他开枪。红一军团第二师五团政委易荡平,湖南浏阳人,一九二七年加入中国共产党,一九二八年加入中国工农红军,是一位优秀的红军政治干部。警卫员哭了,不忍心这么做,易荡平一把夺过警卫员手里的枪,同时高喊道:"快走,赶快突围!"然后朝着自己的头部扣动了扳机。易荡平牺牲时年仅二十六岁。

在五团的阵地被敌人占领后,四团的阵地也被敌人三面包围。第二师师长陈光送来命令,让四团撤到第二道阻击阵地去,但是为了迟滞敌人的攻击速度,为西进的军委纵队多争取哪怕一分钟的时间,四团边打边撤始终与敌人纠缠在一起。湘军在公路上以宽大的正面展开快速突击,公路左侧的一营已与敌人厮杀成一团,本来是团指挥所的位置,现在变成了肉搏战的前沿。团长耿飚被几个警卫员围着，警卫员不断地扔出手榴弹，敌人还是潮水般地拥了上来。警卫员杨力说："团长，我们掩护，你赶快撤退！"耿飚却大喊一声："拿我的马刀来！"马刀一举，寒光凛冽，耿飚率领着四团战士迎面向敌人冲击过去。混乱的砍杀中，耿飚浑身上下溅满敌人的血浆。待敌人暂时退下去时，强烈的血腥气味让这位经历过无数恶仗的红军指挥员蹲在地上呕吐不止。四团政委杨成武看见一营有了支持不住的迹象，想穿过公路去一营指挥战斗。但是，他刚一冲上公路，就被一连串的子弹打倒了。身后的战士想上来营救他，对面敌人的子弹密集如网。湘军也许看出这个被打倒的红军是个干部，于是叫喊着向这里冲来："抓活的！抓活的！"这时，五团五连指导员陈坊仁正好转移至此，见此情景，立即奋不顾身地冲上来组织火力掩护。四团二营副营长黄古文带着几名战士迎着敌人密集的扫射向他们的政委一点点地爬过去。倒在地上的杨成武眼看着爬向他的战士一个个中弹心如刀绞，他躺在公路上大喊："不要过来！不要过来！"但是，战士们还在向前爬。黄古文终于爬到杨成武的跟前，他抓住杨成武的一条胳膊就向公路边拖，拖到公路边之后，被敌人的疯狂射击激怒了的黄古文把杨成武交给警卫员白玉林，自己端起一挺机枪转身向敌人冲去。

十一月二十九日，当中央红军的主力部队于北、南两线与湘军和桂军展开殊死战斗的时候，湘江上那条关乎红军命运的通道依旧敞开着。这一天，尽管各部队的指挥员都因部队出现的巨大伤亡而十分焦虑，但是军委纵队距离湘江渡口仍有三十公里的路途。

三十公里，仅仅是野战部队一个短促冲击的距离，可是中央红军各军团接到的电报显示："军委纵队要完全渡过湘江，至少要在十二月一日的晚上。"

十一月二十九日这天，周恩来和朱德赶到湘江边上的界首，并在湘江东岸开设了指挥部。此刻，他们已经清楚红一军团和红三军团各个阻击阵地上的情况，他们也收到了各军团催促军委纵队尽快渡江的电报。只是,根据他们的计算,即使到十二月一日,军委纵队也不可能全部渡过湘江。为确保军委纵队的安全,周恩来和朱德要求红一、红三军团无论如何要把敌人阻击住,以确保湘江上通道的完整和畅通。同时命令红五军团坚决堵住从后面追击上来的敌人,一直到军委纵队全部渡过湘江为止。

三十日,天气晴朗。

就在军委纵队开始从官山附近向湘江渡口接近的时候,红一、红三军团的阻击阵地在敌人的猛烈进攻下被严重压缩着。红一军团部队退守到第二线阻击阵地后,湘军四个师的进攻在火炮和飞机的支援下更加猛烈。红军前沿阵地上的各团指挥所已经基本失陷,各团团长根据炮弹坠落时发出的声音判断出落点的远近,然后他们从一个弹坑跳到另一个弹坑继续指挥战斗。红军官兵俯在被炸弹炸松的灰土中躲避着弹片,那些还没来得及转移下去的伤员不少被埋在了坍塌的工事里。红一军团第二师师长陈光在向团长们通报要动用师预备队的时候,团长们突然问:"军委纵队渡江了吗?"陈光师长回答:"渡了一半!"

湘军冲击的兵力超过阻击他们的红军十倍以上。

红一军团的预备队六团上来后,并没有使情况好转,各师各团的建制都在激战中被打乱,红军战士只能从团长们身上背的装地图的袋子分辨出谁是指挥员,然后根据不管是哪个团的指挥员的命令,哪里出现危机就不顾一切地冲向哪里。

在已经无法在现有阵地上继续有效地阻击敌人的进攻的时候,红一军团军团长林彪和政治委员聂荣臻联合署名直接给朱德发去一封电报,要求军委纵队和仍在湘江东岸的红军部队无论如何要在三十日晚渡过湘江。

> 我军向城步前进,则必须经过大埠头,此去大埠头,经白沙铺或咸水圩。由脚山铺到白沙铺只有二十里,沿途为宽广起伏之树林,敌能展开大兵力,颇易接近我们,我火力难发扬,下面又太宽,如敌人明日以优势猛进,我军在目前训练装备状

况下，难有占领固守的绝对把握。军委须将湘水以东各军，星夜兼程过河。一、二师明天继续抗敌。

这封电报表明红一军团的作战能力已经消耗到了极限。

红一军团要求各部队坚守阵地的电话没有停止过。左权的嗓子已经喊哑了，聂荣臻不断地与阵地指挥员保持着联络，军团部里只有林彪默不作声。

年仅二十八岁的红一军团军团长林彪是个沉默寡言的人，他被他的对手何键和薛岳称为"朱毛赤匪中最有计谋的干将"。出生于湖北黄冈的林彪，十九岁加入中国共产党，是黄埔军校第四期步兵科学员。毕业后在国民革命军叶挺部当见习排长，随即参加了北伐战争、南昌起义和湘南暴动。凭借着与年龄并不相符的对作战的独特感悟力和把握力，林彪从营长开始，团长、纵队司令员、军长一路升迁，二十五岁时，他已经是中华苏维埃共和国中央执行委员、中央革命军事委员会委员、中共苏区中央局委员和中国工农红军第一军团军团长。他可能是个索然无味的人，生活中几乎没有任何爱好，唯一能够吸引他的就是作战地图和沙盘。林彪曾经写过一篇名为《论短促突击》的军事文章，受到李德的赞赏，李德说他是"最有头脑最有前途的红军指挥员"。尽管这篇文章后来成为林彪赞成李德错误军事路线的一个证据，但史实中难有更充分的实据说明他与李德有更深的交往。恰恰相反，林彪始终受到包括毛泽东在内的老资格共产党人和红军领导人的信任。对于中央红军目前所面临的危机，林彪忧心忡忡，因为红一军团已经遭受到前所未有的损失。但是，无论在多么混乱的场合，林彪总是能够在没完没了的踱步中把自己的思路调整到具体的作战方案上来。

凌晨一时半，中革军委的电报到了，其中对第一军团的指示是："一军团全部在原地域，有消灭全州之敌由朱塘铺沿公路向西南前进部队的任务。无论如何要将汽车路向西之前进诸道路保持在我们手中，在湘水东岸只留小的侦察部队。"

仅仅两个小时后，又一封电报到了，这次是中共中央、中革军委、红军总政治部联名致第一军团和第三军团的电报：

> 林、聂、彭、杨：
>
> 　　一日战斗，关系我野战军全部西进，胜利可开辟今后的发展前途，退则我野战军将被敌层层切断。我一、三军团首长及其政治部，应连夜派遣政工人员分入到各连队去进行战斗鼓动，要动员全体指战员认识今日作战的意义。我们不为胜利者，即为战败者，胜负关系全局。人人要奋起作战的最高勇气，不顾一切牺牲，克服疲惫现象，以坚决的突击执行进攻与消灭敌人的任务，保证军委一号一时半作战命令全部实现。打退敌人占领的地方，消灭敌人进攻的部队，开辟西进的道路，保证我野战军全部突过封锁线，应是今日作战的基本口号。望高举着胜利的旗帜向着火线上去！
>
> 中央局　军委　总政
> 十二月一日三时半

这是对红一、红三军团全体官兵的最后的战斗动员。

"不为胜利者，即为战败者。"

这个夜晚，在红一、红三军团的阻击阵地上，到处是红军干部宣读电报的声音："高举着胜利的旗帜向着火线上去！"

根据电报的要求，已经在阻击阵地上浴血奋战了三天的红一、红三军团，至少还要在阻击阵地上坚守整整两天。

此时的湘江渡口已经成了一个巨大的人流旋涡。

从三十日上午开始，军委纵队的人马陆续到达湘江渡口。远远地，由成群的驮着重物的马匹、被战士和民夫搬运着的大行李以及一眼望不到边的挑夫组成的队伍，黑压压地滚滚而来。军委第一纵队缓慢地走上了浮桥。炮弹在江水中爆炸，掀起冲天的水柱，浮桥开始摇晃，受惊的马匹惊叫着不肯上桥，马夫和战士们咒骂着、抽打着，慌乱的马匹加剧了浮桥的动荡。大行李把浮桥堵塞住，战士们大声喊叫着，催促着前面的人赶快让路。后面又走上来一支队伍,是红军的剧团！小红军已经很疲惫了,抬着的大箱子摔裂开,花花绿绿的服装和道具撒出来,小红军一边收拾一边哭。突然,一颗炸弹在距离浮桥很近的地方爆炸,桥上的人马全被掀翻到江里,人在游水,马在挣扎,江面上漂浮着文件、传单、苏区的纸币和大大小小的书籍……从江水中重新爬上浮桥的小红军突然扯开嗓子唱起了红军编创的京剧《骂蒋介石》:

> 听罢言不由我怒火冲头
>
> 骂一声蒋介石细听从头
>
> 你那年在广东点兵北走
>
> 欺骗我工农兵去做马牛
>
> 出湖南打江西攻下汉口
>
> 哪一仗不是我工农战斗
>
> 旧军阀都被我英勇赶走
>
> 实指望工农兵得到自由
>
> 哪晓得到武汉你又反口
>
> 见着那革命人都要杀头
>
> 到一处烧一处残酷野兽
>
> 只杀得遍地里血似水流
>
> 你还说中国内没有对手
>
> 遇到了共产党是你对头
>
> 工罢工农抗租地主打倒
>
> 贪官们土豪辈也要赶走
>
> 白匪狗你胆敢与我决斗
>
> 我红军杀得你片甲不留

那一刻,湘江上所有的嘈杂之声突然沉寂,天地间回响着小红军带着童音的唱腔。

十二月一日凌晨,中央红军于湘江南北两翼部署的阻击线已经被压缩到通道即将完全封闭的状态。从阻击阵地上送来的告急电报一封接着一封,已经数天没有吃饭睡觉的周恩来和朱德面容极度消瘦而又极其严峻,他们知道决定红军生死存亡的最后时刻到了。

这个夜晚,中央红军第八军团的官兵没有听见"高举着胜利的旗帜向着火线上去"的朗读声,他们在茫茫的夜色中踏上了艰险的撤离之路。

自军委纵队从道县出发后,第八军团一直跟随着第九军团向道县西南方向的江华、永明方向前进,任务是保卫军委纵队侧后的安全。但是,渡过潇水后,中革军委突然命令他们赶赴灌阳的水车地区,与在那里的红三军团第六师取得联系。这一命令意味着第八军团必须返回道县,然后前往位于道县西南方向的灌阳。后面的敌人追击得很紧,第八军团没有动员就匆忙上路了。由于始终没能与红三军团第六师联络上,部队走走停停速度缓慢,不少官兵由于极度疲劳倒在路边就睡着了,任凭干部们如何催促也醒不过来。为了让他们不至于掉队,干部们只好朝天开枪,用枪声警示这是危机四伏的战场。十一月三十日夜,第八军团终于到达水车。然而,红三军团第六师已经奉命前往新圩去增援阻击部队了。在水车,第八军团遇到另一支红军部队,一打听,原来是红五军团的第三十四师。第三十四师是整个中央红军的后卫,这就是说,跟在第三十四师的后面,第八军团成了整个中央红军最后面的部队。

第八军团从水车出发的时间是三十日午夜。出发时他们依旧跟在第九军团的后面,而留在水车阻击敌人的是红五军团的第三十四师。部队刚一上路,右翼就传来激烈的枪声和爆炸声,然后是左翼。接着传来一个更可怕的消息:两个师的敌人正从第八军团的后面潮水般地卷过来。而在第八军团的前面,也就是第九军团的方向,山腰丛林中突然响起步枪和机枪声。

难道第九军团已经不在前面了?

后来才知道,桂军插到了第九军团与第八军团之间。

桂军的突然插入,令第八军团处在了前后受敌的境遇里。军团长周昆在万分危急中下达命令:第十三师断后,其余人员向前冲击。但是这时候,前方的各个通路都已被桂军占领。很快,第八军团的队伍就被蜂拥而来的敌人切割成了若干部分。

天黑了下来,黑暗中的交战极其混乱也极其惨烈。

第二天天亮的时候,战场上到处都是第八军团丢下的行李、伙食担子、马匹和担架。

军团宣传部部长莫文骅带领一部分官兵向湘江方向奔去,他知道在这种情况下必须一步步地向主力部队靠近。莫文骅一口气跑出二十多里地,红军官兵进入了一个漂亮的小镇。莫文骅从镇上老乡的口中打听到,中央红军的主力部队已经渡过湘江,这里距离湘江还有约四十多里路。莫文骅决定队伍不休息继续向前赶。一出小镇,莫文骅发现路边有一大堆书籍,这一场景给他留下了深刻印象,多年后他依旧清晰地记得那天阳光微红,“马路旁边这一堆那一堆的军事、政治书籍,有的原本未动,有的扯烂了,有的一页一页地散了一地……里面有列宁主义概论,有马克思主义政治经济学,有土地问题,有中国革命基本问题,有战略学,还有许多地图、书夹、外文书籍等……”这是莫文骅在那段艰难日子里所获得的极其难得的温暖感受。不久之后,他和他所带领的红军官兵就与追击而至的敌人展开了激战——“肉搏数次,剧战几个小时。”

直至十二月一日下午,由第八军团政治部主任罗荣桓带领的一部分官兵才摆脱敌人的追击到达湘江岸边。湘江上的浮桥已被炸断,罗荣桓一脚迈进江水里,江水的寒冷令他几乎无法站稳,但是他和官兵们九死一生就是为了渡过这条大河,罗荣桓在刺骨的江水中坚定地朝对岸走去。终于踏上湘江西岸时,罗荣桓转过身来,发现自己的身后只剩了一个年龄很小的红军战士。戎马征战多年的罗荣桓顿时热泪盈眶——这位红军小战士的肩上居然还扛着架油印机,原来他是一名红军的小油印员。

中国工农红军第八军团,是中央红军大规模军事转移前夕在苏区仓促组建的部队,部队几乎全部由没有任何战斗经验的新兵组成。军团长周昆,政治委员黄甦,参谋长张云逸,政治部主任罗荣桓。一九三四年十月,第八军团从中央苏区出发的时候,其实力在中革军委的统计表格上显示为一万零九百二十二人。至一九三四年十二月初,第八军团最后回到中央红军主力部队的人员不到一千人,其中战斗人员仅为六百人。

十二月一日清晨,湘江上雾气弥漫。军委纵队依旧在敌机的轰炸下渡江,由于行李和物资在江边越堆越多,渡江的速度异常缓慢。

傍晚六时,中央红军野战军司令部向红一军团发出的战场通报是:灌阳敌人占领新圩,正向我追击。

"三十四师及六师二团被切断"。

八军团情况不明。

"五军团无联络",但估计主力已经渡江,正向麻子渡方向前进。

"四师一部在光华铺被敌截击。五师及六师尚未完全抵达"。

向红三军团发出的战场通报是:

"六师十八团于陈家背被切断"。

"桂敌已前出到古岭头地域,我八军团被打散,估计该敌将向麻子渡西进"。

"全州之敌已进到朱塘铺,明二号将会向界首前进"。

红三军团新圩阻击阵地的丢失,使桂军得以从南面向中央红军的中后部直插过来,不但将担任后卫任务的红军部队通往湘江渡口的路完全封堵,同时还使桂军得以从东面向即将到达渡口的军委纵队的后续人马压过来。此时,负责守卫通道左翼的红三军团只剩下界首一个阻击点了,红三军团动用了所有部队在这个几乎位于渡口的阻击点上顽强战斗。而在右翼红一军团的阵地上,激烈的混战场面一直延续着。在被聂荣臻称作"战斗最激烈的一天"里,红一军团的阻击阵地上到处响彻着红军干部"一切为了苏维埃"的呼喊。在密集的枪炮声中,前沿三团的阵地再次被敌人突破,红军官兵以慷慨赴死的勇气发动一次又一次的反击。在第一、第二师的接合部,湘军终于撕开一个口子,红一军团的阻击阵地被敌人三面包围,第二师的指挥所已经处在了枪炮声中。

战斗最激烈的时候,四团团长耿飚看见军团保卫局局长罗瑞卿提着张开机头的驳壳枪出现在阵地上。耿飚不由得紧张起来,因为他知道,自凌晨三时起,军团保卫局组织了一支由红色政工人员组成的战场执行小组,这个小组的唯一任务就是在战场上督战。在"左"的路线仍在影响着中央红军的时候,战场执行小组的权力很大,拿耿飚的话讲:"谁在作战时弯一下腰,也要被认为是'动摇'而受到审查,轻则撤职,重则杀头。"在阻击战已经白热化的关头,保卫局局长的出现显然不妙。果然,罗瑞卿直奔耿飚而来,他用枪指着耿飚的脑袋吼道:"为什么丢了阵地?快说!"罗瑞卿在中央苏区反"围剿"作战时负伤,至今腮上仍有一道伤疤,此刻这道伤疤令耿飚觉得格外异样。耿飚说:"全团伤亡大半,政委负伤,我这个团长都和敌人拼了刺刀。在敌人十倍于我的情况下,接合部是在阻击阵地上的官兵全部牺牲的情况下丢失的。"四团参谋长李英华在一旁补充道:"我们正在组织突击队夺回阵地。"罗瑞卿仍是怒气未消:"四团不该出这样的事情。立即组织力量把阵地夺回来。"接下来他的话语才缓和了:"中央'红星'纵队才渡了一半,阻击部队必须坚持住。"他掏出一支烟递给耿飚,"指挥战斗披着条毯子,像什么话嘛。"警卫员赶紧解释说:"我们团长一直在'打摆子'发高烧!"耿飚并没有因为罗瑞卿语气缓和而轻松,他的脸色格外凝重了,耿飚说:"这里的每分钟都得用命来换!"罗瑞卿没再说什么,转身下了阵地,走出几步回头对耿飚的警卫员说:"过了江,给你们团长搞点药。"

耿飚事后才知道罗瑞卿怒火万丈冲上阵地的原因:从红一军团第一师、第二师失守的接合部冲进来的敌人,竟然一直冲到了军团指挥部的跟前。当时林彪、聂荣臻、左权正在看地图,警卫员冲进来报告的时候聂荣臻还不相信,出去一看竟吓出一身冷汗,国民党军端着刺刀已经从山坡下爬了上来。聂荣臻一面命令收拾电台撤离,一面指挥警卫部队反击,并派人去告诉正在另外一个山窝里指挥作战的第二师政委刘亚楼。派出的那个红军士兵在快速奔跑中,草鞋被敌人的子弹打掉了,但是他的脚居然没有受伤——聂荣臻后来回忆说:"这是我经历过的最奇特的场面。"

　　十二月一日中午,李德和博古终于到达湘江东岸。眼前的情景令他们十分震惊:天上数十架敌机轮番俯冲,即使浮桥已经断了,轰炸和扫射依然猛烈,江水不时地被激起数道水柱。那些还没被炸断的浮桥在爆炸声中剧烈地摇晃,桥下湍急的江水中红军工兵正在冒死抢修。湘江江面上漂浮着竹竿、木板、各种杂物以及人和马的尸体。浮桥上拥挤着行进的队伍,人声马嘶鼎沸,不断又有人和马跌入江中。在江边的渡口处,除了等待渡江的人群外,还堆着没有炮弹的山炮、印刷机、缝纫机、机床零件、行李、炊具、担架、书籍……指挥渡江的周恩来在混乱的人群中发现了躺在担架上的邓颖超,这副担架被蔡畅等人抬着正跌跌撞撞地向江边靠近。然后,周恩来看见了毛泽东。头发长长的毛泽东向湘江岸边走过来。在环视了这个极其混乱的渡口之后,他对周恩来说:"恩来,我们到了。"周恩来说:"安全到了就好,立即过江吧。"

　　这时,从界首方向冲来的桂军距渡口仅剩不足两公里。

　　敌人的子弹已经打到了浮桥上。

　　毛泽东走上了浮桥。

　　傍晚的湘江上夕阳低垂。

　　军委纵队在缓慢地过桥。

　　至十二月一日十七时三十分,包括李德和博古在内的军委纵队全部渡过了湘江。

　　但是,湘江以东,还有尚未过江的红军部队。

　　萧华率领的少共国际师完成阻击任务后,发现通往湘江渡口的路上已经布满了敌人。师政治部立即决定开展"飞行政治工作"——所谓"飞行政治工作",就是在战斗中进行的"紧急政治工作"。少共国际师的领导最后向这群饥渴疲惫的红色少年发出的战斗口号是:"生死存亡在此一战!"

　　为了突破敌人的包抄,少年红军不断发起殊死的攻击。十二月一日,少共国际师接近了湘江渡口,但是四面的敌人把他们围得很紧,他们只有不顾一切地拼死扑向渡口。夜幕降临的时候,少年红军终于闻到了江水的气息,看见了出现在眼前的那条大河,他们一齐扑进让他们付出了巨大牺牲的河水中。江对岸,岸边的泥土潮湿而柔软,少年红军一一爬上岸的时候,在大山的巨大阴影里,他们看见了聚集在一起的红军主力部队,然后看见了胡子很长的周恩来。周恩来说:"小鬼们! 大家都好吗?"

没能渡过湘江的,还有担任整个中央红军后卫任务的红五军团第三十四师。

第五军团军团长董振堂,三年前还是一名国民党军的高级军官。他一八九五年生于河北新河,二十八岁毕业于保定陆军军官学校,之后参加冯玉祥的西北军,从连长一直升至师长。一九三〇年,西北军被改编为国民党军第二十六路军,董振堂出任第二十五师七十三旅旅长,不久被调往江西参加"围剿"中央红军的战斗。第二十六路军官兵皆为北方人,董振堂说:"我们部队的士兵有四怕:一怕跟红军打仗,二怕害病,三怕下雨,四怕吃大米。部队伤亡得这么多,士气很低落……"第二十六路军备受蒋介石的歧视,为了让第二十六路军坚守"围剿"前线,蒋介石甚至将其在南昌的留守处抄了。一九三一年十二月,董振堂率部在"围剿"中央红军的宁都前线起义,起义部队被改编为中国工农红军第五军团。第二年,董振堂加入中国共产党,同年夏出任红五军团军团长。中央红军开始大规模军事转移后,董振堂率领红五军团始终位于整个红军队伍的最后,担负着万分危险的掩护任务,董振堂知道自己必须随时准备付出生命。一九三七年,新年刚过,董振堂率红五军进至甘肃西北的高台县时,被八倍于己的马步芳的匪军包围。红军激战九天九夜后,董振堂身边只剩下两个警卫员和一个司号员。黑压压的敌人冲过来,董振堂因左腿中弹卧在地上用双枪轮番向敌人射击,直至给自己剩下最后一颗子弹……马步芳的匪兵将董振堂的头颅砍下示众——四十一岁的红军军长董振堂满面血污地望向中国西部辽阔的土地。

当红一军团抢占道县的时候,红五军团在远离军委纵队两百多公里的土地圩附近阻击着粤军和湘军两个师的追击。第三十四师和红三军团第六师的十七、十八团相互配合与敌人激战两天两夜,保证了红军主力和军委纵队顺利地渡过潇水。

十一月二十五日,军委纵队离开道县,向湘江渡口方向行进,红五军团主力部队紧跟着到达道县以东地区。这时候,军团首长接到中革军委的命令,命令要求红五军团第三十四师留在原地"坚决阻止尾追之敌",以掩护行动缓慢并且走了弯路的第八军团,同时担任整个中央红军的后卫。也许因为意识到第三十四师将面临极其危险的处境,命令还特别指出:"万一被敌截断,返回湖南发展游击战争。"

中革军委把如此重要的任务交给第三十四师是有理由的。第三十四师并不是由董振堂带来的国民党军起义部队官兵组成,而是由闽西地方红色武装逐渐发展演变而来的。师长陈树湘一九二七年参加秋收起义,在井冈山上任红四军连长,一九三一年任红十二军团长,一九三三年任红十九军第五十六师师长,中央红军军事转移前夕出任红五军团第三十四师师长。政委程翠林大革命时期加入中国共产党,一九二七年参加秋收起义,一九三三年任红十二军团政委,一九三四年红军大规模军事转移前夕出任第三十四师政委。第三十四师全师干部,大多是原红四军调来的骨干,政治立场坚定,作战经验丰富;而战士全部来自贫苦的青年农民,士气旺盛,作战能力很强。

此时,红五军团第三十四师的命运已成定局:在整个湘江东岸敌情日益严重之际,中央红军数万人的后卫掩护任务落在了一个师身上。

在红五军团主力部队离开道县阻击阵地时,军团首长与第三十四师的干部们一一告别。那是一个悲壮而伤感的时刻,同样对第三十四师的命运有不祥预感的军团首长叮咛不止:"全军团期望着你们完成任务后迅速过江。要把干部组织好,把战士们安全带回来。"——无论是军团长董振堂,还是陈树湘和程翠林,都不禁双眼湿润,没有人知道他们彼此在那一刻是否意识到了这是永别。

主力部队西进后,师长陈树湘命令一〇〇团先行一步,向灌阳方向

長征

「修订版」

——非虚构文学经典力作

THE LONG MARCH

長征

人民文学出版社
PEOPLE'S LITERATURE PUBLISHING HOUSE

急促行军,去接替红三军团第六师在那里的阻击阵地,以便让第六师去追赶红三军团主力部队。然后,陈树湘带领一〇一团加师部走中路,程翠林带领一〇二团跟随,在掩护第八军团西进之后,前往文市和水车一带建立阻击阵地。

十一月二十九日,第三十四师在军委纵队后面的文市以东地区,与追击的国民党中央军周浑元部展开激战,异常惨烈的阻击战一直持续到十二月一日。当军委纵队全部渡过湘江后,第三十四师接到的最后一个命令是:放弃阻击阵地,"立即向湘江渡口转移,并且迅速渡江"。但是,第三十四师的阻击阵地距离湘江渡口至少还有七十五公里以上的路程,且通往湘江渡口的所有道路都已被敌人完全封堵。

第三十四师处在了敌人的四面包围中。

中央红军的所有部队都已离他们远去。

国民党军很快就发现了这支孤立无援的红军部队,于是各路大军立即从各个方向向第三十四师合围而来。

经过连续不断的残酷阻击战,第三十四师的部队已经伤亡过半。因为总是处在后卫位置,沿途的粮食都被前面经过的部队筹集一空,第三十四师断粮多日,可饥饿难耐的官兵们依旧要时刻处在战斗状态中。险恶的敌情令他们没有精力去寻找可以充饥的东西,也没有时间坐下来哪怕打片刻的盹。桂北的深秋阴雨连绵,寒冷的冬天就要来了,第三十四师的红军官兵身上的单衣都已破烂不堪。

西渡湘江追赶中央红军的主力部队已经无望。

师长陈树湘命令把所有的文件烧掉,然后率领第三十四师向东走去。这与中央红军远去的方向完全相反——红五军团第三十四师准备突围,他们真的要去湖南南部打游击了。

十二月一日,夜幕降临的时候,第三十四师开始突围。红军官兵与迎面扑来的国民党军激战整整三个小时,师长陈树湘在令人喘不过气来的硝烟中向全师宣布了两条决定:一、寻找敌人兵力薄弱的地方突围出去,到湘南发展游击战争;二、万一突围不成,誓为苏维埃共和国流尽最后一滴血！战斗持续到深夜,第三十四师的部队已被敌人切割成数块。陈树湘命令一〇〇团团长韩伟带领部队掩护,自己和参谋长王光道带着师直、一〇一团和一〇二团继续向东突围。负责掩护的一〇〇团,实际兵力已不足一个营,红军官兵边阻击边突围,在一个名叫猫儿园的地方,一〇〇团再次被敌人重兵包围。红军官兵把仅存的弹药打光后开始肉搏,战至最后全团只剩下三十多人。团长韩伟重申了红军宁死不屈的精神,然后宣布部队解散——"立即分散潜入群众中,而后设法找党组织找部队。"陈树湘带领的一百多名官兵,在向东突围的过程中,始终无法摆脱敌人的重重围堵,红军官兵只有用身体去与敌人拼杀,包括政委程翠林和参谋长王光道在内,一百多名红军官兵全部壮烈牺牲。师长陈树湘腹部中弹,在昏迷中被俘。国民党道县保安司令命令将陈树湘放在担架上,由他本人亲自监督押往湖南省会长沙。在弯弯曲曲的山路上,抬着担架的国民党军士兵突然脚下一滑,他们这才看见躺在担架上的陈树湘从腹部的伤口处把自己的肠子掏出来,扯断了。

国民党军把陈树湘的头颅割下来,挂在了长沙小吴门城墙上。

整整二十九年前,陈树湘出生在长沙小吴门的瓦屋街。

站在小吴门的城墙上,可以看见他家那木板做的家门。木门后的家里有他卧病在床的老母,他的妻子名叫陈江英。

年轻的红军师长陈树湘的灵魂终于回到了他梦中的故乡。

湘江渡口已是一片死寂。

当地的百姓被驱赶来掩埋那些遗留在战场上的遗体。

距渡口不远有一处水流突缓的江湾,红军官兵的遗体从上游漂下来密集地浮满江面,使在这里拐弯的湘江变成了令人惊骇的深灰色。

中央红军主力部队掩护着军委纵队向湘江西面的大山老山界匆忙而去。

红军官兵知道,只要进入苍苍茫茫的大山,危险就会相对减少。

老山界山口附近有一个名叫千家寺的村庄,这里成为红军进入大山前最后一个需要付出生命的地方。

为了"坚决防止红军南下进入广西和尽快把红军赶入贵州",桂军对刚刚渡过湘江的中央红军进行了穷凶极恶的追击。十二月二日早八时,桂军第十五军军长夏威致电第四十三师一二九团团长梁津,说在千家寺附近有近五千的红军在休息,要求一二九团迅速绕小路向那里迂回。梁津找来当地的一名瑶族人当向导,一二九团随即出发。说是小路,实际上无路可走,天快黑时,一二九团才接近目标。梁津在一个山脊上用望远镜看了看,他看见了军长夏威所说的那支红军队伍——"田野间枪架成行,整齐地排列着。附近炊烟四起,红军战士有的围坐休息,有行动往来者,似将用晚膳的时候了。"梁津立刻命令部队分三路顺着山涧隐蔽接近,在距离红军不到八百米的地方,桂军突然发起了攻击。

桂军的攻击达到了袭击的效果,从红军部队瞬间发生的混乱来看,他们对桂军如此顽强的追击并没有思想准备。红军官兵在混乱中本能地拿起枪还击,然后逐渐形成阻击线。红军的阻击线一旦形成,桂军立刻被眼前的情景惊呆了:山涧突然燃起了千万只火把,这些火把聚集在一起向着大山深处绵延数里地蜿蜒而去。

当桂军终于冲破红军的阻击线时,发现红军做好的饭还热着。

留下阻击桂军的,依旧是红五军团的数百名官兵。这些疲惫的红军在大部队迅速离开千家寺后,顽强阻击着洪水一样汹涌而来的桂军。不久,他们就被桂军从四面包围了——桂军一二九团从正面袭来,一二七团从另一个方向包抄上来。这个团在包抄的时候,快靠近山口了,听见激烈的枪声,远远看去,崎岖的山路上红军部队正向大山腹地前进。为了不使自己的攻击变成被红军包围,一二七团竟在原地等了一阵,等红军大部队远去之后,他们才突然从山脊上冲下来用火力封锁了山路。红五军团的官兵后路已绝,并且受到两支桂军的前后夹击。经过大约一个小时的战斗,两支桂军把还活着的十几名红军挤压在一个小山窝中。一阵猛烈的扫射之后,桂军在这个遍洒着红军鲜血的山窝里缴获了红军的一些政治书籍。其中一本名为《侦探须知》的书被上交给白崇禧,白崇禧命人稍微删改之后下发到部队,红军的《侦探须知》成了桂军的军事教材。

桂军接下来的搜山行动十分不顺。在一个岩洞里,他们发现大约三十名红军官兵,桂军劝说他们投降,遭到红军的激烈抵抗。趴在洞口劝说的一名桂军副连长被一枪打死。桂军立即开始了报复性攻击,岩洞里的红军官兵最终全部战死。另一股桂军搜查到一处红军曾经宿营的地方,那里有一个用竹木临时搭起来的台子,上面贴着很多标语,看来是红军开大会用的。在台子的下边,桂军发现了十几名红军官兵,看上去是因为负伤和重病已经不能行动了。桂军军官们聚在一起紧急磋商,他们认为红军不可信任,弄不好这些人是伪装留下的,等桂军对他们丧失警惕后就会突然发动袭击。磋商的最后决定是:全部枪决。

一阵乱枪之后,大山寂静下来。

在确定红军已经到达贵州边界后,桂军停止了追击。

湘江一战,中央红军由从苏区出发时的八万六千余人锐减到三万余人。

在险峻崎岖的山路上行进的时候,挥之不去的压抑情绪一直笼罩着红军的队伍。中国工农红军遭遇到前所未有的重创,中国共产党人的心灵也遭遇了前所未有的苦痛。

李德掏出手枪企图自杀,被红一军团政委聂荣臻制止。李德的绝望不仅来自对包括自己在内的中国红军前途的未知,更来自政治上的极度恐惧:中国红军的遭遇令他无法向共产国际交代,无论他有多么理由充足的辩解,中国红军的巨大损失也会让他难以自圆其说。而博古自从过了湘江,就进入了一种茫然状态,这个年轻的共产党领导人已经预感到自己将要承担什么样的政治后果;更为重要的是,即使到了这样的时候,他仍然想不清楚红军到底要走向哪里?茫然无措令他曾经咄咄逼人的自信荡然无存。博古开始用目光寻找他一直不愿意看见的毛泽东,他希望在毛泽东的表情上发现某种证据,以证明这个非"真正的布尔什维克"已经开始幸灾乐祸了,但是博古始终没能看见毛泽东走在哪里。即使红军主力部队已经损失大半，即使在黑夜的大山里行进，红军依旧保持着以军委纵队为核心的"甬道"式的行军序列，这让无论是李德还是博古，谁也无法看见红军军团指挥员们的表情。战争的残酷对于林彪和彭德怀这样的军事指挥员来讲，已不会构成严重的影响，尽管在他们无声的内心世界里有一处深情的角落永远属于跟随他们出生入死的士兵，但是只要战斗的脚步还在前行，他们在沉闷中思索的只能是下一步的战斗将会发生在哪里？

老山界，是当地少数民族对越城岭的称呼，这是中央红军军事转移以来遇到的第一座真正的高山。

一条狭窄的小路在陡峭的山崖上呈"之"字形盘旋而上，队伍的一侧就是万丈悬崖。卫生队的一名担架员掉下去了，官兵们把火把聚拢来寻找他，见他卡在悬崖上的一道石缝里，红军官兵就垂下绳子拉他，拉上来了却发现这个眼睛被血浆覆盖的战士已是奄奄一息，大家就轮换着抬着他走。爬到半山的时候，火把因燃烬而一一熄灭。红一军团的官兵好容易在山坳里发现一户瑶民，还在瑶民的木屋里发现一锅煮在火塘上的稀粥，红军官兵人人喜出望外，但却在瑶族老人惊恐的神色面前停了下来。红军给钱老人不敢收，官兵们就把自己装米的袋子解下来和老人换，老人点了点头。红军官兵刚舀了一碗粥，就听见指导员在黑暗里发火，说有人把老人的篱笆拆了做了火把。于是他们赶紧端着粥出去，写了张"不准拆篱笆做火把"的标语，然后用稀粥当糨糊贴在篱笆上。

红三军团第五师终于走进一块平地，军团命令官兵们休息并想办法弄点吃的。但是，小村寨里跑得一个人都没有了，部队只好派人上山去寻找。红军官兵找回来一部分村民，并向他们求购大米，双方讨论的价格是六块大洋一百斤。条件讲妥了，但是不少连队不愿意买，说是价钱太贵，而且卖的米是糯米，糯米是坐滑竿的财主们吃的，吃了这东西脚软走不动路。经过调查，不是卖大米的人故意与红军作对，而是这块平地里只出产糯米。于是红军只有买来吃，竟然发现米很黏而且很好吃。继续上路的时候还是没有火把,大山伸手不见五指,只看见团部的那盏马灯在远处发出微弱的光亮。突然,队伍不动了,接着命令传下来让就地休息。狭窄陡峭的山路上根本躺不下来,只能坐着,可还是立刻就响起了一片呼噜声。红军干部们不敢睡,用力吸着被当成烟草的树叶,直呛得剧烈地咳嗽。天蒙蒙亮的时候,队伍又开始向上蠕动。在阴冷潮湿的山雾中,红军官兵这才发现,昨晚他们的队伍居然停在了一处高高的悬崖上。

进入老山界后,红九军团第二十二师师长周子昆的妻子曾玉经历了人生的一场苦痛。这位已经怀孕的女红军,刚一进山就觉得肚子剧烈疼痛,于是休养连命令担架队用担架抬着她走。但是,没走多远就遇到桂军的袭击,抬担架的民夫扔下担架跑了,红军官兵立即把曾玉扶上马迅速撤离战场。马背上的颠簸令曾玉无法支撑,血顺着双腿涌流而出。三名女红军将她从马背上架下来,一步一个血印地寻找安全僻静之处。没有任何接生设备,甚至连一张干净的纸都没有,一个孩子在一丛茅草中出生了。曾玉把浑身是血的孩子抱在怀里就是不肯松手,可是桂军的枪声已经越来越近。在大家的催促下,这个没有衣服的孩子被用几把茅草裹了裹在最后的时刻丢弃了。枪声和孩子尖厉的哭声交织在一起,曾玉一步一回头,前面是一条山涧溪流,刚刚生完孩子的曾玉一脚下到冰冷的水里。直到上了岸,依旧能够隐约听见孩子的哭声,曾玉眼前一黑栽倒在地上。战士们找来一张破桌子当担架抬着她,并给她找来了唯一能找到的补养身体的东西——豌豆叶。昏迷中的曾玉始终把双臂抱在胸前,她就这样紧紧地抱着自己的"骨肉"直到红军走出老山界。

黑暗中,宣传队的小红军站在高处嘶哑地喊:"还有十几里就到山顶啦!爬上去国民党军就追不上啦!我们英勇的红军就要胜利啦!"

中央红军在黑暗中的大山里辗转前行。
上千公里之外的蒋介石也是夜夜无眠。

湘江一战后,蒋介石的参谋人员不断地给他推算中央红军到底还剩多少人,推算的结果是四万人。这个并不准确的推算,显然夸大了中央红军的实力。向来夸大国民党军战果的参谋们,这次夸大红军实力的目的很简单,就是再一次证明白崇禧的桂军在"通共"。果然,蒋介石勃然大怒。蒋介石认为,朱毛红军注定要被彻底消灭在湘江一战中,即使没有军事常识的人看一眼地图也能明白红军自己走入了绝境,可是绝境中的朱毛红军竟然从国民党几十万大军的夹击中走掉了,这不是内部出了问题还能是什么?

蒋介石给白崇禧发去一封电报,怒火万丈地让广西方面给他一个"合理的解释"。

电报发出的第二天,白崇禧的"合理的解释"来了。

白崇禧在电报的开头说,接到蒋介石的电报后"拜诵再三,惭悚交集",但是随即就开始了冷嘲热讽:

> 赤匪盘踞赣闽,于兹七载,东南西北四路围剿,兵力达百余万,此次任匪从容脱围,已为惋惜,迫其进入湖南,盘踞宜章,我追剿各军,坐令优游停止达十余日不加痛击,尤引为失策。及匪沿五岭山脉西窜而来,广西首当其冲,其向桂岭东南之富[富川县]、贺[贺县],抑向东北之兴[兴安县]、全[全县],无从判定。职军原遵委座电令,将兵力集中兴、全,后以共匪分扰富、贺,龙虎关之警报纷至沓来。复奉委座电令,谓追剿各军偏在西北,须防共匪避实就虚,南扰富、贺西窜,更难剿灭。

白崇禧的意思是:亲自坐镇南昌大本营指挥"围剿"中央红军的不是委座您吗?百万大军把红军压迫在江西南部的弹丸之地中,这难道不正是消灭他们的最好时机么,怎么可能让红军跑出来了呢,放走他们的到底是谁呢?中央红军进入湖南,虽然广西的军队"十余日不加痛击,尤引为失策",但难道不是中央军和湘军任红军一路从容西进直至进入广西的吗？

在让蒋介石明白中央军和湘军有错在先之后，白崇禧开始陈述桂军的委屈与功劳：

> 兹以湘、桂边境线长七百里，我军兵力总数不过十七团军，处处布防，处处薄弱，故只得以军一部，协同民团防堵，而以主力集中于龙虎、恭城一带，冀以机动作战，捕捉匪之主力而击破之；又虑匪众我寡，顾此失彼。送经电请进入全州附近之友军，推进兴、全，并经与湘军协定，共匪主力侵入兴、全时之夹击方案。自匪以伪一、九两军团由江华、永明方面分扰富、贺边境及龙虎关，与我防军接触后，当指挥进击，经两日激战，将其击溃，并判明匪之主力窜入四关，即以十五军全部及第七军主力星夜兼程转移兴、灌［灌阳县］北方之线截击该匪。

白崇禧不但派出了桂军主力，而且主力还"星夜兼程"，持续激战常常不是一日而是两日，如今却受到委员长的指责，于是白崇禧说："委座点责各节，读之不胜惶恐骇异。"——惶恐之余，关键是"骇异"。"骇异"二字显现出白崇禧看似觉得莫名其妙，实则心中充满愤怒。愤怒的白崇禧开始列举事实，以证明桂军的政治坚定以及作战勇敢：

> 无论职军在历史立场上，已与共匪誓不并存，而纵横湘、赣边境数年之萧匪主力，目前为我七军追至黔东将其击溃。即此次共匪入桂以来，所经五日苦战，又何尝非职军之独立担负，不畏螳臂挡车之识，更无敌众我寡之惧。至于全、咸［咸水乡］之线，因守兵单薄，被匪众击破，则诚有之；谓无守兵，则殊非事实。以我国军百余万众尚被匪突破重围，一渡赣江，再渡耒河，三渡潇水，如职军寡少之兵，何能阻匪不渡湘江？况现届冬季，湘江上游处处可以徒涉乎。

白崇禧的反问直指蒋介石的痛处："以我国军百余万众尚被匪突

破重围",那么凭什么要求桂军必须能够阻挡住红军？最后,白崇禧为蒋介石总结了国民党军宏大的湘江作战计划之所以失败的原因：

> 惟目前问题似不全在计划,而在实际认真攻剿,犹忌每日
> 捷报浮文,自欺欺人,失信邻国,贻笑共匪。至若凭一纸捷电,
> 即为功罪论断,则自赣、闽剿共以来,至共匪侵入桂北止,统计
> 各军捷报所报,斩获匪众与枪械之数,早已超过共匪十有几
> 倍,何至此次与本军激战尚不下五六万乎!

相信蒋介石看到这里定会汗颜。

特别值得注意的是白崇禧"失信邻国"一句。湘江一战,国民党军各军之间"失信"肯定是有的,但是"邻国"指的是哪个？难道白崇禧已经把广西一省视为了一"国"不成？

一九三四年十二月五日,中央红军终于翻过老山界主峰。

老山界主峰苗儿山的山顶是一小片平地,红军官兵们纷纷在这里坐下来喘息。这时,山顶上传来了一曲咿咿呀呀的京剧唱腔,是周信芳的《徐策跑城》：

> 湛湛青天不可欺,
> 未曾起事神先知。
> 善恶到头终有报,
> 且看来早与来迟。
> ……

红军宣传队的那台留声机响了。枣红色的盒子,绿呢子垫的转盘,一只黑色的大喇叭,这是一九三一年一月中央红军入闽作战时在沙县缴获的,同时缴获的还有十几张唱片,除了电影《渔光曲》的插曲外,大部分是京剧唱片。宣传队的小红军们背着它,挑着它,让骡子驮着它。宣传鼓动的时候把它架上,一摇,它就嘶嘶啦啦地唱起来了,然后小红军们就开始了政治鼓动,没有它的伴奏,总觉得鼓动的气氛不够。这台留声机是这些贫苦孩子参加红军前从没见过的,他们像爱护武器一样

爱护着这件稀罕之物,留声机跟随着这些年轻的红军战士走了上千里的路途,经过了无数次的血腥战斗,现在它在中国西南部的蛮荒大山中传出了响亮的唱腔。

到达山顶的毛泽东放眼望去,老山界的山岭直插云海。

山,

快马加鞭未下鞍。

惊回首,

离天三尺三。

山,

倒海翻江卷巨澜。

奔腾急,

万马战犹酣。

山,

刺破青天锷未残。

天欲堕,

赖以拄其间。

在毛泽东正式发表的所有诗词作品中,这是唯一一首跨年度写作的词,毛泽东标明的时间是"一九三四年到一九三五年"。而最值得注意的是词的最后一节,因为它的寓意竟与即将发生的历史事件惊人地吻合——在老山界崎岖险峻的山路上艰难行走的毛泽东,心中向往与呼唤的竟是中国古典传说所描绘的壮阔而绚丽的景象:天崩地裂,一根擎天柱撑起朗朗乾坤!

第八章　恭贺新年

1935年1月 · 乌江

如果一些历史回忆者所讲述的往事准确的话，那么，一九三四年十二月十二日，那位家住湖南、广西与贵州三省交界处的通道县城旁正忙着娶亲的农家青年，应该是一个与中国革命历史有关的人物。

中央红军越过老山界后，十二月十二日，共产党中央在通道就红军到底往哪里走这个问题进行过一次短暂的讨论。讨论是必需的，因为那天凌晨，中央红军野战军司令部获得一份国民党军目前位置和部署的情报，情报标署为"火急"：

> 刘敌十一日令：1，判断我军主力似在通道、龙胜边境。2，薛敌先头已抵洪江。3，刘敌部署：A、陶广一路除以一部筑绥[绥宁]、靖[靖县]封锁线，主力向临江口、通道方向觅我主力"截剿"。B、李云杰部进至绥宁策应。C、李抱冰部进至长铺子待命。D、刘建之旅除留团队守城步外，主力向木路口"进剿"。E、十五师十二日可到长铺子。Z、周[周浑元]敌谢[谢溥福]、萧[萧致平]两师九日抵武冈，万[万耀煌]、郭[郭思演]两师十日续到，其先头十一日到高沙，续向洪江前进。

本以为翻越老山界后，便能暂时脱离危险，但是国民党军追击的速度超出了预想。

通道会议没有留下任何文字记录，日后甚至在会议地点上也存在着多种说法。最普遍的说法有两种：一种是参加讨论的六个人鱼贯走进通道县城东面古老的恭城书院，他们参观了长满青苔的石阶、爬满紫藤的月牙门和阁楼层叠的藏书楼,然后穿过幽雅的院落直至安静的讲书堂,在那里坐了下来。另一种说法来自当事人的回忆:参加讨论的人挤在县城边一户人家的偏房里,因为这户人家的正房里已经张灯结彩——一位农家青年这一天正在迎娶他的新娘。显然,后一个充满了世俗欢乐的地点,更能显出世事沧桑以及时光流逝——无论是新婚青年的幸福,还是共产党人的焦灼,中国工农红军的未来命运正是自这一刻起陡然开始了微妙的变化。

除了娶亲略显喧闹之外,农家院落的周围是安静的。

红一军团第二师占领通道县城时,因为民团已经跑光没有发生战斗;军委纵队进城的时候,县城里的民众也没有异样的反应;各军团依旧按照两翼保护的状态到达指定位置——至少现在敌人还没有出现,因此讨论开始的时候气氛平和。

李德照例首先阐述自己的意见:中央红军从通道向北,去与转战在湖南西部的红二、红六军团会合。这是中革军委军事决策中心从转移一开始就确定的路线,李德的阐述并没有任何新的内容。接着,毛泽东发言了,他坚持说中央红军不能向北,因为中央红军要与红二、红六军团会合不是秘密。越来越多的情报显示,国民党军在那个方向上的数道封锁线已经设置完毕。因此,中央红军必须放弃与红二、红六军团会合的念头。毛泽东建议中央红军继续向西进入贵州,争取在贵州东北部地区寻找一个可以立足的区域,或者说是建立一个新的革命根据地。

参加会议的人就毛泽东的建议进行讨论。李德埋怨说"中国同志说话的速度太快",常常使他根本弄不清他们在说什么,因此,正在"打摆子"的李德在表达了自己的意见后就退场了——后来的叙述往往说由于"激烈的争吵",李德"怒火中烧,愤然退场",但无论是当事人的回忆还是当时的客观情景都不大可能出现这种局面,因为至少在那个时候,共产党领导层内部的冲突还没有激烈到这样的程度。剩下来的五名同志继续讨论并很快达成了一致:中央红军继续向西,进入贵州。

讨论结束后,中途退场的李德向周恩来询问讨论的结果,让他感觉有点异样的是,平时一向稳重的周恩来对他说话时"有些激动"。周恩来说:"中央红军需要休整,很可能在贵州进行,因为那里敌人的兵力比较薄弱。"

周恩来为什么"有些激动"?可以猜测的原因是:这是近两年来共产党中央第一次集体否决了共产国际军事顾问李德的意见。

李德是这样叙述当时的情形的:

> 在谈到原来的计划时,我提请大家考虑:是否可以让那些在平行路线上追击我们的或向西面战略要地急赶的周[周浑元]部和其他敌军超过我们,我们自己在他们背后转向北方,与二军团建立联系。我们依靠二军团的根据地,再加上贺龙与萧克的部队,就可能在广阔的区域向敌人进攻,并在湘黔川三省交界的三角地带创建一大片苏区。

李德对于讨论的结果并不满意:

> 毛泽东又粗暴地拒绝了这个建议,坚持继续向西进军,进入贵州内地。这次他不仅得到洛甫和王稼祥的支持,而且还得到了当时就准备转向的"中央三人小组"一边的周恩来的支持。因此毛的建议被通过了。他乘此机会以谈话的方式第一次表达了他的想法,即应该放弃在长江以南同二军团一起建立苏区的意图。

尽管李德在多年后写的那本名为《中国纪事》的回忆录里,充满了为自己的辩解和对毛泽东的不满,但是从他的叙述中依然可以发现,共产党高层在通道的讨论具有重要的历史意义:在成千上万的红军献出生命之后,毛泽东终于获得了表达自己主张的机会,这说明共产党高层正发生着一种微妙的变化。在相当长的时期里,参与重大决策的仅限于三个人,而现在参加讨论者却是六个人,毛泽东、张闻天和王稼祥都被邀请参加了通道会议。特别是对于毛泽东来讲,这是自一九三二年宁都会议以后,他第一次参加高层军事会议。据说邀请来自周恩来。从这个意义上讲,在偏僻的通道县城进行的这次紧急讨论,的确称得上是中国革命命运发生转折的开端,尽管当时所有的人并没有意识到这一点,包括隔壁那个沉浸在幸福中的新郎——不了解红军的农家青年无法想到,对于历史来讲,在他家洞房旁边那个屋子里发生的事远比他的新娘是否美丽重要得多。

通道会议的当天,中革军委向各军团发出西进贵州的命令。目的是迅速脱离桂军,以便寻机机动转入北上——毛泽东西进贵州的意见之所以在讨论时得到一致同意,是因为博古也认为贵州是敌人兵力薄弱之处,如果从贵州境内北进湘西也许会更顺利些。

通道会议的另一个收获是对共产党机关和红军部队进行了整编,并对红军高级干部做出了调整:撤销中国工农红军第八军团建制,第八军团人员并入第五军团;第八军团军团长周昆和政治委员黄甦回军委工作;第五军团参谋长刘伯承调回军委,任命第五军团第十三师师长陈伯钧为第五军团参谋长;原第八军团政治部主任罗荣桓出任第五军团政治部主任。中革军委的电令要求"五、八军团应利用行军中的间隙执行此电令中一切规定"。同时,取消军委纵队的第二纵队编制,"将一、二两纵队合编为一个纵队"。"军委纵队以刘伯承为司令员,叶剑英为副司令员,陈云为政委,钟伟剑为参谋长。"军委纵队下辖三个梯队,第一梯队司令员、政委和参谋长均由纵队首长兼任,"第二梯队以何长工为司令员兼政委,第三梯队以罗迈[李维汉]为司令员兼政委"。

刘伯承回到中革军委工作,意味着李德的权威被进一步削弱。

十二月十四日,在中央红军各军团和军委纵队向贵州前进的途中,中革军委以朱德的名义向转战在湘西的第二、第六军团发出电报,电报表明中央红军"已西入黔境,在继续西进中寻求机动,以便转入北上"与第二、第六军团会合。电报要求第二、第六军团"以发展湘西北苏区"并配合中央红军的行动为目的,"主力仍应继续向沅江上流行动,以便相当调动或钳制黔阳、芷江、洪江的敌人"。

　　无法理解在明知国民党军已在通往湘西的路上部署了大量兵力的情况下，李德和博古为什么固执地主张中央红军沿着红六军团遭遇重创的路线继续向北。蒋介石早已经预料到中央红军试图与贺龙、萧克会合，国民党军的十六个师正从三面紧跟着中央红军，其先头部队始终紧贴着中央红军的后卫掩护部队。同时，在中央红军北上湘西的必经之路上，国民党各路大军已部署了四道碉堡封锁线，用蒋介石的话讲叫作"请君入瓮"或者"守株待兔"。这是四条起于湘南与桂北交界处、止于湘西南腹地的防线，由南向西或西北方向延伸而去，因为布防得过于密集，竟使四道防线的南北宽度仅有上百公里。如果按照李德的建议，中央红军从通道直接北上，那么走不了多远就会进入国民党军布防好的包围圈中。

　　红一军团工兵营的队伍里，走着一个穿着红军军装的麻子脸，凡是从他身边走过的红军官兵，都会好奇地看他一眼，往往就看得他很是不自在。这个人名叫陈时骥，曾是国民党中央军薛岳部第五十九师的师长。红军官兵只要一看见他，渡过湘江以来的沉闷情绪就会一下子缓解不少。过去的时光令人怀念。那是在中央苏区第四次反"围剿"时，红军在江西宜黄县摩罗嶂与国民党军作战，红军官兵机动周旋布下一个迷魂阵，结果把国民党军的两个师全都围在了里面——杀声震撼山谷，漫山红旗飞舞！红军不但把国民党军第五十二师师长李明击成重伤，而且把国民党军第五十九师基本全歼了。红军在俘虏中没有发现第五十九师那个脸上有麻子的师长，于是开始搜山。红军官兵一边搜一边喊："麻子！出来！我们看见你了！"最后军团电台队终于把装扮成伙夫的麻子脸师长抓住了。这个毕业于保定军官学校的国民党军高级军官，经过教育参加了红军，红军官兵们听说渡湘江时他架起桥来还挺卖力。

　　队伍向敌情并不严重的贵州西进，没有必要的大行李已经统统扔掉，红军官兵走起路来轻松了许多。小红军们休息的时候，开始重新玩他们在中央苏区时经常玩的游戏：大家围成一圈传子弹袋，一边传一边鼓掌，掌声停止的时候，子弹袋传到谁的手里，谁就在事先准备好的盒子里抽签，然后回答抽到的军事或是政治的问题。若是没有回答对，就得出个洋相请别人回答；要是回答对了，就会得到奖励，奖品是几粒花生米。小红军们玩的另一种游戏是"打蒋介石"：把几根木棒竖起来，然后拿一根长棍子从十几米外的地方扔过去，看谁将竖着的木棒打倒得多。重新上路的时候，小红军们唱起了歌：

> 白军兄弟，
> 我们是红军，
> 彼此都是穷苦人。
> 你不打我，
> 我不打你，
> 请你老哥下决心。

听着歌声，走在路上的王稼祥对少共国际师师长萧华说："还是年轻好啊，不知道忧愁。"

中央红军主力部队很快越过省界进入了贵州。

一九三四年的贵州"天无三日晴，地无三尺平，人无三分银"。贵州最贫苦的山民被称为"干人"，红军总司令朱德对这个称呼的解释是："他们所有的一切完全被榨干了。"这些扶着原始的木犁在石缝中劳作的人，衣不蔽体，目光呆滞，唯一的栖身之处是茅草搭盖的窝棚。贵州的财主和军阀以挥霍和奢侈著称全中国，他们囤积着大量金银、鸦片、盐巴和枪支的房屋高大华丽，如同一座座坚固的城堡，高耸的屋檐尖角弯刀一样翘向阴沉的天空。他们的军队由步枪和烟枪装备起来，对付省内的"干人"凶恶无比，对外作战的能力却十分低下——在二十世纪三十年代，除了盛产鸦片，贵州是中国西南部的贫穷省份之一。

贵州省政府主席王家烈时年四十一岁。十九岁时，因为感到在富裕人家当家庭教师地位低下，王家烈加入贵州陆军步兵第六团，成为一营三连的一名列兵。他参加过蔡锷领导的反对袁世凯的护国战争和护法战争，从列兵一直升迁为连长。当他成为国民党军第二十五军第二师师长后，一九二七年奉命率部进入湖南进攻毛泽东领导的秋收起义军。但是，他的部队还没与起义的农民军接触，就与湘军先交上了火。王家烈的黔军孤军深入，左右无援，屡屡失利，最后屈辱地返回贵州。一九三〇年，王家烈再次奉命率部进入湖南，配合中央军"围剿"湘鄂西根据地，结果因为"出兵积极，会剿有功"，被蒋介石任命为湘黔边"剿总"司令。他的部队不但驻守在湖南地盘上，还每月从蒋介石那里领饷三万，湘军首领何键也不得不每月向他支付军饷两万。这一年的十一月，王家烈出席了国民党第四届全国代表大会，从此与蒋介石、何应钦、张群等国民党大员拉上了关系。依仗着这种关系，在蒋介石的支持下，一九三二年春，王家烈兴师动兵直取贵阳，打赢了争权夺利的省内战争。国民党中央立即任命他为第二十五军军长兼贵州省政府主席，王家烈自此开始了他对贵州的全面统治。一九三四年八月，王家烈协同桂军与红二、红六军团作战。十月，他接到蒋介石的电报，电报说中央红军已离开瑞金西进，有进入贵州的趋势，要求黔军"择要堵截"。

王家烈与蒋介石的关系十分微妙。

在贵州地面上，王家烈看上去是绝对的统治者。但是，由于贵州各路军阀内部争斗剧烈，因此在贵州地面上，实际存在着几股互相牵制的势力：犹国才部割据盘江地区；侯之担部割据赤水、仁怀、习水和绥阳等县；蒋在珍部割据正安、沿河等县；而王家烈真正能够实施统治的区域仅仅是贵州南部和东部的十几个县，他可以直接指挥的部队也仅仅只有两个师又五个旅。那些割据在贵州各方的军阀，口头上都拥护王家烈主席，可王家烈主席根本无法调动他们的一兵一卒。蒋介石在支持王家烈统治贵州后，又暗中支持各路军阀割据一方，以利用军阀的势力牵制、削弱王家烈，使他无法扩展自己的军事实力——蒋介石在等待着由中央军吞并贵州的最终机会。为了既防共产党又防蒋介石，同时在贵州的各路军阀中取得军事优势，王家烈一直做着倒卖鸦片的生意，即把贵州出产的鸦片大量运到两广地区，以换回黔军需要的武器。随着与两广军阀的往来深入，王家烈和与他有着同样心情的广东的陈济棠、广西的李宗仁订立了"三省互助联盟",企图联合起来暗中与蒋介石抗衡。可是,粤桂黔的联盟关系很快就被蒋介石知道了,王家烈自此成为蒋介石的眼中钉心头恨。虽然表面上蒋介石依旧对王家烈褒奖有加,但王家烈明白这只是时机未到,一旦时机成熟蒋介石定会毫不犹豫地置他于死地。

现在,蒋介石的机会来了。

王家烈十分清楚,如果中央红军进入贵州,那么共产党要占自己的地盘,自己势单力薄无以抗衡,而蒋介石的中央军必会以追击红军为借口跟着进入贵州,自己流离失所的日子也就为期不远了。忧虑中的王家烈想到了"三省互助联盟",于是他急忙与陈济棠和白崇禧联系。结果是:白崇禧答应桂军派出两个师位于黔南都匀、榕江一带策应;陈济棠答应粤军派出一个军位于桂北柳州一带策应。陈济棠和白崇禧都说:"若再远离各自的省境,自己的后防就会空虚。"

王家烈只能自己想办法了。

一九三四年十一月上旬,当中央红军到达湖南南部,正继续向西行进的时候,王家烈在贵阳召开了第二十五军和贵州省政府高级军事会议。会议决定执行蒋介石的命令,堵截可能进入贵州的中央红军。具体部署是:乌江以北防务由侯之担部负责,乌江以南防务由犹国才部负责。为了不得已时能够迅速向广西方向靠拢得到支援,王家烈自己担任了防守贵州东南部的指挥。

国民党军第二十五军,即黔军,总兵力为十二个旅。

就在共产党高层领导人在通道讨论红军行进方向的时候,王家烈率领第二十五军军部到达贵阳与镇远之间的马场坪。那里的一户人家的厢房随即成为黔军的前线指挥部。王家烈在这间厢房里召开军事会议,黔军所有的军、师两级长官都参加了。会议在划分防区、协调作战和补充供给等问题上进行了一番争吵,吵来吵去并没有令在贵阳制订的防务计划有多大改变。唯一不同的是会议气氛:在贵阳的时候,中央红军离贵州还远,黔军将领无不表示坚决执行委员长的命令,愿意肝脑涂地不惜一切与红军作战;现在红军近在眼前了,各路军阀却纷纷表示绝不能与红军硬拼,应该或追而不堵、或堵而不打、或打了就跑、或让路通行。尤其是听说薛岳率领的八个师也要进入贵州境内时,所有的黔军将领都认为,无论如何还要对中央军留上个心眼儿……

散会之后,王家烈把几个心腹师长留下了。心腹们秘密分析的结果是:中央红军虽然一路西进,但看上去似乎并没有占据贵州的意思。因为目前所有的情报均显示,红军前进的方向并不是省府贵阳而是贵阳以北。难道红军有北渡长江进入四川的企图? 如果真是那样,黔军有什么必要在贵州境内与红军打仗呢? 让他们过去好了! 最令人担心的,倒是尾随着红军的薛岳的那八个师,听说他们已经接近贵州边界了。

王家烈当即决定回贵阳去,以待观望,再做图谋。

王家烈所不知道的是,共产党中央红军即将进入贵州,蒋介石的国民党中央军也正向贵州集结,由此将导致中央红军与薛岳的中央军和王家烈的黔军在贵州的穷山恶水之间发生一场血战。他更没有想到的是,这正是希望中央红军离自己的地盘越远越好的粤军和桂军万分高兴的事。为了表达他们抑制不住的兴奋之情,一九三四年十二月十一日,陈济棠、李宗仁、白崇禧联名给蒋介石发去一封类似“请战书”的电报,措辞与仅仅十天前白崇禧为湘江一战给蒋介石发出的那封充满狡辩与讥讽的电报判若两人。这封请命出兵的电报,文辞华丽,慷慨激昂,读来颇有点粤军和桂军甘愿为国为民视死如归的架势:

南京中央党部、五中全会、广州西南执行部、西南政务会、国民政府林主席、行政院长汪、军委会蒋委员长钧鉴:

共匪朱、毛正突围西窜,号称十万,气焰紧张,天诱其衰,是我军最好歼灭之机会。途次信丰、安息、铅厂、城口、仁化、延寿、九峰、良田、临武、下灌、四眼桥、道县、洗砚圩、桃川、四关、文市、新圩、苏江、界首、寨圩、珠兰铺、宝洛冈、石塘等处,经我湘、粤、桂各军节节兜剿,计已歼灭过半。计凭隔匪众约五万人,转向湘、黔边境,所过之地,焚毁掳掠,庐舍为墟,非各路大军继续追剿,不能根本肃清,若任其转黔入川,会同萧、贺、徐匪,则共祸之烈,不堪设想。盖川、黔两省,卵谷西南,山深林密,形势险峻,远非赣、闽无险可恃之比,若不趁其喘息惶恐未定,加以猛力攻剿,则匪众一经休养整顿,组织训练,北进足以赤化西北,打通国际路线;南向足以扰乱黔、桂,影响闽、粤,破坏东亚和平,危害友邦安宁,而党国民族之危亡,更将无从挽救。济棠、宗仁、崇禧等,迭承各方同志奖勉有加,亦应当仁不让,继续努力,窃以为共匪不除,国难未已,一切救国计划,皆属空谈。粤、桂两省军旅,素以爱国为职志,拟即抽调劲旅,先组编追剿部队,由宗仁统率,会同各路友军,继续穷追,以竟全功。如蒙采纳,即请颁布明令,用专责成,并请蒋委员长随时指示机宜,俾便遵循。除另派专员面陈一切机密外,谨此电闻。

陈济棠　李宗仁　白崇禧叩。真印。

这种把戏蒋介石见得多了。

十几天后,蒋介石回了封电报,说了几句"至深感佩"的客气话后,拒绝了粤军和桂军进入贵州的要求。

不知当时蒋介石是否留意到这封"请战书"中"北进足以赤化西北,打通国际路线"这句话。两广军阀的预感具有惊人的前瞻性——在未来的一年中,不断地向中国西北行进的中央红军,其军事意图之一就是"打通国际路线"。

黎平,黔东南紧靠湖南的一个边界小城,小城被云贵高原的翠绿山峦所环抱。

红一军团的三团和六团顺着简易公路急促前进,十二月十五日,在平茶附近击溃黔军周芳仁旅一个营的阻击,很快接近黎平县城并随即开始攻城。战斗进行得出奇的顺利,红军的攻击刚一开始,黎平的城门就打开了——从县城里面跑出来一群百姓,敲着锣鼓说欢迎红军长官进城。原来,黔军一个团的守城官兵昨天已经跑光,团长带着家眷更是跑到了数十公里之外的榕江。与黔军一起逃跑的还有县城里的豪绅地主们。因此,当红军进入黎平县城时,这座县城里实际上只剩下了穷苦的"干人"。红军官兵部署警戒之后,打开县政府的仓库一看,顿时心花怒放:敌人没来得及销毁和转移的大量的粮食和盐巴完好地堆积着,不但可以分给县城里的穷苦人,还足够所有的红军官兵饱饱地吃上几天。

黎平县城边的一个小村庄里,在湘江战役中身负重伤的红三军团第五师十五团团长白志文苏醒了。半个月前,在湘江西岸新圩阻击阵地上,桂军的一颗子弹从他的左肩射入,打断肩胛骨后,横穿过他的肺部而出。一直昏迷的白志文在师长李天佑的安排下,被红军官兵抬过了弹雨横飞的湘江和山峰险峻的老山界。苏醒过来后,白志文被送到军委纵队的休养连。担架刚一进小院,白团长一眼看见了他的老上级何长工,他喊了一声:"何军长!"然后他又看见了在瑞金红军学校上学时的学员队政委董必武。白志文听见有人喊他的名字,声音来自小院东墙根下一溜排开的几副担架。白志文看见的全是红三军团的负伤干部。他的担架也被抬过去,与墙根下的那几副担架排在了一起。

军委总卫生部干部休养连,在中央红军渡过湘江后被重新整编。周恩来决定把分散在各军团的女红军、党和红军的高级干部以及重伤员们集中在一起,以方便照顾和管理。自中央红军军事转移出发以来,被分散到各军团的女红军与所在军团的官兵之间偶有摩擦,主要原因是一些受平均主义影响的官兵看不惯对女红军的特殊照顾。与红四方面军的妇女团不一样,中央红军中的女红军大都不是战斗员,矛盾的起因常常是为了吃。分给女红军的粮食不够吃,而且她们还需要红军官兵替她们背米行军。

休养连整编后,周恩来决定让何长工担任休养连连长,这个奇怪的任命让何长工感到很突然也很为难。周恩来对他说:"你的任务就是绝对保证他们的安全。转移结束的时候,他们在,你也在,两全其美;他们在,你牺牲了,我追认你为烈士;如果他们中间有人丢了或者牺牲了,而你还活着,我就要你的脑袋!"然而,何长工的作战任务繁重,根本无法具体负责,于是周恩来又调来原第八军团卫生部部长侯政当休养连专职连长。侯政内心紧张不想干,周恩来说:"工作光荣,责任重大,损失一个杀你的头。"这下子侯政就更紧张了。女红军李坚贞也被派来休养连任指导员。参加红军前当过童养媳的李坚贞,性情泼辣,快言快语,办事能力很强,而且山歌唱得很好,只要一有空她就扯开嗓子唱,那首"新做的军鞋四方方,哥哥他穿着上战场",每每唱得红军官兵们心驰神往。

休养连人员最多时有三百多人,全连分为五个班:老同志班,有董必武、谢觉哉、成仿吾等人;妇女班,有邓颖超、贺子珍等人;师团级以上伤病员班,有陈伯钧、张宗逊、李寿轩等人;苏区省部级领导班,有中共福建省委书记罗明等;军队干部班,一般是负伤生病的干部,或是尚未安排单位的干部。此外,休养连还有三百多人,四十副担架,十多副担子和药箱,几十匹骡马。

休养连开会的时候,董必武说:"我们虽然是老弱伤病,但是我们是红军,要像战斗连一样生活战斗。"

红三军团负伤的干部也躺在担架上开了个小会。大家说的意思很一致:我们是一个特殊的集体,特殊就特殊在我们都是共产党员。说着这些话的时候,几个躺在担架上的人把手伸出来,然后他们的手紧紧地拉在了一起——那么多的战友永远留在了湘江两岸,二十九岁的红军团长白志文没想到自己还能如此安静地享受西斜的温暖阳光。在以后数十年的残酷战斗中,他征战南北并且一直活着,直到迎来新中国的诞生。

在黎平,还有一些人与红军团长白志文一样享受到短暂的温暖。

中央发出这样一个通知:是夫妻的,可以团聚几天。

贺子珍、邓颖超、萧月华等都洗了脸,将头发梳理整齐,然后被等在休养连外面的警卫员们接走了。

因为怀孕数月肚子已经明显隆起的贺子珍买了一只老母鸡,作为给丈夫毛泽东的见面礼物。尽管她对丈夫备受疟疾折磨有思想准备,可真的见了面,贺子珍还是因为毛泽东的憔悴而十分伤感。虽然这个曾是一名英姿飒爽的游击队长的女红军抱怨过自己不断地怀孕,但是她对丈夫始终充满了温存的情感。她在炖鸡汤的时候没忘放一把辣椒,毛泽东对她炖的鸡汤很满意,关心地问到她的身体状况,这使贺子珍不由得想起他们那个名叫毛毛的孩子,这个话题让本来就心事重重的毛泽东心情更加阴郁了。

时年三十岁的邓颖超依旧在吐血。走进丈夫的办公房间后,她看见胡子很长的周恩来依然在伏案工作。他们相识于一九一九年的"五四"运动中,周恩来二十一岁,邓颖超年仅十五岁。他们的爱情关系在周恩来留学欧洲的时候由相互的通信而确定,那时她已和周恩来一样是共产主义理想的坚定追求者。一九二五年,周恩来在黄埔军校任政治部主任,他们在广州结婚。此后,他们近十年的夫妻生活大都是在纷飞的战火中度过的。邓颖超望着油灯光影下周恩来表情严峻的脸,预感到党内将要有重大的事件发生。

但是,无论如何,夫妻相逢总是幸福的。

而接下来,在共产党中央政治局会议上,所有的温暖感觉荡然无存。

政治局会议在黎平县城内一户最大的商人家里进行。这个被当事人回忆成姓徐或者姓胡的商人显然财源广进,他在红军到达之前逃跑了。商人家雕梁画栋,明亮宽敞,从窗户看出去,隔壁那座德国式的路德教堂高高的尖顶在小城中显得十分怪异。

政治局委员们陆续到齐,大家没有看见李德,共产国际军事顾问依旧在"打摆子",这是他进入中央苏区以来第一次缺席共产党中央和中革军委的决策性会议。——有记述说,是周恩来以安心养病为由劝说李德不要参加会议。但是这种记述没有可靠的史实支持,因为当时李德确实病得不轻,数天的高烧把这个身材高大的德国人彻底击倒了。

会议由周恩来主持。

照例是博古首先发言。博古重申了中央关于下一步行动的计划:从贵州向北,进入湖南,与红二、红六军团会合,在湘西建立一个新的革命根据地。接着，其他与会者相继发言，他们并没有在中央红军要到哪里去的问题上直接表态，他们说得最多的是中央红军为什么走到了如此被动的地步。他们回顾了第四次反"围剿"以来红军经历的那些不断失利的战斗，回顾了湘江一战红军遭遇的惨烈牺牲和巨大损失。话语中已经有了"该算算账"的味道，至少表情十分不自在的博古感受到了这种味道。

毛泽东再次陈述了自己的建议：放弃与红二、红六军团会合的想法，原因很简单，会合的路线已经被敌人严密封锁。毛泽东认为，即使再次付出巨大代价到达湘西，红军发展的天地也不广阔。斯大林早在一九三〇年就建议中国红军向四川发展，现在看来这个建议很英明。四川是中国的内陆大省，盆地富饶且被高山环抱，在地理上是个相对独立的区域。毛泽东指出，目前国民党军在贵州的防御力量薄弱，如果中央红军在贵州东北部的遵义地区能够站住脚，那么，向北偏西可以相机北进与力量更强大的红四方面军会合，向北偏东又可以与红二、红六军团相互策应，遵义地区应该是一个能让红军左右逢源的好地方。

张闻天和王稼祥都表示支持毛泽东的建议。

在关系到中国红军命运的重大决策的讨论中，毛泽东突然把斯大林说过的话搬出来，显然经过周密的思考和准备。对于共产国际和斯大林，毛泽东多年来一直采取不予理睬的态度，他在政治上遭受的所有挫折，几乎都与他的这种态度有关。毛泽东对苏联共产党的倔强的戒备贯穿着他的一生，直到晚年他依旧对北方那个大国"土豆烧牛肉"式的共产主义给予过温和的嘲讽。在黎平会议上，毛泽东把斯大林的话拿出来给予重申，目的就是对付李德和博古这些"真正的布尔什维克"，以使红军避免再次遭遇重大挫折。

果然，博古没能对毛泽东的建议提出反对意见。

黎平会议从白天开到深夜，最终通过了一个决议。

一九三四年十二月十八日，《中共中央政治局关于战略方针之决定》发布：

中共政治局决定

一、鉴于目前所形成之情况,政治局认为过去在湘西创立新的苏维埃根据地的决定在目前已经是不可能的,并且是不适宜的。

二、根据于:甲、使我野战军于今后能取得与四方面军及二、六军团之密切的协同动作。乙、在政治的经济的及居民群众的各种条件上,求得有顺利的环境,便利于彻底地粉碎五次"围剿"及今后苏维埃运动及红军之发展。

政治局认为新的根据地区应该是川黔边区地区,在最初应以遵义为中心之地区,在不利的条件下应该转移至遵义西北地区,但政治局认为深入黔西、黔西南及云南地区对我们是不利的。我们必须用全力争取实现自己的战略决定,阻止敌驱迫我至前述地区之西南或更西。

三、在向遵义方向前进时,野战军之动作应坚决消灭阻拦我之黔敌部队。对蒋湘桂诸敌应力争避免大的战斗,但在前进路线上与上述诸敌部队遭遇时则应打击之,以保证我向指定地区前进。

四、政治局认为,为着保证这个战略决定之执行,必须反对对于自己力量估计不足之悲观失望的失败情绪及增长着的游击主义的危险,这在目前成为主要危险倾向。

五、责成军委依据本决定按各阶段制定军事行动计划,而书记处应会同总政治部进行加强的政治工作,以保证本决定及军事作战部署之实现。

一九三四、十二、十八

当周恩来把这个"决定"的俄文翻译本送给李德后,李德"勃然大怒",继而向周恩来大吼起来。在李德的吼叫声中,周恩来用英语不断地解释,双方的情绪都到达激烈的顶点时,一向稳重的周恩来突然一掌拍向桌面,桌子上的马灯被震落于地,李德的屋子里顿时一片漆黑。

　　黎平会议做出的另一个决定，也让李德感到了无奈与难堪：刘伯承重新当上了中国工农红军的总参谋长。在中国红军中，李德最早认识的军事干部就是刘伯承，那是一九二九年在苏联的伏龙芝军事学院里。当时，刘伯承具有传奇色彩的革命经历，使比他小八岁的李德只有崇敬地仰望。刘伯承参加过推翻中国封建帝制的辛亥革命，参加过反对袁世凯独裁统治的护国战争。在一九一六年三月的一次战斗中，北洋军阀的一颗子弹自他的太阳穴射入从右眼穿出，这次严重致残的负伤让这位年仅二十四岁的护国军将领声名远扬。之后，刘伯承和朱德一起发动武装暴动，任国民革命军四川各路总指挥，后改任国民革命军第十五军军长。一九二七年，他与周恩来、朱德、贺龙等人一起领导了南昌起义。从苏联伏龙芝军事学院毕业回国后，刘伯承一九三二年一月进入中央苏区，任红军中央军政学校校长兼政委，同年十月出任红军总参谋长，在领导中央红军与国民党军的作战中显示出出色的军事指挥才能。

　　通道讨论之后，刘伯承回到军委纵队的时候，迎面碰上李德。在这一瞬间，万分不自在的是李德，当刘伯承用俄语和他打招呼时，他一句话没说，只是表情漠然地点了点头。

　　李德与他的中国妻子萧月华的结合，是一件让红军官兵愤愤不平的事情。原来在少共机关做内勤工作的女红军萧月华，是在组织的要求下与进入中央苏区的李德生活在一起的。她对组织说："既然为革命都可以不要命，我服从党的决定。"她还对组织说："我从小当童养媳，什么气、什么罪、什么苦都经受得住。"但是，自从与李德生活在一起，这对语言不通的异国男女就经常发生争吵。而无论因为什么争吵，争吵成什么样子，红军官兵都认为是那个德国人在欺负红军战士。

　　在黎平，被警卫员领去与丈夫团聚的萧月华，突然哭着从屋子里跑出来，她找到周恩来请求首长"救救她"。李德一直追到周恩来的屋里，要把他的妻子拉走，这一情景被毛泽东看见了，毛泽东大声制止了李德。在听了萧月华的哭诉后，毛泽东说："今天我要行使一下苏维埃共和国主席的权力，月华同志，跟我走。"

李德呆呆地看着毛泽东把萧月华领走了。

毛泽东的态度开始强硬了。

作为长征征途上的首次中央政治局会议,黎平会议没有触及中国共产党和中国工农红军所面临的最严重的领导层问题,仅仅就红军的走向在军事层面上做出了决定,这使一次中央政治局会议等同了一次单纯的军事会议。

黎平会议的第二天,中革军委以朱德和周恩来的名义签发"关于军委执行中央政治局决议之通电":

> 为执行党中央政治局十二月十八日的决议,军委对红军部队于最近时期的行动,有如下的决议:
>
> (一)野战军大致于二十三日可前出到剑河、台拱、革东地域,其区分为:
>
> 甲、一、九军团为右纵队,有占领剑河的任务,以后则沿清水江南岸向上游前进。
>
> 乙、三军团、军委纵队以及五军团为左纵队,应经岭松、革东到台拱及其以西的地域。在前进中如遇黔敌应消灭之,如遇尾追之敌应击退之,在不利条件下则应迟滞之。
>
> (二)野战军到达上述指定地域后,于十二月底右纵队有占领施秉地域、左纵队有占领黄平地域的任务。为此,应坚决进攻和消灭在上述地域的黔军部队,并钳制黄平以南之黔军,及由东面可能来追之湘敌及其中央军。
>
> (三)在前出到施秉、黄平地域以前,可用常行军前进,最后则应迅速地占领施秉、黄平两城。
>
> (四)二、六军团目前应在常德地域积极活动,以便调动湘敌。当湘敌所抽调之部队已北援时,二、六军团应重向永顺西进,以后则向黔境行动,以便钳制在铜仁之薛敌部队及在印江、思南之黔敌部队。
>
> (五)四方面军应重新准备进攻,以便当野战军继续向西

北前进时，四方面军能钳制四川全部的军队。

（六）未参加决定此问题的军委委员，应于二十日晚以前，将自己的意见及其是否同意，电告军委。

朱、周

十九号十八时

这一军事部署显示出黎平会议的另外一个重要成果：中国共产党和中国工农红军的重大决策，必须经过政治局会议的集体讨论，并以会议决议的形式给予明确确定。

在黎平地区休整六天之后，中央红军开始向遵义方向移动。

就在共产党中央在黎平召开政治局会议的那天，王家烈给蒋介石发去一封电报，电报先是描述了黔军"英勇作战"的"辉煌战果"：

赣匪一部约五六千人，删日［十五日］在黎平被我周旅长芳仁击退，折向老锦屏，图绕天柱、青溪北窜，被我五、六团迎头痛击，匪伤亡甚众。

可事实是，红军已经强渡黎平以北的清水河。王家烈无论如何都不能继续自欺欺人了，于是，他言辞一转恳请南京政府"飞令"大军入黔：

查该匪号称十万，若今日久蔓延，不仅黔省被其赤化，恐川、湘及其他各省，亦同感危殆。除集中所部进剿堵截外，并恳中央飞令到湘各军，西移黔境；及桂省各部队越境会剿，以期聚歼该匪，挽救黔难，无任感祷。

一省军阀向国民党中央军发出这样的求救电报是不多见的。

当中央红军迅速进入贵州并占领黎平后，王家烈对红军的作战能力以及黔军的脆弱本质有了切实的体会。在黎平方向布防的，是黔军中战斗力最强的周芳仁旅。然而，王家烈用精良武器装备起来的这支部队,几乎还没有与红军真正接触,便一退上百公里接着就散了伙。王家烈只好立即命令其他各旅向黎平增援,但是其他各旅要么行动缓慢,要么根本就没有执行命令。十五日,万分焦急的王家烈发出电报,要求黔军各部"不分畛域进剿"红军。王家烈警告贵州的各路军阀,如果不团结起来共同对敌,覆巢之下焉有完卵?可是他的严正警告收效甚微,黔军只要面对红军依旧一触即溃。王家烈突然醒悟到,仗如果这样打下去,红军长驱直入贵州不说,如果让红军发现黔军如此不堪一击,红军很可能就会待在贵州不走了,然后再发展出一个面积广大的红色根据地,那样自己就永无宁日了。万般无奈的王家烈痛下决心:与其这样,还不如请中央军入黔"追剿"红军;两个后果相比,肯定是红军留在贵州境内更加可怕。

而实际上,蒋介石用不着王家烈的恳请,国民党中央军正以大兵力阵容向红军包抄而来,其前锋部队已经从正东和东北两个方向进入了贵州。

从黎平出发的中央红军,面临的敌情十分严重:南面,桂军廖磊部已经从广西推进到贵州南部的榕江。北面,薛岳指挥的国民党中央军吴奇伟部已经从湖南进入贵州,正快速地向中央红军靠近,其前锋部队到达了距离黎平只有一百二十公里的镇远。东面,一直尾追着中央红军的国民党中央军周浑元部,不断地与红军的后卫部队发生摩擦,就在军委纵队离开黎平几个小时后,周浑元部的侦察尖兵就进入了黎平县城;第二天一早,当军委纵队走出黎平仅仅五十公里时,黎平县城即刻被周浑元部完全占领。从三面包抄而来的国民党军,总兵力达十五个师;如果再加上贵州境内的黔军,国民党军的总兵力是中央红军的十倍以上。

从黎平出发后的第二天,一支国民党军队突然冒出,向整个中央红军队伍的中间部位发起侧击,而那个位置正好是共产党中央和红军领导层的核心部位。

当时,军委纵队的担架队队长病了,临时队长由朱德的夫人康克清担任。枪声骤然响起后,躺在担架上的王稼祥向康克清喊:"如果是敌人,赶快派部队去打!"子弹呼啸着从康克清的头顶掠过,康克清让担架队退到一个安全的地方,同时通知军委纵队停止前进,然后自己带领一个班去前面侦察。"我的眼力很好,没有望远镜,也能看见前面山头上正在射击的敌人。"看清了敌情并向红军野战司令部报告后,康克清把特务排布置在最有利于射击的位置,她对大家说:"中央和军委领导同志就在我们身后,拼了性命也不能让敌人越过我们!"正说着,一股敌人从山坡上冲了下来。敌人利用乱石做掩护,很快就接近了红军的阻击阵地。康克清低声说:"沉住气,沉住气……"直到敌人距离自己只剩下约五十米时,康克清大喊了一声:"射击!"跑在最前面的两个敌人即刻停下来,然后开始灵活地沿着曲线前进。康克清对身边的一个战士说:"你打右边那个,我打左边那个,比比看谁打得准。"结果,两枪齐射,两个敌人应声倒地。这时,迂回到敌人后面的红军官兵发起冲击,叶剑英派来的一个连也赶到了,这股国民党军即刻撤出了战场。

康克清是长征中唯一没有和丈夫分开过的女红军。她走在红军战斗序列里的原因很简单:她是一名勇敢的战士。康克清的腰间总是插着两把手枪,肩上还背着一支步枪,这个身体健壮的渔民的女儿,自十五岁起就以这样的英姿战斗在井冈山上。她骑马、攀山、行军、打仗,与所有的红军战士一样无所畏惧。即使在很多红军官兵都支持不住的艰难时刻,她也能始终行走如飞——"就像每天出去散步一样。"多年以后,她对美国记者海伦·斯诺这样形容她的长征。

康克清与朱德的结合,被革命队伍中所有的革命者称为典范。一九二九年,当朱德向康克清求婚的时候,她才是个不满十七岁的红军士兵,而朱德已经是四十三岁的红军军长了。井冈山根据地妇女组组长曾志有一天对康克清说:"朱军长十分喜欢你,组织上希望你能同他结合。你和他结合后,可以从生活上帮助他,给他最大的安慰。"康克清认为无论是年龄还是资历,她与朱德军长相差实在太远了,因此只好向曾志推说自己"已经有了人"。但是,朱德的求婚是固执的,他不断地把康克清找来,详细地介绍自己的身世和经历,希望这个年轻的女红军能够接受他。最后,朱德以"只要你不表示反对就是同意"结束了艰苦的求婚过程。举行婚礼的时候,红军将打长汀时缴获的几盒罐头拿来了,毛泽东、陈毅、谭震林、贺子珍、曾志等都到场助兴,只是康克清平时要好的那些小伙伴没有来。后来,当康克清埋怨她们的时候,小伙伴们的回答是:"怪不好意思的。"结婚的当天晚上,康克清对新婚丈夫说:"我有自己的工作,还要抓紧时间学习,希望你在生活上不要指望我很多。"朱德听了不但很高兴而且很支持,红军军长对他的新婚妻子说:"干革命就不能当官太太,当官太太的人就不能革命……生活上的事不用你操心,你只管努力工作、学习吧。"

向遵义方向移动的中央红军各军团行进顺利。右纵队的红一军团二十日经过剑河,二十五日攻击施秉和镇远,二十八日第一师一团攻击余庆、第二师攻击老黄平。红九军团由老锦屏出发渡过清水江,一直跟随着红一军团前进并配合其行动。二十四日前后,左纵队的红三军团已经到达台拱以南地域。军委纵队也到达南哨附近。红五军团照例跟随在军委纵队的后方,担任整个中央红军的后卫掩护任务。这时候,中央红军距离遵义仅剩不到一百四十公里的路途了。

一九三五年的新年就要来临了,红军官兵行军路过大集镇时,处处感受到节日的气氛。他们对贵州富裕人家筹备新年的奢华程度十分惊讶:猪肉和美酒陈列在厅堂,炭火上蒸着糍粑,白米饭在大碗里堆得很高,上面插着供奉祖先的香火。

红三军团第四师是军团的先头部队,而十团是第四师的先头团。走在十团最前面的二营,在距瓮安还有大约二十公里的时候,在一个名叫坠丁关的山口遭到一股黔军的阻击,二营一个冲锋就把这股黔军打散了。在坠丁关关口吃了几口携带的冷米饭,二营接到了占领瓮安县城的任务。

瓮安,位于遵义的东南方向,距离遵义只有不到一百公里的路程。二营刚要出发,就发现沿着公路嘻嘻哈哈地走来大约两百多名黔军。黔军没有料到红军会这么快到达这里,看见沿着公路两边运动而来的红军,黔军大喊:"我们是王司令官的,不要打呀!"但是红军官兵的机枪已经响了。措手不及的黔军立刻向后跑,边跑边喊:"红军来了!红军来了!"

防守瓮安县城的是王家烈的精锐部队五团和六团。

瓮安的城墙很高很厚。

二十九日清晨,大雾弥漫。

十团的红军官兵悄悄接近了瓮安城门。在把黔军的一个流动哨兵毫无声息地刺倒后,十团的三个营从不同方向开始攻城。攻击几乎是盲目的,因为雾很浓,几步之外就什么都看不见了。红军和黔军都在浓雾里晃来晃去,估摸着对手的方位,然后犹犹豫豫地举枪射击。大雾之中的搜索持续了大约一个小时,十团的红军官兵终于接近了城门,但他们在那里并没有发现黔军的影子。根据几个百姓的指点,红军朝着黔军撤退的方向继续搜索,可还是没有寻找到黔军的踪影。后来才知道,就在红军官兵向前搜索的时候,黔军从他们百米之外向城外逃走了,逆向并行的双方竟然都没有相互察觉。瓮安,这座被浓雾笼罩的县城几乎没有发生激烈的战斗就被黔军丢弃了。这时候,十团接到师里的命令,让他们停止对县城的攻击,因为雾大容易遭遇埋伏,可是十团已经在县城里了。下午三点,浓雾散尽,红三军团第四师主力部队开进了瓮安。然后,红军立刻准备在这里大吃一顿以庆贺新年。各团各连都杀了猪、羊和鸡,加上在县城里打土豪时获得的年货,每个连队都端出了五六盆美食,令整个瓮安县城里到处飘散着浓郁的肉香。与以往自己吃年饭不同的是,红军官兵邀请了县城里的"干人"一起吃。红军说:"吃吧吃吧!把土豪们好吃的东西全吃光!"

与此同时,红三军团的另一支部队从台拱向北前出,开始进占镇远县城。在县城防守的黔军柏辉章师,只象征性地抵抗了一下,然后全师向西面的马场坪撤去。红军打死民团的一个大队长后,很快占领了县城。这时,国民党中央军吴奇伟部的先头部队第九十师五三五团也到达了镇远城下,他们远远地看见红军在县城里来来往往,搞不清红军究竟在忙什么,于是站在公路上不敢贸然行动。正当国民党军犹豫不决的时候,埋伏在附近的红军突然发起攻击,国民党军慌忙撤退,并开始构筑迎战阵地,但是红军的攻击又戛然停止了——占领镇远的红三军团官兵也在准备过年,他们似乎对穿新衣服更感兴趣,由于从县政府仓库里缴获的布匹不够,他们把县城所有店铺里的布匹采购一空。第二天天一亮,国民党军五三五团的官兵小心翼翼地向前移动,最后在没有经过战斗的情况下开进镇远县城,这才发现红军早已经走远了。县城里的百姓对他们说,红军官兵走的时候个个全身簇新。

红一军团第一师师长李聚奎,在一个小镇子边休息的时候,看见了共产党中央和中央红军所有的领导一起向他走来。第一师师部刚刚杀了一头猪准备过年,李聚奎邀请首长们在自己这里吃饭,竟然得到了肯定的答复,于是他赶快让师部炊事员把有的东西全做了。李聚奎发现毛泽东的精神状态好多了。毛泽东问李聚奎第一师的伤员多不多,官兵的情绪如何,疲劳恢复了没有。然后,第一师的过年饭开始了。炊事员端上来一大盆肉,红军首长们高兴得直拍手。大家正吃得畅快淋漓,李德来了。毛泽东对李德说:"这里有饭,赶快吃吧。"李德抓起一块肉大口地吃起来。事后,毛泽东这句不经意间说的话,竟然在第一师官兵的嘴里传来传去变成了"毛泽东说李德是饭桶"——"这样说不大好,但一下子纠正不过来。"李聚奎师长对红军的这个新年记忆深刻。

中央红军开始向西北方向的乌江行进,但是李德不走了,他希望中央红军不要过乌江,而是从这里向北,去与红二、红六军团会合。显然,李德对黎平会议决定的不满,并非一时的心血来潮,至少他认为那是经过少数人商议之后决定的。令人不解的是,无论当时党内存在着何种具有历史渊源的内部矛盾,仅就中央红军是否北上这个经过了多次讨论的问题来讲,李德的反复无常已经到了不合常理的地步。此刻,几个月前红六军团遭遇重创的地方——贵州甘溪镇——就在距离李德不远的地方。

中央红军自中央苏区出发以来,其征战路线丝毫没有超出国民党军的预料,中央红军一直走在红六军团曾经走过的路上。就连进入贵州之后,中央红军的行军路线也几乎与红六军团走过的路线相重叠。就在此时中央红军所处的位置上,萧克鉴于严重的敌情曾决定把队伍拉过乌江以寻求机动,但是红六军团接到了博古严厉批评的电报,电报要求他们放弃向西立即向北,并且说北进的路上并没有重大的敌情,然而红六军团向北没有走出多远,就陷入了敌人的重兵包围中。现在,红六军团牺牲的那些红军官兵的遗体,依旧散落在北边不远的大山中。

在博古正式宣布红军总参谋长的任命后,刘伯承立刻向周恩来报到了。周恩来要求刘伯承迅速执行中央红军强渡乌江的军事计划。曾在川军任过高级将领的刘伯承在这一带打过仗,对这里的地理环境十分熟悉,因此他对中央红军是否能够成功地渡过水流湍急且各个渡口都有重兵防守的乌江有些顾虑。周恩来说:"毛主席说了,刘伯承这条四川的独眼龙,定能想出渡过乌江的办法。"

一九三四年就要结束了。

这一年的最后一天,贵州中部大雪纷飞,漫天皆白。

中央红军到达了距离乌江南岸不远的瓮安县猴场。

猴场是一个商业繁荣的集镇,"场"即"集市"的意思,猴场号称贵州北部的"四大场"之一。

猴场的黔军、民团和豪绅都逃跑了,普通商贩对红军的到来很是高兴。因为几个月前,他们见过路过这里的萧军长和他带领的那支红军部队——除了大地主大官人之外,谁会害怕为穷人说话的队伍呢?因此,当中央红军到达猴场的时候,这里的市场照旧一片火热,浓烈的新年氛围一下子把浑身落满雪花的红军官兵包裹了起来。

红军宣传队很快就把整条街贴满了标语,广场上堆满了从大土豪家里没收的财物,红军正向蜂拥而至的"干人"们分发物品。领取了过节费的红军官兵,兴高采烈地采购自己喜欢的东西,他们个个说话和气出手大方,获利颇丰的商贩们喜笑颜开。红军警卫员是采购者中最繁忙的,他们今天都想给自己的首长弄点新奇好吃的东西。警卫员们提着肉和菜往回走的时候,路边就有青年人拉住他们问番号,原来是红六军团在这里打仗时留在老乡家养伤的红军战士,这些红军战士没说几句话就都眼泪汪汪的:"我们知道部队一定会来的! 一定会来的!"

年饭张罗好了,首长们却不知道上哪里去了,警卫员们都在等。

等的时候,小红军们对这样一个现象议论不停:自红军离开苏区以来,毛主席第一次住最好的房子。在红军部队长大的警卫员们懂得这肯定说明了什么。

中央政治局会议再次召开,中国革命史称之为"猴场会议"。

再次召开政治局会议是毛泽东的建议。他不但直接向周恩来表示继续让中央红军置于李德和博古的独断指挥下是危险的,而且还建议会议必须再做出一个决议,以坚决遏止在政治局集体做出决议后随意修改的恶劣作风。毛泽东说,这种恶劣作风是违反组织原则的。

果然,会议一开始博古就提出两条建议:一、不要渡乌江,也不要试图在遵义附近建立根据地;二、杀个回马枪,坚决去与红二、红六军团会合。李德随即警告说,乌江很可能是另一条湘江,强渡很可能失败,或是要付出巨大的代价。

毛泽东立即对博古和李德的建议给予了批评,并表达了坚持黎平会议决定的立场。接着,没有经过太激烈的辩论,博古和李德的建议就被会议否决了。大多数与会者认为,黎平会议的决定是正确的,红军要无条件地予以执行。之后,周恩来根据毛泽东的事先提醒,引导会议又做出一个决定,即《中央政治局关于渡江后新的行动方针的决定》,决定中最重要的一句话是:"关于作战方针,以及作战时间与地点的选择,军委必须在政治局会议上作报告。"

午夜时分,毛泽东回到住处。警卫员为他准备的年饭都是他喜欢吃的东西:油炒辣椒、炸豆腐、牛肉和醪糟。按照在中央苏区时的习惯,警卫员们还在门口堆了个雪人,准备了一些凳子,以迎接前来拜年的首长。毛泽东没有进屋吃饭,他长时间在雪地中徘徊着——李德关于"乌江很可能是另一条湘江"的警告不是没有道理的。

乌江，发源于贵州西部威宁的草海，自西南向东北贯穿贵州，是贵州省内最大的一条河流。乌江两岸悬崖陡峭，难以攀登，江道曲折，水流湍急，自古就有"乌江天堑"之说。在乌江的主要渡口上，黔军修建了坚固的防御工事，配置了主力部队和强大的火力。更严重的是，向中央红军包抄而来的国民党中央军，正全速向乌江方向推进，其中吴奇伟部的四个师和周浑元部的四个师距乌江已不到一百公里。

中央红军必须在国民党军主力部队到达前渡过乌江。

湘江一战的情景绝不能重演。

此时，林彪、聂荣臻的红一军团和彭德怀、杨尚昆的红三军团已经奉命赶往乌江，红军总参谋长刘伯承也亲自带着工兵队上去了。根据他们的报告，第一支试渡尖刀部队已经组成，中央红军即将开始抢渡乌江的行动。

一九三五年的第一天，雪后天晴。

在距猴场以南仅仅几十公里远的黔军指挥部马场坪，王家烈正在等待着一个人的到来，这是一个从前他最不愿见如今又不得不见的人。

黔军各路高级军官到齐，丰盛的宴会安排妥当，几大坛上等的茅台酒已经开封。等待的时候，王家烈依旧对如何应对目前的局面拿不定主意，其中最大的苦恼就是自己的部队很快就会在与红军的作战中耗损严重而无处补充。王家烈正没着没落的时候，薛岳的车队到了。

与薛岳一起到达马场坪的，还有国民党中央军第一纵队司令吴奇伟，第二纵队司令周浑元以及第十三师师长万耀煌。王家烈和薛岳相互寒暄，然后开始了谈话。出乎王家烈预料的是，关于黔军的补充，薛岳一口答应由中央军负责。军事问题谈完了，开始谈政治问题。薛岳悄悄地对王家烈说，你政治上的敌人是何敬之[何应钦]，今后要对他采取远距离，应该走陈辞修[陈诚]的路线。军事和政治都谈完了，象征性地碰一下杯，然后中央军和黔军各自上路了。

王家烈不知道，说是各自开拔，其实薛岳和他去的是同一个地方，那就是贵州首府贵阳。

在来马场坪之前，薛岳专门给蒋介石发去一封电报，说他即将与王家烈会晤，请委员长明示"会晤要点"。蒋介石回电只强调了中央军进入贵州的主要任务："乘黔军新败之余，以急行军长驱进占贵阳。"获悉这一"要点"之后，薛岳立即给王家烈和中央军各部队长官发出电报。在给王家烈的电报中，薛岳"拟请贵军主力速向瓮安、紫江［开阳县］一带截剿"。而在给中央军各部队长官的电报中，薛岳命令各军"迅速向西追剿，免匪窜犯贵阳，而保我中心城市"。限定了各军急促赶赴贵阳的时间后，薛岳特别强调："本路军部署，不得向友军宣泄，希遵办。"自江西、湖南一直紧跟着红军的国民党中央军，刚一进入贵州就要直冲贵州军阀的老窝而去——在蒋介石的心中，把王家烈的贵阳占了，比把朱毛红军消灭更为紧迫。

薛岳的电报生动地揭示出蒋介石的中央政府与中国各地地方军阀之间的奇怪关系。这种于二十世纪三十年代初形成的奇特政治关系，在世界政治史中极其罕见，弄清了这种现象的由来和内幕，就不难解释为什么强大的国家军队就是无法制止一支并不强大的武装力量在偌大的国土上到处移动。

就在王家烈和薛岳在马场坪碰杯的时候，红一军团第二师四团的红军官兵也正在乌江岸边碰杯。红军官兵端着的杯子或碗里是开水，开水在冰天雪地里冒着腾腾热气，红军官兵高兴地喊道："同志们！ 祝贺新年！"

之前，四团团长耿飚到达猴场，过年的兴致十分高涨，他亲手杀了一只鸡，还让警卫员去弄点红枣或桂圆什么的。他在连队转来转去，闻着饭锅里各种各样的香气，然后看看战士们正在准备什么节目。但是，香喷喷的饭还没有吃上，警卫员就通知说让他到师部去。耿飚在师部一直等到半夜，中央的会散了，军团长林彪亲自到了第二师师部，给四团下达了攻占乌江渡口的作战命令。

林彪说："要赶在敌人到达之前把渡口拿下来！"

耿飚回到团里,让警卫员把年饭撤了,然后铺开地图开始研究,等把作战计划想明白,天已经亮了。

一九三五年的第一天,耿飚带领一支侦察分队出发了。他们化装成贩运私盐的商人,踩着积雪向乌江疾行。在爬上一道峭壁后,耿飚听见了江水冲击岩壁的轰鸣声,但是看不清乌江的全貌,视野里全是一片飘荡的云雾。当地向导说,即使在晴天的时候,乌江也总是被大雾裹着。红军的侦察分队开了几枪,对面的大小火力即刻也开了火,四团的参谋们忙着记下敌人的火力点位置。这个名叫江界河的渡口对岸,只有黔军的一个连,由一个团长指挥着。重任在肩的耿飚立刻开始组织部队强攻,他命令官兵在渡口的正面大张旗鼓地砍竹子捆竹筏,然后一边大声喊叫一边扛着几根竹子来回奔跑。耿飚布下的阵势使对岸的黔军即刻乱作一团,大雾里传来的喊叫仿佛江对岸来了千军万马,而此时耿飚正躲在竹林里开始确定突击队队员的名单。

首先报名的是三连连长毛振华,这是个身材高大的湖南青年农民,因为不满地主的盘剥参加了赤卫队。他曾给贺龙当过勤务兵,打起仗来勇猛而又机智。接下来报名的足有三十多个红军。耿飚最后确定由毛振华率领七个人首先强渡。都是会游水能打仗的老兵,八个人腰里插着驳壳枪,头上顶着一捆手榴弹,瞪着眼睛在耿飚面前站成一排。小雪变成了蒙蒙细雨,江风阴冷刺骨。在离渡口上游几百米的隐蔽处,耿飚一一端起了酒碗,八个老兵大口喝下团长递过来的酒,然后纵身跳下乌江。四团所有的官兵都屏住呼吸看着他们,他们很快就消失在江雾中了,只能看见那条连接着他们的粗绳子被江水冲成得犹如一条弯弓。对岸的黔军开始了射击,机枪、步枪和迫击炮一起朝着江面上打。突然,在一声剧烈的爆炸声响过之后,耿飚一下子感到粗绳子松了。观察哨兵喊:"绳子被炮弹炸断了,他们被水冲跑了!"

耿飚急了,一边让一营营长罗有保派人去下游组织营救,一边高喊:"把竹筏抬过来! 跟我上!"知道耿飚水性不好,警卫员一听团长的话,立刻把早已准备好的旧车胎掏出来开始用嘴吹,小红军不停地鼓着腮帮子,直吹得满脸通红。换口气的时候,小红军对耿飚说:"团长,我跟你上!"官兵们正忙着给团长配备人力和火力,第二师师长陈光赶到了,他拉了耿飚一把:"耿猛子,冷静点,抽袋烟再想想办法!"正抽烟的时候,罗有保营长回来了。跟在他身后的是毛振华和六个浑身湿漉漉的老兵,那名福建籍的尖刀战士没能从旋涡中游出来。

天黑了。

在陈光师长的组织下,四团制定出一个新方案:用竹筏子强渡。这一次侦察连连长要求上,由于他的任务是架设浮桥,耿飚没有同意。突击队还是由毛振华带领。漆黑的夜色里,三只竹筏上坐满突击队队员,陈光和耿飚与他们一一握手,然后突击队开始向对岸奋力划去。不一会儿,由于一只筏子被江中的礁石撞烂,筏子上的队员游了回来。再等了一阵,又一只筏子上的几个队员也回来了,他们的筏子在湍急的江水中因无法控制被冲到了下游。然后就没有了消息。一直等到下半夜,还是没有任何动静。对岸有火把不时地乱晃,不知道敌人在干什么。毛振华他们到哪里去了?

天亮的时候,在乌江的另一个渡口边,红一军团第一师一团团长杨得志极为焦灼不安。一团是中央红军中革命资历最老的部队之一,与二团、四团、五团一样,其红色历史可以追溯到秋收起义后建立的工农革命军第一军第一师。接受了突击乌江回龙场渡口的任务后,杨得志率领部队在雨雪交加中赶到乌江边。红军刚一接近江岸,对面的黔军就开火了。杨得志和政委黎林急忙在渡口找船,但是找遍了附近的村庄,别说船,就连一根桨和一块像样的木板都已被黔军拿走。当地的老乡说:"渡乌江向来要具备三个条件:大木船、大晴天和好船夫。"可这三个条件红军现在一条也不具备。杨得志和黎林在冷雨中额头上竟然出了汗。在这个方向,担任强渡任务的只有四团和一团,完不成任务如何向上级交代?如果让后面的敌人追击上来,红军不就面临绝境了吗?杨得志突然发现江面上漂着什么东西,仔细一看,是一根大毛竹。

在乌江边山崖上的茂密竹林里,一团官兵们用了整整三个小时,才扎成一个宽一丈长两丈的巨大竹排。与四团一样,杨得志挑选了八名官兵首先强渡。但是,巨大的竹排还没到江心,就被湍急的江水冲翻了。竹排在急流中倾斜扣翻的那一刻,岸上的官兵们大声呼唤着八位战友的名字。红军的呼唤声和对岸敌人射来的枪声混合在一起,令杨得志热血贲张。再次强渡的时候,一营营长孙继先奉命挑选出一个突击队。突击队要离岸了,孙继先营长说:"同志们,就是剩一个人,也要过去,无论如何咱们要过去!"竹排消失在黑暗的江面上。经过了焦急的等待后,一团官兵终于听见了来自对岸的两声枪响,两声之后又是两枪,这是孙营长的突击队已经到达对岸的信号。

红三军团第五师担负从乌江最险要的渡口茶山关强渡的任务。茶山关关口绝壁高耸,高出江面三百多米,关下的渡口为明崇祯年间设置,名叫茶山渡,其险峻有诗句为证:"乌江无安渡,茶山尤险极。急流一线穿,绝壁千仞直。"在这里防守的是黔军侯之担部实力最强的五团和一个机炮营,由团长罗振武坐镇指挥。红三军团第五师集中了十三、十四和十五团三个团的侦察排,精兵强将在三个强渡地点同时跳入汹涌冰冷的江水中,红军准备用泅渡的方式强行攻击对岸黔军的阻击阵地。第五师在江岸上集中起十几门迫击炮和所有的轻重机枪向敌人猛烈射击,以掩护渡江突击队。在付出巨大的牺牲后,红军强行登上江岸,然后不顾一切地向黔军阵地扑过去。前沿阵地上的黔军被红军不畏生死的气势吓呆了,当泅渡上岸的红军在凛冽的寒风中湿淋淋地出现在他们面前的时候,心惊胆战的黔军士兵丢下枪掉头就跑。机炮营营长赵宪群从红军泅渡点的两侧拼命组织抵抗,但是,对岸已经又冲出数十只竹筏,乌江江面上一时间杀声震天。在激烈的交火中,赵宪群中弹而亡。与此同时,第五师工兵营在枪弹中开始用木排搭建浮桥,从浮桥伸出的两条粗大的绳索已经连接了两岸。

一九三五年一月二日拂晓,红军总参谋长刘伯承和军委作战局局长张云逸率领工兵营,军委干部团团长陈赓和特科营营长韦国清率领干部团工兵连,两支队伍同时到达红一军团第二师四团所在的江界河渡口。刘伯承说,国民党军的追击部队距离这里不远了,要加快渡江的速度。四团组织官兵捆扎了六十多个竹筏,然后在猛烈的火力掩护下实施强渡。

雪后初晴,当竹筏群接近江岸的时候,黔军的炮火异常猛烈,竹筏群眼看有被打散的危险。二连连长一声呐喊,带着一个机枪班跳入江中直扑江岸。这时,对岸山崖下突然有几个人猛然跃起,快速扑向黔军前沿的火力点。原来,昨天三连连长毛振华带领的竹筏被急流冲到距离渡口下游五六公里处,他们在那里奋力靠岸,然后沿着江岸向黔军阵地方向摸索,一直摸到敌人阻击阵地的下面。毛振华数了数,四个人,少了一个,是不久前从国民党军俘虏后教育过来的战士。毛振华正要恼火的时候,那个战士爬过来了,一问,他到旁边拉屎去了——五个红军,忍受着寒冷和饥饿潜伏整整一夜,一直等到部队打过来时才突然发起冲击。

在毛振华突击小组的配合下,四团眼看就要冲上黔军的阻击阵地了,黔军投入一个营的预备队发起反冲击。黔军顺着一条小路往下冲,红军官兵仰面射击十分不顺,被压制在一条狭窄陡峭的山路上。第二师把已经过江的重机枪手全部调来,暂时封锁了黔军冲击的小路。但是终究火力有限,四团其他武器的射程也已经达到极限。耿飚在电话里一个劲儿地对师长陈光喊:“我要炮!要炮!”军团炮兵连连长赵章成被火速调了上来。赵章成是中央红军里一个著名的人物,他原来是国民党军炮兵连的副连长,一九三一年被俘后参加红军。他有不使用瞄准器就能百发百中的神奇本领,让红军官兵们又敬佩又好奇。官兵们问他诀窍,他说自己信佛。佛门弟子是不开杀戒的,于是每次开炮射击的时候,赵章成都要先抱着炮弹嘟嘟囔囔地说些“上头命令,执行公务,不打不行,死鬼莫怨”之类的话。话一说完,一条腿向前半步,另一条腿一跪,单眼瞄准,然后把炮弹送进炮膛,八二迫击炮一声脆响,每每在目标上准确地爆炸。被调上来的赵章成连发四弹,弹弹引起红军官兵的欢呼。趁着黔军预备队被炸得乱了阵脚之际,四团的又一批突击队队员上岸了。紧要关头，红军官兵发现山路旁边有一块岩石可以攀登，几个战士跃了上去，突击队队员跟着一拥而上，黔军的阻击开始动摇，接着就是混乱的大溃散。几个要跑的黔军去拉他们那个名叫罗玉春的团长一起跑，罗玉春哭喊着："我不走，我要死在这里！"但是很快他就跑得没了踪影。

四团在江界河渡口大规模强渡的同时，军委工兵营和干部团工兵连开始架设浮桥。这在乌江的历史上应该是一件开天辟地的事，因为这里自古就没有成功地架设过任何一座桥梁。军委纵队即将渡江，浮桥必须牢固可靠。在刘伯承和张云逸的指挥下，三层竹排重叠在一起成为一个门桥，门桥一个一个地放入江水中，然后被用竹篾编成的粗绳连接起来，而装入重石的竹篓被坠入江中以固定每一节门桥。红军工兵在纷飞的子弹中运送门桥，打桩固绳。黔军的炮弹密集地落下来，不断有官兵被击中掉入江中，但是前面的消失了，后面的红军立即替补上来。整整三十六个小时后，一百多个巨大的门桥被准确地连接在一起，两条巨绳穿过所有的门桥横跨江面，整个浮桥在江水的冲击下弯成一个巨大的弧形，如同一条巨大的蜈蚣在翻卷的乌江水雾中摆来摆去。乌江两岸的百姓，连同在对岸阻击的黔军在内，都被这条巨大的蜈蚣般的浮桥惊呆了，致使数十年后，依旧有人以惊愕的神情描述着当年红军在枪林弹雨中创造的这个神话般的场面。浮桥架设完毕，刘伯承在乌江边走了几个来回，他说："好！红军里面有神仙！"

一九三五年一月三日，军委纵队在江界河渡口渡过乌江。

至此，黔军的乌江防线全线崩溃。

虽然防线总指挥侯之担下达了一律撤退到遵义集中的命令，但是没有任何人执行，逃往遵义方向的黔军大部分绕过遵义继续向北，一直逃到桐梓才停了下来。带领卫兵和家眷也开始出逃的侯之担，逃亡的速度远远超过他的官兵，而且一逃便不可收拾，竟然一口气逃出贵州跑到了四川重庆。

一月三日，王家烈在得知中央红军全面突破黔军乌江防线的同时，也得到了薛岳的国民党中央军主力已经到达贵阳郊区观音山的消息。两个消息奇怪地混合在一起,令王家烈顿时不知所措。他镇静了好一会儿,才决定先不管乌江如何,还是赶快去观音山迎接和慰问中央军为好。

王家烈的慰问品是四卡车贵州特产茅台酒和一种贵州特产的麻草鞋。薛岳的中央军连以上军官每人茅台酒两瓶,营以上军官五瓶,而士兵则是每人一双麻草鞋。当天晚上,就要进入贵阳的国民党中央军几乎全喝醉了。

酒和鞋送出去之后,王家烈给正在溪口老家休养的蒋介石发去电报,称黔军正在乌江各个渡口与红军殊死作战,红军"抢渡两次,均未逞,刻尚隔岸相持中"。

同一天,薛岳也给蒋介石发去电报。电报并没有对乌江防线被红军突破多说什么,因为中央军本来就没有与红军在乌江决战的计划,朱毛红军只不过是又过了一条江而已。薛岳在电报里强调的是:"黔本贫瘠之省区,年来遍地植烟,生产锐减,补给极为困难"。此次乌江一战,再次证明黔军战斗力低下,"匪来则望风披靡"。最后,薛岳特别告诉蒋介石:王家烈"颇以中央军入贵阳为虑"。

一九三五年一月五日,中央红军主力部队大规模渡过乌江后,开始向黔北重镇遵义前进。薛岳的国民党中央军也在这一天占领贵阳,并随即任命了一个新的城防司令。回到贵阳的王家烈在城门口被中央军士兵阻挡,中央军士兵要求他出示通行证并接受检查。王家烈万分沮丧地回到了他的官邸里。他统治的省府贵阳和他起家的老巢遵义,一个被老蒋占领一个将要被朱毛占领,王家烈无论如何也想不明白事情怎么眨眼之间变成了这样。这时候,黔西的一个县长给省主席送来了一份年礼:酒、肉、丝绸、烟土和现大洋,还附有一张写着"叩拜王主席大人"字样的大红帖子。王家烈有气无力地将帖子翻开,里面是四个描金大字:恭祝新年!

第九章　夜郎之月

1935年1月·遵义

一九三五年一月五日晚,贵州北部大雨倾盆。

在距离遵义四十多公里的一个名叫团溪的小镇,以卖戒鸦片药丸为生的土医生罗福元正和几个朋友在一间茶馆里紧张地商量着如何迎接红军的到来。罗福元经常到遵义城里去进货,结识了遵义的中共地下党员周司和。受周司和的委托,罗福元成立起一个"红军之友协会",准备在红军到达遵义时安排住宿并筹集粮食。几个人的秘密商议一直持续到半夜,散伙后罗福元冒雨往家赶,在空无一人的小街上没走出多远便吓了一跳:狂暴的风雨中,小街两侧的屋檐下,静悄悄地站着很多荷枪实弹的士兵。黔军绝不会在大雨中站得这么整齐。罗福元小心翼翼地上前一问,是红军!

红一军团第二师六团渡过乌江后,奉命迅速向前突击。官兵们在大雨中一直前行到这个小镇,原地休息等待下一步的命令。没过多久,浑身湿透的红军总参谋长刘伯承也赶到这里。罗福元赶快招呼人为红军服务,但是六团的官兵坚持不进百姓家,镇子里的百姓一时间都很感动。因为前几天,从乌江退下来的"子弹兵"——当地百姓这么称呼黔军第二十五军副军长侯之担的兵,不只是因为这是"侯之担"三个字的谐音,百姓们还说那些兵就会一个劲儿地开枪。"子弹兵"跑过这里时,不但乱放枪,还抢了几家店铺。就在百姓们拿出食物和热水招待红军的时候,刘伯承被领进镇上西医杨德甫的家里休息。第二天凌晨时分,刘伯承接到中革军委"迅速占领遵义"的电报,他随即带领六团从团溪镇出发了。临走的时候,刘伯承送给杨德甫一本宣传土地革命的小册子,还给了这位医生一张签有他名字的字条,字条上写着:"此为开明人士,不得侵犯其利益。"

接近中午的时候,侦察员报告说,距离遵义大约还有十五公里,前面的村庄是敌人防守遵义的一个外围据点。刘伯承立即命令六团兵分两路发起攻击,要求全歼,不能让一个漏网的敌人跑回遵义城去报告情况。

六团的攻击开始了。

老天好像漏了一样,雷声滚滚,暴雨倾盆,水雾弥漫。黔军的一个营驻守在这里,恶劣的天气使这个营的警惕性很松;而且黔军官兵认为,即使乌江防线垮了红军也不会这么快到达这里。于是,当他们被包围的时候依旧全然不知。红军的枪声响过之后,黔军在大雨中左冲右突企图逃出去,但是没有成功,包括营长在内的一部分黔军被打死,另一部分成为俘虏。为了了解遵义城内的情况,红军在俘虏中找出来一个连长、一个排长和几个出身贫寒的士兵询问,询问开始前红军给他们每人发了三块大洋。黔军官兵平时听说红军个个青面獠牙,一旦落在红军手里就会被挖眼睛抽脚筋。可是现在,红军长官说话极其和气,放在他们手上的光亮亮的大洋更令他们不知所措。在把遵义城内的情况全都如实地说出来后,俘虏们要求把自己的军服就地脱掉。

刘伯承提出:"仗要打好,又要避免大的伤亡,还要节省子弹。"

红一军团第二师六团团长朱水秋和政委王集成为此想出一个办法:化装诈城。六团穿上黔军军服的官兵足足有一个营,除了留下一个战斗连以免诈城不成强攻时使用外,侦察排和全团的三十名司号员都被挑选出来担任化装诈城的任务——为什么集中挑选司号员不得而知,也许是因为这些小红军个个都是心眼儿多多的机灵鬼。

负责化装诈城任务的干部是一营营长曾保堂。

曾保堂要求带上几名俘虏。

晚上九点,这支"黔军"出发了。天黑路滑,没走多久,他们个个浑身泥浆,草鞋被泥巴粘掉了,几乎人人都着赤脚,看上去倒更像是撤退下来的一支队伍。两个多小时后,他们接近了遵义城门。刚刚走近城墙墙根,城墙上就传来喊话:"什么人?"俘虏兵用当地方言答道:"外围营的,受了袭击,营长已经死了,我们跑回来了。"在准确地说出营长的名字后,曾保堂听见城墙上开始了紧张的商量。这时候雨停了,星星冒出来,夜色也明亮了一些。城墙上的手电向下照,在曾保堂的示意下,小司号员开始乱喊乱叫,说红军就要追上来了,再不开门老子就开枪了。又过了一会儿,吱呀呀的一声响,遵义的城门向红军打开了。曾保堂一声呼哨,红军官兵一拥而进,他们一口气冲上城墙,割断电话线,把缴了械的黔军关进一间屋子里。然后,三十名司号员齐聚城头,一起吹响了军号。

这是一九三五年一月七日的凌晨,可以想象贵州北部那座还在睡梦中的山城遵义,在如此声势浩大的军号声中骤然醒来时该是多么的惊讶。遵义城内的黔军守敌,除了被打死的和投降的之外,剩余的都从城北门仓皇逃走了。而在遵义正南面的大路上,刘伯承骑着快马飞驰而来,雨衣被风鼓荡得如同一面旗帜,跟随在他身后的六团官兵一片杀声蜂拥而至。

遵义城就这样被中央红军占领了。

城内的百姓纷纷走出家门,想看看进城的红军是什么样子——"没啥子特别,身上全是烂泥巴。"不过百姓们还是围着红军不走,因为自乌江那边打起来后,逃到这里的黔军都说,渡乌江的红军个个身穿"盔甲",骑着"水马",在乌江江面上行走如履平地。六团的一名干部开玩笑地在曾保堂住的房门上贴了张纸,上写"第一水马司令部驻此",结果百姓们把这里围了个水泄不通,要求看看红军的"水马"和"盔甲"是什么样子,他们还想看看"第一水马司令"长得是不是人的模样。曾保堂站出来,他借机作了演讲,说红军是共产党领导的穷人的队伍,一不拉夫、二不派款、三不打人骂人,专打军阀恶霸土豪劣绅。"第一水马司令"的模样让百姓们很失望,但是曾保堂的演讲却受到了热烈欢迎。

六团在遵义全城布置警戒之后,奉命先去打一个全城最坏的土豪。百姓们说最坏的应该算是"柏拐子"。"柏拐子"就是黔军师长柏辉章,他在遵义城里有一座巨宅,两层木楼,很漂亮的凉台,凉台下面是一条小街。红军进去之后发现,柏辉章一家人全跑了,只剩下一个姨太太。红军把这个吓得面如土灰的女人关起来,然后就开始搜查这座巨宅。柏辉章已经把大部分贵重财物转移了,金子和银子都没有找到,只搜出不少的衣服、布匹以及大量的点心。从头天晚上就一直没有吃东西的红军官兵一边吃着点心,一边把柏师长家的衣服和布匹从凉台上往下扔。红军很快就发现,这里的百姓与有些地方害怕报复不敢要浮财的百姓不大一样,遵义城里的穷苦民众拥挤着,争先恐后地抢着军阀恶霸的财物。红军官兵专门往那些衣衫最破的老人和孩子身上扔。看见一位抱着孩子的大嫂挤不上来,就有官兵专门跑下去塞给她一大块布。很快,县城里的大街上又响起军号声,红军官兵告诉百姓们:"要开大会哩!要演戏哩!"

红一军团第二师四团在完成突破乌江的战斗后,连续三天三夜没有休息,紧跟在六团的身后开进遵义城。进了城就派人上街去采购,说是要"补新年"。负责采购的给养员们在一起议论说,这里的盐巴太贵,猪要整头买才便宜。"补新年"的年货还没买回来,刘伯承的命令到了团部,要求四团立即出发,不但要追击逃跑的黔军,占领娄山关;还要马不停蹄地继续向北,占领黔西北的重镇桐梓和松坎。

连续的急行军后正躺在街边睡觉的四团官兵,被团长耿飚和伤愈归队不久的政委杨成武一一叫醒。军号在前面吹,队伍在后面出了遵义北门。出了遵义城的耿飚仍对没过上新年耿耿于怀,说是连块"补新年"的蛋糕都没能吃上一口。机灵的警卫员立即骑上骡子返回遵义。一会儿,这位小红军气喘吁吁地回来了,还没到耿飚跟前就喊:"团长,买来了,这回能过新年了。"耿飚打开一看,说:"真是个土包子,你买的这是米糕!"警卫员嘟嘟囔囔地不服气:"我们江西的鸡蛋糕就是这个样子的。"

从遵义到娄山关六十公里,一条弯曲险峻的山路穿过这里直通桐梓。吃了"蛋糕"的四团官兵在行进中做好战斗准备,所有的干部都被要求走在战斗单位的最前面。在对一个名叫板桥的小镇实施攻击后,一个排的黔军被击溃。黔军刚一跑,小镇上的家家户户立刻挂出了桐油灯。红军一问,百姓说这是这里迎客的风俗。四团立即召开群众大会宣传红军的宗旨,然后根据百姓的指认抓了几个当地的大地主。红军分发财主浮财的时候,不少贫苦农民要求跟红军走。在板桥镇,四团官兵终于吃上了几天以来的第一顿饱饭,都是从地主家弄来的,有肥肉、腊肉和鸡鸭。几个老人为红军指点了一条通往娄山关的秘密小路,红军准备了大量攀登用的绳索、竹竿和铁钩子,然后部队向着娄山关出发了。

为了保证打下娄山关这道险要的关口,四团每个干部都指定了万一自己牺牲后的代理指挥员。逼近关口的时候,一营在营长季光顺的带领下,沿着弯曲陡峭的山路开始正面主攻,二营为预备队。侦察队队长潘峰带领侦察队和工兵排由右侧迂回,试图在无路的悬崖上寻找可以攀登上去的地方。这时候,通信班把电话线接好了,耿飚拿起话筒刚要向师里报告情况,话筒里却传来黔军通话的声音——王家烈的军部在与侯之担的师部通话。不知怎么搞的,红军和黔军的电话线串在一起了。为了利用这个难得的情报来源,耿飚让攻击的部队暂时停一下,自己则专心地听着黔军的电话内容。

十几分钟后,当耿飚听到电话里说"军座命令我们赶快撤退,不然就没后路了"的时候,立即向四团下达了攻击的命令。黔军用猛烈的火力封锁着狭窄的关口,正面攻击的一营艰难地一点点向上推进,就在快要接近关口的时候,迂回的侦察队突然从右侧的山上出现,高喊着"杀呀"一路冲下来。黔军立刻放弃阻击阵地向北逃去。四团的官兵紧追不舍,黔军丢弃的枪支子弹、雨伞包袱,还有烟枪,甚至是脱下来的军装散落了一路。耿飚和杨成武大步上关,在黔军伤员的呻吟中,他们看见关口上立着一座石碑,上刻"娄山关"三字,关下云雾缭绕,山路如丝。

四团追击黔军一直追到遵义以北五十多公里处的桐梓,先击溃黔军两个团的阻击,然后与黔军的一个重机枪连接火,这个连抵抗了一阵子也撤退了。一个逃跑的黔军士兵在黑暗中喊了一句："红军长官，机枪扔在草垛里啦。"最后，四团占领贵州与四川交界处的松坎，这里距离遵义已有近一百公里。

桐梓是黔西北重镇，是王家烈的老家。这是一座风景奇特的小山城，城里漂亮的小洋楼特别多，都是贵州的军阀、官僚和大商人在这里修建的别墅。打下桐梓的耿飚和杨成武不但每人住洋楼一座，而且全团每个排也都住上了一栋洋楼。军阀和大商人在桐梓附近的秘密山洞里藏着的不少黄金和银元，统统被红军搜查出来，红军用其中的一部分银元买回不少布匹给官兵们做了新军装。桐梓城外还有一个发电厂，红军官兵从没见过这东西，不少人还好奇地去参观了。发电厂的老板说，黔军逃跑的时候把他的汽车抢走了，现在无法运煤也就无法发电。于是，杨成武命令团机关派人帮助发电厂运煤，结果还没到晚上桐梓县城洋楼里的电灯全亮了。对于红军官兵来讲，电灯是很新鲜的玩意儿，不少官兵从没有见过，有些战士走的时候把灯泡拧下来带上了，说是用它照明和点烟都很方便。

在桐梓，耿飚接到调任红一军团第一师参谋长的命令，四团的新任团长名叫黄开湘。二十七岁的黄开湘过去在方志敏那里工作，曾担任过红一师政委和红一军团供给部政委，军政两方面都有着丰富的工作经验。那时，耿飚正迷恋吹口琴，吹的都是中央苏区的诸如"一马打到抚州城"的山歌，他说吹着这些山歌就不会忘记苏维埃共和国的美好时光。离开四团的时候，耿飚叫警卫员把自己的骡子送给了腿伤刚好的杨成武，杨成武心里舍不得耿飚走，顺着口琴的声音找到他。杨成武说："等革命胜利了，咱们要是能够到苏联去一趟，该多好啊！"耿飚说："带上咱们的红四团一块儿去！"

红三军团的任务是封锁贵阳至遵义的通道，以阻击北上追击红军的国民党军。军团一部从茶山渡渡过乌江后，进驻遵义以南四十五公里处的尚嵇镇。这是一个处在交通要道上的镇子，因通达四方而客商云集。在这里跑生意的商人钟光福，曾在榕江旁听过红军的大会，回到尚稽镇后到处对百姓说红军是穷苦人自己的队伍。当中央红军还在乌江作战的时候，钟光福就召集尚稽镇的一些开明人士筹备"欢迎红军维持会"，并以这个组织的名义筹集了四千多斤大米。"欢迎红军维持会"的成员之一、经营纸店的掌柜梁德培无偿地拿出纸张，于是，尚稽镇一夜之间贴满了欢迎红军的标语和三角形的小红旗。

一九三五年一月五日下午，红三军团第五师开进尚稽镇。那一天正是尚稽镇赶集的日子，在钟光福的带领下，百姓们纷纷站立在街道两旁欢迎红军。第五师师长李天佑住在一个名叫周蕴桥的人家，师部则设在了镇小学校里。第五师的官兵自觉遵守群众纪律，在小吃摊上坚持先付钱后吃东西，而且从不讨价还价，弄得全镇的商贩们满心欢喜。红军部队采购大宗的食品和物品付的是苏维埃纸币，红军说拿着纸币可以到师部去兑换大洋。有些吃过黔军亏的商贩，拿着纸币不敢去换，采购的红军战士就亲自领着他们去，商贩们果然换回了大洋。这件事立刻成为尚稽镇街头巷尾的美谈，百姓们都说天下的军队就数红军说话算话。

住在尚稽镇附近村庄里的教导营，专门召开了儿童会，红军把村子里的苦孩子都叫来，一个一个地分发糖果和米花，然后教他们唱红军歌曲。军团还特别要求官兵们如同在中央苏区时一样，为驻地的百姓干农活，因此只要有红军驻扎的村子总是很热闹。红军官兵也仿佛回到了中央苏区，唱歌、演讲、训练的时候口号声格外嘹亮，就连一直心情压抑的军团长彭德怀也开朗了许多。军团部设立在一个名叫懒板凳的地方，彭德怀亲自参加群众大会。他是穷苦人出身，对穷苦人家充满同情。他的警卫员总是背着个大包袱跟着他，包袱里是打土豪时留下的一些银元、盐巴和布料，只要走在前面的军团长看见特别苦的人，小警卫员就会立刻打开包袱送过去一些东西。只是，彭德怀选择送东西的对象很苛刻，要是真正的穷苦人，还要是受到地主欺负的穷苦人，因此他的大包袱很长时间里面都是满满的。警卫员不愿意背着大包袱行军作战，彭德怀严厉地批评了这个小红军。红三军团驻扎在懒板凳的最初几天里，因为没有敌情，彭德怀常常蹲在门口与老人孩子说笑谈天。

军团指挥部向别的村子移动的那天,一大清早,百姓们看见这个红军里的"顶大的官"扛着块门板沿街喊:"这是谁家的?"——红三军团的军团长要把用来当床板的门板送还给百姓。

至一月八日,中央红军各军团均已到达指定位置:红一军团在遵义北部;红三军团在遵义南部;红五军团进驻团溪镇,主力一部驻守羊岩河渡口,另一部驻守瓮安江界河,还有一部驻守草塘;红九军团进入湄潭和牛场地域,与红五军团共同构成了遵义东南方向的防线。至此,以遵义为核心,向北延伸一百多公里,向南延伸四十多公里,向东南延伸八十多公里,向东延伸四十多公里,中央红军基本控制了黔西北地区南北长约两百公里、东西宽约一百公里的区域——新的共产党苏区根据地已经呈现雏形。

一九三五年一月九日,军委纵队进入遵义城。

连日大雨中的行军让所有的人都一身泥泞,于是所有的人都在城外的小河边洗了脸。遵义城内的百姓拥挤在街道两边看"朱毛",他们一直把朱德和毛泽东当成了是一个人。由于在进城之前就和保卫局局长邓发打过招呼,毛泽东、王稼祥和张闻天一起住进黔军旅长易怀之的公馆里。毛泽东显然对这个住所很满意,他站在易公馆气派的大门前说:"看起来很不错,这是个大人物住的地方。"周恩来、朱德和刘伯承住进黔军师长柏辉章的巨宅,那里同时是红军总司令部和军委作战局的办公地点。国家保卫局住在福音堂,总政治部住在天主教堂,休养连住在省立第三中学,负责全城警备任务的干部团住在何家公馆。博古和李德没有被分配在红军领导们集中的地方居住,他俩被分别安排在柏辉章公馆附近的两个小院中。

中央红军迫不及待地在整个遵义地区开始了建立根据地的工作。红军派出大量的工作人员,深入到每一个集镇村庄,打土豪、分浮财、动员贫苦群众、建立党组织和革命政权。短短几天之内,带有地方政权性质的十三个革命委员会在遵义附近各县相继成立,游击队、赤色工会、红色儿童团、革命先锋队、土地委员会、清算委员会、农民协会、斗争委员会、贫农团、红色妇女先锋队和抗捐委员会等名目繁多的革命组织也相继建立。而声势浩大的"扩红"运动在数天之内就吸收了至少四千多青年农民加入红军。

共产党人从来就能在极短的时间内把革命的声势造得天翻地覆。红军官兵张贴和书写标语的积极性无与伦比。从党和红军的高级干部直到刚刚入伍的新战士,红军中几乎人人都有书写标语的热情。在长征途中,无论处境如何艰险,红军官兵都要在他们路过的墙上、树上和岩石上留下表达他们思想感情的标语和口号。当时的《红星报》刊登过指导红军官兵如何写标语的文章,文章说:要多写关于群众斗争的标语,要照底稿写,不要敷衍了事。部队所到之处,墙上和房子外面都要写满。写的时候不仅可以用粉笔,还要用各种颜料,要写得清楚漂亮,并且不容易被擦掉。为此,红军总政治部专门表扬了一批写标语成绩显著的单位:一个直属连队两天内写了六百多条标语;一个机枪连宿营的时候天黑了,官兵们点着火把写了一百多条标语;还有一个连队的宣传小组平均每天写标语十条以上——中央红军到达遵义后,整个遵义城立即成为各种标语口号的海洋。

"红军为土地革命而战!"

"红军不拿群众一点东西!"

"欢迎白军弟兄拖枪过来当红军!"

"打倒蒋介石,工农坐江山!"

在遵义的玉皇庙前写标语的,是一个年仅十七岁的女红军,她手提墨桶站在板凳上,在山门两侧分别写了"白军兄弟不打红军,北上抗日去"和"只有苏维埃才可以救中国"两条标语。年轻的女红军字写得好,写字的样子也好,百姓们一路跟着她观看啧啧称奇,因为他们从没见过世上有这样好看的女兵。更能吸引百姓的是红军宣传队的文艺演出。红军总政治部和各军团的宣传队轮番上阵,为演出搭起的台子上夜夜汽灯明亮。红军演出了活报剧《打倒军阀王家烈》。剧中的王家烈抓兵派款无恶不作，后来红军来了，带领"干人"们把他活捉了。女红军王泉媛被要求扮演王家烈，因为大家认为她模样长得狠。王泉媛很不愿意，可为了革命还是执行了命令，并且演得极其生动，惹得台下响起一片"打倒王家烈"的口号声。青年学生们最喜欢的还是女红军教他们唱的革命歌曲，在那几天里，遵义满城都是"轰、轰、轰，我们是开路先锋"的歌声。

遵义县革命委员会正式成立了！成立的过程几乎和在瑞金建立苏维埃国家时一样。大会召开的消息早几天就在民众中传开，有谣言说到时候会场四周会架起机关枪，要把参加会的人全都打死。但是，开会的那一天，会场四周到处是红旗和标语，红军官兵们穿得很干净坐在会场上歌声震天。博古、毛泽东、朱德、陈云等共产党中央、中华苏维埃中央政府和中央红军的领导人在主席台上坐成一排。大会由博古主持，毛泽东和朱德都讲了话。毛泽东问会场上的群众，你们中间有没有"苗子"？毛泽东的意思是有没有苗族同胞，但是被群众听成了有没有"庙"，于是会场上的人齐声回答："有！"接着，中央红军中一个遵义籍的战士，还有省立第三中学一个名叫李小侠的女学生，分别代表红军和群众发言。最后，博古宣布遵义工农兵临时政府正式成立。

这就是说，中央红军进入遵义地区还不到十天，贵州的遵义就取代了江西的瑞金成为中华苏维埃共和国的首都。

这是一个奇特的时刻。

大会之后，红军篮球队与省立第三中学篮球队进行了一场友谊赛，红军总司令朱德是红军篮球队的队员之一。

年已半百的朱德笑眯眯地在球场上奔跑着，这个场景令把球场围得水泄不通的遵义百姓觉得恍如隔世。如果说大量的标语、化装演出，甚至是买卖公平，仍不足以让民众对共产党人和工农红军产生由衷的信任的话，那么，朱德在一片欢笑声中与战士和百姓一起玩篮球的这个瞬间给予他们的心灵触动，足以令他们终生难忘。这里的普通百姓见过各色各样的武装，无论是"绿林"还是"山匪"，无论是蒋介石的国民党中央军还是王家烈的黔军,可是他们从来没有见过像红军这样的军队——士兵不欺负百姓,长官不聚敛钱财,官与兵皆纪律严明,精神振奋,人人都对未来满怀热切的向往。难道真像红军宣传员们说的那样,人间果真有这样天堂般的世道不成?

红军就是这样一支由政治精英和普通战士平等地组合在一起的军队,是过去的中国从未有过的为了所有官兵的共同理想出生入死的军队。

遵义,一个让红军官兵充满梦想的小城。

对于红军官兵来讲,关于国家的红色革命信仰和拥有一块土地的梦想和谐地混合在一起,使他们能够把种子和信仰一起播种在属于自己的土地上,然后渴望着收获让自己衣食温饱的硕果,还有让自己感受到人间平等与自由的硕果,这是他们在战斗中即使到了鲜血即将流尽的最后时刻也不愿放弃的梦想。

而今梦想又一次要实现了,尽管是在他们还很陌生的这个名叫遵义的地方。

对于个体生命的流程来讲,即使感受到瞬间的幸福也弥足珍贵,因为有幸感受到这种瞬间的人并不多。遵义城中的红军官兵是一群幸运的人——尽管被后来的历史称之为"长征"的军事大转移最终用了整整两年的时间,而遵义只不过是中央红军万里征途上的一个最初的落脚点。

就在军委纵队开进遵义城的第二天,那个先失乌江又失遵义的黔军将领侯之担,给他的一连串的"上级"发去一封特急电报。特急电报毕恭毕敬地请他的一连串的"上级""钧鉴",包括:"南京中央党部、国民政府主席林[林森]、行政院长汪[汪精卫]、军事委员长蒋[蒋介石]、各部长、北平何部长[何应钦]、汉口张副司令[张学良]、何主任[何成浚]、宝庆何主席[何键]、南宁李总司令[李宗仁]、柳州白副司令[白崇禧]、广州陈总司令[陈济棠]、巴县[重庆]刘督办[刘湘]、云南龙主席[龙云]、贵阳王主席[王家烈]、犹[犹国才]总指挥":

共匪朱、毛西窜,自上月中旬由湘入黔,此剿彼窜,狼奔豕突,直趋乌江。担奉命总领后备军,率教导师全部沿乌江三百余里扼防,构筑堰固截工事,严阵以待。匪于一日抵江来犯,担部沉着应战,防制该匪于南岸,俾追剿各部易于成功,该匪竟猛攻三昼夜,片刻未断,各渡均以机炮集中轰击,强渡数十次,均经击退,毙匪、溺匪约三四千名,浮溺满江。冬[二日]午,匪忽增加至二三万之众,拼命强渡。担抑体钧座埋头苦干之训诲,督各部死力抵抗,务祈追剿各军一致奋击。无如众寡不敌,我林旅守老渡口、岩门之一五团,被该匪机炮灭净。匪于冬日午后五时,突过乌江,不得已收集各部退守湄潭龙岩一带,死守待援,以图反攻。该匪渡江后,节节进攻,连日激战肉搏,担部虽伤亡过重,仍以孤军固守遵义。至虞[七日]晚,匪以大部攻城,卒以寡不敌众,弹尽援绝,不得不暂率所部背进于娄山关及长岗山之线待援。现匪之主力在遵、湄等处。担部正整顿补充中。查共匪为全国公敌,此间军民等早已具杀敌决心,山河可残,壮志不磨。谨电告明,伏乞睿察,并请中央早颁围剿明令,期于一致进行,以达早日歼灭之效。

二十五军副军长兼剿匪后备总指挥 侯之担叩。

侯之担所有的"上级"都知道,担部既没有"沉着应战",也不曾"死力抵抗",更不曾"激战肉搏";特别是,正在"整顿补充"中的担部,早已经没有了一兵一卒。带着全家竟然一口气逃出了贵州的侯之担,看上去先是被红军的进攻吓蒙了,后来又被国军的严斥吓蒙了,于是,无论天南地北把国民党党政军有头有脸的人全拜到了,以解释令他自己和他的担部无论如何都难以自圆其说的一路溃逃。病急乱投医,结局是:一九三五年一月十八日,国民政府军事委员会委员长行营电:"查侯之担迭失要隘,竟敢潜来渝城[重庆],已将其先行看管,听候核办。"

就在中央红军军委纵队进入遵义的那天,薛岳在贵阳表示一定要"救黔军于水火"。薛岳挽救黔军的使命包含着蒋介石的两个企图:

一、消灭朱毛红军;二、使贵州中央化。而国民党中央军"追剿"计划的明确目的是:将红军歼灭于乌江西北地区。针对中央红军在遵义地区停留,向北可渡长江与红四方面军会合,向东可与红二、红六军团会合的趋势,薛岳沿遵义地区南面的息烽、东南面的瓮安、东面的湄潭制订了一条前出追击线,这条环状追击线意味着国民党军将从三面向遵义实施合围。接着,蒋介石电令四川刘湘的川军、湖南何键的湘军、广东陈济棠的粤军以及广西白崇禧的桂军"渡过乌江,联络各友军,跟踪追剿,以收聚歼之效"。这时候,国民党军对中央红军的"追剿",内线作战区域在川黔地域,目标是"限匪之流窜或合股";外线作战区域已扩至湘、滇、鄂、陕,目标是"利用关隘、江河封锁,造成会剿态势"。

一月中旬,国民党军近四十万大军一齐向遵义地区压来:

国民党中央军薛岳的八个师已推进到遵义南部的清镇、贵阳一线,其前锋到达距离遵义约七十公里的息烽。湘军刘建绪的四个师已推进到遵义以东的乌江东岸,与红五军团隔江对峙。粤军和桂军的八个师已从南向北进入贵州,且迅速推进到遵义东南部的都匀、马场坪一带。云南省政府主席龙云组成了总指挥行营,统一指挥滇军以防止中央红军进入云南,并派出第二、第五和第七旅从西面进入贵州境内,并继续向东逐步推进。而在遵义的北面,为防止中央红军北渡长江,川军将领刘湘专门成立了川南"剿匪"总指挥部,任命国民党军第二十一军教导师师长潘文华为总指挥。川军三路主力部队严密封锁了从贵州进入四川的所有要地。其中第一路军的四个团渡过长江,抵达川黔边界地带的古蔺和叙永地区,与原来驻守在那里的川军一个旅共同对赤水地区进行防守;第二路军则直接从川南进入贵州,到达贵州西北边界的赤水县。一月十四日,王家烈也对黔军进行了重新部署,命令蒋在珍部经瓮安、余庆向湄潭、绥阳方向前进,命令柏辉章师和何知重师经息烽直接向遵义和桐梓方向进攻。同日,黔军的后备部队控制了赤水河的上游。

一九三五年一月十五日,"追剿军"总指挥何键向国民党军各路大军发出向遵义地域发动全面进攻的作战命令。

正是这一天,中国共产党中央在遵义召开了政治局扩大会议,史称"遵义会议"。

黔军师长柏辉章公馆二楼的一个房间面积不大,有一个带镜子的橱柜,两面镶嵌着彩色玻璃的窗户可以向外打开,天花板上吊着一盏煤油灯。房间的中间放着一张长方形的桌子,桌子上放着一些茶杯茶碗以及一些当地产的粗糙的糖块。桌子周围有一些木椅、藤椅和长凳子。因为天气寒冷,房间里还生了一盆炭火。

十五日晚上七点多,与会者陆续到来,房间里顿时显得有些拥挤,尤其是王稼祥被担架抬进来的时候,引起了一阵小小的骚动,大家都移动椅子以便让担架放到一个合适的位置。

参加遵义会议的共有二十个人,与会者伍修权的回忆是:"政治局委员博古、周恩来、毛泽东、朱德、张闻天和陈云,政治局候补委员王稼祥、刘少奇、邓发和凯丰,总参谋长刘伯承,总政治部代主任李富春。会议扩大到军团一级干部,有一军团长林彪、政委聂荣臻;三军团长彭德怀、政委杨尚昆;五军团的政委李卓然因为战事迟到,在会议开始后才赶到;邓小平同志先以《红星报》主编身份列席会议,会议中被选为党中央秘书长,正式参加会议。李德只是列席了会议,我作为翻译也列席了会议。"

关于遵义会议的酝酿过程,后来的各种叙述充满太多的臆想,臆想大多源于在老山界崎岖的山路上毛泽东、张闻天和王稼祥的秘密交谈。建议召开这样一次会无疑是毛泽东、张闻天和王稼祥共同商议的结果。有史料显示,他们甚至就谁在会议上首先发言讨论了很久。因为自中国共产党加入共产国际之后,作为共产国际的五十七个支部之一,中国共产党一直处在共产国际的绝对领导下。中国共产党任何重要的会议决议,必须得到共产国际的批准才算生效。尽管毛泽东对此十分反感,但此前的客观形势没有改变这一现状的机会。

三个人讨论的最后结果是由张闻天首先发言。原因是,政治局常委的名单顺序是博古、张闻天、周恩来和项英。张闻天是政治局委员、书记处书记和人民委员会委员,那么即使将来共产国际过问,他的资历也完全可以抵挡可能出现的质疑——自从中央红军离开瑞金苏区开始长征以来,共产党中央与共产国际的电报联络完全中断,毛泽东一直等待的那个有利的契机终于出现了。因为是否得到处在异国他乡的共产国际的认可,对于中国共产党和中国工农红军来讲已经不是一件非常重要的事了,生存问题迫在眉睫,为此必须调整现行的政治和军事策略。

遵义会议的两个议题:

一、就中央红军下一步的行动做出决策;

二、总结第五次反"围剿"以来的经验和教训。

第一个议题在没有争论的情况下很快达成决议:根据目前严重的敌情,遵义已不适合建立根据地,中央红军应该迅速北上,于川南渡过长江与红四方面军会合。第二个议题引发了争论,这一次的争论是真正的政治交锋。

关于第五次反"围剿"以来的经验和教训,首先由博古和周恩来分别作"主报告"和"副报告"。两个报告都是在总结自一九三三年博古和李德进入中央苏区以后,红军在军事上逐渐陷于被动的原因和教训。但是,两个报告的观点存在着明显的区别:前者强调的是"敌人的过分强大",虽然涉及了自己"在军事路线上所犯的错误",可开脱和辩解的成分很大,最后的结论是:"战略上是正确的,错误是执行中的错误。"而周恩来的报告强调的是"军事领导的战略战术的错误",自我批评的态度十分坦率。从中国共产党复杂曲折的政治历史上看,应该说这时候的博古在做人上还是十分坦荡的——这个年仅二十八岁的戴着高度近视眼镜的青年,作为中国共产党的总负责人,自然要对中央红军所遭受的重大损失承担首要责任。但是,不能因此否认这个年轻的革命者一直在为他所追求的理想尽着最大的努力。现在,他之所以不愿意承认在军事策略上存在错误,一方面是因为他对共产国际的盲目尊崇,另一方面是因为他在政治和军事上的幼稚。

没有史料显示,遵义会议之前毛泽东与周恩来私下里有过密切的接触。但是当周恩来作完报告之后，通过翻译，李德终于确定了一个他不愿意接受的现实：周恩来已经不再维护他和博古的领导权威了。

周恩来发言之后，毛泽东说："洛甫同志有材料，要念一念。"

张闻天从评价博古的"主报告"基本不正确开始说起，尖锐地批评了第五次反"围剿"作战中的战略战术、不利用福建国民党军第十九路军兵变的时机、不顾敌情机械地坚持与红二、红六军团会合等错误。同时，张闻天还大量地引用斯大林的语录，详细批驳了把红军的损失归结于敌人过于强大的说法，认为如果这样就会不可避免地得出"敌人的'围剿'根本就不能粉碎的机会主义结论"。张闻天的发言引起与会者特别是博古的震惊，因为对博古的批评就是对李德的批评，而之前从没有人尝试过如此激烈地批评"真正的布尔什维克"，尤其是批评出自于曾与博古同属于"真正的布尔什维克"阵营的张闻天。

会议休息的时候，博古和李德心情抑郁。

毛泽东对刚刚赶到的红五军团政委李卓然说："怨声载道……你明天在会议上讲一讲。"

下午会议再开始后，毛泽东一反总是到最后才开口的惯例，开始了长达近两个小时的发言。毛泽东的讲话没有原始记录，根据陈云的说法，毛泽东讲的就是后来收入《毛泽东选集》第一卷中的那篇《中国革命战争的战略问题》——此文发表时，标注的时间是一九三六年十二月。那时，中国工农红军的长征已经结束，毛泽东胸有成竹地住在中国西北黄土沟壑中的一间窑洞里，他在那里写下了大量充满中国智慧与伟人韬略的文字——毛泽东的发言有意而巧妙地回避了政治路线问题，因为他知道解决政治问题的时机还不成熟，如果现在就陷入是否纠正共产国际政治路线的纷争中，日益紧迫的军事危机很可能会使红军面临致命的危险。毛泽东讲的实际上是一堂军事启蒙课。他从理论到实践；从历史到现实；从国情到军情；从中国共产党的宗旨和中国革命战争的特点，再到中国内战的政治策略和军事策略；从《水浒传》里洪教头和林冲的一场打架，到共产党红色武装的游击战术；从"丝毫没有马克思主义气味"的"小资产阶级的革命狂热和革命的急性病",到"保守主义"、"逃跑主义"、"拼命主义"等等,毛泽东出口成章,侃侃而谈。他的讲话让与会者,尤其是那些军团指挥员们听了很顺耳,他们在毛泽东的诙谐幽默中不断愉快地开怀大笑。

伍修权无法将毛泽东那些中国式的幽默翻译给李德,但李德从与会者的表情和笑声中认定毛泽东的发言十分受欢迎——在房间的一个角落里不断吸烟的李德此刻被严重地冷落了。毛泽东天马行空般的发言最后落在李德的军事指挥上:"只知道纸上谈兵,不考虑战士要走路、要吃饭、也要睡觉,也不问走的是山地、平原还是河道,只知道在地图上一画,限定时间打,当然打不好。"

王稼祥在毛泽东之后发言。他的伤口在化脓,体温很高,周恩来让他躺着说,他还是挣扎着坐了起来。王稼祥的发言很简短,但是很有分量:支持毛泽东的观点,建议毛泽东参与军事指挥——"他投了我关键的一票。"数十年之后,毛泽东依旧这样说。

会议一共举行了三次,都是在晚饭之后。

从第二个晚上开始,与会者纷纷发表自己的意见。朱德的发言很简单:"有什么本钱,就打什么仗;没有本钱,打什么洋仗?""如果继续这样的领导,我们就不能再跟着走下去!"然后是聂荣臻、彭德怀、刘伯承、李卓然,红军军事指挥员们先后发言,全都赞同毛泽东的观点,对李德的盲目指挥怨声载道:部队损失严重;官兵思想混乱;保密工作要做,但是仗都打不赢,保密还有什么意义?连前沿哨位放在哪里都需要请示,这样一来怎么打仗?指挥错了还不能批评,批评就是机会主义,甚至是反革命。刘伯承说:"这顶帽子吓死人。"

伍修权回忆说:"当时会议的气氛虽然很严肃,斗争很激烈,但是发言还是说理的。"如果说有争吵的话,那就是时任共青团书记凯丰的发言引起了与会者的不满——当王稼祥明确提出让毛泽东参与军事指挥的时候,凯丰忍不住插话说,博古的报告是正确的,毛泽东的指责是偏激的,工作上的缺点不涉及马列主义的原则,批评不允许夸大。在说到军事指挥时,他说毕竟李德在莫斯科接受过系统的军事训练,而毛泽东"只会看看《孙子兵法》翻翻《三国演义》"。

凯丰的话严重地刺痛了毛泽东,他一生都没有忘记凯丰对他的讥讽,以至三十年后他再次提起这件事:"党内有同志说我打仗不高明,是照着两本书打的,一本是《三国演义》,一本是《孙子兵法》。其实,打仗的事怎能照书本?那时,这两本书我只看过一本《三国演义》,并没有看过《孙子兵法》。那个同志硬说我看过,从那以后,倒是逼使我翻了翻《孙子兵法》……"——当时,毛泽东反驳说:"你读过《孙子兵法》吗?几章几篇?为什么我们不能学学我们的老祖宗?"

李德问伍修权:"他们在吵什么?"

伍修权说:"他们在说中国的一个古人。"

会议最后补选毛泽东为中央政治局常委,以补上因为留在中央苏区生死不明而一直空缺的项英的位置。这已经是一个很惊人的事件,因为自中国共产党成立以来,这是毛泽东第一次进入党的最高决策层。会议解除了博古的中央总负责人和李德的军事顾问职务,中国共产党第一次在政治和军事上同时中断了共产国际的领导。在接下来的政治局常委分工中,会议明确了毛泽东的地位:"以泽东同志为恩来同志的军事指挥上的帮助者。"——尽管当时毛泽东还处在"恩来同志的军事指挥上的帮助者"的位置,但是毛泽东与周恩来的政治伙伴关系自此开始确是事实。虽然不久之后两个人的地位便发生了颠倒,但是,这一对中国和世界当代历史都产生了巨大影响的关系一旦确立便惊人地稳固——从一九三五年初一直延续到一九七六年两个人先后走到生命的终点。

对于被驱除出中央红军的军事决策层,李德最大的忧虑是中国共产党脱离共产国际的领导将会失去"正确方向"。他在回忆录中说:

> 一九三四年至一九三五年,党的领导完全同外界隔绝,此事造成的后果尤其严重,他们从国际共产工人运动那里,具体地说就是从共产国际方面,既不能得到忠告,也不能得到帮助。所以,以毛泽东为代表的小资产阶级农民的、地方性的和

民族主义的情绪,就能够不顾马列主义干部的反对而畅行无
阻,甚至这些干部本身也部分和暂时地为这种情绪所左右。

虽然李德跟随中央红军走完了漫长的长征之路,但是他在中国的
使命自遵义会议后基本上完结。一九三九年,李德离开共产党中央所
在地延安回苏联,在延安机场登机前他看见了毛泽东,那一瞬间他甚至
有一些感动,以为毛泽东是来为他送行的,而且会对他为中国革命做过
的一切说些什么。但是,他很快就明白了,毛泽东是为送毛泽民等人去
苏联而来的。毛泽东见到李德,客气地与他握了手——"毛泽东也祝
我一路平安,他在向我握手告别的时候,流露出一种有节制的礼貌,但
没有一句感谢和认可的话。"回到苏联之后,李德经过共产国际的严格
审查,最后的结论是"虽然有错误但免予处分"。他被分配到莫斯科一
家外文出版社工作,负责把德文版的马克思和恩格斯的著作翻译成俄
文,再把俄文版的列宁和斯大林的著作翻译成德文。斯大林去世之后,
李德终于回到自己的祖国,一九七四年他在德国去世。

遵义会议无疑是中国共产党历史上极其重要的一次会议。它在革
命的危急时刻使党对红军的"军事领导走上正确的道路"。更重要的
是,它使毛泽东从此开始了他领导中国革命的伟大历程。

遵义会议还有一个不容忽视的成果。如果站在当代中国的角度回
首历史,这一成果便会更加凸显其重要意义,这就是邓小平的命运变
化。邓小平是一个命运坎坷的共产党人,在中国革命艰难曲折的历史
中,每当政治生活发生变动,他往往就会因为遭到批评而经历磨难。这
个小个子四川人性格坚忍不拔,十六岁那年漂洋过海到法国,加入了周
恩来创建的中国共产党旅欧支部。一九二七年回国后,先在冯玉祥的
部队中工作,后到上海任中共中央秘书处处长。一九二九年被派往广
西,组织了著名的百色起义,随即担任红七军政治委员。邓小平于一九
三一年到达中央苏区,不久就因为被列在"毛派"阵营里面而撤销了江
西省委宣传部部长的职务。一九三五年初,邓小平能够参加中央政治
局会议,说明他已经开始重返中国共产党的领导层,这一变化足以令数

十年之后的中国人感到庆幸,尽管当时在柏公馆二楼的那间房间里邓小平一直默默无闻地坐在角落里。

红三军团军团长彭德怀和政委杨尚昆,仅仅参加了一天的会议就匆匆赶回部队,因为负责遵义南面防线的红三军团与推进到那里的黔军开始了战斗。

这一次,黔军推进的速度如此之快,作战的积极性如此之高,原因很简单:率领部队作战的是黔军师长柏辉章,而共产党领导人此刻正住在他在遵义城中的巨宅里。

一月十六日,柏辉章部的三个团向驻守在刀靶水的红三军团第五师发起进攻。战斗从早晨一直打到晚上,由于黔军的攻击异常猛烈,第五师开始放弃一线阻击阵地向北撤退。十七日下午,黔军继续推进,傍晚时分再次与红三军团发生战斗,双方的拉锯战持续了五个小时。天完全黑下来之后,第五师在儿童团团员赵士杰的带领下向北转移。十八日,黔军占领遵义正南四十公里处的刀靶水,同时占领了遵义正东六十公里处的湄潭。

十九日,朱德发布命令将"军委纵队改为中央纵队"。

同一天,红军总部和中央纵队撤离了遵义。

心急如焚的柏辉章带领黔军疯狂地向遵义冲来。一路上,他不断担心着自己的巨宅会被"赤匪"夷为平地。柏辉章几乎是跟着中央红军的后卫部队一头冲进遵义,冲进了自己的那座巨宅,他在院墙上看见这样一条标语:"不发军饷就不打仗,拖枪过来当红军!"柏辉章从一楼看到二楼,在二楼的那个房间里,他闻到浓烈的烟草味,看见了一地的烟头——黔军师长柏辉章,据说遵义城里"所有赢利的产业都有他的份额",这个遵义城里最大的财主没有特别的伤心,因为究竟自己的巨宅还在。柏辉章唯一没有想到的是,在他花了大价钱修建的这座中西合璧的公馆里,不但刚刚发生了一件即将影响中国历史的大事,而且数十年之后,因为中国共产党的遵义会议在此举行,这座巨宅成了纪念中国革命胜利的标志性建筑。

虽然不能在遵义建立根据地,红军官兵的心情并没有黯然,相反他们的斗志更加高昂了。经过在遵义的十天休整,官兵们吃得好,睡得好,连衣服和鞋子都换成了新的。由于缴获很多而红军的人数少了,武器弹药也得到了补充。对于红军官兵来讲,只要能吃饱又有枪弹,还有什么可怕的?再说,以前连干部都不知道下一步要去哪里,现在大家知道得很清楚了,到四川去,与红四方面军会师,建立一个比遵义地盘更大的根据地,四川定会出现一个伟大的苏维埃共和国!

于是,瞬间出现的敌情出乎了红军官兵的预料。

一月十九日,中央纵队刚走出遵义没多久,迎面的山坡上突然出现大约一个连的黔军,黔军居高临下地开始火力射击,整个中央纵队都在敌人的射程之内。周恩来赶快招呼队伍匍匐在一条土沟里隐蔽,然后组织警卫部队抵抗。警卫连的火力不够。眼看黔军就要冲到跟前的时候,叶剑英带领通信连赶到了,红军战士立即迎着黔军冲上去。毛泽东站起来拍打着身上的土说:"这个房东硬是客气,要送送客哩。"

柏辉章一直紧跟在撤离遵义的中央红军的后面,虽不敢猛追,但跟得很紧。中央纵队突然遇险后,红军后卫部队奉命停在遵义城北的一座小桥边不走了,迫使追击的黔军也停了下来,两军仅仅相距两百多米对峙着。对峙的过程中,一个立功心切的黔军营长忍不住想指挥部队冲一下,但是他刚一站起来就被红军一枪打倒了。

一月二十日,中央纵队到达黔北重镇桐梓,在那里"中革军委关于渡江的作战计划"正式下达。这一作战计划内容极其完备,部署十分细致,再次明确中央红军即将冲出贵州进入四川,在川南的泸州与宜宾之间北渡长江,然后跨越整个四川东部,与位于川陕甘边界的红四方面军实现最终会合。

作战计划明确了中央红军的作战方针和作战任务:

> ……我野战军目前基本方针,由黔北地域经过川南渡江后转入新的地域,协同四方面军,由四川西北方面实行总的反

攻。而以二、六军团在川、黔、湘、鄂之交活动,来钳制四川东南"会剿"之敌,配合此反攻,以粉碎敌人新的围攻,并争取四川赤化。

……为实行上述基本方针,我野战军目前初步任务应是:

1.由松坎、桐梓、遵义地域迅速转移到赤水、土城及其附近地域,渡过赤水,夺取蓝田坝、大渡、江安之线的各渡河点,以便迅速渡江。

2.消灭和驱逐阻我前进之黔敌与川敌,尽力迟滞和脱离尾追与侧击之敌。

3.在尾追之敌紧追我后,而我渡赤水与渡长江发生极大困难,不能迅速渡河时,则应集结兵力突击尾追之敌,消灭其一部或多部。

4.在沿长江为川敌所阻,不得渡江时,我野战军应暂留于上川南地域进行战斗,并准备渡过金沙江,从叙州上游渡河。

在详细部署各军团的行动时间、地点和目的后,作战计划提出了实施军事行动的战术要点:

1.渡江要夺取先机,各纵队均应以迅速秘密的行动,达到目的地域。每日行程约六十里左右,必要时则以急行军赶到目的地。

2.须有充分的战斗准备,以迅速和包围的手段,坚决消灭阻我之敌。当其溃退时,应乘胜急追,夺取前进的要隘及渡河点。

3.对尾追之敌应使用少数得力部队[约一团兵力左右]进行运动防御,并向敌前出游击,以阻止敌人前进,而主力则应迅速脱离敌人,对侧击之敌,应以少数部队掩护,而主力应迅速脱离敌人,勿为敌人所抑留。

4.当我必要与尾追或侧击之敌进行战斗时,应集结主力进行消灭敌人的进攻战斗，不应以防御战斗等待敌人来攻。

5.夺取和控制长江各渡河点，为实施此计划之最后关键。我先遣兵团应以秘密迅速勇敢坚决的行动，实行最大机动，首先要派遣得力便衣队，夺取沿河船只，以便能以得力部队迅速渡河，占领和控制两岸各渡河点，掩护船渡。当取得某一渡河点，并已开始船渡时，应即扩张船渡范围，可能时野战军应改在同一地域内进行渡河。在某一部队先到渡河点而不能渡河时，应机动地转到另一渡河点，一般地应向泸州上游延伸。

作战计划还对位于湘黔边界的红二、红六军团以及位于川陕甘边界的红四方面军提出了策应中央红军的要求：

……为配合这一计划的实施，我二、六军团应及时转移和依托西［酉阳］、秀［秀山］、黔［黔江］、彭［彭水］、松桃、印江、沿河地域发展，并以一部发展咸丰、来凤、宣恩、恩施地域的游击运动，以便造成深入川东行动，威胁敌人长江下游水路交通的有利条件，钳制和分散蒋敌新的围攻兵力，而配合我野战军及四方面军来争取四川赤化。四方面军在我野战军渡河之先，应向重庆方向积极行动，吸引重庆川敌之主力于自己方面，以便野战军顺利渡江。在我野战军渡江后，则转向苍溪至南部之嘉陵江西岸反攻，密切配合我野战军与川敌实行决战，以打通横贯川西北的联系。

前一天，一月十九日，蒋介石也发布了"关于在长江南岸'围剿'中央红军的计划"：

一、我军以追剿军蹑匪急追，压迫该匪于川江南岸地区，与扼守川南行动部队及各要点之防堵部队，合剿而聚歼之。

二、追剿军除第一兵团以一部围剿萧、贺，并派一部开赴酉、秀，固守乌江东岸，即与徐［徐源泉］部联络外，其大部及第二兵团全部，并联合黔军，应于二月十五日以前渡过乌江，先行扫除湄潭、遵义之匪,而占领德江、凤江冈、湄潭、遵义、黔西之线,而后追击行动愈速愈妙,使匪无喘息余地,尤须控置重兵于兵团左翼,俾得压迫该匪于川江南岸地区。

三、堵剿部队由川、滇军任之。川军对匪主力如犯重庆,则由南川与龙门场部队夹击之;如犯泸州,则由龙门场与泸州、纳溪部队夹击之;如向西窜,则第一步防堵于泸、叙、毕线,并于横江、老鸦滩及安边、叙府间金沙江下段,叙、泸大江一带,构成第二道防线。滇军应分任叙永、毕节线及老鸦滩、横江,衔接川军防堵。各该部队,应于本月三十日以前,完成各地区碉堡工事及通信设备,严阵固守,以待追剿军赶到,联络川军机动部队夹击之。如被匪窜过其防地时,则立即蹑匪追剿。

四、徐清泉部,以一部协同湘军剿办萧、贺,一部如限速接彭[彭水]、黔[黔阳]之线,联络友军防堵,上官云相部到达夔[奉节]、万[万县]、涪陵,扼要布防,并备切应。

五、追剿军第一兵团,占领德江、凤江冈、湄潭线后,以一部扼守原防,其主力须两师以上兵力,向绥阳、桐梓、松坎方向;第二兵团会同黔军,占领遵义、黔西,向古蔺、叙永方向兼程追剿。两兵团应切取联络,互相策应。其行进路线,由薛总指挥负责,相机处理。

六、川军南岸总指挥潘文华,正安穆[穆肃中]旅,松坎廖[廖泽]旅,南川陈万仞两旅,每旅计三团。合江徐[徐国暄]团,叙府四团,赤水、古蔺侯[侯汉佑]部,另以各县团防分任以西防堵,须依情况,联络第一、第二两兵团夹击聚歼之。

七、滇军应以十团以上之兵力,扼守叙永、毕节之线,并限于二月十五日部署完妥。如匪窜过该线,即联合第二兵团及川军,堵追围剿。另以三团防守安边、横江、老鸦滩及其上游。

八、徐清泉及上官云相二部主力为预备军,在指定地区待命。

　　至此,中央红军北渡长江已经不是军事秘密。

　　中央红军与国民党军,两军都清楚对方的行动,因此注定要狭路相逢。

　　根据中革军委的部署,位于黔北的红一军团开始向赤水方向移动。二十二日,在击溃一个营的黔军和四个中队的民团的阻击后,进占温水和良村。二十四日,红一军团从东皇场出发,经过三元场,抵达赤水河中游的土城。黔军教导师的一个旅先于红一军团到达,已经在河上架设了浮桥,但是远远地看见红军风尘滚滚地开来,黔军立即丢弃阵地和浮桥逃往赤水县城。二十五日,红一军团军团部到达土城以北的猿猴镇后,立即部署占领赤水县城的作战计划:第一师于北向葫市和旺隆方向,第二师于南渡过赤水河向丙滩、复兴方向,两师共同对赤水县城形成包围态势。

　　赤水县城位于贵州的西北角,坐落在贵州与四川的边界处,只有打下这里中央红军才能走出黔北进入川南。

　　二十六日,红一军团第一师师长李聚奎和政委赖传珠了解到,赤水县的县长正命令各乡向县城里运送稻草,以备在川军到来时宿营用,于是他们立即制订出化装占领县城的计划。早晨,第一师两个排的红军官兵化装成送稻草的老百姓,把枪藏在稻草里,远远地走在了主力部队的前面。但是,当他们距离赤水县城还有十多公里时,突然遇到向这个方向疾行而来的川军的一个团。在川军的盘问中,化了装的红军官兵的江西口音很快被川军看出破绽,双方立即开始了短距离的战斗。川军占领了右侧的高地,尽管第一师三团拼死向高地进行火力压制,凭借着精良的武器川军还是把第一师压制在了狭窄的路边。为了夺取高地,摆脱被动,第一师反复向川军阵地发起冲击,但始终无法在不断增援而来的川军的火力封锁下冲出狭窄的山口。战斗进行数小时后形成对峙局面。就在一个营的红军官兵准备向川军实施包抄以打破对峙僵局的时候,川军的又一批增援部队——一个旅和一个机炮营——到达了战场,接着就向第一师展开了更加猛烈的进攻。战后,川军在其作战报告中把此战描绘得极其惨烈:"彼众我寡,往复冲突数次,匪我伤亡均大……我前卫继续仰攻,伤亡甚重,几不能支,乃增加机、炮各二门,前进助战……匪我炮弹,势如雨下,我炮弹迭中匪密集部队,毙匪甚多……"

从另一路向赤水县城迂回的是红一军团第二师。第二师在抵达距赤水县城九公里的复兴附近时,与已经占领这里的川军的两个团遭遇。复兴三面是山,一面临河,一度冲进去的第二师官兵无法迅速摆开战场,在增援川军的凶狠攻击下,红军官兵伤亡极大,被迫撤出战斗。

至此,红一军团占领赤水县城的作战目标没有完成。

首次与川军发生战斗,作战的失利令红军官兵第一次体会到川军攻击性极强的作战风格。

红九军团奉命配合红一军团对赤水县城发起攻击,他们在占领了由民团防守的习水县城后继续向北,前行至黔西北边界集镇箭滩时,与川军徐国暄部遭遇,双方在狭长的河谷里开始了战斗。战斗进行了整整一个白天,红军击退川军十余次的猛攻,但是川军的增援部队不断到达,并发动了更大规模的攻击。红九军团因无法支撑,撤离战场向西南方向而去,试图向左侧的红一军团靠拢。

二十五日,为了掩护中央纵队的行军安全,红五军团在军团长董振堂的率领下,在梅溪河边构筑工事,准备应付突然发生的意外。事后证明他们的准备是完全必要的,因为此时梅溪河对面的山上已经布满了川军。川军郭勋祺部分三路包抄过来,企图冲过河上的石桥,直接威胁红军的中央纵队。红五军团的官兵拼死阻击,双方在石桥附近的河滩上展开激烈的近战。当川军抽调正面部队向红五军团阻击阵地的侧翼迂回时,董振堂乘机发动冲锋,川军被红军官兵不顾一切的气势所震慑,开始向后撤退。当日,中央纵队通过梅溪。

连日阴雨,山路泥泞,小雨又变成了小雪,路面上结了一层湿滑的薄冰,这给红军的行军带来极大的困难。因为不断有人滑倒,因此红军队伍里都是满身泥浆的人。

一月二十六日,中央纵队到达土城。

从这里向西北,距离赤水县城还有四十五公里。

毛泽东住在土城街上一家绸缎铺后院的一个天然岩洞里。

中央红军各部队相继遭遇川军的猛烈阻击,没能按照中革军委的作战计划完成任务,这使对实施北渡长江计划持乐观态度的周恩来、朱德和毛泽东心情沉重起来。到达土城后,毛泽东和朱德一起开始研究这个赤水河边的渡口小城周边的地形,试图寻找能够击溃川军主力的战场。

二十七日二十时,朱德发布致中央红军各军团的电令:

林、聂、彭、杨、董、李、罗、蔡、刘、叶:

甲、川敌潘文华二十六日令郭勋祺指挥官、廖泽指挥官、穆旅、潘旅各部速向东皇场猛迫。依此判断,今日进占枫村坝、青岗坡地域之敌约四团,或有后续四个团左右兵力于明后日赶到的可能。其他敌我情况见另电。

乙、我野战军依军委本二十七日五时半电令所规定任务,定明二十八日行动部署如次:

1. 我三、五军团及干部团应以迅速干脆的手段,消灭进占枫村坝、青岗坡之敌,其具体部署及战场指挥统由彭、杨指挥令行。

2. 我九军团及第二师应担任这一战斗预备队的任务,九军团最好于明日经大金沙、浊风开至三角堂、荣华坝地域待令,并向鳛水及青岗坡、枫村坝之线严密警戒。万一此路过长或过小不便运动队伍,则九军团可沿河开至猿猴地域待命。一军团之第二师应开至水石坝地域待命,并限十三时前赶到。

3. 一军团之第一师仍继续担任箝制赤水、旺龙场之敌的任务,敌如向我猛进,应利用葫芦老至猿猴之间隘路,节节阻敌,直至二十九日,使敌不得占领猿猴地域。

4. 军委纵队仍留土城、猿猴地域,野战司令部指挥所于蓝坳头附近,与一、三、五军团保持电话,与九军团保持无线电联络。

朱

二十时

土城一战如若胜利,除了可以鼓舞士气,突破川军的严密阻截外,还有政治上的特殊意义,因为这是毛泽东恢复军事指挥权后的第一仗。况且,对于被压迫在一个狭小地域里的中央红军来说,面前只有一条路,必须像突破乌江,甚至像突破湘江一样从这里冲出去,成功地北渡长江,实现与红四方面军的会合。只是,红四方面军现在哪里,他们那里情况如何,包括毛泽东在内的中央红军中没有一个人十分清楚。只是听闻红四方面军地处富庶地区,拥有十万人以上的部队。

一九三五年一月二十七日,中革军委决定集中优势兵力,在土城附近的枫树坝、青岗坡一带与川军进行决战,为中央红军北渡长江开辟出道路。中革军委对敌情的判断是:"川敌潘文华二十六日令郭勋祺指挥官、廖泽指挥官、穆[穆肃中]旅、潘[潘佐]旅各部速向东皇场猛追。依此判断,今日进占枫村坝、青岗坡地域之敌约四团,或有后续四个团左右兵力于明后日赶到的可能。"应该说,如果这个敌情判断是准确的话,虽然中央红军在兵力上不占明显优势,但是至少交战双方势均力敌,中央红军的主力部队已占据有利地形,且可以采取突然伏击的手段,那么击溃或歼灭这股川军的大部是有把握的。而且,如果不迅速消灭追击而来的川军,红军很有可能会陷入川军数旅的三面包围中。因此,中革军委采纳了毛泽东提出的以红一、红九军团继续阻击向土城而来的川军,以红三、红五军团在土城消灭川军郭勋祺旅的建议。遗憾的是,事后证明,中革军委的敌情判断与到达战场的川军的实际兵力有相当大的差距。

土城,位于赤水河中游的一座小城,古称滋州,从前是川盐进入贵州的集散地。这里是黔北的大道要冲,城北三公里处是青岗坡,一个由主峰白马山和莲花山对峙而成的险要关隘,一条弯曲的山道沿着关口而去。如果北出贵州进入四川,土城是必经之地。

　　二十八日凌晨,红三军团和红五军团分兵两路,对青岗坡的川军阵地发起进攻。两路红军在抢占了前沿的几个要点后,直接向青岗坡北端的营盘顶冲去。川军拼死抵抗,两路红军进行了数次冲锋,在这个方圆不到一平方公里的山顶上,阵地于反复争夺中失而复得得而复失,在双方都付出了极大的代价后,红军官兵终于占据了营盘顶。前面的村庄叫永安寺,是山脚下的一小块平地,平地中央的一座小寺庙就是川军的指挥所,指挥所四周修筑了坚固的环形阵地。围绕着这个阻击阵地,红军官兵遇到川军的顽强抵抗。战斗进行了三个小时,红军依旧没能突破,而川军潘佐旅的到达使红军的战斗进行得更加艰苦了。为摆脱困境,中革军委命令正沿着赤水河向北开进的红一军团第二师迅速返回参加战斗,但是第二师最快也需要三个小时才能到达青岗坡。这三个小时,成为这场战斗最残酷的时刻。川军采取正面多梯次连续冲锋的战术,很快就转守为攻,红三军团出现了大量的牺牲,官兵们在子弹打完的情况下,与川军进行了长时间的肉搏。十团政委杨勇在战斗中负伤,子弹从他的右腮打进,从嘴唇穿出,他掉了六颗牙,血流将整个前胸都染红了。

　　突破红军阻击阵地的川军,开始向土城迅速攻击,瞬间便打到了中革军委指挥部的前沿。这是战斗最危急的瞬间,如果不能迅速扭转局面,一旦土城被川军彻底突破,小城的后面就是赤水河,中央红军将陷入背水一战的绝境。

　　朱德提出要去前沿亲自指挥战斗,他对毛泽东说:"老伙计,不要考虑我个人的安全,只要红军能够胜利,区区一个朱德又何惜?"

　　朱德的话让毛泽东动了感情,他一个劲地吸烟,不知该说什么才好。

　　听说朱德要上前沿,指挥部里所有的人都出了指挥部站成了两排。

　　朱德说:"不必兴师动众,礼重了,礼重了。"

　　朱德和刘伯承上去了。

　　毛泽东问:"附近有部队吗?"

身边的陈赓回答："有,有我们干部团。"

毛泽东说："上去,跟着总司令把敌人压下去。"

陈赓大喊："干部团集合!"

中央红军干部团是一支奇特的队伍,它组建于中央红军大规模军事转移的前夕。那时,根据中共中央的决定,中央苏区的四所红军学校,即红军大学、红军第一步兵学校、红军第二步兵学校以及红军特科学校合编组成干部团,由原红军第一步兵学校校长陈赓为团长,红五军团第十三师政委宋任穷为政委。干部团下设三个步兵营和一个特科营以及一个"上级干部队",简称"上干队"。"上干队"队长是红军大学教员萧劲光,政委是红军大学的另一位教员余泽洪。全团共一千多人。

干部团团长陈赓是中央红军里的传奇人物。一九二四年他和后来成为国民党军陆军中将的宋希濂一起报考黄埔军校,军校只招收年满十八岁以上的青年,二十一岁的陈赓对十七岁的宋希濂说:"我可以借给你两岁。"一九二七年陈赓参加了共产党领导的南昌起义,在起义军撤退途中,他的左腿被国民党军的机关枪射中。危急中陈赓将腿上流出的血抹在脸上和身上,装成死尸躲过敌人的搜捕。辗转到达福建长汀医院后,傅连暲医生告诉他,他的左腿已经皮肉腐烂,要想保住性命只有截肢。高烧中的陈赓叫了起来:"没有腿,我拿什么走路? 我怎么带兵打仗?"傅连暲说:一刀一刀地剜掉烂肉,"那个滋味不比截肢好受"。陈赓恳求傅连暲:"打惠州的时候,是我自己把子弹从腿上抠出来的。你大胆做吧,我要是叫一声就不是人! 死我都挺过来了,还怕疼? 只要能保住这条腿,我陈赓年年给你做寿!"手术做完了,因忍受着剧痛而面色惨白的陈赓对傅连暲说:"你是我遇到的第一个好医生。到我们革命队伍里来吧。"从那以后,陈赓一生都没有忘记傅连暲医生的生日是中秋节,直到一九六一年,陈赓去世前依旧叮嘱家人:"每到中秋节,不要忘了向傅连暲同志祝寿。"

一九三五年初,在黔西北的土城战场上,红军真的要感谢傅连暲医生救下了陈赓,使他依然是一名生龙活虎的红军指挥员。

端着步枪冲向敌人的干部团,果然是一支英勇无比的队伍,他们迎着川军猛烈的火力,呐喊声和冲锋的脚步不曾有过瞬间的犹豫和停顿,而朱德亲临前沿更使他们勇气倍增。川军被这群头戴钢盔的红军前仆后继的冲击吓住了,之前国民党军还从没见过头戴钢盔打仗的红军队伍。干部团四营营长韦国清,指挥特科营的迫击炮,把仅有的几发炮弹轰向了川军指挥所。下午两点,增援的红一军团第二师赶到了,与干部团一起发起新的冲击。这一次,红军一直打到了川军指挥所的跟前。

毛泽东一直在望远镜里看着干部团冲锋。虽然事后他说干部团的学员是红军的宝贵财富,以后千万不能再这么用了,但是看见川军凶猛的进攻终于被压了下去,毛泽东还是兴奋地说:"这个陈赓,可以当军长!"

为了取得战斗的主动,二十八日下午,中革军委调整了战斗部署:红一军团第二师从正面,红三军团从左翼,红五军团从右翼,向川军发动总攻。

但是,红一军团的攻击很不顺利,川军占据着居高临下的有利地势,把红一军团第二师压迫在一个葫芦形的隘口里。由于地形所限,红军只能仰攻。尽管红军官兵来回冲杀,部队始终无法展开,第二师只好把部队调向川军的两翼,然后在正面部队佯功的同时,两翼部队突然发动猛攻,川军不得不掉转火力保护侧翼,红军抓住这一时机直扑川军在永安寺的指挥所。永安寺被占领令川军的整个防线发生动摇,进攻中的川军被迫退守,与红军形成对峙局面。

川军的拼死作战,与川东南的社会动荡关系密切。中央红军占领遵义后,因为惧怕红军北渡长江,川东南的富裕乡绅们开始举家迁徙,一时间人心惶惶。尤其是在川东南的中心城市重庆,军阀富豪们更是纷纷转移财产,致使四川汇往上海的金钱数额比平时骤增了百分之七十以上。为此,国民党四川省政府主席刘湘,给川东南各县县长发去电报,电报表明"围剿"形势一片大好,各县大可放下心来不必惊慌:

赣匪西窜，经中央军，粤、桂、湘、鄂各军追击，奔逃数千里而入黔中者，仅残部三数万人，枪支不过万余，其已渡乌江者，仅一部分。现在参谋团业已率兵抵渝，中央追击部队已达五万人，正向遵义追剿。滇军五个旅集中毕节，与泸、叙方面切取联络，桂、黔军亦向遵义前进，与本军出击部队相犄角……综计各省及本军在黔边兵力数在二十万以上，军事部署极为周密，决于最短期内在黔边将该匪歼灭。

刘湘要求川东南各县，"应抱有匪无我之决心"，"众志成城，精诚团结"，"全民动员，一致防御"，"开导绅民，不得闻风惊惶"，"倘或遇事张皇，或擅离职守，定按军法从事"。最后，刘湘向川东南各县县长保证说：红军已经"奔驰数千里，可谓'强弩之末不穿鲁缟'，械弹既极缺乏，粮食尤感困难，以十倍于匪之兵力歼三数万疲极之残匪，本总司令确有把握"。

一月二十八日下午五时，在中革军委位于土城后山的指挥部里，中央政治局召开紧急会议。这是自中央红军踏上长征征途以来，唯一的一次在战斗还在进行时召开的政治局会议。此前，中革军委决定在土城附近与川军进行决战时，对敌情的判断有严重失误，中央红军不是在与川军的四个团打，而是在与六个团的川军共一万多人打，而且川军另外两个旅的增援部队很快就会到达，土城战斗再打下去必是凶多吉少。与会者认为：由赤水北上进入四川，从泸州至宜宾之间北渡长江的计划已无法实现。为了保存中央红军的实力，必须立即轻装脱离战场，西渡赤水河，向川南古蔺方向前进。会议决定毛泽东、朱德和刘伯承仍在指挥所指挥战斗，周恩来负责天亮前在赤水河上架好浮桥，陈云负责安置伤员和处理那些不符合轻装原则的物资。

土城一战，让红军官兵记住了一个川军旅长的名字——郭勋祺。

郭勋祺，四川华阳县一农家子弟。早年从军，投效川军潘文华部。一九二一年，潘文华率部投效川军总司令刘湘，潘文华任第四师师长，郭勋祺升至第七旅旅长。他与共产党人刘伯承、陈毅曾是好友，与另一位共产党人吴玉章更是来往密切。一九三五年,蒋介石命令川军入黔阻截中央红军,刘湘思虑再三派出了郭勋祺的部队。刘湘知道,郭勋祺既能打硬仗,又同情共产党。这样一来,当红军一旦入川北渡长江的时候,郭勋祺的部队就会不惜一切地阻击;而如果红军并没有占领四川的意思,那么郭勋祺一定会"相机行事"。土城一战,领受了决战任务的红军显示出必入四川的态势,忠于刘湘的郭勋祺只有率部拼死抗击。川军的猛烈火力造成红军的严重伤亡,并迫使红军暂时放弃了北渡长江的计划。

土城战斗结束后,郭勋祺被蒋介石晋升为国民党军第二十一军模范师中将师长。而眼看着战友——中弹牺牲的红军官兵也记住了郭勋祺,他们表示在日后的战斗中,一旦面对这个川军将领的部队,绝不手软。整整十二年后,郭勋祺在蒋介石的胁迫下,出任国民党军第十五绥靖区副司令,当中国人民解放军向襄阳发动进攻时,为了避免与共产党人作战,郭勋祺要求部队撤离战场,但是蒋介石三次电令要求死守待援。最后,郭勋祺在襄阳战役中成为中国人民解放军的俘虏。刘伯承闻讯后特别致电前线,要求将郭勋祺送至河南宝丰中原军区政治部。正在山东战场上的陈毅闻讯也赶到了宝丰。想必郭勋祺见到刘伯承的那个瞬间想起的定是惨烈的土城一战,他对刘伯承说的第一句话就是:"过去在战场上对抗,我很惭愧。"中国人民解放军中原军区司令员刘伯承把手一挥,说:"明打不算,不必介意!"陈毅在一旁大声说道:"你呀你,大炮是没长眼睛的,你怎么跑到襄阳去了?"郭勋祺被刘伯承释放后,一九四九年,中国人民解放军解放四川前夕,他成功地策反了五个师的国民党军起义,为成都的和平解放做出重要贡献。

一九三五年一月二十九日凌晨三时,朱德发布中央红军西渡赤水河的命令——史称中国工农红军"一渡赤水"的行动开始了。

中革军委的渡河部署是:红一、红九军团,中央纵队第二、第三梯队,干部团的上干队为右纵队,由林彪指挥,从猿猴场渡河;中央纵队第一梯队、干部团、红三军团第五师为中央纵队,从土城下游渡河;红五、红三军团直属队及第四师为左纵队,由彭德怀指挥,从土城上游渡河。为了轻装,中革军委命令把打完炮弹的炮统统扔进河里。

红一军团第二师五团二营,奉命抢占右纵队的渡河地点:猿猴场渡口。营长刘新金准备挑选三十名水性好的战士组成突击队,在一个机枪小组的掩护下泅水过去打开突破口。第一个报名参加突击队的是共产党员温长。突击队组成后,在机枪排排长陈国辉的率领下出发了。他们向老乡借来个杀猪用的大木盆,让机枪连同射手坐在里面,然后其他人下水推着木盆前进。木盆被推到河道中间的时候,对岸防守的黔军发现了。黔军的枪一响,木盆里的红军机枪手立刻开始还击。在激烈的对射中,突击队迅速登岸,并攻占了两个碉堡。渡口这边的营主力也乘势开始强攻,二营最终控制了猿猴场渡口。在占领渡口的战斗中,二营伤亡十人,其中包括第一个报名参加突击队的温长。

能否迅速地在土城附近把供中央纵队渡河的浮桥架设起来,是最让周恩来担心的。土城战斗还在进行的时候,周恩来就迅速召集各部队的工兵,命令他们想法收集船只,同时向土城居民购买各种架桥物资。这是一个万分紧张的夜晚,土城方向的枪声依旧激烈,周恩来在架设现场亲自指挥,工兵们也立下了军令状,他们把收集到的贩盐用的十几只木船在河中沉锚固定,然后用竹竿将船连接起来,再在船上铺上木板。天亮起来的时候,赤水河上的浮桥架设完毕。

红军撤离土城的那个夜晚是混乱的。

土城战斗刚刚打响的时候,城内所有的人都等着前边的部队把敌人赶跑,之后他们还要继续赶路,准备晚上在赤水县城里休息。但是,接近傍晚的时候,战斗失利的消息传来,跟着就接到了立即向西转移的命令。在一条狭窄湿滑的山路上,休养连的序列很快就被撤退下来的红军作战部队冲乱,撤退下来的部队的身后就是追击的川军。子弹在队伍的上空呼啸,康克清在最后沉着地阻击着敌人。这个勇敢的女红军,在敌人冲到眼前的时候,依旧镇静地发射着子弹。一个川军士兵竟然抓住了她身上的背包,康克清一转身,把背包留给那个川军士兵,自己迅速消失在黑暗里。

摆脱川军的追击后,休养连的牲口损失了大半。由于民夫的逃亡,很多伤员被迫放在了老乡家,其中一个伤员是军委机要科的干部。周恩来听说后大发雷霆,命令休养连立即把这个干部找回来,无论怎样都得带上他走。

二十九日中午十二时,中央红军从三个渡口全部渡过赤水河。

红军工兵在向船主们付钱之后,把浮桥全部炸毁了。

一支川军追到河边,看见赤水河河面上漂满了木板的碎片。

向西撤退的中央红军分三路进入川南叙永县境内。

叙永是川南重镇,处在从贵州西进四川和云南的交通要道上。一条小河穿城而过,河上有两座石桥。县城的城墙十分坚固,早在中央红军刚刚到达黔北的时候,叙永县县长就强行把城外的一千多幢民房全部拆除,然后沿着城墙挖了壕沟修了碉堡。在中央红军向叙永靠近的时候,防守这里的是川军教导师第一旅的一个团和第二旅的两个连,还有县民团的五个"义勇"大队。

为了从宜宾、泸州间北渡长江,就必须占领叙永。

二月一日,红一军团第二师奉命向叙永县城攻击。

攻击叙永的战斗进行得极其艰苦。红军官兵分成多个小组,在火力的掩护下架设云梯强行登城,守城的川军和民团用猛烈的火力和马刀、刺刀、镰钩枪、石灰罐拼死抵抗,红军的多次强攻都没有成功。夜晚,一队红军潜入城墙东北角大碉堡的地道里,与地道里的川军扭打在一起。负责在这里指挥战斗的是川军营长刘光耀,他勒令县城里的大盐商交纳八百块大洋,然后以每人二十块的价格招募了一支敢死队。但是,这支敢死队的十二人战死后,就再也无人应征了。川军无法指望别人只好自己死拼,在将红军击退后,他们用乱石封闭了地道口。

叙永县城依旧没有被攻破。

这时,川南"剿共"总指挥潘文华已经判断出中央红军的目的依旧是从叙永北渡长江,于是立即改变部署,命令川军的八个旅和一个警卫大队直扑叙永。同时,蒋介石也调整战斗序列,以黔军、滇军各部队以及中央军薛岳部,共同组成"剿匪军"第二路军,共十三个师加四个旅,分为四路纵队,急促向川南地区推进。

二月三日,中央纵队在红五军团的掩护下到达古蔺的石厢子。石厢子是古蔺县城边上的一个偏僻山村,中央纵队到达这里时正值春节的大年初一。

二月四日,在叙永县城久攻不下和川军增援部队不断到达的情况下,中革军委做出新的决定:放弃在叙永一带北进的计划,向云南东北部的威信和扎西转移。

土城战斗的失利和北渡长江的夭折,令红军官兵再度迷茫起来。

首先,中央红军长途征战的目标再次模糊了。从中央苏区出来的时候,目标是沿着红六军团走过的路线,去湖南西部与贺龙的红二军团会合,但是由于路线被国民党军严密封锁而没有实现。经过湘江突围和渡过乌江之后,尤其是对黔北地域的顺利占领,令北渡长江与红四方面军会合的可能性突然显现,这给全体红军官兵带来了极大的振奋。可是,每一次试图向长江靠近的战斗,红军都未能取得突破,现在中央红军又重新回到了"到底要走向哪里"的起点。

其次,接连失利的战斗令中央红军损失严重,尤其是主力军团损失更为巨大。红三军团第四师十团在掩护师指挥所的战斗中,一营和二营损失了三分之一的兵力,其中七连最后不得不使用预备队,到战斗结束时,全连活下来的只有连长一人,太多的牺牲令这个五尺高的汉子大哭不止。为了保持作战能力,彭德怀对部队进行了整编。九连被解散,九连连长黄荣贤降到班里任班长。到了班里,黄连长才发现,这个班的九名战士竟然全是各连的连长。十名连长彼此相互看着心里直发酸,最后他们把手拉在一起说:"咱们早晚要重新拉起一个团来!"

中央红军从突破乌江直到土城一战,在黔北的遵义地区留下了不少伤员,他们被红军托付给当地的贫苦百姓看护。红军撤离遵义地区后,土豪劣绅在国民党军阀的支持和怂恿下,对拥护红军的百姓进行了疯狂的报复。他们封山封路,到处搜查,以"杀一个红军伤员或掉队者给一块大洋"的悬赏,大肆捕杀掉队和受伤的红军以及那些曾经帮助过红军的人。黔军师长柏辉章在遵义城内连续屠杀三天,城内有六百多人遇害。在红三军团驻扎过的懒板凳,一名红军伤员被搜查出来,腿被打断了也宁死不跪,牺牲的时候趴在地上面向红军主力转移的方向。遵义城里的大地主罗徽五,不但在回到遵义后大肆抢掠,说要把他家"被赤匪分的东西全部找回来",而且还提着马刀到处寻找红军伤员。他在遵义附近的新街把生病倒在路边的一名红军战士砍死,然后抓了一名在老乡家养伤的十四岁的小红军,在把那家乡亲全家杀尽之后,罗徽五对小红军进行了残酷的折磨。新街的老人至今还记得,当时整条街都听得见小红军的叫骂声,老人们说那叫骂声最后变成了一丝一缕的气息。国民党区长刘焕章,把抓到的二十多名红军伤员全部用大刀砍死,然后对最后一个小红军说:"只要你愿意当长工就可以不死。"小红军用清脆的江西话破口大骂:"我给你们当爷爷!"这位至死带着八角帽的小红军被砍倒在水沟里时依旧怒目圆睁。在一个名叫蒲家洞的地方,刘焕章的手下从老乡家搜出十名红军伤员,红军官兵像在战场上一样拖着负伤的身躯与敌人进行搏斗,最后全部被害。其中一个大个子红军,头被砍了一刀后依旧扑向刽子手。当地的百姓数十年之后依旧说,红军把脑袋抱在怀里与土豪们拼命。在遵义东南方向的桑木垭,红军驻扎在那里的时候,红军小卫生员经常给百姓看病。红军撤离遵义的前一个晚上,红军小卫生员被一个孩子叫走了,因为这个孩子的母亲生病就要死了。红军小卫生员看完病回到桑木垭时,部队已经撤离。小卫生员一个人上路去追赶队伍,没走出多远就被国民党保长拦住杀害了。当地的百姓们把红军小卫生员的遗体洗干净,埋在了路边,那里从此被百姓们叫作"红军坟"。一些百姓生病了,就到"红军坟"边去祷告,回家后果然会觉得好了些。于是一传十十传百,那里的百姓都说,红军小卫生员死后变成了"包治百病"的菩萨。后来,国民党军队把坟平了,但是第二天,"红军坟"又被百姓重新堆起来。

从叙永往西,中央红军在四川、云南和贵州交界处的荒凉的山区中整整徘徊了十二天。

这是中央红军面临的又一个危急时刻。

毛泽东走在茫茫的风雪里。他知道,土城战斗的失利必会引起部队官兵的议论和不满。这是他恢复军事指挥权后的第一场战斗,战斗指挥确实存在着问题:北渡长江的企图没有隐蔽性,打的是红军不擅长的阵地攻坚战。而目前更重要的问题是:中央红军始终没有摆脱被国民党军"追剿"的局面。从战略战术上讲,在过去的日子里,红军能够取得战斗胜利的原因是什么? 是机动灵活,是行踪不定,是动作突然,是出其不意,是在运动中打击敌人。

雪后初晴,朗月高天悬挂。

中央红军刚进遵义的时候,毛泽东曾说:"走呀,咱们进夜郎国!"所谓的夜郎国,并不只存在于传说中,它在中国的历史上确实存在,虽然位置不断游移,但至少从战国到汉朝,此刻毛泽东脚下行走的地方就是那个名叫"夜郎"的小国的领地。

一九三五年二月上旬,中央红军各部在天寒地冻中到达云南东北部的扎西地区。

扎西镇孤悬于云南的东北角上,全镇仅三百户人家。

毛泽东宿营的那个村庄叫作鸡鸣三省。

中央红军在这里停下了一直向西的脚步。

因为是春节期间,中央纵队和红军各军团负责民运和筹粮的干部们四处奔走,试图尽一切可能让官兵们能够吃上一顿饱饭。

蒋介石的春节是和宋美龄一起在庐山上过的。在那里的一幢西式别墅里,他们和张学良夫妇度过了一个愉快的除夕之夜。刚上庐山的时候,蒋介石发表了一个讲话,讲话里没有提到"赤匪",因为他认为这个话题已经不值得一提,那些特意赶上山的记者们也没有多问。几天前,蒋介石看到一份材料,材料里有这样的话:"共军内部在遵义井冈山派与苏俄派斗争非常厉害,井冈山派只谈主动硬干,坚决反击国民党军,苏俄派则空谈理论避重就轻,斗争结果毛泽东的井冈山派胜利。"对于蒋介石来讲,这没有什么意外,因为他一直只把毛泽东当作真正的对手,而现在这个对手已经跑进没有人烟的山里去了。蒋介石目前讲得最多的是社会舆论的焦点问题——中日关系,他特别强调了"中日亲善"的观点:"日本广田外相在议会所发表的对我国之演说,吾人认为亦具有诚意,吾国朝野对此有深切之谅解,我全国同胞亦当以堂堂正正之态度与理智道义之指示,制裁一时冲动及反日行为,以示信谊。"

一九三五年中国的春节,没有什么特殊的事件可以记述。《申报月刊》所描述的当时北平、天津、上海、南京的有闲日子也显得平淡无聊。北平人照旧喜欢听京剧,"他们对拍子、转板和神态都有很精致的考究"。他们照旧在茶馆里喝茶,"喝了一会儿茶,躺了一下子,看看报,也许谈谈天,有的干脆就在那里睡了一觉"。他们还爱玩鸟,"他们永远不会寂寞,因为小鸟是他们的良伴"。当时"标准的天津人是大胖子","你如果看见一个面部像一只肥硕的鸭梨,上面窄小向下阔大臃肿起来,由胸以下到大腿根凸起一个地球仪式的大肚子,那便是天津人的标准"。天津人胖的原因是"喝茶有惊人的海量",他们在茶馆里喝,在戏院里喝,在澡堂里喝,而且吃得很饱。至于首都南京人,"真不知道他们是从哪里来的。说是乡下人,却没有乡下人的敦厚;说是城里人,又没有城里人的气魄"。南京城里遍地是"长",任何人一旦荣任了什么"长",就像坐在了金銮殿上,"头是八角的,两眼朝天"。夫子庙那块地方就是他们的俱乐部,"他们笑、谈、吃、喝,津津有味,乐而忘返"。南京的板鸭,实际上并不像他们说的那样好吃。女人"多穿旗袍,臃臃肿肿的,好像里面塞了许多草,她们说话的声音比男人还粗重,女孩子如果学了南京腔调,就只能嫁给南京人了"。

读报纸的中国人也许还可以看见蒋委员长最近签署的最新"赏格":

　　(一)朱德、毛泽东、徐向前,生擒者各奖十万元,献首级者各奖八万元。

（二）林彪、彭德怀、董振堂、罗炳辉，生擒者各奖八万元，
献首级者各奖五万元。

（三）周恩来、张国焘、项英、王稼祥、陈昌浩，生擒者各奖
五万元，献首级者各奖三万元。

（四）王宏坤、王树声、何畏、孙玉清、余天云、王维舟、刘
伯承、叶剑英、倪志亮暨伪中央政委、伪军团政委、伪军长等，
生擒者各奖三万元，献首级者各奖二万元。

在中国西南部的荒山野岭中，共产党中央的领导人围着火盆，吃着
烤山芋，又一次召开了政治局会议。

扎西会议实际上是遵义会议的延续。

这次会议发生的一个重要事件是：博古彻底交出了共产党总负责人
的权力。关于这一事件，所有的史料都记述简单，即使当事人的回忆也
存在着很大差异。但是，有一点是确定无疑的：无论在政治上还是在军
事上，博古自此没有了决策权。应该特别说明的是，博古将党中央的领
导权交给了张闻天。周恩来后来回忆说，毛泽东当时对他讲："应该让洛
甫做一个时期。"权力的交接形式很简单，让那几副一直跟随博古行军的
装有党内文件、中央档案和印信公文的担子，从此跟随着张闻天行军。

扎西会议讨论通过了遵义会议决议，并且决定"暂缓执行北渡长
江的计划"，将中央红军的征战目标改为："以川、滇、黔边境为发展地
区，以战斗的胜利来开展局面，并争取由黔西向东的有利发展。"会议
还决定对部队进行整编。除干部团外，中央红军共编为十六个团，其中
红一军团两个师六个团，其他各军团取消师，红三军团四个团，红五、红
九军团各三个团。同时，抽调一百多名干部，成立中共川南特委，并组
建川南游击纵队。

周恩来亲自向那些被留下的干部作了动员。

上干队政委余泽鸿被留了下来，任中共川南特委宣传部部长兼红
军川南游击纵队政委。这一年年底，他在四川江安的战斗中牺牲，年仅
三十二岁。

女红军李桂英也被留了下来。

二十五岁的李桂英是江西寻乌的一个贫苦家庭的女儿,她在家乡听了红军总司令朱德的演讲之后跟着红军的队伍走了。之后成为红军中著名的"扩红"突击队队长。中央红军军事转移开始时,她在中央工作团当战士,后被调到总卫生部担架连任指导员。这是一个工作繁重的职务,每天要组织两百多名挑夫行军。担架连的红军每人每天发一茶缸米饭,李桂英从来舍不得吃,因为怕挑夫丢下红军伤员,所以每天都把自己的那一茶缸米饭给了挑夫,而她一直在靠吃野菜行军打仗。担架连还有一个庞然大物——X光机。X光机被装在一个大箱子里,足有七八百斤,需要八个战士才能抬起来,李桂英每天都为了它前呼后喊,当男同志实在抬不动时,她就对担架队里的姐妹们说:"男同志不干了,我们女同志抬。"担架队在枪林弹雨中把X光机从江西南部的中央苏区,一直抬到贵州北部的遵义县城。在遵义,毛泽东看见了这个令人惊奇的大箱子,他问李桂英:"那个像棺材一样的东西是什么?"李桂英告诉毛泽东:"照肺用的镜子,宁都暴动时带来的。"毛泽东吃惊地看着瘦弱的李桂英,问:"你们就一直抬着它?"李桂英点了点头。毛泽东毫不迟疑地说:"扔掉它,轻装前进。"——坚强无比的女红军李桂英被留下来不到一个月,她的丈夫、川南特委组织部部长戴元怀就在掩护战友突围的战斗中牺牲了。不久,川南游击纵队被打散,她在数百名敌人的包围下被俘,遭受了比死亡更残酷的折磨。直到第二年的秋天,李桂英才被组织设法保释出狱。一九三八年元旦,在中共中央长江局招待新四军领导的宴会上,周恩来看见了留着齐耳短发的李桂英,周恩来对站在他身边的项英说:"她叫李桂英,长征中没有到达延安,但她走得比我们还要艰难。"

扎西会议急于解决的问题是:被围困的中央红军要到哪里去? 哪个方向才是敌人最预料不到的方向?

毛泽东建议:向东,再渡赤水,回到遵义去。

第十章　残阳如血

1935年2月 · 娄山关

一九三五年春,中央红军离开云南东北部荒僻的扎西镇重新进入贵州北部,为摆脱纠缠已久的国民党军的追击而连续进行的游动作战,即使从最苛刻的角度评价,也可称得上是世界战争史上的奇观。

所谓"奇观",并不是指战争的规模。

一九三五年发生在中国的国民党人与共产党人的武装对抗,如果仅从兵力规模上看,于人类战争史中似乎可以忽略不计;但就其在以追堵与摆脱为主要内容的作战过程来讲,双方军队的任何一位优秀的军事参谋,都无法在地图上清晰、准确而又完整地标出其密如蛛网的游动路线以及瞬息万变的战场态势。这一作战过程险象迭出而又绝处逢生,山穷水尽而又柳暗花明,悲痛欲绝而又欢喜若狂,极其生动地把残酷的战场作战演绎成了一部战术对抗的精彩大戏——严格地说,中央红军第一次渡过贵州北部的赤水河,是战斗失利后的被迫转移。而在其后两个月的时间里,中央红军连续在那条大河的两岸来回穿越。且不论中央红军第一次渡过赤水河是否神奇,但是之后的每一次渡河无不令中央红军一次次地化险为夷——一九三五年二月十一日,毛泽东人生经历中一个重要的时刻,就从那个晴朗而又寒冷的早晨开始了。

这一天,按照中革军委的命令,中央红军各军团和中央纵队开始从扎西镇向东进发。这是一个让红军官兵心绪复杂的早晨,脚下的路几乎就是十几天前走过的。为什么一路打过来现在又要回去?红军官兵心中有了挥之不去的困惑,因为无法清楚地了解往回走的理由,也就不能预测未来的前景是什么。

那个早晨,毛泽东对未来并没有更远的预测,因为眼下中央红军被敌人合围的态势已经越来越严重。

土城一战后,红军的撤离令川军一鼓作气,紧追而来,始终在北面与红军保持着一定的距离,随时准备与试图再次北渡长江的红军决战。中央红军进入四川后,四川省内的川军开始全部向南移动,不但在川南和滇北形成一道严密的封锁线,而且还调来水面舰艇封锁了长江江面。在川军布防兵力不断得到加强的情况下,谁也无法预料他们是否会主动发起攻击。

二月十四日,川南"剿匪"总指挥潘文华发布命令,要求各路川军继续向停留在扎西附近的中央红军进逼,与滇军、中央军"协同截堵","务必拒匪于叙、蔺大道以南"——叙永、古蔺的南边,就是位于滇北的扎西。此时,国民党军第二路军第三纵队司令孙渡已命滇军各部队死守滇界,无论如何不能让中央红军进入云南腹地。孙渡所担心的与广西的白崇禧和贵州的王家烈一样:中央红军一旦进入云南,蒋介石的中央军就会跟着进来——

> 如果共军进入云南,则中央军必跟踪而来,那就会使云南政局有发生变化的可能。因此我们防堵共军,还是以出兵贵州为上策。在共军未进入云南以前,应尽最大努力去防堵,总以不使共军进入云南为最好。但我们兵力不敷分配,处处设防则处处薄弱,集中一点则两侧空虚,防堵任务殊不易达成。因此,不能不有共军入境时的打算。若军已进入云南,为免除以后一切麻烦起见,只有追而不堵,将共军尽快赶走出境为最好。

孙渡的观点深得云南军阀龙云的认同。

土城一战,龙云对滇军没有战绩甚为不满意,觉得与川军相比,滇军令他在委员长那里很没面子。龙云认为,中央红军即使是铁打的,这一次也无法逃脱覆灭的结局了:"共匪在江西时,本属凶悍,各长官印象太深。此次西窜,路经数省,迭被截击,损失已在十之八九,昼夜兼行,未克喘息,纵为铁铸之身,至今亦难久持。"而在这种情况下,滇军依旧"行动迟缓,近于畏匪,每到一地,必拥挤一处,延挨多日"。与川军"以旅或以团独立作战者,已成天渊之别矣"! 因此,龙云要求滇军以"不入虎穴,焉得虎子"的勇气和决心,"奏非常之奇勋"。否则,"若再迟疑犹豫,不特共匪难灭,且将贻笑大方。吾滇人士,不免失望"。受到龙云的严厉指责后,滇军各部队开始向扎西急速推进。

此时,陈兵贵州乌江南岸的薛岳也接到蒋介石的电令,电令要求中央军与川军密切协同,"将西窜之匪完全消灭"。为此,薛岳命令国民党中央军各部队"兼程向古蔺前进"。而因为红军已经进入四川和云南,疲于奔命的黔军终于松了一口气。驻扎在桐梓的黔军师长何知重提醒王家烈说,既然红军已经离开贵州,现在要紧的是赶快恢复地盘,加强对黔境的防守,绝不能让红军再回来。王家烈立即将黔军主力全部调往黔北——就在中央红军从扎西开始向东移动的时候,川军、滇军和国民党中央军正从不同的方向快速向扎西开进。

中央红军是否会与国民党军迎面相撞?

或者再次被国民党军重兵合围?

而要想从合围敌军的缝隙中穿越出去该是怎样的一种险境?

毛泽东还有另一件令他焦灼不安的事:贺子珍临产了。

走在长征队伍中的女红军生产,是一个悲伤的历史话题。

红九军团第二十二师师长周子昆的妻子曾玉在红军翻越老山界时临产,孩子在战火中出生后被丢弃在草丛里。共青团书记凯丰的妻子廖似光也经历了相似的苦难。由于严重的营养不良和长时间的奔波作战,只有七个月身孕的廖似光在红军翻越一座大山时早产。警卫部队冲上来阻击追击的敌人,廖似光在激烈的枪声中把孩子生下来后,用一件衣服裹上孩子抱起来就跑。她在上海工作的时候,曾经生过一个女儿,因无法带着孩子通过封锁线去中央苏区,她把孩子送给了上海的一家红十字医院。此刻，廖似光不愿意再一次丢弃自己的骨肉。可是，究竟无法抱着孩子长途转战。当部队遇到第一户人家时，廖似光还是把自己的孩子留给了老乡。国家政治保卫局局长邓发的妻子陈慧清的生产更是险象环生。那时，中央纵队正以急行军的速度通过贵州境内的一个山口，二十六岁的陈慧清却要分娩了。她被抬到路边的一个草棚里，董必武和休养连连长侯政焦急地守候在一边。陈慧清因为难产在剧烈的疼痛中打着滚。枪声越来越近，董必武对警卫员说："去，告诉董振堂，这里在生孩子，让他把敌人顶住。"董振堂把三十九团团长吴克华叫来了："生孩子需要多长时间，就给我顶多长时间！"三十九团的红军官兵在距离陈慧清不到一公里的地方与敌人展开了殊死战斗。拼杀中，不断有官兵问："生了没有？生了没有？"整整两个小时后，孩子出生了。董必武立即命令把已经昏迷的陈慧清抬走，然后他抱着孩子掏出一张纸——年近五十的老红军董必武在这张纸上用最恳切的话语写道：收留这个孩子的人是世上最善良的人。写完，他把字条放进包裹着孩子的衣服里，把孩子轻轻放在了弥漫着硝烟的路边。担负后卫任务的三十九团随即撤离阻击阵地。当董振堂听到有官兵埋怨说，为了一个孩子让一个团打阻击不值得时，这位红军军团长火了，董振堂说："我们今天革命打仗，不就是为了他们的明天吗？"

　　从扎西出发的第四天，是贺子珍与毛泽东结合后的第四次分娩。

　　他们的第一个孩子是一个女孩儿，一九二九年出生在红军第二次攻打福建龙岩的时候。因为部队要撤离，出生仅二十天的孩子被托付给当地的一户老乡。三年之后，贺子珍回到那里去找女儿，老乡说孩子早已不在人世。一九三二年，他们的第二个孩子毛毛在苏区出生，红军军事转移前夕被留给毛泽东的弟弟毛泽覃，现在已是音讯全无。毛毛一岁的时候，他们还有过一个男孩，但是由于早产而夭折。此刻，在路边残破的空房子里，贺子珍在呻吟中不断地念叨着："第四个……第四个……"天下着雨，格外寒冷，女红军们撑着雨衣为她遮挡寒风和冷雨。贺子珍的生产依旧不顺，她在极度的疼痛中透过残破的屋顶看见了阴云密布的天空。两个小时后,孩子生了下来,是个女儿。警卫员给孩子擦干身子后,用一块土布把孩子包起来,然后大家都愣在那里,不知该怎么办。沉寂了好一会儿,贺子珍说:"中央有规定,行军不能带孩子,你们想办法送人吧。她长大了如果参加了革命,会来找我们的……"董必武立即把孩子连同三十块银元一起,交给了警卫员和毛泽民的妻子钱希均。两个人抱着孩子转身就跑,跑出去好远,才在一座山坡上发现一户人家。进去一看,里面只有一个年迈的瞎眼老婆婆。四周荒无人烟,只能留在这里了。钱希均回来小声地对贺子珍说:"是个阿婆,人还面善。"一直没掉眼泪的贺子珍突然号啕大哭。

数十年后,经当地有关部门的详尽调查,确定当时收留孩子的老人是家住白沙河边的张二婆,老人还给孩子取过一个名字叫王秀珍,孩子在三个月时因为身上长毒疮死了。

虽然妻子生孩子的消息会在第一时间飞报给毛泽东,但是史料中没有毛泽东在得知他的又一个女儿被丢弃在深山里时的记述。

在连续四天的阴雨中,中央红军到达川黔边界的古蔺县境内。

蒋介石的判断是:中央红军依旧在扎西附近徘徊,是因为他们还在寻找北渡长江的机会。

这是中央红军突然东进的行动尚未暴露之前的微妙时刻:北面的川军依旧在向扎西逐渐靠近;西面的滇军由于将要接近扎西,更加小心翼翼地在试探前行;南面的国民党中央军正不分昼夜向北开进;而在中央红军行军方向的东面,黔军已经在自己地盘内的各个要点驻扎了主力。

二月十六日,中共中央、中革军委发布《共产党中央委员会与中央革命军事委员会告全体红色指战员书》。文件一开始就说明,当初之所以放弃遵义决定北渡长江,是为了与红四方面军会合。目前由于"川滇军阀集中全力利用长江天险"进行阻挡,"党与中革军委不愿因为地区问题牺牲我们红军的有生力量,所以决计停止向川北发展,而最后决定在云贵川三省地区中创立根据地"。文件没有掩饰形势的严峻:"或者是我们消灭敌人,创造新苏区,求得休息扩大的机会;或者是我们不能消灭敌人,长期地为敌人追击堵击与截击,而东奔西走,逐渐消耗我们自己的力量"。文件提醒全体红军官兵,无论哪一种结局"完全决定于我们自己"。那么,怎样实现消灭敌人的目的呢?怎么获得创建新苏区的结果呢?文件接下来的文字,可谓关于中国革命战争的经典阐述:

> 我们必须寻求有利的时机与地区去消灭敌人,在不利的条件下,我们应该拒绝那种冒险的没有胜利把握的战斗。因此红军必须经常地转移作战地区,有时向东,有时向西,有时走大路,有时走小路,有时走老路,有时走新路,而唯一的目的是为了在有利条件下,求得作战的胜利。

从井冈山起就一直跟随毛泽东作战的红军官兵,对这样的话语再熟悉不过了。即使是在十年之后,壮大起来的共产党武装与国民党军队进行最后的大兵团决战时,毛泽东关于战争艺术的阐述依旧是这样的语式:"不预先存着一定要打开某城,一定要歼灭多少敌人的想法,能歼多少算多少。军队疲劳就休息,休息好了就打仗……增援到了看形势,好了就打,不好了就机动。"

二月十六日这天,距离中央红军最近的川军,发现情况似乎有点异样,刘湘赶紧给薛岳发去电报,电报说:"南窜之匪,经我滇军压迫,有回窜蔺叙之模样。电请薛总指挥,饬驻古蔺部队出击。"虽然川军的情报已经晚了,但薛岳的回电竟然是:"古蔺附近阵地,职已配备完全,俟其到达,彼劳我逸,可操胜算。"——此时,中央红军已经从古蔺南侧悄悄越过薛岳"配备完全"的阻击阵地,再一次到达了川黔交界处的赤水河边。

事后证明,在中央红军离开扎西向东移动的这七天之内,除了川军发现了红军移动的一丝迹象外,其他国民党军部队并没有知晓中央红军的行动意图,各路大军依旧在向扎西方向急速推进。于是,在中央红军第二次渡过赤水河之前,其东进的举动已经具备了出其不意的前提。

中央红军近三万官兵,经过七天不停顿的行军,终于在国民党军重重包围的一个缝隙间穿过,运动到了包围圈的边缘。现在,红军官兵直接面对的只有让红军打怕了的黔军了。而此时的黔军仍然以为红军远在滇东北而毫无戒备,他们的总司令王家烈正在桐梓忙着家事,因为他母亲的寿辰日眼看就要到了,戏班子的戏码和寿宴的菜谱令他和他的副官们忙得不可开交。

十八日,中革军委发布"为东渡赤水对我军十九日行动部署致各军团"电,要求中央红军各部队"须在明[十九]后两天以最迅速坚决行动确实取得并控制渡河点,架好浮桥,最迟要二十夜及二十一上午全部渡河完毕"。

二渡赤水河的作战行动,依旧是两个主力军团担任开路前锋:红一军团为左路,占领太平渡附近渡口;红三军团为右路,占领二郎滩附近渡口;中央纵队在后卫红五军团的掩护下从中间通过。

红一军团先头部队第二师迅速到达太平渡,控制了渡口和河岸边的船只,并以一个团抢先渡过赤水河,占领河东岸贵州境内的高地。接着又派出另一支部队,在太平渡的上游土城附近渡过赤水河,对驻守土城以及北面猿猴场的黔军进行侧击,以掩护主力部队渡河。在两支红军部队的攻击下,黔军只是朝天放了几枪就跑得无影无踪了,致使红军的工兵部队在相距十公里的太平渡和九溪口两个渡口同时架起了浮桥。

右纵队红三军团的先头部队是十三团。

十八日晚,十三团抵达位于太平渡东南方向的二郎滩。这是一个坐落在川黔两省交界处的繁华小镇,集镇沿着赤水河西岸延伸开来。就在红三军团到达二郎滩渡口时,黔军犹国才部的一个团也在向这里急速推进,并占领了河东岸的一个制高点,其一部正向赤水河西岸赶来。对于十三团的红军官兵来讲,争取到先机就是胜利。虽然只找到三只木船,红军还是开始了强渡。每只木船最多可容三十人,由于河水水流湍急,船只一个来回很费时间,这让团长彭雪枫万分焦急。好容易渡过去一个营,彭雪枫立即命令占领滩头阵地。突然,不远处传来枪声,原来向这里开进的黔军和一支闻讯前来助战的游击队顶上了。黔军这才知道,二郎滩渡口已经来了红军主力,于是赶紧停下脚步在山腰上开设阻击阵地。十三团渡过两个营后,对黔军发起攻击。彭雪枫说:"这是背水一战,又是向上仰攻,不进则败,要勇猛冲锋,坚决把敌人打垮。"两个营的红军官兵鼓足勇气,迅速展开攻击队形,以决死的态势向山上的黔军阵地扑上去。红军的呐喊声刚一响起,黔军没有抵抗丢下阵地就跑了。敌人一跑,红军官兵马上意识到这是黔军,于是大胆地开始追击。黔军为了逃命纷纷从河谷悬崖上往下跳,因摔伤不能动的在一个小山窝里就挤了三四十人。红军官兵不能往下跳,只能绕着山路追下去,弯曲的山路上到处是黔军丢弃的背包、手榴弹、子弹和枪支。黔军逃跑的时候有脱下军装再跑的习惯,因此黔军的军装也被扔得到处都是。

当晚,二郎滩渡口的浮桥架设完毕,红三军团的后续部队陆续渡河。十九日早晨,渡过河的红三军团主力向当面的黔军阵地发起攻击。防守这个阵地的是昨晚增援而来的黔军的一个团,由副师长魏金荣率领,阵地修建在通往遵义的一个名叫把狮坳的山口上。红三军团分兵几路,正面进攻,左右迂回,一支小部队甚至翻越大山跑到了黔军阵地的后面。魏金荣发现后路已被截断时,立即带着几名卫兵率先逃离,结果引发了黔军不可收拾的大溃逃。

左纵队的红一军团一部在土城附近渡过赤水河后,立即向土城和猿猴场发动进攻。驻守这两个据点的黔军象征性地抵抗了一阵后,向北撤退到葫市等待增援。驻扎在土城附近的黔军教导师第三旅五团,借口没有防守土城的任务也即刻撤离了。五团二连的书记官许俊陶刚回家过完元宵节,回到部队就赶上了疯狂的溃逃。他混在溃逃的队伍里一离开驻地,发现自己已经被不知道从哪里冒出来的红军包围了。

营长徐定远从中弹的马上摔下来,在许书记官的搀扶下拼命奔跑,好不容易才逃出红军的火网——"我团损失很大。"许书记官回忆说,"被打死打伤的士兵遍地都是。死的无人掩埋,伤的无人救护,伤亡者的枪弹全被红军缴获了。"

占领了土城的红一军团官兵心情是复杂的。十几天前,就是在这里,他们的许多战友付出了生命。此刻,他们站在依然能够闻到血腥味的战场上,不禁百感交集。

红一军团扫清了黔军的阻击后,向桐梓的北面直插过去。

同时,红三军团也开始向桐梓的南面疾进。

就在中央红军大规模渡过赤水河的这天,蒋介石下达了"在赤水河以西地区消灭红军的部署"。部署称:"查朱、毛残部不及万人,粮弹两缺,状极疲敝,毫无战斗能力,经川、滇军压迫……似有回窜入黔模样。我军以集歼该匪于叙、蔺以南,赤水河西,仁怀、毕节以北地区之目的,拟联合各军向匪围剿。"但是,仅仅过了两天,中央红军就快速突破黔军的防守,从赤水河以西打到赤水河的东岸。于是,蒋介石的军事部署随即变成了一纸空文。蒋介石在地图前来回巡视,最后勉强得出这样一个推想:中央红军北渡长江不成,现按原路返回,定是又要去与红二、红六军团会合。

这时,蒋介石收到一份情报,情报称:一、红一军团正向东疾进,各军团也在跟进;二、红军总兵力不详,新兵没有装备且多数逃亡,八军团的番号已经撤销,大约总数在两万多;三、红军不继续向西而向东的原因不详,可能与国军的前堵后追有关;四、红军现在提出的作战要求是"打倒王家烈、打倒周浑元"——这样的情报简直就是一堆废话!

二十一日,蒋介石到达汉口。此时,他已不得不为日益严峻的中日关系而焦虑。他和汪精卫商定了联名向全国发布严禁排日运动的命令,又商量了禁止各报纸、通讯社刊发抵制日货消息的通告。之后,他调整了对中央红军的作战部署:

命川军郭勋祺部三个旅向土城方向追击,"蹑匪尾追,穷匪所至,

不灭不止";

命滇军孙渡部三个旅由扎西向赤水河以西地区推进,"协同川军,觅匪进击";

命中央军周浑元部沿赤水河两岸"协同川、滇军寻匪兜剿";

命川军潘文华部速赴赤水、习水一线协同黔军"堵匪北窜"。

之前,蒋介石还做了两件他认为比与红军作战更为重要的事。首先是以与共产党武装作战为由,命令四川各路军阀交出地方权力,将四川的一切统治权归属于省政府主席刘湘。这是蒋介石和刘湘私下达成的一项协议,即任命刘湘出任省政府主席,而刘湘允许中央军进入四川。蒋介石向四川派出了一个规模庞大的军事机构,名为"国民政府军事委员会委员长重庆行营参谋团",颇有一点接管或监管四川的架势。在任命刘湘出任四川省政府主席的典礼上,参谋团主任贺国光说,长期脱离中央管制的四川,是个一塌糊涂的地方,目前积弊有六:一私、二贪、三穷、四毒、五乱、六伪。最后一个"伪",指的是红四方面军在四川境内建立的一块红色根据地就是屡"剿"不灭。蒋介石做的第二件事是:任命云南军阀龙云为"追剿军"第二路军总司令,任命薛岳为第二路军前敌总指挥兼贵阳绥署主任。这个任命使一直受地方军阀指挥的薛岳终于释怀,在掌握了贵州的军政大权后,他立即着手搜集王家烈在贵州的种种"恶行",特别是反蒋的"恶行"。

二十一日,在汉口的蒋介石给王家烈发去一封电报,通知他接受薛岳的指挥,同时命令他立即开赴前线。

这一天是王家烈给母亲正式做寿的日子。应该说,在中央红军西去云南扎西的十几天里,王家烈的心情是十分愉快的。给他带来巨大灾难的红军终于离开了贵州,现在该轮到四川的刘湘和云南的龙云倒霉了。王家烈很想借给母亲做寿的机会庆祝一番,同时也联络一下贵州各界,准备在地盘分配上再与犹国才他们较量一番。宴会觥筹交错,人声鼎沸。突然,有人一路小跑进来,一直跑到王家烈的跟前报告说:红军已经回到了贵州! 这一消息瞬间就令所有的来客逃得无影无踪。

王家烈独自一人呆坐良久,他无论如何也想不明白红军要干什么,朱毛红军为什么如此与他过不去。王家烈匆忙回到遵义召集军事会议,几近绝望的他在会上对何知重、柏辉章两个师长说:在贵阳,薛岳的中央军掌握一切,没有咱们的地位了。黔北是咱们起家的地方,保住了这块地盘才有东山再起的可能。你们两个如果愿意与红军拼死一战,我提供军饷和伙食。王家烈这一次真的动了感情,两个师长忙说:"愿意和总司令共存亡"。

二月二十三日,红一军团到达习水县新罗坝,红三军团到达桐梓以西的花秋坝,红五军团到达习水东南的良村,红九军团到达习水附近的温水,中央纵队到达了吼滩。

当晚,中革军委命令红一、红三军团对桐梓县城发起攻击。

此时的桐梓基本上是一座空城。黔军在慌乱中调度出了问题,原来驻扎在这里的部队被调到北面的松坎,城里只留下两个连,说是等待黔军杜德铭旅前来接防。结果,杜旅长的部队没有等来,却等来了红军的猛烈进攻。

黔北重镇桐梓就这样再一次被红军占领。

顷刻间,桐梓县城内写满了红军的标语,路上还立着不少路牌,上面写着:"前面打了土豪! 快去分谷子!"

占领桐梓后,红三军团开始向桐梓以南的遵义方向疾行。十三团团长彭雪枫回忆说,红军官兵对第一次占领遵义时的印象太深了,"繁华的街市,热情的群众,鲜红的橘子,柔软的蛋糕",所有这些记忆无不令官兵们一路上兴致高涨。沿途的贫苦百姓都出来看红军的队伍,每天都有近百名贫苦农民加入红军。

红三军团到达回龙场的时候,毛泽东来了,他号召红军官兵一鼓作气,消灭王家烈和周浑元的主力,打一个漂亮的大胜仗。毛泽东说,敌人就像五个手指,咱们要一个一个把他们割掉。怎么割这些指头呢?现在的关键是一面"牵牛"一面"宰猪"。"牵牛"就是派一支规模不大的部队往北,装成红军的主力,用打了就跑的办法与川军兜圈子,给敌人造成中央红军主力还要北渡长江的错觉,至少要在桐梓以北把川军牵制三天以上。同时,红军主力大军南下去打遵义,大刀阔斧地去"宰"黔军这头"肥猪"。红军官兵都被毛泽东的话逗乐了。

毛泽东这个奇异的作战设想,基于这样一个基本事实:中央红军突然向东二渡赤水,虽然出乎敌人的预料,把敌人甩下了至少四天的路程,但是目前的处境依旧不能乐观:南面,黔军正向桐梓和娄山关方向增援,国民党中央军吴奇伟部第五十九、第九十三师也正从贵阳地区向遵义开进;北面,国民党中央军上官云相部已从重庆南下,进至綦江、松坎一带,再加上驻守在那里的川军,中央红军很可能会处于敌人的南北夹击中。此时的中央红军必须毫不犹豫地朝着一面的敌人冲上去。只是,往哪一面冲呢?蒋介石的判断有一定的道理:中央红军经过突然机动后,必然会在撕开的缝隙之中,再次尝试向西北方向北渡长江去与红四方面军会合,或者向东北方向去与红二、红六军团会合。这两条路中央红军必选其一。可是,中革军委发布的命令却是:向南,冲过娄山关,再占遵义。

敌我双方的作战命令几乎是同时发布的。

林、聂、彭、杨:

甲、敌情如你们所知。估计守娄山关、黑神庙的柏[柏辉章]、杜[杜肇华]两部可能为黔军第一、第四、第五、第八、十五、十六共六个团或仅一部共三个团,有凭娄山关相机出击,阻我南下,掩护遵义,以待薛敌来援的模样。

乙、我野战军决以一部阻滞四川追敌,主力坚决消灭娄山关黔敌,乘胜夺取遵义城,以开展战局。我五、九军团主力明二十六日均移官店,其两个后卫团分在温水与新罗坝两处阻滞川敌,并令其在二十九日以前不得使该敌逼近桐梓。

丙、我一、三两军团及干部团统归彭、杨指挥,应于明二十六日迂回攻击娄山关、黑神庙之敌,坚决消灭之,并乘胜直取

遵义,以开赤化黔北的关键。该两军团及干部团明日进攻部署,除照彭、杨二十五日十四时来电外,兹补充指示如次:

A、右翼队第三军团从正面进攻的十三团及预备队干部团,应预计我迂回部队尚未到指定地点攻击时,该敌可能向我出击,反攻桐梓。因此,须预筑工事,准备顽强扼制之,及迂回部队攻击时,则行猛攻。

B、两翼迂回部队所取道路不宜过远,以免延长时间,并须注意到达与攻击时间的配合。

C、两军团在运动及战斗间,三军团向遵义及仁怀方面,一军团向遵义及绥阳方面侦察、警戒。

D、进攻成功后,应乘胜直下遵义,而以清扫战场任务交给干团,万一今夜或明晨敌退,应行猛追。

E、两军团后方暂在桐梓城,应随战斗之进展转移于遵、桐马路以西适当地点。

F、第一军团教导营应留桐梓城北端,向石牛栏方向游击警戒,向正安方向警戒。军委警备营将于明二十六日十四时到桐梓城任城防。

丁、战斗前政治工作,应使指战员认识此战役为立足赤化黔北之关键,鼓动其拼命争取胜利。

戊、我拟明日十三时前到桐梓城,与你们用无线电联络,娄山关正面部队则用原有电线。

己、彭、杨攻击命令,望告军委。

朱德
二十三时

薛岳关于"向松坎、桐梓'追剿'中央红军给周浑元、吴奇伟"电:

一、据确报,窜东皇殿之匪约万余,养[二十二]、漾[二十三]两日节节向图书坝、良村、温水方面急窜,有与萧、贺合股模样。

二、我裴[裴昌元]师现配置綦江、松坎之线，严密堵截。

三、周[周浑元]司令官所部谢[谢溥福]、萧[萧致平]两师应速取捷径，兼程向松坎、桐梓线追剿。万[万耀煌]师及何知重部，应速由东皇殿、温水向松坎进剿。万、何两部行进路线，由万副司令官区处之。王[王家烈]司令在遵、桐、绥之部队，应兼程移至桐梓至松坎之线死守，堵匪东窜。吴[吴奇伟]司令所率韩[韩汉英]、唐[唐云山]两师到达遵义后，即配置遵义、桐梓之线策应，均不得任匪漏窜，至干法纪。

两个命令，国民党军是向北推进，红军是向南进攻，两军尘土飞扬相对而来，相遇之处是遵义北面的雄关天堑——娄山关。

二十四日凌晨，红三军团攻打娄山关的突击部队十三团和十二团冒雨从桐梓出发。三连连长邹方迪带着一个排在一个名叫南溪口的地方遇到几个背煤的人，因为行色可疑邹连长把他们扣留了。红军官兵把煤筐里的煤一倒，倒出了驳壳枪，原来是黔军的侦察兵。经过审问得知，黔军主力到达娄山关西南方向的板桥，其中两个团已经径直上了娄山关，杜肇华旅的指挥所在黑神庙，黔军在娄山关关口至黑神庙一线设置了阻击阵地。

晚上，十三团团长彭雪枫给侦察连连长韦杰下达了抢占娄山关山口的任务。侦察连立即开始急行军，一个晚上换了三个向导，二十五日早晨到达距娄山关约两公里的红花园。在这里，红军官兵看见娄山关左右夹峙的山峰云雾缭绕，一条公路自关口盘旋而下，山下的一个小客店正冒着缕缕炊烟。尖刀班向韦杰连长报告说前面发现几个敌人，韦杰立即命令手枪排化装成国民党军上去把敌人围住。被围住的黔军里有个少校军官，手枪排缴获了他的枪和公文包。一看公文才知道，黔军柏辉章、杜肇华部的四个团已先于中央红军到达娄山关。韦杰听到这个消息后，立即命令全连火速前进。侦察连很快就与黔军的前卫部队遭遇,在黔军措手不及地向后退去时,侦察连马上开设了阻击阵地。而这时候,在红军阻击阵地南面的公路上,黔军的大部队正密密麻麻地开来。

突破娄山关的先机已失,只有趁敌立足未稳强行夺关。

红三军团的官兵在冷雨中草草吃过午饭,军团长彭德怀下达了夺取娄山关的作战命令。这是一个只许成功不许失败的作战命令,是一个令红军官兵没有任何退路的作战命令。彭德怀一反作战常规,令红三军团仅有的四个团全部参加进攻,不留任何一支预备队——扎西整编的时候,红三军团由于连日作战损失严重,取消了师一级的建制,部队缩编成四个团,原来的师长和师政委都当了团长和团政委——现在,以彭雪枫为团长、李干辉为政委的十三团和以谢嵩为团长、钟赤兵为政委的十二团担任正面进攻,以张宗逊为团长、黄克诚为政委的十团和以邓国清为团长、张爱萍为政委的十一团负责左右迂回。下午四时,彭德怀亲临十三团的阵地,命令官兵们天黑之前务必拿下娄山关关口。

娄山关,海拔一千四百四十米,向北距桐梓县城十五公里,南接遵义县境,一孔之道,险峻异常。川黔公路盘旋其中,两侧群峰并立,绝壁千仞。关口西侧是主峰,陡峭不可攀登;东侧山峰俨如巨锥,名叫点金山,是控制关口的制高点。

彭雪枫和李干辉一声令下,十三团在细雨中瞬间消失在关口下的沉沉雾气中。

彭德怀的心一下子绷紧了。

十三团决定由三营先把左侧的一个高地拿下来,然后由一营主攻制高点点金山。三营刚一发起攻击,就遭到黔军第六团杨国舟营的火力拦截。黔军居高临下,用机枪封锁通向关口的公路,给进攻中的红军造成严重杀伤。三营派出一个连,迂回到黔军阵地的侧翼,突然发起攻击。黔军两面遭袭,最终无法支持,开始向点金山撤退。三营占领了左侧高地,为攻击点金山建立起一个有利的出击点。随后,一营的进攻开始了。在点金山上阻击的是黔军第十团,他们凭借着险峻的地形和构筑好的坚固工事拼命抵抗,同时也得到了身后黔军火炮的火力支援。一营分为两个梯队向山顶轮番冲击,都以失败告终,最后与黔军形成僵持局面。眼看天就要黑了,团长彭雪枫焦急万分,他对连长们说,如果最重要的制高点点金山拿不下来,中央红军全面突破娄山关就等于一句空话,咱们十三团决不能给第三军团、给军团长丢脸。

彭雪枫命令一营组织突击队,不惜一切攻下娄山关。一营要求三连承担突击任务,三连连长血脉贲张,大吼一声:"跟我上!"红军官兵跟着一声吼,发起了最后的攻击。他们冒着黔军的弹雨在陡峭的山崖上往上攀登,不断有战士中弹坠落,但是三连的吼声一直没有停止,直到吼声沙哑。一排的三名战士充当开路前锋,他们叼着匕首,背着手榴弹,沿着绝壁的缝隙一点点地向山顶靠近,在他们翻上山顶的那个瞬间,黔军向他们蜂拥而来,三个红军战士背对绝壁投出一排手榴弹。手榴弹的硝烟还没散尽,三把尖刀寒光凛冽地向敌人刺去,随着黔军发出的惨叫,三连向山顶的最后冲锋开始了。前沿的黔军被迫向后压缩,但是整整一个营的黔军又反击上来。三连连长大喊:"咱们没有退路!往前冲击啊!"为冲击山顶付出巨大牺牲的三连再次迎着增援的黔军冲过去。这时候,一营一连、二连和重机枪连也翻上了山顶,四个连的火力向黔军开始了猛烈射击,黔军最终被赶下山顶。但是,红军立足未稳,黔军在第十团团长宋华轩的督战下再次向山顶反扑过来。天已经逐渐黑下来,双方在山顶上展开了残酷肉搏战。最后时刻,红三军团炮兵营把仅有的几发炮弹用在了这个方向,排长张量来不及架设炮架,凭借着娴熟的技巧在斜坡上杵击发射,炮弹在黔军中准确地爆炸,黔军出现撤退的迹象。十三团的官兵乘势发起冲击,点金山主峰被红军占领了。

点金山的后面就是娄山关关口。

身上血迹未干的一营、三营和重机枪连的干部们组成临时指挥部,紧张地商量着夺取关口的作战方案。最后决定由一营巩固点金山阵地,阻击黔军的反击;三营在重机枪连的掩护下抢关,九连在前,七连和八连跟随。六挺重机枪开始了掩护射击,九连在连长廖九凤的率领下,向退守关口的黔军发动冲击。他们很快占领了关口一侧的制高点小尖山,接着三个连队分为三个方向一齐向关口冲锋。替代负伤的三营营长指挥战斗的营教导员冲在最前面,黔军的子弹暴雨一样密集,红军官兵看见他们的教导员身体晃了一下然后栽倒了。

从关口阻击阵地撤退到南部山腰的黔军,连续发动四次反击。红军官兵发现黔军的冲击队伍中有个手提马刀的军官,凡是后退的士兵都会被他砍倒。于是红军官兵挑选出四名射手,寻找时机一齐向这个黔军军官开了火。最后,黔军在发现侧翼出现了迂回的红军后,从关口阵地全部撤退到南面的阻击阵地上。

娄山关关口的夜晚冷雨霏霏。

团长彭雪枫率领二营上来了,他们带来了晚饭。

在查看了一营和三营的损失情况后,彭雪枫派出一支小分队,小分队的任务是点燃火把满山移动,以震慑黔军;同时在公路两侧的悬崖上堆积大量的石头,准备应付黔军的反扑。

彭雪枫对干部们说:“明天定有恶战。”

十三团的红军官兵神情严峻。

晚二十三时,彭德怀决定由十二团代替刚刚结束苦战的十三团担任正面主攻,张宗逊和黄克诚率领十团由左侧迂回攻击黑神庙,邓国清和张爱萍率领十一团迂回板桥断敌退路,十三团休整后从点金山出发侧击黔军的右翼。

当晚,十二团前进至娄山关关口接替十三团,并命令三营把守关口阵地,一营为第二梯队,二营在山腰作为预备队。

二十六日拂晓八时,云雾缭绕,黔军向娄山关关口的反击开始了。十二团政委钟赤兵和参谋长孔权都在即将迎接苦战的三营。三营营长杨威一直到敌人距离自己的枪口只有五米远的时候才下令开火,黔军的第一次冲击很快就被压了下去。这时,带领小部队在西侧准备攀登悬崖给敌人以侧击的参谋长孔权回来了,因为悬崖上林木太密,根本无法锁定目标在哪里。上午十时,黔军发动了更大规模的进攻,军官全部在后面用手枪督战,前面的士兵黑压压一片向娄山关关口蜂拥而来。

钟赤兵想起了彭德怀的话:"现在,王家烈到了遵义,薛岳、周浑元和吴奇伟已北渡乌江,必须迅速夺取娄山关,不然中央红军就被合围了。"

三营官兵在黔军冲击最猛烈的时候,迎面而上发动了反冲击。

两股力量瞬间便撞击在一起。

这是中国工农红军战史上惊心动魄的一幕:军号声在瞬间嘹亮地响起,令整个娄山关群峰间缭绕着不绝于耳的号音,红军士兵跟在向前冲去的干部们的身后,端着刺刀或举着马刀呐喊着冲出掩体,英勇无畏的身躯向着黔军潮水般地推过去。黔军的冲锋队形霎时间混乱起来,然后就开始顺着公路向深谷中撤退。这时,作为预备队的干部团在上干队队长萧劲光的率领下,也冲到关口的南面,在连续占领几个山包后,协同三营把黔军压制在山谷中。

沿着公路追击黔军的三营速度太快,他们冲在了红三军团所有部队的前面。黑神庙,黔军指挥部所在地,当三营追击到这里的时候,黔军蒋德铭旅四团突然从山坳中冲出来,三营瞬间被压回几十米,官兵出现大量的伤亡。十二团团长谢嵩立即命令二营火速增援,二营在营长邓克明和教导员谢振华的率领下向黑神庙扑去。在冲到黑神庙半山坡的时候,前卫四连指导员丁盛报告说,跟随三营冲击的钟政委负伤了。谢振华说,四连给我冲上去,无论如何要把钟政委抢下来!谢振华一边说一边跟着四连冲上山坡。在路边的草丛中,他看见了负伤的钟赤兵。一名警卫员和一名参谋正在给他包扎,鲜血从他的左腿往外涌,染红了身下的草丛。警卫员说,包了十层血还是冒。悲痛一下袭击了谢振华。谢振华还记得在中央苏区万年亭的战斗中,他在第五师十四团任政委,战斗最激烈的时候第五师政委陈阿金牺牲,接替陈阿金的新政委就是钟赤兵。钟赤兵深受官兵们的爱戴,他作战时身先士卒,总是冲在最前面,不管什么样的恶仗,战士们跟着他就会生死不顾。谢振华命令六连指导员陈福太立即组织人把钟赤兵抬下战场,然后他举起了驳壳枪:"同志们,跟着我,冲啊!"黔军在战斗中的表现出乎红军官兵的预料,以至他们有点怀疑眼前的对手是不是曾经不堪一击的贵州"双枪兵"。二营越过三营继续向黑神庙冲锋,在接近一个山弯的时候,遭遇黔军严密的火力封锁。营长邓克明和教导员谢振华召集三个连长开会,决定由五连担任突击队。团参谋长孔权挺身而出决定亲自带队。十二团团长谢嵩率领一营开始火力掩护,二营五连在弯道中分成三个梯队迎着黔军的射击前行。在突破几道障碍后,距离黑神庙只剩不到一百米了,可是黔军的又一批增援部队赶到了战场,并且迅速向红军反扑过来。被压在公路两侧的五连利用黔军修筑的掩体顽强抗击。在黔军的连续冲锋中,排长宋福朵、班长王益桥和战士殷福希先后牺牲。五连连长高书官带领机枪班死守前沿,增援上来的四连和六连占领了公路左侧的制高点,以阻击增援的黔军。两军在狭窄的山路上展开了殊死的对抗。五连的伤亡越来越大,副指导员和二排长先后牺牲,团参谋长孔权的子弹打光了,就在他试图在阵地上找子弹的时候,黔军的一颗子弹击中了他,他的胯骨被打碎。

二十六日下午四时,红三军团各路迂回部队均已到达指定位置,彭德怀随即下达了总攻的命令。正面,十三团、十二团和干部团向被压在黑神庙谷地里的黔军发动最后的进攻。就在这一刻,黔军的背后也响起了枪声,迂回的十团和十一团的攻击同时开始了。黔军开始溃散,沿着山间小路向遵义方向逃去。

彭德怀和杨尚昆站在板桥附近的公路上,在他们的身边蹲着一片被截住并被俘虏的黔军官兵。

娄山关一战,红三军团付出了巨大的牺牲。

十二团政委钟赤兵因身负重伤被锯掉了一条腿。十二团参谋长孔权负伤后被留在当地的老乡家,从此没有了任何音信。十几年之后,时任中国人民解放军副总参谋长的黄克诚有一天接到一封来自遵义的信,信里写道:"老师长,你还记得我吗？我是孔权,打娄山关的那个孔权……"孔权活了下来！在黄克诚的过问下,孔权成为遵义纪念馆的馆长。从此,他年复一年地向来到这里参观的人们讲述娄山关战斗,讲述那些至今还游荡在险峻大山中的年轻而勇敢的英魂。

> 西风烈,
> 长空雁叫霜晨月。
> 霜晨月,
> 马蹄声碎,
> 喇叭声咽。
> 雄关漫道真如铁,
> 而今迈步从头越。
> 从头越,
> 苍山如海,
> 残阳如血。

娄山关,硝烟将散,血迹未干,寒风凛冽,林涛怒号。

二十八日傍晚时分,毛泽东随着中央纵队通过了云海苍茫的娄山关。

二十六日晚二十时,中革军委以朱德的名义发出"关于我军乘胜夺取遵义致红一、三军团"电。电报表明:黔军的约六个团已被红军击溃,目前遵义城内空虚,薛岳的部队二十七日前无法到达遵义。因此,中央红军各军团须"乘溃敌喘息未定跟踪直下遵义"。

按照中革军委的命令,第三军团于二十七日凌晨发布攻打遵义的作战命令:十团、十一团向遵义新城、老城攻击;十三团阻击懒板凳方向的来敌。同时,第一军团也发布作战命令:如第三军团在前面追击,则跟随前进;如第三军团停止追击,则要超过他们继续追击。两个军团作战区域的划分是:以遵义城北的公路为界,路东为第一军团作战区域,路西[含公路]为第三军团作战区域。

第三军团的先头部队是十一团,军团参谋长邓萍跟随先头团前进。中午时分,当他们追击到遵义城北公路边的董公寺、飞来石的时候,与赶来阻击的黔军遭遇,战斗随即爆发。

从娄山关败退下来的黔军第四、第六和第十五团,在连夜逃到高坪附近的时候,遇到军长王家烈和师长柏辉章,他们率领着第一、第五和第八团正准备去增援娄山关与黑神庙。当听说娄山关已经失守,红军就要追过来了,王家烈和柏辉章甚至都没有商量一句,两个人立即不约而同地往回跑。沮丧的王家烈心情极其复杂。他知道遵义守不住了,因为薛岳掌握着贵州的财权,不但不给黔军发军饷,同时也不让他集中指挥黔军。眼下,他能够指挥的部队只有四个团。在遵义的时候,他就对那些恳求他坚守城池的豪绅们说,你们还是各自逃命去吧。但是,当他收到薛岳的电报,党中央军的两个师正在疾驰北进,顷刻就可以到达遵义解围时,心里又重新燃起一丝希望。他决定固守遵义等待中央军的到来。可是,增援需要时间,至少需要两天。

王家烈和柏辉章跑到距离遵义城北约七公里处的十字铺一带停下来,在公路两侧大约五十米高的山头上仓促建立起防御阵地。

十一团政委张爱萍认为,在这里阻击的黔军是一支掩护部队,于是立即率领先头营向黔军发起攻击。可是很快,攻击的红军就被黔军强大的火力所阻。十一团又投入两个营再次发动进攻,黔军不但没有动摇,阻击的火力反而更加猛烈了。由于后续部队还没有赶到,十一团的两个营开始边打边撤。冲锋时政委张爱萍在最前面,撤退时他走在最后面。张爱萍的身边有个小红军,刚才冲锋的时候,他和他的哥哥并肩向前,哥哥中弹倒下了,小红军没有停下来还在向前跑。现在他也走在了十一团的最后,与政委张爱萍在一起。黔军越追越近,喊着:"小赤匪不要跑!你被捉住啦!"小红军提着一支短马枪,回头喊:"你来呀!你捉我呀!"

十一团刚撤出不远,军团主力就到了,十一团立即把攻击改为围歼,两支队伍分别向黔军阵地的两侧迂回,然后发动进攻。在进攻中,黔军旅长杜肇华和副旅长江荣华负伤。柏辉章发现黔军已经腹背受敌,急忙下令全师撤回遵义城内。

十一团紧追不舍,一直追到遵义城下的一片开阔地前。

这时,黔军第五团已经从鸭溪赶到遵义,黔军在湄潭的部队也在向这里疾进,薛岳的国民党中央军第九十三、第五十九师距离遵义只有两三天的路程了。因此,中革军委认为占领遵义的时机稍纵即逝,要求第一、第三军团务必当日拿下遵义城。

二十七日下午,久雨初晴,烈日当空。位于前沿的红三军团参谋长邓萍心急如焚。在安排部队休息之后,他带着十一团政委张爱萍、参谋长兰国清前出到遵义城墙下的一个隐蔽处观察敌情。邓萍建议先派一个营向前接近城墙,提前隐蔽起来,等主力部队到达发起总攻时,这个营可以首先冲上去。张爱萍随即向三营下达了潜伏命令,同时派出一个侦察排秘密向前控制要点。在继续观察的时候,三个人突然发现有人在爬城墙,仔细看去,似乎是派上去隐蔽的三营。"哪个叫他们爬城墙,乱搞。"邓萍说,"看看带头的是哪个?"张爱萍在望远镜里看了一会儿,说:"那个带头爬的好像是七连指导员蔡爱卿。这个家伙,胆子大得很。"三个人正说着,又看见那些人从城墙里爬了出来。不一会儿,三营派来的通信员到了,报告说:"一个连爬进城又爬了出来,都看清楚了,是两层城墙。"邓萍说:"告诉营长,不要回来,也不要爬墙了,就在那里隐蔽,等到天黑,攻击的命令一下,再往前冲。"

城墙上的黔军似乎发现了这里的动静,团参谋长兰国清建议换个地方,但邓萍认为这里视野开阔不肯移动。兰国清的话音刚落没一会儿,城墙那边突然响起枪声,邓萍身子一歪倒在张爱萍的肩膀上。

黔军的子弹射进了邓萍的头颅。

几名战士用担架抬着他急促地向后跑。

他的脸上盖着一块洇满了鲜血的白布。

红军官兵们不肯相信这个事实:参谋长牺牲了。

邓萍,四川富顺人,十八岁加入共青团,十九岁转为共产党党员。同年受党组织委派,到国民党军湖南独立第五师一团开展兵运工作,结识了具有强烈正义感的爱国军人彭德怀,成为彭德怀秘密加入共产党的入党仪式主持人。一九二八年七月二十二日,邓萍和彭德怀、黄公略、滕代远一起举行了震惊中国的平江起义,起义部队被改编为中国工农红军第五军,彭德怀任军长,滕代远任党代表,邓萍任参谋长。一九三二年,二十四岁的邓萍成为中国工农红军第三军团参谋长。红三军团无数次奔袭,无数次血战,邓萍与彭德怀年复一年荣辱与共,生死与共。

邓萍的遗体被放在一块背风的洼地里。

彭德怀亲自为邓萍洗了脸,给他换上一身新军衣。

彭德怀凝视着邓萍苍白的面容,这位在枪林弹雨中出生入死的红军将领不禁热泪长流。

这天夜里,红三军团向遵义发起进攻。

彭德怀的命令是:"拿下遵义城,为参谋长报仇!"

十二团、十三团的突击队成立了。几个突击队各带轻机枪一挺和云梯两架,突击队队员每人一支驳壳枪、一把马刀和五枚手榴弹。晚上九时三十分,突击队队员开始向遵义城墙靠近。二十八日零时三十分,突击队队员悄悄地爬上城墙,杀死了哨兵后,他们在城墙上吹响了军号。山城遵义又一次在梦中被惊醒。红军官兵们高喊着"为参谋长报仇"冲了进去,黔军没能组织起任何抵抗就丢弃一切从城南夺门而出,开始了一路狂逃。

遵义城重新被红军占领。

彭德怀给邓萍买了一口棺材,将他安葬在城外山坡上的一棵沙棠树下,年仅二十七岁的红军参谋长邓萍从此长眠在遵义城下。

天刚刚亮起来,遵义就再次被各色标语铺满了。大批的红军宣传队队员和民运干部跟着作战部队拥进城。由于红军曾经在这座县城里住过十几天,因此干部们很快就占据了他们认为应该占据的地方。天主教堂里挤满了伤员,采购人员大规模地采购药品和食品,警卫员们忙着在土豪豪华的住宅里进行安全检查,地方游击队的领导也进城了,他们要求得到武器特别是干部的补充。

王家烈出城的确切时间是二十七日下午三时,那时红军还没有攻城,他的部队还在董公寺一带阻击红军,但是,他已经带着他的手枪队顺着遵义至贵阳的公路往南跑去。二十八日上午九时左右,跑到忠庄铺的王家烈遇到国民党中央军第一纵队司令吴奇伟。这个从江西一路"追剿"红军到达黔北的中央军将领给王家烈的第一印象是胸有成竹。当王家烈向吴奇伟说他身边现在只有一个团的时候,吴奇伟说:"我带的两个师大约还有一两个小时就到了,任务是反攻遵义。两个师加一个团的兵力对付朱毛足够了。你看仗怎么个打法?"王家烈说中央军应该立即进攻遵义。但吴奇伟说,既然红军已经占领遵义,中央军就不用再向北推进了,应该在遵义以南找个地方与他们决战。在王家烈的指点下,吴奇伟和第五十九师师长韩汉英共同认为:必须先占领老鸦山和红花岗。于是中央军开始了排兵布阵。吴奇伟让王家烈的那个团守住川黔公路以东的几个高地,说是公路以西全归中央军了。

两个人见面后不到两个小时,中央红军的攻击部队到了。

这是二十八日上午十一时,毛泽东一直期盼的打一场胜仗的时刻出现了。

中央红军自二渡赤水重新进入贵州以来,从黔北的桐梓地区突然南下,突破娄山关继而占领遵义城,打垮了黔军的主力,现在最凶险的敌人就是国民党中央军。如果按照中革军委的设想,红军要在遵义地区暂时落脚,以拥有一块获得休整喘息之地,那么就必须如同毛泽东说的那样,将国民党各路大军中的一部甚至是几部给予重创——目前正是打击吴奇伟部的绝好时机:川军和滇军虽然依旧在向遵义地区压来,可贵州终究不是他们的地盘,他们并没有强烈的作战积极性,且红五、红九军团正在桐梓以北死死地阻击着川军和滇军。而受到严重打击的黔军目前分散在各地,由于受到薛岳的制约,王家烈已成了没有指挥权的空头司令,黔军部队要恢复战斗力需要相当的时间。那么,在贵州境内,只有国民党中央军是红军的最大威胁。现在,吴奇伟部的两个师孤军深入到红军的眼前,这个战机万分宝贵且稍纵即逝,如果能够在国民党中央军其他各路大军到达之前,彻底把眼前这两个师的敌人吃掉,那么就可以在遵义南部创造一个军事上相对宽松的环境,使中央红军始终被追击的被动局面得到一段时间的缓解,还可以避免北上的国民党中央军与南下的川军和滇军再次对中央红军形成大军合围的态势。

二十八日零时,中革军委发出作战命令:"第一、三军团应不顾一切疲劳,马上乘胜南下,坚决猛追该敌。并部署在新站地域与敌决战……这一追击的决战关系全局胜负,无论如何要扩张战果到灭其全部,不得丝毫动摇。"

彭德怀和杨尚昆立即做出作战部署:十团、十三团在遵义西南的红花岗、老鸦山一线构筑防御工事,十二团担任迂回包抄的任务。

林彪和聂荣臻也命令第一军团各部队在遵义东南修筑工事,等战斗打响之后,李聚奎、黄甦的第一师包抄敌人的后路,陈光、刘亚楼的第二师准备追歼。

同时,第三军团的十一团和第一军团的三团分别南下接敌,采取边打边撤的战术,将吴奇伟的国民党中央军逐渐向北引诱。

接近中午时分,两军相峙于遵义城南的红花岗和老鸦山。

在江西中央苏区反"围剿"战场上,红军多次与国民党中央军吴奇伟部交手,现在两军骤然在贵州的偏僻一角相逢,战场气氛格外异样。

向红三军团十一团红花岗防御阵地进攻的,是国民党中央军第五十九师韩汉英部。红花岗,主峰九百九十一米,地形险要,是扼守遵义的南大门。十一团首先抢占了红花岗的主峰,他们的任务就是死死地阻击,把敌人拖在这里。第五十九师的进攻从一开始就异常猛烈,军官们给每个士兵都发了两块银元,并且在散兵线的后面布满持枪督战的战场督察队。与黔军不一样的是,国民党中央军的炮火十分密集,并且有飞机的支持。第五十九师的两个营在炮火掩护下,反复向十一团的阻击阵地冲锋,双方都出现很大的伤亡,尤其是进攻的国民党中央军,担任主攻的两个营"官长伤亡殆尽"。十一团很快就发现敌人出现了动摇,在团长邓国清和政委张爱萍的带领下,红军官兵高举着马刀喊:"不要跑!缴枪就活命!"但是敌人撤退的趋势已不可遏制。敌一营三连连长宋少华肩膀负伤,他一边组织几个老兵掩护撤退,一边向后奔跑,奔跑中他听见一声大喝:"站住!缴枪不杀!"向他怒吼的是一名腿部中弹正坐在草丛中包扎的红军战士。宋连长愣了一下,随即被追击而来的几个红军扑倒在地。

对红花岗主峰的进攻受阻后,吴奇伟调整作战方案,集中兵力向由十团防守的老鸦山阵地发动进攻。参加进攻的不但有第五十九师,第九十三师唐云山部也投入了战斗。在炮火的轰击和飞机的轰炸下,老鸦山山头上的树木和野草都燃烧起来,一个整师的国民党兵黑压压地向红军的阵地前沿蠕动而来。十团的官兵连续几次打退了敌人的进攻。但是敌人的进攻规模越来越大,一部分敌人已经冲到主峰上。急了眼的团长张宗逊决定立即反击,他让政委黄克诚留在主阵地上,自己和参谋长钟伟剑率领官兵开始反冲锋。红军官兵反冲锋的主要武器是刺刀,在小小的山头上,双方展开了空前残酷的肉搏战。一次次的肉搏战一直持续到下午三时,团长张宗逊负伤倒下,参谋长钟伟剑牺牲,老鸦山阵地遂被国民党中央军占领。

这是一个危险的时刻。如果中央红军在遵义以南的阻击线被突破,不但红一军团向敌人两侧的迂回包围失去了依据,而且中央红军将面临两面受到夹击的处境。更为严重的是,中央红军自突破娄山关以来的所有努力都将毁于一旦。

彭德怀上了最前沿,组织部队夺回失去的老鸦山。十一团三营的两次进攻都失败了。十团的进攻同样受挫,九连在连长黄思沛和指导员丁三的率领下曾经冲上主峰,但是遭遇到敌人的猛烈反击,九连在伤亡过半的情况下又退了下来。

朱德也上来了。他在电话里对十一团政治处主任王平说："这是背水一战,如果失败,我们就得到乌江去喝水。"十一团再次组织部队强攻,甚至又加强了一个连的兵力,依旧没有效果。

双方都知道失败意味着什么,于是无论进攻还是阻击都是决一死战的态势,投入了最后可以使用的最大兵力——重兵对垒,冲突的顶端在一个小小的山包上。战斗进行到这个时候,双方中的任何一方哪怕出现一丝一毫动摇或者放弃的迹象,都会如同岌岌可危的大堤出现一个小小的裂缝一样,瞬间就会兵败如山倒。

中革军委命令:干部团上。

土城战斗之后,干部团再次出现在危急时刻。

干部团由北向南正面进攻,十一团从左侧助攻。这次进攻,红军所有的机枪都开了火,官兵们不顾一切地蜂拥向前。这时,迂回的红一军团在敌人的后面已经打到了吴奇伟指挥部所在地忠庄铺,而向另一侧迂回的红军也已经突破黔军的阻击阵地正向纵深发展——王家烈的那个团在红军的再次打击下一跑就无影无踪,致使中央红军对吴奇伟部形成了合围的趋势。

最后时刻,吴奇伟的信心首先动摇了。

红军的枪声离忠庄铺越来越近,突然,吴奇伟命令第九十三师掩护,指挥部立即向南转移。几乎是一瞬间,在前面与红军血拼的第五十九师终于垮了,洪水般地溃退下去。

战局的突变令彭德怀和林彪几乎同时下达了一个命令:追!

这是中央红军在长征中第一次大规模地追击敌人。

在五里堡第一军团指挥所里,林彪把各师师长、政委和参谋长都找来了。干部们一进到林彪的那间大木板房里,就发现满墙都是地图,于是立即预感到部队要有大行动了。林彪开会的目的就是命令各部队不惜一切地追击:第一师沿着公路东侧,向白蜡坎方向追击;第二师在公路上追击,最后以乌江为界聚歼。聂荣臻对干部们说:"我们没吃饭,敌人也没吃饭；我们疲劳，敌人比我们更疲劳。追击的成功关系全局，要不顾一切追下去，力求全歼敌人，这个决心不能有丝毫动摇。"有干部请示追击的范围，林彪说："给我追出一百里。"

第一师参谋长耿飚率领二团沿着公路追击。开始的时候部队还比较集中，跑着跑着就散开了，因为吴奇伟的部队跑得到处都是。二团的一个班追到一个小镇上，发现跑到这里的敌人正在百姓家抢食物。红军班长当街吹响了哨子，喊："集合！集合！"敌人果然乖乖地集合了，然后稀里糊涂地被缴了械。二团沿路抓的俘虏太多，其中不少是黔军官兵，不断有战士被留下来看管俘虏。师部特务排的一名小战士追得高兴，竟然一头跑进敌人的队伍里，细看才知道这是敌人的一个团部。他只好装作系鞋带落在后面，直到把耿飚等来了立马报告。耿飚说别的先不管，把那个团长抓了再说。结果这个小战士又追上去，一把把那个团长拉住了，说："别跑啦，到家啦！"

晚上，二团追上黔军的一个师部，师部的官兵挤在一座大庙里，横七竖八地睡了一地。红军官兵先把哨兵抓了，哨兵说这伙人里最大的官是一个副师长，于是红军让他带着去找。哨兵在庙里的大供桌上捅了捅一个蒙着大衣睡觉的人，说："副师长，他们来啦。"副师长翻个身说："叫他们到树林子里去睡！"红军的一个侦察参谋一把揪起副师长，说："我们是红军！"谁知这个副师长抡起胳膊给了红军参谋一耳光："开什么玩笑？这是闹着玩的吗？"红军参谋被打得火星直冒，他抽出马刀架在这个副师长的脖子上，然后举起一盏桐油灯说："你小子好好看清楚老子是谁！"

跑在第二师最前面的是五团。五团追到螺蛳堰小镇时，把吴奇伟的中央军追上了。当时，吴奇伟的第九十三师一〇七团正在挖工事准备阻击。五团侦察排报告说，封锁公路的是十几挺重机枪，工事也修得十分坚固，挖了好几道壕沟，每条壕沟里都配备着很强的火力，还设置了大量带刺的竹桩。五团决定团长带领一营正面攻击，政委指挥二营、三营左右迂回。一营三连在一连、二连的火力掩护下分成三个梯队，第一梯队砍倒竹桩,第二梯队疏通道路,第三梯队掩护。一个多小时后,道路基本疏通,迂回的部队也已经到位,最后的战斗打响了。一个团对一个团,在这场势均力敌的战斗中,五团勇猛地向敌人冲上去。在一条壕沟里,红军与三十多名国民党兵展开肉搏,七连的一个班长连续刺死两个敌人,在身负重伤的情况下,扑向敌人最密集的地方拉响了手榴弹。战斗结束后,除了少数逃脱的国民党兵之外,国民党中央军第九十三师一〇七团几乎被全歼。

五团迅速打扫战场,然后进入螺蛳堰镇,发现一〇七团做好的饭菜还热着。红军官兵匆忙吃了饭,然后继续追。在追击的路上,一个当地的农民来给红军报信说,一伙国民党军正住在旁边的村子里。于是,五团的两个侦察排全部换上国民党中央军的军装,在那个农民的带领下摸进村庄。他们先解决了哨兵,然后在一个寺院里把正在睡觉的敌人全部俘虏。清点俘虏的时候,报信的农民说,那个穿呢子大衣的长官不在。这时候,全村的贫苦青年都出来了,农民们高举着火把带领红军开始搜查,最后在一户地主家把那个穿呢子大衣的长官捉着了。一问,竟然是被红军歼灭的那个一〇七团的团长。

漆黑的夜色中,吴奇伟的汽车被挤在溃兵之中无法通行,无论卫兵如何开枪恐吓,就是没有人给他的汽车让路。吴奇伟焦急万分,不断地嘟囔着:“这真是老天安排好了让我死在这里。”最后,他只好放弃汽车,在卫兵的搀扶下与混乱的部队拥挤在一起,向乌江边逃去。

天蒙蒙亮,终于跑到乌江边的吴奇伟接到薛岳的电话,薛岳说增援的第九十师已经开到乌江南岸。吴奇伟立即命令第九十师渡江阻击,但是他的命令被第九十师师长欧震拒绝了。欧震在电话里对吴奇伟说:“北岸现在兵败如山倒,过江增援十分不利,在南岸稳住阵地才是上策。”吴奇伟一听,一屁股坐在地上痛哭不止,一边哭一边说:“我不过江了,就在这里死了算了。”红军追击部队的喊杀声越来越近,军参谋长吴德泽厉声命令卫兵把吴奇伟拖过乌江。

吴奇伟一过乌江,在南岸还未立稳,即刻命令道:“把浮桥砍断!”

有人提醒他说："还有不少弟兄在桥上呢。"

吴奇伟说："砍！"

浮桥被砍断了。

桥上的国民党军随着浮桥的断裂跌入滚滚乌江。

乌江北岸，在红军的追击下终于跑到江边的一千八百多名国民党军发现，他们已经跑到了溃逃的尽头。

红一军团第二师最先追到乌江边的官兵大约有九百多人，师长陈光和政委刘亚楼跑在这九百多名官兵的最前面。

两个年轻的红军将领在乌江岸边蹲了下来，掬起一捧清凉的江水洗了一把汗津津的脸。

遵义成了一座欢乐之城。

军委纵队进入遵义后，电令第五、第九军团扼守娄山关，第一、第三军团开始休整。

在遵义的天主教堂里，中央红军召开了团以上干部会议。红军干部们穿上干净的军衣早早地来到会场，频繁的行军作战使他们相互难得见面，于是相聚时便显得格外亲切。党中央和中革军委的领导同志来了，大家突然静下来，目光集中在个子瘦高头发很长的毛泽东身上——至少有一两年了，毛泽东这是第一次出现在中央红军团以上干部会上。张闻天首先传达了在扎西会议上通过的遵义会议决议，而后宣布毛泽东同志当选为中共中央政治局常委。

会后，全体干部就地会餐。为了筹备这次会餐，朱德专门派人买了一头两百多斤的肥猪，采购了大量的蔬菜和大量的茅台酒。由于人多，就用脸盆盛菜，酒杯是当地的大泥碗。各军团的干部自由组合，席地而坐，围成圈子，伙食兵们把酒在大泥碗里斟满，然后把大盆的肉和菜端上来。中央和军委的领导们也开始到处敬酒。周恩来海量，端着一只大茶杯到处碰杯而面不改色。朱德拿的是个拇指大的酒杯，碰杯的时候憨厚地微笑着。张闻天书生意气，几杯下来已略显飘逸的醉态。毛泽东不善饮却端着一只大泥碗，不喝光碰："各位劳苦功高！各位劳苦功高!"刚开始的时候,大家有礼貌地互相让着,吃一口菜喝一口酒,但是很快就听见有人喊了一嗓子:"同志们! 干呀! 喝个痛快!"于是大家激动地大口喝酒,大口吃肉,大声说笑。突然,红一军团第二师四团团长黄开湘哭了,他想起了那些在残酷战斗中牺牲的战友。黄开湘的哭声感染了在场的所有的人,各军团的干部们互相拥抱在一起——能在一次又一次的激战中幸存下来,能在那么多的生命离去之后喝上一口庆祝胜利的酒,年轻的红军指挥员们不禁把手里的铁饭盒和大泥碗碰得当当响:"为了战友! 为了胜利!"

三月一日,就在吴奇伟在乌江边上哭着说自己不想活了的时候,蒋介石正在武汉为张学良举行宴会。此前,他刚刚任命张学良为国民政府军事委员会武昌行营主任,要求武昌行营以"剿匪"、"禁烟"和"推行新生活运动"为三大要务。这时候,有人悄悄走进宴会大厅告诉蒋介石:薛岳部在遵义遭到朱毛红军的重创。紧接着,薛岳"听候处理,自请处分,以求宽恕"的电报到了。蒋介石的心情骤然烦躁起来。

此前,蒋介石已被中日关系出现的危机搞得焦头烂额。日本侵吞中国东北地区的野心昭然若揭,平津各界要求抗日的呼声越来越烈,而日本方面更是对国民政府派往北平的最高长官何应钦出言不逊,吓得何应钦无论如何不敢去北平办公了。蒋介石大骂何应钦:"怕死就不要穿军装!"蒋介石的侍从室主任晏道刚建议"做出处置"以"稳定华北局势"。蒋介石大发脾气:"拿什么处置? 抽部队去? 你看抽什么部队到华北去和日本顶? 共军把我们的人力物力财力都消耗了,拿什么打日本?"

武汉的公务一完,蒋介石就在陈诚和晏道刚的陪同下飞到了重庆。

在川军师长范绍增的公馆里,蒋介石仔细阅读了关于遵义一战的诸多报告。首先是王家烈关于遵义丢失经过的报告,报告不但说"烈亲赴前线"指挥黔军与中央红军进行"激战",而且指出遵义失守的根本原因是中央军无能:

重庆委员长蒋钧鉴：

匪有日[二十五日]乘我驻桐蒋[蒋德铭]旅部队奉令推进松坎，及由遵所派接防部队尚未到达之际，攻陷桐城后，复向遵义南进，与杜肇华旅及十五团激战于娄山关、黑神庙一带，达两昼夜。我方伤亡官兵千余员名。感日[二十七日]迫近遵城，复与我第一、第八两团激战于校场坝一带。烈亲赴前线指挥，战斗甚烈。我杜旅长及江副旅长，均负重伤；营、连、排长一时尚难确查；士兵伤亡过半。匪徒伤亡倍我。适吴司令官奇伟率部于感日傍晚至忠庄铺，烈即赴忠庄铺商洽附近剿匪机宜。夜过半，匪攻城益急，城内官兵殉城者极众，至伤亡过半之第一、第六团突围退至附城之马坎，布防于附城之丰乐桥一带。俭[二十八日]晨，吴司令由左翼进剿；烈收集兵力，仅约两营，由右翼进剿。殊匪以大部向我压迫，烈身边护卫士兵使用殆尽，而左翼亦无进展，我宋团长亦负重伤，万团长失踪，连长连副伤亡又复过半，士兵已亡伤殆尽，是以无功。烈冬日[二日]移驻新场附近，收容散部，速加整顿，待命反攻。刻匪一部已到后坝场及新站附近。自遵义至老蒲场及中坪大小道上，均有匪踪。我何[何知重]副总指挥率魏[魏金荣]、李[李成章]等部到大坝场；蒋旅在松坎附近，除令向桐梓、遵义西南地区猛进截击，并令正安蒋[蒋在珍]指挥严密警备，详侦匪情外，烈正集结各部，力行整理，以图报称。至于唐云山师等，冬日始达息烽一带，欧[欧震]、郭[郭思演]、梁[梁华盛]三师驻贵阳，周代总指挥浑元三师在仁怀附近。特闻。

职王家烈叩。冬二于鸭溪本部。

而国民党中央军吴奇伟部第九十三师师长唐云山关于在遵义以南忠庄铺与红军作战的报告，是一个文过饰非的典型。战前部署极其啰嗦，战斗经过却简单扼要，除了描述自己的部队在"赤匪冲击甚烈"的情况下如何"阻匪追击"和"毙匪枕藉"外,还把部队的狼狈溃逃写成了"由于众寡悬殊"而做出的"相机处理"。至于战斗失利的原因,则被列在了"经验"一栏里:

一、以寡敌众,预备队使用无余,无法挽回战果。

二、友军久战饥疲,同置一线,以致波动全局。

三、在外线作战,未行稳扎稳打,又未与各纵队切取联络,遭匪各个击破。

四、我军进取心太急,在敌况不明,远来未定之际,遽行攻击,遭匪主力倾力冲击。

五、各部大行李跟进太近,仓促之际,混乱拥挤,以致影响前线士气。

广西的李宗仁就遵义一战给广东的陈济棠发去的电报,似乎有点幸灾乐祸:"遵城二十七日夜已失,黔军五、六两团伤亡殆尽。"川军潘文华的电报却说:"匪大部在遵义附近,被我中央军围攻之中。"滇军孙渡对中央军的溃败明知故问,他给周浑元发去一封电报,居然关切地问道:"不知二纵队各师现达何地?"

从黄埔军校延续下来的国民党军的军法是严厉的:"一班同退,只杀班长;一排同退,只杀排长;一连同退,只杀连长;一营同退,只杀营长;一团同退,只杀团长;一师同退,只杀师长。"遵义一战,大军溃败,王家烈、吴奇伟直至薛岳,统统难逃惩治。但是,吴奇伟是薛岳的人,薛岳是陈诚的人,陈诚则尽全力保护这些家伙;而那个家底已经丧失殆尽的王家烈,已经根本不值得大张旗鼓地惩罚了。眼下,蒋介石急于考虑的是中央红军下一步要往哪里走。

中央红军大规模的移动作战,令蒋介石东南西北难以理清头绪。

三天之内,蒋介石连续发出了一系列命令:

三月二日,致电中央军周浑元和吴奇伟,命令他们沿乌江南岸"疾进","相机再渡乌江北岸",以堵截中央红军与红二、红六军团会合。

三月三日,致电何键,要求湘军李韫珩部急调第五十三师"兼程向石阡及其以西疾进"，然后"沿乌江扼要布防"。

三月三日，致电入黔各路部队，命令黔军、湘军和中央军在乌江以西、黔巴大道及其以西"数线布防"，"严密守备，坚固防堵"，"阻匪窜渡"。

三月三日，致电中央军薛岳、吴奇伟，命令以凤江冈、湄潭为目标"寻匪迹所向而击之"。

三月四日，致电重庆行营参谋团主任贺国光，要求上官云相的"第四十七师应全部向桐梓推进，并限本月八日前到达"。

因为对红军的作战风格感触颇多，蒋介石不禁对国民党军痛心疾首，他先是致电川军各将领，明确指出与红军相比国军的致命陋习：

> 查赤匪行动，飘忽不定，我军剿匪作战，处置贵在神速。各带兵长官，必须身临行间，方能应付机宜。近人常谓剿匪战略，前方反指挥后方，确系洞见症结之论。乃查川中各将领，每每安处后方，前方责任，委诸部属，而所谓将校亦相习成风，层层委托。以致平时则废弛军纪，有事则坐失戎机。

到了三月六日，蒋介石在致川军将领刘湘和潘文华的电报中，干脆明确要求川军以"朱毛红军"为借鉴：

重庆刘总司令、刘主席、宜宾潘总指挥：

> 庭密。据报，前朱、毛匪部窜川南时，对人民毫无骚扰，有因饿取食土中萝卜者，每取一头，必置铜元一枚于土中，又到叙永时，捉获团总四名，仅就内中贪污者一人杀毙，余均释放，借此煽惑民众，等情。希严饬所属军队、团队，切实遵照上月养巳行[二月二十二日]参战电令，爱护民众，勿为匪所利用，为要。

> 蒋中正。鱼午行参战印。

四面八方部署完毕，谆谆教诲也传达完毕，蒋介石给刘湘和薛岳发出了收复遵义的电令：命川军郭勋祺部并指挥现位于桐梓的黔军，限六日集结完毕,即向遵义东北地区进攻;命中央军周浑元部六日集结在枫香园、鸭溪一带,即向遵义西南地区进攻;命中央军吴奇伟部仍在茶山渡至乌江一带防御,另派一部向鸭溪、枫香园与周浑元部联络,准备无论红军向何方移动,"不失时机取直径堵剿"。

蒋介石收复遵义的军事部署立即被中央红军截获。

正是因为这封电报的截获,引发了后来的一连串事件。

三月五日凌晨三时,中革军委发出的军事命令是:第九军团在桐梓至遵义一线钳制敌人,中央红军主力第一、第三、第五军团和干部团即日集中于鸭溪附近地域。

当日,毛泽东和朱德到达鸭溪,并以前敌司令员和前敌政治委员的名义发布"关于消灭萧[萧致平]、谢[谢溥福]两师的作战部署"。

这是自一九三二年宁都会议以来,毛泽东第一次签署中央红军的作战命令。

中央红军主力部队离开遵义,向着与蒋介石预测完全相反的方向开进。拿毛泽东在中革军委会议上的话讲,这叫"声东击西"。毛泽东认为,既然蒋介石依旧判断中央红军要与红二、红六军团会合,并且决心在遵义地区与中央红军决战,那么,根据"把五个手指一个一个地割掉"的原则,下一步最重要的战略目的就是寻找合适的战场和合适的时机,继续歼灭国民党中央军的一部或几部,使中央红军能够在遵义地区最后落住脚。现在,红军的作战目标已经出现了,这就是顶替受到重创的吴奇伟部从南向北开来的国民党中央军周浑元部和万耀煌部。

中革军委判断向遵义方向扑来的敌军,共有周浑元部两个师七个团、万耀煌部一个师六个团以及黔军何知重部一个师三个团。前敌司令部要求中央红军首先消灭周浑元部的萧致平、谢溥福两个师。具体部署为:第一军团及干部团为右路攻击纵队,由北向南突击,其第一师需绕到敌人的后方突击,第二师迂回侧击,干部团随第二师前进。前敌司令部随第一军团司令部前进。第三军团为左路攻击纵队,由南向北进攻,并以一团吸引敌人东进,还应派出小部队迷惑并钳制何知重的黔军。第五军团为总预备队。部署要求各兵团必须于六日"以猛烈动作解决敌萧、谢两师,以便七日继续对万师作战"。

发自鸭溪前敌司令部的作战计划,其制订的依据就是红军截获的蒋介石关于收复遵义的作战部署的第二条,即周浑元部六日集中于枫香园、鸭溪一带,将向遵义城西南地区发起进攻。

中央红军主力部队出动了,设伏在周浑元部进攻的必经之路上。

毛泽东在这个详细的作战部署中把该想到的都想到了,但是,就在这一作战部署被以电报的形式发至中央红军各军团的时候,蒋介石用专用的电报密码给薛岳和周浑元又发出一封加急电报——在贵州遵义西南方向那个名叫鸭溪的小镇里的毛泽东,与在四川重庆豪华的范公馆里的蒋介石,两个人给各自部队发出电报的时间居然都是三月五日晚二十三时——蒋介石在这封加急密电中,突然全盘否定了他三日做出的收复遵义的计划,决定贵州境内的所有国民党军"暂取攻势防御"。蒋介石不但要求吴奇伟部不要急于渡过乌江,而且自此要"秘其行动",待敌情明确后再有动作:"如匪果向西窜,则吴纵队主力用最快行动,星夜兼程,即向黔西西南地区挺进,不得延误片刻;若匪果与我周纵队在枫香园附近接触或对峙时,我吴纵队亦用最速方法,渡江北岸猛进,寻匪侧背围剿之。"蒋介石还要求周浑元部放弃向遵义方向进攻的计划,在鸭溪以南的长干山附近集结并构筑坚固工事:"如匪不敢向我进攻,仍在枫香园附近停止,则我军可逐步前进,先诱其来攻,然后双方夹击之。否则,匪如向黔西窜去,则周纵队亦应取最速行动,向黔西之西北地区兜剿"。更为重要的是,蒋介石在密电的开头阐述了他对中央红军未来动向的分析:"察其企图,不外以下两种:甲、放弃遵义,仍向西窜,求达其原来目的;乙、先求与我周纵队决战,然后再向南对贵阳压迫。"——事后中央红军的行动表明,经过深思熟虑之后,蒋介石的判断已经有了相当的准确性。

三月六日清早,当预定的战场上始终没有出现国民党中央军周浑元部的影子时,在鸭溪指挥部里的毛泽东立刻意识到问题复杂了。

这个时候,双方都在观察对方的行动,都在等待对方的主动进攻,然后试图在对方的调动中寻找到打击的破绽。

毛泽东和朱德命令第一、第三军团在遵义、鸭溪至白蜡坎一带徘徊诱敌,希望能够调动起国民党军周浑元部的急躁情绪,诱使他们离开坚固的据点前出到红军眼前。但是,周浑元部在蒋介石和薛岳的一再密令下,不但始终不为红军频繁的调动所迷惑,而且还制定了完整的作战方案:如果红军有向另外任何一个方向大规模运动的迹象,就以迅速的行动追击围歼;如果红军主动前来决战,就把红军拖在战场上,等待国民党军各路大军包抄而来。

时间一天天地过去,中央红军反复诱敌没有效果,遵义四周的敌情却已越来越严重了。

蒋介石决心不再与红军比机动,他不允许任何一支部队贸然出击,而是打算在根本不交战的情况下,将红军包围在狭窄的地域内,然后逐渐缩小合围的范围。蒋介石认为,在贫瘠的贵州西北山地里,不但粮食困难,陡峭的山势也不利于大部队机动,因此只要稳稳地步步合围,中央红军插翅难逃。

就在中央红军不断徘徊的时候,川军的三个旅和国民党中央军上官云相部的两个师,正从桐梓向遵义方向推进;周浑元部则以缓慢移动并层层筑垒的方式,逐渐占领了遵义以西的战略要点仁怀和鲁班场;滇军孙渡部进入贵州西部并逐渐向东压缩;而黔军一部在打鼓新场配合周浑元部拖住了红军主力,另一部则驻守在黔北的土城以防红军突然北渡长江;国民党中央军吴奇伟部的四个师,也已从贵阳动身向遵义方向开进;湘军、桂军和粤军联合在遵义地域的东面和南部设置了防线。

一九三五年三月七日,中革军委命令中央红军主力向西移动。

由于遵义四周的威胁日渐严重,中央纵队也撤出了遵义县城。

不断的徘徊引发了红军官兵的急躁。三月十日,红一军团军团长林彪和政治委员聂荣臻致电中革军委,建议进攻黔军占据的打鼓新场,以打开战场上的僵持局面。

已经到达鸭溪与前敌司令部会合的中共中央立即召开会议,会上除了毛泽东之外所有的人都赞同打这一仗。毛泽东反对的理由是:如果按照目前敌军的前进速度,很可能在战斗还没结束的时候,红军就会受到各路敌军的多方侧击,那样就会使红军陷入极其被动的境地——站在众人的对立面,对于毛泽东来讲,这是一个艰难的时刻。周恩来后来回忆说:

> 从遵义一出发,遇到敌人一个师在打鼓新场那个地方,大家开会都说要打,硬要去攻那个堡垒。只毛主席一个人说不能打,打又是啃硬的,损失了更不应该,我们应该在运动战中去消灭敌人。但别人一致通过要打,毛主席那样高的威信还是不听,他也只好服从。但毛主席回去一想,觉得这样不对,半夜里提着马灯又到我那里来,叫我把命令暂时晚一点发,还是想一想。我接受了毛主席的意见。一早再开会议,把大家说服了。

可以想象那个夜晚毛泽东的心绪是何等的焦虑。但是,他之所以坚决反对在打鼓新场作战,除了作战结果可能不利之外,必是在酝酿谋划着另外一场战斗——此时,打上一仗是生存的需要,必须从敌人合围的某个方向冲出去,再不动作就等于坐以待毙。

三月十四日,天亮的时候,前敌司令部发出战斗命令,要求全体红军官兵"以全部力量和毫不动摇的决心"开始战斗,而战斗攻击的目标却是比黔军防守的打鼓新场更坚固的一个据点——由国民党中央军周浑元部八个团坚守的鲁班场。

鲁班场,贵州仁怀县内的一个小集镇,三面环山,只有南面是一片山间开阔地,地形险要,易守难攻。

周浑元部按照蒋介石的指令在鲁班场修筑了坚固的防御工事,等着红军主动进攻。

十五日下午,红军的进攻开始了。

对于中央红军来讲,攻击坚固阵地的战斗是极其艰难的。

在突破碉堡前面的深壕的战斗中,担任主攻的红一军团三团和六团官兵迎着敌人密集的子弹前仆后继,虽然攻击在局部地段显出成效,但是整个战局始终无法突破。红军官兵伤亡多达一千五百人,最后不得不放弃攻击,与周浑元部形成对峙局面。

这种对峙是蒋介石最希望看到的,因为此战不但暴露了中央红军主力的位置,造成红军兵力的严重损失,而且一旦对峙形成,国民党各路大军将飞速合围而来。

危险已经临近。

十六日黄昏,中革军委下达命令:放弃鲁班场,立即向北,"于今十六日晚和明十七日十二时以前"在茅台镇附近全部渡过赤水河。命令详尽安排了中央红军各军团渡过赤水河的次序。特别值得注意的是,在各军团渡河具体计划的后面,都附加着这样一句话:渡河后向西或西北走出二十至三十里"隐蔽休息"。

迅速撤离鲁班场战场的中央红军主力,突然掉头向西北方向急进,于十六日当天占领茅台镇。

这个赤水河边的小集镇以出产优质的白酒闻名中外。占领了茅台镇的红军官兵没有侵犯酒厂的酒窖,但还是在当地大土豪的家里搬出了数百坛茅台酒,然后和全镇的贫苦百姓一起享用,几乎所有官兵的水壶里都灌满了茅台酒。红军的野战医院更是忙碌,他们储存了大量的酒以便当作消毒的酒精用,红军小卫生员们忙着用酒给伤员擦伤口,把脏的绷带在酒里浸泡后赶紧晒出去。干部们建议脚肿了的战士用酒洗脚,头上生虱子的则用酒洗头。霎时间,茅台镇里酒香四溢。

红一军团第二师参谋长熊伯涛,住宿在茅台村附近一个已经逃走的富人的酒坊里：

> ……义成老烧房是一座很阔绰的西式房子，里面摆设着每只可装二十担水的大口缸，装满异香扑鼻的真正茅台酒。此外，封着口的酒缸，大约在一百缸以上；已经装好瓶子的，约有几千瓶，空瓶在后面院子内堆得像山一样……真奇怪，拿起茶缸喝了两口，"哎呀，真好酒！"喝到三四五口以后，头也昏了，再勉强喝两口，到口内时，由于神经的命令，坚决拒绝入腹，因此除了鼓动其他的人"喝啊"以外，再没有能力和勇气继续喝下去了。又很不甘心，睡几分钟又起来喝两口，喝了几次，甚至还跑到大酒缸边去看了两次。第二天出发，用衣服包着三瓶酒带走了，小休息的时候，就揭开瓶子痛饮。不到一天，就在大家共同欣赏下宣告完结了，一二天内部队里茅台酒绝迹了。

在茅台渡口渡河的时候，毛泽东不但没有强调部队隐蔽，还问红军官兵们："看见敌人的飞机了没有？"小红军抢着说："看见了，狗日的飞得很低，就不怕被咱们打下来！"

这时，蒋介石判断中央红军将沿着旧路向北进入川南，然后再次试图北渡长江与红四方面军会合。于是，他严厉催促国民党军各部队迅速向黔北和川南地域推进。

吴奇伟部因为心有余悸而推进缓慢。十四日十七时，他致电蒋介石说："先遣队到达枫香坝附近，有匪阻我，前进即止"。蒋介石不禁大发雷霆，将薛岳、周浑元、吴奇伟一并斥责道：

> 梧生〔吴奇伟〕部到枫香坝后，其主力不得停留片刻，应即向太平场、井坝道路转进。如遇匪后卫拦阻，更应猛力冲击，并设法绕至其后卫两侧，竭力抄袭。若照梧生寒〔十四日〕酉〔十七时〕电称，"梁〔梁华盛〕师先遣队到达枫香坝附近，有匪阻我，前进即止"，此乃为我军之大耻。当此釜底游

魂之匪,若再不乘机聚歼,运其智勇,各尽职责,则何颜再立于

斯世? 希严令遵行!

三月二十日,已经渡过赤水河并在西岸附近隐蔽休息的红军各部队接到了立即疾行的命令:"秘密、迅速、坚决出敌不备折而向东,限二十日夜由二郎滩至林滩地段渡过赤水河东岸。"中革军委指出,再渡赤水是"野战军此后行动的严重紧急关头","渡河迟缓或阻碍渡河的困难不能克服,都会给野战军最大危险"。最后,中革军委命令第一军团派出一个团,继续向西"逼近古蔺方向之敌","伪装我主力西进",但"遂行此任务后","限于明晚渡过太平渡"。

中国革命史上最绝妙的一刻到了:刚刚西渡赤水的红军官兵,现在又掉头重新东渡赤水,并且迎着包抄而来的国民党大军,从他们三天前走过的原路折了回去。这是国民党军无论如何也想不到的,因此他们依旧在向北昼夜行军,然后几乎与突然返回的中央红军主力擦肩而过——没有确凿史料表明这个惊人的举动是毛泽东策划已久的,也没有确凿史料证明毛泽东这个异常冒险的想法产生于哪一时刻。也许,在发布鲁班场战场命令的时候,毛泽东就已经把红军三渡、四渡赤水的路线想清楚了——红军撤离鲁班场战场开始西渡赤水的时候,毛泽东曾问刘伯承:"咱们第二次渡赤水河时,在太平渡和二郎滩的浮桥还在不在?"刘伯承立刻明白了毛泽东话里的玄机,马上派人去赤水河边查看,并且安排部队把河上的浮桥看管起来。

红一军团伪装成主力继续西进的那个团行动极其成功。他们在快要到达古蔺县城的时候,遇到前来阻击的川军的一个团,红军官兵毫不犹豫地扑上去,把川军打得疯狂逃窜,其士气之凶猛颇有主力部队横扫一切的样子。消息传到蒋介石那里,他更加确信中央红军一定会北渡长江。于是,就在中央红军开始向东再渡赤水的时候,国民党各路大军依旧在昼夜兼程向川南前进。蒋介石不断地发出催促电报,措辞中流露出无法掩饰的兴奋:"剿匪成功,在此一举,勉之勉之。"

至三月二十二日上午,中央红军各主力部队,连同中央纵队在内,

全部秘密而迅速地渡过赤水河,再次进入贵州境内。这是自一月二十九日因土城战斗失利,中央红军第一次西渡赤水河之后,红军官兵第四次跨越这条纵贯黔北的大河。

两天后,中革军委命令红九军团伪装成红军主力,一部分在长干山,一部分向枫香坝,沿途张贴标语,放火烧山,制造红军大军北上的假象,以吸引敌人继续北进。然后,中革军委向中央红军各军团发出了迅速南下的命令。

蒋介石偕同夫人宋美龄以及一支庞大的随行队伍抵达了贵阳。一下飞机,他就发表了一个热情的讲话。基于他对中央红军北渡长江的判断,蒋介石说:"浩浩长江俨如天堑,已经成强弩之末的共军,现在正为寻找渡江的地点而彷徨。"——蒋介石亲赴贵阳,是来指挥与中央红军的最后一战的。当他听说黔北重镇桐梓现已没有了驻防部队时,立即写了一封怒火万丈的信,让飞机空投给位于桐梓以北松坎的上官云相:

> 据飞侦报告:"本日桐梓已无我军,亦无匪踪,而只见土人向遵义逃跑。"此种不遵命令,放弃县城,只图自保生命,殊为军人最大之耻辱。如果以兵单不能两守,则盍不放弃松坎而守县城?不应弃重就轻,乃竟放弃桐梓,此非怕死而何?中[蒋介石]自治兵以来,未有见如此之奇耻,痛心盍极!限令裴[裴昌会]师速于明日恢复桐梓城,并希松坎亦派部队前往桐梓。否则照"连坐法"处治不贷!

蒋介石严令收复黔北重镇桐梓,他哪里知道,此时的中央红军正大举南下已经抵达乌江岸边。

在暴风骤雨中首先到达乌江北岸的,是以黄永胜为团长、林龙发为政委的红一军团先遣三团。

当地的百姓把这段乌江称为"乌龙江"。乌龙江两岸绝壁,江水湍急,绝壁上只有一条小路通往一座浮桥,浮桥上的木板已经被抽掉,并且桥头有哨兵巡逻。三团决定强行突击,偷渡不成就强攻。被聂荣臻临时派到三团加强政治工作的萧华作了战前动员,然后三团突击队登上竹筏子开始强渡。竹筏子未到江心,就被敌人发现了,突击行动很快失败。接着,三团的第二次强渡又开始了。四只竹筏子,三十名突击队队员,在大雨中勇敢地向对岸冲去。红军官兵冲上南岸后,他们把米袋子系成绳子,抠着悬崖上的石壁缝隙,在风雨中爬上敌人的阻击阵地,然后迅速控制了浮桥。三团的主力沿着浮桥一边前进一边发起冲锋,把江对岸国民党军守军和援军的各一个营几乎全歼。

大雨倾盆,惊雷滚滚。

中央红军和中央纵队前进至乌江边,然后分别从乌江的大塘、江口和梯子岩渡口急促地渡过乌江。

在大雨中的一棵大树下,毛泽东来到红一军团第二师。干部们撑起雨衣,毛泽东向师长陈光和政委刘亚楼询问部队的情况,然后拿出一张地图,第二师的指挥员们惊讶地看见了毛泽东在地图上画出的那条巨大的弧线:从乌江边向南,穿越贵阳与龙里之间狭窄的缝隙,然后慢慢地弯向西,最后径直向西,从贵州的西南角进入云南。毛泽东向大雨中的远方望了望,然后对陈光和刘亚楼说:"把滇军调出来就是胜利。"

年轻的红军指挥员还不能完全理解这条巨大的弧线意味着什么,但是他们对毛泽东最后说的那句话印象深刻:"大路朝天,各走一边。"

敦厚的朱德发火了。

原来,走在最后面的干部团一直守卫着浮桥等待第五军团渡江,当他们得知第五军团已从另外一个渡口渡过乌江后,立即把浮桥拆了,开始追赶主力。一追就追出二十多公里。追上了之后把拆桥的事情一报告,朱德听了大怒:"岂有此理! 罗炳辉的九军团还没过江,谁让你们擅自把桥拆了? 回去把桥给我架起来!"陈赓立刻意识到自己犯了大错,带着干部团和工兵连就往回跑,二十多公里的路跑完了天已漆黑,谁也没有提出吃饭和休息,所有的人立即开始砍竹架桥,直到天快亮的时候才把浮桥架好。但是,红九军团最终没能赶到乌江。在完成了佯装红军主力的任务后,罗炳辉所率领的第九军团由于不断遭遇敌人,激烈的周旋令他们始终无法向指定的渡江地点靠近。军情急迫,中革军委只有命令第九军团暂时留在贵州,作为一支特殊的游击部队,另寻机会与主力会合。于是,罗炳辉只好率领部队掉头往回走,红九军团一头扑进黔北的大山之中。

三月三十一日,蒋介石收到中央红军已经南渡乌江的报告。报告令蒋介石真的不知所措了。他发出一个照例充满怒火的电报,斥责防守乌江的吴奇伟部第五十九师三五四团团长黄道南"无耻之极":

> 查现在大部股匪,任意窜渡大河巨川。而我防守部队,不能于匪窜渡之际及时制止,或于匪渡河之际击其半渡。甚至匪之主力已经渡过,而我军迄无察觉。军队如此腐败,实所罕见。推其缘故,乃由各级主管官事先不亲身巡查沿河地形,详询渡口,而配置防守部队。及至部队配置后,又不时时察其部下是否尽职,并不将特颁注意之守则而授予防守官兵。是上下相率懒慢怠忽,敷衍塞责。股匪强渡,乃至一筹莫展,诚不知人间有羞耻事。军人至此,可谓无耻之极。此次匪由后山附近渡河,在一昼夜以上。而我驻息烽部队之主管官尚无察觉,如此昏昧,何以革命。着将该主管官黄团长道南革职严办,以为昏惰失职者戒,并通令各部知照。此令!

蒋介石企图整理出一个头绪来,但无论如何还是一头雾水,因为他发现如果按照现在的情报,中央红军至少分成了三股:一股还在黔北,因为桐梓方向说他们正与红军主力作战。一股在东面的清水江上架桥,这个情报是空军提供的,相信不会有错,难道朱毛要往东走,重去湖南西部与萧、贺会合?另外的一股更加令人担心,竟然直接朝着贵阳来了! 情报显示的情况太不合乎常理了。毛泽东向来是讲究集中兵力作

战的,不到万不得已绝不可能把主力分散,况且在兵力紧张形势危急的
时候,分兵作战乃是兵家大忌。或许,朱毛红军真的走投无路开始分散
逃亡了? 但是,新的报告到了:在贵阳附近发现了红军! 这股红军正向
贵阳机场靠拢!

蒋介石立刻在地图前查看他所能指挥的部队目前的位置,他这才
发现所有的部队都已经被他昼夜兼程调到了黔北,而那个黔北重镇桐
梓距离贵阳起码有两百公里。

蒋介石立即召开军事会议,命令贵阳城防司令王天锡指挥一个
宪兵营、两个消防连和四百名警察负责贵阳城防,责成三天之内要把
贵阳周围的碉堡修好,并且组织一个别动队严密警卫要害部门同时
严查城内户口。蒋介石说:"我的性命是小事,贵阳不是遵义,让朱毛
占领有碍国际视听。"会后,蒋介石把王天锡留下了。在亲热地谈了
几句家常话之后,蒋介石问起贵阳机场的防卫情况。当王天锡报告
说已经在机场附近发现了红军的便衣队时,蒋介石的脸色即刻阴沉
起来,问:"有去机场的小路吗?"王天锡答有一条。蒋介石说:"你去
准备一下,挑选二十名忠实可靠的向导,预备十二匹好马和两顶轿
子,越快越好。"

王天锡走了之后,蒋介石给滇军将领孙渡发出一封特急电报:

孙司令官志舟[龙云]兄:

胜密。

甲、自本日起,匪约六百人,由后山搭浮桥两座,窜渡乌江
以南地区,正午匪渡江者已有千数,尚有陆续部队。

乙、望兄部星夜兼程,经黔西限明日到达镇西卫待命。

盼立复。

中正。世申贵参印。

靠近贵阳机场的是红一军团第二师四团,那个地方名叫霓儿关,红
军官兵都已看见贵阳市区内的烟囱了。四团官兵在路边的墙上写的标

语是:"攻打贵阳城!活捉蒋介石!"

四月五日,从黔西一路向东疾行的孙渡终于到达贵阳。一路上疲惫至极的滇军抱怨脚都走肿了,中途向国民党中央军第五十九师借了三辆卡车,装了两个连直接赶往贵阳机场,才算按时完成了蒋介石的命令。孙渡到达贵阳城下的时候,受到薛岳的中央军的阻拦,直到薛岳出面说这是蒋委员长亲自调来的救驾部队,中央军的守城卫兵才让滇军开进城去。

这时,国民党当局的报纸对中央红军的行动展开了各种各样的预测。其中有一条消息说:中央红军现有两万人,平均每天伤亡一千人。还有一条消息说,"匪首"朱德已经被中央军打死了,现在他的士兵正抬着他的尸体行军呢。

朱德说:"这是国民党第十次宣布我死了。"

中央红军并没有进攻贵阳,而是迅速从贵阳郊区穿了过去。

飞到昆明的蒋介石又回到贵阳,因为贵阳已经没有危险了。之后,他立刻命令孙渡的滇军去追击红军,结果孙渡与中央红军的后卫部队交火,立即被打得丢盔卸甲。当孙渡把战斗情况向龙云报告后,龙云立即命令孙渡:"我军若再超过贵阳前进,经费立将断绝。无论何人令赴黔东,均须考虑,不能轻进也。切要!"其实,前几天,龙云已经给孙渡发过密电:"若匪窜过贵阳后,我军应即暂行告一段落,停止前进……若委座有令,饬我军前进时,可将上述各种困难情形迳电婉呈。倘有滞碍,可借后方推托耳。"但是,已经觉得靠上了蒋介石的孙渡对龙云的警告不再复电,龙云只有再三去电要求孙渡停止前进。结果,龙云在贵阳的情报人员向他密报了一个惊人的消息:如果在湘军和桂军的压迫下,中央红军不再往东的话,很可能会向西进入云南。这一判断令龙云十分不安:难道在贵州无法立足的中央红军决心要占云南不可?

回到贵阳的蒋介石判断红军已经西去,他在贵阳召开了国民党军高级将领大会,发表了"剿灭黔匪之要领"的训词,训词对红军的战略

战术大加赞赏,令与会者惊愕地感到他们的委员长犹如在进行红军战斗总结:

> 我看现在土匪唯一的长处,就是惯于运用掩护战术,他只要找到十里或四五里正面的空隙,就可以安全窜过去。他的掩护部队配置得非常之好,例如此次由息烽的西南石洞向东南窜去,而他的掩护部队并不配置在东南方面,却在西南方面离开息烽十五里的底坝,一方面掩护他的主力过去,一方面又对息烽逼近,使我们在息烽的主力五十三师竟被他牵制,以全力来进攻包围他主力所窜反方向的掩护部队,结果他的主力安全向东逃走了。他当时配置在底坝的掩护部队,据我判断,最多不过一二百人,你看他以如此少数的部队,便牵制了我们在息烽的一师多兵力,何等巧妙!

在提出了多达七点的"剿匪"战术,还有多达四点的补充战术后,蒋介石长篇训词最后的结束语可谓循循善诱:

> 我历次所下的手令,都是根据我几十年指挥作战所体察研究出来的学问,所写出来的东西,你们不好看过就算了,一定要向部下一般官兵讲解明白,说委员长是怎样告诉我们的。同时,一般长官也一定要将手令带在身边,随时阅读,才能得其精义所在,而有所启发;如到了危难的时候,能拿出来研究,甚可以解救危难或转败为胜。到那时,你且可以问你部下,委员长平时与我们所说的那一句话,你们还记得不记得?这时他们的精神,就可以更加提起来,胆子也可以更加大起来,就更能够勇敢杀敌了。

如有能够"解救危难"的神奇话语,还需众多的战术要点做何?

国民党军从江西打到广东,从广东打到湖南,从湖南打到广西,从广西打到贵州,从贵州打到四川,从四川打到云南,从云南再打回贵州,定是没有任何一支部队的官兵将委员长的手令"带在身边",否则何以一路下来就是不见"转败为胜"？

中央红军继续以每天六十公里的速度向西疾进。

没有强大的敌人，没有危急的战事，在红军总政治部的号召下，为了充实损失严重的部队，各军团不断派出工作组努力招收贫苦农民参加红军。红军宣传员只要看见村庄，就跑进去宣传和动员："我们是红军，是穷人的队伍，谁愿意参加红军？去跟我们打地主土豪！"

第一军团在黔西北盘江渡口边的紫云镇，发现了一个裁缝给国民党军制作的两百套军服，四团全部买下，并且穿在身上，竟然在后来的路上受到当地民团的欢迎。红三军团的先头部队是张爱萍的十一团，在江边的白层渡口，张爱萍与当地的民团达成一个协议：让红军安全通过，红军只渡河不打仗。结果民团甚至给红军提供了渡船。

毛泽东在白层渡口渡过了北盘江。

四月二十五日，中央红军进入一个名叫黄泥河的小集镇。

至此，中央红军从黔北奔袭南下，现在已从黔西进入云南境内。

又进云南了，这里不是那个荒无人烟的扎西，这里是云南富裕的中部，如果再向西一步就是云南的腹地昆明了。

二十六日夜，红九军团官兵发起突袭，夺取宣威县城。在黎明湿润的曙色中走进县城的红军官兵，闻到了他们早已听说的宣威火腿的香味。县城里最大的土豪全家跑光，红军官兵在土豪家看见堆满几间房子的火腿——"我们这些红军是吃不完的，就是顶有名的宣威罐头也没有拿得完。后来大批地分给群众，有许多贫民一个人分得了两三只火腿……"面对缴获的优质云腿，红军不知道怎么吃这种很有名的东西，于是各个连队就用大铁锅煮。官兵们说："云南有名的火腿，这一次总算给我们红军和老百姓吃够了。"

从中央红军第一次突破乌江算起，红军在贵州整整徘徊了两个月，历尽千难万险之后现在终于走出来了。

至今依旧有人说，如果将中央红军在贵州的转战路线一一画出将是一件极其艰难的事，因为那些路线像是拆乱的线团难以理出头绪。

只是,无论如何,对于进入云南境内的中央红军来讲,生死仅在一瞬间的时刻已经成为历史。

初春的云贵高原,树木葱茏,野杜鹃漫山怒放。

正是黄昏,残阳如血。

第十一章　巴山蜀水

1935年3月·川北、湘西与陕南

前景未卜的大战即将爆发，红四方面军总指挥徐向前有些焦灼不安。

一九三五年三月二十六日，中央红军第四次东渡赤水河后，突然南下向乌江急促前进。那一天，贵州的中部和北部风狂雨暴，而在数百公里以外，四川北部与陕西、甘肃交界处，却是天清月朗——没有史据表明徐向前对中央红军此刻的行动和位置有确切的了解，他仅仅依据几天前的一封电报得知，中央红军在黔北的土城受阻，被迫放弃进入川南北渡长江的计划，现正在数十万国民党军的追堵中频繁移动——"他们的情况很不好。"多年后徐向前在他的回忆录中写道，"我们从鄂豫皖向川陕边转战途中尝过那种苦头。部队连续行军，吃不上饭，睡不好觉，疲劳得要死，仗怎么能打好？不是亲身经历过的人，很难懂得这一点。"

春月朦胧，夜风拂面。

这个晚上，嘉陵江东岸葱茏的大山中，正在进行着一个惊人的举动：距离江边三十公里的一个山坳里，天刚黑下来，突然涌进来数十支人流。这些由红军官兵和当地百姓组成的人流，抬着上百条刚造好的大木船和数十只大小不一的竹筏，还有数十个体积巨大的浮桥构件，沿着弯曲陡峭的山路，向那座名叫凉风垭的大山主峰缓慢移动。不许点火把，不许喊号子，只有红军干部们小声的督促声，还有很快便回响起来的如同闷雷般的粗重喘息声。沉重的浮桥构件在一寸寸地蠕动，粗大的绳索把百姓和战士的肩膀都磨出了血。在山路险峻的地方,由于无法转弯,上百条巨大的木船被直立起来,使夜色中的陡峭山崖犹如长出了无数的尖峰。不断地有人在移动和保护木船的时候从山崖上跌落下去。船体撞击在岩石上,发出惊心动魄的闷响,惊飞了一群又一群夜宿的鸟儿。

这些船全是崭新的,船底的木板还没有完全干燥。听说红军要在山里造船,当地的老人们很惊讶,他们从没听说过不在水边而在山里造船的。但是,在红军民运干部的动员下,百姓们很快就忙碌起来,老船工、木匠和铁匠都带着工具背着干粮来了。没有手艺的青年农民砍大树、搬运木材,妇女和孩子们收集废铜烂铁,铁匠昼夜拉着风箱打造铁钉和铁件。船造好了,工匠们还在船帮上写上了"革命成功"的标语,像打扮女儿出嫁的花船一样把船装扮一番。体积巨大的船在山里造好了,必须把它们抬出山去。老人们这下更惊愕了:"哪个见过船走旱路的?红军这是要干啥子事?"

作为当时中国红军中最具实力的红四方面军的军事将领,三十四岁的徐向前从相貌上看与国民党报纸刊登的和国民党军官兵议论的模样相去甚远,以至于曾在一次激烈的战斗中与他近距离相遇过的一位国民党军官多年后回忆说:"当有人告诉我,那个身材单薄得如同一个文弱的乡村教师的人就是徐向前时,我无论如何不能相信。因为在那场战斗中,他手下的红军个个赤膊袒胸,抢着大刀凶猛异常。"这位著名的共产党人和红色武装的将领,在中国革命史上具有重要影响,他沉稳甚至有些寡言的性格、朴实正直的道德风范、强悍威猛的军事指挥艺术以及在经历了无数残酷的战争之后成为共和国元帅的经历,共同组成了他不同寻常的传奇人生。

徐向前的书生模样至少和他人生经历中的某一阶段相吻合,这个出生在中国山西北部五台山附近的农村青年曾经是一名教师。徐向前出生时,徐家家道已经严重衰落,几亩薄田勉强维持着全家的温饱。他的父亲二十岁中了秀才之后,放弃仕途到遥远的内蒙古做教师。受家庭传统的影响,徐向前从十岁起开始读书,但很快就因家境贫寒而辍学。他没有按照母亲的心愿去当木匠,而是去了河北的一家书店当学徒。两年后,他考入山西省府太原的一所师范学校。这所由阎锡山创办的师范学校俨然是一所军校,课程除了数学、历史、地理、心理学、教育学、音乐和美术外,还有严格的军事课程。在这所学校里,农家子弟徐向前第一次穿上军装。军事课的教员都是阎锡山部队中的营级军官,其中一个名叫张荫梧的教员后来官至国民党军上将。张荫梧无论如何也没想到,在他的学生中,那个无论从相貌上还是从性格上最不可能成为职业军人的青年,日后竟然成了他在战场上最可怕的对手之一。

从师范学校毕业后,徐向前当上小学教师。他还结了婚,妻子的名字很有书卷气,叫朱香蝉,第二年出生的女儿名字也充满书卷气,叫松枝。松枝刚满周岁的时候,乡村教师徐向前做出一个改变他人生轨迹的决定:报考黄埔军校。那一年他二十三岁。徐向前被录取了,后来他始终记得开学的那天孙中山讲过这样的话:"作为革命党人,一生一世都不要存在升官发财的心理,只知道救国救民的事业。革命党的精神没有别的秘诀,秘诀就是不怕死。"黄埔军校校长是国民党主席蒋介石,政治部主任是共产党人周恩来,军事总教官是国民党人何应钦,教授部主任是共产党人叶剑英。徐向前加入了国民党,继而参加北伐战争,成为孙中山卫队中的一员。孙中山逝世后,他被调到冯玉祥的部队任团副,可是没过多久,在与军阀张作霖的作战中他所在的部队被打散。徐向前回到家乡,妻子朱香蝉已经病逝。这是徐向前人生中的苦闷时期。国民党人对共产党人的屠杀,令他开始思考严肃的政治信仰问题:是三民主义好? 还是共产主义好? 思考的结果是,他再次离开家乡和女儿,在充满白色恐怖的上海找到共产党组织。那是一九二七年,二十六岁的徐向前从此走上一条万般艰险但却终生无悔的革命道路。

一九二七年年底,徐向前被派往广州,参加由共产党人张太雷、苏兆征、叶剑英等领导的广州起义。起义失败后,起义部队决定将仅存的一千四百多人整编成一支红军队伍。当时起义军所知道的红军,有由朱德领导的南昌起义部队改编的红一师,由海陆丰地区红色武装改编的红二师以及由琼崖游击队改编的红三师,于是他们决定叫"红四师"。徐向前先后出任红四师参谋长、师长。这支红色武装在东江地区坚持两年之久,直至在国民党军队的残酷捕杀中伤亡殆尽。一九二九年,在党组织的安排下,徐向前和红四师仅存的几名干部转移到香港。不久后,徐向前再次转道到达上海,他化名余立人接受了一位商人打扮的共产党干部的指示:"鄂东有块根据地,基础不错,那里需要军事干部。"徐向前后来才知道,与他谈话的人就是当时的中央军委书记杨殷。谈话之后不久,杨殷就因叛徒的出卖被国民党当局杀害。而杨殷所说的"鄂东有块根据地",就是中国共产党创建的鄂豫皖根据地。

鄂豫皖根据地,中国工农红军第四方面军的发源地。

鄂豫皖根据地是在发生于湖北的黄麻起义、河南的商南起义和安徽的六霍起义的基础上形成的。一九三〇年,根据中共中央给鄂豫皖边特委的指示,转战在鄂豫皖根据地的第三十一、第三十二和第三十三师被编为中国工农红军第一军,其领导人是:军长许继慎、政治委员曹大骏、副军长徐向前、政治部主任熊受暄,全军两千一百余人。同时,鄂豫皖边特区苏维埃政府也随之成立,主席是甘元景。至此,鄂豫皖根据地正式形成——那时,正是国民党军向刚刚形成不久的中央苏区开始第一次"围剿"的时候。

第一军成立后,利用军阀混战的有利时机,很快使部队发展到六千多人,根据地也得到扩大和巩固。一九三一年初,红一军和转战在鄂皖边界的另一支红军武装红十五军合并为红四军,徐向前出任参谋长,继而出任军长。红四军成立后,连续三次粉碎国民党军对鄂豫皖根据地的"围剿"。这时候,中央向全国各个根据地派遣了大批领导干部,被派到鄂豫皖苏区的是中共中央政治局常委张国焘、中央候补委员沈泽民和陈昌浩。于是,以张国焘为书记的中共中央鄂豫皖分局成立。

一九三一年十一月七日,中国工农红军第四方面军于湖北黄安七里坪正式成立。第四方面军下辖第四军和第二十五军,兵力三万人。

徐向前任总指挥,陈昌浩任政治委员,刘士奇任政治部主任。

红四方面军成立后,在成千上万贫苦百姓的支持下,对国民党军占领的黄安县城发起猛攻。方面军还出动了取名为"列宁号"的飞机向敌人投掷宣传品和迫击炮弹。黄安县城很快就被红军攻破,国民党军第六十九师师长赵冠英化装逃跑,在红军的围歼中被活捉。此战,红军一共歼敌一万五千多人,其中仅俘虏就捉了近一万,缴获枪支七千支、迫击炮十余门。战后,红军将黄安县改名为红安县。两个月后,红军在黄安以东的苏家埠,将国民党军一部紧密包围。在双方最后的决战中,红军官兵与拼死突围的敌人展开近距离战斗,最终迫使敌人投降。苏家埠一战历时四十八天,红四方面军歼敌三万余人,俘敌一万八千余人,其中包括国民党军第七师代师长厉式鼎、第五十七师代师长梁鸿恩、第一三六旅旅长王藩庆和第一三七旅旅长刘玉林,缴获枪支一万五千多支、手枪一千多把、机枪二百五十挺、山炮四门、电台五部以及大量的军用品。这是鄂豫皖红军创建从来取得的空前胜利。红四方面军主力部队迅速发展为四万五千多人,根据地人口也由原来的百余万人发展到三百万人以上。鄂豫皖红色根据地由此进入鼎盛时期。

红军连续取得的胜利,使鄂豫皖苏区共产党最高领导人张国焘有点兴奋了,他对敌我双方力量的判断也因此越来越离奇:"估计国民党军主力只剩下七个师,其余的都是杂色部队";"红军有目前的力量,已经无论多少敌人都不怕了";"摆在各苏区尤其是鄂豫皖苏区面前的第一件大事,就是我们快要和帝国主义直接作战了"。

张国焘,一个身材高大、头方脸阔的老资格共产党人,他的讲话完全符合他的一贯性格。这个曾经出现在中国革命史中的重要人物,以暴躁蛮横的性格、反复无常的政治立场和寂寥冷落的人生结局而著称。他出生于江西萍乡一个地主家庭,中学毕业后考入北京大学,一九一九年参加五四运动,一九二〇年参加李大钊创办的北京共产主义小组,一九二一年参加中国共产党第一次全国代表大会,被选为中央局成员。

一九二三年,参与领导了震惊中外的京汉铁路大罢工。国共合作时期,他被选为国民党候补中央执行委员。在一九二七年爆发的南昌起义中,他是起义军中的中央代表。一九二八年,在中国共产党的六大上,他被选为中央政治局委员和中共驻共产国际代表团副团长。一九三一年,张国焘从苏联回国后,被中共中央派往鄂豫皖苏区,任鄂豫皖中央分局书记兼鄂豫皖革命军事委员会主席。

在以后的日子里,鄂豫皖根据地以及红四方面军的遭遇,完全出乎了这个措辞强硬的共产党高级领导人的想象。在接下来更为残酷的反"围剿"战斗中,张国焘在红军连战八个月未得喘息的情况下,要求红军与敌人强大的主力部队展开决战,致使红四方面军在第四次反"围剿"作战中失利,被迫从兴旺发达的鄂豫皖根据地撤离。红四方面军主力撤离鄂豫皖苏区后向西而去,那里是中国国土的腹地,那里山更高水更深——事实上,红四方面军一九三二年九月从鄂豫皖根据地撤离后的军事转移路程有两千公里,在这条危机四伏的漫漫征途上,他们在国民党军近乎疯狂的追杀中历尽千般苦难万般艰险——这就是徐向前所说的:"不是亲身经历过的人,很难懂得这一点。"一九三三年一月,红四方面军到达四川北部与甘肃和陕西的交界处。大巴山的群山让这支红色武装深刻体会到蜀道之难,但也让红军在付出极大代价之后终于获得了相对的安全。

四川,一个由极度丰饶和极度贫困组合为一体的奇特的内陆省份,是军阀和地主勾结在一起压榨贫苦百姓最残酷的地域,因此也是中国国土上发生动乱最频繁的地区之一。一九三二年正是四川军阀开始大混战的年代,军阀的部队纷纷聚往富庶的成都盆地,川北贫瘠的连绵大山因为无人防守抗议苛捐杂税的暴动连续发生。民众手持大刀长矛拥入县城,搜捕团总,在衙门的公堂上张贴"官逼民反"的标语,这种类似打土豪的举动,一旦发生便一呼百应——所有这一切,都是红军建立根据地的有利条件。因此,经过数次战斗,红四方面军很快就建立起包括二十三个县、五百万人口在内的川陕革命根据地,中共川陕省委和川陕苏维埃也相继成立,红四方面军历史上又一个革命高峰期来临了。

一九三三年九月,四川军阀在蒋介石的连续电示下,停止了混乱的内战,开始调动集结兵力,准备大举北进"围剿"川陕根据地。蒋介石以两百万军费、一万条枪支和数百万发子弹,支援川军对红军发动的进攻。川军几乎动员了省内的所有兵力,在四川北部西起广元、东至城口的长达上千公里的弧形线上,集中起一百一十多个团,总兵力达二十多万,并配备了十八架作战飞机。当时,在川陕根据地内,红四方面军的兵力连同游击军在内为八万余人。无论是总兵力,还是武器装备,红军与川军相比都处于绝对的劣势。于是,保卫川陕苏区的战斗,注定是一场空前惨烈的战斗。

沿着巨大的弧形包围圈,川军的进攻分为六路。

四川军阀刘湘称:三个月之内全部肃清入川的红军。

面对川军的攻势,西北革命军事委员会在通江召开军事会议。会议分析:除刘湘的嫡系部队之外,四川的各路军阀都受到过红军的重创,目前又在远离自己的地盘作战,因此不会有很高的作战力,红军主要的作战对手应该是位于东路的刘湘的嫡系部队。所以,红四方面军决定采取"收紧阵地"和"积极防御"的方针,在节节抗击的过程中争取大量地消耗敌人,以创造最后反攻粉碎敌人"围剿"的战机。会议制定的作战部署是:集中第四军、第九军、第三十军的各两个师和第三十三军共二十多个团为东路军,由徐向前指挥,自北向南在万源、宣汉和达县一线阻击川军第五、第六路军的进攻;第九军第二十七师、第三十军第九十师、第三十一军主力共十多个团为西路军,由方面军副总指挥王树声指挥,自广元沿嘉陵江一线钳制川军第一、第二、第三、第四路军的进攻。另以第三十一军二七六团和二七八团在北面监视陕南的敌人。

十二月上旬,六路川军先后自南向北、自东向西推进,红四方面军开始全面接敌。

十二月十六日,东线的川军在飞机的掩护下首先发起进攻。川军刚一渡过前河和州河,就遭到红军的猛烈还击。川军第二十一军第三师和第二十三军第一师被歼灭三千多人。接着,红军第三十军的两个师乘胜发展战果,在达县东南的雷音铺给予川军第二十一军第四师以沉重打击。战斗中,第三十军第八十八师师长汪烈山牺牲。那是傍晚时分,川军的一发炮弹落在汪烈山的身边。时任二六三团政委的陈锡联后来回忆说:"我急忙跑过去,汪师长已经倒在地上,血顺着他的额头还在流,他对我们说的最后一句话是:'战斗,直到胜利。'"根据预先制定的战斗方案,红军的东线部队开始压缩阵地,并在已经构筑好坚固防御工事的二线阵地再次与川军发生激战。大巴山的丛林沟壑中,处处是红军的阻击阵地,红军的迂回部队弄得川军始终无法判断出其主力究竟在哪里。等到川军疲惫不堪的时候,红军主力突然发动大规模反击,然后趁川军发生混乱之际,近距离地用手榴弹和大刀大量地杀伤敌人。与此同时,在西线,红四方面军第三十一军阻击着川军第一路军的进攻。西线总指挥王树声还组织了一次反击,在游击队和当地群众的配合下,把川军的一部一口气追出去数十里。方面军西线部队在取得初步胜利后,也主动向后收缩了阵地。

红军收缩阵地的行动,引起川军将领的错觉,他们认为红军马上就要"全线崩溃"了,于是发动了更为猛烈的进攻,但是进攻还是不断遭遇红军坚决而顽强的反击。春节临近,一再失利的川军开始厌战,各部队相继进入休整状态。二月十日夜,雨雪交加,红四方面军第三十军第八十九师二六五团先是突然袭击了川军阵地的后方,然后全师向冒进之敌发动大规模反击,在歼灭川军的一个前锋团后,一直打到川军第三路军指挥部,全歼了驻守在这里的两个团,击毙川军第三路军副司令郝耀庭。川军立即调动正在休整的部队对抗红军的反击,双方在战场上形成僵持局面。

一九三四年三月四日,川军发动第二阶段进攻。进攻首先从西线开始,红军官兵面对川军的猛烈攻击节节抗击,致使川军每前进一步都要付出巨大伤亡。根据地内的百姓组织起担架队和救护队,冒着生命危险奔走在战场上救护红军伤员。而在战场的后方,红军的兵工厂日

夜炉火熊熊,大量的弹药被挥汗如雨地制造出来供给前线。由红军派
出的干部率领的游击队不断壮大,他们活跃在川军进攻的每个方向上
配合红军作战。东线的川军企图在红军东、西两线的接合部打开缺口,
并在进攻中投入了敢死队,但是红军的顽强阻击自始至终没有出现过
丝毫减弱,最终致使进攻的川军因难以支撑而退却。

此时,一支特殊的部队在川陕根据地成立了,这就是给中国革命史
带来无数悲壮往事的红四方面军妇女独立团。

在当时的世界上,没有哪个国家和哪支军队拥有如此众多的女战
士,鼎盛时期红四方面军的女战士超过三千人,曾经一度扩编为一个妇
女独立师。这些在最残酷的战争中加入红军的女儿家,大多来自川北
大巴山中的贫苦农民家庭。她们许多人不满十岁就被商品一样地贩
卖,十二三岁就要担负起养家糊口的担子,成为受尽剥削和欺凌的童养
媳。红军到达大巴山区后,实施男女平等的政策,燃起了这些贫苦女孩
子摆脱苦难的渴望,她们因此成为最向往革命的群体之一。越是川军
向苏区进攻得猛烈的时候,报名参加红军的贫苦女孩子越多。这些女
儿家把自己生活的全部希望都寄托给了红色苏区和工农红军,她们无
法想象一旦没有了红军和苏区,自己是否还能像人一样在这个世界上
活下去。

随着女战士的增多,红四方面军民运、粮食、被服、运输等等部门,
到处可以看见年轻的女红军忙碌的身影。红四方面军总医院里的工作
人员几乎全是女兵,而新成立的妇女独立团从团长到司号员更是清一
色的女孩子。她们在红军中接受了让她们惊奇不已的事物:官兵一致、
妇女运动、民主选举、共产国际……这些从小就饱受磨难的红军女战
士,一旦把革命当成活着的唯一目的,她们的吃苦耐劳和不畏生死堪与
红军中任何一支作战部队相比。

在战斗最激烈的时候,她们组成战场运输队,或者背着四支枪和一
箱子弹,或者背着上百斤的粮食和盐巴,在陡峭的山林中翻山涉水从不

停歇。她们穿梭于战火硝烟之中抢救伤员。在冰冷的山涧溪流里,她们昼夜不停地洗带血的绷带和伤员的军衣,她们总也洗不干净,因为自己的双手由于冻裂而血流不断。她们还是出色的演员,不打仗的时候,她们的演出最受红军官兵的喜爱,她们演活报剧,甚至还会跳苏联红军的《水兵舞》,尽管她们中的绝大多数人并不知道那个名叫苏联的国家在什么地方。当需要她们冲上战场与敌人搏斗的时候,她们奋勇杀敌,宁死不屈,以致原来蔑视她们的川军只要在丛林中看见一片红色就胆战心惊,因为她们的枪上、刀柄上全都系着红布穗子。她们爱美,军装大多是打土豪时缴获的地主富人的长衫,她们把长衫从中间剪断,上半截改成军装,下半截改成裤子,因此她们的军装五彩缤纷什么颜色都有,只有像男战士一样的绑腿是统一的,那是她们把缴获来的白土布染成灰色制成的。她们最喜欢打扮自己的草鞋,无论是草编的还是布条编的,都要在鞋的前头缀上一个红绒球。队伍集合的时候,头上的大斗笠上画着颗鲜红耀眼的星星,脚下的红绒球娇艳夺目,无论是红军官兵还是穷苦百姓都会看得出神。

根据地的女红军最羡慕的,还是她们的团长张琴秋:双排扣的列宁装,一顶洁净的八角军帽,绑腿很整齐地打成人字形,腰间扎着一条宽皮带,挎着一把精巧的小手枪。"那是一个老革命。"在年轻的女红军看来,张秋琴团长很神奇,因为她在世界革命的中心苏联学习过。

一九三四年六月,为尽快达到消灭川陕根据地的目的,刘湘调集了二十万大军向万源发动进攻。这时,红四方面军已经退出了百分之九十的根据地。徐向前说:"现在是我们的紧急关头,是消灭刘湘的决战关头,我们已经退到根据地的后部,不宜再退,也不能再退了。"万源保卫战成为关系到川陕红军生死存亡的最后一战。红四方面军第四、第九、第三十、第三十一、第三十三共五个军参加了战斗,而指挥这场空前惨烈战斗的都是中国工农红军战史上著名的指挥员:许世友、王建安、孙玉清、陈海松、程世才、李先念、詹才芳、王维舟、陈再道、陈锡联、郑维山……

　　七月十一日,万源大雨如注,保卫战在方圆一百公里的战场上展开。川军的八个旅在飞机的掩护下,向红军阵地发起猛烈的进攻,红军的火力居高临下,官兵们从山上推下去的石头碾过树丛草叶和冲击的川军。当敌人被迫退下去的时候,山坡上就只剩了被雨水冲刷流淌的泥浆。战斗最激烈的时候,川军投入了整团整旅的兵力,但是红军的阻击异常凶狠。焦急的刘湘立时发布奖惩条例,宣布谁拿下万源奖励三万银元,谁放弃阵地立即处死,师长和旅长不亲临前线格杀勿论。这一仗一直打到八月,在万源的东面、南面和西面,川军分为六路协同作战,向红军发起全线攻击。坚守在万源南面大面山阵地的,是许世友指挥的第四军。工事被炸平了,红军官兵就把敌人的尸体头对脚、脚对头地摞起来当掩体。打起仗来一向凶猛无比的许世友后来回忆说:

　　　　后面的敌人还是往上拥,有的已经冲进了我军的堑壕。我们的战士抱着与阵地共存亡的决心,勇敢地跳出工事和敌人混战成一片。大刀在阳光下闪着白光,两军刀枪相接之处红花花的,也分不清是刀布,还是鲜血。敌人招架不住,纷纷向后溃退,但过不多久,又增兵压了过来。就这样你冲过来,我杀过去,一直持续不断……一个敌军指挥官正挥舞着手枪大喊大叫,我飞身过去,劈头就是一刀,也不知道是刀太快,还是砍得太猛,那家伙的头向山坡下滚出去好远,身子还跟跟跄跄地向前走了好几步。一场拼杀结束了,漫山遍野都是敌人的尸体……

　　红四方面军的总反攻开始了。

　　红军采取猛烈攻击和长距离迂回的战术,最终使川军对川陕苏区形成的弧形包围圈全线崩溃。

　　八月二十三日,刘湘在给蒋介石的电报中说,川军"围剿"红军耗资一千九百万元,官损五千,兵折八万,"难以为继"。而国民党中央政府驻四川代表程泽明在给蒋介石的电报中说:

万源决战仅过月余,赤匪便收复全部失地,嘉陵江东岸均被占领,东北之城口、西北之广元延伸数百里。四川各军均遭惨重失败:田颂尧的二十九军几乎全军覆没,罗泽洲、李家钰部大部被歼,二十三军溃不成军,邓锡侯元气大伤,刘湘、杨森之精锐损失殆尽……四川的剿匪军事已到不得不由中央军统筹指挥的地步。

十月,远在江西的中央红军开始军事转移。

紧接着,红四方面军留在鄂豫皖根据地的红二十五军也被迫放弃根据地开始军事转移。

此时,对于红四方面军来讲,无论是党的总负责人张国焘,还是军事总指挥徐向前,他们在庆祝胜利的欢呼声中都感受到一种无法言表的茫然。

尽管在与川军的作战中取得了胜利,但是,川陕根据地所遭受的损失也是无法估量的。部队因为伤亡严重,从原来的八万余人锐减到六万,于是不得不把十五个师缩编为十一个师。更严重的是根据地内良田荒芜,十室九毁,满目新冢,一片废墟。土地都没有播种,因为一来没有种子,二来百姓担心即使种子撒下去战事一来也是收成难保;可是根据地内的百姓如果放弃耕种,就等于断绝了红军的生活来源。战争使当地的许多青壮年牺牲了,根据地内的劳动力和兵源都已枯竭。战后,川军对根据地的封锁更为严密,红军必需的食盐、粮食、衣被和药品等都出现了补给困难,兵工厂所能供应部队的弹药数量也开始急剧减少。随着根据地内饥饿现象的发生,伤寒和疟疾等传染病开始流行。

徐向前预感到红四方面军最艰难的时刻就要来临了。

红军官兵依旧沉浸在胜利的喜悦中——一九三四年底,万源保卫战结束后的红四方面军官兵,无疑是这个世界上最快乐的人,因为他们曾经为他们认定的生活理想迎着敌人的子弹前进,并且在枪林弹雨中英勇无畏地活了下来。

在红四方面军数万名官兵中，有一位普通的红军战士从根据地给他的家人写了一封信，这封信历经岁月沧桑被一直保留到今天，成为一封能够解释历史细节的十分珍贵的家信。在这封家信里，那位红军战士列举了无论生死他都要当红军的理由，理由朴实而深刻：

一、士兵的错误，除了士兵相互批评纠正以外，都由士兵委员会来负责，很少要长官或者军纪管束。

二、军需的来源和支出，完全公开，并经士兵委员会审查。

三、官长士兵间，生活一律平等。

四、军中有网球、足球、琴、棋、音乐等活动设备。

五、尤其特别的，红军到处帮助群众分配土地，肃清反动势力，帮助群众的武装组织和训练，所以每到一处便有成千上万的群众举行欢迎会和慰劳会。红军士兵家里的田，无人耕种的时候，大家争着帮忙。在每一次大会上，农民都亲热地叫出"我们的红军"。红军士兵也说："这一支枪不是我的，也不是上级官长的，是谁的呢？是工农阶级的，也是全世界工农阶级的。"

六、国民党军队的士兵，对红军都表示好感，每次打仗都留给红军许多子弹，并且告诉红军他们军中的情形和消息。有些简直举行哗变，投到红军里。所以国民党大小军阀都怕红军的标语和传单，每次进攻和退却的时候，总要派几个不识字的士兵，先把红军的标语和传单撕尽，然后通过。有一次一个国民党军队的士兵，拿着一张红军的传单，反动军官立刻把他枪毙了，说他是私通共匪。

一九三五年一月中旬，红四方面军接到中革军委的电报，电报要求红四方面军派出一个师南下，接应从贵州进入四川的中央红军北渡长江。

关于中央红军离开瑞金苏区后的命运，徐向前和陈昌浩只能通过电台得到十分有限的消息。接到这封电报后,红四方面军感到十分为难。因为仅仅以一个师的兵力,自北向南跨越整个四川东部,是绝对不可能成功的举动,部队走不到半路就会被川军包围吃掉;而如果派出足以与川军抗衡的兵力,那就势必意味着放弃川陕根据地。

一九三五年一月十八日,国民党军中央军胡宗南部第一师独立旅进入四川,接替了川北广元、昭化地区川军的防务。

红四方面军决定:先向川甘方向的广元、昭化出击,把相对孤立的胡宗南的部队吃掉,寻机向甘肃南部拓展根据地,同时牵制住敌人的大部兵力,以配合中央红军的军事行动。

二十二日,就在中央红军于黔北即将攻打土城的时候,红四方面军在川北发起广昭战役。战斗进行得相当艰苦,徐向前亲自指挥红四方面军主力第九军和第三十军渡过嘉陵江,向据守广元以北羊模坝的敌人发动攻击。持续两天的激战中,第八十八师副师长丁纪才和第二十五师副师长潘幼卿先后阵亡。在付出巨大的代价后,红军占领敌人的主阵地,切断了广元与昭化之间敌军的联络。在接下来攻打广元县城和昭化县城的战斗中,红军遇到敌人在坚固防御工事里的顽强抵抗。红军一次又一次地发起冲击,始终没能突破敌人的防御阵地,在川军增援部队到达的情况下,红军被迫撤离战场。

广昭战役开始后,中革军委的电报再次到达。

这是一封因对红四方面军的命运有着重要影响所以极具史料价值的电报:

致四方面军电:

为选择优良条件,争取更大的发展前途计,决定我野战军转入川西,拟从泸州上游渡江,若无障碍,约二月中旬即可渡江北上,预计沿途将有许多激烈的战斗。这一战略方针的实现,与你们的行动有密切关系。为使四方面军与野战军乘蒋敌尚未完全入川实施"围剿"以前,密切地协同作战,先击破川敌起见,我们建议:你们应以群众武装与独立师、团向东线积极活动,钳制刘敌,而集中红军全力向西线进攻。因我军入川,刘湘已无对你们进攻可能,你们若进攻刘敌,亦少胜利把握,与我军配合作战距离较远,苏区发展方向亦较不利。西线则田[田颂尧]部内讧,邓[邓锡侯]部将南调,杨[杨森]、李[李家钰]、罗[罗泽洲]兵单力杂,胜利把握较多,与我军配合较近,苏区发展亦是有利的。故你们宜迅速集结部队完成进攻准备,于最近时期,实行向嘉陵江以西进攻。至兵力部署及攻击目标,宜以一部向营山之线为辅助方向,而以苍溪、阆中、南部之线为主要方向。在主要方向上宜集中主力,从敌之堡垒间隙部及薄弱部突入敌后,在广大无堡垒地带寻求敌人,于运动战中包围消灭。若你们依战况发展,能进入西充、南充、蓬溪地带,则与我军之配合最为有利。同时我们要估计到敌人可能以较少兵力利用堡垒钳制四方面军,而趁野战军立足未稳之际,转移主力实行突击,以收各个击破之效。因此你们作战方针从速决定电复。

政治局及军委
一月二十二日

电报命令红四方面军"全力向西线进攻",而中央红军也将"转入川西"。这无疑是一个惊人的设想——中国工农红军的两支主力方面军如果真在四川腹地会合,中国革命的历史必将是另一种叙述。

由于中央红军渡江在即,关于这一指示是否能够执行以及如何才能执行,已经没有时间充分讨论。红四方面军决定马上开始造船,做好西渡嘉陵江的各项准备;同时收缩东线的兵力,派出部队出击陕南以调动敌人北上,以减轻准备于川东南泸州方向渡过长江的中央红军的军事压力,并为红四方面军"依托老区,发展新区"创造有利条件。

出击陕南的部队先后向宁羌、沔县和阳平关发动攻击,致使胡宗南的一个旅和川军的四个师开始向陕南移动。红四方面军的战役目的已经达到,作战部队随即返回川北准备西渡嘉陵江。但是,就在这时候,

中革军委的电报再次到达,电报的内容令红四方面军十分意外:

......

我野战军原定渡过长江直接与红四方面军配合作战,赤化四川,及我野战军进入川、黔边区继向西北前进时,川敌以十二个旅向我追击并沿江布防,曾于一月二十八日在土城与川敌郭[郭勋祺]、潘[潘佐]两旅作战未得手,滇敌集中主力亦在川、滇边境防堵,使我野战军渡长江计划不能实现。因此,军委决定我野战军改在川滇黔边区广大地区活动,争取在这一广大地区创造新的苏区根据地,以与二、六军团及四方面军呼应作战。

......中央红军因北渡长江受阻而改变了原定计划。可是,红四方面军根据中革军委的电报所制订的西渡嘉陵江的计划已经开始实施:川陕根据地东线部队向西压缩后,川军刘湘的主力部队立即占领了万源,此刻正向通江、巴中方向推进。西线,苍溪、阆中、仪陇各县在红军部队移动后,也相继被川军田颂尧和罗乃琼部占领。之前的川陕根据地已经被压缩得很小,对于红四方面军来讲,几乎没有根据地可以令他们返回,这导致了西渡嘉陵江的作战计划无法停止。

徐向前说:"箭在弦上,非进不可。"

红四方面军的决定是:继续执行西渡嘉陵江的计划,实现向陕甘方向扩展生存空间的目标;同时在战役进行中密切注意中央红军的动向,随时准备给予配合和策应。

一九三五年三月二十八日夜,发生在四川北部的一场规模巨大的战役就要打响了。

嘉陵江,江面宽阔,水流湍急,两岸山峦耸立,乃巴蜀大地上的巨川,源于陕西西南部凤县嘉陵谷,由北向南流至四川北部的广元与白龙江汇合后,奔腾直入长江。

在嘉陵江西岸防守的,是川军第二十九军军长田颂尧和第二十八军军长邓锡侯的部队,总兵力共计五十二个团,由邓锡侯统一指挥,集中在北起广元、南至南部的沿江一带。这是一道布防分散、后方虚弱的防线。总指挥邓锡侯与田颂尧、刘文辉和刘湘并称为川军四大军阀,彼此常年处在相互戒备甚至是攻击的状态中。在此前四川军阀的混战中,邓锡侯和田颂尧被刘湘拉拢,致使刘湘大败刘文辉的部队。大规模的军阀混战停止后,刘湘被蒋介石任命为四川"剿匪军"总司令,田颂尧被委任为川陕边防"剿匪"督办,其部队成为在四川境内与红四方面军作战的主力。

川军在嘉陵江沿线的部署是:邓锡侯部的十七个团,防守北自广元以北的陈家坝、南至广元南面的江口镇一线,其中十个团守备江防,七个团为预备队。田颂尧部的三十五个团,防守江口镇以南至南部县境内一线,其中三十三个团守备约两百公里的江防,两个团为预备队。

针对川军布防正面宽大的特点,为选择一个合适的突破口,徐向前亲自带着参谋走了一百五十多公里,详细勘察了嘉陵江沿江的地形、水文和对岸川军的防守情况。在对各部队提出的渡江地点进行反复论证后,苍溪至阆中之间约五十公里的地段,被最后确定为红四方面军西渡嘉陵江的突破口。其中主要突击点是苍溪东南的塔子山,突击点右侧的渡江点是鸯溪口,突击点左侧的渡江点是涧溪口。

红四方面军的作战部署是:第三十军实施主要突击,从苍溪东南的塔子山附近突破,消灭田颂尧部的江防部队,并协调第三十一军消灭剑门关守敌;第三十一军从苍溪以北的鸯溪口突破,消灭剑门关守敌后,迅速北进向广元、昭化方向发展,阻截胡宗南的部队南下,保障方面军右翼的安全;第九军向阆中以北的涧溪口突破,而后以一部协助第三十军进攻,另一部负责消灭阆中以南南部县城守敌,保障方面军左翼的安全;第四军为方面军第二梯队,在第一梯队渡江成功后,从苍溪渡江,以一部向南迂回,协同第九军作战,主力则向南部县城西北方向的梓潼发展;方面军的炮兵配置在塔子山上,掩护担负主要突击任务的第三十军强渡嘉陵江。此外,第三十三军、第三十军第九十师和地方游击队,负责在东线牵制敌人。

大战即将爆发,第三十军军长程世才和政委李先念深感责任重大。他们带领自己的师长们按照当地农民的打扮,换上了蓝布裤褂,头上缠着白布头巾,拿着镰刀背着箩筐,一次又一次地在塔子山附近的江边观察,并派出大量侦察人员偷渡到对岸,侦察敌人的火力配备和兵力部署。为了隐蔽渡江意图,第三十军采取了严格的保密措施,部队进入指定区域后,水路和旱路全部实施警戒,部队不断地变化着番号,所有通往江边的道路都进行了伪装,炮兵的射击诸元被反复校对,参加强渡的每一条船上的战斗分工都进行了详细分解,甚至连船一旦中弹谁负责堵漏都做出了规定。

嘉陵江在陡峭的山崖之间奔腾咆哮。塔子山脚下的江面宽约八百至一千五百米,红四方面军选择这里作为主要突破口的理由是:江道弯曲,水流突缓,如果敌岸开火,便于部队强渡攻击。且塔子山高耸于江东岸,居高临下可以最大限度地发挥掩护火力的作用。一旦部队强渡成功,对岸纵深是丘陵地带,有利于突破后的发展。

渡船秘密隐蔽在江边的山林中,渡江战斗即将在天黑时打响。

第三十军确定的主攻部队是第八十八师。师长熊厚发,政委郑维山。第八十八师是由参加过黄麻起义的红军骨干组成的部队,其三个团各有特点:二六八团擅长进攻,二六五团长于夜战,二六三团攻守兼备。最后,二六三团被确定为主攻团。白天,军长程世才和政委李先念到达二六三团时,发现不少官兵并没有按规定睡觉。一问,官兵们如实回答道:"就是把眼睛闭得紧紧的,还是睡不着。"

二十八日晚二十一时,嘉陵江东岸,数万红军从黑暗的山林中出发慢慢向江边移动。跟随第八十八师行动的程世才和红军官兵们一起抬着船。两个小时后,上百条木船一只只地下了水,每一条船都由一名战士拉着船绳固定在江岸。

午夜一时,在嘉陵江东岸的三个突击点,突击队队员们上了船。

黑暗中的嘉陵江,除了水声风声外,万籁俱静。

年轻的第三十军政委李先念在那个夜晚无论如何也不会想到,有一天,他将成为诞生在这片广袤国土上的新中国的国家主席。这位面容清秀的军政委已经有近十年的革命经历。他十八岁就从一名乡村木匠成为著名的黄麻起义领导者之一。在经历过无数残酷战斗和苦难生活的考验后,二十六岁的李先念已成为一名外表安静温和、内心刚强如铁的优秀红军指挥员。

李先念不时地看一眼自己的手表。

午夜一时三十分,李先念看见徐向前猛吸了一口旱烟,然后向身边的参谋点了点头。

突击命令发出!

嘉陵江突击点上的所有船只都离了岸。

红军突击队队员奋力划桨,不顾一切地向对岸靠近。

距离对面江岸大约还有几十米,川军的游动哨兵发现了动静,喊:"哪里来的? 要干什么?"

突击队队员没人吭声。

"不回答我就开枪啦!"川军哨兵拉动了枪栓。

这时,二六三团的第一条船猛地撞到江岸,突击队队员纵身跳了上去。

双方几乎同时开了枪。

就在枪声响起的那一瞬间,嘉陵江东岸塔子山上的数十门火炮一齐发射,炮弹在川军的江防工事中密集地爆炸,爆炸引起的巨大的火球顿时映红了嘉陵江江面。

即使在以往的数次战斗中受到严重损失,红四方面军依旧拥有可观的火力规模。与中央红军作战时仅仅有一门炮几发炮弹不一样,红四方面军的炮兵在王维舟的指挥下有整整一个团!至少在这个重要的夜晚,红军炮兵炮弹充足,可以在主要突击点上构成令敌人恐惧的强大火力网。

在塔子山对岸防御的是川军陈继善旅的一个营。第八十八师突击队开始渡江的时候,值班的川军官兵正在哨棚里聚赌,对红军的强渡行动毫无察觉。等到巡逻的哨兵开枪的时候,营长陈择仁慌忙跑出营部,结果一出门就被红军乱枪击毙。红军突击队迅速攻占川军设立在滩头的碉堡。第二天拂晓时分,第三十军后续部队大批渡江,塔子山对岸川军的防御阵地全部被红军占领。

由方面军副总指挥王树声率领的第三十一军位于鸳溪口的突击也是同时开始的。鸳溪口江面水流湍急,在这里防守的川军邓锡侯部的四个团已经和北面胡宗南的中央军部队联合部署了江防,准备一旦红军渡江便实施南北夹击。川军还把东岸所有能找到的船只全部毁掉,因此他们根本没有想到红军会选择从这里渡江。这天深夜,当塔子山那边传来枪炮声的时候,鸳溪口江面上也出现了红军的渡船。第三十一军的突击队队员手上是驳壳枪,背上插着大刀,腰间挂满了手榴弹。强渡出乎川军的预料,川军还没弄清大祸是怎样临头的,滩头阵地就已经被红军占领。

在涧溪口渡口指挥部队强渡的,是第九军第二十五师师长韩东山。这个师竟然没用一枪一弹就渡过了嘉陵江。准备渡江的时候,由于沿岸的船只都被川军破坏,而为了加强塔子山主要突破点的渡江行动,师里把所有的渡江器材全部给了第三十军。由此,韩东山面对"渡江器材自行筹集"的命令有一点发愁。这时,一个四川籍的红军小战士提出,用打谷子的木拌桶也可以渡江。这种巴蜀农家使用的木拌桶又大又结实,里面可以容纳五六个人。第二十五师各团很快就从百姓那里购买了几十个木拌桶,韩东山和师政委陈海松亲自试了一下,结果发现木拌桶在水里不稳很容易翻。这时候,一名湖北籍的红军战士说,在他们家乡打鱼用的也是这种木拌桶,但不是一个,而是用木杠子把四个木拌桶连在一起。韩东山和陈海松用这种办法又试了一次,果真又稳又灵活。

二十八日夜,第二十五师七十四团的红军突击队队员,就是坐在这种木拌桶里开始强渡嘉陵江的。虽然上游塔子山方向的枪炮声已经响成一片,涧溪口的川军却没有任何动静。七十四团渡过江的官兵找到两条大木船划了回来,报告韩东山师长说没有发现川军。韩东山立即命令其余部队迅速渡江控制对岸区域。等第二十五师全部渡过嘉陵江后才知道,对岸的川军奉命向塔子山方向增援去了。

二十九日拂晓,第三十军第八十八师从塔子山突破嘉陵江后,占领江对岸飞虎山、高城山、万年山等制高点,击溃川军田颂尧部一个旅的阻击。在莺溪口方向突破的第三十一军占领了川军的阻击阵地火烧寺。在涧溪口方向突破的第九军已经开始向阆中进攻。同时,方面军的第二梯队红四军也从苍溪迅速渡过了嘉陵江。

全部渡过嘉陵江的红四方面军开始了对敌人的追歼。

韩东山的第二十五师在第四军一部的配合下,经阆中地区南下,按照原定作战部署对南部发动攻击。南部是四川盆地东北边缘的一个县城,位于嘉陵江的西岸。在南部县周围有川军的七个团,其中一个团驻扎在县城里。第二十五师以七十五团为前锋向南部的南面穿插,以断川军退路并阻击增援;以七十三团和七十四团急促向县城推进。三十日晚七时,扫清南部县城外围的战斗打响。第二十五师占领了大部分的制高点,但在攻打最后一个小山头时,遇到川军一个加强连的顽强抵抗。七十五团二营多次组织进攻都未能突破,营长和副营长在进攻中先后阵亡。韩东山命令二营六连连长万德坤再次组织强攻。万德坤年仅十九岁,是方面军中有名的"夜老虎",正是因为他善于组织夜战,第九军才把他从李先念的第三十军要了来。年轻的红军连长果然出手不凡,在他的指挥下,数路小股红军从不同的方向摸上去,于漆黑的夜色中全歼了川军的加强连。

南部县城的城墙高两丈。四月一日晚,红四方面军进攻南部县城的战斗正式打响。川军利用城墙居高临下拼死阻击,红军发动了数次进攻都没能成功。七十三团团长田文龙仔细研究了川军的防守情况,决定组织敢死队从靠江边一侧城墙的一个薄弱部位突进去。七十三团副团长手提大刀对韩东山说:"敢死队组织好了,这次再拿不下来,师长你把我当尿泡踩!"多年后,韩东山已经无法回忆出这位副团长的名字,只记得大家都叫他"余娃子"。敢死队每人持大刀一柄列队完毕,余娃子作了战斗动员:"咱七十三团没有孬种,拿过方面军'攻如猛虎'的大旗,好名头别让咱砸了!"话音一落,带着敢死队冲上去。没过多久,敢死队终于攀上城墙,在川军的城防上撕开一个缺口。随着敢死队队员的奋力拼杀,越来越多的红军拥入县城。当天边露出第一缕晨光的时候,南部县城里的川军已被全部歼灭。韩东山在进城的那一刻听到了余娃子在拼杀中牺牲的消息。他快步登上高高的南部城墙,在那个被红军用生命撕开的城防缺口处看见余娃子的遗体血肉模糊,一柄大刀依旧紧攥手中,刀刃已经卷曲——《中国工农红军第四方面军烈士名录》:"余元。河南罗山人。一九一四年生。中国共产党党员。曾任红四方面军九军二十五师七十三团副团长。一九三五年,于四川作战中牺牲。"

第三十军渡过嘉陵江后,一直追击着溃逃的川军,在追出大约四十公里的时候,军长程世才跟随二六八团到达一个小村庄。红军官兵发现村头的一个院子周围布满电话线,于是立刻包围了这里。程世才走进院子,看见里面有个白白胖胖的川军中校,程世才问:"你是什么人?在这里干什么?"中校回答说:"我是刚从庐山军官学校毕业的团长,负责阆中、苍溪、剑阁及其周边部队的联络。你们是哪部分的?"程世才说:"我们是中央军的。你介绍一下情况。"中校说:"情况我不清楚,只知道红军渡江之后我军的一个旅正向剑阁增援。西北方向五公里处的野战医院由一个连负责警卫。"程世才等中校说完,让身后的战士缴了他的枪。程世才军长说:"我们就是红军!"白白胖胖的中校无论如何也不相信,一个劲儿地说:"你们中央军不能这样对待川军!"

迅速解决了川军中校所说的那个野战医院后,四月二日拂晓第三十军第八十八师抵达剑阁。

红四方面军总指挥徐向前也于这天中午时分到达剑阁城。

部队推进的速度很快,渡过嘉陵江后的急促行军使徐向前和他的战马都已大汗淋漓,一路上到处可见逃难的百姓和被战火摧毁的村庄,这让徐向前的心情很沉重。这个时候,徐向前还不知道,此次西渡嘉陵江,红四方面军将永远地离开川陕根据地。他放眼望去,剑阁城里大火升腾——撤退的川军把县城里的粮仓点燃了。徐向前立即命令红军官兵连同川军俘虏一起先去抢救粮食。然后,他来到川军旅长覃世科的指挥部,里面的电话还能用,一个红军战士正抱着电话筒与川军对骂。徐向前拿过电话,听见里面有人叫喊着需要增援,叫喊的是防守剑门关的川军第二十八军宪兵司令刁文俊。

剑门关是横跨剑阁与昭化之间的著名隘口,两旁峭壁耸立,关口仅一狭窄古道。这个由川入陕、由陕进川的交通要道,自古就是兵家必争之地,所谓"一关失,半川没"之说,足以显现其战略价值。在四川军阀的长期经营下,剑门关关口碉堡林立,堑壕交错。眼下,川军邓锡侯部宪兵司令刁文俊指挥的三个团在此据守,其中一个团据守关东,一个团据守关南,而在关口主峰上防御的是杨倬云团。为了确保不失剑门关,刁文俊专门用十几匹骡子驮来四万块银元囤积在关口阻击阵地上,制定了"勇者赏退者杀"的奖惩规定。

四月二日拂晓,红四方面军第三十一军的四个团和第三十军的第八十八师,从三个方向朝关口守敌包抄而来。

上午十一时,红军攻打剑门关的战斗打响。

蒙蒙细雨中,红军向剑门关主峰发起一次又一次冲锋,川军凭借着险峻地势居高临下地阻击,火力异常猛烈,担任前锋的二七四团伤亡不断增加,战斗却没有进展,这使方面军副总指挥王树声十分焦急。这个威震川北的著名红军将领,这一年年仅三十岁,他参加革命前是一个小学校长,十九岁时已成为湖北麻城农民协会组织部部长,曾率领上万农民自卫军抗击过地主武装的进攻。他是黄麻起义的领导者和鄂豫皖根据地的创建者之一,第三十一军是他亲手带出来的部队,他和官兵彼此拥有的信任使这支部队经受了无数战斗的考验。

红军的攻击部队又一次退下来。

二七四团二营营长陈康来到王树声面前,年轻的营长只有一句话:"是时候了,让我们攻击吧!"

二营是王树声从几十人的游击队带出来的部队。自红四方面军西渡嘉陵江战役开始以后,他们作为军预备队一直跟随在王树声身后,官兵们知道关键时刻副总指挥会用得上他们。

王树声举起望远镜看了看,然后对陈康说:"去准备吧!"

在炮火的掩护下,二营的攻击开始了。四连因为在渡江时损失大被作为营预备队,陈康拔出手枪对五连和六连的官兵说:"跟我上!"

在险峻的剑门关主峰上,面对着川军凶猛的火力,二营刚一开始攻击陈康的左臂就中弹了。卫生员给他包扎的时候,他看见冲在前面的几个战士相继倒下。

王树声急了,命令传令兵:"把炮兵连长叫来!"

名为炮兵连,只有几门迫击炮。

但是,王树声还是对跑来的炮兵连连长吼道:"我命令你,每三发炮弹必须有一发准确地落在敌人的工事里,掩护二营再次发起冲锋!"

炮兵连的炮声再次响起来,炮弹准确地落在川军的主峰阵地上。

王树声大叫:"好!好!给我接着打!"

陈康一挥手,二营各连的军号依次吹响,红军官兵从土坎后面犹如掀起的巨浪一般猛然站立起来,杀声随即响彻剑门关山谷。

二七四团所有的火力都射向二营冲击的方向,川军盘踞的主峰上顿时硝烟漫天。

这一刻,大雨突降,雨柱在万仞插天的群峰之间形成一团团雨雾,血腥的战场上一片迷蒙。

二营教导员刚从土坎上跃起便倒下了,栽倒的那一刻手中的手榴弹朝前扔了出去。这个年仅十七岁的红军指挥员个子不高,平时总是笑眯眯的,打仗的时候永远冲在最前面。他姓鲍,红军战士都亲热地叫他"包谷米"。攻击前战斗动员的时候他说："在二营面前，没有什么关不关的，跟我冲上去就是了。"

冲上剑门关主峰的官兵都端起了刺刀。在陡峭的阵地上，红军的拼杀声和川军的咒骂声混合在一起，双方扭打着的士兵不断地从悬崖上跌落下去。当川军被压缩在阵地后面的一条石沟里时，拼杀中的陈康忽然发现川军越打越多，原来石沟里藏着川军的预备队，数百名拥上来的川军一下子把石沟填满了。此刻，二营的官兵都已经冲上主峰，手榴弹下雨一般向石沟砸来，一时间石沟里血肉横飞。

王树声向主峰疾步攀登。在二营攻击的路上，他看见了那些倒在川军尸体中的红军战士的遗体。一个已经牺牲的战士依旧靠在石崖上，王树声轻轻地把他放倒，然后把他腰间的手榴弹取下握在自己手里。

据守剑门关的川军团长杨倬云意识到最后时刻到了。他让他的营长廖玉章把那四万块银元抬出来，然后一面用手枪向撤退的川军士兵射击，一面把箩筐里的银元往外扔。但是，他即刻看见营长廖玉章被手榴弹炸倒了，几个士兵想把廖营长拉起来，但是连同这几个士兵在内，一群人在一声炮弹的爆炸声中向天空飞去，然后碎片一样地落在淌着雨水的草丛中。

杨倬云在几个卫兵的护卫下顺着崖壁往上爬，当他们终于爬上崖顶的时候，却看见关口前面的山路上杀声四起，红旗飞舞。几天前，军长邓锡侯视察这里的时候曾经问过杨倬云："这道绝壁有多高？"当时他的回答是："一块石头丢下去要一袋烟的工夫才能落地。"——前面是冲来的红军，身后是万丈绝壁，无路可走的杨倬云一转身，从悬崖上跳了下去。

剑门关被红军占领了。

国民党军第二十八军军长邓锡侯在剑门关战斗报告中说："匪跟踪以大部来攻，先以火力激战，继以短兵相接，循回肉搏，情势极为激烈……刁司令以预备队力争无效，杨团与刁司令即先隔绝……杨团退路四塞,除少数官兵突围外,几全部覆灭于血泊中……是役杨团长倬云、江营长孝思及陈团廖营长均战死于剑门阵地。刘团李营长在沙溪坝附近阵亡,陈团何营长在天雄关任收容时阵亡。共计官兵伤亡失踪约一千三百余名。"川军在清理战场的时候,仅凭一双刺花的袜子和一条丝织的裤带,才得以辨认出那具已经摔烂的尸体是他们的团长杨倬云。

一九三五年四月,在那个下了一场大雨的春天里,所有牺牲在剑门关的红军官兵自此在这里守望着美丽的巴山蜀水。

四月二日,川陕边防"剿匪"督办、国民党军第二十九军军长田颂尧被蒋介石撤职:

> 查嘉陵江向称险要,苍、阆、南部一带,原属二十九军防地。一年以来,迭次通令构筑碉堡,加强工事,严密布防,以遏残余徐匪之窜扰,不啻三令五申。该军负责守备经年,糜饷实钜。律以救国救乡之大义,应如何激励军心,力图报称。乃连日据报:该军防守不严,徐匪一部遂于俭[二十八日]晚突渡嘉陵江;继复作战不力,苍溪、阆中、南部亦竟相继撤退。弃藩篱而不守,陷人民于涂炭!实属玩忽命令,贻害地方,断难再予宽容。兼川陕边防剿匪督办第十二路总指挥、四川剿匪军第二路总指挥、第二十九军军长田颂尧着即撤职查办;其副军长孙震辅助不力,记大过一次。着令孙震督率二十九军,戴罪图功。此次该军失败,负责诸将领,由孙震查明呈报,以凭分别惩处。该军现在收容若干,着孙震速即整理改编,禀承刘总司令——湘——办理具报,仰即转令,一体遵照。

剑门关战斗后,为取得战役的全面胜利,红四方面军决定集中主力歼灭位于梓潼、江油的川军邓锡侯部,以求向川甘边界地区发展。

第九军和第三十军主力部队,一昼夜奔袭近一百公里抵达涪江岸边,并于四月十日突破涪江的川军防线,然后向南推进包围了江油县城,其前锋直逼江油南面的重要城市绵阳和成都。

江油位于四川盆地的西北边缘,古时就有"成都的北门"之称。防守江油的邓锡侯,在四川军阀中素有"能战"之名。红四方面军突然向西突破川陕根据地的边界嘉陵江,邓锡侯与刘湘的看法是一致的:红军很可能要放弃根据地,沿着川陕公路南下川西平原。因此,他对红军挺进涪江上游并不以为然,认为那不过是红军的"转山"行动,于是把兵力全部放在了防守川西平原上,因为平原的中心就是省府成都了。邓锡侯在分析局势和权衡得失后,尽管连他自己都有一点胆怯,但还是决定亲自出马与红军一战,因为他已经不得不这样做了。红军到达江油附近的消息令成都城里一片慌乱,大地主、大资本家和高官大员们纷纷逃往上海,有的还逃到了香港,飞机票和汽车票成为这座城市里最抢手的东西。那些不是特别富有的人只有逃往重庆,从成都到重庆的汽车票价因此上涨了一百倍。刘湘急忙把川军潘文华部调到成都,在成都城垣四周大修碉堡,表示要死守成都。结果,报纸上把刘湘说成了"大救星"。邓锡侯对此一笑置之:潘文华有多少部队? 说穿了就一个教导旅而已,听说他把自己的家眷都送去上海了——"本帅率兵十团,亲出一阵,你看如何!"

红军扫清江油城外围之后,江油成为一座被红军包围的孤城。这座县城有三座城门,在红军到达之前关上了两座,只留下北门与城外联络。但是,当防守外围的任建勋团被红军击溃后,江油城的北门也关上了。此刻,川军杨晒轩旅的旅部、一个手枪连和九个步兵连全部被困在了城里。邓锡侯打电话问杨晒轩能坚持多久,杨晒轩回答说最多十天。

四月十六日,邓锡侯率川军第二十八军第二师的龚渭清旅和第五师的陶凯旅自绵阳出发,到达青莲镇,与孙礼和卢济清的两个旅会合后继续向江油推进。队伍走到中坝的时候,发现中坝县城里并没有红军。当晚,邓锡侯进驻中坝,部署了第二天向江油的塔子山、鲁家梁子进攻的计划:孙礼和卢济清两旅为右翼,进攻塔子山;龚渭清和陶凯两旅为左翼,进攻鲁家梁子;李勋伯的警卫团为预备队。

红四方面军根据敌情的变化,决定以第九军第二十七师继续围困江油县城,而将第四军第十、第十一师,第九军第二十五师,第三十军第八十八师部署在邓锡侯部的必经之路上。

十七日拂晓,川军开始了进攻,进攻似乎发展顺利,红军节节抵抗,抵抗一阵就稍退一段,川军虽然每推进一步都要付出代价,但终究是在向前推进。这种缓慢的推进一直持续到下午,川军左翼部队已经攻到鲁家梁子的半山腰,右翼部队也占领了一个高地,并开始向红军占领的塔子山主阵地发起攻击。天黑之前一定要拿下战斗,如果能够发起一次猛烈冲击,红军也许瞬间就会垮掉,这次无论如何要把他们赶回涪江以北去——邓锡侯觉得胜利在握。

此时,徐向前正在江油城南的一间民房里阅读《史记》,这本缴获来的竖版史书令他一有空就想读一段。徐向前与四川军阀交手多次,他的体会是:论兵力,刘湘兵强马壮;论打仗,邓锡侯精明过人。因此,他给部队的命令是:以小部队边打边撤,把敌人引诱进来;同时以一部向敌人的后面包抄迂回。

接近下午四点的时候,徐向前下达了作战命令。

第四军军长许世友不是个好脾气。迎着川军密集的子弹,他硬要站在阵地的前沿,大个子警卫员无论如何也拉不动他。许世友八岁入少林寺习武,后到吴佩孚的部队当兵,二十岁加入国民革命军,二十一岁成为共产党党员。一九二七年参加黄麻起义后,在红军中历任排长、连长、团长、师长、军长,在出生入死的战斗中虽七次负伤但勇气未减。没人知道这个从小习武的红军将领到底有多大力气,据说他能把一头大黄牛举起来然后重重地摔死。他那把又宽又厚的纯钢锻造的鬼头刀极重,红军战士往往需要双手抬着才能试试这把大刀的分量,但是许世友单臂抡刀却犹如一阵旋风,无数敌人的脑壳在他刀起刀落的风声中滚落在地。这天下午,许世友虽然接到了反击命令,但他不准部队射击,说谁在五十步以外射击就枪毙谁。川军快到跟前的时候,许世友突然大吼一声,红军官兵一齐开火,阵地上随即杀声四起。战斗进行到关键时刻,许世友果断起用了预备队二十八团。二十八团团长王近山是方面军中有名的打仗能手,这个团坚守在第四军与第三十军的接合部,阵地始终坚如磐石。

第二十五师和第八十八师的红军官兵,从早上六点就开始阻击川军的进攻,已经连续十个小时没有休息了,川军在红军突然发动的反击中被截成几截。第八十八师二六五团团长邹丰明一手拿着驳壳枪、一手握着一柄大刀冲在队伍的最前面。战斗进行到胶着状态时,川军集中一个整旅的兵力在中路开始突击。二六八团二营在机枪的掩护下,一个连冒着弹雨在正面阻击,另外两个连向敌人的两侧迂回。黄昏时刻,川军各部队开始出现动摇。右翼孙礼旅由于伤亡巨大,率先向中坝方向溃退。孙礼旅的溃退导致卢济清旅三面受攻,卢济清不敢恋战只有赶紧撤退。红军对鲁家梁子的包抄最后形成合围态势,龚渭清旅和陶凯旅的退路已被截断,被围困的川军只有进行最后的搏杀。龚渭清亲自指挥他的驳壳枪营进行反击,但是已经无法阻挡红军凶猛的攻势。龚渭清身负重伤,他的团长赵云霖、张南芳以及营长龚应全也先后负伤,全旅士兵伤亡过半。陶凯旅在投入预备队后,虽然勉强稳住了阵地,但是伤亡也已超过五百。各路川军的溃逃令在嘴头岩指挥部督战的邓锡侯心惊胆战。在命令预备队原地阻击红军的追击后,他自己也卷入了溃逃的川军队伍中,直到逃进中坝县城把城门死死地关上。

邓锡侯心乱如麻。仗如果继续打下去,重新整顿溃散的部队不是件容易的事;而如果就此退回绵阳,面子上实在过不去。他想到了负责相邻地域防御的孙震。邓锡侯急忙打电话请求增援,孙震说增援不可能,如果想靠拢的话可以派部队去接应。邓锡侯的心情一下子恶劣到了极点,他想起作战前曾经要求刘湘的第二师师长王瓒绪协助,可王瓒绪竟然以没有刘湘的命令为借口拒绝了。战斗最激烈的时候,他还数次给重庆的中央军参谋团打电报请求飞机增援,参谋团每一次都答应了,而直到现在也没见中央军飞机的影子。犹豫再三后,邓锡侯决定部队撤回绵阳,毕竟命和实力比面子重要得多。

江油一战,红四方面军歼灭川军四个团。

邓锡侯的部队撤退后,红四方面军于十八日攻克中坝,十九日攻克彰明,二十一日攻克北川。

至此,红四方面军强渡嘉陵江战役历时二十四天,歼敌十二个团约一万人,攻克南部、阆中、剑阁、昭化、梓潼、平武、青川、彰明、北川九座县城,控制了东起嘉陵江、西至北川,南起梓潼、北至青川的纵横约三百里的广大区域。

川北真是个好地方!粮食充足,物产丰富,占领了川北地区的红四方面军官兵第一次体会到什么是丰衣足食。在方面军政治部副主任傅钟和川陕省苏维埃政治保卫局局长余洪远的率领下,机关干部和妇女独立团近万人进驻中坝,仅在那里筹集到的粮食就有九百多万斤,还有大量的盐巴、腊肉、豆瓣酱和辣椒面。扩充红军的工作也进展顺利,仅江油地区参加红军的贫苦农民就达六千多人,数支游击队也被改编成红军的正规部队,红四方面军不但使在嘉陵江战役中受到损失的各师团都得到了兵员补充,而且还重新组建了一个补充师——第三十一军第九十三师二七四团年仅二十一岁的团长被任命为补充师师长,他的名字叫秦基伟。

红军官兵在这片富庶的土地上享受着大米和腊肉,方面军总指挥徐向前却是心急如焚。他不断地给位于作战部队后方的张国焘打电报,反复请示这样一个问题:是否把南边的部队收缩回来,集中力量向北进攻甘南?如果这样不妥,那么下一步该怎么办?

在近一个月的时间里,张国焘没有确切的答复。

徐向前向北发展根据地的计划,很快就因为战机的失去而无法实现。

张国焘做出的决定是:采取大搬家的形式,放弃川陕根据地。

当嘉陵江战役还在进行的时候,由陈昌浩率领的东线部队已经开始向西移动,并且采取的是坛坛罐罐统统带走的方式。至嘉陵江战役结束,红四方面军位于嘉陵江以东所有的机关和部队,都已经撤到嘉陵江以西。四月二十一日,川北腹地苍溪被川军占领,川陕根据地实际上已经不复存在。

此时,在嘉陵江以西狭长的区域内,集结着中国工农红军第四方面军的全部人马,共五个军十一个师三十六个团:

第四军辖第十、第十一师共七个团;

第九军辖第二十五、第二十七师共六个团;

第三十军辖第八十八、第八十九、第九十师共九个团;

第三十一军辖第九十一、第九十三师共六个团;

第三十三军辖第九十八、第九十九师共四个团;

再加上一个补充师、炮兵团、特务团,还有两个妇女团,共八万余人。连同地方武装和机关、学校、医院等,总计十万人以上。

作为川陕根据地党的最高决策者,张国焘放弃根据地的决定是他自行作出的,没有向党中央和军委报告。虽然迫使他作出这一重大决定有着客观原因:与江西的中央苏区一样,自一九三三年开始,川陕根据地始终面临着严峻的军事形势和严重的生存危机。四川军阀结束彼此间的混战后,服从了蒋介石的统一指挥,开始对川陕根据地进行全力合围。红军原来背靠大巴山对付的只是川军,而现在国民党军发起的是六路"围剿",红军不得不"收缩战线"——应该说,这一战略是正确的,因为在有限的空间里死打硬拼是兵家大忌。再者,在敌人的反复"围剿"下,根据地内支持战争需要的各种条件均已不具备。从建立川陕根据地到发动西渡嘉陵江战役,在两年多的时间内,根据地处于战争状态长达十六个月,这期间敌人在根据地两进两出,烧杀掳掠,致使根据地遭到极大的破坏。最后,如果一旦需要以军事行动策应中央红军,就必定会影响红四方面军对根据地的守卫和经营。尽管中央红军不断地改变行动计划,但红四方面军不顾一切策应其行动的决心是坚定的——如果没有这一行动目标,红四方面军即使要向北发展,也没有向西强渡嘉陵江的必要,因为从根据地直接进入陕南会顺利得多。

但是,川陕根据地的丧失,带来的后果也是十分严重的,那就是:当这块红色根据地不复存在之后,对于在中国国土上转战的工农红军来说,所有建立起苏维埃政权的大块根据地都已丧失,分散在各个地域的红军武装自一九三五年春夏之际开始,就全部处在没有根基的危险的移动中了。

一九三五年二月,为保障追击中央红军的国民党军侧后的安全,阻止中央红军与贺龙和萧克的部队会合,蒋介石对红二、红六军团尚未巩固的根据地发动了大规模"围剿"。为此,湖南和湖北的国民党军达成联合作战协议,集结起十一个师加四个旅,共计十一万兵力。

"围剿"作战分为进攻和防堵两个部分。

进攻部队是:

陈耀汉纵队的第五十八师和暂编第四旅由新安、石门向桑植进攻;

郭汝栋纵队的第二十六师和独立第三十四旅由慈利沿澧水北岸向大庸进攻;

李觉纵队的第十九师和四个保安团由龙潭河沿澧水南岸向大庸进攻;

陶广纵队的第十五师、第六十二师和新编第三十四师从南面向大庸和永顺进攻;

徐清泉纵队的第四十八师、新编第三旅和张振汉纵队的第四十一师、独立第三十八旅联合向桑植与永顺之间的塔卧镇推进。

进攻部队的攻击中心是大庸。

大庸,今天名为"张家界"。

防堵部队是:

湘军陶广纵队一部加四个保安团驻守沅陵及沅江沿岸,防止红二、红六军团南下进入湖南腹地;

鄂军第三十四师张万信部封锁通往长江的主要道路;

湘军李云杰和李韫珩的两个纵队以及第九十二师和新编第八师,

共同部署在湘黔边界上的铜仁、秀山、酉阳地区以及乌江沿岸,严防中央红军与红二、红六军团会合。

此时,红二军团兵力为六个团约六千五百人,红六军团兵力为五个团约五千二百人,两个军团总计兵力约一万一千七百余人。

国民党军大军压境,兵力超出红二、红六军团十倍以上。

一九三五年一月十一日,贺龙、任弼时、萧克、王震致电朱德,报告作战部署并请示可能转移的适宜地区。此时,中共中央已经召开遵义会议,所以中革军委给第二、第六军团的回电,颇显毛泽东的战略战术原则:

(甲)关于目前湘鄂的敌人向你们进行的"围剿",是用了何键的全部兵力及徐清泉、郭汝栋等部。情形是很严重的。但在你们正确与灵活的领导下,是能够打破的。目前,南京政府的统治正进一步崩溃,全国革命斗争是增长不是低落。一些苏区及红军虽然遭到暂时的部分的损失,但主力红军存在,游击战争是发展着,四方面军正在向川敌进攻,我野战军正在云贵川广大地区活动与你们相呼应。新的胜利正摆在你们与全国红军面前。

(乙)你们应利用湘鄂敌人指挥上的不统一与何键部队的疲惫,于敌人离开堡垒前进时,集结红军主力,选择敌人弱点,不失时机在运动战中各个击破之。总的方针是决战防御,而不是单纯防御,是运动战而不是阵地战。辅助的力量是游击队与群众武装的活动。对敌人需要采取疲惫、迷惑、引诱、欺骗等方法,造成有利于作战的条件。

(丙)当目前敌人尚未疾进时,你们可以向陈渠珍进攻,但须集结五至六个团行动,对陈部作战亦不可轻敌。

(丁)你们主要活动地区,是湘西及鄂西,次是川黔一带。当必要时,主力红军可以突破敌人的围攻线,向川黔广大地区活动,甚至渡过乌江。但须在斗争确实不利时,方才采取此种步骤。

（戊）为建立军事上的集体领导，应组织革命军事委员会的分会，以贺、任、关、夏、萧、王为委员，贺为主席，讨论战略战术的原则问题及红军行动方针。

一九三五年三月二十一日，中央红军开始第四次东渡赤水河的那一天，在赤水河以东五百公里处的后坪，红二、红六军团对湘军李觉部打响了一场伏击战。后坪位于大庸至永顺间的咽喉要道上，红二、红六军团计划趁李觉部渡过澧水立足未稳之际，打他个措手不及。红军的伏击圈已经设置完毕，李觉部却因为天降大雨而停止了渡河。军团领导担心敌人察觉红军的意图，命令部队后撤一段距离，只留下一个团在伏击战场警戒。第二天拂晓，负责警戒的五十三团突然与渡过澧水的李觉部接触了。军团当即命令主力部队迅速向敌人靠近并发起攻击。第十七师的攻击受阻后，第四师接替他们继续进攻。第六师的一部迂回到敌人的侧后，破坏了澧水上的浮桥。但是，直到黄昏，敌人的主阵地始终没有攻下来。李觉在增援部队到达后，投入预备队开始向红军的侧后迂回，红二、红六军团为避免被敌人合围，撤出了战场。后坪一仗，红军毙伤敌军约五百，却付出伤亡七百的代价。战斗最直接的后果是导致国民党军兵分五路向根据地中心区域开始了急速推进：陈耀汉部占领桑植县城，并前出到桑植西北的陈家河镇；郭汝栋部占领大庸以西的罗塔坪；李觉部一部推进到石堤溪，一部在向永顺推进；陶广部一部推进至永顺西北的农车地区；张振汉部则直接向红军医院、学校、兵工厂和被服厂所在地塔卧镇地区逼近——国民党军各路大军距离根据地中心最近仅剩二十五公里，最远的也只有六十公里了。

严重的敌情使红二、红六军团意识到，已不可能在狭小的根据地内与强大的敌人进行决战，必须暂时放弃以塔卧镇、龙家寨为中心的根据地，突破敌人的封锁北渡长江，进入神农架大山的南部寻找新的立足点。

三月二十二日，红二军团政委任弼时致电中共中央和中革军委：

　　目前我们与西方军活动是呼吸相关的,西方军放弃桐梓、遵义,是否将转移于贵州以西地带? 万一二、六军团被迫转移,就目前情况只有渡长江到漳[南漳]、兴[兴山]、远[远安]边为便利。因为乌江、酉水、沅江均无渡过条件。施[恩施]、鹤[鹤峰]逼近鄂主力,不能立足。这种预定的方向,是否适宜? 对此动作,请给予指示。

四月五日,中共中央复电红二、红六军团:

　　如果渡江对于你们不成一个困难问题时,我们同意你们渡江的意图;但这只是你们认为在原有地区不利于作战,且红军主力非转移地区不足以保持有生力量时,才可实行。

　　一九三五年四月十二日,中国工农红军第二、第六军团,在整编了部队并安置好伤员后,最终放弃刚刚开辟的根据地,开始了北渡长江的战略转移。

　　两个军团初步确定的转移方向是:向北进入湖北境内,然后转向东北,于湖北秭归西北方向的香溪镇渡过长江,到神农架大山南麓的南漳、兴山和远安地区创建新的根据地。

　　部队出发的当天,就在桑植以北的陈家河镇与深入到湖南境内阻击红军的鄂军部队接了火。红军抓了鄂军的一个俘虏,一审问,得知前面只有鄂军的一个旅。贺龙不走了,他说:"要走,也要打完这一仗再走!"——红二、红六军团太需要一个胜仗了。况且,这里的地形非常适合打歼灭战,鄂军又是不善于山区作战的部队。

　　陈家河镇位于澧水东岸,四周山峦环抱。十三日早上,在鄂军正面的五十一团首先开火。战斗一再失利,被迫离开根据地,红军官兵的心头已经积压了太多的仇恨,所以一个凶狠的冲锋就把鄂军的先头部队打散了,接着又一口气连续占领三个山头,把这股鄂军的大部歼灭在山下的谷地里。与此同时,红二、红六军团主力急速渡过澧水,向鄂军第一七二旅发动了攻击。第四师担任突击敌人主阵地的任务,五十一团三营则直插陈家河镇中,捣毁鄂军的指挥部,然后一路追击,将鄂军旅长李延龄打死在澧水岸边。战斗持续到黄昏,鄂军第五十八师第一七二旅全部被歼。这时,鄂军第五十八师师长陈耀汉正率部前来增援,得知第一七二旅已经覆灭,第五十八师立即掉头回撤,但还是被萧克率领的红六军团追上了。激战后,第五十八师师部外加一个旅,还有这个师的山炮营被红军全部歼灭。此前,第二、第六军团从来没有缴获过山炮,这次一下子缴获了两门,红军官兵大为振奋,他们扛着这两门山炮一路转战。直到新中国成立后,其中的一门山炮被中国人民革命军事博物馆收藏。

陈家河战斗结束后,红二、红六军团改变北渡长江的计划,决定留下来坚持战斗。因为军团领导意识到:一旦红军运动起来,就可以充分调动敌人,就可以产生作战时机,就可以使红军打胜仗。

六月,红二、红六军团突然前出至湖北境内,包围了宣恩县城,并制订了围点打援的作战计划。果然,得知宣恩被围后,鄂军第四十一师师长张振汉急忙率部前来增援。红二、红六军团留下一个团继续围城,主力则趁黑夜离开宣恩,连续奔袭六十五公里到达预定战场。红二军团参谋长李达在奔袭的路上给第四师下达了作战命令,命令第四师官兵加快行军速度,一定要抢在敌人的前面占领有利地形,以便在战斗打响时切断敌人的退路,待主力部队赶到后将增援的敌人全部包围。十四日清晨,红二、红六军团集中所有的主力,从四面向增援宣恩的鄂军张振汉部发动猛烈冲击。张振汉的鄂军被压缩在一个山洼里,两千多人挤成一团拼死抵抗。战斗进行得异常残酷,红二军团第四师政委方理明、第六师十八团团长高利国和政委朱绍田相继负伤。当时,贺龙正在发高烧,任弼时当即任命廖汉生代理第四师政委,贺炳炎任十八团团长。

贺炳炎在"肃反"中被撤销了团长职务,目前正在管理科打杂,心里一直觉得十分冤枉。此时他对任弼时说:"我是改组派分子,不能当团长。"任弼时说:"你是共产党员。在共产党处在困难的时候,你应该采取什么态度?"贺炳炎一愣,接着把大腿一拍:"好! 我去! 打完仗再说!"说完就带领十八团冲了上去。双方殊死的搏杀一直持续到下午,最后鄂军被全歼,师长张振汉被活捉。红军没有杀张振汉,把他留在红军队伍中当了战术教员。在以后的日子里,张振汉跟随红二、红六军团一直转战到陕北延安,在那里他被红军释放了。十年后,当中国人民解放军解放长沙的时候,已经深刻地了解了共产党人的张振汉为长沙的解放做出很多有益的工作。中华人民共和国成立后,他被任命为新中国的长沙市副市长。

脾气火暴的贺炳炎不久还是犯了个大错误。在接下来的战斗中,红军俘虏了鄂军第八十五师师长谢彬,这个凶狠的国民党军军官,战斗中带领师警卫营死守一个土围子,致使攻击中的红军付出巨大的牺牲:第四师师长卢冬生和刚刚伤愈归队的政委方理明负伤,贺炳炎的十八团牺牲了两个营长,全团伤亡一半。战斗结束后,浑身是血的谢彬被红军战士用担架抬到贺炳炎面前,怒火万丈的贺炳炎二话没说,拔出大刀就把谢彬的脑袋砍了下来。

虽然第二、第六军团暂时渡过了艰难时期,但是根据地一直没能巩固下来,红军活动的区域人口稀少,物资缺乏,部队需要的粮食、兵员乃至冬衣都无法解决。因此,必须转移。但是,北有鄂军死守的长江天堑;南有湘军布防严密的沅江、澧水;西面是不具备任何生存条件的荒凉大山;东面虽然人口密集,物产丰富,却是湘军和鄂军联合防御的地区——那么,哪里才是安全的生存之地呢?

就在第二、第六军团在湖南与湖北交界的荒僻山岭间徘徊不定的时候,已经开始长征的红二十五军正行走在极其险恶的路途上。

一九三四年十二月五日,接近陕南边界的时候,红二十五军发现一支国民党军队已经先于他们到达,并控制了从河南进入陕西的道路,这使红二十五军骤然陷入前有阻截后有追兵的危境。为了迅速突围出去,手枪团找到一个愿意做向导的货郎,在这个货郎的带领下,红军沿着一条在当地的民谣中被称为"七十二道文峪河,二十五里脚不干"的深山峡谷,迅速穿过卢氏县城与洛河之间的一个隘口。红军通过的时候,卢氏县城的民团紧闭城门,在城墙上挂满灯笼和火把,眼看着红军急促而过。八日,红二十五军在豫陕边界的铁锁关击溃守关的陕西民团,但他们刚一进入陕西境内就遭到陕军冯钦哉部两个团的阻击,红二十五军二二五团负责正面攻击,其他部队迂回。二二五团三营八连在营长李学先和连长萧邦与的率领下,首先攻上陕军的阻击阵地。在消灭了这支陕军的先头部队后,红军官兵迅速脱离战场,连夜翻越蟒岭大山,第二天到达豫陕边界上的商南县境内,在一个名叫庾家河的村庄宿营。

十日上午,由红二十五军主要领导组成的中共鄂豫皖省委第十八次常委会召开。本来没有准备在这里开会,因为"敌人总是跟在屁股后面追",危急的军情不允许红军指挥员们坐下来开会,但是部队非常疲劳需要休息,指挥员们聚集在一起说着话也就等于开会了。

军长程子华派手枪团出去警戒。

会议没开一会儿,外面枪声骤响。

手枪团的战士跑进来喊:"敌人上来了!"

国民党军第六十师已经追了上来。

设立在庾家河东山坳口的红军哨兵睡着了,直到敌人到了跟前他才猛然惊醒。

国民党军占据有利地形,对红二十五军形成包围。

会议即刻中断。

程子华、吴焕先、徐海东都向山上奔去。

徐海东率领二二三团向敌人占领的东山坳口发动猛攻,夺回了这个制高点。二二四和二二五团也相继建立起阻击阵地。

敌人的全面进攻随即开始。

这是一场遭遇突袭时的仓促应战,红二十五军再次面临生死考验。

国民党军第六十师,师长陈沛,归河南省政府主席刘峙指挥。这一次,由蒋介石亲自下令,第六十师十一月二十二日从开封登上火车,二十四日全师到达河南灵宝车站,然后直接向转移中的红二十五军靠拢,于十二月一日到达商南地域。根据派出的侦察队以及当地县长们的报告,第六十师一直跟在红二十五军的身后寻找作战时机。第六十师的先头部队是三五五团,这个团追击了两天后,在距离红二十五军仅有十里路程的时候不敢追了,原因是他们发现这里的群众大多同情红军,特别是以前红四方面军曾在这里活动过,当地的不少青年是当年红军的宣传员,他们总是给红军通报各种各样的消息。于是,陈沛把先头部队换成三六〇团。八日,当红二十五军把冯钦哉的第四十二师击溃后,黄埔一期出身的师长陈沛对陕军的无能表示出极大的蔑视:"昨[八]日晚如友军堵截确实,稍能支持,今午职师赶到,即收夹攻之效,匪难逃脱。不料反壮匪之气,资匪以械,诚属可悲! 但影响追击莫此为甚!"陈沛制订了在庾家河伏击红二十五军的计划,其中有这样的描述:"据土民报称,匪沿途怨声载道,脚多肿烂,且均无棉衣,形态精神,均异常疲惫云云。基以上情形分析,匪疲惫必倍于我,毫无疑义,尽一日猛追之力,必可追及残匪而歼灭之。"九日晚,第六十师先头部队三六〇团接到的命令是:今晚必须到达庾家河——这个命令几乎与红二十五军下达的命令一样——两军在庾家河的一场恶战已经不可避免。

只是,红二十五军对此时的敌情并不十分清楚。

由于仓促应战和地形不利,红二十五军在与国民党军第六十师的先头部队三六〇团的激战中出现严重伤亡。当战斗进入近乎僵持的时刻,第六十师将另外两个团投入了战斗,猝然间使红军所面临的战场形势更加恶化。

天降大雪,山风呼啸。

红军和国民党军在一条山沟里短兵相接。

军长程子华在观察战局时,举着望远镜的手被敌人的子弹打穿。军部司号员程玉林一直跟随在副军长徐海东身边,从战斗一开始他的军号声就没停止过,在把嘴唇都吹出了血的时候,一颗手榴弹在程玉林身边爆炸,程玉林的下巴被炸飞,整个脑袋成了个血球。小司号员从腰间抓出两颗手榴弹,凭着声音向敌人的方向爬去,直到把手榴弹扔出去才停止了呼吸。副军长徐海东怒目圆睁,他跃出掩体率领官兵出击,但是没冲几步便一头扑倒在地。一颗子弹从他的左眼下射进去,再从颈后穿出。这是徐海东自参加红军以来第九次负伤,每一次他都奇迹般地活了下来。他说:"只要革命还没有胜利,敌人就打不死我。"军政委吴焕先冲上来接替徐海东。在吴焕先的指挥下,红军官兵抱着决死的念头不断地冲击敌人的阵地——迷茫的风雪中,红二十五军发起的冲击达到二十次之多。黄昏时刻,雪更大了,国民党军终于无法支撑,留下三百具尸体退了下去。

风雪中的陕南天寒地冻。

红二十五军一位名叫周东屏的女战士一直守护在昏迷的徐海东身边。没有药品,只能用盐水不断地擦洗伤口。女战士整整守了四个昼夜,第五天天亮的时候,在一缕温暖晨光的照耀下,徐海东缓慢地睁开了眼睛,一直沉默不语的周东屏抱着她的副军长号啕大哭。徐海东对这位个子矮矮的、脸圆圆的女战士并不熟悉,仅仅知道她很会唱歌。

徐海东说:"敌人退了吗?部队该转移了吧?"

周东屏还是哭,哭得说不出话来。

这之后,周东屏跟随在身体虚弱的徐海东身边,细心地为徐海东护理伤口,尽可能地找到些食物看着徐海东吃下去。渐渐地,女红军周东屏终于使打起仗来凶猛无比的"徐老虎"心中滋生出一种温情。一年多以后,徐海东和周东屏结婚了。当红军到陕北延安,生活安定了以后,有人和徐海东开玩笑说:"这里来了不少漂亮的女大学生,你是否也要'改组'一下?"徐海东脸色一沉说:"东屏是受苦人,我是泥巴人,我们两个是生死的交情!"

虽然红二十五军在庚家河的会议只开了一半,但还是做出一个《关于创建新苏区、新的革命根据地的决议草案》——寻找到一块立足之地以休养生息、发展壮大,然后拥有一个人人平等的苏维埃共和国,这是二十世纪初在中国大地上出生入死的那些红色青年永远的梦想。红二十五军决定把建立根据地的梦想实现在河南、陕西与湖北交界处的群山之中。这里重峦叠嶂,地势险要,人民生活困苦,敌人统治薄弱,是中国中西部著名的秦岭山脉的延伸地段。

庚家河战斗的第二天,红二十五军把三个团缩编为两个团,又一次上路了。

如果在地图上标出红二十五军一九三五年在陕西南部的移动路线,将比中央红军在贵州的转战路线更为曲折复杂。他们在陕南那片狭窄的区域内,毫无规律地来回穿梭移动,令回首那一段历史的人足以想见他们所面对的险象环生的环境。这是一支仅仅只有两千多人、平均年龄不超过二十岁的红军部队,他们不像中央红军和红四方面军那样有浩浩荡荡的队伍,他们行军的时候也没有漫天飞舞的红旗,他们甚至没有像样的军装,头顶上的红星也因为生存的困苦而不那么耀眼夺目了。他们从不奢望能够有一个安稳睡觉的夜晚以及一餐足以果腹的食物。但是,这一群衣衫破烂、面容憔悴的红军少年对理想和信念的执着坚守却是无与伦比的,这种坚守给予了他们超出常人想象的坚强与勇敢,从而使他们历经一切艰难困苦依然能够迎着敌人的子弹发起冲击。这就是我们在追忆红二十五军的往事的时候为什么怦然心动的原因。

红二十五军开始向河南、陕西与湖北交界处的群山中移动,一路大张旗鼓地镇压盘剥农民的土豪和地主,没收他们的财产分给当地的百姓。一九三五年一月,就在中央红军第一次占领遵义的时候,红二十五军攻占了秦岭山脉以南的镇安县城。在镇安,红军缴获大批的棉布和棉花,初步解决了部队的过冬御寒问题。红二十五军占领镇安县城的消息,令西安绥靖公署主任杨虎城大为吃惊,因为他一直认为,这股红军经过反复的"围剿"人数不过四五百,已经没有什么可顾虑的了,可是四五百人是绝对打不下镇安县城的,杨虎城这才明白自己的判断严重失误。他立即命令已经调往陕北的冯钦哉的第四十二师回防陕南，并且致电蒋介石要求河南、湖北的国民党军急速支援陕西。

国民党军第四十军第一一五旅的两个团、第四十四师第一三〇旅的三个团以及第四十二师第一二六旅等部队，即刻从四面合围而来。这时候，红二十五军突然出现在西安南部的柞水，大有攻占柞水县城的态势。陕军第一二六旅只好急促向柞水增援，红二十五军趁其先头部队二五二团单独冒进之机，突然发动猛烈的袭击，歼灭了该团的一个营。然后，红军掉头就走，连夜翻越九华山，又出现在离西安更近的蓝田县境内，并占领了距秦岭边缘仅十公里的交通要冲葛牌镇。天降大雪，红军在风雪的掩护下开辟出伏击阵地。陕军第一二六旅的二四八团和二五一团刚一接近，红军正面与左翼的冲击枪声同时响了。二四八团副团长王泽民在战后给旅长柳彦彪的报告中说：

> ……时因天晚昏黑，匪攻甚猛，左翼尚未取得联络，匪忽由岭口突进，分三路向我猛扑，我阵地第四连尽被包围。职遂率连长张瑞符、连副白树德、士兵约一排、团部号长傅珍、随从勤务兵、传令兵等戮力冲杀突围而出，则仅余士兵十余名。第四连连长张瑞符、连副白树德阵亡，号长傅珍、勤务兵秦海林等被俘。职率冲出士兵仍移右翼山岭负险固守，迄晚十时。是役伤亡官兵及失踪一百余名。

受到胜利鼓舞的红二十五军乘势扩大红军。同时，他们释放了几名为国民党军队当密探的当地百姓，因为经过审问得知这几个人都是穷人。由此，红二十五军专门发布了《穷人不替国民党当侦探，捕杀坚决替国民党当侦探的重犯》的布告：

> 本军很诚恳地告知白色士兵、下级军官以及地方穷苦兄弟，你们都是受国民党豪绅地主压迫剥削的，红军是你们自己的军队，要为红军做事，不要替国民党当侦探。如果是国民党压迫你们当侦探，你们见了红军就把实情告知红军，那也是为

红军做事,红军应该重赏。自此布告之后,再发现忠实为国民
党军队、区长、团总当侦探的,红军还是按照阶级纪律严办,倘
若是地主、富农分子替国民党当侦探,定处死刑,决不姑宽。

红二十五军还释放了陕军俘虏。

为此,国民党政府蓝田县县长郝兆先,在给国民党陕西省政府主席
邵力子的信中,不但描述了红军释放俘虏的事,还建议国民党军队在与
红军作战时小心为妙:

主席钧鉴:

　　谨禀者,此次柳［柳彦彪］旅奋勇剿赤,死伤实有三百以
上,而被俘亦如此数。连日回来徒手兵已达两百名,匪给每名
洋二元,烟土二两,并在葛牌镇开欢迎十七路官兵大会,演新
剧,宴会聚餐。对郑效仁之团丁且发三元,并给皮袍。其宣传
工作无微不至……至匪之实力,有匣枪、自动步枪手提式者确
为两三千以上,而翻山越岭、耐寒忍饥为其特长。今度匪之损
失不及我方十分之一,而其所得枪弹增加实力不少,职与冯军
长、张参谋长计议,注重切取联络,围困堵剿,过于猛攻,大部
队深入山坳不能展开,徒损失耳。想钧座必与杨主任熟议及
之矣。谨禀,恭叩崇安。

职郝兆先谨上
二月十三日夜一时

在得知红四方面军发动陕南战役后,红二十五军立即向西靠拢,连
续攻克宁陕、佛坪两座县城。接着,又挥师向东,再一次回到葛牌镇,还
是采用伏击的办法,打垮陕军警备第三旅的两个团,俘虏旅长张汉民和
一千多名陕军官兵。参加过这次战斗的陕军士兵后来回忆说:我们
"全部进入陷阱而不自知,突然遭到袭击,大山小丘伏兵齐起,弹如骤
雨,声震山谷,官兵慌恐,措手不及;加之骡马相惊,到处奔跑,把自己的
队伍乱冲乱踏,于是阵势大乱,无法指挥,全部队伍陷于层层包围之中,

左冲右突,不能得脱,只在两三个钟点内全军覆没。张汉民旅长被俘。张旅长危急的时候,手里提着个斧头,在空中抡绕,像是表示投降的样子"。——陕军旅长张汉民是中共地下党员,被共产党秘密派往陕军中工作。长期与中央失去联系的红二十五军无法知道这一点,即使他们在战斗中发现这个旅长的行为有些异样,即使张汉民在被俘后极力说明自己的经历,但是无论如何都不能使处于危机之中的红二十五军的领导相信——被红二十五军错杀的张汉民,于一九四五年四月在中国共产党第七次代表大会上被追认为革命烈士。

不久,红二十五军回到曾经令他们遭受损失的庚家河地区,一举攻占了陕西、湖北、河南三省交界处的重要关口荆紫关。然后部队立即掉头往回走,到达陕南山阳县袁家沟口一带。红二十五军长距离地来回移动,把追击他们的国民党军拖得十分疲惫,同时也使敌人无法判断这支红军部队到底在哪里。在袁家沟口,红二十五军预先设置好伏击阵地,当陕军警备第一旅到达的时候,红军于前后两面发动袭击,完全没有防备的陕军警备第一旅除了被打死打伤近三百人外,包括旅长唐嗣桐在内的一千三百名官兵被俘。

再次打了胜仗的红军官兵接下来做出的举动令敌人大为惊慌,因为红二十五军直接向西安开来,其前锋部队距离西安城仅仅还有十余里。西安城内的巨富商贾纷纷开始出逃,国民党军各路部队急忙调动准备保卫西安——而红二十五军此举只是因为听说终南山外很富裕,想乘胜出击缴获一些作战必需品。

在一个名叫引驾回的集镇,红军官兵抓了专门管税收的厘金局局长宋柏鲁的儿子、当地人称为四少爷的宋运生,大地主姬福堂和张学谦等五六个人。红军官兵把这些人和那个陕军旅长唐嗣桐一起游街示众。这一天正是引驾回赶集的日子,集镇上的百姓蜂拥观看,红军召开公审大会,宣布了处决唐嗣桐的决定——唐嗣桐率领部队出发的时候,就是在引驾回召开的誓师大会,会上他曾宣布说:"三个月内消灭徐海东残匪。"

　　这时候,红二十五军军长程子华在偶然获得的一份《大公报》上,看到了中央红军到达川西的消息。虽然消息无法确定,但还是令红二十五军的官兵兴奋不已。于是他们决定往西走,向中央红军和红四方面军所在的那个方向靠近。

　　红二十五军在恶劣的环境中,与二十倍于己的追击之敌反复周旋,不但没有被敌人消灭,而且还在不断地壮大。他们在陕南山区的移动作战,消耗着国民党军的有生力量;更重要的是,随着他们的辗转穿越,红军向中国社会最底层的贫苦民众宣传了革命,让人们知道在这个不公平的世界上有一支名叫"工农红军"的红色武装在抗争。抗争的红军最终是扑不灭杀不绝的,红军的存在是为了创建一个新的共和国。

　　当红二十五军试图向红四方面军靠拢时,红四方面军却撤离了川陕根据地。为了防止红军在嘉陵江与涪江之间的区域建立新的根据地,蒋介石重新部署兵力对集结在江油、中坝地区的红四方面军发动了围攻。

　　蒋介石的作战计划是:

　　刘湘的主力王瓒绪部十三个旅为右纵队,由罗江地区沿涪江东岸向彰明、两河口方向进攻;

　　川军邓锡侯和孙震两军各一部为左纵队,由绵阳出发,沿着涪江西岸向江油、中坝方向进攻;

　　中央军胡宗南部则由北面的碧口、文县南下,配合川军形成南北夹击之势。

　　同时,邓锡侯的另一部从广元南下剑阁;唐式遵的一部防御昭化至阆中的嘉陵江一线,以防红四方面军返回川陕根据地;李家钰部在阆中以西布防,防止红军南下四川腹地。

　　至此,从川陕根据地撤离的红四方面军主力连同庞大的后方机关,被围困在江油和中坝附近的狭窄区域内。

　　东去、南下、北上的方向都已有敌人重兵防守。

　　那么,对于红四方面军来讲,只有向西这一条路了。

在江油，张国焘主持召开红四方面军高级干部会议。对于放弃川陕根据地的原因，张国焘解释说，是为了迎接中央红军北上，在与中央红军会合后，一起开辟川西北新苏区。他建议红四方面军西出，占领北川、茂县、理县和松潘，背靠西康地区作为立足点。对于张国焘的建议，与会者没有提出异议；或者说，严峻的形势已使红四方面军没有第二种选择的余地了。

从江油向西，走不了多远，就会一头进入川西常年积雪的高山峻岭中。而在雪山冰峰的那一边，是中国西部荒凉的沼泽地带。

红四方面军上路了。

关于中央红军，他们只知道那支受伤严重的队伍快要到达金沙江边了。

长征

THE
LONG MARCH

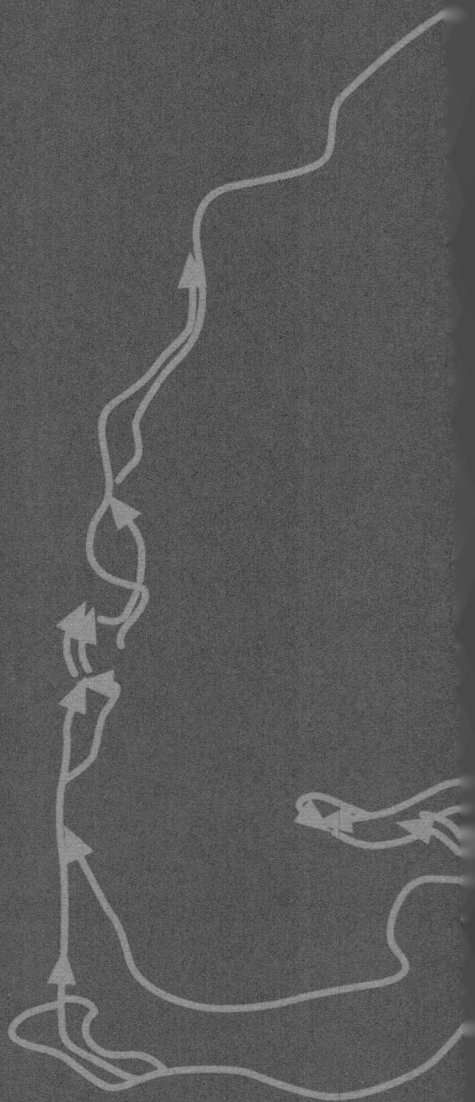

THE LONG MARCH

长征 下

王树增／著

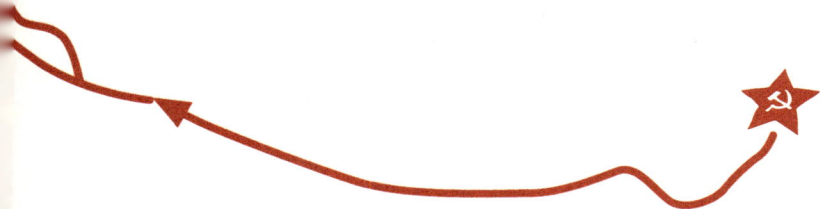

人民文学出版社

目　录（下）

第十二章　金沙水畔

1935年5月 · 金沙江

红三军团地方工作部部长罗明没能跟随中央红军走出贵州。

部队接近云南边境的时候,他接到这样一个通知:留下来坚持地方工作。

那时,中央红军正以急促的行军速度接近纵贯黔西的北盘江。接到这个通知后,罗明意识到,他不能跟随中央和红军到达长征的目的地了。

任何人都知道离开红军大部队意味着什么。

妻子谢小梅急切地问他:"为什么不让我们跟随队伍？为什么不让我们北上抗日？"

罗明简单地回答:"这是组织的需要。"

罗明,广东大埔人,原名罗善培。一九二五年成为中国共产党党员。一九二六年任中共汕头地委书记。一九二八年任中共福建临时省委书记,领导了闽西农民暴动。一九二九年二月,二十五岁的罗明出任中共福建省委书记。

在一九三三年博古到达中央苏区之前,罗明的名声与职务并不显赫。而他之所以迅速成为人人皆知的人物,是因为他的一个报告,或者说是因为这个报告中的一种表述。这种表述与毛泽东密切相关,并随即导致了中央苏区内部的一场政治风波。

那时,毛泽东正处在政治生涯的低落时期,宁都会议后他被剥夺了军事指挥权,心情和身体都欠佳的他,在老朋友傅连暲的邀请下,来到福建长汀医院休养。在长汀医院后山散步的时候,毛泽东碰见也在散步的罗明,罗明正在这里养腰伤。高大的毛泽东消瘦得让罗明很是惊讶,他们走到了一起。在常常一起散步的十几天里,罗明从毛泽东那里得到了什么教诲无从考证,但是随后发生的事情足以说明,至少在如何抵制"左"倾路线的影响,如何避免死打硬拼的军事指挥原则,如何争取第四次反"围剿"的胜利等问题上,毛泽东说服了走在他身边的这位年轻的共产党干部。

罗明结束休养后,召开福建省委会议,传达了毛泽东的谈话精神,并决定立即去福建的上杭、永定和龙岩地区开展游击战争,以配合中央红军的反"围剿"作战。几个月后,经过游击战实践的罗明写出《关于杭、永情形给闽粤赣省委的报告》,报告针对博古和李德现行的战略战术提出了不同意见:"积极行动,向外游击,打击敌人的进攻";灵活机动,"用最大的力量迅速的方法与最短的时间",攻击敌人的薄弱之处;把猛烈地扩大红军的运动与发展地方武装结合起来,以巩固根据地的边缘地带……报告的行文,显示出这位二十九岁的共产党省委书记锋芒毕露的性格:

> ……如果只注意局部某一地方的转变,不注意很好地配合起来,发展武装斗争,那就请我们最好的领袖毛主席、项英、周恩来同志,任弼时同志,或者到苏联去请斯大林同志,或者请列宁同志复活,一齐到下溪南或者其他已受摧残的地方,去对群众大演讲三天三夜,加强政治宣传,我想也不能彻底转变群众斗争的情绪!

可以想见博古读到这样的文字会是多么愤怒。罗明不但反对他的军事指挥原则,还把毛泽东列入了"最好的领袖",博古当即质问罗明:党的文件和党的提法,什么时候把毛泽东说成是"最好的领袖"了?毛泽东怎么能和斯大林、列宁相提并论呢?

一九三三年二月十五日,苏区中央局做出《关于闽粤赣省委的决

424 · 长 征
第十二章 金沙水畔

定》。决定表明福建省委之所以不执行积极的进攻路线,显然是因为
"形成了以罗明同志为首的机会主义路线",而"这一路线对于目前革
命形势的估计是悲观失望的,对于敌人的大举进攻表示了张皇失措"。
博古发动的"在党内立刻开展反对以罗明同志为代表的机会主义路线
的斗争"声势浩大。先是罗明被撤职,毛泽东也因此更加孤立。福建
省军区司令员谭震林、省苏维埃政府主席张鼎丞、省委常委郭滴人、组
织部部长刘晓、团委书记陈荣等都受到批判甚至是撤职。接着,运动扩
大到江西的苏区,邓小平、毛泽覃、谢唯俊、古柏也被撤了职,而他们毫
无例外都是毛泽东的支持者。运动还波及中央红军,罗荣桓、萧劲光、
滕代远、李井泉等人受到不同程度的批评。

如果不是苏区的军事形势不断恶化,这个运动很可能会持续相当
长的时间。

博古后来在党的七大上对此进行了这样的自我批评:

> 苏区中反对罗明路线,实际是反对毛主席在苏区的正确
> 路线和作风,这个斗争扩大到整个中央苏区和周围的各个苏
> 区,有福建的罗明路线,江西的罗明路线,闽赣的罗明路线,湘
> 赣的罗明路线等等。这时的情形可以说"教条有功,钦差弹
> 冠相庆;正确有罪,右倾遍于国中……"更沉痛的是由于路线
> 的"左"倾错误,宗派主义的干部政策,再加一个错误的"肃
> 反"政策,而使得许多同志,在这个时期中,在这个"肃反"下
> 面被冤枉了,诬害了,牺牲了。这是无可补救的损失。

对于罗明来讲,他从没想到自己会卷入如此巨大的政治旋涡。他
本来的出发点十分简单,那就是在国民党军的大举进攻面前,红军必须
纠正被实践证明是错误的军事指挥原则,尽一切可能保住中央苏区。
而对于毛泽东,罗明并没有"吹捧"的初衷,因为当时毛泽东已经失去
了领导地位。罗明经历过创立中国红军的艰苦岁月,他接受毛泽东的
军事思想是发自内心的。

中央红军大规模军事转移前夕,罗明正在瑞金中央党校担任教务长的工作。因为中央要求他挑选一百名优秀学员送到主力部队去,他这才预感到中央红军可能要有重大的行动了。后来,他和妻子一起接到跟随中央红军出发的通知。妻子谢小梅刚生完孩子十几天,他们把孩子匆忙送给当地的一位老乡,然后踏上了长征的征途。

罗明最后被批准跟随转移的原因不明。

罗明被派到后勤司令部政治部当宣传联络员,负责收容掉队的伤员和病号。遵义会议后,他出任红三军团政治部地方工作部部长,他的秘书是红三军团十三团俱乐部主任兼团总支书记胡耀邦。

罗明刚被重新起用就负了重伤。那是在红军再次攻打遵义的时候,他和胡耀邦一起救护战场上的伤员,一颗炮弹在他们的身边爆炸,胡耀邦的伤势不重,而罗明右臂的大动脉被弹片击中,那一刻他血流如注。

负伤后的罗明被送到休养连,他和妻子谢小梅相聚了。

妻子精心地照料着他,希望他能够早日康复。

当中央红军经过艰苦的奔袭转战,即将从贵州进入云南的时候,罗明对中央让他留下来在贵州"坚持地方工作"颇感意外。

北盘江边,罗明和谢小梅与红军战友们——告别。

中央红军远去了。

罗明和谢小梅开始往回走。

无法知道这个决定是如何做出的。虽然身负重伤的罗明继续跟随部队转战比较困难,可当时因为负伤被担架抬着的红军团以上干部不止罗明一人。

组织上给他们留下一笔钱和一枚可以充当货币使用的金戒指。钱放在了组织指定与他们同行并领导他们的朱祺手上,红军军事转移前,朱祺是中央苏区总工会委员长。而那枚金戒指藏在了谢小梅身上。

他们乔装打扮成到贵州做生意的广西人。但是,仅仅两天之后,他们就被黔军犹国才部的士兵抓了起来。那时他们刚走到距离黄果树瀑布不远的关岭县城城门口,罗明浓重的闽粤口音与他装扮的广西商人身份严重不符。

第一个受审的是朱祺,当晚他就被释放了。关于释放的原因,有史料说他用组织留下的那些经费贿赂了黔军,也有史料说朱祺供出了罗明的真实身份。在接下来的审问中,罗明和谢小梅一口咬定自己是做生意的商人,无论黔军怎样威逼就是不改口。最后,在审问者把谢小梅身上的那枚金戒指据为己有后,罗明和谢小梅被释放了。

从此,罗明和谢小梅不仅与组织失去了联系,而且成了生活毫无着落的流浪者。他们一直流浪到贵阳,希望能在贵阳找到党组织,但当时蒋介石正在贵阳督战,贵阳城里戒备森严,找到党组织的可能性微乎其微。为了活下去,谢小梅在一个保长家当女佣,没有工钱只管饭;罗明则在贵阳当了一名清洁工,他终于有了一件像样的衣服,虽然背上写有"清道夫"三个字。可是,没过多久,伤口还没痊愈的罗明开始吐血,他很快就被解雇了。他们感到在贵阳寻找党组织无望,于是决定离开贵阳另寻他路。谁知在出城时,罗明再次被黔军扣留,在被吊打了一夜后,经谢小梅为其做女佣的那个保长的具保,罗明才被释放,只是他的身体情况更加恶化了。这时候,贵阳城里开始流传追查一对共产党夫妇的消息。他们决定去上海寻找党组织。两个年轻的共产党人自此开始了他们孤独而艰难的"长征":从贵阳至广西,经广州至香港,从香港辗转到达上海,漫长的流浪之路让他们尝尽人间辛酸。罗明刚一到达上海,立刻就被出卖了。出卖他们的是罗明的堂弟,这个鸦片吸食者为得到赏钱向警察局告了密,罗明和谢小梅遭到国民党当局的逮捕。无论审问者使用什么手段,罗明和谢小梅一口咬定自己是流浪者,急得罗明的那个堂弟在一旁不断地对审问者说:"他就是'罗明路线'的那个罗明!"

被折磨得奄奄一息的罗明在同乡的多方周旋下,最终得以保释出狱就医。

一九三六年春,谢小梅陪同丈夫回到罗明的故乡广东大埔。

一九三七年抗日战争爆发,罗明和谢小梅秘密前往闽西抗日根据地寻找党组织,由于他们离开组织的时间太长了,党组织只能建议他们用党外爱国人士的身份回乡开展抗日救亡运动。他们又一次往回走,回到大埔后,分别以罗亦平和谢章萍的名字,一边在学校当教员一边宣传抗日主张。

罗明和谢小梅,两个历尽苦难的共产党人,虽然没能走在革命队伍中,但是在漫长的岁月里他们始终没有停止找寻革命队伍的脚步。

一九八七年四月二十八日,罗明在广州逝世。

谢小梅曾经担任过小学教员、图书管理员、百货公司采购员,一九七三年退休时工资仅四十五元五角。让她感动得泪流满面的是,一九八一年,广州市委恢复了她的中国共产党党籍,那时距离她和罗明在北盘江边目送中央红军远去已经过去了整整四十六年。

渡过北盘江的中央红军一路向西。

左翼红一军团由贵州猪场进入云南,右翼红三军团由贵州盘县进入云南,中央纵队居中,红五军团担任后卫。

至一九三五年四月下旬,中央红军已全部由黔西进入云南。

云南真是个好地方!

春日的阳光照射在高高的梧桐树上,洒下一片又一片斑驳的影子。远方山坡上的梯田层层叠叠,菜花金黄。此时,滇军主力仍在贵州,留守云南的刘正富旅也接到命令,准备立即前去贵州的兴仁防堵。云南境内龙云能够派出的部队,只有李嵩的独立团了。因此,中央红军所面临的严重军情暂时得到了缓解。云南境内的教堂很多,红军尚未到达的时候,外国传教士就跑了,红军在教堂里发现了火腿、罐头、奶粉和果酱,这些西式食品令官兵们惊奇不已。

四月二十四日,红一军团先头部队第一师二团,在滇东边界的富源县境内与李嵩独立团遭遇。二团抢先夺取了滇军侧翼的一个高地,然后采取两侧迂回的方式将滇军包围。滇军不顾一切地突围后,向沾益、曲靖方向退去。二十五日,中革军委在富源发出《关于消灭沾益、曲靖、白水之敌的指示》:"最近时期,将是我野战军同敌人决战争取胜利的转变战局的紧急关头,首先要在沾益、曲靖、白水地区消灭滇军安旅,以我们全部的精力和体力去消灭万恶的敌人,一切牺牲都是为了目前决战的胜利。"

滇军安旅,即滇军第三纵队第二旅,纵队司令孙渡,旅长安恩溥。这个旅可谓中央红军的死对头,因为在贵州的时候,这个旅就一直跟在中央红军的后面或是侧翼,始终威胁着中央红军。中央红军四渡赤水河,滇军第二旅的官兵脚都跑肿了。旅长安恩溥后来回忆说:"我们毫无按照实际情况处理军务的一点自由,很多时间在毕节、瓢儿井、大定这一带旋磨打圈。有时候早晨得令兼程往东,夜间复奉命兼程往西,司令部仅往返瓢儿井就有三次之多。接到向打鼓新场前进的命令,刚出发一小时,又接到命令到大定集结。这一阶段连红军的影子都没有看到。"

滇军旅长安恩溥来回奔波,没能追击到红军的部队,却在黔西遇到一路溃逃的王家烈的部队。安恩溥去拜访王家烈,王家烈一个劲儿地夸奖滇军能打仗——滇军的一个团曾把黔军的三个团打得满山跑——继而,王家烈对安恩溥说:只要红军还在,"黔军和滇军就是一家人"。"不要听蒋介石的指挥,咱们自己干自己的事。"但是,在那些日子里,连龙云和孙渡都无法指挥安恩溥旅,因为蒋介石甚至把电报直接打给了深入贵州境内的这支滇军的团长们。中央红军逼近贵阳机场的时候,安恩溥旅被蒋介石紧急调往贵阳。这让龙云十分不满,他立即命令安恩溥旅返回云南。因为,中央红军已经接近云南边界了。

中央军和滇军一起从贵阳出发向云南推进。

安恩溥旅一直跟在薛岳的中央军的后面,而薛岳的部队则一直跟在中央红军的后面。

四月二十四日,中央红军越过滇黔边界,国民党军的追击部队紧跟着逼近边界上的黄泥河镇。刚刚能看见镇子上空飘着的炊烟,安恩溥就听见前边传来了枪声。可是,薛岳的第九十师并没有发生战斗,官兵们统统坐在公路边上呢。师长欧震走过来对安恩溥说:"进入云南的地盘了,你们熟悉情况,你们走在前面吧,我们支援你们。"确实进入自己的地盘了,安恩溥无话可说,于是命令三团团长郭建臣率部向黄泥河镇发动攻击。

三团在攻击中发现,前面的红军似乎并不想真正作战,而是一边打一边退,三团摸不清红军的真实意图,虽不能退但也不敢贸然推进。此时,只有蒋介石派来的飞机在这个小镇的上空不断盘旋。卫兵给安恩溥送来一张字条,说是飞机上投下来的。字条上写着:"右前方小羊场有一千多红军干部正在集合讲话,盼速派部队围剿歼灭。"签字:航空队队长张有谷。安恩溥立即派四团团长万保邦率部攻击小羊场。可是,滇军一路冲到那个地方,并没有发现红军大部队的影子,依旧只有零散的红军阻击部队。

阻击滇军的,是中央红军的后卫部队第五军团。

早晨的时候,万保邦团被告知,在一个名叫沙寨的村庄里发现红军的踪迹。万保邦当即命令部队进攻。滇军刚冲到村口,就发现大树下坐着一些负伤的红军,双方的枪几乎同时响了。在这个村庄里,红军与滇军的战斗是一场不明情况的战斗。云南特有的浓雾使滇军无法准确地辨认出红军的方位,因此发生的都是近距离的搏斗。混战持续大约一个小时,红军撤退了。晨雾散去后,安恩溥进了村,看见地上有很多大桶,里面是温热的米饭和刚煮熟的豆子稀饭,周围还有一些散落的碗筷。那几个坐在大树下的红军伤员,因重伤无法走动,他们坐在那里一动不动,看着饿急了眼的滇军士兵围在红军留下的大桶周围抢饭吃。

中央红军一进入云南,部队出现伤亡的原因不是滇军的追击而是飞机的轰炸。

　　轰炸突然来临,红军休养连根本没有躲避的时间。一阵猛烈的爆炸声响过之后,硝烟中是一片悲惨的景象:到处是被炸死的马匹和散落的担架。董必武、徐特立和谢觉哉三位老人被土埋了半个身子,躺在担架上的重伤员张宗逊被气浪推出去很远,负责抬钟赤兵的担架员和警卫员都负伤了,而毛泽东的妻子贺子珍军衣已被鲜血浸透。

　　奄奄一息的伤员对休养连指导员李坚贞说:“不要管我们了,快去追队伍吧。如果我们能活下来,就去找部队;如果活不下来,就当是牺牲了。”一个负伤的理发员要求李坚贞把他打死:“给我补上一枪吧,我死也不当俘虏!”李坚贞哭了,她说:“你们都是为革命负伤的,我们怎么能丢下你们不管呢?”

　　红军卫生员不得不就地抢救贺子珍,她的身上一共嵌进大小不一的十七块弹片,其中的一块弹片从她的后背一直划到右臂,形成了一条又长又深的血口子。紧急手术在没有麻醉的情况下开始了,这位坚强的女红军在难以想象的剧痛中没有呻吟一声。

　　为了不拖累部队,贺子珍要求把自己留下,她觉得自己这一回活不了了。她把警卫员叫到面前说:“我不能和你们一起走了。等革命胜利了,如果我还活着,我们会见面的。如果我不在了,有一件事托给你。有消息说毛泽覃已被杀害,我的毛毛不知道在哪里,你要想办法把这个孩子找到。找到了,就告诉他,他妈妈是为革命牺牲的。”

　　这里是少数民族地区,敌人又追击得很紧,一旦暴露身份必定十分危险。休养连把贺子珍的伤势和要求报告给毛泽东。当天晚上,毛泽东带着傅连暲医生和三个警卫员赶到贺子珍身边。毛泽东对依然要求留下来的贺子珍说:“我和同志们绝不会把你一个人留在这里。”在千般苦痛万般磨难面前始终不曾掉泪的贺子珍,在突然降临的难得的温存中双眼含满泪花。

　　安恩溥不知道,中央红军的主力正在前面等着他呢。

　　红军决心把这支滇军彻底消灭掉。

　　四月二十六日,中央红军主力集结于沾益、白水和曲靖一线。下午,红三军团一部包围了沾益县城。晚上,红一军团先头部队包围了曲靖县城,把滇军的一支别动队、一个机炮连、李嵩独立团的残余官兵以及城防民团共两千多人全都困在了县城里。中央红军的主力则部署在通向县城的交通要道上,一场伏击战已经准备完毕。可以肯定地说,如果安恩溥按照蒋介石的命令继续追击红军的话,覆灭近在眼前。但是,在昆明的龙云似乎更清醒地意识到了这个结局,他突然给所有追击中央红军的滇军部队,包括距离中央红军最近的安恩溥旅发去电报,命令他们立即脱离红军,掉头向南,火速返回昆明。至于蒋介石命令滇军追击中央红军的任务,龙云仅留下一小部分滇军走在薛岳的中央军前面做做样子——龙云的这个决定使他的安恩溥旅侥幸躲过了一劫。

滇军的调离使中央红军突然发现一个绝好的机会:国民党军追击部队的前锋没有了,其他国民党军距离中央红军还有好几天的路程,而龙云的调动使滇北金沙江沿岸一带出现了兵力空白,中央红军自南向北迅速穿越云南东部抵达金沙江边的条件已经成熟。

虽然没有等来安恩溥旅,但是为了中央纵队顺利通过沾益和曲靖,红三军团一部向被围困的沾益县城发动了攻击;同时,红一军团二师一部和红五军团三十七团也作出了攻击曲靖的态势。

二十七日,中央纵队安全通过沾益与曲靖之间的公路。

中央纵队刚一通过,周恩来就发现从公路上远远地开来三辆卡车,车上还插着国民党的青天白日旗。周恩来亲自指挥警卫部队伏击了这三辆卡车。押车的是国民党中央军的一个副官。周恩来对这个还没反应过来的副官进行了简单问讯,这才知道卡车上装的是龙云送给中央军的礼物。上车一清点,让周恩来十分惊喜:除了十箱名贵的云南白药、大量的普洱名茶和宣威火腿之外,还有十张精确到十万分之一的云南省作战地图——对于中央红军来讲,缴获地图比其他任何东西都重要。原来,这个副官是薛岳派去昆明面见龙云的,因为他的部队需要云南的作战地图。龙云本来准备用飞机送去,可是飞行员生病了,于是临时改用汽车。也许是因为这些地图太珍贵了,红军对这位国民党军副官给予了宽大处理。多年后,这位副官对自己的这次遭遇依旧心有余悸:"在昆明没有得到红军已经沿着黔滇公路西进的消息,听到向汽车射击的枪声后,才知道进入了伏击圈里。幸运的是,汽车驾驶室前的玻璃虽被子弹击碎,但鄙人没有中弹负伤,而且蒙官兵积德,免除一死,盖红军宽大恩情也。"

二十七日,中央纵队到达寻甸,在一个名叫哨口的村子里宿营。

中央红军走到这里,似乎来到一个岔路口,因为这里南距昆明和北距金沙江的距离几乎相等。

之前,中革军委接到第一军团军团长林彪和政委聂荣臻的电报,电报建议"野战军应立即改变原定战略,迅速脱离不利形势,先敌占领东川,应经东川渡过金沙江入川,向川西北前进,准备与四方面军会合"。林彪和聂荣臻的建议意味着中央红军立即北渡。而所谓"原定战略",是指中央红军不能实现北渡长江时,暂在川滇黔边区活动。

是日晚,中央红军在哨口村召开紧急会议。

会议一开始,由作战参谋孔石泉和王辉报告今晚中央红军各部队的宿营地点,然后由军委总参谋部二局局长曾希圣汇报对敌情的估计和判断,之后会议开始对中央红军如何抢渡金沙江发表意见。

毛泽东不同意经东川渡过金沙江,理由是:一、虽然敌人已经放弃在宣威、威宁一带围歼红军的计划,但是十多万滇军依旧在回援昆明的路上,而且回援的速度很快。宣威距离东川不远,或者说,东川距离正在回援昆明的滇军不远,一旦敌人发现了红军北渡金沙江的意图,会对红军造成巨大的威胁。二、原定的我军一部南下佯攻昆明、大部北出金沙江的计划是主动行为,滇北多山,民情封闭,滇北的元谋距离金沙江很近,对我军安全渡江十分有利。毛泽东让参谋吕黎平在刚刚缴获的云南省地图上标出了各军团和中央纵队从现驻地到达金沙江边的龙街、皎平和洪门三个渡口的行进路线和距离。然后毛泽东作了说明:自攻打遵义以后,红军大胆穿插,机动作战,已经把蒋介石的追击部队甩在了侧后。但是,蒋介石正调集近七十个团的兵力向我尾追而来。其前锋万耀煌的第十三师,距离红军后卫部队第五军团只有两三天的路程。现在,金沙江两岸没有敌人正规部队防守,这使我们北进四川与红四方面军会合有了实现的可能。对于中央红军来说,应趁金沙江沿江敌人布防空虚、尾追之敌尚有一段路程的时机,迅速抢渡金沙江。

接着,毛泽东详尽阐述了红军抢渡金沙江的具体部署和作战原则:第一军团为左纵队,从现驻地出发,西进至元谋,然后迅速向北,抢占龙街渡口;第三军团为右纵队,从现驻地出发,经寻甸北进,抢占洪门渡口;军委直属单位和中央纵队由刘伯承率领,干部团为其前锋,直插皎平渡口。以上三路,从明天拂晓起,均应日夜兼程前进,一路不要费时强攻县城,务必在五月三日前抢占上述各渡口,收集船只准备渡江。红军先头部队北渡之后,要不惜一切巩固与坚守阵地,为后续部队渡江创造有利条件。中央红军若能在五月三日前抢占龙街、洪门、皎平三个渡口最为有利。万一敌人发现红军的意图追击而来,能占领三个渡口中的一个或两个仍会不失时机。最忌的是,滇军得到消息,先我到达江边,下令把各渡口的船只烧毁或撤到北岸。因此,各部队要不怕疲劳,务必在四天之内赶到金沙江边抢占渡口。这是关系全军胜败的关键一步。第五军团为后卫,可派一个加强营进至寻甸以南的嵩明附近徉动以迷惑敌人,使之以为我军准备攻占昆明,其主力随后向西北方向跟进中央纵队渡过金沙江。

与会同志均同意毛泽东的意见。

一九三五年四月二十九日早上,中革军委正式发布《关于野战军速渡金沙江转入川西建立苏区的指示》,指示要求“全军指战员均能够以最高度紧张性与最坚强意志赴之”。

毛泽东的判断是基于对敌情的分析。

有证据显示,当时中央红军的情报部门有破译蒋介石电报密码的能力,还有通过其他渠道及时获取国民党军调动部署的能力。这种能力对在敌军重重围困中艰苦转战的中央红军来讲,是能够绝境逢生的重要原因之一。在贵州转战于赤水河边的那些日子里,如果没有及时准确的情报来源,红军就不可能在敌人密如蛛网的"围剿"缝隙中成功地来回穿越移动。

当时中央红军有个情报局,又称二局,专门负责截获和破译敌台。二局的红军干部,大多是在情报工作方面经验丰富的共产党人,其中有后来担任外贸部部长的李强、邮电部部长的王子纲、总工会副主席的宋侃夫,还有担任过安徽省委书记的曾希圣以及后来成为新中国著名外交家的李克农,他们中的很多人都在苏联接受过情报工作的专业训练。中央负责这项工作的领导人是周恩来。

在蒋介石对中央苏区发动"围剿"作战的初期,由于国民党军的电报密码很原始,因此几乎国民党军的每一封作战电报都能出现在中央红军的指挥部里。甚至有时国民党军队还没有接到电报,中央红军的领导人就已经先看到了。随着国民党军对保密工作的加强,红军也在不懈地改进自己的破译水平。至少自中央红军离开苏区踏上长征的征途以来,国民党军方的电报依旧频繁地被中央红军的情报部门所获取。

蒋介石对红军破译国民党军作战电报的能力已经有所察觉。尤其是在中央红军进入云南后,红军的一名参谋不慎被俘,滇军在他身上搜出了已被破译的国民党军的电文。电文送到昆明,龙云大吃一惊,立即给蒋介石发去一封紧急电报:

急。

贵阳蒋委员长钧鉴,曲靖薛总指挥、宣威李军长勋鉴:

竭密。项在羊街拿获共匪参谋陈仲山一名,瑞金人,现解省审讯。于其身上搜出情报一束,系我军各方往来密电,皆翻译成文。无怪其视我军行动甚为明了,如所趋避。现正研究其译电,系有我方电码本,抑以他种技术译出,并此后宜用何法通信,方免泄漏。特先报闻,详情续达。

龙云。冬末机印。

蒋介石立即回电:

特急。

云南龙总司令:

冬末机电悉。良密。我军电文被匪窃译,实属严重问题。此事只有将另行编印之密码多备,每日调换。凡每一密码,在一星期中至多只用一次,按日换用。密码每部各发十种密本,每日换一种,每十日再另发十种密码。一面如气候良佳,用飞机通信以补之。请兄就近编发密本,照此办理。盼复。

中正。江巳贵参一印。

不知道龙云和蒋介石的这两封往来电报,是否依然被中央红军所截获。

四月二十九日,从贵阳飞抵重庆的蒋介石发出两封重要电报。类似的电报以前蒋介石发过多次,只是这一次抬头更加复杂。复杂的抬头足以说明因为全国的红军都已处在移动中,蒋介石索性决心把他所推崇的堡垒政策推广到全中国,他要求各地的国民党军对修筑式样统一的碉堡要"忍痛奉行":

武昌行营张[张学良]主任、省府张主席,汉口绥署何[何成浚]主任,长沙何[何键]总司令、省府何主席,巴县刘[刘湘]总司令、省府刘主席,贵阳薛[薛岳]主任、省府吴[吴忠信]主席,昆明龙[龙云]总司令、省府龙主席,长安杨[杨虎城]主任、邵[邵力子]主席,兰州朱[朱邵良]主任、省府朱主席,西宁马[马麟]主席:

贻密。查江西剿匪胜利,得力于封锁者居多。从前徐匪窜川,南昌行营曾制有川、鄂、陕、甘封锁匪区办法颁布,惟各省多未切实遵行。本委员长此次入川,详察匪情,认为朱、毛

流窜川、黔各省,既无固定地点可资封锁,即徐匪近来放弃通
[通江]、南[南江]、巴[巴中]老巢,西向窜扰,原颁封锁办法
今已不合实用。兹规定在详细封锁办法尚未改正颁布以前,
各该省军政长官应速督促邻近各县,并村筑寨,辅以碉堡,一
面遵照前鄂豫皖总部所发之民团整理条例,组织铲共义勇队
或壮丁队,充实自卫力量。匪至则将人畜资粮完全集中于碉
寨内,死守待援,实行坚壁清野,与匪断绝交通,使匪无可掠夺
之物财,无可裹胁之民众,行之日久乃自消灭。此其前清曾文
正、李文忠剿灭捻匪之良法。南昌行营师其用意办理封锁亦
著大效。仰该军政长官务须督促奉谕各该县忍痛奉行。各省
政府应速将该省应筑碉寨之县份查明电复,以凭察夺。一面
令各该县将应筑碉寨之地点,需用之经费、材料,迅速筹办,依
法赶筑。碉寨图样另行颁发,仰并知照。

蒋中正。艳未川行参战印。

蒋介石的第二封电报是发给龙云的,他授权龙云直接指挥入滇各
部队,尤其是指挥国民党中央军的时候"不必客气":

限即到。

云南总司令龙:

俭戌机电悉。良密。匪窜元[元谋]、武[武定]渡江,殊
为可虑。刘文辉在金沙江北岸之部队,兵单防广,恐难独任防
堵。中[蒋介石]前令川军郭勋祺部开赴鲁甸、巧家,乃为就
近协助文辉会理部队,以防堵金沙江北岸也。已饬该部整饬
军纪,兄可无虑。至入滇之湘军及各纵队,仍请兄就近直接指
挥,以免往返误时,不必客气。并已电令伯陵[薛岳]前进,一
切遵兄命而行矣。如需严定任务或限期,可以中之名义发布
之。此间已加电各部遵照。

中正。艳戌侍参筑印。

龙云在收到蒋介石的电报的同时,还收到一封署名"香港有影响的人士"发来的电报,电报说:"我同湘黔人士晤谈后得出印象,他们只希望红军早早离开这一地区,而红军是想借道进入四川,因此最好让他们过去,不要动武。"龙云在这封电报上的批示是:"此文符合西南利益。"

龙云,字志舟,原名登云。彝族,彝名纳吉鸟梯。一八八四年出生于云南昭通炎山。他的父亲纳吉瓦蒂在四川凉山拥有奴隶主身份,但龙云出生后因为父亲病逝家境开始衰落。少年龙云长期流浪于云南的昭通与四川的凉山之间,金沙江两岸的险山峻岭使他拥有了圆滑强悍的性格。辛亥革命爆发后,龙云进入云南陆军讲武堂,与后来成为共产党红色武装领导人的朱德成为同班同学。一九一四年彝族青年龙云从讲武堂毕业,担任滇军护国军都督唐继尧的侍从副官,并开始一路青云直上,直至一九二八年被蒋介石任命为云南省政府主席兼国民革命军第十路军总指挥。

对于中央红军的动向,"云南王"龙云并不关心,直到中央红军进入贵州之后,他才开始警觉起来,但仍认为红军不会进入云南。中央红军还在贵州转战的时候,他曾就红军的走向与部下商讨,部下们有两种猜测:一是红军要到富裕的四川去;二是红军在四川过不去长江,很可能要绕道云南,渡过金沙江进入四川。龙云宁可相信前一种猜测,他害怕红军进入云南,更害怕蒋介石借机插手云南事务,以威胁到他在云南的统治地位。龙云的这种担心和害怕,是他根据蒋介石的命令出兵贵州的主要原因——他给滇军下达的命令并不是歼灭红军,而是阻止红军进入云南。

为了阻止红军进入自己的地盘,在短短一个月的时间里,龙云在云南边界地带修筑起两千多座碉堡,加上原来沿着进入云南的主要道路修好的碉堡,龙云修筑起的碉堡已达五千多座,使整个云南俨然成了一个被碉堡围起来的山寨。

但是,龙云担心的事情还是发生了。他派出的部队和他修筑的碉堡没能阻止中央红军长驱直入。这一下,他陷入了两难的境地:与红军打硬仗,不要说滇军没有这个实力,即使有实力,这种想法也是愚蠢的;但是如果不打怎么应付蒋介石呢? 在这种矛盾的心情中,龙云盼望那位"香港有影响的人士"所说的话是确切的。如果红军仅仅是路过云南,那就让他们过好了,而且过得越快越好,云南用不着与红军动武。

龙云正在左思右想,消息传来了:红军有攻击昆明的迹象。一时间,龙云不禁又悲又喜。悲的是,如果红军真要攻占昆明,那就只有拼个你死我活了;喜的是,如果红军仅仅是虚晃一枪,那么正好有了把所有的滇军都调回来的借口。

龙云毫不犹豫地按着令自己窃喜的思路行事了,他在最短的时间内下达了将滇军主力全部从边界调回的命令。但是,接着传来的消息说,红军已经到达昆明郊区,贴出的标语是:拿下昆明,活捉龙云。

最先接近昆明的红军部队,是红一军团第二师。

按照中革军委发布的抢渡金沙江的作战计划,红一军团首先要掉过头来,背对金沙江攻击嵩明县城,然后继续南下逼近昆明。第一师为右翼,第二师为左翼。第二师政委刘亚楼在给干部们交代任务时说:"看看你们谁最先进城。"第二师的先头部队是五团二营。在向嵩明急行军的过程中,二营官兵不断地变换从被俘的民团身上扒下来的军装,接近嵩明县城的时候,他们已经全部变成了"国民党中央军"。二营的装扮引起当地豪绅的误会。云南地处西南一隅,当地人只听说过红军都没有见过。于是,豪绅们不但酒肉招待,还把奉命筹集的军款和军粮都拿了出来,直到吃饱了的红军官兵高喊一声:"同志们!"豪绅们这才恍然大悟,因为国民党军中从来没有这样的称呼。之前,豪绅们甚至还主动强征了挑夫队,于是红军不得不向挑夫们说明身份,同时宣布:愿意留下为红军服务的每天给五角钱,先付半个月的工钱;不愿意的,每人发给一块大洋回家。结果十有八九的挑夫愿意留下跟着红军走。

占领嵩明之后,红一军团立即派出部队配合红五军团一部逼近昆明。其先头连依旧装扮成国民党中央军,在连续夺取了沿途的几个小镇后,一直到达距昆明仅五十公里的杨林。杨林是个大集镇,在这里防守的滇军早已没了踪影。红军打开龙云设在这里的兵站仓库,把大量的布匹、粮食和盐巴分发给贫苦百姓,同时到处张贴"打倒军阀龙云"和"占领昆明"的标语。同时,红军官兵还装扮成当地百姓,在群众中散布"昆明马上就要落入红军之手"的消息。红一军团侦察科科长刘忠率领的侦察连和军团便衣队,通过距离昆明仅十五公里的大板桥接近了昆明的城墙,并在那里发动群众制造攻城用的云梯。

"一个散发着淡淡的法国风情的城市。"曾有外国记者这样描述昆明。这座位于中国西南边陲的省城,在中国近代史上曾经成为法国人的势力范围,因此,无论是建筑风格还是生活情调,都弥漫着宁静的欧洲小镇的气息。红军将要攻打昆明的消息,引起了这座城市的恐慌。滇军主力依旧在回援昆明的路上,城里仅有五百多人的民团。龙云急忙动员所有的警察和宪兵实行戒严,同时不断地催促回援的滇军加快行军速度,而他自己已经做好了一旦昆明陷落即刻逃往缅甸的准备。

四月三十日,就在滇军主力火速回援昆明之际,中央红军分为三路纵队突然北返,开始了对金沙江渡口的偷袭。

红一军团的预定渡口是龙街;红三军团的预定渡口是洪门;红五军团掩护中央纵队,在嵩明和寻甸之间越过红一军团和红三军团,抢夺皎平渡口。在中央红军确定的三个渡口中,皎平渡口被寄予了最大的希望,因为这个渡口的两岸是悬崖峭壁,在这里渡江会出乎国民党军的预料。为了确保抢渡成功,中革军委在皎平渡口方向上投入了最精锐的部队:干部团。

在禄劝县城北面的一个小山村里,周恩来在刘伯承的陪同下来到干部团。充满旱烟味道的小屋挤满了人,周恩来和刘伯承对抢占皎平渡口的作战计划进行了详尽研究,最后决定:以干部团三营为先头部队,由刘伯承和干部团政委宋任穷率领,以当天一百六十里的急行军速度赶到渡口,消灭渡口敌人继而强渡金沙江,巩固北岸阵地;南岸部队迅速收集船只并组织架桥,为主力部队渡江做好一切准备。干部团团长陈赓率领其余的两个步兵营、一个特科营和上干队为后梯队跟进,以当天一百里的速度急行军,然后宿营休息,随后在先头部队抢占的渡口渡过金沙江,占领江北二十公里处的通安,阻击和消灭向渡口增援的川军。最后,周恩来交代了一旦发生最坏情况的处置方式:如果干部团已经渡江,但是渡口没有保住,主力部队无法渡江,干部团要准备在江北单独打游击。

干部团的先头营和后梯队同时出发了。

先头营的前锋是政治八连。政治八连全部由中央红军中年轻可靠的共产党员和共青团员组成,并且全部是干部,有连队指导员、副指导员和政治干事,年龄最小的十六岁,最大的二十岁。他们换上国民党军的军装,不顾一切地向皎平渡口急速奔袭。山路崎岖,走了一个晚上,仅仅休息了十分钟,吃了几口干粮,然后又急促行军。带路的向导是当地常走山路的脚夫,即使是脚夫也被这种强度极大的行军累垮了,于是不得不走一段路更换一个向导。最后找到的向导,是一个熟悉山路的四十多岁的山民,但是这个山民吸食鸦片,烟瘾一上来就无法走路了,因为没有时间让山民停下来吸烟,红军官兵只好两个人架着他疾行。

在距离渡口六十里的一个名叫沙老树的地方,先头营停下来休息了一会儿。先头排带来个胖胖的民团,胖民团挤出一脸笑容向刘伯承报告说:"民团正在奉命烧船。"刘伯承立刻说明了自己的身份,并且要求他为红军提供船只。胖民团说:"报告红军长官,皎平渡口的江边还停着两只船。"刘伯承立即命令先遣连火速赶往渡口。先遣连在三营政委罗贵波、副营长霍海元和连长萧应棠的率领下,在已经暗下来的天色中开始奔跑。午夜,他们听见了江水拍打崖壁的声音。

金沙江,长江的上游。江水沿着川藏边界奔腾而下,在云南的石鼓突然北流,形成了一百一十度的急转弯,在高山峻岭中切出三千多米深的大峡谷。

就在中央红军开始北返渡江的时候,蒋介石急电龙云把沿江所有的渡船全部销毁——"竹木片亦应严密收集或烧毁"。龙云当即下达了封锁金沙江沿江渡口的命令。

皎平渡是金沙江边一个重要的渡口,四川和云南两省往来的盐巴、粮食、皮革、金银、药材都要从这个渡口通过。从皎平镇到江边的渡口一路下山,两边全是峭壁,一不小心就会从山路上滚下悬崖。

干部团先遣连到达江边的时候,皎平渡口已经处于封锁状态,但确实有两只渡船靠在江南岸。红军询问船工之后才知道,这是北岸川军的船。控制了这两条渡船后,干部团的宣传员把在江边开小客栈的张姓兄弟说服了,红军宣传员们说:"红军是专门打土豪劣绅的,现在你们帮助红军,以后红军胜利了给天下的穷苦人分土地。"在张氏兄弟的帮助下,先遣连又找到三条船。

与当地的船工讲好价钱后,先遣连的两个排在连长萧应棠的带领下上船了。渡江的时候没有发生危险情况。船顺利靠岸后,萧应棠立即燃起一堆火,这是顺利登岸的信号。同时,两个排的红军官兵在船工的带领下扑向川军保安队的一个据点。这个据点是厘金局设在这里专门收来往百姓渡船税的。百姓对这个据点痛恨之极,因此带路的积极性很高。红军敲门的时候,里面正在打麻将,话喊出来很是不耐烦,说交税等天亮再说。话音未落,门就被红军官兵踢开了。

萧应棠报告控制渡口的第二堆火也点燃了。

正在往渡口赶的刘伯承悬着的心放下了,他说:"告诉先遣连,往北岸的纵深发展,把川军顶住。命令后梯队赶上去,抓紧时间渡江。"

先遣连奉命继续向北。大家的肚子实是饿了,路边一个小铺子的主人已经跑了,红军官兵在里面放了十几块银元,敛了大约三十斤点心,然后每人分几块边吃边赶路。走了大约十几里,萧应棠连长决定休息。安排警戒哨兵后,红军官兵倒在地上就睡了。但是,刚睡一会儿,萧连长就被推醒了,副营长说前边的路边有座山,如果让川军占领了,可能对主力渡江有威胁。萧应棠立即把官兵们一一叫醒。天亮的时候,先遣连到达山顶,开辟出阻击阵地。

增援的是川军刘文辉部。

刘文辉是一个倒霉的军阀。在争夺对四川控制权的军阀混战中,刘文辉因战败被迫退到川南的偏僻地区。部队编制缩小,士气低落,缺乏战斗力。他的侄子刘元瑭原来是川军的师长,现在不得不勉强混个旅长,手下有四个步兵团、一个手枪营和一个工兵营,驻守在川南会理和西昌一带。刘元瑭得知红军抢渡金沙江的消息后,就一直处在惶恐不安中,因为他和他的官兵被告知,如果当了红军的俘虏一律会被砍头。只是,刘元瑭的官兵也不知如何是好:红军真的来到这里,打吧,不是战死就是当俘虏;不打,避战也会被军法从事。而他们的"上级"刘文辉说:"红军找我这个穷光蛋,拼也完,不拼也完!"进入四月下旬,刘元瑭接到刘文辉的命令:一、红军已向金沙江逼近,有渡江向西康前行的意图;二、红军长途跋涉,疲惫不堪,西康地区地瘠民贫,给养困难,后面又有追兵,必然不能久支,只要我据险阻击,等到中央军到达再转守为攻,定能胜利;三、西康崇山峻岭,悬崖峭壁,山路崎岖,人烟稀少,不利于大军周旋运动,红军必会被消灭在这里。然而,在分析了自己的实力后,刘元瑭的军官们普遍认为:一旦金沙江江防被红军突破,川军就会即刻全线崩溃。虽然兵马未动就已心虚异常,刘元瑭还是强打精神布置了阻击任务。现在,他唯一祈求的是:红军将从云南的巧家和会泽附近渡江,然后直接攻击西昌。因为自己这里是渡江的正道,而红军一向擅长避重就虚。所以,刘元瑭在这个方向上仅仅部署了一个营的兵力,同时命令江防大队大队长汪保卿协助防守。

汪保卿已经被红军干部团的先遣队俘虏了。

汪保卿是当地人,厘金局的头目,他的手下都是江两岸的农民或船夫。他从没有见过红军,不知道红军有多厉害,因此,不但没把江防当回事,而且认为发财的时机到了。刘文辉命令必须把南岸所有的船只拉到北岸,可他偷偷留下两条船做起了生意:单客渡江每人收洋一元,挑担子的加收半元;空马一匹收一元,马背上驮货物的收两元。汪保卿的命令是:"无论谁要渡江都得收钱,连邮差也不例外。"中央红军干部团先遣连最先控制的那两条船,就是汪保卿为了自己发财留在南岸的。

干部团先遣连攻击厘金局的时候,听见枪声的汪保卿从睡梦中惊醒,他带着几个心腹刚一跑到江边,就看见江面上的船正在运送红军。这是他第一次见到传说中的红军。当他听说据点里的人都已被红军俘虏时,立刻顺着通往通安的山路向北逃去。逃着逃着,汪保卿实在害怕对渡口的丧失承担负责,于是又重新组织队伍开始反扑。

萧应棠的先遣连占领路边的高地后,遇到的川军就是江防大队长汪保卿的队伍。

红军仅打了个把小时的战斗,汪保卿的队伍就逃得没了踪影。

小小的阻击战结束后不久,陈赓率领的后梯队跟上来了。为了夺取通安县城,干部团在陡峭狭窄的山路上快速行军。山路的一面是万丈绝壁,川军不断地从山上向下射击,不少干部倒在山路上,但是队伍并没有停止前行。接近通安的时候,川军的阻击更加猛烈,刘元瑭几乎投入了他所有的部队,数团的川军阻击着一个团的红军,战斗进行得十分激烈。肉搏战中,刘元瑭手枪团二连连长被红军的刺刀刺死。红军的冲击部队最后冲到了指挥战斗的刘元瑭身边,刘元瑭立刻下达了撤退命令,率领残部仅四百多人向会理县城逃去。

至此,金沙江皎平渡口的南北两岸,都已在红军的控制之下。

刘伯承在江边仔细查看水情,发现这里根本不能架桥。这时,红军官兵报告又找到两条船,刘伯承大喜过望。在江边的一个山洞里开辟了指挥所后,刘伯承给中革军委发去电报:"皎平渡已在我手中。有船七只,一日夜可渡万人。军委纵队五日可渡完。"电报发完,极度疲惫的刘伯承不禁心生万般感慨,他对身边的人说:"干部团的同志一天走近两百里的路程,是黑夜,又是难走的山路,还有敌人。一个人怎么能一天走这么远的路? 他们走到了,而且还打了胜仗。靠什么? 靠觉悟,靠党。没有这些,根本做不到。"

红一军团官兵在完成佯攻昆明的任务后,奉命火速返回赶往金沙江边,于是官兵们开始了超出常人极限的急行军,四十八小时内跑出整整三百里路。有些官兵因极度疲劳而掉队,遭遇国民党军和民团的追杀。红一军团第一师好容易赶到龙街渡口,却发现这里的渡船已全被敌人烧毁。师长李聚奎为了把浮桥架起来,能想到的办法都试了。多年后,李聚奎回忆说:"我们用绳拴住门板,然后从上游一块挨着一块往水里放,可是由于水流太急,只架了江面的三分之一,就无法再架了。这时虽刚入五月,但金沙江夹在两岸高山之中,在炎热的太阳暴晒下,汗流浃背。我们整整架了两天桥,毫无进展。"同样心急如焚的军团长林彪,在电话里不让李聚奎讲情况,只要求他干脆地回答"队伍什么时候能过江"。李聚奎被逼得一下子火了,在电话里跟林彪顶了起来:"要是干脆回答的话,那桥架不起来,什么时候也过不了江。"林彪一听,比李聚奎火更大地骂起来,骂完了问:"为什么桥架不起来?"李聚奎就把龙街渡口的江宽、流速、没有渡船、没有架桥器材等一口气全说了。

林彪必须让第一军团尽快渡过金沙江,因为龙街渡口的情况已被国民党军的飞机侦察到,如果部队再拥挤在没有任何遮蔽的渡口,定会在敌人猛烈的轰炸中遭遇重创。但是没有船又架不起浮桥怎么办? 中革军委决定红一军团紧急向皎平渡口转移。于是,已经奔走了数百里的红军官兵,仅仅吃了一顿饭,又接着开始了向东的急行军。后来才知道,红一军团在龙街渡口的行动,令蒋介石一直判断中央红军的主力集中在龙街,这在无意间掩护了中央纵队在皎平渡口的渡江。

红三军团占领洪门渡口后,只找到一条船,仅仅把十三团渡了过去。这里的江水同样湍急,红三军团的架桥也失败了,于是中革军委命令红三军团向西往皎平渡口转移。

五月三日晚,毛泽东赶到皎平渡口,并从那里渡过金沙江。

从五月四日开始,金沙江的皎平渡口喧闹异常。数万红军聚集在这个峡谷中,从容而有序地乘船摆渡。摆渡全部靠七条木船完成。大船每次渡三十人,小船每次渡十几人,昼夜不停。木船都是旧的,即使用买来的布匹做了防漏处理,每次渡江的时候依旧漏水严重。白天还可以边渡江边观察,晚上便险象环生。为了保证渡江安全,皎平渡口两岸燃起了大火,大火将金沙江照得满江通明。中革军委制定了十分严格的渡江纪律,官兵还没到达江边就会拿到这个纪律。因此,仅靠七条渡船将数万人渡过水流湍急的金沙江,而且是在前有阻截后有追兵的情况下进行的,如此大规模的成功摆渡不能不说是一个奇迹。帮助红军渡江的船工报酬极其优厚,每昼夜五块大洋外加六顿饭,尽管红军官兵每天只吃青豆,但是他们每顿饭都为船工们杀猪。

红三军团十一团的官兵在皎平渡口过江后,奉命沿江北岸西行阻击增援而来的川军。他们行军的时候,看见江南岸也有一连串的火把,经过联络才知道那是红一军团第一师的部队。于是十一团的官兵一齐喊,让第一师的战友们迅速到皎平渡口去渡江——年轻的红军官兵在深夜的峡谷里喊叫自己的战友,这让荒凉的西南山川间有了从未有过的生命震荡。自从进入云南就没有停下过脚步的红军官兵,隔江看见了同样是红军队伍的火把,他们既紧张又兴奋,所有经历过的疲劳、伤病和牺牲在这一刻都可以忘掉。红军官兵们坚信,无论还要奔袭多远的路途,终会有那么一天,他们能够到达让他们尽情欢笑与歌唱的红色根据地。

蒋介石终于发现了中央红军大规模的渡江行动。他命令国民党军追击部队全力向金沙江南岸推进,要求"不顾任何牺牲,追堵兜截,限歼匪于金沙江以南地区,否则以纵匪论罪"。

作为中央红军的后卫部队,红五军团奉命在一个名叫石板桥的地方阻击国民党军的追击。阻击先是被要求必须坚持三天三夜,然后改成六天六夜;最后,中央红军总政治部代主任李富春亲自来到红五军团,传达了中革军委的最新命令,要求红五军团在这里阻击九天九夜。李富春召集军团团以上干部会议,解释了红一、红三军团在龙街、洪门渡口遇到的困难。李富春说,现在千军万马都要从一个渡口渡江,严峻的情况要求红五军团用鲜血和生命保证中央和全军的安全。会后,军团长董振堂陪同李富春来到三十七团的前沿阵地。在阵地上,李富春听到红军战士们正在唱歌:

> 金沙江流水响叮当,
> 常胜的红军来渡江。
> 不怕水深河流急,
> 不怕山高路又长。
> ……

追击而来的是国民党中央军万耀煌部第十三师。

阻击的红五军团三十七团,原来的番号也是第十三师。

虽然两个第十三师在数天内进行了数次战斗,但是国民党军始终没能突破红五军团的阻击线。

五月四日,中央红军各军团开始从皎平渡口大规模渡江。蒋介石对追击行动进行得十分迟缓的国民党军火冒三丈,他接连发出一封封电报,告知国民党军各部队将领:"须知,不求有功,但求无过,绝非革命军人应有之心理。"同时,蒋介石根据一份避重就轻的情报,给国民党军三十八团代理团长袁镛发出一封"严禁士兵声言与红军无仇"的电报。小小的团长承蒙委员长亲自电示,不敢怠慢,袁镛立即把电报内容向各部队作了详细传达:"……据报各军多有兵声言我等与匪无仇,如匪反攻不战而退,至后有好处,有白米饭吃等语。希即立饬注意严禁,并设法训诫……"

龙云接受了贵州的王家烈被蒋介石搞掉的教训,在薛岳率领国民党中央军到达昆明城下的时候,他虽与薛岳拜了把兄弟,但却用蒋介石刚刚赋予他的"直接指挥"入滇各部队的权力,下令中央军不得进驻昆明——蒋介石要龙云对中央军"不必客气",龙云这次果然没有客气。由此,薛岳给蒋介石发去电报,密告龙云与朱德是云南陆军讲武堂的同学,而且怕是与罗炳辉之间也有往来。

最终完成阻击任务的红五军团于九日晚顺利渡过金沙江。

最后一个过江的三十七团官兵到达江边的时候,看见总参谋长刘伯承浑身汗透正站在闷热的江边渡口边等着他们,红军官兵们顿时心生敬佩。

中央红军的后卫部队渡过金沙江后,在北岸烧毁了所有的船只。

坚持到底的船工每人得到三十块大洋的奖励。

七条船中有一条船被确定是船工自己的,红军给了这个船工八十块大洋作为补偿。

中央红军全部渡过金沙江两天以后,第一支国民党军追击部队才到达金沙江边,除了从江北岸的悬崖上不断向他们打来的冷枪之外,他们连红军的影子都没有看到。

中央红军主力部队开始抢渡金沙江的时候,自四渡赤水后便离开了红军主力的第九军团也在抢渡金沙江。这支红军部队的渡江地点是皎平渡口以东约三百里处的巧家。

被红军官兵称为"掉队掉大了"的第九军团,在中央红军中是一支新部队。一九三三年,第九军团以红三师和红十四师为基础组建。遵义会议后,部队由两个师缩编为三个团,实际兵力仅相当于一个师。因为队伍小,机动方便,因此他们自乌江边重返黔北的大山中后,蒋介石始终无从判断从中央红军主力部队中脱离出来的这支红军到底要干什么以及到底要去哪里。

还在三月下旬的时候,由于佯装红军主力在黔北与敌人周旋的时间太久,当第九军团赶到乌江边的时候那里的浮桥已被拆掉。眼看着红军主力远去,第九军团在瓢泼大雨中陷入困境:追赶主力已经不可能,而身后五倍于己的敌人正向乌江岸边压来。中革军委的电报很简单:第九军团暂时留在贵州,作为一支特殊的游击部队,另寻机会与主力会合。可是眼下的问题是:往哪个方向走才相对安全? 军团长罗炳辉和政委何长工经过紧急磋商,最后决定往回走出约二十里,然后转向西北方向迅速脱离敌人。

沿着乌江边崎岖的山路,第九军团整整走了一昼夜。四月三日下午的时候,他们到达中央红军曾经痛苦徘徊的打鼓新场附近。那里有一个名叫老木孔的地方,被泥泞和暴雨弄得万分疲惫的红军官兵刚想在老木孔休息一下,侦察员的报告使气氛立刻紧张起来:附近发现黔军。部队只好接着走,在老木孔以南二十里的地方又停下来,然而侦察员又报告说:黔军犹国才部的三个团正向这里追击。

打还是不打?

如果打,部队疲惫,打不赢就更无法摆脱敌人了;不打,总是处在被追击的状态中,以后的日子就会处处被动。

军团领导最后决定:打! 把敌人打垮了,才能行动自如,才有可能追上主力。

寻找好伏击点,红军官兵埋伏在山路两侧的竹林中。九团在正面,七团在右翼,八团在左翼。战斗的原则是:集中力量打击敌人的指挥机关,把这股黔军打跑就是胜利。战斗开始的时间定在中午,因为这是黔军普遍犯鸦片烟瘾的时候。伏击圈布置好了,除了警戒人员外,其他的官兵正好休息,他们实在是太累了。

军团长罗炳辉和政委何长工却因高度紧张而无法休息。

三十八岁的罗炳辉是云南彝良人,十八岁那年从家乡步行十七天走到昆明参加了滇军,一九二六年北伐战争时,他已经是滇军中的一名营长。一九二九年,时任江西吉安国民靖卫大队长的罗炳辉率部起义,加入中国工农红军。在红军中,他历任团长、旅长、军长,一九三三年第九军团组建时出任军团长。他的枪法是军中传奇,百发百中,绝无失手,常常听到子弹的呼啸,就可分辨出是盲目射击还是瞄准射击以及射击的距离有多近多远。在后来的抗日战争中,他的一颗子弹竟从两个鬼子的胸膛穿过,钻入第三个鬼子的脑袋,最后嵌进第四个鬼子的胳膊里。罗炳辉身材魁梧,胆力过人,立如一座山,坐似一尊塔,是个能打硬仗的优秀红军将领。他的妻子杨厚珍一直跟随着他,是中央红军中唯一的缠足女性,这位令人钦佩的女性用一双小脚走完了红军的长征。

中午的时候,黔军来了。

红军官兵按照作战部署,看着黔军一队一队地走过去,走了一会儿仍没发现黔军的指挥部在哪里,这才明白情报有误:追击的黔军远不止三个团。但是红军不打也得打了。

下午一时,黔军的行军队伍越来越杂乱,骑马的、乘滑竿的、挑担子的,还有抬担架的,在山路上拉得很长。终于,黔军指挥部开来了——红军的伏击突然间开始了。

没有准备的黔军顿时大乱,指挥部被冲击后瞬间散开。红军官兵跃出阵地追击,没追出多远,黔军就开始了反击。反击的方向是左翼的八团。由于兵力不足,八团边打边退,几乎退到了军团指挥部跟前。危急时刻,罗炳辉把战斗力最强的军团侦察连用上了。一百八十人的侦察连呐喊着向黔军冲去,八团也跟着冲了回去。打扫战场时一清点,俘虏黔军一千八百多名。第九军团无心恋战,把缴获的枪支都毁了,俘虏每人发三块大洋释放,即使有俘虏愿意当红军,第九军团也没要,因为黔军普遍有吸食鸦片的习惯。

四月五日,军团侦察连在长岩镇化装成国民党军,拿着在老木孔战斗中缴获的黔军团长的名片,未费一枪一弹把一个民团收拾了。第二天到达瓢儿井的时候,依旧用老办法,但是被敌人识破,于是伪装变成了强攻。

瓢儿井是大集镇,物产丰富,市面繁华,第九军团自离开遵义北上以来从来没有休息过,打下瓢儿井后,部队在这里休整了三天。三天中,红军官兵打土豪,开粮仓,分浮财,宣传红军的主张,招收了三百多名青年农民参加红军,还在镇上做了八百多套军装。休整之后,他们四天之内走了两百多里,十三日下午到达黔西织金县猫场镇。

这里也是大集镇。与瓢儿井不同的是,猫场镇嵌在深深的峡谷里,镇子的出口是一条名叫梯子岩的小路。小路在一座岩石峭壁上凿出,一百多级台阶,狭窄的地方仅容一人通过。

从军事上讲,这里不适合驻扎。但是,连续的胜利使军团领导产生了麻痹思想,认为仅驻一夜不会有大问题。于是布置警戒后,通知部队凌晨四点半起床出发。

可是,凌晨时分还是出事了。

跟踪而来的是王家烈的一个师。这个师在距离猫场镇不远的一个村庄里宿营。半夜的时候,红军的警戒哨兵看见那个村庄里有手电筒的闪光,立即把情况向自己的团长作了汇报。而这个红军团长麻痹了,认为敌人半夜不敢来,也没向军团首长报告就继续睡觉了。

凌晨四点,距第九军团动身出发还有半个小时,枪声骤响,敌人已经冲进了猫场镇。

混乱中,军团侦察连首先冲上去堵截敌人,军团机关开始沿着那道悬崖上的陡峭台阶转移。部队仓促集合后,三个团想先于敌人抢占有利地形,各团都与敌人展开了白刃战。黔军已经判断出这支红军不是主力部队,因此攻击十分凶狠,迫使第九军团各部队不断地压缩阻击阵地,直至退到那道陡峭的台阶跟前。军团机关直属队仍在通过,大行李和驮着大洋的几十匹马拥挤在悬崖下。如果要想部队全部撤离,必须把敌人顶住相当长的时间,但是,军团可以指挥的只剩下一个三百多人的教导队了。教导队奉命向最危急的右翼堵上去。

军团参谋长郭天民显示出惊人的冷静。他带人先把身体尚未恢复的何长工转移到安全地带,又和警卫人员用肩膀把军团长罗炳辉一步一步地顶上悬崖。然后返回指挥战斗。这个被罗炳辉称为"大管家"的红军指挥员毕业于黄埔军校,一九二七年加入中国共产党,在红军队伍中担任过各级军事指挥员,战斗经验十分丰富。猫场镇战斗从凌晨四点一直持续到下午三点才结束。第九军团损失严重,除了大量的弹药物资被丢弃外,军团一共伤亡四百多人。

从猫场镇撤离后的第九军团在滇黔边界反复迂回,试图摆脱敌人的追击。中革军委曾给他们发来电报,命令他们迅速渡过北盘江进入云南。但是,北盘江上所有的渡口都已被敌人封锁。第九军团又开始在北盘江以北地区不断地徘徊。

最困难的时刻,一位当地的老人给他们带来了希望。这个被当地人称为王三爷的老人主动找到红军,说他赞成红军帮助穷人的主张,又说他曾在私运鸦片的时候用过一个秘密渡口。在老人的带领下,第九军团到达北盘江边的一处荒无人烟的地段,没有船,也没有桥,但是这段江面上耸立着无数块巨大的岩石,形成一排天然的桥墩。红军官兵把木板搭在岩石上,终于渡过了北盘江。

一进入云南境内,军团长罗炳辉利用他在滇军中的影响,率领部队顺利占领了宣威和会泽两座县城。尤其是攻击会泽的时候,城里的绅士和百姓听说"滇人罗炳辉"回来了,坚决要求县长把城门打开,大部分团丁也不愿抵抗,他们把坚持要与红军作对的县长抓起来枪毙了,然后打开城门迎接红军。红九军团不但获得了大量的物资,还发展了数量可观的新战士。罗炳辉后来很有感慨地说:"这一带群众对共产党红军很有认识,欢迎拥护我们,这种情况很难得。"

占领会泽县城后,军团侦察连立即准备渡过金沙江。渡口附近虽没有可以造成威胁的敌人,但是没有足够的船只。当地的贫苦百姓听说后,自发地组织起来为红军找船,竟然很快找到大小船只四十多条。

就在中央红军主力在皎平渡口渡江的时候,第九军团在金沙江下游的树节、盐井坪渡口也安全渡过了金沙江——一九三五年五月十日云南《民国日报》:"罗炳辉匪部,已于五日午后在会泽西方之树节[距会泽约一百七十里]附近,利用多数盐船,渡过长江。"

经过艰苦的奔波转战,渡过了金沙江的第九军团,不但兵力没有减少而且还壮大了。他们携带着一路缴获的多达九万的大洋——这一数目惊人的货币在数月之后给红一、红四方面军采购物资提供了极大的方便——但是大洋实在是太重了,虽雇用了不少骡子,第九军团行军的速度还是缓慢。然而,红军官兵一路上心情很好,因为他们知道与主力部队越来越近了。

第九军团径直向西北方向进入了莽莽苍苍的大凉山中。

就在毛泽东渡过金沙江的那一天,红四方面军脱离嘉陵江狭窄地域向西突击的战斗开始了。

在红四方面军战史上,这次惨烈的战斗被称为土门战役。

从川北的江油西去,便会进入川西北山河交错的地带。这里的山势由东向西逐渐高耸,最初的北川河谷还可以蜿蜒通过,再向西便是绵亘南北、横断东西的一道道巨大山脉,大军根本无法通过。红四方面军一出江油,便进入了干沟、土门和土地岭一线,红军官兵试图通过这里仅有的一条狭长隘路。这条隘路两边山势陡峭,断岩矗立,一路处处是险关:伏泉山、大垭口、千佛山、老君山、观音梁子等,每一处关口海拔都在两千米以上,其中千佛山海拔高达两千两百五十米。红四方面军十万大军一旦决定西进,就必须从这条隘路上通过。

一九三五年四月下旬,包括蒋介石在内的国民党军方高层,依旧对放弃了根据地的红四方面军到底要去哪里猜疑不定。有人认为红四方面军将北出陕南,也有人认为红四方面军将南下威逼成都,唯独没有人想到这支十万人的大军会西进高山草滩。

由于川西北一直是川军将领邓锡侯的地盘,于是当红四方面军渡过嘉陵江开始西进后,邓锡侯多次召集军事会议研究红军的动向。军官们普遍认为,从土门向西便是藏族高寒地区了,语言和风俗不同,少衣缺食,红军断不会向西进入绝路。但是,在茂县代理邓锡侯行使督办权的第二十八军参谋长刘铭吾却三番五次地来电,要求军长尽快派出部队封锁土门隘路——这个刘铭吾如果不是对红军的行动有所察觉,就是害怕红军打到自己的头上来。

最后，邓锡侯决定封锁土门隘路。

茂县地区有森林和黄金资源，封锁了这条隘路，既可以阻截红军进入茂县地区，还可以防止红军经过这里迂回成都平原。

邓锡侯任命第五师副师长兼第十三旅旅长陶凯为松、理、茂、懋、汶屯区"剿共"总指挥，第五旅旅长黄绍猷为副总指挥，临时拼凑起八个旅的兵力负责土门隘路的封锁。这支部队确实是一个大杂烩，八个旅来自哪一个师的都有：其中一支由第二旅三团、第十旅十九团、第十三旅二十六团和二十五团三营、第十五旅的三十团组成，由总指挥陶凯率领，经观音梁子到土门；另一支由第四旅七团、第五旅十团、第八旅十五团、第二师警卫团的四个步兵连和一个炮兵连组成，由副总指挥黄绍猷率领，经灌县到土门。同时，邓锡侯命令在广汉担任城防的第二十五团也向土门前进，另外还征集了藏族马队约六百人归陶凯指挥。

五月一日，川军全部到达土门阻击阵地：一个团在墩上，五个团加两个营在观音梁子一线，两个团在土地岭一线，马队被部署在干沟。如果加上地方武装，川军在这条狭窄险要的隘路上共计部署了约一万五千人的兵力。且不说"一夫当关，万夫莫开"，仅这一万多人的兵马就快把隘路塞满了。

红四方面军的作战计划是：夺取伏泉山、千佛山、观音梁子等要点，控制北川河谷，然后全军突破土门要隘。

正是初夏，天热多雨，山路泥泞而崎岖。

红四方面军第三十军第八十八、第八十九师和第四军、第九军的一部同时向川军发动进攻。

第八十八师师长熊厚发和政委郑维山接到攻击伏泉山的任务后，在山脚下对这处险峻的高地进行了近距离观察。这是卡在山路边的一连串悬崖，山头呈锯齿形，彼此距离很近，可以形成相互的火力支援。川军从山脚到山顶，修筑起一层层的阻击工事，并配备了炮兵支援。第八十八师刚发起进攻，正面的攻击部队就被压了下来，这使两个师指挥员几乎同时想到了二六五团。这个团以打硬仗闻名，特长是搭人梯、登悬崖、攀绝壁、钻草丛、潜深谷，凡是敌人认为根本进不去、攻不进的地方，都可以成为他们的突击方向。这个团的官兵个个不怕死，守纪律，就是在偷袭的时候被敌人发现，也是宁可牺牲绝不暴露目标。团长邹丰明和政委黄英祥都是身先士卒的硬汉子，只要这两个人大刀一挥，驳壳枪一举，全团的官兵就会前仆后继。熊厚发和郑维山决定，让二六五团从川军阻击阵地侧后的一道绝壁攀登上去，进行偷袭。

政委黄英祥带领一营在前，团长邹丰明带领二营和三营跟进，师政委郑维山跟随一起行动。

天黑下来了。二六五团顺着川军阻击阵地之间的一条峡谷摸进去。没有道路，悬崖峭壁上长满带刺的灌木，尖利的岩石像一把把尖刀。不能点火把，更不能出声响，攀登的时候有红军战士滚落下去，但他们即使在滚落的那一瞬间也没有呼喊。从黄昏开始一直到凌晨三时，一营终于摸上了主峰。红军登上伏泉山的时候，防守的川军依旧在睡梦中，即使是哨兵也没有发现身后的动静。待后续营上来之后，红军突然一声呼哨，手榴弹随即在川军构筑的工事中爆炸了。川军在漆黑的夜晚不知道发生了什么，眼前隐约看见的全是胳膊上缠着的白布条和闪着寒光的大刀。川军在狭窄的峰顶上无处可逃，除了被杀和被俘的之外，不少人跌下了悬崖。天色渐亮，占领伏泉山主峰的二六五团开始向山下冲击，山下的二六三团和二六八团也开始向山上冲锋。曙光中，红军的号声震撼山谷，两面受到夹击的川军争相逃命，伏泉山落入红军手中。

九日，红四方面军主力逼近千佛山。

山势极险的千佛山是土门隘路的中心支撑点。一条山路通向主峰，山路的左右都是万丈悬崖。半山有一天然石洞，可以用来藏兵，叫天门洞。第三十军第八十八师和第九军第二十五师多次向千佛山发起正面攻击,都因遇到凌厉的阻击而被迫后撤。黄昏后,第八十八师采用了与攻击伏泉山一样的办法,派出一支精悍的小分队,趁夜晚从天门洞侧后方的悬崖摸上去。天亮的时候,红军小分队突然袭击了防守天门洞的敌人。埋伏在山路上的红军后续部队一拥而上,通过天门洞向千佛山主峰发动强攻,一举攻占了峰顶上的制高点佛祖庙。

邓锡侯这时才意识到,这条固若金汤的隘路很可能就此被红军占据,于是他开始大量地派出增援部队,对所有失去的阵地进行猛烈的反击。连续几个昼夜,土门隘路上各要点的搏斗没有停止过一刻。在川军的作战记录中,到处可见"往复肉搏"、"血战冲锋"和"几全覆没"、"尸骸狼藉"等字样,川军称此一战"为剿匪以来最惨壮之一幕,计共伤亡官兵约二千八百余员名"。

红四方面军的攻击部队准备对隘路上最后一个要点土门实施攻击。

川军总指挥陶凯此刻坐镇在土门。

这里之所以叫土门,是因为地形确如一道坚固的城门。险峻的山岭在茂县、安县和北川交界处形成一道狭窄的山门,山门两侧"把守"着几座险要的高地。为了把土门封死,陶凯设置了三道阻击阵地,每道阻击阵地都配备着机枪和迫击炮,以构成猛烈的火网,主阵地是观音梁子。

徐向前到达了最前沿。

攻击时间定在十五日。

攻击的部署依旧是先由二六五团的一个营夜袭观音梁子主峰,然后第二十五师的两个团担任正面主攻,第二十七师一部和第八十八师的两个团负责侧翼迂回。

红军夜袭成功,接着就发动了总攻。

两个小时后,防守土门的川军前沿阵地被突破。二六三团奉命扼守占领的阵地,其他部队继续向主峰攻击。这里是土门隘路最后的防线了,因此川军表现得十分凶狠,在飞机和炮火的掩护下,川军与红军混战在一起。悬崖上的山路上长满灌木,双方搏斗的官兵被淹没在灌木丛中,只能听见呐喊声和厮杀声,却无法分辨交战的界限。川军的飞机为了给予地面准确的支援,不得不超低空飞行,这令其中的一架飞机由于飞得过低而撞在山崖上。

午后,观音梁子主阵地的顶端出现了红军的旗帜,但是战斗却更加激烈了。川军反复地进行反扑,两小时后,观音梁子上的枪声似乎减弱了一些,原来红军已经分成两路越过观音梁子,包抄了防守土门的川军的侧后,后续的红军部队也开始不断向这里增援。川军营长古友君指挥的部队被完全打散,古营长自己逃进了深山中,川军的作战记录中说此人"从此失踪"。在红军攻击川军的二线阵地时,副总指挥黄绍猷率领的五个营被击溃,他自己和坐镇土门的陶凯一样在卫兵的掩护下逃走了。

防守土门各阻击阵地的川军,分成若干小股在深谷老林中乱窜,给红军的追击带来极大的困难。土门附近密林中的枪声延续了一个昼夜,十六日清晨时分才暂时停歇下来。

川军的作战记录对土门战况的描述是:

> 我陶副师长凯率龚[龚渭清]、黄[黄锡煊]等旅计龚[龚西平]、赵[赵云霖]、陈[陈永昌]、梁[梁冈]四团守土门附近。但各团均系作战残余部队,合计实力只有两团。该副师长奉令后,即以梁、陈、赵三团固守右自观音梁经赤土坡、黑山包之线;以龚团位置于土门为预备队。各团并须派出警戒部队。元日二十一军韩[韩任民]团接守观音梁阵线。我乃改为关口、土门、黑山包至赤土坡之线,固守半月之久,虽经匪几次袭击,均被我击退。删日[十五日]午前一时,匪约四千余,向赤土坡我赵团阵地猛扑,并占领我黑山包高地。我当饬郭营率五、七两连飞援。我官兵奋勇挺进,激战约两小时半,毙匪数十名。我官兵伤亡二十余名,乃得恢复黑山包阵地。同

时我陈团阵地亦被猛攻。该团在七星堡高地之苟连被匪包围。当时观音梁之韩团早已撤去,我梁团右翼甚形暴露,但仍努力撑持,以求挽回战势,并令古营竭力在右翼支撑。匪势愈炽,此时该副师长见战势已无挽回可能,乃向土地岭撤退,并令龚团在干沟收容。我古营与匪鏖战,无法脱离。匪复由人冲梁子直抄干沟,我古营被匪截断,完全覆没。各团退至土地岭时,匪部已直趋茂城[茂县]。我恐被匪截断,乃节节掩护向茂城撤退,但茂城城工颓废,且无粮食,人民逃避一空,兼退下时部队混乱,不易整理,匪复乘势跟进,不得已再向后撤退,以图固守雁门及过街楼一线。屯殖军之三营皆作战残余,在茂县附近被匪截断,向松潘引退后,经懋功回灌整顿。是役伤亡失踪官兵共二千二百余名。

土门战役是红四方面军在西渡嘉陵江后发起的一次大规模山地争夺战。从当时中国工农红军各方面军的战斗力来看,只有红四方面军可以与国民党军进行如此规模的阵地攻坚战。土门战役不仅为红四方面军大规模军事转移开出一条血路,同时还大量地吸引了国民党军作战部队,从而给中央红军在云南方向的北进减轻了压力。据不完全统计,国民党军先后投入到土门战场的兵力多达二十个旅共计十五万人。红四方面军对国民党大军的牵制,一直持续到他们与中央红军会合。

红四方面军突破土门后,各部队在隘路上的每一个要点都与反击的川军进行了艰苦作战。这一阻击过程漫长而残酷,川军从成都、绵阳方向大量地增援而来,猛烈向红军阵地进行反攻,企图将土门隘路截断,而红军作战部队必须不顾一切地保证隘路的安全,因为此时红四方面军的后方机关,包括从根据地撤出来的兵工厂、被服厂、造船队、医院等等,正从这条险峻的山路上通过。红军和挑夫抬着机器、粮食和各类物资经均隘路走了数十天才全部通过。——在记录中国工农红军的战史中,这支红军部队此时的行动被称为红四方面军"长征的开始"。

　　红四方面军突破土门进入川西岷江地域;中央红军从贵州进入云南后急促北上,突破金沙江进入川西北。此时,包括蒋介石在内,没有人怀疑这样一个事实即将发生:中国工农红军中两支最重要的部队,在各自经历了太多的艰难险阻后,终于同处于中国的一个省内并且就要会合了。

　　土门战役进行到最激烈的时候,中央红军逼近了位于金沙江北岸的会理县城。

　　那时,从金沙江防线上溃败的川军刘元瑭部四百多人已经逃到会理,但是川军官兵都知道自己根本无法守住这座县城。这是刘元瑭万分痛苦的时刻:如果抵抗,凭着有限的兵力很难与红军较量;如果丢下县城继续逃跑,仍在一线防御的毛国懋和胡槐堂的两个团就会难逃覆没的命运,到那时自己的家当也就全部丢光了。几天前,他已经派人把自己的太太严容华和姨太太伍碧容送走,临走的时候他各自给了她们一包毒药,嘱咐她们只要被红军捉住就自杀。刘元瑭在无人可以商量的情况下徘徊犹豫,最终他给卫兵下了命令:把太太们追回来,与会理县城共存亡! ——反正都是死,那就置于死地而后生。守金沙江是守一条线,守会理是守一个点。只要拼命守住这个点,反正有蒋介石的中央军在后面追呢,守到中央军来了,红军自然就会退去。

　　刘元瑭立即把防线上的部队全都调回会理县城,并且打电报给位于西昌的川康边防军司令刘元璋请求增援。同时,派出部队到县城外用武力征集百姓的粮食。然后,他开始清除县城周边的民宅,为城防火力打开射界——刘元瑭清除的办法是放火,连续几天会理城外大火熊熊。

　　川康边防军司令刘元璋下辖三个旅,除了驻守德昌的许剑霜旅外,其余两个旅的旅长分别是他的兄弟刘元瑭和刘元琮。中央红军渡过金沙江后,不愿与红军硬拼的刘元璋为了保存实力,把所有的部队都集中在各个县城里。现在,既然亲兄弟要求增援,他便派出一个团前去会理,团长叫聂秋涵。增援部队刚派出去,刘元璋又有点后悔了,他打电话给刘元瑭,建议把根本无望守住的会理放弃算了,免得自己的队伍遭受损失。可是,局势容不得刘元瑭再考虑了,中央红军的先头部队正向会理包围而来,县城附近已经响起了隐隐约约的枪声,刘元瑭即使想撤也撤不出去了。

刘元瑭怕增援的聂秋涵团半路听到枪声返回,亲自率领两个连冲出县城去迎接聂秋涵团。此时,聂秋涵的部队已经受到红军的袭击,聂团长本人大腿上中了一弹。在刘元瑭的掩护下,他仓皇跑进会理县城。刚进城,又有士兵向刘元瑭报告说,从金沙江边往回撤的胡槐堂团被红军截住了。刘元瑭把上衣脱掉,只穿一条短裤,腰上绑上一条红缎钱囊,手提马刀,命令聂秋涵的两个步兵连全部上刺刀,他的一个手枪连也全部子弹上膛,然后带着部队冲出县城北门。经过一场血战,他把胡槐堂团的大部分官兵接进了县城,然后命令立即关闭城门,再在城门上压上几条大石条。胡槐堂团落在后面的散兵到了会理城下,无论怎样叫喊城门也不开了。也有部分逃兵在城门关闭的最后时刻逃进县城,胡槐堂团特务连二排排长庞云就是其中的一个。庞排长和他带着的十多名士兵全部负伤。会理县城里的川军围着他们问县城外的情况。庞排长说,这几个弟兄此前全被红军捉了,红军不但不杀俘虏,还给他们包扎治疗。红军长官和士兵穿一样的衣服,在一起吃饭,对他们说话很和气。不久,会理县城的川军中间开始流传一副对联,没人能说清楚这副联是从谁身上发现的:

红军中,官、兵、夫,起居饮食一样
白军内,将、校、尉,阶级薪饷不同

刘元瑭很快就知道了。他先把包括庞云在内的十几个被红军俘虏过的官兵捆到旅部,不由分说全用马刀砍了。然后在追查对联的来历时又杀了十几个人,最后追究到一个十二岁的小道士身上,于是连同小道士的师傅在内也砍了头。

五月八日夜,中央红军包围了会理。

已经显得有些神经质的刘元瑭提着把大刀,疯子一样地满城乱窜,开始了他噩梦般的守城日子。

除了留一个手枪营和一个步兵营为预备队外,刘元瑭将所有的部队都派上了城墙,每一座垛口两个兵。为了防止红军偷袭,川军把松枝蘸上煤油,然后用弓射出去,燃烧的松枝把城墙四周照得如同白昼。川军还在垛口上摆了装满石灰的瓦罐,以对付搭云梯上来的红军突击队。为了进一步扫清射界,川军把接近城门的两条街道全部点燃,木结构的民居顿时火焰冲天,百姓扶老携幼匆忙逃离。大火一旦点燃就无法扑灭,两条街整整燃烧了两天,大火熄灭之后,半个县城成为一片废墟。

五月九日,中央红军野战司令部发出攻占会理的作战命令:第九军团在金沙江边阻击渡江的敌人;第三军团和干部团负责攻击县城;第一、第五军团负责消灭川军的增援部队。

红军攻击的重点是会理县城的西北角。

有人报告刘元瑭说红军在挖城墙,刘元瑭立即命令各部队在墙根挖大坑,把空坛子放进去,用以查听红军挖墙的位置。果然,川军士兵听见了咚咚的声音,于是就往发出声音的地方灌水。也许是红军真的挖城墙了,也许是因为水灌得太多,十日凌晨,会理城墙的西北角突然发出一声巨响,那里的城墙塌了一大片。红军官兵异常欣喜,趁势往上爬。防守这段城墙的川军连长吴鸣恩顿时慌了手脚,刚要准备撤退,就见刘元瑭提着马刀上来了。子弹横飞,手榴弹的爆炸声震耳欲聋,刘元瑭带领着手枪团和便衣队开始与红军肉搏。负了伤的刘元瑭满脸是血,大喊大叫地督战。由于塌陷的城墙被水弄得十分泥泞,红军的后续部队无法及时增援,再加上吴鸣恩的士兵不断地往城墙缺口处投手榴弹和石灰罐,最后,冲击进来的那些红军官兵全部牺牲。

上午,蒋介石派来的飞机飞临会理县城,向包围县城的红军阵地和所有怀疑有红军驻扎的城外民房开始了狂轰滥炸。在轰炸的掩护下,刘元瑭组织起大量的民夫抢修塌陷的城墙。城里的关帝庙里挤满地主士绅们的家眷,都说是关公保佑县城没让红军攻破,因此那里的香火被烧得浓烟滚滚。中午,一架飞机投下一封信,竟然是蒋介石亲笔写的,内容是:奖励守城官兵赏金一万,刘元瑭晋升为陆军中将。

没有参加攻城的红军部队普遍会了餐,红军官兵还得到了用以购买物品的银元。但是,官兵们都把刚分给自己的银元塞在了伤员的担架上。在红军中,从高级指挥员到年仅十五六岁的小战士,人人都没有个人财产的观念。红军官兵普遍认为,自己只要不掉队不负伤,留着银元没什么用处;而那些担架上的伤员,万一被留下,这些银元可以救他们的命。红军宣传队还编了一出名为《一双草鞋》的活报剧给官兵们演出,内容是中央红军突破了金沙江,追到江边的薛岳只捡到红军的一双草鞋,气得蒋介石直骂娘。剧里的蒋介石依旧由曾经扮演过王家烈的女红军王泉媛扮演。红军官兵很喜欢这个剧,边看边鼓掌。

此时的薛岳正在金沙江边发脾气。使他气恼的并不是一双草鞋,而是当国民党中央军全部到达金沙江边的时候,由于气候闷热,船只很少,各部队根本不听从渡江指挥官的调度,部队之间、官兵之间都发生了打架斗殴的现象,局面混乱得几乎令他无法控制。而且无论是南岸还是北岸,滇军早已经没了踪影。看来,只要红军渡过金沙江进入四川,龙云就可以高枕无忧了。

龙云确实很高兴,但他还是给蒋介石发去一封请求处分的电报:

限即刻到。

贵阳委员长蒋钧鉴:

吭密。今晚十一时接伯灵[薛岳]自富民电话称:我第三纵队本日已到达江边白马口,未与匪接触,江南岸似已无匪。

但万[万耀煌]师与周[周浑元]纵队明晨方能到达指定之洪门、鲁车两渡,有无匪踪,明晨始能明了。等语。据此情形,现虽未接前敌确报,而匪已过江无疑。闻讯之后,五中如焚。初意满拟匪到江边,纵不能完全解决,亦必予痛惩,使溃不成军,借以除国家之钜害,而报钧座之殊恩于万一。讵料得此结果,愧对袍泽。不问北岸之有无防堵,实职之调度无方,各部队追剿不力,尚何能尤人。惟有请钧座将职严行议处,以谢党国。谨此鞠诚上闻,伏祈鉴核。

职 龙云。佳亥机印。

龙云说,听说红军渡过了金沙江,自己痛苦得"五中如焚",没能报委员长"殊恩于万一",无论如何请求"严行议处"。龙云的电报措辞实在虚假,让人读来确实能够感受到他对红军进入四川定在暗暗窃喜。

按照常理,中央红军不该滞留在金沙江北岸,因为身后依旧有国民党军的追击部队。但是,中央红军还是停了下来,因为必须停下来开会。

一九三五年五月十二日,中央红军各军团将领在一天之内接连收到朱德签署的两封电报。

其一:

林、聂、彭、杨、董、李、罗、何、邓、蔡:

甲、我军渡过金沙江,取得战略上胜利和进入川西的有利条件。现追敌企图渡江跟追,但架桥不易,至少须四五天,西昌来援之敌前进甚缓,并企图从两翼迂回。同时,爆炸会[会理]城亦须十四号始能完成坑道作业。

乙、因此,我野战军以扼阻追敌、打击援敌并爆炸会城之目的和部署,决在会理及其附近停留五天[十五日止],争取在长期行军后的必要休息与补充,如情况变化,当缩短此停留时间继续北进。

丙、依上述决定,我各兵团应以备战姿势进行部队中尤其新战士的战术教育、队列整理,开干部及连队会议传达战斗任务,检阅工作,加紧扩红、筹款及地方工作等。但牵制部队须加强沿江警戒,攻城部队须加强坑道作业与收买硝药,其他兵团则须以消灭援敌为一切部署中心,不得丝毫懈怠,以实现全部战斗胜利,以便继续夺取西昌而北上。

朱德

十二日

其二:

林、聂、彭、杨:

A、党中央决于今十二日召开政治局扩大会议,望彭、杨、少奇三人及林、聂赶于今午十四时到铁场。

B、彭、杨不在时,由叶[叶剑英]、袁[袁国平]代理指挥。

C、林、聂不在时,由左[左权]、朱[朱瑞]代理。

朱德

十二号

铁厂是会理城郊的一个小居民点,从地名上看似乎与铁匠铺有关。

五月十二日,中央政治局扩大会议在一个草棚子下召开。之所以选择这样一个地点,为的是容易对空观察,避免遭到国民党军飞机的轰炸——想必会理会议召开的时候,从这里可以望见县城方向冒出的滚滚硝烟。

中央红军渡过金沙江后,敌情暂时得到缓解,但是红军内部的不同意见却产生了。

导火索是红一军团军团长林彪写给党中央的一封信。信的原始内容无从查找,但众多的史料都引述了其核心内容:这段时间以来,部队在云贵川边东奔西跑,行军太多,走了许多不必要的弓背路。难道非走弓背不能走弓弦吗?部队已经精疲力竭,再这样下去会被拖垮。建议更换前线指挥,以改变目前的困境。毛泽东、周恩来、朱德应主持军事大计,前线指挥最好由彭德怀负责。

遵义会议之后,中央红军的行军路线确实极其复杂曲折。

并不是所有的人都能够理解毛泽东的战略意图。

在敌人重兵追堵的情况下,在生存成为唯一目的的时刻,不可能有时间就每一次行动对官兵做出更多的解释,而极度的疲惫令一些红军官兵产生牢骚可以理解。

回首历史,至少不能断言林彪的这封信是在搞阴谋,因为他在信上签上了自己的名字,而且他在信中直白地提出了彭德怀的名字。

会理会议上,还是张闻天首先发言。他在发言中严厉批评了林彪对毛泽东军事指挥战略的怀疑。接着,毛泽东在发言中详尽阐述了自四渡赤水开始,中央红军成功地运用机动灵活的运动战摆脱国民党军队合围和追击的过程。朱德和周恩来在随后的发言中支持了毛泽东的观点。但是,当彭德怀表示他也支持毛泽东的主张时,毛泽东的语气一下子变得严厉起来。他批评红军中有人对失去中央苏区不满,在困难中产生了动摇情绪。更为严重的是,彭德怀感到毛泽东的批评是针对他的,因为毛泽东的话语显示出他认为林彪是受人鼓动才写了这样一封信。果然,当毛泽东面对林彪时,竟是一番语重心长。他对林彪说,我们的战略方针是对的,这一点不容置疑。渡过金沙江后,我们不是摆脱了国民党军的追兵吗?不是实现了北渡长江的计划吗?下一步,要研究同四方面军会合。为了实现我们的战略目的,多跑一些路,走一些弓背,又有什么关系呢?打仗就是这样,为了进攻而防御,为了前进而后退,为了正面而向侧面,为了走直路而走弯路。这不值得发牢骚讲怪话。天下的事,有时并不以你的意志为转移。你想这样,却偏偏一下子办不到;等你转一圈回来,事情恰恰又办成了。遵义会议后,军事领导是正确的,要相信这一点,不要有怀疑和动摇。一直沉默不语的林彪想替自己辩解一下，毛泽东却说："你是个娃娃，懂得什么！"

在中国革命漫长的征战岁月里，毛泽东与林彪之间有着令人难以置信的信任关系。林彪是中国工农红军中最年轻的军团将领，还是令所有的人无论是军事决策者还是冲锋陷阵的官兵最信服的军团将领；他所带领的第一军团是最能打仗的红军部队，与彭德怀率领的第三军团一起每每成为中央红军的前锋部队。林彪给中央写信，提出自己的不同意见，已经不止一次了。早在井冈山时期，他就给毛泽东写信对红军的前途表示担忧，毛泽东用了整整五天的时间给林彪写去一封长达六千多字的回信，这就是后来被收入《毛泽东选集》中的那篇名为《星星之火，可以燎原》的文章。在那封信的开头，毛泽东写道："新年已经到来几天了，你的信我还没有回答。一则有些事忙着，二则也因为我到底写点什么给你呢？有什么好一点的东西贡献给你呢？"在这封信的最后，毛泽东充满深情地告诫林彪的话语后来传遍了整个中国："我所说的中国革命高潮快要到来，决不是如有些人所谓'有到来之可能'那样完全没有行动意义的、可望而不可即的一种空的东西。它是站在海岸遥望海中已经看得见桅杆尖头了的一只航船，它是立于高山之巅远眺东方已见光芒四射喷薄欲出的一轮朝日，它是躁动于母腹中的快要成熟了的一个婴儿。"

中央红军进入云南扎西地区时，曾总结此前战斗失利的原因，大家认为林彪的红一军团没能打下土城和没有顶住川军的攻击，是导致中央红军被迫放弃北渡长江计划的主要原因。林彪作为中央红军主力军团的指挥员，连蒋介石都从来不敢小看他，部队的战斗失利和遭遇同志们的批评令他很是郁闷。接下来，中央红军连续在贵州境内声东击西，红一军团一直处在没日没夜的奔波转战中，甚至曾经一个昼夜奔袭两百里路，林彪的不满情绪更加严重了。中央红军进入云南北渡金沙江，红一军团奉命背离金沙江南下佯攻昆明，然后又奉命限时返回金沙江边，不少官兵在强度极大的行军中掉队。部队渡过金沙江后，林彪萌生了更换红军前线指挥员的念头。他把自己的想法对军团政委聂荣臻说了,遭到聂荣臻的反对。多年后,聂荣臻依旧记得他当时对林彪说过的话:

> 革命到了这样紧急关头,你不要毛主席领导,谁来领导?你刚参加了遵义会议,你现在又来反对遵义会议,你这个态度是不对的。先不讲别的,仅就这一点,你也是违反纪律的。况且你跟毛主席最久。过去在中央根据地,在毛主席的领导下,敌人几次"围剿"都粉碎了,打了很多胜仗。你过去保存了一个小本子又一个小本子,总是一说就把本子上的统计数字翻出来,说你缴的枪最多。现在,你应该相信毛主席,只有毛主席才能挽救危局。

彭德怀,这个耿直倔强从来不肯低头的硬汉,在以后漫长的岁月里,只要一回忆起会理会议上发生的事,便会心情沉闷:"当时也未介意,以为这就是战场指挥呗,一、三军团在战斗中早就形成了这种关系:有时一军团指挥三军团,有时三军团指挥一军团,有时就自动配合。"尽管彭德怀并不知道林彪给中央写信的事,但是在会上,面对毛泽东的批评他没有辩解——"当时听了也有些难过,但大敌当前,追敌又迫近金沙江了,心想人的误会总是有的……我就没有申明,等他们将来自己去申明,我采取了事久自然明的态度……"

彭德怀与毛泽东首次见面,是一九二八年平江起义之后。那时,彭德怀率领起义部队到达井冈山宁冈县,在一间农舍中,他见到了早已听说的那个高个子的红军领袖。毛泽东用彭德怀熟悉的湘潭乡音对他说:"你也走到我们这条路上来了,以后我们要在一起战斗了。"从那时起直至红军转战到会理,他们之间从未有过严重的分歧。然而会理会议以后,毛泽东用一句"你是个娃娃,懂得什么"原谅了林彪,而认为是彭德怀鼓动了林彪的阴影始终在毛泽东的心里。彭德怀说:"主席大概讲过四次,我没有去向主席申明此事,也没有同其他同志谈过此事。"直到一九五九年庐山会议召开时,毛泽东又一次提到会理会议,在场的林彪才表明:"那封信与彭德怀同志无关。"三十五年后,为了新中国浴血奋战一生的彭德怀身陷囹圄,他在一份又一份的自述材料中写下这样一句话:"从现在的经验教训来看,还是应当谈清楚好。"

会理会议进行了两天。

在重大军事决策上没有出现任何争论。

会议确定了中央红军下一步的行动计划:向北前进,穿过彝区,抢渡大渡河,实现与红四方面军的会合。

会理会议召开的时候,红三军团和干部团对会理县城的攻击始终没有停止。五月十五日,随着一声巨响,会理城墙终于被红军利用挖地道的办法炸开一个缺口。但是,由于守城的川军还在大量灌水,爆炸的威力受到严重减损,城墙坍塌处的缺口不大,虽然红军官兵拼死突击,最终仍被川军的火力所封堵。

这个夜晚,会理成为一个癫狂之地,枪炮的闪光横贯县城上空,川军点燃的大火将四野照得一片通亮,城墙上的川军大喊大叫如同开了锅一样,刘元瑭甚至把县城里的小学生都动员起来上了城墙跟着喊叫,似乎喊叫得越凶会理县城就越安全。结果,成百上千人的叫喊此起彼伏,连绵不断,震荡夜空。喊叫持续了一个晚上,清晨时分,刘元瑭却发现红军没了踪影。

五月十五日,中央红军从会理出发了。

这支经历了重重艰难险阻的红军,此刻已经有了十分明确的前进目标:北上,与强大的红四方面军会合。

就在中央红军从会理出发的第二天,红四方面军在茂县召开了高级干部会议。还在江油的时候,红四方面军破译了蒋介石与川军的通电。从敌人的电报中,张国焘得到一个令他吃惊的消息:中央红军仅剩不足三万人了。茂县会议的议题之一就是:如何尽快占领有利地区,迎接中央红军的到来。会议决定由第三十军政委李先念率领第八十八师、第二十五师、第二十七师各一部西进小金川地区,扫清敌人,并派出联络部队去寻找中央红军的先头部队。会上引发争论的是关于欢迎中央红军的口号。徐向前不赞同陈昌浩提出的"欢迎三十万中央红军"的口号,尽管当时红四方面军的官兵都认为中央红军有三十万之众,但至少红四方面军的高级将领们已经获悉中央红军遭受了巨大损失。最后,会议决定成立中华苏维埃共和国西北联邦政府。

一九三五年五月三十日,张国焘以中华苏维埃共和国西北联邦政府主席的名义发布《中华苏维埃共和国西北联邦政府成立宣言》。宣言指出:"中华苏维埃西北联邦政府的成立,树立了西北革命斗争的中心,统一了西北各民族解放斗争的领导,从此南取成都、重庆,北定陕、甘,西通青、新,进一步与中央红军西征大军打成一片。中华苏维埃革命不仅在东南各省更加巩固发展,从此在西北也打下了强固的基础,这便是给帝国主义国民党蒋介石一个致命的打击,同时也是赤化全西北具体的开始。"宣言表明:"只有中华苏维埃中央政府和西北联邦政府,才是中国和西北民众自己的政府,唯一救中国救西北救穷人的政府。苏维埃西北联邦政府坚决实行中华苏维埃政府的全部政纲!"宣言最后号召:"全中国工农群众们!各民族穷苦弟兄们!快快起来为中国和本民族的独立自由,为了民众自己的生路,快快武装参加作战,苏维埃西北联邦政府誓率红四方面军三十万健儿和你们拼最后的一滴血!"

西北联邦政府的成立,日后成为张国焘架空中央的证据之一。

另一个证明张国焘野心的证据,是他随后以主席名义发布的《中华苏维埃共和国西北联邦临时政府布告》:

> 西北革命的总指挥部中华苏维埃西北联邦临时政府,遵奉中华苏维埃中央政府的命令,于苏共五年五月三十日在红四方面军伟大胜利,西北一万万五千万汉、回、番、蒙、藏、苗、夷劳苦群众热烈斗争和拥护之下正式宣告成立。

本政府自成立日起,坚决率领红四方面军三十万健儿,陕甘红二十六军、陕南红二十五军、川南红九十三军,并团结和领导西北一万万五千万民众配合中央红军六十万西征大军,以钢铁力量贯彻下列主张:

一、联合一切反蒋反帝的力量,工农劳苦民众武装打倒出卖康、藏和西北,出卖中国的卖国汉奸蒋介石、刘湘、胡宗南、邓锡侯和一切卖国的国民党军阀,驱逐帝国主义出四川出中国,收复康、藏,收复东北、华北,保卫西北领土,为救中国救西北血战到底;

二、实行各种保护劳苦群众利益的政策,取消国民党军阀的苛捐杂税,没收地主阶级的财产、土地、粮食、衣物、茶叶、布疋、牛、羊,分给穷人和回、番、蒙、藏、苗、夷民众,工人八小时工作,增加工资,保护劳动妇女和劳动青年的利益,穷人有吃有穿;

三、实行民族自决权,回、番、蒙、藏、苗、夷各民族得组织自己苏维埃或人民革命政府,各民族一律平等,得各以自己的意志,各族联合起来加入本西北联邦政府,政教分离,信教自由;

四、给广大工农劳苦民众以言论出版集会结社的自由,欢迎革命学生和脱离反动统治的知识分子和专门家到苏维埃政府下边工作,欢迎白色官兵投诚,参加红军分土地,和红军一路去打帝国主义国民党。

本政府号召各地工农和弱小民族的劳苦民众一致武装起来参加作战,为实现这些主张而斗争,实现赤化全川、赤化西北的完全胜利。

本政府是西北一万万五千万工农和回、番、蒙、藏、苗、夷劳苦群众的政府,一切对穷人和弱小民族有好处的事情,本政府誓以全力实行,一切危害和侵犯穷人和弱小民族利益的匪类,本政府坚决消灭之。

　　特此布告周知。

主席　张国焘

中华苏维埃共和国五年五月

　　尽管张国焘自任主席的这个"联邦政府"打着"遵奉苏维埃中央政府的命令"的旗帜,但是,苏维埃中央政府从来没有批准成立这样一个"联邦政府"——与彻底放弃川陕根据地一样,这是张国焘独自作出的决定。

　　在中国工农红军两支重要的主力军即将会合之际,张国焘成了政府主席的确令人疑窦丛生。

　　尽管在红四方面军与中央红军的中间,还横着一条比金沙江更危险的大河,但是,对于经历了太多苦难与艰辛的红军官兵来说,两军会合无异于一个盛大的节日。

　　红四方面军为迎接中央红军开始大量地筹集物资,并且号召全体官兵每人都要准备一个礼物送给中央红军的官兵。

　　张国焘给毛泽东准备的礼物是一个"联邦政府"。

第十三章　喜极之泪

1935年6月・四川达维

川军旅长许剑霜驻守德昌。

红军将领刘伯承在川军中任第一路前敌指挥时,许剑霜曾是刘伯承手下的一个团长,一九二六年参加朱德、刘伯承领导的泸州起义和安顺起义。起义失败后,他投靠了在四川陆军讲武堂时的同学刘元璋。

德昌原来的守军只有许剑霜旅的一个营。当得知中央红军从会理继续北上很快就要达到德昌时,川康边防军司令刘元璋本来准备把德昌也放弃,以便集中兵力守卫川南重镇西昌。但是,德昌是一个富裕的县城,县城里的不少豪绅又是他的相识,在这些豪绅的一再恳求下,刘元璋觉得这个时候无论如何不能抛弃朋友,于是命令许剑霜率一个团前往德昌加强防守力量。

许剑霜到达德昌的时候,刘伯承写给他的信也到了。刘伯承在信中除了重叙旧谊之外,奉劝许剑霜不要与红军为敌,让开一条道路给红军通过。许剑霜反复权衡利害之后,让亲信把这封信火速送交刘元璋,并恳切地建议刘元璋接受刘伯承的要求。

信送走之后,许剑霜没有得到刘元璋的回音。

一九三五年五月十六日黄昏,中央红军先遣部队红一军团第一师一团到达德昌外围的隘口丰站营和八斗冲,川军仅仅打了几枪就撤退了,而且一退便无影无踪,中央红军顺利地进入德昌县城。

德昌果然物资丰富。

中央红军的后续部队在这里休整了两天,想必刘元璋的那些豪绅朋友们损失巨大。

丢弃德昌的许剑霜退回西昌,立刻遭到刘元琮和那个被蒋介石擢升为陆军中将的刘元瑭两兄弟的辱骂。刘元琮早就有兼并许剑霜旅之意,因此两兄弟坚决要求把"通敌"的许剑霜杀了。刘元璋平时就很难驾驭这两兄弟,他也明白他们杀许剑霜的真正意图;而如果真把自己昔日的这个同学杀了,恐怕连自己的地位也很难保住。于是,刘元璋说:"哪有通敌的人会把敌人的信送给我的?"

天很蓝,风很猛,从会理北上,中央红军的队伍一直沿着安宁河谷前进,河谷东为大凉山,西为雅砻江流域山脉。这里是四川西南部最偏僻的地区,但却草木葱郁,山花怒放,整个河谷犹如一条景色秀丽的走廊。沿途集镇和村庄里的百姓大部分跑了,因此,红军的队伍穿行时寂静无声。最穷苦的人照例对红军的到来很感兴趣,红军官兵和他们搭话,送给他们食物。胆子大些的小贩在路边卖面饼和汤圆,冲着红军的队伍大声吆喝。

过了德昌,再往北就是西昌了。

刘元璋坐镇西昌,决定死守,并调集自己指挥的所有部队向西昌靠拢。

在西昌,比刘元璋的国民党正规军更霸道的,是地方武装邓秀廷的队伍。邓秀廷在西昌一带是著名人物。邓家世代居住在这里,家族上溯几代就已形成强大的势力,其祖父被称为"九蛮王",在这里的彝民中具有相当的号召力。邓秀廷接了其祖父的班当上地方团总。他照搬祖父"以夷治夷"的办法,挑拨彝民不同分支族系之间的冲突,自己从中操纵控制,并动用武力屠杀反对他的彝民。几年前,他"征剿"西昌附近的马家彝人,竟一口气烧毁三十多个彝寨,杀死一千多人,灭了彝族中的五个分支族系,结果"远近支彝望风投降"。这样一个土匪式的人物,却被国民党政府正式任命为"彝务指挥官"。邓秀廷的部队虽然仅有两个团,但是他有随时调集上万彝兵的能力。中央红军北渡金沙江的时候,邓秀廷奉命防守距西昌上百公里的宁南一带。他率领一个团和五千彝兵赶赴宁南,中途遇到从金沙江前线溃逃回来的刘元璋的部队。国民党正规军的狼狈溃逃,令邓秀廷平生第一次感到了恐惧。因此,在接到增援西昌的命令后,他的部队一路行动迟缓。走到一个名叫黄水塘的地方时,邓秀廷接到了刘伯承的信。信的内容有两点:一是红军不以彝民为敌,即使彝兵向红军开枪红军也不会还击;二是红军北上的目的是去抗日,因此路是一定要过的,如何对待红军请邓秀廷自己考虑。这个著名的红军将领曾经是著名的川军将领,刘伯承的信让邓秀廷很是犹豫不决。打吧,刘伯承的厉害人人皆知,自己恐怕打不过红军;不打吧,在刘氏兄弟那里怕是说不过去。邓秀廷召集手下人反复商量对策,最后决定看情况再说,能打就打一下,不能打就赶快跑,当然要是能趁机捡回点枪支弹药什么的更好。邓秀廷把部队布置在安宁河谷两边的山上,然后对彝兵军官们说:"今天的事,不比往常,要当心些,非有我的命令,不能开枪。"

在德昌通向西昌的河谷中,中央红军的先头部队走进邓秀廷的防区。趴在草丛中观察的邓秀廷,在看见红军的那一瞬间就决定绝不能开枪,因为"红军的部队来得很密"。眼看着红军陆陆续续走过了河谷,突然,枪声响了,是一个不听约束的彝兵开的枪。这一枪响过之后,不少彝兵跟着开了枪。邓秀廷怒火万丈地用彝话大声制止,而河谷里的红军不但没有还击,而且还大声地喊叫起来。懂得汉话的邓秀廷听见红军在喊:"汉彝一家,汉彝是兄弟。"混乱很快就平息了。但是红军刚过去,国民党军的飞机来了。彝兵绝大多数没见过飞机,他们像打鸟一样开始朝飞机射击。邓秀廷马上命令他的副官把事先发下来的对空识别标志拿出来铺在地上。可副官仅记得对空识别标志似乎是在哪个马驮子里,于是开始一个挨一个地找。正找着,炸弹就朝他们扔了下来。一阵猛烈的轰炸之后,邓秀廷的部队二十多人被炸死,其中包括一个名叫邓华钦的连长。收拾了混乱不堪的部队,邓秀廷一撤就撤到西昌以北六十公里处的冕宁。他的撤退使西昌外围没有了任何防守部队,川西南的这座重镇被彻底暴露在中央红军面前。

西昌城坐落在富饶的西昌坝子中。这里是川军刘元璋部的最后防线,如果西昌失守,刘元璋的部队将无处可去。因此,为了守住西昌,刘元璋构筑起三道阻击线:第一道是城外的旧城城墙;第二道是依安宁河构筑的工事;第三道是拆除南门外西街商业街的所有房子,只留下那面沿街的墙壁作为阻击掩体。对于这道阻击线的修筑,刘元璋很是动了脑筋,因为约两里长的西街是西昌城最繁华的地段,店铺林立,商贾云集,如果要彻底烧毁,定会激起民愤。但是,刘元琮坚决主张烧,说如果不烧,红军的攻城部队就会利用这些房屋接近城墙。西昌一旦失守,命都保不住,还管什么民愤不民愤。刘元璋还是犹豫,说烧也要等红军接近时再烧,那时候可以说是红军放的火。两人之间关于烧与不烧争吵不休,最后用电报请示位于雅安的军部,军部回电说等红军接近的时候再烧不迟。但是,刘元璋还是放心不下,那些靠近城墙的民房确实是大患。想了一夜,第二天刘元璋召集商会代表和士绅代表开会。会上,刘元璋极力渲染红军的厉害,说要守住西昌城必要烧掉西街,但是烧街又会使民众损失很大。说到这里的时候,他真是一副痛苦为难的样子。结果士绅们纷纷表示,为了保全西昌,愿意承担烧街的损失。刘元璋趁势赶紧暗示士绅,让他们联名写一个请求烧街的请愿书。拿到了"请愿书"的刘元璋胆子一下子大起来,在中央红军的先头部队距离西昌至少还有三十里的时候,刘元琮就下达了放火的命令——先是把城门用石条顶死,然后从城墙上往下泼洒煤油。火一点燃,不但繁华的商业街被烧毁,比邻的两条街也被焚毁了。

刘元璋和他的官兵紧张地等着红军的攻击。

等了一夜,未见动静。

天亮的时候,有人报告说,红军的队伍在西南十五里的地方整整走了一夜,现在往泸沽方向去了。

消息在西昌城内传开,刘元璋立即受到猛烈抨击,士绅们纷纷要求他赔偿损失。

中央红军绕过西昌北上泸沽县城。

从这里再向北前去大渡河有两条路：一条是大路，偏向东北，从越西到大树堡渡河，河对岸是富林，直通成都。另一条是小路，偏向西北，经冕宁，通过彝区，到达安顺场，渡过大渡河后是雅安地区。自古以来，从川西南北渡大渡河，来往行旅客商只知大路，因为那条小路不但崎岖难行，而且彝区不准汉人通过。

在大渡河布防的是川军刘文辉的第二十四军，其中，第四旅守泸定桥一带，第五旅守安顺场和富林一带。同时，刘湘派出的增援部队正沿着大路向富林开进——国民党军判断中央红军要走大路。

五月二十日，中央红军先遣队到达泸沽。

刘伯承认为，如果川军死守横在大路上的富林，中央红军要从大树堡渡口渡过大渡河十分困难，因此建议中革军委改变行军路线，选择小路从安顺场方向渡过大渡河。关于必经彝区的问题，先遣队司令员刘伯承说，彝族分黑彝和白彝，黑彝是纯粹的彝族血统，是彝族的上层；白彝是彝汉混血，属彝族的下层。他们之间有矛盾，矛盾的主要起因是彝人对汉人的猜疑和敌对，这是国民党当局长期奉行民族歧视政策的后果。但是，只要红军工作得当，是有通过的可能的。聂荣臻对刘伯承说："不管黑彝白彝，总比刘文辉好说话吧？"两个人统一意见后，立即给中革军委起草电报，电报的具体建议是：从泸沽兵分两路，主力部队和中央纵队秘密改走小路，从安顺场附近渡过大渡河。同时，派左权和刘亚楼带领红一军团第二师五团，佯装主力，继续顺着大路前进以迷惑敌人。由于中革军委正在行军的路上，电报无论如何也联系不上，时间不能耽误，刘伯承命令继续呼叫军委电台，同时先遣队向冕宁前进。出发前，刘伯承专门给先遣队作了动员：红军就要通过彝区了，彝人对汉人猜疑很深，语言又不通，他们可能会向我们开枪射箭，没有命令绝对不能还击。

晚上，在中共冕宁地下党员廖志高和陈野萍的带领下，刘伯承率领中央红军先遣队进入冕宁县城。这座县城里竟然没有任何一支川军防守。为了不打扰居民,先遣队司令部设在县城内的一座天主教堂里。红军进驻的时候,刘伯承把教堂里的神职人员集合起来,向他们宣传了红军的宗教政策。教堂里的几个法国修女对面前这个被传说为"土匪首领"的红军将领居然能讲一口流利的法语万分惊讶。

五月二十一日,中革军委在接到刘伯承、聂荣臻的电报的当天,向中央红军各军团下达了向安顺场前进的命令:

林、刘、聂、彭、杨、董、李、罗、何、邓、蔡:

......

各兵团今二十一晚至明二十二日晚行动部署如下:

1.刘、聂率我先遣第一团续向拖乌、筲箕湾前进,日行一百二十里,准备至迟二十四号午前赶到渡口。左[左权]、刘[刘亚楼]率我第五团,如查明越西无敌或少敌应迅速进占越西,并侦察前至大树坪、富林及由越西至海棠之线中间向西去的道路、里程;如小相岭或越西有敌扼守,则五团应伪装主力先头在登相营或小相岭扼制该敌。一军团主力今晚二十一时起开往冕宁,以便随一团前进并策应其战斗。

2.军委纵队今夜进至石龙桥[冕宁]。

3.五军团今晚二十一时起经泸沽开至石龙地域,准备二十三日超过军委纵队,仍归林、聂指挥。

4.三军团除留必要部队带电台监视西昌之敌,以掩护和接应九军团今夜或明日通过西昌外,其主力今夜应进至起龙、礼州地域。

5.九军团通过西昌城外进至锅盖梁及其西北地域后,应即布置掩护阵地,筑野战工事,以便扼阻西昌及由南来之追敌。

C、为绝对保持改道秘密,必须:

1.泸沽至冕宁道上严禁被敌机发现目标,不准挂露天标语,上午七时半至十时半,下午三时半至五时半,严禁部队运动。

2．一军团部队对去路，三、九军团对来路，要断绝行人出去。

3．严密搜捕敌探。

D、冕宁至渡口有两站缺粮，各兵团应在礼州、冕宁之线补充粮食，离冕宁时带足三天。

E、关于搜集架桥材料，经冕宁起应严格执行昨日电令。

朱德

二十一号十八时

对于中央红军来讲，在遭遇巨大损失的湘江战役之后，一次近乎赴汤蹈火的行动就此开始了。

毛泽东和蒋介石此时都在读同一本书：清末北洋幕僚薛福成所著的《庸庵文续编》，书中记述了一八六三年一支农民起义军在大渡河边全军覆没的悲惨遭遇。

大渡河，长江的支流之一。河不甚宽阔，但水流汹涌，河床上乱石丛生，河面上漩涡处处，自古无法泅渡，一旦失足落水，无论水性多高超也必死无疑。大渡河两岸悬崖陡立，一条在悬崖上凿出的小路沿河而去。要想渡过大渡河，只能靠木船摆渡，由于河水流速极快，必须把渡船拉到渡口上游几里之外，然后放船，船工奋力闯渡，才能将船斜冲到对岸。

七十二年前，太平天国石达开的部队在大渡河边被清军包围，结果是伏尸遍地，血流成河，四万农民起义军最终全军覆灭。

太平天国翼王石达开的命运起伏，几乎是太平天国起义兴衰史的写照。一八五四年，石达开受命主持军务，这个聪慧勇猛的农民领袖很快以痛歼湘军水师、收复武昌、进军江西而声名大振。在接连占领了五十余座县城后，石达开的农民起义军把湘军将领曾国藩困在南昌城的大营里。接着，农民起义军的占领区连接了皖赣鄂三省的广大区域，开创了太平天国的鼎盛时期。一八五六年，太平天国内部的互相残杀开始,石达开受到洪秀全的猜疑,这迫使他于一八五七年率二十万起义军离开南京城,开始了长达六年之久的辗转作战。这是一支没有后方支援和保障的部队,先后进入浙江、福建、湖南、广西、湖北、云南、贵州和四川,不断地在清政府军的围剿下遭遇重创。一八六三年的春天,石达开率残部四万人从云南渡过金沙江北上,到达川西南西昌附近。

石达开的计划是:渡过大渡河,夺取四川平原。

石达开离开西昌之后的北上路线,正是现在中央红军要走的那条通往大渡河的小路:经冕宁到达大渡河边,渡河后至雅安地区。在这条崎岖的小路上,石达开买通彝族土司,于五月十四日到达安顺场。安顺场渡口三面临山,一面临河,没有任何回旋余地。被收买的土司突然改变立场,配合清军将四万农民起义军紧紧包围。石达开率部在大渡河南岸整整徘徊了一个多月,多次企图渡河,都因水流湍急以及清军的阻击而失败。其间,在一次强渡时,大军已经渡过一万人马,但是天黑了,石达开认为渡过河的前锋将背水作战,没渡过河的部队将与前锋被截为两段,于是,一向用兵谨慎的他下令已经渡过河的那一万人撤回来:"我生平行军谨慎,今师渡未及半,倘官军卒至,此危道也,不如俟明日毕渡。"——既然有时间又有能力把已经渡过河的一万人撤回来,为什么不连夜再抢渡过去一万人以巩固对岸渡口?——当农民起义军再一次准备强渡时,石达开的一个妻子在大渡河边生了个儿子,被围困的大军立刻停止渡河,决定在这个绝地"庆贺三天"。三天过去了,大渡河水由于山洪暴发"陡高数丈",石达开四万人的大军因此被困岸边。清军趁机连日发动猛攻,起义军苦战之后粮弹断绝,大渡河上漂满了起义农民的尸体——"浮尸蔽流而下者以万计余。"最后时刻,石达开决定率领起义军决死一战:"吾起兵以来十四年矣,越险岭,济江湖,如履平地,虽遭难,亦常噬而复奋,转退为攻,若有天佑。今不幸陷入绝境,重烦诸君血战出险,毋徒束手受缚,为天下笑,则诸君之赐厚矣!"但是,清军已经逼近起义军的大本营。面对即将全军覆没的悲惨结局,石达开决定"舍命以全三军"。他写信给清廷四川总督骆秉章,求自己一死而赦免他的部下。骆秉章假意受降。六月十三日,石达开命令士兵把他的五个妻妾全部扔进大渡河,然后自己一人走向清军的营帐。被俘后的石达开在成都经过严刑审讯,最终被清政府以极其残酷的"凌迟"处死。而他的部下两千多人并没有被赦免,在放下武器后全部被杀。

现在,进入大渡河地区的中央红军依然没有退路:后面,有国民党中央军薛岳和周浑元的追击部队;西面,有滇军孙渡部沿着雅砻江的布防;东面,有川军杨森的第二十军和郭勋祺、陈万仞等部的联合阻截;前面,大渡河上的主要渡口已经布满川军刘文辉的部队——中央红军进入了一个狭窄封闭的地域里,如果一旦被大渡河所阻挡,挣脱被围歼的命运必将是一场血战死拼。

蒋介石再读《庸庵文续编》时感受复杂。当中央红军渡过金沙江后,他曾经部署在金沙江与大渡河之间彻底消灭红军。但是,计划还没有执行,他就被中央红军在渡过金沙江后停留会理所困扰了。蒋介石并不知道红军在会理停滞不前是在开会解决问题,而是认为红军在会理停留多天必有蹊跷——在与共产党人的多年对立中,毛泽东给了蒋介石太多的意外,以致现在无论红军做出什么举动,蒋介石都会首先感到其中有诈。但是,等了几天之后,蒋介石发现毛泽东并没有什么惊人之举,而是沿着当年石达开的路线北上了。这时,他想起中央红军刚刚离开江西苏区的时候,鄂豫皖"剿匪"总司令部秘书长杨永泰说过,红军很可能渡过金沙江进入川西。当时,蒋介石认为这是绝对不可能的事:毛泽东是懂得历史的,中国版图如此之大,毛泽东为什么非要走石达开的死路?疑惑重重的蒋介石在忐忑不安中度过了几天,当情报最终证实中央红军向着大渡河边的安顺场走去时,蒋介石这才感到毛泽东成为"石达开第二"的结局已经注定。

之前,中央红军曾在无线电中收听到《四川日报》的一条新闻,题为《蒋介石委任杨森为大渡河守备指挥并以骆秉章诱杀石达开相勖勉》:

六日本报载杨森将衔新命,现此种新命已经发表。十五日蒋委员长自昆明来电,任命杨森为大渡河守备指挥,并拨二十一军、川康军一部约四旅,归其指挥调遣,借以巩固雷[雷波]、马[马边]、峨[峨边]、屏[屏山]防务,保障川南。蒋委员长原电中,并以清代活捉石达开之川督骆秉章相勖勉。现杨森氏已遵命就职,亲赴大渡河积极设防,准备予匪以迎头痛击。

雷波、马边、峨边、屏山四县,全都位于通往大渡河的大路以东方向,蒋介石把防守的重点并没有放在从冕宁向北的安顺场,这说明他依旧不相信精通历史的毛泽东会选择与石达开完全一样的旧路。

对于川军杨森,毛泽东并不熟悉,与杨森熟悉的朱德说,蒋介石的这个任命是"一石两鸟",既考验了杨森对他的忠诚,也可借此机会拉拢杨森,促使杨森率川军与红军血拼一场。蒋介石判断中央红军一定会避免走石达开的旧路,毛泽东对这样一种心理十分清楚;但是毛泽东认为,石达开之所以被围困在安顺场而不能渡河,根本的原因是他收买的那个彝族土司背叛和出卖了他,不然清军也无法顺利地通过彝区来到大渡河边。毛泽东说:"顺利渡过大渡河的关键是和彝人关系的处理。"在给刘伯承率领的先遣队送行时,毛泽东特别嘱咐,先遣队的任务与其说是打仗开路,不如说是宣传党的民族政策。如果红军模范地执行民族纪律,取得彝人的信任,抢渡大渡河的行动就能取得胜利。为此,毛泽东特别命令十九岁的萧华带领一支红军宣传队跟随先遣队一起行动。

如果不是严峻的军事形势所迫,中央红军也不会走到这条路上来。既然走到了这里,就要坚决地走下去。

虽然走的是同一条路,但是中国工农红军绝不是石达开的太平军。读过了《庸庵文续编》的毛泽东深刻地知道这一点。

但是,读过了《庸庵文续编》的蒋介石绝不会从这个角度考虑问题。

这就是历史得以生动的原因。

最先受到彝人袭击的,是走在先遣队后面的工兵连。工兵连奉命跟随红一军团第一师一团赶往大渡河架设浮桥。临出发时,团长杨得志和政委黎林亲自到连里进行政治动员,强调说必须以实际行动取得彝人的信任,无论如何都不准向彝人开枪,谁开枪就是违反了红军的军纪。

工兵连跟在先遣队的后面。在古木参天的崎岖山路中行进的时候,他们越走越觉得不对劲儿,因为很多架设在山涧上的独木桥被拆毁了,这使得红军官兵不得不边走边砍树架桥。刚一走进俄瓦拉山口,他们发现掉队了。这时候,隐藏在山林中的彝人开始向他们开枪射箭。紧接着,前面有一队男男女女向他们跑来,而且无论男女一律赤身裸体,这使工兵连的红军官兵既紧张又惊讶。这些自称来自外省的过路客商说,他们遇到了彝人,不但东西全被抢光,连衣服也被扒光了。在进一步的询问中,红军官兵终于弄明白了,这些遭到彝人袭击的汉人根本不是什么客商,而是为了躲避红军从县城里逃出来的国民党官员和他们的家眷。工兵连的红军官兵有些担心起来。大家议论说,我们一不是压迫彝人的官员,二不是剥削穷人的财主土匪,彝人会把我们怎么样?正说着,四周呼哨声四起,工兵连被一群手拿土枪长矛的彝人包围了。尽管在队伍最前面的三排排长反复解释,但是根本没有用,随着号角的吹响,围上来的彝人越来越多,并开始动手抢夺红军官兵的武器和架桥器材,最后开始扒他们身上的衣服。红军官兵实在忍无可忍,拉开枪栓准备反抗。指导员罗荣大声地喊:"总部命令,不准开枪!"

光着身子的工兵连只好往回走,没走出多远,看见侦察连的几个同志带着一个彝人也在往回走。侦察连的同志说,他是这一带沽基家族彝人的头目,名叫小叶丹,我们要带他去见咱们的总部首长。工兵连还看见了坐在路边休息的六团一营的官兵。红军战士看见工兵连竟然赤身裸体,禁不住开玩笑说:"工兵连很凉快呀!这是到哪里洗澡去了?"

营长曾保堂命令大家赶快凑衣服。衣服不够,又从供应处弄来不少麻袋让工兵连的官兵暂时围在身上。

这件事弄得工兵连官兵情绪很大。

事情反映到毛泽东那里,毛泽东表扬了工兵连执行纪律坚决。同时,毛泽东还跟工兵连的官兵打趣说:"到了人家倮倮国,你们也算是入乡随俗嘛。"

毛泽东让部队准备一些酒、绸缎和枪支,然后请来了那位彝族头人小叶丹。彝族头人对红军将领能够平等地对待他们很感动,因为平时国民党军队和国民党官员很看不起他们。从彝族头人那里,毛泽东了解了这一带彝人族系的情况,并且指示刘伯承尽快与彝人首领达成协议,以免红军主力和中央纵队通过的时候遇到不必要的麻烦。

红军总司令部以朱德的名义发布布告,布告是一段顺口溜:

> 中国工农红军,解放弱小民族;
> 一切彝汉平等,都是兄弟骨肉。
> 可恨四川军阀,压迫彝人太毒;
> 苛捐杂税重重,又复妄加杀戮。
> 红军万里长征,所向势如破竹;
> 今已来到川西,尊重彝人风俗。
> 军纪十分严明,不动一丝一粟;
> 粮食公平购买,价钱交付十足。
> 凡我彝人群众,切莫怀疑畏缩;
> 赶快团结起来,共把军阀驱逐。
> 设立彝人政府,彝族管理彝族;
> 真正平等自由,再不受人欺辱。
> 希望努力宣传,将此广播西蜀。

见到刘伯承,小叶丹首先解释说,刚才抢红军东西的不是他的家族,而是与他们对立的罗洪家族。在这个地区,彝人基本上分成三个族

484 · 长 征

系,即沽基、罗洪和洛伍。经过三方代表的交谈,罗洪家族由于抢了红军,人都已经跑了,其头人不肯再露面;洛伍家族表示出中立的立场,而沽基家族的小叶丹愿意与红军继续谈判。刘伯承从解释共产党的民族政策,到红军北上抗日的道理,一直到满足彝人的各项要求以及红军过路的种种细节,耐心地与小叶丹商谈,最后以结为兄弟为条件结盟。

这是共产党人少有的举动,仪式按照彝族沽基家族的传统进行:两碗清水,杀一只雄鸡滴血入内,然后双方宣誓。刘伯承说:"上有天,下有地。刘伯承愿与小叶丹结为兄弟。"双方把血水一饮而尽。结盟仪式后,刘伯承邀请小叶丹和他的小头人们一起吃饭。红军把附近一个小集镇上的酒全部买了下来。酒席中,小叶丹表示,如果明天罗洪家族的人再袭击红军,他就带人把罗洪家族的村寨烧了。刘伯承劝解道:"彝人之间要团结一致,共同对付欺压彝人的国民党军阀。"这个观点令小叶丹很是折服。最后,刘伯承送给小叶丹十几支步枪。按照彝人的最高礼节,小叶丹把自己骑的大黑骡子和两名漂亮的彝族女子一起送给刘伯承。

黑骡子正好可以驮运物资和伤员。

彝族姑娘就算是参加红军了。

刘伯承把结盟的消息报告给毛泽东,毛泽东非常高兴地问一向严肃的刘伯承:"听说结盟的时候要跪下,你先跪的哪一条腿?"

红军将领和沽基家族的结盟,对中央红军顺利通过彝区至关重要。在以后的行军中,不但袭击红军队伍的事很少发生,粮食的筹集也相对顺利了一些。小叶丹还专门派出彝人武装,护送红军先遣队赶往大渡河渡口。

与沽基家族对立的罗洪家族,也曾经派人来试探红军,他们派来的探子是一个赤裸着身体的十四岁的彝族女孩儿。这个女孩儿径直走进中央纵队的队伍中,她立即受到朱德的妻子康克清的欢迎。女红军们不知道这个女孩子的身份和任务,对她表示出极大的友善和关爱。康克清给她穿上干净的衣服,招待她吃东西,还送给她很多女孩子喜欢的小礼物。女探子高兴得连蹦带跳地离开了。从此,罗洪家族的彝人再也没有攻击红军的举动。

为了加深共产党人在彝人中的影响,红军专门留下一名负伤的团政委,以帮助小叶丹组织起与国民党军对抗的武装力量。这支力量后来联合了包括罗洪、洛伍家族在内的一千多人,几乎相当于一支红色游击队。当薛岳的国民党中央军追击到这里的时候,虽然也按照蒋介石的命令给彝人准备了大量的礼物,但是薛岳发现共产党在这里的影响已经深入人心,于是他立即命令给每一个彝人紧急"消毒"。国民党政府任命的"彝务指挥官"邓秀廷,逮捕了红军留下的那位团政委,小叶丹家族倾家荡产,用一千五百块大洋把人赎了出来。但是,小叶丹最终还是被邓秀廷以"通共有据"的名义杀害于大桥镇。被害之前,小叶丹对弟弟沽基尼尔说:"红军把咱们彝人当人看。刘伯承这样的大人物是守信用的。我死了之后,你要告诉刘司令,咱们彝人相信的是共产党和红军。"

五月二十四日,刚刚走出彝区的先遣队到达距安顺场渡口三十公里处的擦罗小镇。小镇上只有二十户人家,但却有一座刘文辉供给西昌守军的粮库。当穿着国民党军服的一团到达这里时,粮库守备官还以为来的是中央军,立即上酒端肉热情款待。一团团长杨得志带领官兵们故技重演,不但在宴席上大吃大喝了一顿,而且还接收了粮库守备官如数交出的军粮。在把川军守备官兵俘虏之后,这笔数目巨大的粮食让先遣队喜出望外但又不知如何处理:白花花的大米总计二十四万斤,用六十斤装的大麻袋一共装了四千包。——这批粮食被随后到达的红军总部分配给各个军团,剩余的全都分给了镇子周围的穷苦百姓,不论男女老幼一人一麻袋,百姓们个个兴高采烈,直说:"红军好!红军来了把刘家的米给我们吃!"

当晚八时,在翻过最后一座山头后,刘伯承看见了从山峡间汹涌而出的大渡河,看见了令石达开四万农民军伏尸遍野的安顺场渡口。

与此同时,在大渡河下游的大路上,由红一军团第二师五团、侦察连和军团便衣侦察队组成的佯装主力的第二先遣队,由红一军团参谋长左权和第二师政委刘亚楼率领,也接近了大渡河。

这支部队顺着通往大渡河的大路,经泸沽向越西县城方向前进。大路上没有彝人的阻拦,却有川军的阻击。在小相岭隘口,川军挖断道路,架上吊桥。军团侦察科科长刘忠和便衣队副队长范昌标带领一个侦察班,在当地一位采药老人的引导下,绕到了川军阻击阵地的后面,突然向守卫吊桥的川军发动袭击,一举占领小相岭隘口。越西县城的川军向这里打来电话,电话始终没人接听,县城里的川军立即意识到隘口丢失了,而他们随即做出的决定竟然是放弃县城,向大渡河渡口方向撤退。川军的撤退导致包括越西县长在内的所有国民党地方官员的大逃亡。因此,通过小相岭隘口的红军第二先遣队没有经过战斗便占领了越西。

县城显然刚刚受到破坏,到处是残砖破瓦。原来三月的时候,四千彝民不满国民党政府的统治,在越西附近的三个县同时举行暴动,并且围困了越西县城。正当县城就要被彝民攻破的时候,由于中央红军的接近,大批川军的增援部队到达这里,暴动的彝民被迫跑到附近的山上。现在,他们听说越西城里的国民党军跑了,彝民断定能够吓跑国民党军的红军必定是自己的朋友,于是纷纷下山进入县城来欢迎红军。进入越西的红军做的第一件事就是把监狱打开。在彝族和汉族群众的注视下,红军战士用大木杠反复撞击监狱的大铁门,随着监狱大门的訇然倒塌,三百多名因参加暴动被俘的彝人一拥而出。红军给每个彝人发了布匹、食物和银元,给全城的穷人分了粮食。结果,越西城内要求参加红军的青年就有近千人,其中彝族青年达四百人。当第二先遣队从越西出发继续北进的时候,欢送他们的彝、汉群众抬着猪肉和酒站满了街道两旁。一些没被批准参加红军的彝、汉青年跟随着红军的队伍,一直跟出去很远。

五月二十三日,第二先遣队到达大树堡附近。

红军接近大渡河渡口的消息引起川军的恐慌,川军王泽浚旅派出一个连从大渡河的北岸渡过来。这个连到达南岸后，在大树堡渡口以南的鱼塘要隘上放了一个排，在渡口上放了一个排，其余的兵力驻扎在大树堡镇的街里。他们命令这里的群众在街面上堆放木柴和稻草，准备红军一到就放火烧街。

到达鱼塘要隘的红军第二先遣队决定兵分三路进攻大树堡：一路占领要隘，一路攻击大树堡镇，一路直接占领渡口。战斗短促，大树堡镇里的川军还没来得及放火，红军就冲了进去，俘虏了川军的连长。防守渡口的川军一听响起了枪声，争相上船逃往北岸。赶到渡口的红军没有向他们射击，故意放他们回去报信。

就在刘伯承看见了安顺场的灯火的时候，左权和刘亚楼也到达了大树堡渡口。

与刘伯承率领的这一路红军秘密接近渡口不一样，左权和刘亚楼率领红军官兵开始了大规模的"渡河"准备。他们公开征集造船和搭浮桥的材料，动员群众砍毛竹、拆房屋，甚至声势浩大地组织群众把国民党政府的区公所拆了。在把拆下来的木料运往河边的时候，红军官兵组织群众使劲儿地喊着号子。为了震慑川军和扩大声势，红军还把从越西逃到这里的县长彭灿拉到河边，先召开公审大会，然后当着对岸川军的面把彭灿的脑袋砍了下来。

川军急忙调兵加强大树堡渡口北岸的防守，一共调来五个团，再加上富林的地主武装羊仁安的部队。结果，杨森部署在大渡河下游的近两万川军，在中央红军抢渡大渡河的过程中，除了一个连曾一度与红军的一支小部队发生了接触外，竟然连红军的影子都没有看到。红军第二先遣队冒充主力的佯渡行动收到了效果，至少在五月二十五日以前，蒋介石依旧没有确定中央红军抢渡大渡河的确切位置。

五月二十四日夜，大雨。

大渡河在安顺场已经变成了南北流向。

到达安顺场附近的刘伯承从一团团长杨得志那里获悉了基本敌

情:在安顺场防守的是川军第二十四军第五旅余味儒团的韩阶槐营。

韩营长原来是这一带有名的哥老会头目,他的部队里基本上都是上下拜了"把子"的袍哥兄弟。团长余味儒让他防守这里的原因,也是认为他能利用在安顺场的势力联合这里的地方武装。韩阶槐到达安顺场后,为确保渡口的安全,命令把南岸所有的船只和粮食全部弄到东岸,然后强迫安顺场的百姓们搬家,在街上堆起柴草,准备放火烧街以扫清射界。不知道是巧合还是韩营长有某种预感,他预定的放火时间是五月二十四日。正是这一天,中央红军先遣队赶到了安顺场。但在中央红军先遣队之前,还有一支队伍也赶到了安顺场,这就是从西昌逃到这里的邓秀廷部的残兵,带领这些残兵的是邓秀廷的营长赖执中。

要说在安顺场,赖执中的势力比韩阶槐还大,因为赖执中是安顺场最大的财主,安顺场大半条街的房屋都是他的财产。五月二十四日,赖执中刚到,正好碰见韩阶槐的一个连长准备放火烧街,结果烧街的举动被赖执中毫不迟疑地阻止了。赖执中与那个连长争执起来,两个人一直扭打到河东岸,打到了团长余味儒那里。舍不得自己家产的赖执中陈述了他的理由。他说自己刚从西昌那边跑回来,确切地知道红军已经顺着大路去了大树堡渡口,根本没有走安顺场这条小路。余味儒听了半信半疑,可赖执中一再保证说,只要红军到达安顺场,他立刻带头放火烧街。于是,余团长默许了。回到西岸的赖执中还不放心,私下里违反军令偷偷在西岸留下一条船,准备万一红军打来时自己逃到东岸去。

赖执中偷偷藏下的这条船,成全了即将渡河的中央红军。

二十四日夜晚,朝着安顺场方向,中央红军的主力部队冒雨奔袭。刘伯承知道,用不了一个昼夜,大渡河的西岸就会聚集起千军万马。眼下,大雨中的刘伯承只想着一件事:能否找到船?

刘伯承命令把一团一营营长孙继先找来。看见孙继先,刘伯承说的第一句话是:"知道石达开吗?就在这里,他的四万人没了。"

这位二十二年后成为新中国第一个导弹基地司令员的红军营长

说："我不管他十达开还是九达开，参谋长下命令吧！"

刘伯承说："二营去下游牵制和吸引敌人，三营是先遣队的预备队，占领渡口的任务交给你们一营。你马上去完成三件事。第一是拿下安顺场，占领后放上一堆火作为信号；第二是迅速找到船，找到了再放一堆火；第三，把一切渡河工具准备好以后，再放一堆火。三堆火都点起来，后续部队就上去。"

晚二十二时，在团长杨得志的率领下，一营分为三路：一连攻正面，二连和营重机枪排从东面，三连从西面，在大雨中向安顺场扑了过去。

韩阶槐和赖执中都侥幸地认为红军走大路去了大树堡。当一营的红军官兵悄悄地摸进安顺场的时候，川军还在哨所里高声唱着川剧。枪声骤起，川军顿时混乱成一团，不是被打死打伤就是被俘。赖执中慌忙翻墙逃跑，翻墙的时候脚扭伤了，他的卫兵背起他跑到山上的彝民家里藏了起来。

一营二连的另一个任务是寻找船只。他们顺着河到处找，不见任何船，正着急，看见河边有个黑乎乎的东西，细一看，是赖执中的家丁正准备划船往东岸跑。红军官兵决不能让这条船跑了，他们在漆黑的雨夜里大叫起来，奋不顾身地扑上去，硬是把这条船给拉了回来。营长孙继先一看有了船，立即命令把船拉到上游去做渡河准备。但是，这条木船很大，红军官兵又没有拉船的经验，船在湍急的河水中不停地原地转圈，折腾了近一个小时才把船拉走。

刘伯承和聂荣臻在大雨中盯着安顺场方向，希望能看见孙继先点起的三堆火，但是一直等到凌晨三点，一堆火也没看见。侦察员回来报告说，渡口已经被占领。于是刘伯承跑到了河边，边跑边喊孙继先的名字。孙继先跑过来，刘伯承大怒："你跑到哪里去了？为什么不点火？"孙继先这才发现自己只顾作战和弄船，把点火的事忘了。刘伯承听了孙继先的汇报，尤其是听到已经搞到一条船，火气顿时消了。本来准备立即渡河，但是安顺场的百姓说无论如何晚上不能渡，实在是太危险。刘伯承想了想说："一营睡觉！天亮了，街里能够搞到什么好吃的全给你们吃,吃完了准备抢渡!"

这个夜晚,刘伯承没有睡觉,他找来有经验的船工,不但询问了渡河的种种问题,连操船的优厚报酬以及万一遇险的后事安排都谈妥了。看来红军准备在大渡河上架设浮桥的想法是不现实的,当地的船工们说,连在河中插一跟木桩都是不可能的,游水过去更是不可能。那么,红军只能靠唯一的一条船,先把对岸渡口占领了再说。

二十五日拂晓,大雨停了。

早晨七时,一营在大渡河边集合完毕,官兵们都要求第一个抢渡。

聂荣臻说:"谁也别争,由你们营长下命令,叫谁去谁就去。"

营长孙继先想起几个月前,在乌江边的回龙场渡口,也是他挑选的渡江突击队队员。

一营的三个连争起来。

杨得志团长决定,突击队队员在二连中挑选。

连长熊尚林点名。包括他自己在内,一共十七个人。每人一支驳壳枪,一支冲锋枪,一把马刀和八颗手榴弹。

天色逐渐亮了,被大雨洗刷过的悬崖高高矗立,悬崖脚下的大渡河奔流咆哮。

红军官兵看得很清楚:对岸一个小村的四周修筑着工事和碉堡。

连长熊尚林下达了命令,突击队队员开始上船。

刘伯承突然问:"赵章成来了没有?"

参谋回答说:"迫击炮和重机枪已设置完毕。"

刘伯承说:"告诉赵章成,咱们的炮弹没有几发,瞄准那几座碉堡,要打准!"

赵章成,那个红军中十分著名的神炮手,尽管他每次打炮前都要祈祷一番,但是关键的时候,他总能让红军宝贵的炮弹显示出惊人的威力。

木船离岸了。

八名船工奋力划桨。

对岸的川军很快就发现了红军的这条船,射出的子弹和炮弹把木船四周的河水打开了锅。西岸红军的掩护火力也异常猛烈。木船在急流和弹雨中艰难地向东岸靠近的过程显得十分漫长,站在西岸边的红军官兵眼看着船上的突击队队员中弹,眼看着船一头撞向河水中的礁石上。刘伯承万分紧张,如果唯一的一条船抢渡失败,南岸也就没有船了,其后果不堪设想。在红军官兵焦急的呐喊声中,操船的四个船工跳下水,脚踏礁石背靠船帮用力将船再次推进水里。船在极大的漩涡中随时有翻覆的危险,船上剩下的四名船工奋力掌握着船的平衡。岸上的红军官兵的嗓子都喊哑了:"机枪打呀!快撑船呀!"

红军的机枪手已经打红了眼,大渡河东岸硝烟弥漫。

船终于从礁石边的漩涡中挣脱出来,在距离东岸还剩下五六米远的时候,船上的红军突击队队员突然站立起来。川军也从东岸那座小村庄周围的阻击工事中冲出来。对于已经完全暴露在敌人面前的红军来说,这一刻只要稍有迟疑就会在瞬间内被消灭。

杨得志急促地命令重机枪压制川军的反击。

赵章成这一次没有事先祷告就开火了。这个有着丰富战斗经验的炮兵连长早已把射击参数算准。两发炮弹出去,不偏不倚地在川军冲击队伍的正中爆炸了。

重机枪手李得才的火力跟着赵章成的炮弹,死死地封锁住了川军的反击路线。

突然,从抢渡一开始就吹响的军号声停了。

刘伯承和聂荣臻几乎同时喊道:"怎么不响了?怎么不响了?"

原来,小司号员发现首长们都聚到了前沿,怕号声引来敌人的子弹就停止了吹号。

刘伯承说:"赶紧吹!"

小司号员再次举起军号时,不知是已把力气吹尽,还是因为首长在身边太紧张,竟然一时吹不出声了。当过号兵的萧华一把拿过号用力吹起来。

木船"轰"的一声撞上了河岸。

川军的手榴弹雨点一样滚下来,岸边的悬崖石壁上响起一连串的爆炸声。红军突击队队员从硝烟中穿过,沿着石壁上的台阶冲上川军的阻击阵地。

大渡河安顺场渡口东岸被红军突击队占领了。

在中国工农红军战史上,这些名字将永远熠熠生辉:

二连连长熊尚林。二连二排排长罗会明。二连二排三班班长刘长发。二连二排三班副班长张表克。二连二排三班战士张桂成、萧汉尧、王华亭、廖洪山、赖秋发、曾先吉。二连三排四班班长郭世苍。二连三排四班副班长张成球。二连三排四班战士萧桂兰、朱祥云、谢良明、丁流民、陈万清。

将突击队送过河的那条木船掉头返回,运送第二批突击队队员登上东岸。

然后是第三船、第四船、第五船……

刘伯承对参谋说,给军委发电报,大渡河渡口已经被我军突破。

二十六日,大雨倾盆。

中央红军主力部队和中央纵队在大雨中向安顺场急促前进。

中革军委命令每个官兵都要扛两根毛竹,毛泽东自己扛了四根。在路上休息的时候,毛泽东遇到一位当地的老秀才,他向老秀才问起当年石达开的事,老秀才看看毛泽东身前身后的队伍,半天才说出一句话:"大军切勿在此停留。"

部队必须迅速渡河,一刻也不能耽搁。

但是,当毛泽东赶到大渡河边的时候,他所担心的终于成了现实:目前,红军一共找到四条船,只有一条是好的,其余三条都需要修。刘伯承计算了一下:一条船的最大容量是三十个人,往返一次最少要一个小时。从红军占领东岸后到现在,一天一夜仅仅渡过去一个团。如果按照这个速度,中央红军全部渡过大渡河,需要整整一个月的时间。可是,薛岳的国民党中央军已经越过德昌正向大渡河急促挺进,川军杨森的部队距离安顺场也只有三四天的路程了。中央红军根本没有一个月的渡河时间。

一个新的渡河方案形成了：在此兵分两路。红一军团第一师和干部团继续从这里渡河，渡河后组成右纵队，由刘伯承和聂荣臻指挥，沿大渡河东岸向上游的泸定方向前进，以接应从那里夺桥渡河的红军大部队；红一军团第二师和红五军团为左纵队，由林彪指挥，沿大渡河西岸奔袭至上游的泸定桥，在那里夺桥渡过大渡河。其他部队和中央纵队随后，一律立即改变行军路线向泸定桥前进。

这是一个在没有其他选择的情况下做出的冒险决定。

首先，此刻红军无法确定位于大渡河上游的泸定桥现在是否还在，即使那座桥没有被川军破坏，红军也无法确定那里有多少守桥部队。其二，命令所有的部队改路前进，从安顺场到达泸定桥有一百六十公里的路途，沿途情况未知。其三，红一军团第一师和干部团继续在安顺场渡河，其他部队改由泸定桥渡河，这就意味着中央红军将被大渡河分隔成两部分。一旦从泸定桥渡河失败，中央红军将成为分散的两支部队，而会合将会再次付出代价。最后，中革军委决定：按照最坏的情况打算，如果从泸定夺桥渡河失败，导致两支红军不能会合，将由刘伯承和聂荣臻单独率领部队"到四川去搞个局面"。

二十六日，对于大渡河边的中央红军来讲，一个破釜沉舟的决定以命令的形式向各军团发布了：

林、刘、聂、彭、杨、董、李［抄送邓、蔡］、左、刘：

A、安顺场及其下游之小水、龙场三处共有渡船四只，因水流急，每天只能渡团余，架桥不可能。同时由安顺场至泸定桥之铁索桥仅三站路，由泸定桥可直趋天全、雅安或芦山。我第一团现在龙场对岸之老铺子，扼阻并监视其东北山地之刘敌第七团，一师明午可全部渡完。

B、我野战军为迂回雅安，首先取得天全、芦山乃至懋功，以树立依托，并配合红四方面军向茂县行动，决改向西北，争取并控制泸定桥渡河点,以取得战略胜利。其部署:我第一师及干部团为右纵队,归聂、刘指挥,循大渡河左岸;林率一军团军团部、二师主力及五军团为左纵队,循大渡河右岸,均向泸定桥急进,协同袭取该桥。军委纵队及三军团、第五团、九军团循一军团部及二师主力行进路线跟进。

C、一军团之第一师应于二十七日、二十八日两日由安靖坝先后经瓦狗坝、龙八布,以两天半行程达到泸定桥急进。经瓦狗坝、龙八布时,应向清溪方向各派出警戒部队,待干部团赶到后撤收。干部团主力明二十七日开安顺场渡河,接替老铺子第一团任务,以一部留龙场、小水警戒并监护渡船。

D、一军团部及二师主力,于明拂晓起亦以两天半行程由安顺场经田湾、楂维到建沙坝、泸定桥急进。五军团明晨由现地经新场、安顺场进至海罗瓦、草罗沟之线。

E、三军团明晨应由海棠或海棠以南西转至洗马姑、岔罗之线,并须到岔罗补充足五天粮米。

F、第五团仍留大树堡及万公堰、大冲南岸,续行伴渡,惑敌一天,并准备二十八号向海棠、洗马姑转移。

G、各兵团均须在岔罗、安顺场补足五天粮食。

H、军委纵队明日集中安顺场。

朱

五、二十六

中央红军各军团再次面临极大的困难:沿着大渡河东西两岸向上游泸定桥前进的部队,必须在两天半的时间里奔袭万分崎岖而又敌情未知的山路。仅就路程而言,一百六十公里的路途,意味着必须以每天五十公里以上的速度急行军。同时,此刻位于安顺场下游的红三军团必须立即向北靠拢,不然就无法追上突然转向的主力。尤其是由左权和刘亚楼率领的红一军团第二师五团,他们顺着大路到达大树堡佯装主力后,必须不顾一切地追上小路上的主力;但是现在主力部队改变了行动路线,从大树堡到泸定桥比到安顺场远了整整一倍,且他们被要求坚持到二十八日才能动身,其追赶路途的遥远和艰辛可想而知。

五月二十六日,中央红军兵分两路夺取泸定桥的决定,当天就被国民党军的情报部门所截获。

蒋介石紧急由重庆飞往成都,重新部署了对中央红军的"围剿"计划。川军第二十四军军长刘文辉不敢怠慢,立即命令第四旅袁国瑞部火速增援泸定方向。袁国瑞命令其三十八团团长李全山沿大渡河西岸阻击向泸定桥前进的红军,十一团团长杨开诚沿大渡河东岸阻击向泸定桥方向接应的红军,十团团长谢洪康率领部队为总预备队,第四旅旅部进驻龙八部。

从安顺场到泸定桥,一百六十公里的路途,全是沿大渡河两岸崖壁凿出来的山路。

这是敌对两军的赛跑,目标是泸定县城西面那座在十三根铁索上搭成的摇摇晃晃的吊桥。

西岸,中央红军的前锋是红一军团第二师四团,团长黄开湘,政委杨成武。

二十七日清晨,四团出发了。刚刚沿着河边小路走出十五公里,就遭到河对岸川军的射击。两岸距离很近,甚至可以相互喊话。川军的射击对急行军的红军干扰很大,四团决定不与对岸的川军纠缠,离开小路上山。他们在大山中绕来绕去,大约又走了十几公里,遇到一个连的川军正在这一带搜集粮食往东岸运。四团的先头连一个冲锋,把川军的这个连打跑了。追击的时候,由于一座小桥被川军炸断,水流湍急不能徒涉,红军官兵们耗费很大的力气架桥,因此耽误了追击的时机。继续前进不久,真正的敌情出现了,一个营的川军把守着一个名叫菩萨岗的隘口。黄开湘和杨成武为打还是不打商量了好一会儿,因为如果绕路时间损失太大,最后决定还是打上一仗在时间上更划算。隘口实在险要,左边的山陡峭之极,往上看帽子都要掉下来;右边是无法通过的一条河。敌人在隘口上修筑了碉堡。如果强攻,只能攀上左边的悬崖绕到敌人的后面。三营担任了攻击任务。营长曾庆林亲自率领一个连从左翼迂回,其他两个连负责正面进攻。迂回的战术起到了效果,川军没想到红军能从悬崖上爬到自己的身后,当他们还在与正面进攻的红军抵抗时,身后响起了一片杀声。川军的营长骑马逃跑,马腿被红军打断,这个营长被活捉了。此仗用的时间很短,但是战果很大:川军的三个连全部被歼,红军俘虏一百多人,缴获枪支一百多支,其中机枪就有十多挺。战斗结束后,四团接着赶路,午夜时分,他们在距安顺场四十公里的地方停下来休息,决定明天清晨五时继续前进。

第二天四团按时出发,没走出几公里,军团指挥部的通信员骑着匹大黑马旋风一样地追上来,交给黄开湘和杨成武一张字条。军团长林彪写来的这张条子,让两位年轻的红军指挥员倒吸了一口冷气:

黄、杨:

军委来电限左路军于明天夺取泸定桥。你们要用最高速度的行军力和坚决机动的手段,去完成这一光荣伟大的任务。你们要在此次战斗中突破过去夺取道州和第五团夺鸭溪一天跑一百六十里的记录。你们是火线上的英雄,红军中的模范,相信你们一定能够完成此一任务。我们准备祝贺你们的胜利!

这就是说,四团必须在一天之内走完一百二十公里的路程,于明天早晨六时之前到达泸定桥。

如果要完成这一任务,即使按照急行军的速度,也得二十四小时不间断地奔跑才行。没有时间进行动员,四团立即跑步北进。团政治处的同志跑在最前面,说的最多的一句话是:“我们在跑,敌人也在跑。如果让敌人跑在了前面,整个红军就危险了。”官兵们就说:“咱们四团一直是红军的尖刀,这把刀什么时候都不能卷了刃。”

前面又出现一个川军把守的隘口。没有时间观察敌情,组织一个先头营就往上摸。仅仅用了十分钟,先头营摸上去,一个冲锋就把川军冲垮了。顺着山路,四团官兵在这股川军的屁股后面猛追,一直追出去十几公里,追到一个名叫摩西面的大山前,溃逃的川军和在这里防守的川军会合在一起,起码有两个营以上,但是四团犹如开了闸的洪水,根本停不住,没等命令就冲了上去。川军被冲得没了命一样拔腿就跑,跑的时候把小路上的一座桥给破坏了。重新架桥用了四团两个小时的时间。过了桥的四团继续奔跑,一口气又跑出二十多公里,傍晚七时,部队到达一个紧靠大渡河的小村庄时,杨成武计算了一下,距离泸定桥还有六十公里。

仅仅喘了一口气,四团继续奔跑。

夜深了,一道闪电划过山谷,暴雨瓢泼而下。

这是一个万分艰难的夜晚。大雨中四周一片漆黑。因为有敌情,不能点火照明;但山路湿滑崎岖,一脚踏空就会跌下深渊。在这样的路上,红军官兵不能缓慢地移动,而是要竭力奔跑。更严重的是,官兵们已经整整一天没有停下来吃口饭了,每个人的体力透支几乎都到了极限,如果一旦倒下就很可能再也起不来了。这时候,红军各连队党支部的同志被分散到战士们中间,所有的党团员都配上帮助对象,他们用绳子把体力不支的战士绑在自己的身上,用最后一点体力拉着他们,显示出与每一个战士同生共死的决心。他们在黑暗的大雨中,把身上背着的米拿出来,让战士仰起脸喝一口雨水,然后边跑边嚼湿漉漉的生大米。

四团在不顾一切地奔跑,但还是来不及了。黄开湘和杨成武算了一下,按照现在的速度,天亮时无法到达泸定桥。这时候,大雨停了,突然间,他们看见大渡河对岸出现了一串火把,经过辨认,认出是川军的行军队伍。川军能够打着火把走,我们为什么不能?如果对岸向这边联络,就让队伍里的川军俘虏用四川话骗他们。于是,四团官兵也点起了火把,而且比对岸川军的火把还要亮。点着火把之后,黄开湘和杨成武命令把所有的牲口、行李和重武器统统留下,由一个排在后面看管,其余的官兵必须以每小时奔跑十里以上的速度前进。黄开湘要求给腿上有伤的杨成武留下一匹马,杨成武说:"咱们要走就一起走,看谁先到泸定桥。"

暗夜中的大渡河两岸,红军在西岸,川军在东岸,敌对双方的两条火龙齐头并进。

与四团齐头并进的是川军三十八团的一个营,营长名叫周桂。周桂正奉命率部火速前往泸定桥。他挑选出全营最精壮的官兵组成一个突击排,远远地跑在了全营的前面。这个排的任务是把这支部队的军旗插到泸定县城的城墙上,同时负责把泸定铁索桥上的木板拆卸下来。

周桂营果然向西岸的四团发出了询问信号,红军司号员根据川军俘虏的指点,用号声回答说是"自己的队伍",并且说出了刚才被击溃的川军部队的番号。并行跑出几十里后,东岸川军的火龙突然不见了,司号员赶紧吹号询问,对岸的川军用号声回答说:"我们宿营了。"

大雨又下起来了。

四团官兵被对岸川军宿营的消息所鼓舞,以更快的速度向前跑去。大雨中的大渡河山洪暴发,河水冲击着黑暗中的岩石发出震耳欲聋的怒吼。山路上不断有官兵跌倒。为了防止有人跌入河中,极度疲惫的官兵用绑腿带子把自己与队伍连接在一起,这样即使在奔走中睡着了也会不断地被拉醒。

天色逐渐亮起来。

前面就是泸定桥了。

在大渡河东岸,由刘伯承率领的红一军团第一师和干部团也在向泸定桥奔跑。

队伍出发不久,就遇到川军的一个团,这支部队是奉命前往安顺场阻击红军的。二团政委邓华指挥部队与川军的前哨刚一接触,川军就边打边撤,红军官兵紧追不舍,一直将这股川军追到瓦坝附近,川军向富林方向退去了。第三天,部队快要接近泸定桥了,一个名叫铁丝沟的险要隘口横在了路上。隘口的一面是大渡河,另一面是高耸的海子山,这里是川军袁国瑞旅十一团杨开诚部的防区。因为没有时间与川军周旋作战,刘伯承命令对川军的阻击阵地发动强攻。担任先头部队的二团分成两路:政委邓华率领二营向川军主阵地的侧后迂回包抄,攻击海子山主峰;另一路由萧华率领二团主力,向海子山下的川军阵地发起正面进攻。铁丝沟果然名不虚传,一道参天的石壁中裂开一条狭窄的缝隙,隘口的通道正好从缝隙中穿过。川军用猛烈的火力封锁了这条缝隙,红军几次正面攻击都未能得手。眼看着时间一分一秒地过去,萧华与突击连连长商量了一下,决定在火力的掩护下冲击到石壁下面,用搭人梯的办法登上敌人的阵地。掩护火力很快组织起来,十九岁的红军指挥员萧华大喊:"共产党员们!跟我上!"对于红军来讲,这里的战斗是不进则退的背水一战。官兵们冒着巨大的牺牲,冲到石壁下一个川军射击的死角里,然后搭成人梯翻了上去,在石壁顶上与川军展开搏斗。支持不住的川军开始向龙八部方向撤退,一直退到第四旅谢洪康团的阵地上。但是红军的追击不但没有停止,反而更加凶猛。在红军的连续攻击中,川军团长谢洪康自己开枪打伤自己,并借此早早地逃出了阻击阵地。旅长袁国瑞派出增援部队,试图继续与红军作战,但是随着伤亡的逐渐增大,川军最终开始了全线撤退。撤退之前,旅长袁国瑞接到三十八团团长李全山从泸定打来的电话,李团长语气慌张,说是泸定桥遭到红军的攻击,请求袁旅长赶紧派部队增援。袁国瑞一听便显得很不耐烦,只说了句"我这里也很紧张"便把电话挂断了。

铁丝沟距离泸定桥仅剩二十五公里。

二十九日清晨,沿着大渡河西岸一路奔袭而来的红一军团四团,已经向泸定桥守军川军李全山部发起了进攻。

大渡河经泸定的这段河段古称"泸水"。海拔七千多米的贡嘎雪山和海拔三千多米的二郎山隔河对峙,大渡河在奇峰险山切出的深谷中冲出,河水犹如脱缰的野马奔腾咆哮。这里是川康要道上的天堑。康熙四十四年,为了打通京城、成都至拉萨的通道,清廷下令在这个巨大的峡谷上架桥。这是一座由铁索支撑起来的空中吊桥,十三根碗口粗的铁索连接两岸,其中九根为桥面,四根为扶手。铁索分别固定在两岸的铁桩上。桥的两端各建有亭式桥楼。北端紧邻泸定县城。

一九三五年五月二十九日,大渡河两岸间的河谷上铁索空悬。

泸定桥桥长一百零一点六七米。此刻,桥面铁索上铺的木板已被拆去,东岸桥头的桥楼已被沙袋紧围,形成了一个坚固的桥头堡垒,从堡垒的射击孔中伸出的机枪正对着铁索。泸定城一半在山腰,一半紧贴河边,城墙高约两丈,上面的堡垒所配置的火力在桥面上形成了一张火网。

在东岸防守的是川军李全山的三十八团。这个团的先头部队三营,就是与红军隔河举着火把齐头并进的那支川军。三营的先头连比红一军团四团早两个小时到达泸定桥,连长饶杰命令士兵立即拆除桥板,但是由于士兵实在太累了,又有不少人犯了鸦片烟瘾,因此桥板拆除得极其缓慢。三营营长周桂到达后,增派了士兵去拆桥板,同时开始构筑阻击工事。天亮的时候,团长李全山率领李昭营到达东岸桥头堡,西岸红军的四团也到了,双方没有犹豫就开始了射击。团长李全山命令周桂的三营负责守卫桥头堡,李昭营配置在两翼火力掩护。在持续了一个上午的相互射击中,李全山团竟然有五十多人受伤。

万丈深渊之间,仅凭几根铁索就想突击到河对岸,几乎是一件不可能的事。至少川军是这么想的。因此,他们一边向河对岸射击,一边不断地向红军高喊:"有种的你们飞过来!"

下午,四团夺桥的作战方案制订了:二营和三营火力掩护,特别注意用火力阻击两侧的增援之敌;一营分三个梯队正面强攻。

首先发动进攻的是一营二连连长廖大珠带领的二十二人突击队,他们必须强行攀索到达东岸;三连在他们的身后,任务是跟在后面铺桥板;三连的后面是一连,任务是在铺好的桥板上发起冲锋。

下午四时,中国工农红军飞夺泸定桥的战斗打响了。

没有任何别的可以选择的出路,只有迎着枪林弹雨强行冲过十三根寒光凛冽的铁索。

四团政委杨成武后来回忆说:

> 当事先准备的全团数十名司号员组成的司号队同时吹响冲锋号时,我方所有的武器一齐向对岸开火,枪弹像旋风般刮向敌人阵地,一片喊杀之声犹如惊涛裂岸,山摇地动。这时,二十二名经过精选的突击队队员,包括从三连抽调来的支部书记刘金山、刘梓华……他们手持冲锋枪,背插马刀,腰缠十来颗手榴弹,在队长廖大珠同志的率领下,如飞箭离弦,冒着对岸射来的枪弹,扶着桥边的栏索……向敌人冲去。

激越嘹亮的军号声震荡着千年峡谷。

二十二个年轻的红军勇士向铁索冲去。

铁索剧烈地摇晃起来。

川军开始了疯狂的射击,红军的掩护火力也开始了猛烈压制。炮弹呼啸,大河两岸皆成一片火海。川军的子弹打在铁索上,火星迸溅。红军勇士一手持枪,一手抓索,毫无畏惧地一点点向东岸靠近。

三连连长王友才带领的官兵紧跟在后面,他们人人抱着木板,只要前面的突击队队员前进一步,他们就在铁索上铺上一寸。

川军无法想象红军竟然这样向他们靠近了!

看着在铁索上越来越近的红军,他们惊骇地瞪大了眼睛,他们不知道世间除了红军,还有什么人能够空悬在万丈深渊上顺着那些摇晃的铁索发起冲击。

西岸的军号声连续不断地怒号着。

红军所有的掩护火力愤怒地喷射着。

二十二名红军突击队队员没有一人中弹掉下深渊,勇士们在川军轻重机枪和炮火的阻击下已经靠近泸定桥东岸的桥头堡。

这与其说是一场战斗,不如说是意志和勇气的较量。看着攀着光溜溜的铁索冲过来的红军勇士,川军目瞪口呆,惊恐万分。他们平生从未见过这样舍生忘死的场面。他们曾经听说过红军是打不死灭不尽的,今天终于亲眼看见了,他们射击的手开始忍不住地发抖。

就在红军勇士即将接近东岸的时候,东岸桥头突然燃起了大火——川军把拆下来的桥板堆在桥头泼上煤油点燃了。

大火封住了桥头。

火势凶猛,映红了渐渐暗下来的黄昏天色。

西岸的杨成武大声喊:"同志们! 这是最后的关头! 莫怕火! 冲过去! 冲呀! 敌人垮了! 冲呀!"

西岸所有的红军官兵都呐喊起来:"冲呀! 莫怕火! 冲过去就是胜利!"

攀在最前面的廖大珠连长喊了一声:"同志们,跟我前进!"然后他站起身第一个冲进火海。

第二个迎着火海冲进去的是一个苗族小战士。

接着,突击队队员一个跟着一个冲进了大火中。

头发、眉毛和衣服都被烧焦的红军勇士冲过火焰,冲上了泸定桥桥头堡阵地。

后续梯队踩着桥板,不顾一切地过了桥,蜂拥冲进泸定县城。

泸定县城里的巷战进行了两个小时。

最后的时刻,川军团长李全山得知自己的身后也出现了红军,他立即命令周桂的三营掩护团主力撤退。周桂把掩护的任务交给了饶杰连长,而饶杰连长还没等红军到跟前就先跑了。周桂营长一边撤退一边收容自己的官兵,最后发现他的三营只剩下了十几个人。

第二天晚二十二时,刘伯承率领的红一军团第一师和干部团沿着大渡河东岸到达泸定桥边。

两军在桥头会合了。

一九三五年五月三十日凌晨二时,大渡河谷夜风强劲,刘伯承和聂荣臻提着马灯,在四团团长黄开湘和政委杨成武的引导下,走上泸定铁索桥。刘伯承从桥的这头走到那一头,然后又从那头走回来。在桥中心,他停下来,用脚跺了几下桥板,铁索桥剧烈地晃动起来。刘伯承自语道:"泸定桥,泸定桥,我们胜利了,胜利了!"

紧接着,由林彪率领的红一军团主力和由董振堂率领的红五军团主力以及中央纵队先后到达泸定桥。

一九三五年五月的最后一天,毛泽东走上泸定铁索桥。走到桥中央,毛泽东扶着冰冷的铁索说:"应该在这里立一块碑。"

多年后,聂荣臻这样评述了中国工农红军何以能够突破大渡河:

> 这是全体红军集体作战的结果。没有红四团英勇无畏,川军不会如此就放弃了抵抗。没有红五团去大树堡吸引敌人,红一团在安顺场能否抢渡成功还是个疑问。如果不是红一师从安顺场渡了河,威胁了泸定守敌的背后,泸定桥能否顺利得手也很难预料。如果我们不能夺取泸定桥,我军将是个什么处境?中国工农红军的伟大的牺牲精神,是任何敌人不能比的。有了这种精神,我们就能够绝处逢生,再开得胜之旗,重结必胜之果。

二十二名抢渡大渡河的红军勇士,每人得到一套列宁服、一支钢笔、一个笔记本、一只搪瓷水杯和一双筷子——这是当时中央红军官兵所能得到的最高的物质奖励。二十二名勇士大部分姓名已无从查考,在《中国工农红军第一方面军战史》中留有姓名的仅五人:

红一军团第二师四团二连连长廖大珠。

红一军团第二师四团二连政治指导员王海云。

红一军团第二师四团二连党支部书记李友林。

红一军团第二师四团三连党支部书记刘金山。

红一军团第二师四团三连副班长刘梓华。

今天,泸定桥畔矗立着一座红军士兵的巨型雕像,雕像年复一年地面对着汹涌澎湃的大渡河水。每当晚霞满天,喧闹的生活沉寂下来,如果你靠近这个红军士兵,也许会听见他依然在重复着那位著名的红军将领说过的话:"我们胜利了!"

　　刚刚摆脱危机的中共中央在泸定县城做出一个微妙的决定:派政治局委员陈云离开中央红军经上海去莫斯科。

　　陈云在天全县一个名叫灵关殿的地方离开了中央红军。

　　中共中央派陈云去上海白区恢复党的组织,同时设法与共产国际取得联系,这一决定的做出基于这样一个现实:中国共产党作为共产国际的一个支部,在组织上必须接受共产国际的领导。

　　一九三五年一月十五日至十七日,在与共产国际失去联系的情况下,中共中央于长征途中召开遵义会议。这次会议事先没有向共产国际请示,事后也没有汇报,这在中国共产党以往的历史上是破天荒的。遵义会议不但更换了中共中央的领导,还剥夺了共产国际军事顾问李德的权力,这样重大的事件如果不能取得共产国际的认可,将关系到目前的中共中央是否"合法"的问题。特别是在当时的中共中央内部,一些干部已经习惯了接受共产国际的领导和指挥,他们对没有经过共产国际批准的遵义会议决议始终抱有怀疑的态度。

　　当时,中国共产党驻共产国际的代表是王明和康生。

　　中央红军在贵州二渡赤水以后,因为没有大功率的电台,只能派人去恢复与共产国际的联系,当时派出的人是红军总政治部宣传部部长兼地方工作部部长潘汉年。潘汉年化名杨涛到达上海,发现党的组织已遭到严重破坏,连共产国际远东情报局负责人华尔敦也被捕了,没有办法完成任务的潘汉年只能先辗转到香港以寻找新的时机。

　　潘汉年没有参加遵义会议。

　　派出一个参加过遵义会议的人去恢复与共产国际的联系,一直是中共中央领导人的愿望。

　　陈云是一个合适的人选。

　　陈云在一个小学教员的带领下,利用当地哥老会的关系,通过川军的检查线进入天全县城,然后经雅安到达成都,又通过刘伯承的关系安全抵达重庆,在那里他乘轮船到达上海。在上海,陈云与在香港的潘汉年取得联系,他们决定分别起程去苏联。

就在中共中央千方百计地试图恢复与共产国际联络的同时,共产国际也在采取一切可能的手段试图恢复与中国共产党的联系。一个名叫史蒂夫·纳尔逊的美国青年曾受王明的委托带着五万美金来到上海,但是这个美国青年除了把美金交给了在上海的一个德国人和一个俄国人之外,再没有了任何消息。后来,共产国际又派了一个名叫张浩的同志去上海,张浩是中国共产党老资格党员,原名林育英,是中央红军红一军团军团长林彪的堂兄。林育英是带着共产国际"七大"的精神回中国的,在共产国际的"七大"上,对中国共产党现状毫不知情的共产国际依旧选举了王明、毛泽东、朱德和张国焘为共产国际执行委员。

当陈云一行到达莫斯科的时候,林育英已经在去上海的路上了。

到达莫斯科的陈云和潘汉年,向共产国际汇报了遵义会议决议、中共中央和中国红军领导人的变动,还有目前正在进行的军事转移的情况。共产国际肯定了遵义会议决议,肯定了张闻天和毛泽东的领导地位。

共产国际的肯定,是毛泽东政治上的胜利。在遵义会议上,毛泽东采取了政治上的灵活机动战术,巧妙地回避了王明路线这一敏感的话题,而且还违心地表明党的"政治路线无疑是正确的"。同时,毛泽东坚持让共产国际认可的张闻天担任中共中央总负责人,博古也依旧被留在了政治局里,这些都使遵义会议得到共产国际的认可少了许多阻力。在当时的政治环境下,得到共产国际的认可,对于毛泽东的政治生涯来讲至关重要。

在泸定县城里召开的中共中央政治局会议,还讨论了中央红军下一步的行军路线。踏着那些摇摇晃晃的铁索走到大渡河东岸的红军将领们,此时每个人的心中都有一个强烈的念头:尽快与红四方面军会合,结束没有尽头的移动。

从泸定向北有三条路可以选择:走西面,要从大雪山的西麓绕过去,是一条马帮走的小路,通往川北的阿坝地区。由于绕路,这条路的路程较长。走东面,是一条大路,沿途都是人口稠密的城镇,可以直通成都,但是这条路上肯定会有敌人重兵把守。还有一条路,在东西两条路的中间,由于要翻越险峻的雪山,连马帮都很少通过。

会议决定中央红军走中间这条路。

当时,中央红军并不知道红四方面军的确切位置。但事后证明,这条中间的路恰恰是两军会合距离最近的一条路——此时此刻,中央红军与红四方面军中间,仅仅隔着一座雪山。

向雪山前进首先要翻过大渡河北岸的二郎山,翻越二郎山必须经过一个名叫化林坪的集镇。

从大渡河沿岸溃败下来的川军袁国瑞旅堵在了红军的必经之路上。

红一军团第一师向被土围子围起来的化林坪发起攻击,镇子很快就被红军占领。阻击的川军逃到镇北的一个险要山垭口凭险据守,第一师的攻击持续了一个晚上,山垭口依旧没被攻破。

清晨时分,红一军团第二师师长陈光和政委刘亚楼把黄开湘和杨成武叫来了,说这里距离大渡河仅仅几十公里,中央红军的大队人马即将到达。如果不赶快开辟出前进的道路,调动完毕的敌人一旦发动反击,情况就会非常危险。因此,要不惜一切代价迅速拿下这个山垭口。

细雨霏霏,莽莽丛林和层层山峦都被遮掩在浓重的雨雾中。只有一条很窄的小路顺着山势蜿蜒向上,小路的一边是悬崖,另一边是峭壁,阻击主阵地就在峭壁的顶端,川军在小路上和小路的两旁都埋了地雷。

攻击任务被交给四团六连。

黄开湘又给四连加强了一个机枪排。

刘亚楼问六连连长黄霖有什么困难,黄霖说:"连队一天多没吃上一顿饱饭了。"

部队本指望打下化林坪时得到粮食补充,但是占领了这个镇子之后才发现,川军已经把镇子里的粮食全都转移走了。

刘亚楼说:"告诉师机关和直属队,把干粮全拿出来给六连!"

吃了干粮的六连很快消失在雾气笼罩的山林里。

红军官兵刚开始向崖壁攀爬,川军的冷枪就飞了过来,其中一颗流弹把指导员的脸擦伤了。连长黄霖说:"好兆头,好兆头,这叫见面红!"

六连攀上山腰。

山风渐渐强劲,吹散了云雾。

黄霖观察了川军的阻击阵地,发现左边的崖壁没有设防,于是决定从左边爬上去,打他个措手不及。

崖壁上野藤和乱石交错。遇到笔直的峭壁,六连就搭人梯,有官兵被苔藓滑倒坠落下去,人梯接着就被后面的战士连接起来。在接近崖顶的一道石壁前,一个战士爬上一棵古树,利用树梢的柔韧居然荡到了悬崖顶的边沿。他在那里落下站稳后,从上面放下了系在一起的绑腿带子。下面的官兵一个跟一个拉着绑腿带子往上爬。爬上崖顶,每一个人都大汗淋漓。黄霖督促官兵检查枪支准备战斗。这时,一个战士看见一股白雾飘上了崖顶,再一细看就看出了蹊跷:这不是雾而是烟,冒烟的地方就是敌人的主阵地。

黄霖一声令下,六连的官兵抱着枪从陡坡上开始往下滑。

不管下面是什么,只管直接向敌人滑下去!

果然是川军的阵地。川军受不住湿冷的天气,正在烤火。他们无论如何都不会想到红军会从头顶伸出的崖壁上落下来。

六连没有任何犹豫,管他是一个团还是一个旅,机枪朝着阵地来回扫射。

川军借助兵力优势试图将六连压下去,但是身后是绝壁的六连如同大树一样死死地扎在山崖上。黄霖下达了上刺刀的命令,在敌人近得可以听见喘息声时,六连的决死拼搏开始了。在六连牵制敌人的同时,四团主力从正面冲上阻击阵地。团长黄开湘和政委杨成武看见了令他们震惊的情景:山崖上到处是川军丢弃的武器和尸体,数十名红军官兵躺在血泊中,与敌人的尸体摞在一起。三排长的身后是一条长长的血迹,他一直爬到敌人的机枪前,与这个川军射手紧紧地抱在了一起。黄开湘看见牺牲的三排长时,忍不住落了泪,年轻的红军排长身上布满了还在冒血的弹孔。二排长也已经奄奄一息,手里还握着刺刀,刺刀的刀刃深深地插在一个川军的肩胛骨里。一排长没有负重伤,但也是浑身是血,黄开湘和杨成武上来的时候,他正抱着一挺"花机关"向川军逃跑的方向扫射,他一边打一边说:"我早就想缴获一挺这玩意了。好使!真好使!"看见主力来了,他扔掉手中的机枪,蹲在牺牲的三排长跟前哭了。

杨成武万分悲痛,他们都是他生死与共的战友。在以往艰苦征战的日子里,他和他们每个人都拉过家常,知道他们每个人梦想着什么。梦想还没有实现,他们就死在了这个细雨中的山崖上,年轻得还都没有结婚成家。不知道以后革命胜利了是否还会有人记得他们,自己是否能有机会再来这个荒僻的山崖看望他们。杨成武走到一排长身边,替他擦着脸上的血,将他抱了很久。这位一直想得到一挺"花机关"的红军排长在不久后的战斗中也牺牲了。

第一师政委刘亚楼来到阵地上,他对黄开湘和杨成武说:"六连是英雄的连队!"

中央红军开始通过化林坪。

整整一夜,周恩来站在没过脚脖子的烂泥中指挥部队。

毛泽东也在徒步行军,他把担架让给了身边一位正生着病的工作人员。突然,国民党军的飞机来了。毛泽东仰起头去看,一颗炸弹朝着他落下来,警卫员们飞身扑了过去……巨大的爆炸声响过之后,警卫员陈昌奉被爆炸的气浪推出去很远,警卫员胡昌保被严重炸伤。毛泽东和医生们赶快给他包扎,但是这个小红军已经呼吸微弱。毛泽东抱着胡昌保轻声说:"会好起来的,会好起来的,我们抬着你走。"小红军胡昌保说:"主席,我感觉血都流进我的肚子里了。我不行了。我没什么牵挂,主席多多保重!"胡昌保死在了毛泽东的怀里。毛泽东把胡昌保平放在地上,当他站起身的时候他掉了泪——毛泽东的机要秘书黄有凤说,这是他第一次看见毛泽东掉泪。战士们挖了一个简单的土坑,毛泽东把一条毛毯盖在胡昌保的身上,安葬了这个小红军。队伍继续前进,走出很远后,毛泽东又迈着大步折回来,在胡昌保的坟上添了一把土,然后才离去。

中央红军主力部队翻过二郎山后,迅速突破川军在天全、芦山的阻击线,接近了大雪山夹金山。

中革军委收到红四方面军的电报,电报称已派出部队去懋功方向迎接中央红军。

一九三五年六月八日,中共中央、中革军委发出《为达到红一、四方面军会合的战略任务给各军团的指示》,首次以命令的形式明确了中央红军要与红四方面军会合的战略目的。会合的地点被确定为懋功。

林、聂、董、李、罗、何,并各分送彭、杨:

(甲)今后我军战略任务,是以主力乘虚迅取懋功、理番,以支队掠邛崃山脉以东,迷惑敌人,然后归入主力,达到与四方面军会合,开展新局面之目的。现敌杨森取守势,薛岳、邓锡侯到达需时。我军必须以迅雷之势突破芦山、宝兴线之守敌,夺取懋功,控制小金川流域于我手中,以为前进之枢纽。懋功南至天全约三百里,东至灌县六百五十里,东北至理番五百五十里,西北到崇化、绥靖约三百里。

(乙)一、三两军团统归林、聂指挥,经宝兴向懋功前进,军委纵队率五军团继进;九军团为右翼支队,经芦山东北迂回大邑、懋功之间，然后到达懋功。因洋油缺乏，无线电指挥有中断之虞，届时各军团首长除随时用徒步与军委联络外，应本此战略意图机断专行，完成总的任务，并将此任务传达到每一中下级首长。

（丙）我军基本任务，是用一切努力，不顾一切困难，取得与四方面军直接会合。但在遇特殊情况使我们暂时无法直达岷江上游时，则以大、小金川流域为临时立足之地，争取在以后与四方面军直接会合。

（丁）取得懋功及小金川流域是关系全局的枢纽。各兵团首长必须向全体指战员指出其意义，鼓动全军以最大的勇猛果敢，机动迅速，完成战斗任务，以顽强意志克服粮食与地形的困难。此时，政治工作须特别努力。

中央及军委

六月八日

夹金山主峰海拔四千二百六十米。

当地的一位老者说，这座雪山是一座神山，如果事先不向神祷告，贸然上山是会受到惩罚的。

红军官兵们说，红军就是神仙。

年轻的红军官兵坚定而乐观地确信，在雪山前面不远的地方，他们一定能见到红四方面军的战友。两支红军部队一旦会合，革命的目标就一定能够实现。

中央红军离开天全、芦山的那一天，中革军委命令红九军团再次脱离队伍独自向东佯装主力行军。而蒋介石接着就认定这支行进中的部队就是中央红军的主力，他无法想象中央红军会选择翻越大雪山——蒋介石知道毛泽东急于与徐向前的部队会合，但是他没有想到毛泽东的心情竟是如此急迫。

蒋介石飞抵成都，召开了川军高级将领会议。

之前，薛岳向蒋介石建议，中央军不要急于进川，因为四川境内此时已有十万红军,刘湘想保四川肯定是保不住了,四川早晚是中央军的,让刘湘先去与十万红军作战,这样正好可以彻底削弱川军的实力。薛岳甚至还建议把黔军也调入四川,这样不但可以减少中央军对贵州的守备负担,还可以让川、贵两省的军阀部队在与红军的作战中互相制约。薛岳告诉蒋介石,川军中目前普遍奉行刘文辉的"十六字方针",即"只守不攻,尚稳不追,保存实力,避开野战"。蒋介石不禁怒火中烧。当时,四川军阀的部队已达到六个军、二十七个师、一百一十九个旅、三百四十个团,这一兵力已占当时全中国国民党军队总数的三分之一。四川全省一年财政收入约六千七百万元,而军费支出竟然就占了六千万元,即军费支出占整个财政收入的百分之九十。从这一比例上看,四川可谓"全民皆兵",省内所有的经济活动只为养活军队。但是,中央红军进入四川后,连续突破了川军的金沙江、大渡河防线,致使国民党各军都对川军的战斗能力和政治忠诚产生了巨大怀疑。尽管川军第二十军军长杨森对薛岳说:"虽然朱德当年曾在我手下干过,但我反共的立场是坚定的。"可是,他的部队却在天全、宝兴、芦山一线阻截中央红军的战斗中节节败退,致使蒋介石一再感慨"剿匪前途良堪浩叹"!

只是,蒋介石在成都会议上还是表现出了克制。他对川军高级将领们讲了很长的一段话,依旧是军事教官循循善诱的口吻——他喜欢国民党军的军官们永远称呼他为"校长"。蒋介石认为目前四川的情形,"若与三年以前江西比较,实在是要好得多了",唯独官兵们"对于作战最要紧的协同动作实在差一点"。现在,最重要的是必须"踞匪紧围":"我们一定要有得力的部队穷其所住,加紧追剿,使匪军不得稍舒喘息,亦不使他有一刻工夫得以停止下来,做他补充整理和诱胁民众的工作。如此,则残余的匪众久在疲困饥饿疾苦之中,便自然要一天一天减少下来,很容易被我们消灭"。蒋介石提醒川军将领一定要注意红军的战术:"避重就轻,避实就虚,声东击西,以迂为直,专用一些诡谲飘忽的计术来欺骗我们"。而我们"总是因为疏忽大意,中了他的诡计而受了损失"。因此对付红军必须要"研究透彻,观察明确,就运用他的战术,来剿灭他"。蒋介石还要求川军仿照红军的训练方法,因为这种方法能够提高战斗力:"他们最注意训练连排长,对于一般的匪兵,他们也都能因其所长而编为特种队伍,例如专门的观察手、射击手、冲锋队、侦探队等等,施以专门的训练,用以担负各种特殊的任务。最近还选出长于游泳的官兵编为抢船队。诸如此类,总是按照实际的需要,使每个士兵都能发挥个人的特长,以增加整个的战斗力。"接下来,蒋介石讲的话就更不像是国军的"校长"了:

> 他们每次经过大小战争之后,无论胜败,必定集合一般干部,详细讲论战役经过的情形,探求种种的缺点,讨论改进的办法,都一一记录下来,好叫大家改正。其实这本是行军作战必不可少的要务,我们以后要剿灭土匪,一定也要如此……土匪和我们打仗,每次伤亡之数,总是几百或者几千,为什么到现在还是打不完? 他们为什么无论死伤怎么多,仍旧可以作战,甚至还敢来进攻我们呢? 最大的一个原因,就是因为他们一点不放松时间,每次作战以后,立即住下来即刻整顿缩编,赶紧补充,惟其整顿补充来得快而且得法,所以每个单位的实力不减,士气不馁,兵心不动,战斗力始终能够维持……

国民党军中军官吃空饷已成惯例。不仅仅是川军,各部队往往"只摆一个有名无实的空架子,单位虽多而力量不够,甚至两团人还不能真正当一团的力量使用",结果是部队虽多,但"战斗力却一天一天地减少"。

蒋介石如此苦口婆心不久之后就显出了他的真正目的。六月下旬,国民政府军事委员会委员长行营参谋团下达了缩编川军的命令。命令表明:"竭全川之财,不克养全川之兵,且以兵越多饷越绌;饷越绌,则质越不良。不唯剿匪作战难期有效之进展,即军风纪,亦复不易维持。地方人民,既深感剥削骚扰之痛苦;恐各军长官,因多兵为累,亦将有不戢自焚之忧;一切地方善后,及省政财政之改革,更因此而无法实行。故为救国救川及各部队长官之自救计,舍立即厉行缩编,极力裁减军费外,实无其他善法。"因此,"现据刘总司令——湘——陈报,以各军缩减半数,非一蹴即能达到,拟请暂行缩裁三分之一;而由其所兼领之二十一军,率先奉行,身为之倡。各军长官,亦应彻底觉悟,切实办理,各以缩编三分之一为最低限度"。

由于要翻越雪山,红军必须把一些伤员和病号留下来。在政治工作人员与这些伤员和病号谈话的时候,彼此都流了泪。

对于大部分官兵都是南方人的中央红军来讲,即将翻越雪山比面临一场战斗更令他们心情紧张。从福建参军的小红军问十九岁的少共国际师师长萧华:"师长,雪是什么样子?"萧华说:"和面粉差不多,但是比面粉还白。"从江西参军的小红军接着问:"雪是从天上掉下来的云吗?"萧华愣了一下,认真地看看这个江西小老表,说:"你这个问题问得很有文化。"在与当地老乡的交谈中,红军官兵对有关雪山的一切譬如雪崩、寒冷、缺氧有了初步的了解。年长的老乡说:"如果你们一定要过的话,早晨和黄昏是一定不行的。要过,必须在上午九时以后、下午三时以前,而且要多穿衣服,带上烈酒、辣椒,好御寒、壮气,最好手里再拄根拐棍。"

部队着手准备粮食、御寒的衣服和辣椒。但是,大雪山下人烟稀少,烈酒和辣椒无法买到,御寒的衣服更是无从找寻。之前抢渡金沙江时闷热难挨,红军官兵大多是单衣单裤,有的还穿着短裤;后来为了快速向泸定桥奔袭,官兵们把多余的衣物全丢掉了。因此,杨成武政委说:"看来,我们也只能穿着单衣去翻那座雪山了。"

一九三五年六月十二日早,前卫部队红一军团四团将仅有的两串辣椒煮成两大锅辣椒水,每个官兵一人一碗。喝完,上午九时,部队向着夹金山大雪山出发了。

四团的前卫是二营六连。在陡峭的雪路上,穿着单衣的红军官兵用刺刀在坚硬的冰面上挖出脚窝,后面的队伍踩着这些脚窝前进。由于行进得极其缓慢,没过多久,队伍便拉得很长很长。头顶上有人,脚底下也有人,山势越来越陡,空气逐渐稀薄,官兵们开始剧烈地喘息,雪面上反射的强光令他们睁不开眼睛。黄开湘团长建议鼓动一下,杨成武政委就站在一个雪坎上喊:"同志们,老乡都说雪山是神仙山,只有神仙能过,如今我们上来了,岂不成了神仙!"阳光刹那间就不见了,狂风骤起,卷起漫天雪雾。冰雪在官兵们的脚步下发出令人心惊胆战的"嘎嘎"声,雪流撞击在冰岩上激起巨大的雪浪。接近山顶的时候,天空又下起了冰雹。跟随先头部队四团前进的萧华走着走着,发现雪窝里好像缩着一个人,仔细一看,是少共国际师一名十五岁的小战士。萧华摇摇晃晃地走过去,试图把小战士拉起来,可小战士说他再也走不动了。萧华在剧烈的喘息中命令他立即站起来,小战士依旧一动不动。萧华知道,如果一直坐在这里就等于是等着冻死。于是他掏出了手枪:"从江西出来,咱们走了一万多里,那么多苦都过来了,你想死在这里吗?这里除了你没有别人,只有这座大雪山。站起来,不然我枪毙你!"小战士哭了起来。萧华叫来自己的马夫老刘,让他扶起小战士拉着马尾巴走。小战士站起来了,萧华说:"记住,红军战士,不能掉队。"冰雹瞬间就停了,头顶上又变成万里晴空。六连爬到了山顶上,跟着上来的萧华看见战士们正堆雪堆,雪堆里埋着牺牲的战友。其中一个战士刚喝了雪窝里的一口水就倒下了,还有一个战士抬头看太阳的时候一头栽倒在雪地上。萧华立即对他带领的宣传队做出三项规定:上山后不准四下张望,防止晕眩;山上雪窝里的积水不能喝,渴了可以吃雪;要低头走路,视线不能超过三米。下山的时候,萧华发现老刘的情绪不对,原来他负责照看的马滑进雪谷中不见了。萧华急忙问:"那个拉马尾巴的战士呢?"老刘说:"被三个战士扶着走了。"萧华于是安慰老刘说:"那就好,只要过了雪山,山那边马多得很!"老刘还是痛苦:"不光是马,还有吃的,打土豪时留下的罐头,咱们带了那么远都没舍得吃呢。"

对于经过了漫长征途的红军官兵来说,翻越夹金山大雪山是比任何残酷的战斗更为艰难的过程。远远地看,雪山并不是那么高,但是来自平原的他们显然对高海拔的威胁没有准备。他们预先想到了路滑、寒冷、疲惫和剧烈的喘息,但是绝大多数人都没有想到过死亡。

中央纵队中的女红军也是一身单衣。贺子珍和刘群先一起拉着马尾巴爬山。无论刘群先如何劝说,贺子珍都不肯骑在马上。她认为红军要走的路还很远,如果把马累死了,困难就更大了。一向身强力壮的担架队队员刘彩香实在太累了,她一头栽倒在雪地上,无论如何也爬不起来了。挣扎的时候她听见有人对她说话:"小同志,快起来,这里是停不得的。"刘彩香抬头一看,是第三军团军团长彭德怀!她一鼓劲儿,居然一下子站了起来。彭德怀连声说:"好,好,你很坚强。"

死亡最多的是担架员和炊事员。担架员的负重太大,他们因为不愿丢下那些在作战中负了伤的战友而直至自己累死。炊事员死亡的原因大多是因为违反了轻装的规定,他们在登山时的负重甚至超过了担架员。他们总是想多带些食物,以便日后别让官兵们饿着。他们无从估计雪山对自己有限体能的巨大消耗。

毛泽东在山脚下也喝了一碗辣椒汤,然后他拄着根木棍向大雪山出发了。毛泽东没有严重的不适。在喘得太剧烈的时候,他会停下来站片刻。毛泽东看着皑皑雪峰,对身边的人说:"蒋介石认为红军不能从雪山上爬过去,咱们今天就是要创造出个奇迹来。"——毛泽东真正盼望的奇迹不只是翻越大雪山,而是中央红军与红四方面军的胜利会合。

四团已经开始下山了。

下到山脚的时候,一条深沟挡在路上,红军官兵沿沟寻找继续北进的路。就在这时候,沟口方向传来一声枪响。前卫二营营长曾庆林报告说:"弄不清是什么队伍,喊话也听不清楚。"二营立即展开战斗队形,四连做好了出击准备。

团长黄开湘和政委杨成武在望远镜里观察,发现前面竟然出现一个小村庄,村庄的四周影影绰绰地有不少人在走动,这些人都背着枪,头上戴着大檐帽。这样的装扮黄开湘和杨成武以前从未见过。

司号员用号声联络,对方用号声回答了,但是双方都没听懂是什么意思。

四团派出三个侦察员摸上去。

主力部队则以战斗队形缓慢前进,一点点地向对方靠近。

一阵风把对方的喊声又送了过来,但是声音微弱得还是听不清楚。

四团官兵沉默着,继续向前摸索。

对面的声音越来越清晰了:"我们是红军……"

四团是整个中央红军的前卫,前卫的前边怎么会有红军?

没有人跟四团的红军官兵说过红四方面军会出现在夹金山的北麓。

但是,就在这个时候,派出的三个侦察员飞奔而来,一边奔跑一边高声叫喊:"是红四方面军! 是红四方面军!"

黄开湘和杨成武终于听清了来自前面那个雪山脚下的小村庄的叫喊:"我们是红四方面军! 我们是红四方面军!"

这一刻,中央红军和红四方面军的官兵永生难忘。

只是愣了片刻,两支队伍的红军官兵开始奔向对方,然后他们紧紧地拥抱在一起。

这是一九三五年六月十二日的下午,地点是夹金山北麓达维小镇以南一个名叫木城沟的藏族村庄。

那一刻,阳光下的雪山一片金黄,木城沟里的高山杜鹃迎风怒放。

与中央红军第一军团第二师四团会合的是红四方面军的哪一支部队?《中国工农红军第四方面军战史》对此作了如下表述:"六月十二日,方面军第二十七师第八十团(一说第二十五师第七十四团)和红一方面军第二师第四团在夹金山北麓胜利会师。"这一表述的依据是:中央红军第一军团第二师师长陈光在致中革军委的电报中称:"我四团于本[月]十二日十二时,在夹金山、大卫[达维]之间与四方面军八十团取得联络。"而时任红四方面军第九军第二十五师师长的韩东山回忆说,六月十二日中午,他在达维接到被派往夹金山的七十四团三营的报告,说他们已经与中央红军的官兵会合了。李先念的回忆证实了韩东山的说法。

还在中央红军通过彝区向大渡河靠近的时候,红四方面军命令第三十军政委李先念和第九军军长何畏,率领第三十军第八十八师和第九军第二十五、第二十七师各一部,由岷江地区日夜兼程西进,开往懋功地区去接应中央红军。由于双方的电台联络并不通畅,红四方面军接应中央红军的路线只能保证大方向正确。接受任务后,第三十军政委李先念和政治部主任李天焕立即与第二十五师师长韩东山一起研究行动计划。李先念还赶到理番,向第八十八师师长熊厚发和政委郑维山传达了方面军的命令和部署,决定熊厚发率领二六三团留在原地作战,郑维山率领二六五、二六八团与接应中央红军的大部队一起行动。接应部队分两路出发:一路是第九军第二十七师的一部,从汶川向西南的卧龙方向前进,阻击由巴郎山方向西进的敌人;一路是第九军第二十五师和第三十军第八十八师,分别从汶川、理番出发直取懋功。

从理番到懋功一百五十多公里,必须翻越一座海拔四千多米的雪山,红四方面官兵与翻越夹金山的中央红军一样为此历尽艰辛。直取懋功的先头部队是韩东山率领的第二十五师。出发前,徐向前找韩东山谈了近两个小时,谈话的中心意思是:要不惜一切代价迅速接应中央红军。两军的会合是一个重大的历史事件。徐向前说:"你韩东山是四方面军派去迎接毛主席的代表,说不定将来你的名字还能进入史册呢。"徐向前的一番鼓励令韩东山十分兴奋。回来向师里的官兵一传达,官兵们也很激动,有的连队甚至加了餐喝了酒。在向懋功前进的路上,第二十五师不断地遇到川军的阻击,大小战斗打了二十多场。为了完成接应中央红军的任务,全师官兵无心恋战,每一次都是把伤员匆忙留下之后继续赶路。在两河口附近,第二十五师拼尽全力击溃川军邓锡侯部两个营的阻击,然后一路直取懋功。根据行动计划,韩东山命令两个营据守懋功,其余部队向达维方向疾进。第二十五师准备翻越夹金山,到宝兴、芦山和天全一带去寻找中央红军。但是,部队到达达维之后,寒风呼啸大雪漫天,韩东山决定大部队暂时休息,命令七十四团团长杨树华带领三营向夹金山接近。三营在到达巴郎地区时与川军遭遇。由于红军兵力少,遭遇战进行得十分残酷。三营官兵抱着一定要尽快找到中央红军的决心,奋不顾身地向数倍于己的敌人冲上去。阻击的川军在被消灭大半后开始溃逃,三营营长陈玉清却由于伤势过重停止了呼吸,全营牺牲的官兵多达六十四人!

从夹金山上下来的中央红军第一军团第二师四团,在大雪山北麓遇到的那支红四方面军的先头部队,应该就是红四方面军第九军第二十五师七十四团三营。

三营为迎接中央红军付出了巨大的牺牲。在两军官兵终于会合的那一瞬间,他们仍没从众多战友牺牲的悲痛中解脱出来。这个营的红军官兵在很短的时间里经历了真正的悲喜交加。

四团团长黄开湘和政委杨成武所率领的中央红军官兵,在红四方面军七十四团官兵的簇拥下进入达维小镇。衣衫褴褛的他们受到了极其热情的款待。徐向前要求红四方面军以"十二万分的热忱欢迎我百战百胜的中央西征军"。大盘的牦牛肉、羊肉、土豆和青稞饭端到了中央红军官兵的面前。晚上的时候,两支红军部队召开联欢会,联欢会的主要内容是唱四川民歌和兴国山歌,最后中央红军的官兵一齐高唱了宣传队刚刚谱写的《两大主力会合歌》:

> 两大主力军邛崃山脉胜利会合了,
> 欢迎四方面军百战百胜英勇兄弟!
> 团结中国苏维埃运动中的力量,嗳!
> 团结中国苏维埃运动中的力量!

坚决赤化全四川！

万里长征经历八省险阻与山河，

铁的意志血的牺牲换得伟大的会合！

为着奠定赤化全国巩固的基础，嗳！

为着奠定赤化全国巩固的基础，

高举红旗往前进！

联欢会的篝火熄灭后，黄开湘和杨成武住进了他们自离开遵义以来再也没住过的温暖的房间。只是，整整一夜，两个人谁都没有睡觉，他们围着炭火——回忆了自离开中央苏区后所有的战斗，他们还谈到了革命的未来，一直谈到天亮。

六月十七日下午，韩东山的第二十五师官兵在达维列队欢迎了从雪山上下来的中共中央和中央红军的领导：毛泽东、张闻天、周恩来、朱德、刘伯承、王稼祥……这些领导人韩东山都听说过，可他一个也不认识。在逐个握手敬礼之后，他突然看见了一张熟悉的面孔，是陈赓！韩东山在鄂豫皖根据地任第十二师三十六团副团长时，陈赓是第十二师的师长。后来听说陈赓去上海养伤时被捕，韩东山还以为自己的师长会遇害，没想到在大雪山下又见面了，韩东山一下子泪如泉涌。

作为红四方面军的第一个代表，韩东山忙前忙后地招呼着去搞牦牛肉，然后他被毛泽东等领导人叫去了。毛泽东细心询问了红四方面军的所有情况，包括建制、干部成分、思想状况以及部队的生活、训练和学习。问得韩东山有了一点紧张。坐在一旁的周恩来递给他一杯水，说："师长同志，讲得不错嘛。别慌！别慌！"韩东山在汇报的最后说："我们部队的指战员都是来自鄂豫皖和四川的贫苦农民，打仗都非常勇敢，一上战场没有一个怕死的，都是拼死往上冲的！"毛泽东高兴地站立起来说："是啊，这就是红军的作风！我们从江西出发的那天，飞机在头上飞，敌人在地上追，我们还是闯过来了……"说着，他把自己的手攥成拳头"举到胸前"，然后又"有力地合到一起"——毛泽东说，我们"更发展了，更壮大了！"

第二天清晨时分，韩东山的第二十五师官兵再次列队，送毛泽东等领导同志出发去懋功。毛泽东向韩东山交代了他们在这里掩护后续部队通过的任务，然后向韩东山道了一声"再见"。数十年后，韩东山依旧难忘在中国工农红军艰苦征战的岁月里，因为两支红军终于会合而出现的欢乐时光。这位时年二十九岁的红军师长，一直记得毛泽东说的那句话："我们一、四方面军是一家人。"

在离开达维北去懋功的路上，毛泽东接到红四方面军发来的贺电：

毛主席、朱总司令、周政委，中央红军全体指战员同志们！

懋功会合的捷电传来，全军欢跃，你们胜利地转战千余里，横扫西南，为反帝的苏维埃运动与神圣的民族革命战争，历尽艰苦卓绝的长期奋斗。造成了今日主力红军的会合，定下了赤化西北的最有利的基础的条件。我们与你们今后在中国共产党统一指挥之下，共同去争取西北革命的胜利，直至苏维埃新中国胜利。

张国焘、陈昌浩、徐向前

及四方面军全体指战员启

六月十五日

之前，六月十二日，张国焘致电中央红军，要求："立发整个战略，便致作战，今后两军行动大计，请即告知。如有必要，请指示会面地点。"同一天，张国焘再次致电中央红军，详细介绍了川西北的敌情和红四方面军的兵力部署与当前任务，同时特别表明"以后关于党政军任务如何组织，行动总方针应如何决定，兄等抽人来懋或我们抽人前来，请立即告知"。十三日，张国焘仍是一天之内两封电报，电报告知中央红军主力可来懋功："疲劳之部队可在懋功、绥靖、崇化一带休息"。只是"懋功一带粮食困难，不能养大兵，须用一切力量解决经济问题"。

十五日这天，中央红军先头部队红一军团第二师，向朱德转发了红四方面军目前总兵力的电报："主力约四十个团,分编为四军八团,九军七团,三十军九团,三十一军八团,三十三军五团,三十四军三团,有五个独立师两个团,其余四个师每师平均约三千七百人。"尽管这一数字不甚准确,但是,红四方面军近乎十万人马的兵力,还是让包括毛泽东在内的中共中央和中央红军的所有领导感到万分惊讶。此时此刻,中央红军的全部人马加在一起也不过三万。

六月十六日,中央红军给红四方面军发出回复贺电:

> 张主席、徐总指挥、陈政委并转红四方面军全体红色指战员亲爱的弟兄们:
>
> 来电欣悉。中国苏维埃运动二大主力的会合,创造中国革命史上的新纪录,展开中国革命新的阶段,使我们的敌人帝国主义、国民党惊慌战栗。我们久已耳闻你们的光荣战绩,每次得到你们的捷电,就非常欣喜。此次会合,使我们更加兴奋。今后,我们将与你们手携着手,打大胜仗,消灭蒋介石、刘湘、胡宗南、邓锡侯等军阀,赤化川西北。我们八个月的长途行军,是为苏维埃而奋斗。我们誓与你们一起,为苏维埃奋斗到底。特此电复。
>
> > 朱、毛、周、张及中央野战军全体指战员
> > 十六日

同一天的第二封电报,是以朱德、毛泽东、周恩来和张闻天的名义向红四方面军"张、徐、陈各同志"发出的,这封重要的电报第一次向红四方面军首长明确了中共中央和中革军委关于两军会合后的战略总方针,即"占领川陕甘三省,建立三省苏维埃政权,并于适当时期以一部组织远征军占领新疆"。

懋功,一座偏僻荒凉的雪域小城,一时间挤满了兴高采烈的红军。

在派出李先念率领的先头部队去夹金山方向接应中央红军的同

时,徐向前亲自交代红四方面军后方纵队负责人余洪远,组织起由妇女团的两个营、省委工农医院、革命法庭、戒烟局等七个单位组成的一支五千人的筹粮工作队,在一个工兵营、一个战斗团和政府警卫营的掩护下,带着盐巴、豆豉、海椒面、酱菜、豆瓣酱等,从岷江地区出发日夜兼程西进前去迎接中央红军。这支队伍经过八天的行军,翻越常年积雪的红桥雪山后到达懋功,随即开始了紧张的准备物资工作。他们磨糌粑、做干粮、腌腊肉、编草鞋,利用当地的一种盐矿石昼夜熬制盐巴。当得知先头部队遇到中央红军的消息后,他们立即布置警戒、准备给养、腾房子并打扫卫生。十八日,中央红军大部队到达懋功,红四方面军官兵列队欢迎,口号震天,他们与另一支部队的红军战友紧紧地拥抱在一起。

在见到中央红军大队伍的时候,红四方面军官兵的情绪是复杂的,因为他们看见的不是很早以前干部们向他们描述的"伟大的铁军"。长时间的转战奔袭令中央红军的官兵疲惫不堪,他们武器简陋,军装不整,官兵的头上如果还有军帽的话,也不是红四方面军的那种大檐帽,而是一种小八角帽。从那时起,双方的官兵们私下里叫中央红军为"小脑袋",叫红四方面军为"大脑袋"。

红四方面军为中央红军的官兵们准备了大量的礼物。这些礼物包括毯子、皮衣、衣服、毛巾、草鞋、袜子、袜底等等。

第三十一军的慰问品是:毯子,一百床;衣服,一百九十五套又十九件下装;汗巾,一百五十二条;草鞋,一千三百六十八双;鞋子,一百六十九双;袜子,四百一十九双;布袜子,十二双;袜底,一百九十一双;红匾,两挂。

第九军的慰问品是:毯子,四床;皮衣,四十七件;单衣,十一件;汗巾,两百零三条;鞋,二十双;草鞋,二百九十三双;袜子,三百五十七双;袜套,两双;袜底,三十七双;牙粉,三瓶;香皂,两块;旗子,两面。

第四军的慰问品是:棉大衣,一百七十九件;单衣,一百九十一件;草鞋,一千二百三十六双;汗巾,一百三十五条;袜子,六百九十双;袜底,三十八双;匾,四挂;对子,四副。

同时,中央红军也在各部队中发动了与红四方面军联欢与慰问的盛大运动,号召每个战士"准备娱乐,准备礼物,去会亲爱的弟兄"。中央红军的官兵们没有物品,只有一路打土豪分得的大洋,于是纷纷捐款:"'坦克'(干部团代号)看见了红四方面军,立即发起慰劳运动,在一声号召之下,马上募了七百九十余元,没有一个不参加的,表现异常热烈!""'太阳纵队'(中央纵队代号),在政治处的号召之下,募了七百多元来慰劳百战百胜的红四方面军,也是没有一个不捐的,特别是三科的野战医院为最多,刘光甫同志一个人捐了二十元。"

住在懋功一座天主教堂里的中央红军领导人,接见了红四方面军第三十军政委李先念。与韩东山一样,这是年仅二十六岁的李先念第一次见到这么多中共中央和中央红军的领导人。毛泽东摊开地图问李先念,岷江和嘉陵江地区的气候和地形如何? 老百姓的生活怎样? 红军能不能打回去? 李先念回答说,岷江和嘉陵江流域平坝很多,物产丰富,部队的给养和兵源都不成问题。从战略位置上看,东边连接川陕老根据地,北边靠近陕甘,南边靠近成都平原,可攻可守,可进可退,回旋的余地很大。如果红军在这一带立足,可以很快得到补充,再图进一步的发展。现在,川北的茂县和北川都在我军手里,可以打回去,否则回去就很难了。李先念还说,大小金川一带山高地荒,大部队不宜久留,向东北方向打回去也是红四方面军官兵的愿望。李先念不知道,他的这番话与毛泽东的判断和设想十分吻合——这个年轻的军政委自此给毛泽东留下了深刻的印象,这种印象后来对李先念的一生都产生了巨大影响。

六月十七日,中革军委收到张国焘、陈昌浩的电报。电报对两军会合后的战略总方针表示出疑义,不但不同意红军向东或向北发展,反而提出了向西南更荒凉之地发展的设想。电报档案原文错漏极多,读来大致的内容是:向东进入四川腹地,北川一带水深流急,敌人已经有所准备,不容易通过。而沿着岷江北打松潘,地形和粮食等条件也不具备。如果向北发展,那么就要集中主力打青海和新疆。

第二天,由张闻天、朱德、毛泽东、周恩来联合签署的回电发出。电报坚持红军主力必须先控制向北转移的枢纽地带,占领从川北进入甘南的必经之地松潘:"否则兄我如此大部队经阿坝与草原游牧区域入甘、青,将感绝大困难,甚至不可能。"因此,需要"即下决心","立攻平武,松潘"。

两天后,张闻天、朱德、毛泽东、周恩来再次联名致电张国焘,重申"从整个战略形势着想",如实施向陕甘方向的突破,哪怕"突破任何一点","均较西移作战为有利"。因此,恳请张国焘"再过细考虑"。"如尚有可能,则须力争此着"。而如果"认为绝无办法",那么对向川西南发展的方案也可以商量执行。电报最后希望张国焘前来懋功:"兄亦宜立即赶来懋功,以便商决一切。"

没有任何证据表明,此时在毛泽东和张国焘之间已经出现了不可调和的矛盾与对立。张国焘与中央和军委之间的分歧,仅局限于两军会合后的战略方针上:毛泽东主张向东,重新打回川陕根据地;或者向北,开辟川、陕、甘三省新的苏区;而张国焘则认为应该向西,首先占领青海和新疆。但是,无论从当时的角度还是现在的角度看,张国焘的主张都是没有充分依据的:从懋功往西,是中国最荒僻的雪域高原,大军进入那里前途将是什么?

事后,张国焘在行动时,也没有选择这条几乎等于自杀的道路。

一九三五年六月,经历了两军会合的喜悦和兴奋之后,在还没有与毛泽东等中央领导人会面的时候,张国焘提出这样一个让人无法接受的主张,其原因和目的都是一个历史谜团。

如果非要找出理由的话,那一定不属于单纯的军事问题。

已经从茂县动身向懋功而来的张国焘回电了,首先还是表明不可北进,因为在平武、松潘一线有国民党中央军胡宗南部的二十七个团,而在江油、北川、安县一线有川军的三十七个团。但是他同意先攻打松潘:鉴于"任何通松潘道路都容不下十团兵力",所以建议必须采取"分路合击、多方游击的战术"。同时,对中革军委主张北上不再坚决反对,可依然主张首先向西去青海,然后再从青海东进陕西。最后告知:"焘已到东门外。"

东门,今名东门口,位于四川汶县,离红四方面军此时的大本营茂县有三十多公里,距中央红军的所在地懋功还有一百三十公里。

六月二十四日,毛泽东一行离开懋功北行后到达两河口附近。

第二天,在一个名叫抚边的村庄里,红军官兵搭起一个会场。

这是偏僻的抚边从来没有出现过的情景:土墙上用石灰水书写了"欢迎一、四方面军胜利会师!"、"中国共产党万岁!"和"中国工农红军万岁!"等标语;房屋上挂上了红旗,红旗上也写有标语;草地上搭起的讲台四周用松枝镶起一道绿色的边缘,这道绿色令这个荒凉的小村庄顿时有了生气。

中共中央和中革军委的领导,从会场步行三里路到达一条小路的路口。

近百名红军官兵在他们的身后列队完毕。

骤然下起了大雨,所有的人都站在大雨中没动。

就这么过了许久,有人喊了一声:"来了!"

泥泞的小路上一匹快马在大雨中飞驰而至。

锣鼓声立刻响了起来。

紧接着,三十多匹高头大马飞奔而来。马背上是全副武装的英武的卫兵,卫兵脚下的马蹄踏出一排排银色的水花。

张国焘骑在一匹白色大马上,高大而微胖,在卫兵们的簇拥下从雨雾中出现了。

这是中国革命史上难以形容的重要时刻。

在漫长而艰辛的跋涉作战中被反复设想、不断期待的时刻就这样出现了。

红军官兵用力敲打着锣鼓,努力地高喊口号。

他们经历了太多的艰险、太多的苦难、太多的残酷战斗以及太多的伤痛和牺牲,此时此刻,他们备感胜利所带来的欢乐。

红军官兵们哭了,他们的泪水被裹在大雨里令山川青翠。

流下喜极之泪的红军官兵无法知道,对于中国革命和中国红军来讲,一个更加危险的时刻正在来临。

在大雨中久候的毛泽东异常憔悴,他抻了抻已经湿透的灰色军衣,向着那匹白色的高头大马缓慢地迎了上去。

第十四章　黑暗时刻

1935年 8 月 · 松潘草地

毛泽东此生第一次见到张国焘的确切时间无从考证。但是,根据他们各自的生平推测,也许是一九一八年在北京大学。当时,二十五岁的毛泽东是这所大学图书馆的一名普通管理员,而二十一岁的张国焘不但是这所大学的注册学生,还是小有名气的学生领袖。尽管当时彼此的身份不同,但相信应该有过来往,因为他们都同时与中国共产党的重要创始人李大钊关系密切。三年后,中国共产党第一次全国代表大会在上海召开,张国焘后来这样记述了那时他眼中的毛泽东:

> 是一位较活跃的白面书生,穿着一件布长衫。他的常识相当丰富,但对于马克思主义的了解并不比王烬美、邓恩铭等高明多少。他在大会前和大会中,都没有提出过具体的主张;可是他健谈好辩,在与人闲谈的时候常爱设计陷阱,如果对方不留神而坠入其中,发生了自我矛盾的窘境,他便得意地笑起来。

从现有的史料中看,中国工农红军大规模军事转移前,他们最后一次见面应该是在一九二七年。那时中共中央暂时转移到武汉,毛泽东和张国焘共同参加了中国共产党第五次全国代表大会。根据张国焘的回忆,在那次大会上,毛泽东在对中国农民现状进行了调查后,提出开展土地革命、扩大农民武装、建立农村民主政权的主张。毛泽东甚至说:"矫枉必须过正。"张国焘认为这句话有些"左"倾,说如果按照你的"有土皆豪"的观点,你也是湖南一个有土地的自耕农,难道你也成了土豪不成?当时毛泽东大笑。但是,张国焘还是对毛泽东领导的农民运动给予了极高的评价,他说毛泽东所做的努力"对中共有极大的贡献"。他这样评价了毛泽东要求回湖南举行农民暴动的要求:"表现了他的奋斗精神,自动选择回湖南去,担负领导农民武装的任务……他这个湖南籍的'共产要犯'却要冒险到湖南去,不甘心让他所领导起来的农民运动就此完蛋,我们当时很高兴地接受了他这个到湖南去的要求。"

毛泽东和张国焘彼此失去信息是在大革命失败后。在一片白色恐怖中,毛泽东去了中国农民中间,张国焘则去了遥远的莫斯科。两年后,张国焘回国即被中共中央派往鄂豫皖根据地,那时毛泽东正率领着一支红色武装转战于井冈山的密林中。眼下,在中国西部一条荒凉的小路上,尽管大雨中张国焘的高头大马踏起的泥水几乎溅了毛泽东一身,但是当张国焘看见毛泽东的时候,他立即飞身下马,两个人紧紧地拥抱在了一起。

在红军官兵的欢呼声中,两个人登上临时搭起的讲台,讲台是从藏族群众那里借来的一张桌子。毛泽东向张国焘和红四方面军官兵发表了欢迎词,张国焘紧跟着发表了答谢词。其间口号声始终不断,而"热烈欢迎张主席"这句口号,让中央红军的官兵们喊起来有些不习惯,因为他们只知道苏维埃中央政府主席是毛泽东,他们暂时还弄不清楚张国焘是什么主席。

欢迎会开完之后,领导们说笑着一起往村子里走——"我和毛泽东旋即并肩步向抚边,沿途说说笑笑,互诉离别之情。"张国焘后来这样回忆。在他们并肩前行的路上,毛泽东告诉张国焘,他们到达这一带已经四天了,专门等待张国焘前来商量今后的军事方针。张国焘则告诉毛泽东,说他从茂县到这里骑了三天的马,一路多经藏族聚居区,山高林密,河流湍急。他还向毛泽东描述了他沿途看见的一所石建的教堂,说这座教堂拥有一个很大的养蜂场和一座精致的小磨房,而常年住在那里的一个西方传教士居然能够运进来"整箱的金山橙苹果洋酒"以供享用。

毛泽东和张国焘并肩走在一起的瞬间,被红军官兵们深刻地记忆在了脑海中。那个温暖的瞬间给予他们的希望与信心,让他们觉得之前所经历的所有苦难和牺牲都是值得的。

毛泽东和张国焘分别住在抚边的南北两端:分配给张国焘的,是这个仅有三十多户人家的村庄里最好的房屋——位于村庄最北端的一间店铺,柜台里面是他休息和办公的地方,柜台外面是他的随行人员的住处。而毛泽东和他的妻子贺子珍,住在村庄最南端的喇嘛庙边上。

傍晚,在喇嘛庙里举行了欢迎酒宴。张闻天、毛泽东、朱德、周恩来、博古和刘伯承等都出席了宴会。炖得很烂的鸡肉和牛肉,大量的米面食物,还有用大罐子装的酒。依旧先是相互的敬酒辞,然后是随意的闲聊说笑,似乎都有意回避着之前在来往电报中针对今后军事方针的不同意见。当然,不免要提到的双方现有的兵力,周恩来说中央红军有三万人,张国焘说红四方面军有十万部队——"周的夸张程度比张的要大得多。"美国记者索尔兹伯里后来说,"双方都保守秘密,都不坦率和公开。"——其时,中央红军的实际兵力约在两万人左右,而红四方面军约有八万人。

有意回避着敏感的话题,反而使喧闹的宴会显得有些空洞。

毛泽东照例拿"是否吃辣椒是革命与不革命的标志"开着玩笑:

> 毛泽东这个吃辣椒的湖南人,将吃辣椒的问题,当作谈笑的资料,大发其吃辣椒者即是革命者的妙论。秦邦宪[博古]这个不吃辣椒的江苏人则予以反驳。这样的谈笑,固然显得轻松,也有人讥为诡辩,我在悠闲谈笑中则颇感沉闷。

张国焘已经感到了无形中的隔阂。

一九三五年六月二十六日上午九时,在昨晚举行酒宴的那座喇嘛寺庙里,中共中央政治局会议召开,史称"两河口会议"。

会议由张闻天主持。首先由周恩来根据两军都已经离开自己从前的根据地,现在红军迫切需要建立一个新的根据地的现实,阐述了选择新的根据地的必要条件以及今后红军行动的战略原则。周恩来强调,新的根据地的选择方向和地域要有利于红军的作战和生存,而目前红军所处的地域显然不符合这样的原则。关于战略方向问题,向南、向东和向西都不利,应该以运动战迅速攻打松潘胡宗南部,北上创造陕甘根据地——周恩来的发言,实际上代表了中共中央和中革军委的意见。

毛泽东发言表示同意周恩来的意见,提出"中国红军要用全力到新的地区发展,在川陕甘建立根据地,可以把创造苏区运动放在更加巩固的基础上……一、四方面军会合后有实现向北发展的可能"。"战事的性质不是决战防御,不是跑,而是进攻。根据地是依靠进攻发展起来的"。"应该看到哪些地方是蒋介石制我命的,应先打破它,我须高度机动,要选好向北发展的路线,先机夺人"。要"集中兵力于主攻方向","现在就是迅速打破"胡宗南的部队"向前夺取松潘"。还应"责成常委、军委解决统一指挥问题"。

会议一直开到中午。绝大多数与会者都赞同周恩来代表中央和军委所作的报告,讨论基本是在北进计划的框架内进行的。最后,会议形成一个决议,即《关于红一、四方面军会合后的战略方针》:

一、在一、四方面军会合后,我们的战略方针是集中主力向北进攻,在运动战中大量消灭敌人,首先取得甘肃南部,以创造川陕甘苏区根据地,使中国苏维埃运动放在更巩固更广大的基础上,以争取中国西北各省以至全中国的胜利。

二、为了实现这一战略方针,在战役上必须首先集中主力消灭与打击胡宗南军,夺取松潘与控制松潘以北地区,使主力能够胜利地向甘南前进。

三、必须派出一个支队向洮河夏河活动,控制这一地带,使我们能够背靠于甘青新宁四省的广大地区有利地向东发展。

四、大小金川流域在军事政治经济条件上均不利于大红军的活动与发展。但必须留下小部分力量,发展游击战争,使这一地区变为川陕甘苏区之一部。

五、为了实现这一战略方针,必须坚决反对避免战争退却逃跑,以及保守偷安停止不动的倾向,这些右倾机会主义的动摇是目前创造新苏区的斗争中的主要危险。

六月二十八日

当时,在中国的陕北,有一片由共产党人刘志丹创建的红色根据地。而在红一、红四方面军中,没有人确切地知道那里的情况。

留在茂县的徐向前没有参加两河口会议。此刻他焦急万分,部队一部分被派去接应中央红军,一部分被派去筹集粮食和物资,由于剩下的兵力有限,面对国民党军的步步进逼,位于前线的红四方面军所有部队不得不"处于守势"。蒋介石判断两支红军会合后,"不外横窜康、青,北向甘、陕两途",因此进行了大规模的军事调动:北面,中央军胡宗南的二十七个团部署于松潘至平武一线;东面,川军刘湘、孙震、李家钰等部的九十多个团固守在江油、汶川和灌县一线;南面,川军杨森、邓锡侯部的五十多个团布防在芦山、雅安、荥经一线。而川军刘文辉部、中央军薛岳部正自南向北逐步推进,甘肃和青海的马家军屯兵两省边界也在准备出击。红军分散在这四个方向上的部队,几乎每天都在作战,而且打的都是阵地战,消耗和伤亡极大。六月十二日,徐向前起草报告致毛泽东、周恩来、朱德,催促中央尽快决定两军会合后的军事部署:

> ……目前我军之主要敌人为胡宗南及刘湘残敌,我军之当前任务,必先消灭其一个,战局才能顺利开展。因之或先打胡,或先打刘,须亟待决定者,弟等意见。西征军万里长征,屡克名城,迭摧强敌,然长途跋涉不无疲劳,休息补充亦属必要。最好西征军暂位后方固阵休息补充,把四方面军放在前面消灭敌人。究以先打胡,先打刘,何者为好?请兄方按各方实况商决示知。为盼……

六月十九日,在各路国民党军的猛烈攻击下,红四方面军大本营茂县东北方向的战略要地北川丢失,红军被迫退至笔架山至神仙场一线据险防守。

同一天,在南面阻击川军的红一方面军第五军团也被迫撤出宝兴。在川军第二十军军长杨森的严令下,一个旅的川军绕路翻过雪山,迂回到第五军团阻击阵地的后面发起攻击。红军由于两面受敌最终放弃了阵地。自渡过大渡河以来,担任后卫任务的红五军团没有一天不处在战斗中。中央红军开始翻越夹金山时,红五军团三十七团奉命在夹金山南麓阻击川军的追击,他们在一个名叫盐井坪的地方坚守整整五天才接到撤退翻越大雪山的命令。在雪山上,三十七团的官兵看见了一个个隆起的雪堆,雪堆下都是前面的部队翻越雪山时牺牲的官兵。当三十七团终于从雪山上下来到达宿营地时,军团通信员拿着军团首长的信已经在等他们了。团长谢良以为是命令三十七团整理军容,以便让中央红军这支最后的部队与红四方面军会合。但是,信的内容却是为保证两河口会议顺利召开、保证会合后的一、四方面军休整,命令三十七团迅速按照原路返回至盐井坪一线继续阻击敌人。三十七团的官兵没说二话,掉头重新翻过夹金山,迎着已经开始翻山的川军扑过去,硬是把川军压回到盐井坪。两河口会议结束后,为了实施北进松潘的作战计划,红五军团给三十七团的电报是:"接此电后,立即翻过夹金山,经达维到懋功待命。"在不到十五天的时间里,三十七团的官兵开始第三次翻越夹金山大雪山。部队到达山顶的时候,一连炊事班班长不行了,他对指导员说:"我……不行了,过不去了……"说完永远地闭上了眼睛,在他的身边是一副他从江西苏区一直挑到了雪山顶上的油盐担子。

张国焘回到抚边村北端的那个店铺里。吃午饭的时候,他的秘书长黄超拿来一份中共中央的《布尔什维克报》。黄超说,这份报纸是三天前在懋功油印出来的。听一方面军的同志说,这份报纸"只给一方面军的干部看,不给四方面军的干部看"。张国焘很是奇怪。他拿过报纸只看了一眼,就知道为什么"只给一方面军的干部看"了。报上的文章,是中共中央宣传部部长凯丰写的,标题是《列宁论联邦》。文章借用当年列宁反对建立"欧洲联邦"之意,将批判的矛头直指张国焘刚刚成立的西北联邦政府,说西北联邦政府在理论上是违背列宁主义的,在组织上是背离中华苏维埃政府的。

凯丰,曾经在遵义会议上讥讽毛泽东"只会看看《孙子兵法》翻翻《三国演义》",现在他又讽刺从莫斯科回来的张国焘说:"列宁认为在资本主义的基础上建立联邦是不正确的。"可以想象,因为在苏联学习了大量的革命理论,布尔什维克青年凯丰写出的檄文必会气势如虹。凯丰这样一篇重磅炸弹式的文章登在中共中央的报纸上,足以说明中央领导层意识到,张国焘的那个"联邦政府"即便没有政治野心,其名称也是十分奇异的:既然标榜建立的是一个苏维埃政权,那么,按照通行的惯例,叫"川康苏维埃政府"也就可以了,弄出个说不明白的"联邦政府"是什么目的呢?

其实,比《列宁论联邦》更值得张国焘注意的应该是另外一篇文章。这篇署名张闻天的文章发表于两河口会议的前两天,即六月二十四日中央红军的《前进报》上,文章的题目是《夺取松潘赤化川陕甘!》。文章可以视为两河口会议的舆论准备。其中心意思是:红军决不能在此久留,要集中全部力量北进,"克服一切道路、粮食、山地、河流的困难","用最大的努力和自我牺牲精神"消灭敌人,争取在川、陕、甘建立根据地。而"仍旧以到达一定地区为我们行动的中心,实际上就是要避免战争,放弃建立新的苏区根据地的任务,而变为无止境的逃跑":

> 这种右倾机会主义,实际上是由于对于敌人力量的过分估计,与对于自己力量的估计不足而产生的。克服在创立苏区根据地中的一切困难,同一切右倾机会主义的动摇作斗争,是目前整个党与工农红军的严重任务。但同时必须同"左"的空谈作斗争。这种空谈表现在对于敌人力量过低估计,与过分地夸大自己的力量。这些空谈实际上也不是在紧张地动员我们的全部力量,去克服我们面前的一切困难,拼着性命去战胜当前的敌人,而是在拿一些好听的词句,催眠我们,使我们在美丽的幻梦中间寻求自己的满足。

毛泽东敏感地意识到,张国焘也许会自恃兵强马壮为保存实力而按兵不动。

但是,张国焘并没有特别注意这篇文章。

红一方面军与红四方面军的基层官兵也开始有了小摩擦。除了"大脑袋"和"小脑袋"的议论外,一些小事在双方之间也变得十分敏感。比如,博古的警卫员提着一块牛肉找到张国焘的警卫员,希望换一些子弹。未果,双方竟然吵了起来,最后扩大到恶语相向。再比如,红四方面军官兵看见红一方面军的战士开枪杀牛,不但觉得这件事浪费了子弹,而且提出不能确定他们杀的是不是土豪的牛。

张国焘对张闻天提出一个比杀牛敏感得多的问题:中华苏维埃和中央红军受到的挫折,并不是像毛泽东说的那样,是因为蒋介石的飞机和大炮厉害,而是中央的路线出了问题。于是,在接下来的两天里,张国焘分别找了他认为重要的人进行谈话。在张国焘的眼里,博古说话直率但是"历练不足"。而博古则很认真地批评了红四方面军中存在的某种"军阀作风",同时也对张国焘在谈话中称兄道弟表示了反感。张国焘又请聂荣臻和彭德怀吃饭。吃饭的时候张国焘显得十分热情,表示要从红四方面军中拨出两个团给红一方面军。饭吃完了,聂荣臻问彭德怀:"为什么请我们吃饭?"彭德怀说:"拨兵给你你还不要?"接着,张国焘就派黄超给彭德怀送去几斤牛肉干和一些大米,还有二三百银洋,这让彭德怀顿时警惕起来,认为完全是旧军阀卑鄙的手法。多年后,彭德怀写道:

> 黄住下就问会理会议情形。我说,仗没打好,有点右倾情绪,这也没什么。他们为什么知道会理会议?是不是中央同他们谈的呢?如果是中央谈的,又问我干什么?他又说,张主席很知道你。我说,以前没有见过面。他又说到当前的战略方针,什么"欲北伐必先南征"。我说,那是孔明巩固蜀国的后方。他又说,西北马家骑兵如何厉害。把上面这些综合起来,知来意非善,黄是来当说客的。

后来，红四方面军政委陈昌浩又专门找聂荣臻谈话，问到关于遵义会议和会理会议时，聂荣臻毫不犹豫地表示："遵义会议我已经有了态度，会理会议我也有了态度。这两个会议我都赞成都拥护。"不知道为什么，自陈昌浩谈话之后，聂荣臻总觉得有点不对劲儿，他最担心年轻的军团长林彪，于是就与红四方面军的关系问题和林彪谈了一次，结果是两个人吵了起来，吵一句拍一下桌子，直到把桌子上的盘子都拍翻了。聂荣臻回忆道：

> 我告诫林彪说，你要注意，张国焘要把我们"吃"掉。因为我当时已经获悉张国焘还有一个方案，要把我调到三十一军去当政治委员，把林彪调到另一个军去当军长。总之要把我们调离原部队，只不过是命令还没有发出。当时林彪已经有他自己的立场。他说，你这是宗派主义。我说，怎么是宗派主义呢？对这个问题，我们要警惕，因为张国焘的思想和中央的思想不一致，我们应该想一想，我说这是路线问题。林彪反驳我说，既然是路线问题，你说他们路线不对吗？那他们为什么有那么多人？我们才几个人哪？这时，我一方面军的确只剩下两万多人。我驳斥他说，蒋介石的人更多，难道能说蒋介石的路线更正确？

林彪和聂荣臻是出生入死的搭档，即使吵了架也不会影响工作配合。聂荣臻的一番话最终使林彪受到震动，这个年轻的军事将领在不久后严峻的政治斗争中有了正确的选择。

张国焘在抚边村停留三天，忙着与各种人谈话。

毛泽东则忙着部署即将开始的松潘战役。

六月二十九日，中共中央政治局召开常委会议。会议宣布了组织人员的调整：增补张国焘为中革军委副主席，陈昌浩、徐向前为中革军委委员。会议通过了《中革军委关于松潘战役的计划》，并以朱德、周恩来、张国焘、王稼祥的名义发布，要求迅速、机动、坚决地消灭松潘附近胡宗南的部队,打开红军北进陕、甘建立新根据地的道路。

红军两个方面军被分成三路军一并北进。

三路军基本上保持了红一方面军和红四方面军的原有建制:

右路军包括红四方面军的第十师、第十一师、第九十师共八个团,由陈昌浩率领;中路军包括红四方面军的第二十五师、第八十八师、第九十三师共十个团,由徐向前率领;左路军包括红一方面军的第一、第三、第五、第九军团和红四方面军第三十军第八十九师共十六个团,由林彪、彭德怀、聂荣臻、杨尚昆率领。同时,在东面掩护侧翼的红四方面军八个团为岷江支队,由王树声率领;在南面掩护的红四方面军第二十七师共四个团,由何畏率领;红四方面军散布在各要点的部队,由周纯全率领为后方警备部队。

两个方面军会合之后的十万兵马,在夹金山北麓耽搁了太久之后,终于从不同的方向和地点开始向北移动了。

毛泽东一行跟随左路军行军。

离开抚边向北一百二十里是卓克基,中间需要翻越的雪山是梦笔山。

给翻越梦笔山的红军先头部队带路的是一位藏族喇嘛。这位和蔼的老人听说红军要翻雪山,组织僧众举行了祈祷平安仪式,还给了红军一些酥油。红一军团四团刚一翻过雪山,眼前就出现一座规模宏大的建筑。官兵们疑为是自己的幻觉,跑过去才知道一切都是真实的,因为从这座建筑里向他们射来了子弹。已是黄昏,为避免武装冲突,四团想出了打照明弹的办法。昏暗的天空突然出现的照明弹十分耀眼,躲在建筑里阻击的土司武装大惊失色,因为他们从来没有见过这般令人恐惧的东西在脑袋顶上炸开,于是慌忙逃走了。

卓克基,一个土司的官寨。

经过两天的艰苦行军,毛泽东一行到达这里。

土司的宫殿上下四层,全部由石块堆砌成,可以容纳数千人。

据说这个土司在成都的一所大学读过书,所以他的书柜里有《三国演义》和《水浒传》。

毛泽东在这座巨大的土司宫殿里作了短暂的休息。

相信他很有兴趣地参观了宫殿,特别是三层土司住房里那个巨大的书柜。

前线的电报不断到达卓克基,一再希望大部队火速前进,因为原定发起松潘战役的时间急迫,各路红军必须按时到达预定位置。同时,红军北上沿途粮食困难,土司武装袭击不断,在路上多走一天危险就增加一分。

从卓克基继续向北,行军队伍总是在雪山谷地之中的河流边绕来绕去。雨或雪交替不断,有森林的地方经常会打出冷枪。红军路过马尔康的时候,看见了同样规模的寺院,寺院里的喇嘛跑光了。附近没有村庄,找不到食物,夜晚宿营的时候,大部分官兵不得不露宿。雨雪纷飞,饥饿难耐,官兵们无法入睡,仅仅是挤在一起闭一下眼睛而已。所有人的衣服都湿透了,于是第二天用了一上午的时间把衣服烤干,然后继续翻越雪山。

左路红军到达马河坝时,由于粮食极度缺乏,决定休整两天以解决粮食问题。藏民种植的青稞已经显出淡黄色,尽管距离收割还有一段时间,但至少现在是可以勉强充饥的。这些青稞的主人全跑了,红军一边派人去寻找,一边给官兵们下达了收割的指标:不但要收割供自己单位十天食用的青稞,而且还要支援那些仍在雪山中行军的部队。早上八点,部队集合下地,都是农民子弟,收割庄稼的活并不陌生。朱德从井冈山起就与战士们一起下地劳动,现在,他不但自己收割,而且还把自己收割的青稞挑回来。中央纵队中年龄最大的徐特立老人负责用手搓青稞粒。部队组织起一个粮食运输队,把搓好的青稞送给发生了粮食危机的部队。

青稞粒用清水煮了就能吃。

但是这种颗粒难以消化,往往整粒吃进去再整粒排出来。

在马河坝,红军官兵让青稞粒弄得肚子很难受,而毛泽东则让李富春发来的一封电报弄得心情更难受。李富春在电报中向中央报告：张国焘提出了解决组织问题的要求。

两河口会议后，为加强一、四方面军的了解和友情，中共中央向红四方面军派去一个中央慰问团，团长是红军总政治部代主任李富春。

慰问团去的地方名叫杂谷脑，是四川省苏维埃所在地。

慰问团出发的时候，张国焘也离开了抚边，他本想回到位于茂县的红四方面军总部，但听说了慰问团的行动后，就直接赶往了杂谷脑——张国焘对这个慰问团有点不放心。或者说，他对目前的中央有点不放心。

此时，张国焘的心境与两支红军主力会合前完全不同了。并且，他很难否认变化的动因应该就是"权力"二字。这种变化很可能从红四方面军突破土门要隘到达茂县时就已经开始了。之前，张国焘对中央红军的状况并不十分清楚，而随着两支红军终于共处于中国的一个省内，会合的可能性日趋明显，红四方面军由此与中央红军开始了频繁的电报联络，这些电报最终使张国焘了解到中央红军遭受到巨大损失，部队从长征出发时的近十万人只剩下不足三万。这个判断一旦清晰，作为中国共产党的创始人之一，作为党内一个老资格共产党人，在两支红军主力部队即将会合之际，张国焘也许会意识到，中共中央领导层的重新"洗牌"已成可能：苏维埃事业受到严重挫折，红军的兵力受到严重损失，这说明中央的政治路线出了问题；政治路线出了问题，制定路线的中央就要有人承担责任；有人承担责任就会引起高层领导的分化，高层领导一旦出现分化就要有人站出来重新主持局面；有人出来重新主持局面，就会有新的领导人产生。在眼前这种形势下，谁将是中共中央乃至中国红军的最高领导者呢？

张国焘之所以对遵义会议和会理会议格外关注，就是因为这两个会议都涉及了党的最高领导人和红军的最高指挥权问题。

张国焘认为，遵义会议只局部地解决了军事指挥问题，而没有解决根本的政治路线问题。这很可能是因为严重的军事危机迫使毛泽东不得不暂时回避可能导致矛盾激化的政治危机。但是，毛泽东对最高领导权的渴望是明显的,结果有人对他的领导权提出了质疑,从而导致中共中央在遵义会议之后接着召开了会理会议。张国焘在两河口会议期间曾对张闻天说过这样的话:

> 党内政治歧见早已存在,遵义会议没有能够作适当的解决,目前中央又只注意军事行动,不谈政治问题,这是极可忧虑的现象。值得忧虑的是我们在政治上和军事上都将遭受惨败,不易翻身,并将引起一、四两方面军的隔阂和党内纠纷。如果我们能够根据实际情况,摆脱既定公式的束缚,放弃成见,大胆从政治上作一番研究,也许为时还不算太晚。

张国焘所说的"根据实际情况",可以理解为两个内涵:一是应该承认中央是犯了严重错误的中央,到了该清理其错误的时候了;二是中央红军已经损失过半,应该承认拥有近十万兵力的红四方面军的领导权,或者直接说就是承认他张国焘的领导地位。其实,这也正是毛泽东对张国焘会因兵强马壮而产生政治野心的巨大担心。

两河口会议后,张国焘开始在红四方面军高级干部中广泛散布自己的观点,即"中央的政治路线有问题"、"中央红军的损失责任在中央"等等。同时,他试图利用一、四方面军官兵之间发生的摩擦来扩大对立情绪。张国焘首先需要统一思想的,是红四方面军政委陈昌浩和军事总指挥徐向前。与徐向前的谈话令张国焘大失所望。徐向前晚年回忆说他那时因不满已久正在"闹调动":

> 自从在鄂豫皖和张国焘、陈昌浩共事以来,我的心情一直不舒畅。张国焘对我用而不信,陈昌浩拥有"政治委员决定一切"的权力,锋芒毕露,喜欢自作主张。许多重大问题,如内部"肃反"问题、军队干部的升迁任免问题,等等,他们说了算,极少征求我的意见。特别是在川陕根据地,取消了原来的中央分局,由张国焘以中央代表身份实行家长制的领导,搞得很不正常。我处在孤掌难鸣的地位,委曲求全,凭党性坚持工

作。既然两军已经会合，我就想趁此机会，离开四方面军。我在下东门见到陈昌浩时说过："我的能力不行，在四方面军工作感到吃力，想到中央去做点具体工作。听说刘伯承同志在军事上很内行，又在苏联学习过，可否由他来代替我。"

在这种情况下，张国焘不敢把话向徐向前说白了，只能用"中央的北进决定是否明智"来试探虚实。徐向前虽然并不清楚张国焘的真实意图，也不清楚两河口会议中党内已经显露出矛盾，但他客观地分析了南下和北进都存在的困难："平武那边地形不好，硬攻不是办法；松潘地区不利于大部队展开……南下固然能够解决目前供应上的困难，但一则兵力有限，二要翻越雪山，且不是长久立足之地，万一拿不下来，北出将会遇到更大的困难。"徐向前的态度是张国焘没有对中央北进决定提出反对意见的重要原因。

张国焘和陈昌浩的谈话很投机。陈昌浩在政治上的立场是显而易见的。他曾经留学苏联，是王明的同学和助手。与张国焘一样，他一九三〇年回国，一九三一年被派往鄂豫皖根据地。由于离开中央的时间很长，他对毛泽东等人并不熟悉，他所受到的革命理论影响全部来自张国焘。所以，这位年仅二十九岁的红四方面军政委自然不容任何人向张国焘的权力和威望提出挑战。

中共中央慰问团到达杂谷脑，在张国焘和陈昌浩的安排下，慰问团受到了热情的接待，同时行动也受到了"热情"的限制。中央慰问团成员之一李维汉后来回忆说，慰问团出发前张闻天找他谈话，要求他就不要回来了，留在那里当苏区四川省委书记。张闻天显然已经感受到张国焘与中央的矛盾，因此他又嘱咐李维汉说："如果做不成，就到白区当四川省委书记。"李维汉一到杂谷脑就看出来了，这里的人根本不愿意他当苏区的省委书记——张国焘的办法是"陪着"，中央慰问团吃饭、散步都有专人陪同，他们被尽量减少与红四方面军干部的接触。

中央慰问团找张国焘谈话，张国焘的话令李富春大吃一惊。张国焘说："两军会合，摊子大了，为了便于统一指挥，总司令部须充实改组,必须加强总司令部。"

七月六日凌晨一时,李富春给中共中央发去电报:

朱、周、王、毛、张:

国焘来此见徐、陈,大家意见均以总指挥迅速行动坚决打胡为急图,尤关心统一组织问题。商说明白具体意见,则为建议充实总司令部,徐、陈参加总司令部工作,以徐为副总司令,陈为总政委;军委设常委,决定战略问题。我以此事重大,先望考虑。立复。

富春

六日一时

张国焘提出的要求是:徐向前和陈昌浩不能仅按两河口会议决定当军委委员,而要出任具有决策权和指挥权的副总司令和总政委——周恩来说,这是自中国共产党创建以来,第一次有人伸手向中央要权。

北进的红军一直艰难地走在没有人烟的山路上。不断有马匹因在雪山上滑倒而跌落雪谷。因为要翻越的雪山一座连着一座,所以已经没有了特别的动员和准备,队伍就这么低着头往上走。山上的风很猛烈,有的战士被风刮倒就再也没有力气站起来,有的被风刮下了雪谷。

突然有人说,前面就要进入芦花地区了!

进入芦花地区的特殊意义在于,红军自此从中国的长江流域进入了黄河流域。

七月九日,一封署名为"中共川陕省委"的电报到了,电报建议加强总司令部同时增设军委常委:

党中央:

依据目前情况,省委有下列建议:为统一指挥、迅速行动进攻敌人起见,必须加强总司令部。向前同志任副总司令,昌浩同志任总政委,恩来同志任参谋长。军委设主席一人,仍由

朱德同志兼任，下设常委，决定军事策略问题。请中央政治局
速决速行。并希立复。

　　布礼

　　　　中共川陕省委：纯全、瑞龙、黄超、琴秋、

　　　　　　　维海、富治、永康

　　　　　　　　　　　　九号

　　署名的川陕省委领导人是：周纯全、刘瑞龙、黄超、张琴秋、李维海、
谢富治和吴永康。

　　在中国共产党的历史上，一级省委要求中央改组领导层，并提出具
体人选且要求"立复"，此封电报可谓空前绝后。

　　对于还在北上的红军部队来说，最严重的实际问题仍是粮食的短
缺。一些连队已经三天没有一粒青稞了。红军总政治部甚至发布了这
样的命令："……在发现有粮的地方和家屋，不论没收或购买，均应派
武装看管……"红军官兵自觉地执行纪律，对所经藏区藏民的财物给
予了妥善保护，包括粮食，尤其是寺院里的粮食。一支红军部队在山里
发现一群牦牛没有人看管，官兵们把牛牵了回来，尽管无米下炊，依旧
不敢杀牛，而且还得割草喂养。几天之后，牛的主人小心地来到红军驻
地，官兵们把牛全还给了他。这支部队还发现过一片玉米地，玉米已经
接近成熟，官兵们喜出望外，但是得到的命令是：不准吃地里的玉米。
经过再次请示，被允许摘一点玉米叶子，饿急了的官兵们便在地边支上
锅开始煮玉米叶。正煮着，在玉米地里藏了很久的主人来了，是一位藏
族老阿妈。她揭开红军的锅，看见锅里煮的玉米叶子后，回家端来一大
盆煮熟的玉米送给红军。连队司务长给了老人三块大洋，官兵们这才
开始狼吞虎咽地吃起来，看得老阿妈在一旁直抹眼泪。

　　红一军团第二师政委刘亚楼，此时调到第一师任师长去了，萧华在
这个最困难的时刻接任了第二师政委一职。为了欢迎他，师长陈光好
容易找来一块大约四两重的牛肉干，让警卫员放在野菜里煮，然后两个
人举行了"私人宴会"。风干的牛肉干根本煮不烂，味道也十分古怪，

可两个人还是觉得已经很奢侈了,把一大锅野菜汤全喝了。就在这个时候,他们得到了筹粮队再次受到袭击的消息。

自红军进入这一地区以来,派出筹粮的部队不断受到土司武装的袭击,被袭击的官兵死得很惨,有的被砍断了四肢,有的被挖了眼睛。这次派出的筹粮队不但受到袭击,七名战士被杀,还有一名干部被抓走了,被抓走的干部是第二师青年干事周书良。萧华一听,立即组织部队前去营救。在与土司代表谈判的时候,土司答应不再袭击红军,条件是一定要留下那个红军干部。萧华就是为了营救周书良来的,但又不能立即拒绝土司,只有再接着谈判。谈判进行得十分艰难,被扣的周书良大吵大闹,坚决不答应留在土司这里。谈判如果破裂,就有可能发生武装冲突,周书良就有可能被杀。最终,土司不但保证不再袭击红军,还答应卖给红军粮食,而条件依然是把人留下。土司解释说,留下这个红军干部是为了请他"帮助土司办事"。在请示了上级之后,萧华见到被扣留的周书良。他动员周书良留下,希望通过他的工作,为后面的部队筹集粮食。年仅十九岁的萧华说着说着就掉了泪,而周书良早已哭成了泪人。最后,为了红军的生存,他还是答应留下了。周书良被土司的人领走的时候,萧华送他送出去很远,一直送到了大草甸子的边上。在那里,萧华对周书良说:"我们走了以后,你的困难一定很多。无论什么时候,无论遇到什么情况,记住你是一名共产党员,是一颗红色的种子,要在这里扎根开花。等革命胜利了,我们来接你。"周书良一句话也说不出来,他向萧华敬了最后一个军礼,然后在土司的人的簇拥下渐渐消失了。

不知是这个土司没有食言,还是周书良做了工作,土司果然主动卖给第二师一批粮食。

没有人知道土司固执地要留下那位年轻的红军干部的真实原因。

自那时起,再也没有了周书良的消息。

直到晚年的时候,红军干事周书良依旧留在萧华的记忆之中。

第二师的先头部队六团在向松潘前进的过程中,也遇到土司骑兵的袭击。红军没有与骑兵作战的经验,撤退到山中的一个小村旁。这时候,六团全团已经断粮两天。团里不得不冒着巨大危险派出一个筹粮队。结果,筹粮队走出山谷没多远,就被土司武装包围了。土司武装说只要把枪扔出来就放他们过去。红军官兵照着做了,结果土司武装却突然发动猛攻,筹粮队除跑出一名十三岁的小红军外全部牺牲。

没有了食物的六团被迫滞留。

必须刻不容缓地给六团送去粮食。紧急任务被交给了第二师宣传科科长舒同。经过动员之后,第二师其他部队纷纷把自己好不容易筹集来的青稞全都捐献出来,然后舒同领着送粮小分队出发了。按照路程,至少要走三天,小分队不分昼夜地跋山涉水,仅用了两天时间就找到了被困的六团。当舒同与六团派出的尖兵相遇的时候,他立即命令战士们朝天开枪,为的是让枪声告诉六团的官兵们:再坚持一下,救命的粮食送来了!——时年三十岁的红军宣传科科长舒同,数十年之后成为新中国一位著名的书法家,他的书法被评价为"古拙苍劲,有禅气"。

尽管面对着饥饿的威胁,红军各部队还在顽强地向北前进。

七月六日,有消息说徐向前率领部队已经接近黑水河地区了,彭德怀立即去电告之第三军团当前的位置,并且带领两名警卫员和特务连的一个排顺着黑水河前去寻找。黑水河由高山积雪融化而成,河床中的乱石间翻着白色的浪花。河上架设着不少溜索,是当地藏民过河的工具。在一条溜索前,彭德怀停下了脚步,他发现溜索已经被人为破坏。这时,河对岸出现了一支队伍。"是大脑袋!"彭德怀对身边的人说。可是,溜索已坏无法过河,相互喊话也因为河水冲击岩石的巨大声响无法听清。于是,彭德怀写了张"我是彭德怀,第三军团一部在此迎接"的字条,包上一块石头使劲儿扔过去。过了一会儿,对面也扔过来一张字条:"我是徐向前,很想见到您。"电话兵由此受到启发,用同样的办法把电线连接起来。在电话里,彭德怀和徐向前约定次日到上游一个有桥的地点见面。

第二天,彭德怀再次带人出发,中午的时候到达约定地点。几乎与此同时,黑水河对岸也出现了队伍。可是,这里的铁索桥也被破坏了。

双方还是不断地喊话,不断地扔石头。警卫员在附近不远的地方发现了一根溜索,溜索上悬挂的用竹条编织的筐还没被破坏。

对岸那个身材修长的干部爬进筐里,顺着溜索溜过来了。

彭德怀大步跑过去,把从筐里跳出来的徐向前紧紧地抱住。

中国工农红军中两位著名的军事将领,一个湖南人,一个山西人,此前他们从没有见过面,此后他们终生都对对方充满了敬重之情。

彭德怀与徐向前立即交换军情,两个人共同的感觉是:部队行动的速度很不理想。

中革军委已经感到张国焘似乎在有意拖延部队北进的速度。

但是,七月十日张国焘的电报先到了。电报表明:"现毛儿盖开始战斗,胡敌测明我们企图,将集结兵力于松潘及其东北地区抗战"。因此,"我军宜速决统一指挥的组织问题,反对右倾。要能以坚决的意志,迅出主力于毛儿盖东北地带,消灭胡敌;特别要不参差零乱地调动部队,而给敌以先机之利,及各个击破或横截的可能"——这是张国焘首次明确向中央提出应该"速决统一指挥的组织问题"。

接到张国焘电报后,朱德、毛泽东、周恩来发出的电报是:

张:

甲、分路迅速北上的原则早经确定,后勿延迟,致无后续部队跟进。切盼如来电所指,各部真能速调速进,勿再延迟,坐令敌占先机。

乙、目前四方面军主力未到马河坝东北,沿途番民捣乱,三军团须使用于配置警戒及打通石碉楼方面。一军团及八十八、八十九两师三团,在毛儿盖未攻下前,不便突入。

丙、弟等今抵上芦花,急盼兄及徐、陈速来集中指挥。

朱、毛、周

十号

这一天,毛泽东到达芦花附近。

到达芦花的中央领导人开始讨论一个必须做出的决定:给张国焘什么"官"才好——松潘战役的准备已到最后关头,不给一再要权的张国焘一个"官",北进的计划也许会出现挫折,那样红军将面临更大的危机。毛泽东认为:"张国焘是个实力派,他有野心,我看不给他一个相当的职位,一、四方面军很难合成一股绳。"毛泽东看出张国焘想当军委主席,但"这个职务现在由朱总司令担任,他没法取代。可只当副主席,同周恩来、王稼祥平起平坐,他又不甘心"。张闻天就说,可以将自己的"这个总书记的位子让给他"。毛泽东断然否定了,他说张国焘"要抓军权,你给他做总书记,他说不定还不满意;但真让他坐上了这个宝座,可又麻烦了"。经过反复权衡,毛泽东对张闻天说:"让他当总政委吧。"这样做既考虑了张国焘的要求,又没让他把军权完全抓到手,是唯一两全其美的办法。在同现任红军总政委周恩来商量时,周恩来正发着高烧。那时和张闻天谈着恋爱的女红军刘英后来回忆说,周恩来"一点都不计较个人职位,完全同意这么安排"。

七月十八日,中共中央政治局常委扩大会议在芦花召开。

当天,红四方面军政委陈昌浩的电报到了,电报明确建议由张国焘任军委主席集中军事指挥:

焘、向并转朱总:

第七团蔡电报称:坝尾、内客一带之敌均退走,大概是撤去克龙或集小堡寺,备与我战。已令其大部仍固现阵,一部伴攻以制所部,向左方克龙、克辰方面认真游击,河东尽力制敌。树[王树声]到沙,电台时所坏。四台已修好,今晚到马坝河工作。弟即在该地逗留,或可赶到德怀同志处。全局应速决,勿待职到。职坚决主张集中军事领导,不然无法顺利灭敌。职意仍请焘任军委主席,朱总总前敌指挥,周副主席兼参谋长。中政局示决大方针后,给军委独断决行。坚决提高纪律、士气,肃反、反右,所出总的政治文件,示写作干部写出,使战

士明白形势、任务及前途。对一、四方面军行动决议公布,统
一全党与全军意志。浩连日不得指示,现在决亲来面报。

弟礼

巧卯[十八日五时至七时]

芦花会议只有一项内容:解决组织问题。

主持会议的张闻天首先提出了中央对于解决组织问题的意见:军
委设总司令,由朱德担任;张国焘任总政治委员,军委的总负责者。军
委下设常委,过去是四人,现在增加陈昌浩。周恩来调至中央工作。在
张国焘尚未熟悉工作前,周恩来暂时帮助其工作。

宣布之后让大家讨论。

实际上,是等待张国焘的反应。

想当军委主席的张国焘当然明白,在这个会议上他是绝对的少数,
他不可能提出自己当军委主席的意见。他别无选择,只有同意。于是,
张国焘表示"基本赞同"。但是,他提出了增补中央委员会成员的建
议。毛泽东的回答是:提拔干部是需要的,可是在目前形势下,中央不
需要集中很多干部,因为部队更需要干部。至此,张闻天总结道:"大
家意见一致,很好。"

会议结束后,中革军委以主席朱德,副主席周恩来、张国焘、王稼祥
的名义下达了对红军总司令和总政委的任命:

各兵团首长:

　　奉苏维埃中央政府命令:一、四方面军会合后,一切军队
均由中国工农红军总司令、总政委直接统率指挥。仍以中革
军委主席朱德同志兼总司令,并任张国焘同志任总政治委员。
特电全体知照。

军委主席朱、周、张、王

十八

两天后,中革军委以机密电文的形式下达了第一、第四方面军各部

队番号的变更以及干部的任命：

组成前敌总指挥部：徐向前兼总指挥，陈昌浩兼政委，叶剑英任参谋长；

第一军团改为第一军：军长林彪，政委聂荣臻，参谋长左权；

第三军团改为第三军：军长彭德怀，政委杨尚昆，参谋长萧劲光；

第五军团改为第五军：军长董振堂，代政委曾日三，参谋长曹里怀代；

第九军团改为第三十二军：军长罗炳辉，政委何长工，参谋长郭天民。

原第四、第九、第三十、第三十一、第三十三军番号不变。

第四军：军长许世友，政委王建安，参谋长张宗逊；

第九军：军长孙玉清，政委陈海松，参谋长陈伯钧；

第三十军：军长程世才，政委李先念，参谋长李天佑；

第三十一军：军长余天云，政委詹才芳，参谋长李聚奎；

第三十三军：军长罗南辉，政委张广才，参谋长李荣。

组织问题就这样解决了。

在部队建制上，只要中央红军的基本建制和骨干将领仍在，不被张国焘"混编"，毛泽东并不在意如何改变番号。特别是，从上述任命中可以看出，中央红军中的优秀指挥员李聚奎、张宗逊、李天佑、陈伯钧等，都已被加强到了红四方面军的队伍里。

中央红军在历尽千难万险的转战中，始终不遗余力地保存干部，朱德说"这是不幸中的万幸"。尽管在中央红军的每一次战斗中，红军干部总是冲在最前面，而只要他们一旦负伤，就会被抬着跟随部队行军。中央红军"甚至抽调战斗兵来抬着他们"。无论路途有多么遥远艰险，无论敌人的围追堵截有多么紧迫，即使不得不把伤员留给当地的老乡，也是将战士留下而决不放弃干部。因此，中央红军这个曾经的巨人虽然几乎血肉耗尽，可这支部队依然拥有着极其结实的骨架，骨架未倒血肉再度丰满只是时间的问题。那些在政治上和军事上皆可信赖的红军干部,对于整个共产党红色武装的发展壮大来说,"是极可珍贵"的。

组织任命下达后,红军还是没能立即北上松潘,尽管前线阵地不断失守再这样耽搁十分危险,可毛泽东还是认为接下来要开的会才是更重要的,这就是以中央政治局会议的形式讨论红四方面军的历史问题。

这是张国焘无论如何没有想到的。

张国焘声称"中央的政治路线有问题",现在中央要首先深究他的路线是否有问题。

政治局会议的议题让张国焘没有任何反对的借口:两军会合之后,中央有责任听取红四方面军关于放弃根据地的情况汇报,并且有权力提出意见并做出评判。

七月二十日,参加政治局会议的各部队军事指挥员陆续到达芦花。

会议开始前,毛泽东代表中华苏维埃政府,授予此前的红四方面军总指挥徐向前一枚金质"五星"奖章。这是徐向前第一次见到这么多中央和红军的领导,他既兴奋又拘谨——此时此刻,向徐向前授予金质"五星"奖章,具有令人联想的含义。其中至少有一个信息是明确的,即中央对徐向前的信任与肯定。

中央没有理会陈昌浩让张国焘任军委主席的建议,更没有采纳张国焘让陈昌浩当红军总政委的建议。陈昌浩和徐向前一起赶到芦花参加中央政治局会议,中央只授予了徐向前奖章,这不能不使陈昌浩感受到一种难以言表的失落和尴尬。

七月二十一日至二十二日,两天的政治局会议实际上是在讨论或者说是在争论一个问题:红四方面军放弃川陕根据地是不是一个错误的行动?

从向中央汇报工作的角度讲,红四方面军在放弃苏区等问题上对中央有所交代,是必要的;从纠正张国焘与中央离心离德的思想苗头出发,对他进行政治上的规劝和警告,也是必要的;从理论上解决思想问题,从而达到一、四方面军的团结合作,更是当前的必要。但是,这时候,整个红军的生存正受到极大的威胁:部队一直在严重缺粮的地域徘徊,国民党军不断地从四面压缩而来,特别是在红军准备突击而出的川北松潘地区,胡宗南部正利用红军在时间上的耽搁推进阻击防线。因此,在这个不毛之地的短暂争论,本应在时间更从容的时候再耐心讨论——事后证明,会议并没有达成中央希望的团结,张国焘与中央的背道而驰反而加剧了。

张国焘首先发言,他讲述了红四方面军撤出鄂豫皖和川陕根据地的前后经过。接着是徐向前发言,他汇报了红四方面军的部队状况:"对党忠诚;服从命令听指挥;纪律较好;作战勇敢;打起仗来各级干部层层下放,指挥靠前;兵力运动迅速敏捷,长于夜战";"平时注意军事训练","战后注意总结经验"。缺点是"文化程度低,军事理论水平和战略战术的素养不够"。最后,陈昌浩简要介绍了红四方面军的政治工作情况。

由于徐向前和陈昌浩要立即率前敌指挥部去毛儿盖,他们在发言之后就走了。

毛泽东的发言从红四方面军创建鄂豫皖根据地开始讲起,说到根据地在国民党军发动第四次"围剿"后被放弃时,毛泽东认为面对敌人的大兵压境,红四方面军既没有做充分准备仗也没有打好。说到川陕根据地,毛泽东认为红四方面军主力西渡嘉陵江,在取得歼敌十二个团的胜利后放弃根据地,是一个严重错误。红四方面军领导没能了解建立政权与建立红军的密不可分的政治关系。

放弃川陕根据地,这是张国焘的痛处,因此他反驳说:"川北苏区固应保卫,松潘亦应当控制,但这决定于四方面军的力量,而非决定于主观愿望"。红四方面军"当时的主要努力是策应一方面军,而我们的兵力有限,不能过分分散使用。如果中央并不以为四方面军策应一方面军的行动是多余的或错误的,就不应苛责四方面军不能完成力不胜任的其他军事任务"。张国焘认为,"川北苏区即使当时留置了较多的兵力,事实上也不能达到保卫的目的"。"而一方面军当时能否渡过大渡河顺利到达懋功,尚成疑问,四方面军果真全力北向夺取松潘",也许中央又会批评四方面军"隔岸观火,看轻休戚相关的大义"。

徐向前对这一问题的态度是：

> 整个说来，红四方面军退出川陕根据地，有复杂的原因。
> 优势敌人的压迫，常年战争和"左"的政策造成的困难，策应
> 中央红军的紧迫战略需要，都凑到了一起。从这个意义说，是
> 历史的必然。问题在于：主力红军撤出根据地后，没有留下足
> 够的兵力坚持游击战争，只留下刘子才、赵明恩等千把人枪，
> 如果把三十三军留下，要好得多；强渡嘉陵江后，犹豫徘徊，丧
> 失了进击甘南的战机，使"川陕甘计划"流产。川陕甘计划未
> 能实现，非常失策，是关系整个革命命运的问题。如果当时实
> 现了这个计划，我军将能得到更大的补充，中央红军北上就有
> 了立脚点，形势会不一样的。

徐向前所说的"关系整个革命命运的问题"，显然是指红四方面军
被迫放弃川陕根据地西渡嘉陵江后，没有及时向北发展，造成了中央红
军到达之后没有落脚点，从而导致红一、红四方面军全部拥挤在西康这
片不毛之地中。

由于发起松潘战役的时间被一拖再拖，红军先遣部队逐渐与后续
部队"相隔过远"，中革军委被迫对松潘战役原计划进行了修改。

此刻，追击而来的川军已经距离红军越来越近。

川军第二十军第二混成旅向廷瑞部为左翼，经两河口进攻懋功；第
三混成旅为中路，其前锋翻越夹金山后直指懋功；第四混成旅从右翼翻
越夹金山进攻达维；第二十军军部和第一、第五、第六混成旅为预备队。
川军第二十军军长杨森亲自带领军手枪团，跟在第四混成旅的后面翻
越夹金山。手枪团快要爬到山顶的时候，一个士兵开枪射击逃跑的民
夫，枪声响过之后，天空突降暴风雪，手枪团所有的人都趴在地上不敢
动。一个民夫说，翻雪山不能大声喧哗，更不能开枪，否则天神一发怒
就别想活着下山。一听了这话，杨森发怒了，他命令士兵把山顶小庙里

的王母娘娘塑像推倒扔到山涧里,然后强令官兵顶着风雪快速前进。结果,第四混成旅仅九团就有一百多名官兵死在夹金山上。七月二十五日午后,第二混成旅首先到达懋功。红军后卫阻击部队在把一条河上的桥板拆了后,撤退了。杨森在懋功的天主教堂里召集第二十军各部队军官会议,说本军占领懋功,受到蒋委员长的通令嘉奖,这是很光荣的事情。目前红军已经向青海方向去了,咱们川军追到这里,任务就算是完成了。杨森的话音刚落,蒋介石的电报到了。蒋介石认为,要巩固懋功必须占领抚边,因此命令第二十军各部队继续向北进攻抚边。

进攻抚边的战斗经过,并不像占领懋功那样顺利,第二十军三路进攻部队都受到红军后卫部队的顽强阻击。六团二营在进攻中遭到红军的突然反击,十八名士兵全被红军用大刀砍死。在左翼实施掩护的五团二营奉命向红军发起冲击,眼看就要冲上红军的阻击阵地时,红军从没有任何动静的阵地后面一下子冒了出来,二营营长李显宗即刻死在了红军的乱刀之下。六团团长李介立连夜派出一营迂回到红军阻击阵地的侧后,并在第二天拂晓再次发动进攻,两面受攻的红军阻击部队撤退了。随即,六团和五团相继开进抚边。在这里,川军发现了几十名由于负伤已不能行动的红军伤员,伤员们的身边还有一挺打光了子弹的重机枪,而他们背后的墙上写着"热烈欢迎张主席"的标语。

杨森命令把红军伤员拍摄成影片,影片的名字叫《灵关大捷》。

灵关,抚边以南的一个小镇,距抚边尚有一百多公里的路程。

杨森将影片命名为《灵关大捷》,也许是想用几个红军伤员表现他的第二十军从抚边到灵关一路"大捷"。

川军第二十八军邓锡侯部李树华旅奉命配合第二十军行动。李树华的三个团一直跟在杨森部队的后面与红军后卫部队作战。中央红军翻过夹金山大雪山后,李树华旅接到军里转来的一封密信,信中转述了红军总司令朱德写给邓锡侯军长的密信内容:国难当头,应停止内战。红军北上抗日,如兄部愿来,我们欢迎;如暂时不能,希望互不干扰。随后,邓锡侯给他的第二十八军各部队长官下达了密令:追击部队要与红军保持一天的路程。既不失红军的行踪,但也不要与红军发生战斗。每天派人向当地藏人打听红军的去向,然后逐级上报足以应付即可。结果,李树华旅一路与红军即使有过短暂的接触,也是一触即退,自己和红军双方都没有伤亡。邓锡侯的官兵由于得不到杨森的接济,到十月大雪封山时部队粮米断绝。邓锡侯在给蒋介石的电报中说,第二十八军"奋勇追击斩获甚丰",但是"饥无食,寒无衣,病无药"。

此时,位于川西北的北川、茂县、汶川等战略要地,都已先后被川军占领。

陷于荒无人烟的西康地区,令红军面临着不战即毙的境遇。

松潘,四川西北部川甘大道上一个重要的战略要地,四周山高林密,塌方不断,通行极其困难。

红四方面军向松潘实施的战斗攻击均未成功,红军想抢在胡宗南部之前占领松潘的愿望没有达成。

命令胡宗南部不顾一切地抢占松潘,是蒋介石军事指挥生涯中少有的精明之举。一个月前,蒋介石亲自调动他的中央军嫡系部队:胡宗南的第一师、陈沛的第六十师、伍诚仁的第四十九师和王耀武的第一补充旅、钟松的第二补充旅,命令他们急促赶往川北松潘地区。蒋介石最初的目的是阻止红一、红四方面军会合,然而这一军事调动的结果却显示出他对红军未来走向的一种预感:

急。

胡师长宗南:

松潘部队既占归化,应速向叠溪节节进展。但一面进展须一面逐段筑碉,对于两侧尤应注意。故横线亦应扼要筑碉据守,勿受匪迂回抄袭。对于向松潘增加后续部队,最好陆续移增,决再增三团,共加六团为妥。如弟能前往亲自督剿更好。决自鱼日[六日]起派空军每日掩护我军向叠溪进展。希告进攻部队协同动作,俾奏速效。

中正手令。

这一天,中央红军刚刚到达夹金山大雪山脚下。

蒋介石的嫡系部队在向松潘集结的过程中吃尽了苦头。第二补充旅是从北平调来的,这个旅从旅长到团长全是黄埔军校的毕业生,于是与蒋介石皆成为师生关系。早在一九三五年二月的时候,他们就奉命向川陕地区开拔归胡宗南指挥。第二补充旅从北平坐火车到郑州,再从郑州转车到西安。虽然受到西安绥靖公署主任杨虎城的招待,但是官兵们明显感到陕军并不欢迎他们。四月,第二补充旅开始向松潘地区靠拢,可他们接到的命令却不是顺着大路走,而是要走秦岭中陡峭的古栈道。国民党军第一师师长胡宗南的解释是:陕军第七军军长冯钦哉的部队正在大路上转运物资,物资中有从汉中银行提出的大量现款,如果在路上两军相遇可能要发生冲突——为什么会发生冲突?为了两军路上相遇,还是为了大量现款?第二补充旅被迫在没有人烟的荒山中行军,第一天就摔死了好几匹马,原来驮在马背上的弹药和给养只好由士兵来背。秦岭的春季阴雨连绵,栈道单人勉强可过,山中没有任何可以宿营的地方,由于开小差的士兵很多,被丢弃的弹药和整袋的面粉在栈道上随处可见。第二补充旅从陕西进入四川,翻越海拔五千多米的雪宝顶大雪山后到达松潘,驻扎在松潘县城第一中学里。

胡宗南亲自率领着丁德隆的独立旅、李铁军的第一旅、袁朴的第二旅、廖昂的西北补充旅、伍诚仁的第四十九师、王耀武的第一补充旅在甘南和川北交界处的文县附近集结。当红四方面军从川北西去之后,胡宗南的大军才开始沿着涪江上游北岸的小路向松潘前进。庞大的部队把沿路百姓的粮食和稻草全征用了,仍然无法满足需要。而胡宗南的命令是:不顾一切迅速到达松潘。胡宗南认为,如果红军赶在他前边占领了松潘,在川西北那个荒僻的地域里,他想撤退都不知道该撤往什么地方。

六月下旬,胡宗南的部队占领松潘一线。

国民党军二十七个团挡在了红军北上陕甘的路上。

这就是毛泽东在芦花会议上对红四方面军西渡嘉陵江后没能控制松潘地区提出质问的原因。

　　胡宗南大军驻守松潘,各旅搭起的帐篷遍布在附近的山谷中,红军没有飞机大炮,他们不怕暴露目标。山地多变的气候时风时雨,官兵们还都穿着单衣,虽然雇佣了大量的民夫,由于需要昼夜不断地挑运粮食,因此根本没有力量再运送棉衣。民夫从江油县城挑米来松潘,壮夫每人百斤,弱者每人七十斤,近三百里的艰险山路上,倒在路边的民夫不计其数。即使到了松潘,担子里的米也已让民夫在路上吃去了一半。在给养成为严重问题的时候,胡宗南下了一道命令:"国难当头,一切要节约,上至司令官下至士兵,每天只吃一餐,放午炮吃饭。"所谓"放午炮",就是中午的时候,一声炮响,各部队统一开饭,每天一炮一顿饭。胡宗南也在炮响之后吃饭,但他携带有大量的饼干和罐头,再加上当地的土豪经常请客,所以他自己并没有饿着。

　　西北补充旅的哨兵抓住一名红军便衣,从这名红军便衣的身上搜出一张地图,地图是用毛笔画的,川、甘、青三省边界一带的山脉、河流、道路、村庄均在图上。这样一张地图绝非短时间能够画出,胡宗南这才知道这名红军便衣早在他的部队入川之前就已经扮成货郎潜入了松潘。胡宗南看着这张甚至比他的作战地图还要详细的地形地貌图,终于明白红军肯定要在这里与他打上一仗了。

　　胡宗南不想与红军作战,因为他的兵力没有红军多,同时他知道红军能吃苦肯拼命,真的打起来他的部队凶多吉少。

　　一九三五年六月二十六日,蒋介石在成都发出了给川军第二十四军军长刘文辉记大过处分的电报。电报以刘文辉各部失守大渡河为由,指出之前一再电示川军沿大渡河北岸"逐段切实筑碉",而刘文辉也"先后电复一一遵办",可是当中央红军一举渡过大渡河后,蒋介石才发现刘文辉对他的每一次电示"实际全未遵行"。对于这一点,蒋介石说,红军"在两天内能行三百里,还要作战,可为铁证。否则碉堡阻滞,行动决不能如此神速"。所以,必须"着记大过一次,以为督饬不力者戒"——蒋介石终于敢收拾川军了,这是因为中央军薛岳率领的周浑元部和吴奇伟部都到达了成都附近,四川成为中央军的天下已经势在必得。蒋介石在成都认真研究了川西北地形,认为红军现在徘徊在西康地区,东有岷江,西有大小金川,南有夹金山终年不化的积雪,北有无法通行的草地,几万红军根本无法处处布防,加之粮食缺乏,气候恶劣,因此只要北堵南追红军在劫难逃。

七月十八日,国民政府军事委员会委员长行营参谋团发布《川甘边区"歼匪"的计划大纲》,蒋介石对红军未来行动路线的判断已经准确:

> 现朱、徐两匪各派一部窜至毛儿盖、哈龙冈、羊角塘、班佑一带,企图袭取松潘。原据北川、墩上各处股匪,已向茂县撤退。威州[汶县]、茂县间之村庄,全被匪焚毁。依据匪之过去行动,均系避实攻虚,且青海南部多属软地,类皆不毛。是可判断该两匪,先各以一部分向毛儿盖、阿坝探进,其余必跟续分途北进,并以大部经毛儿盖进窜岷县,一部经阿坝进窜夏河,期达越过洮、黄两河,接通"国际路线",或由陇中窜向陕北、宁夏,与陕匪合股。如其不逞,仍回窜川北……

这确实是毛泽东设想的红军北进陕甘的路线。

于是,蒋介石在这条路线上层层设防,先后调集的总兵力达三十万之众。

胡宗南知道毛儿盖的重要性。虽然这个小地方在地图上难以发现,但是它处在红军北进的道路上,而且是松潘草地的南沿。如果红军要进攻松潘,必须先占领毛儿盖。因此,胡宗南在到达松潘的第二天,就命令西北补充旅一营营长李日基率部前去毛儿盖。胡宗南交代李日基的任务是:"搜索、警戒和打游击。"至于"能不能打游击",胡宗南的指示是:"自己做主,不要向我请示。"李日基营在两个藏族向导的带领下走了两天才到毛儿盖,部队住进了寺院供喇嘛住的空房子里。

毛儿盖是河谷中的一块狭长平地。一条不宽的小河自北向南流过,把两座大山隔在平地的边缘。沿河是青稞地,山坡上长满低矮的乱草。由于这里海拔高，从北方来的官兵很不适应。李日基判断红军只能从南边来，因此他向那里的一个藏族小村庄派出一个前哨班，并在村庄两侧的山头布置了警戒排。除此之外，一营官兵没有修筑任何工事，因为李日基营长认为此地没有固守的必要。

但是，几天之后，胡宗南来电，说红军有向毛儿盖进攻的迹象，命令一营固守。李日基立即回电说，要固守这里至少需要一个团。胡宗南果然派了个副团长率领一个营前来增援。可是，这个副团长连同他率领的那个营，仅仅在毛儿盖待了几天，就又被胡宗南调回去了。李日基后来才知道，为了不留在毛儿盖与红军作战，这个副团长买通了胡宗南的一个参谋，结果这个参谋对胡宗南说毛儿盖的防守一个营足够了。愤怒的李日基只有赶快修筑阻击阵地以便迅速展开兵力。全营正忙着，电台报务员报告说：附近发现一个大电台，肯定是红军大部队来了！

攻击毛儿盖的红军部队，是黄开湘和杨成武率领的红一军团第二师四团。

四团一直是整个红军的先头部队，他们到达毛儿盖的时间是一九三五年七月十日。

先是南边那个藏族小村庄里的前哨班跑了回来，然后整个毛儿盖都被红军包围了。红军从南面的山地冲过来，警戒排转眼间就溃败了，负伤的排长被士兵背回了营部。晚上，李日基亲临阻击阵地指挥战斗，企图以此鼓舞士气。李日基发现红军的装备很差，火力根本无法与自己相比。由于李日基离开了营部，副营长吴剑平负责给胡宗南去电报告战斗情况。这一下弄得胡宗南不断地问"李日基如何"。天亮之后，李日基回到营部，发现一营请求增援的电报再也没有了任何回音，不禁怒火万丈。后来他才知道，自从副营长署名的电报一再发出后，胡宗南先是以为李日基已经死了，后来又怀疑他投降了红军，因此无论如何不敢派出增援部队，生怕中了红军的计谋。

第四天，红军已占领毛儿盖的大部分地区。

李日基营营部与各高地之间的联络被切断，全营大部分人马被困在那座名叫索花寺的寺院里。一连几天,红军的攻击并不猛烈,李日基怀疑红军在挖地道,忙派人前去侦察。果然,红军的地道快要挖到寺院里了。此时,在寺院大门防守的副营长吴剑平和一连连长郭全喜相继阵亡,全营粮弹全无,增援无望,军心崩溃。李日基连续发电大骂胡宗南无情无义。胡宗南的电报终于来了,在确信李日基还活着后,他命令一营撤退:"电到后该营即可撤回并将电台砸毁,回来士兵一人赏洋十元,带回武器一支赏洋二十元。"已经魂飞魄散的李日基立即命令部队砸了电台开始突围。一营能够突围的官兵仅剩约五百人,其余一百多个伤员和体弱者全部被红军俘虏。天降大雨,李日基营的官兵饥寒交迫,看见红军冲上来,坐在地上马上缴枪投降。李日基顺着一条山沟拼命跑,跑了一夜后发现身后的官兵已不足百人了。毛儿盖四周的小路上到处都有红军的警戒哨兵,李日基不敢走出树林,流浪了几天之后才回到松潘。胡宗南没有斥责狼狈不堪的李日基,而是让他去领赏。由于根本没把胡宗南的那封电报听完就跑了,所以李日基一头雾水不知道让他去领什么赏。

胡宗南丢失了毛儿盖,但是他的收获是:确定了红军现在的具体位置,同时明确了红军定要进攻松潘。因为红军如果不走松潘,就只能进入没有人烟的大草地。胡宗南认为,数万红军无论如何也不会走进那条绝路。

占领毛儿盖的四团缴获甚丰。除了粮食和酥油外,竟然还有前门牌香烟!黄开湘和杨成武立即派出一个骑兵班把这些香烟送到师部去,因为他们知道聂荣臻政委和陈光师长已经很长时间没有抽到真正的香烟了。

红军的先头部队在毛儿盖停留了很长时间。

四团曾向松潘方向发起进攻,由于敌人兵力多火力强,在付出很大牺牲之后不得不撤回。

红军的后续部队没有跟进。

红军各部队虽然都在执行北进计划,但是行动的速度极其缓慢。

八月初,毛泽东到达一个名叫沙窝的地方。沙窝四面皆山,"山上树林茂密,山沟中有一个藏人的小村庄"。

由于内部矛盾再次激化,张闻天又一次发出开会的通知,时间是八月四日。

北上毛儿盖的行军被再次耽搁。

粮食更加匮乏,疾病开始流行。疾病流行的原因是饥饿的官兵吃了死亡后风干或腐烂的牛羊尸体,还有有毒的野菜或是蘑菇。

在沙窝附近负责收容伤病员的女红军李伯钊把刘少奇的烟叶子吃了。这些像萝卜叶子一样的绿色野草,被刘少奇采集来当烟草,因为整齐地摊在地上晒着,饥饿难耐的李伯钊看见后就拿来煮着吃了。刚吃到一半,李伯钊就开始趴在一座牲口圈里不停地呕吐。不久,女红军们发现一个可以找到粮食的办法,那就是在牲口粪里寻找没有被消化的青稞粒,这一发现居然令她们一粒一粒地从牲口粪里挑出来好几斤青稞。

沙窝会议在一座喇嘛寺院里召开。

参加会议的有张闻天、毛泽东、周恩来、博古、朱德、张国焘、邓发、凯丰,还有刘伯承、陈昌浩、傅钟。

矛盾爆发的导火线还是一篇文章。由于张国焘仍试图促使红军实施他的西进川康计划,红军的北进缓慢而拖沓,由此引发了一、四方面军之间的种种猜测。张闻天出于对党和红军的团结的担忧,写了一篇名为《北上南下是两条路线斗争》的文章,送到红军总政治部内部刊物《干部必读》编委会要求发表。编委会由张闻天、陈昌浩、凯丰、博古、杨尚昆组成。陈昌浩发了脾气,说希望红军一致北上没错,但"何必又端出个南下来批判"?将北上与南下之争上升到路线斗争高度,其真实意图只能是"整"红四方面军。张闻天没想到自己的文章会惹来陈昌浩这么大的火气,他到毛泽东那儿从头到尾学了一遍,说他无非是想让红军北上的战略顺利实施。毛泽东听后笑了,他告诉张闻天,现在写这样的文章没有用,张国焘仗着人多枪多是不会听进去的。张闻天忧心地问，如果张国焘坚持南下怎么办呢？毛泽东的回答是："忍耐、斗争、等待，不可操之过急，最好一起北上。"

沙窝会议进行了两天。

第一天会议通过了《关于一、四方面军会合后的政治形势与任务的决议》。决议特别指出："必须在一、四方面军中更进一步地加强党的绝对领导，提高党中央在红军中的威信。中国工农红军是在中国共产党中央的唯一的绝对的领导之下生长与发展起来的，没有中国共产党就没有中国工农红军。"决议告诫全体红军官兵："一、四方面军都是中国工农红军的一部分，都是中国共产党中央所领导的"。"一、四方面军兄弟的团结，是完成创造川陕甘苏区，建立中华苏维埃共和国的历史任务的必要条件。一切有意无意的破坏一、四方面军团结一致的倾向，都是对于红军有害，对于敌人有利的"。决议号召"全体党员与红色指战员像一个人一样团结在党中央的周围"。

第二天，会议开始解决组织问题。会议拒绝了张国焘提出的增补红四方面军九名干部为中央政治局委员的意见。当时，中央政治局一共才八个人。会议决定增补陈昌浩、周纯全为政治局委员，徐向前、陈昌浩、周纯全为中央委员，何畏、李先念、傅钟为候补中央委员，并任命陈昌浩为红军总政治部主任，周纯全为副主任。虽然中央在人事安排上对张国焘作出一些让步，但毛泽东坚持政治局不能人太多，因为"还有二方面军和全国白区的秘密党的组织"。会议根据毛泽东的建议，做出"恢复红一方面军建制"的决定。周恩来被任命为红一方面军司令员兼政治委员——这一决定在未来巨大突变发生的时候，几乎起到了拯救危亡的作用。

沙窝会议召开的前一天，鉴于攻打松潘的战机已经失去，中革军委制订了一个新的作战计划，即《夏洮战役计划》。计划的中心意图是：红军继续北上，穿越松潘草地，经阿坝进入甘南，在洮河与夏河的广大地域形成发展趋势。

集中优势兵力突击一点，是红军一贯的作战原则。但是，张国焘坚持兵分两路。《夏洮战役计划》将红军分成左、右两路军。两路红军由两个方面军部队混编而成：左路军，由红一方面军第五、第三十二军，红四方面军第九、第三十一、第三十三军组成，共二十个团，由朱德和张国焘率领北上，向阿坝方向开进；右路军由红一方面军第一军团和红四方面军第三十军组成，共十二个团，由徐向前、陈昌浩率领北上，向班佑方向开进；红四方面军第四军等共七个团为钳制部队，红一方面军第三军团为总预备队并担任后方掩护，归右路军指挥。

张国焘离开了沙窝，毛泽东目送着他的身影渐渐消失。

与毛泽东告别的，还有朱德。

根据夏洮战役作战计划，朱德将和张国焘一起指挥左路军。

高大而消瘦的毛泽东站立在风中，心情恶劣到了极点。

在与朱德分别的那一刻，毛泽东无论如何都没想到，他们两个人再次相见竟然是一年以后了。

周恩来的病情在这个时候到了危在旦夕的地步。

自中央红军踏上长征征途以来，周恩来的精力和体力消耗已经达到极限。他终于倒下了，高烧不退。医生开始以疟疾病来治疗，但是没有任何效果。当周恩来因腹部剧烈疼痛而陷入昏迷时，医生终于诊断出他得的是肝脓肿。

周恩来的肝脏严重化脓，疼痛使这位性格坚韧的共产党人彻夜呻吟。邓颖超被从休养连叫来了，看着随时会有生命危险的丈夫，她没有任何办法减轻周恩来的痛苦，只有不断地为他擦去脸上的汗珠。性急的陈赓命令官兵到雪山上弄来冰块，为周恩来做腹部冷敷以期减轻他的痛苦。周恩来的病情日益恶化，没有人能想出办法来救他。

毛泽东来看望周恩来了，红军中不能没有周恩来。

昏迷三天之后，周恩来排出一大盆绿色的脓血，而后他的疼痛竟然减轻了——周恩来奇迹般地活了下来。

近四十年后周恩来被诊断出患了癌症。那时毛泽东也同样被重病折磨着，他无法再看望周恩来了。周恩来在最后一次手术前给毛泽东写去一封信,信中写道:"这一大肠内的肿瘤位置,正好就是四十年前我在沙窝会议后得的肝脓疡病在那里穿肠成便治好的位置……"

毛泽东体质之好是惊人的。在中国红军的艰苦征战中,他除了被蚊虫叮咬患过疟疾之外,再也没有患过其他任何疾病。但是,从沙窝开始一路北上毛儿盖,毛泽东觉得自己十分难受,这种难受来自内心的巨大忧虑。

张国焘回到卓克基。徐向前的意见是,部队必须马上离开这块不毛之地:"这里没有吃的,得赶紧走,我们在前面打仗,找一块有粮食吃的地方……部队天天吃野菜和黄麻,把嘴都吃肿了……这么困难的情况下,要命第一!"但是,张国焘就是按兵不动。

八月十五日,中共中央致电张国焘,催促左路军部队"专力北上",口气急促而恳切:

朱、张二同志:

(一)不论从敌情、地形、气候、粮食任何方面计算,均须即时以主力从班佑向夏河疾进。右路军及一方面军全部,应即日开始出动,万不宜再事迁延,致误大计。

(二)新麦虽收,总数不多,除备行军十五天干粮外,所余无几。此事甚迫切,再不出动,难乎为继。

(三)目前洮、夏敌备尚薄,迟则堡垒线成,攻取困难。气候日寒,非速到甘南夏河不能解决被服。

(四)毛儿盖到班佑仅五天,到夏河十二天,班佑以北,粮、房不缺,因此,一、四两方面军主力,均宜走右路,左路阿坝,只出支队,掩护后方前进。5K、32K[部队代号]即速开毛。

(五)目前应专力北上,万不宜抽兵回击抚边、理番之敌。

(六)望立复。

中央

八月十五日十四时

十五日,朱德和张国焘率领左路军先头部队,从卓克基出发前往阿坝。

同一天,右路红军的先头部队在前敌指挥部参谋长叶剑英的率领下,也从毛儿盖向北出发了。

但是,左路军的行进方向不是在向右路军靠拢,而是越走离右路军越远。此时,张国焘仍在试图自阿坝向西,进入甘肃和青海交界的边远地区。

张国焘表现出的动摇严重威胁着红军的整体行动计划。

二十日,中共中央政治局在毛儿盖举行会议,参加会议的有张闻天、毛泽东、王稼祥、博古、陈昌浩、凯丰、邓发,列席会议的有徐向前、李富春、林彪、聂荣臻、李先念。朱德、张国焘、刘伯承因在左路军中没有到会。叶剑英因在右路军先头部队,彭德怀因跟随担任后卫的第三军团也没有到会。周恩来因病缺席。会议再次强调了迅速占领甘南洮河流域的战役计划,特别指出"深入青、宁、新僻地是不适当的",那里是少数民族聚居地,物资匮乏,难以保障大军长期驻守。同时,一旦敌人在黄河东岸布防起拦截线,红军将被困于其中,前后左右都将难于伸展。会议通过了《关于目前战略方针之补充决定》,决定明确了一个重要原则:以右路军为北进主力,左路军作为战略预备队迅速东出跟进。会议要求"全体党员与红色指战员,以布尔什维克的坚定,以工农红军特有的英勇,团结在中央的路线之下歼灭敌人,实现赤化川陕甘,而为苏维埃中国确立巩固不拔之基础"。

第二天,八月二十一日,右路红军离开毛儿盖,陆续进入无边无际的松潘大草地。

松潘大草地,位于今天四川阿坝藏族羌族自治州北部,南北绵延约两百公里,东西最宽处约一百公里,是一片平均海拔三千多米的高原湿地。

如果之前能够按时发动计划中的松潘战役,近十万红军本可以避免进入这片犹如巨大陷阱的草地。

无论是红一方面军还是红四方面军,自离开苏区开始长征以来,所遇到的艰难险阻不计其数,但就自然环境之恶劣而言,以松潘大草地为最。

四团再次成为整个红军的先遣部队。

四团出发前,杨成武被毛泽东叫到毛儿盖。

毛泽东对杨成武说:"这一次你们红四团还是先头团。必须从草地上走出一条北上的行军路线来。"毛泽东详细询问了四团的各项准备工作:粮食、衣服、向导……毛泽东告诉杨成武,克服困难最根本的办法,就是把可能遇到的一切困难向官兵们讲清楚,把为什么要过草地北上也向官兵们讲清楚。"只要同志们明确这些,我相信没有什么困难能挡得住红军"。杨成武走的时候,毛泽东让警卫员把自己的晚饭——六个鸡蛋大小的青稞馒头——端出来送给了杨成武。毛泽东最后嘱咐杨成武:"必须多做一些'由此前进'并附有箭头的路标,每逢岔路,插上一个,要插得牢些,好让后面的部队跟着路标顺利穿过草地。"

四团找到一个六十多岁的藏族老人作向导,还专门安排了八个战士轮流用担架抬着他。

一九三五年八月二十一日早晨,在穿过一条无名山谷后,红一军团第二师四团进入了松潘大草地。

站在大草地的边缘,杨成武举起望远镜看去,心情骤然紧张起来:大草地里野草丛生,水流交错,水草上雾气缭绕,天地间苍茫无边,人一旦置身其中根本无法分辨方向。没有树木,没有石头,几乎没有干燥坚硬的地面,只有长在沼泽上的一丛丛几尺高的乱草。黑色的积水散发着腐味,草丛下是无法预测的泥潭,脚踩在上面软软的,若是一不小心下脚过猛,就会陷下去直至被淹没。

六十多岁的藏族向导用生硬的汉语说:"往北,只能从这里走。"

看着杨成武一脸的难以置信,藏族向导详细地解释说:"要拣最密的草根走,一个跟着一个。我就这样走过,走了几天几夜,才出了草地。草地里的水是淤黑的,有毒,喝了肚子发胀,还会死。如果脚被划破了,伤口被水一泡就会烂。"杨成武和黄开湘立即制定了一条纪律,要求部队官兵一个一个地传下去:除了河水和雨水,不准喝也不准用草窝里的水。

四团进入松潘大草地的第一天,军团长林彪给前敌总指挥部发出的电报是:

聂抄转周、徐、陈:

一、二师于十七时到达腊子塘露营。

二、由毛到腊约八十里,路平好走,途中无人烟,须过五次河,有三次无桥。因天雨,水深及流速均正在增加,此刻水深约七十生的[厘米]。

三、编入四团之二九四团共三百余人全无雨具,通身湿透。

四、腊子塘从前有牧牛及架帐篷遗迹。今晚各部均在雨中拥坐,此地树林甚少,不能全部搭棚子及烧火。

林

二十一日十八时

二九四团,红四方面军的部队,在红军进入松潘草地前被编入四团。

草地天气多变。早上乌云滚滚,冷雨霏霏,中午的时候突然晴朗起来,但顷刻之间又是大雨滂沱。大雨使草地里的河水骤然暴涨,四团无法徒涉,只能停下来等待。四团走了两天之后,藏族向导指着前面突然出现在草地中的一座山丘说:"那就是分水岭。我们从毛儿盖来,一路所有的河都往南流,流入岷江,接着又流进长江。过了那个山丘,所有的河都往北流,流入玛曲江,最后流到黄河里去了。"

红军官兵们登上那座山丘一看,眼前绿茵茵的草地一直铺展到天边,无数条水流在草地间蜿蜒如同玉带,草丛里繁茂的野花色彩斑斓,在阳光下令人昏眩地摇曳着。

这里是中国的大河之源。

在这里,十七岁的小红军郑金煜死了。

进入草地的第二天,四团就有官兵倒下了,他们都是在消耗尽身体里的最后一点热量后一头栽倒在泥水中的。有的人夜晚还在大雨中与战友们站在一起露营,天亮时分却没有了踪影,他们站立的地方只剩下一个泛着黑水的水涡。即使那些仍在行走的官兵,也因为饥寒而脸色黑黄。一些官兵只要倒下就再也站不起来了。郑金煜从江西石城加入红军,成为一名小宣传员,他个子不高人长得秀气,但打起仗来毫不含糊,因为作战勇敢十六岁就入了党。四团进入草地后,小红军郑金煜背着武器、背包,还背着部队生火用的柴火。他总是走在队伍的最前面,宣传鼓动的时候笑眯眯的,会讲故事还会唱歌。后来,杨成武发现有两天没见着这个活泼的小红军了,一问才知道郑金煜因为呼吸困难被送到卫生队去了。红军官兵都表示无论如何也要把他带出草地。杨成武把自己的马给了这个小红军,但是郑金煜已经无法在马背上坐住了,卫生队把他绑在杨成武的马上,让人跟着马看护着他。第四天中午,被绑在马背上的郑金煜突然说:"让政治委员等我一下,我有话要对他说。"走在前面的杨成武立即赶过来,郑金煜断断续续地说:"政治委员,我在政治上是块钢铁,但是我的腿不管用了,我要掉队了,我舍不得红军,我看不到胜利了。"周围的人都哭起来。杨成武说:"你一定能够走出草地,我们一定会帮助你走出草地。"——四团走出草地的前一天,十七岁的小红军郑金煜死在了马背上。

四团给后续部队留下了路标,可不断的大雨和泥潭令路标很快就模糊了。与冰冷的大雨、稀薄的空气和近似陷阱的泥潭相比,最大的威胁还是缺粮。一旦进入松潘大草地,几乎所有的死亡和消耗都与无法得到补充有关。尽管事先用强制的方式要求官兵筹集和携带至少可以支持一周左右的粮食,但实际能够筹到的粮食十分有限。于是,不少官兵在行军的前两天就吃光了携带的干粮。

红三军团的一个连队有九名炊事员。班长姓钱,矮个子,不大爱说话。他带领的这个炊事班，每个人挑的担子都超过了规定的重量。钱班长说草地里弄不到粮食，多挑一点有好处。虽然受到了上级的批评，但在向草地出发的那一刻，钱班长还是带上了连队的那个大铜锅。这个大铜锅从江西一直跟随着他们到了松潘草地。大铜锅有几十斤重，上级命令把锅扔掉，钱班长说："锅扔了，炊事班干什么？"虽然钱班长很严厉，可大家还是很喜欢他，因为他对革命无比忠诚。在贵州打土城的时候，官兵们眼看着他在给阵地送饭时倒下了，大家都以为他牺牲了，难过了很久，然而半夜时分他又一个人爬了回来，敌人的子弹打在了他的腿上。炊事班行军负重大，别人休息的时候他们还要忙。钱班长发现官兵们的脚被黑水泡肿了，于是每天都要用大铜锅烧热水让官兵们烫脚。进入草地的第二天，大铜锅就没有粮食可煮了。炊事班给那些没了干粮的官兵不断地补充着事先炒好的小麦和青稞。而大铜锅还照常被挑着行军。一天早上，一个炊事员刚挑起大铜锅，身子一歪就一声不响地倒下了。另外一个炊事员挑起大铜锅继续赶路。中午的时候狂风大雨，部队被迫停止前进。炊事班在雨布下忙着用大铜锅烧姜水给大家喝，好容易把水烧开了，那个挑着大铜锅行军的炊事员端着一碗姜水想给病号送去，没走几步就连人带碗摔在了泥水里，官兵们赶忙上前想扶起他，却发现他已经死了。这时候官兵们才知道，炊事班的同志自从进入草地后谁都没舍得吃一粒粮食。第四天的时候，半夜里，钱班长突然想喝水，他走到篝火前坐下来。大铜锅里一滴水也没有，钱班长就这样守着空锅一直坐到天亮。篝火已经熄灭，部队又要上路了，官兵们发现钱班长还在那里坐着，走过去一看，他就这个样子死了。官兵们叫着他，轮流把他抱住，试图让他活过来，可钱班长的身体已经凉了。和钱班长一起转战了这么远的路途，大家竟然谁都不知道他的家乡在哪里，也不知道他在世上还有什么亲人，只知道在江西的时候他跟在红军的队伍后面走了很远才被批准参加红军。

钱班长和他的炊事班的战士全都牺牲在了草地里。

红三军团军团长彭德怀也断粮了。开始的时候还可以用野菜充饥,很快就连这些东西都找不到了。彭德怀命令他的老饲养员把连同他的坐骑在内的六头牲口全部杀掉。老饲养员急得直落泪,因为他知道彭德怀对他那头大黑骡子感情很深,平时无论他心情多么不好,只要看见大黑骡子脸上就有了笑容。为了这个,老饲养员经常和大黑骡子一起分享自己的干粮。大黑骡子在彭德怀面前十分温顺,但是打仗的时候却毫无畏惧。部队过湘江的时候,不少不会游泳的战士都是拉着它的尾巴才死里逃生的,它在那条被敌机狂轰滥炸的大江中游了好几个来回。平时行军的时候,它不是驮器材,就是驮伤员。部队翻越夹金山大雪山,它的背上不但有沉重的行李,还有几个走不动的战士,尾巴上还拖着两个小红军。当时,老饲养员万分心疼,生怕大黑骡子会累死。彭德怀的命令下达之后,老饲养员和警卫员谁都不愿意去执行。彭德怀命令军团部的一名干部去。干部带上了名叫印荣辉的战士。印荣辉后来回忆说,六头牲口被集中在一起,二十多分钟过去了,谁也不开枪。彭德怀叉着腰站在远处喊:"开枪!立即开枪!"最后,那位干部开枪了,用机枪扫。五头牲口倒下了,可那头大黑骡子依然安静地站着。它是个老兵了,根本不害怕枪声。老饲养员扑上去,抱着大黑骡子的脖子喊:"把它留下!把它留下!"彭德怀走过来,低声说:"同志,人比牲口重要。"然后,他看了那个干部一眼,干部又开了一枪,大黑骡子很慢地倒了下去,老饲养员趴在它身上失声痛哭,就是不让人对它动刀。彭德怀转身走了,看得出来,他不忍心回头。彭德怀自己不吃,也不允许军团部的人吃。包括大黑骡子在内的六头牲口的肉,全部给部队送去了。彭德怀还特别嘱咐,好肉要分给战士,特别是伤员和病号。干部们要分,就分一点下水和杂碎。老红军印荣辉说:"这些肉不知救了多少红军的命。"

红军官兵每人身上都有一个干粮袋,这个袋子是他们最重要的东西,走路时带着,露营时抱着,如果能够有块相对干燥的地方,可以躺下来睡一会儿的话,他们就枕着这个袋子。不少官兵在袋子上用线缝上了自己的名字。红一军团的小红军谢益先也不例外。由于不识字,他把他那个笔画很多的"谢"字用白线缝得很大,歪歪扭扭的。谢益先入伍前是一个赤贫的农民,红军到达他家乡的时候,他毫不犹豫地帮助红军带路,结果红军走后他的父母被地主打死了。谢益先把自己的小弟弟送给了乡亲,然后徒步走了十几天追上红军。参加红军的那一年他才十六岁。红军大部队刚一进入草地,小红军谢益先就遇到了迷失在草地里的一对母女,她们是从已经被国民党军占领的川陕根据地逃出来的。看见她们,谢益先想起了自己的母亲。在以后的行军中,只要部队停下开始吃干粮,谢益先就躲在一边,别人问他他说自己已经吃饱了。两天后,他走路开始摇晃,副班长就扶着他走;第四天,谢益先一头栽倒再也没能站起来。当这支红军部队到达草地边缘的时候,官兵们才发现队伍的最后面走着那一对母女,她们到处打听一个姓谢的小红军,手里捧着的那个干粮袋上缝着歪歪扭扭的一个"谢"字。副班长顿时声音哽咽,他告诉那对母女小红军谢益先已经死了。那位母亲一下子跌坐在地上。直到部队走远了,官兵们还能听得见她的哭声。

先头部队出发后的第三天,毛泽东走进松潘大草地。

毛泽东的警卫员吴吉清后来回忆道:

> 天空像锅底黑刷过的一般,没有太阳;眼前是一望无际的茫茫草原,看不见一棵树木,更没有一间房屋……如果一不小心,踏破了草皮,就会陷入如胶如漆的烂泥里。只要一陷进去,任你有天大的本事,也别想一个人拔出腿来。我因为性子急,走进草地不久就碰上了这种倒霉的事,幸好主席那宽大有力的手一拉,我才摆脱了危险。一上来,主席就对大家打趣地说:"别看他外表像个泥人,那泥里包着的可是钢铁。"

与毛泽东走在一起的,是红军中的老同志和女红军。这是一支衣衫奇特的队伍。为了避寒,羊皮、狗皮被用来缝成衣服和鞋子。由于缺少雨具,每人手里都拿着一块草编的垫子,下雨的时候遮挡在头上,休息的时候放在屁股下面。因为草地中没有一块干燥的地方,露营时大家都忙着试图点起一堆火。极度的潮湿令火很难点燃,无论谁好不容易点着了,大家便都会凑过来围在一起。携带的青稞面粉经雨水浸泡,结成一团黏稠的东西,女红军们小心地弄下一点放在嘴里。头发斑白的徐特立已年近六十,他在红军大学任政治教授,但是生活却如同一名普通士兵。他穿着自己找来的一块旧红布缝成的裤子,披着一件破旧的皮袍子,手里拄着一根拐杖,肩上还背着他的干粮袋子,身后跟着分配给他的那头小毛驴。毛泽东问徐特立为什么不骑驴,他回答说驴背上驮着三个学生的行李,还有他的书籍。遇到掉队的官兵,徐特立总是停下来用湖南方言笑着说:"同志,快宿营了,努力呀!"

红军断粮以后,警卫员们开始四处寻找野菜。谢觉哉老人跟着他们一起找,居然找到一张烂马皮,这让他很是兴奋。他用小刀刮去马皮上的毛,将马皮切成小块块,然后在瓦盆里煮。煮的时候,女红军都围着盆子看,谁知煮着煮着,瓦盆突然炸裂,马皮掉进了火堆里。谢觉哉赶快扑灭火,把零碎的马皮小心地捡起来,找了个铁锅继续煮。煮了很久也煮不烂,于是干脆就这样吃。包括林伯渠在内的几个老红军根本嚼不动,只好生硬地往肚子里吞。林伯渠老人边吞边说:"留得生命在,革命就开花。"毛泽东知道了,由于没有吃到马皮,总是问林伯渠:"那东西如何?"

晚上到了露营地,大家还是挤在一起坐着。开始的时候,他们交流着可以在湿地上睡觉的经验:挖一个洞,把油布铺在洞底,然后躺进去盖上毯子,最后把雨布蒙上。说这样不怕下雨,也不怕敌人骑兵的袭击,因为这等于是个掩体。松潘大草地的夜晚阴风萧瑟,无论怎样交流关于睡觉的经验,实际上既没有可以睡觉的地方,寒冷和饥饿也令人无法入睡。大家只能互相用体温温暖着,然后听那些曾经去苏联学习过的红军指挥员用俄语轻轻哼唱着:

是谁创造了人类世界?
是我们劳动群众。
一切归劳动者所有,

哪能容得寄生虫。

最可恨那些毒蛇猛兽，

吃尽了我们的血肉。

一旦把他们消灭干净，

鲜红的太阳照遍全球！

歌声在漆黑的松潘大草地上低低地飞翔……

红军左路军先头部队占领了阿坝，其大部队依旧滞留在卓克基一带。

八月二十四日，中央致电左路军，再次阐述北进战略，催促左路军全力开进，断不可"坐失先机之利"：

朱、张二同志：

政治局对于目前战略方针有如下补充决定：

（甲）我军到达甘南后，应迅以主力出洮河东岸，占领岷州、天水间地区，打破敌人兰州、松潘线封锁计划，并依据以岷州为中心之洮河区域，有计划地大胆地向东进攻，以便取得甘、陕二省广大地区，为中国苏维埃运动的有力根据地，另遣支队向黄河以西发展。这一计划是估计到政治、军事、经济、民众各种条件而决定的，是目前我们主观力量能够执行的。

（乙）若不如此，而以主力向洮河以西或失先机，敌沿洮河封锁，致我被迫向黄河以西，然后敌沿黄河东岸向我封锁，则我将处于地形上、经济上、居民条件上比较的大不利之地位。因这一区域，合甘青宁三十余县，计人口共不过三百万，汉人不及一半，较之黄河以东，大相悬殊。而新疆之不宜以主力前往经营，尤为彰明较著。

（丙）依上计划，目前应举右路军全力，迅速夺取哈达铺，控制西固、岷州间地段，并相权夺取岷州为第一要务。左路军则迅出洮河左岸,然后并力东进,断不宜以右路先出黑错、旧城,坐失先机之利。

中央

八月二十四日

为了说服张国焘,跟随右路军行动的徐向前、陈昌浩也在同一天致电,表示北进计划"箭已在弦,非进不可",且"右路军单独行动不能彻底消灭已备之敌,必须左路马上向右路靠近,或速走班佑,以便两路集中向夏、洮、岷进。主力合而后分,兵家大忌,前途所关,盼立决立复示,迟疑则误尽中国革命大事"。

认为红军绝不会走进绝路的胡宗南,终于知道红军已经穿过松潘大草地,他立即命令第四十九师二九四团火速赶往包座,与驻守包座地区的另一个团会合,在包座至阿西茸一线阻截红军。

包座,位于松潘大草地的东北方向,卡在川北前往甘南的必经之路上。包座分为上包座和下包座,两个村镇相距数十里,包座河贯穿其间。这里山高林密,国民党军利用山关隘路修筑起碉堡构成了坚固的阻击阵地。

红军前敌指挥部参谋长叶剑英意识到:如果红军不能打下包座,就只有被迫退回松潘草地。

前敌总指挥徐向前和政委陈昌浩在听取了叶剑英的汇报后,决定必须要把包座拿下。鉴于红三军团还没有走出草地,红一军团在过草地时伤亡太大,徐向前和陈昌浩建议把进攻包座的任务交给红四方面军的第三十军和第四军——虽然这两支部队走出草地后仅仅休整了不到三天。

徐向前拟订的作战计划是:以第三十军第八十九师二六四团攻击包座南部的大戒寺;第八十八师和第八十九师各两个团位于包座西北方向,相机打援;以第四军一部攻击包座以北的求吉寺。红一军团为预备队,集结于包座西边的巴西、班佑地域待机。作战指挥部设在上包座与下包座之间的一座山头上。

这是红军走出松潘草地后的第一仗,是能否脱离绝境进入甘南的生死之战。

参战部队在倾盆大雨中出发了。

红四方面军第三十军和第四军官兵刚刚走出草地,身体十分虚弱,一些官兵仍处在极度的饥饿中,大雨中的急行军使不少官兵掉了队。在行军的路上,军长程世才和政委李先念制定了战斗部署:由于胡宗南的第四十九师是一支战斗力很强的部队,遂决定第八十九师首先攻击包座南部大戒寺的守敌,然后至少集中五个团以上的兵力打其增援部队。

八月二十九日下午,第八十九师前卫部队二六四团抵达大戒寺,并立即开始攻击。大戒寺北面是一座大山,寺前有一条水流湍急的小河,东面就是那条包座河。几天前,国民党军二九四团奉胡宗南的命令自樟腊向包座疾行,在约两百公里的急行军中,因为道路崎岖、气候恶劣、给养缺乏,虽然在红军之前抢占了包座,但对即将到来的战斗信心全无:"官兵食不果腹,衣不蔽体,患病倒毙者所在皆是,精神至为疲软。"好不容易到达包座后,二九四团奉命驻守大戒寺。他们围绕着寺院紧急修筑各种工事,且在寺院内储藏了大量的粮食,准备据险坚守。红军二六四团的攻击并不顺利,官兵们在体力尚未恢复的情况下对敌人展开了一轮接一轮的进攻,每推进一步都要付出极大的代价。由于敌人的火力十分猛烈,红军没有攻坚的火炮,加上大雨如注,河水暴涨,进攻从下午三点一直打到晚上九点,二六四团的红军官兵仅仅攻占了大戒寺外围的几个碉堡。从一个俘虏的口中,程世才和李先念得到一个重要情报:敌第四十九师主力正向这里紧急增援,将于明天到达包座。根据这个情报,程世才和李先念决定,停止对大戒寺的强攻,改为严密包围,相机调动主力全力打援。

伍诚仁的第四十九师,是国民党中央军的主力部队,装备精良。红军第三十军虽为一个军,经过缩编实际上只有两个师,且装备很差。为了取得战斗的胜利,程世才和李先念最后决定,将仅有的两个师的大部分主力部署在增援之敌的必经之路上打伏击。

第二天上午,伏击部队进入隐蔽地点。

整整等了一个昼夜,官兵们不能睡觉不能吃饭,在饥饿和困倦中一分一秒地坚持着。当终于看见增援敌人的先头部队时,红军官兵几乎喊了起来:"敌人来了! 敌人来了!"

为了把敌人全部引进伏击圈,红军派出一支小部队节节抗击,同时对大戒寺的守敌再次发动猛烈进攻,令大戒寺的守敌不断要求主力部队迅速增援。伍诚仁师长终于火了,命令所有的部队,包括后卫,向大戒寺全速前进。

下午三时,国民党军第四十九师进入了红军的伏击圈。

这是一场装备悬殊的生死之战。当隐蔽在山林高地上的红军在骤然响起的军号声中潮水般地冲过来时,伍诚仁立即意识到他率部从西安辗转至此迎来的竟然是最可怕的结局。沿着包座河东岸,几十里的山路上,到处是枪声、手榴弹的爆炸声和拼刺刀的厮杀声。枪弹横飞,硝烟弥漫,伍诚仁拿着望远镜却什么也看不清。红军铺天盖地的号声和喊声令伍诚仁身边的参谋大惊失色,他向师长保证说红军的兵力至少有几万人。红军官兵在向敌人出击的那一瞬间完全忘记了饥饿与疲惫,他们奋不顾身地把第四十九师的增援部队截成了互不联系的三截。

被分成了数股的国民党军,利用树林、岩石和河岸边的土坎为掩护拼命阻击。敌人的大炮和机枪火力很猛烈,而红军官兵的手榴弹大多是自制的马尾弹,杀伤力不够,于是他们挥着大刀直接向敌群冲去。最后的时刻,红三十军军、师、团的预备队,军部的通信连、警卫连和机关干部、宣传队队员,甚至炊事员和饲养员全部投入了搏斗,军长程世才和政委李先念也到达了最前沿。

混乱中,伍诚仁的指挥部遭到攻击,他不得不带领警卫队进行反击。结果这一次他的胳膊被打断了。他的一个团长和一个副团长被红军包围后,无论如何不肯向红军投降,当红军官兵举着大刀冲到眼前的时候,这个团长竟和副团长抱在一起跳进汹涌的包座河自杀了。第四十九师投降的士兵跪成一片,受伤的师长伍诚仁也终于被红军按倒在地。红军官兵把他押到第八十八师政委郑维山面前。郑维山立即命令把他押到军部去。押解的路上大雨狂暴,伍诚仁拖着自己断成了两截的胳膊趁机跳进包座河——他最后竟得以活着逃脱。

与红三十军同时打响战斗的还有第四军。第四军负责攻击包座河下游的求吉寺。在这里防守的是胡宗南的补充第一旅一团。负责主攻的第十师官兵在攻占外围要点后突入寺院。补充第一旅一团团长康庄亲自督战,指挥机枪向冲过来的红军扫射。一批红军官兵伤亡了,又一批再次冲进去,数进数出,求吉寺的院门口和院子里血流成河。最后,康庄亲自率领敢死队趁红军喘息之时发动了反击。

仗打到这个程度,第四军军长许世友沉不住气了,他看了看身边的第十师师长王友钧,年轻的红军师长立刻明白了军长的意思。王友钧从一名战士手中夺过一挺机枪,冲上战场,机枪横着扫射过去。在敌人出现退却迹象的时候,他从身后拔出那柄寒光凛冽的大刀,吼了一声:"交通队,跟我上!"交通队是王友钧师长的一张王牌,官兵个个配备一支德国造的二十响驳壳枪,外加一柄锋利的大刀。驳壳枪一响,敌人倒了一片,然后大刀如林朝着敌人挥过去。

许世友大叫:"还是大刀片厉害!"

交通队的李德生班长跟随着王友钧,一边砍杀敌人,一面保护着师长的安全。冲进寺院后,他们沿着寺院的台阶一层层地往上打,打到最高一层的时候,敌人的一个机枪火力点封锁了红军的冲击路线。王友钧把机枪架在一名战士的肩膀上射击,硬是把敌人的火力压了下去,然后交通队的官兵向最后残余的敌人发动了猛攻。

李德生刚想往上冲,突然发现身边的王友钧杀声顿止,他扭头一看,师长已经倒在了寺院的台阶上。

李德生抱起了他的师长,王友钧的脸被鲜血染红——一粒子弹击中了他的头部。

王友钧,湖北广济人,十九岁加入中国工农红军,在鄂豫皖根据地参加了四次反"围剿"作战,后随红四方面军转战至川陕根据地,牺牲时年仅二十四岁。

第十师的红军官兵怒吼着向敌人冲去。

国民党军在逃跑前点燃了寺院里的粮库。

红军官兵一部追杀敌人,一部扑打着火焰。在大火中,他们抓起被烧焦的麦粒大把地往嘴里塞。

许世友跪在王友钧的遗体前仰天长叹。

有参谋来请示缴获的物资如何处理。许世友大吼:"滚!多少东西也换不来一个师长!"

年轻的红军师长王友钧被安葬在求吉寺寺院东侧的山上。

红军不惜一切拿下包座,打开了北进甘南的通道。

毛泽东、徐向前、陈昌浩立即致电张国焘,通报包座战斗的情况,再次要求左路军立即向东靠拢,以便红军迅速北进。

在中央的一再催促下,一九三五年九月一日,张国焘终于下达了东进的命令。但是,左路红军部队东移的第三天,张国焘突然发来电报,说由于嘎曲河水上涨无法渡河,不但已经命令部队返回阿坝,而且还要求右路军掉头重新向南进攻松潘:

徐、陈并转呈中央:

(甲)上游侦察七十里,亦不能徒涉和架桥。各部粮只能吃三天,二十五师只两天,电台已绝粮。茫茫草地,前进不能,坐待自毙,无向导,结果痛苦如此,决于明晨分三天全部赶回阿坝。

(乙)如此,已影响整个战局,上次毛儿盖绝粮,部队受大损;这次又强向班佑进,结果如此。再北进,不但时机已失,恐亦多阻碍。

(丙)拟乘势诱敌北进,右路军即乘胜回击松潘敌,左路备粮后亦向松潘进。时机迫切,须即决即行。

朱、张

三日

　　这封在中国革命史上极其重要的电报导致的后果是灾难性的。

　　电报意味着自毛儿盖会议以来，中央所有关于红军前途的决定瞬间全被推翻；电报还意味着数万红军官兵付出巨大代价穿越草地的努力以及之后攻占包座所付出的巨大牺牲，瞬间全都无用了。更严重的是，张国焘依仗着他所掌握的兵力和实力，在决定中国红军生死命运的关键时刻，利用红军总政委的权力突然向中央发难，在红军已经被兵分两路的局面下，这很可能会导致中国共产党和中国工农红军的大分裂。

　　嘎曲河，今名白河，黄河的一个小支流，位于松潘草地的西沿。

　　从阿坝至松潘草地东面的班佑，走到嘎曲河边，红军官兵已跋涉了一半的路程。

　　在嘎曲河边，张国焘下定最后的决心：决不能再前进了。他终于想明白了一旦与中央会合自己将面临什么样的政治前途。

　　关于张国焘选择嘎曲河水上涨无法过河的借口，一直跟随朱德行军的康克清后来是这样回忆的："董振堂带着红五军正准备涉水渡河，张国焘却说河水看涨，谁也不准过河。老总问带路的藏民，藏民说：'这河虽宽，但是不深，只要不涨大水，可以徒步过去。'河面有近百米宽，水流不急，不像涨水的样子。但张国焘一口咬定河水正在上涨，不能过。老总说：'空谈无益，还是派人下去试试。'张国焘不肯派人，潘开文[朱德的警卫员]站出来说：'我去！'老总叫他骑上自己的马。他问明了藏民过河的路线，拿了一根棍子，同红五军的一个战士一起骑马下到河里。不大工夫，到了河中心，用棍子试了试河水的深度。到了对岸，听见他高声地说：'水不深，最深的地方才到马肚子。大家快过来吧！'部队立即准备下水，张国焘吼：'谁也不准过！叫他们两人给我回来。'然后又对老总说：'河水分明在上涨，我不能拿几万人的生命当儿戏。'老总说河水并没有涨，即使涨，也涨得很慢，现在正是大队人马过河的时机。刘伯承也过来说，两个人都过去了，证明河水不深，应当抓紧时机赶快过河。董振堂过来请示：'总司令，我们前卫部队先过去吧。'张国焘竟然不等老总说话，大声吼道:'不行! 现在谁也不准过河,要等河水不涨了,才能决定。'他的蛮横,使左路军只好在嘎曲河边宿营。第二天早晨,天空密云不雨,河水明显地退下许多。朱老总正在组织部队过河,作战局向他报告说,四方面军的部队已按张国焘的命令返回阿坝去了。这时,红五军军长董振堂来见朱老总,气愤地说,他因为坚持要过河,不等总司令的命令决不后撤,遭到张国焘的训斥,还被张国焘打了一耳光。他说:'我当兵这么多年,还从来没有受过这样的侮辱。若不是为了团结,我会当场给他好看。现在他已带四方面军部队回阿坝,我决定带红五军北上同右路军会合。'……老总却摇摇头,说:'要顾全大局,向远看,不能凭一时感情用事。你如果带走红五军,就要承担分裂左路军的责任。我们还应当对张国焘做团结争取的工作。'"

接到张国焘的电报后,中共中央和右路军前敌指挥部立即召开会议。毛泽东在会上说,张国焘说嘎曲河涨水不能渡,完全是一个借口。四方面军连嘉陵江都过来了,哪有一条小河过不来的道理? 至于说缺粮,在他们出发的阿坝地区筹粮,要比我们出发的毛儿盖地区容易得多。我们进入草地时带的粮食绝不比他们多,右路军的官兵都走过来了,他们为什么不能?

如何对待张国焘,来自红四方面军的徐向前和陈昌浩的态度最为引人注目。徐向前态度十分明确,而陈昌浩考虑再三后也认为中央的北进计划是正确的。于是,两人联名给张国焘发去一封电报,电报表示:"我们意以不分散主力为原则,左路速来北进为上策,右路南去南进为下策"。目前是红军进入甘南的最佳时机。至于"一军是否速占罗达,三军是否跟进,敌人是否快打",徐向前和陈昌浩请求张国焘"飞示",因为"再延实令人痛心"。

当天,张国焘回电,没有解释,没有答复,只有命令:

[发总指挥部]

徐、陈:

　　一、三军暂停留向罗达进,右路即准备南下,立即设法解决南下的具体问题。右路皮衣已备否？即复。

朱、张

八日二十二时

同时,张国焘严令左路军第三十一军政委詹才芳:"飞令军委纵队蔡树藩将所率人员移到马尔康待命,如其[不]听则将其扣留,电复处置。"

徐向前和陈昌浩感到事态严重了。

徐向前让陈昌浩带着张国焘的电报去向中央汇报。

晚上,陈昌浩来电话叫徐向前去中央开会。

张闻天、毛泽东、博古、王稼祥、徐向前、陈昌浩聚集在周恩来的病床前进行了紧张的讨论,讨论的结果是以七个人联名的名义再次致电张国焘:

朱、张、刘三同志:

目前红军行动,是处在最严重关头,须要我们慎重而又迅速地考虑与决定这个问题。弟等仔细考虑结果,认为:

(一)左路军如果向南行动,则前途将极端不利。因为:

(甲)地形利于敌封锁,而不利于我攻击。丹巴南千余里,懋功南七百余里,均雪山、老林、隘路。康[康定]、泸[泸定]、天[天全]、芦[芦山]、雅[雅安]、名[名山]、邛[邛崃]、大[大邑],直至懋、抚一带,敌垒已成,我军绝无攻取可能。

(乙)经济条件,绝对不能供养大军。大渡河流域千余里间,求如毛儿盖者,仅一磨西面而已,绥[绥靖]、崇[崇化]人口八千余,粮本极少,懋、抚粮已尽,大军处此,有绝食之虞。

(丙)阿坝南至冕宁,均少数民族,我军处此区域,有消耗无补充,此事目前已极端严重,决难继续下去。

(丁)北面被敌封锁,无战略退路。

(二)因此务望兄等熟思审虑,立下决心,在阿坝、卓克基补充粮食后,改道北进。行军中即有较大之减员,然甘南富庶之区,补充有望。在地形上、经济上、居民上、战略退路上,均有胜利前途。即以往青、宁、新说,亦远胜西康地区。

(三)目前胡敌不敢动,周[周浑元]、王[王钧]两部到达需时,北面敌仍空虚,弟等并拟于右路军中抽出一部,先行出动,与二十五、六军配合行动,吸引敌人追随他们,以利我左路军进入甘南,开展新局。

以上所陈,纯从大局前途及利害关系上着想,万望兄等当机立断,则革命之福。

> 恩来、洛甫、博古、向前、昌浩、泽东、稼祥
> 九月八日二十时

张国焘焦急地等待着右路军开始南下的消息,结果等来的却是中央北上的决心毫不动摇的电报。

张国焘已经不可能回头了。

一九三五年九月九日,他对左路军下达了南下命令。

同一天深夜二十四时,他给中央和前敌指挥部七个人回了电报,电报要求就他提出的问题"熟思明告":

(甲)时至今日,请你们平心估计敌力和位置,我军减员、弹药和被服等情形,能否一举破敌,或与敌作持久战而击破之。敌是否有续增可能。

(乙)左路二十五、九十三两师,每团不到千人,每师至多千五百战斗员,内中病脚者占三分之二。再北进,右路经过继续十天行军,左路二十天,减员将在半数以上。

(丙)那时可能有下列情况:

1.向东突出岷、西封锁线,是否将成为无止境的运动战,冬天不停留地行军,前途如何?

2.若停夏、洮,是否能立稳脚跟?

3.若向东非停夏、洮不可,再无南返之机。背靠黄河,能不受阻碍否?

接着,张国焘分析了南下沿途人口多、筹粮便、敌人弱、红军回旋余地大等种种优势,最后他告诉中央和前敌指挥部:"现宜以一部向东北佯动,诱敌北进,我则乘势南打。如此对二、六军团为绝好配合。我看蒋与川敌间矛盾多,南打又为真正进攻,决不会做瓮中之鳖。"

事态急转直下。

紧跟着,陈昌浩的态度也发生变化,他同意张国焘的意见主张南下。

而就在这时候,一个更严重的事件发生了。

前敌指挥部参谋长叶剑英看到张国焘发来的一封电报,电报依旧表示北进的时机不成熟,坚持右路军掉头南下。叶剑英立即赶往毛泽东的驻地作了汇报——一九三七年三月,毛泽东在政治局会议上讲到,张国焘在电报中说要"南下,彻底开展党内斗争"。

张国焘的这封电报是一个危险信号。

党内斗争超出了军事争论的范畴。

当时,红一军团已经北上到甘南的俄界,毛泽东身边只有红三军团。彭德怀对张国焘的野心早有洞察,当张国焘收缴了各军团相互联络的电报密码时,他命令军团机要人员编制了一套新的密码,以便与红一军团保持联系。听说陈昌浩改变主张后,彭德怀找到毛泽东说,如果强制红三军团南下,红一军团也就不能北进了,两个军团一同南下,"张国焘就可能仗着优势军力,采用阴谋手段将中央搞掉"——彭德怀也认为红军已处在"危急的时刻"。

毛泽东先是亲自找到陈昌浩,就南下还是北上这个问题,再次征求他的意见。陈昌浩说,既然张总政委命令南下,就南下,这个问题不必再争论了。毛泽东听罢表示,既然要南进,中央书记处总要开个会,周恩来和王稼祥同志因为生病在三军团,我和张闻天、博古去三军团司令部找他们来开个会吧。陈昌浩点点头。

毛泽东又特地去看望了徐向前。他站在徐向前住处的院子里,征询他对北上或是南下的意见。徐向前说:"两军既然已经会合,就不宜再分开。四方面军如分成两半恐怕不好。"毛泽东听后,让徐向前早点休息,然后告辞了。

毛泽东一行出发去了红三军团。

此一去,毛泽东再也没有回来。

到达红三军团的驻地巴西后,包括毛泽东在内的五位政治局委员立即召开了中国革命史上著名的"巴西会议"。

这是千钧一发的关头。

如有不慎,中国共产党人和中国工农红军前赴后继所赢得的一切都将毁于一旦。

巴西会议做出一个重大决定:由红三军团和军委纵队一部,组成临时北上先遣支队,迅速向红一军团靠拢,之后与红一军团一起向甘南前进。

仍然躺在担架上的周恩来,想到一旦中央红军离开后,徐向前和陈昌浩也许只有掉头南下了,红四方面军的数万官兵将再次经受草地之苦,于是向毛泽东建议再给徐向前和陈昌浩发去一封电报。

是日,中共中央再次致电张国焘、徐向前、陈昌浩:

国焘同志并致徐、陈:

陈谈右路军南下电令,中央认为完全不适宜的。中央现恳切地指出,目前方针只有向北是出路,向南则敌情、地形、居民、给养都对我极端不利,将要使红军陷于空前未有之困难环境。中央认为北上方针绝对不应改变,左路军应速即北上,在东出不利时,可以西渡黄河,占领甘、青交通新地区,再行向东发展。如何速复。

中央

九月九日

一九三五年九月十日,在中国工农红军的历史上,这是一个因危机四伏而紧张混乱的日子。

凌晨刮起了大风。

叶剑英携带着从机要组组长吕黎平那里要来的一份十万分之一的甘肃地图,牵着他的黑骡子,率领军委二局等直属单位以"打粮"为名向红三军团的驻地巴西出发了。在以后数十年的时间里,毛泽东多次提到叶剑英的贡献,他曾摸着自己的脑袋说:"剑英同志在关键时候是立了大功的。如果没有他,就没有这个了。他救了党,救了红军,救了我们这些人。"

李维汉是中央组织部部长,张闻天交给他的任务是,天亮之前把中央机关的同志全部从班佑带到巴西。李维汉分别通知了凯丰、林伯渠和杨尚昆,让他们分别负责中央机关、政府机关和红军总政治部的行动。半夜里通知立即出发的时候,很多官兵不知道发生了什么事。凯丰低声说:"不要问,不要打火把,不要出声,都跟我走。"李维汉一直站在路口,一一清点着从他面前走过的各单位的队伍,结果发现没有政府机关的人,于是赶紧跑回政府机关的驻地,发现他们还有大量的辎重需要捆扎。李维汉急了,要求把大东西统统丢掉,必须带走的全部放在马背上。

一直跟随红军大学行军的李德在这个时刻表示:我虽然同中央一直存在分歧,但在张国焘这个问题上,我拥护中央的主张。他对红军大学党总支书记莫文骅说:"中央决定北上,把你身边的人组织好,要密切注意李特,不要让他把队伍带走了!"红军大学是红一、红四方面军会合后,由红四方面军的军事学校和红一方面军的干部团联合组成的,政委何畏和教育长李特都是张国焘的追随者。红一方面军干部团在红军大学中叫特科团,团长韦国清,政委宋任穷。干部团中的干部大多是红一方面军的,学员大多是红四方面军的。听说中央要强行北上,宋任穷向红军大学政治部主任刘少奇表示:"中央要走一定要把特科团带走,否则我们就开小差去追中央,到时候可不要因为我们开小差开除我们的党籍。"

红军大学是凌晨三点接到出发命令的,命令由毛泽东和周恩来联名签发。宋任穷立即集合队伍,阐明了南下和北上的两条路线,说愿意北上的跟我们走,不愿意的就留下,结果红军大学全体人员都表示愿意北上。学员们出发的时候,政委何畏还是跑到陈昌浩那里,报告了中央红军已单独出发的消息。陈昌浩十分震惊。他不停地说:"我们没有下命令,他们怎么走了?赶紧把他们叫回来!"陈昌浩派李特率领一队骑兵去追。李特很快就追上了红三军团。毛泽东走在红三军团十团的队伍里。李特质问毛泽东:"总司令没有命令,你们为什么要走?"毛泽东表示,这是中央政治局决定的。中央认为北上是正确的,希望张国焘认清形势,率领左、右两路军跟进。一时想不通,过一段时间想通了再北进也可以,中央欢迎。希望以革命大局为重,有什么意见可以随时电商。李特再次转达了陈昌浩的命令,要求部队立即回去。毛泽东说:"南下是没有出路的。南边敌人的力量很强大。再过一次草地,在天全、芦山建立根据地是很困难的。我相信,不出一年,你们一定会北上。我们前面走,给你们开路,欢迎你们后面跟上来。"

几乎所有的当事人在后来的回忆中都记述了毛泽东的这段话。

如果这些话确是毛泽东当时所说,那么毛泽东的话具有惊人的预见性——红四方面军再次北上恰好是在一年以后。

九月十日凌晨过后,得到消息的张国焘发来电报:

林、聂、彭、李[李富春]并转恩、洛、博、泽、稼:

甲、闻中央有率一、三军单独东进之意,我们真不以为然。

乙、一、四方面军已会合,□□忽又分离,党内无论有何争论,决不应如是。只要能团结一致,我们准备牺牲一切。

一、三军刻已前开,如遇障碍仍请开回。不论北进南打,我们总要在一块,单独东进恐被敌击破。急不择言,幸诸领导干部三思而后行之。候复示!

朱、张

九月十日四时

一九三五年九月十日夜,乌云密布,星月无光。从巴西到阿西仅仅二十里的路途,由于不允许点火把,在泥潭沼泽和灌木荆棘中,毛泽东和他率领的部队竟然走了六个小时。天亮时,国民党军的飞机来了,部队只好走进一座大山里。好容易遇到一个小村庄,红军弄到了很少的一点粮食,毛泽东和官兵们用水调了一点青稞面喝下去。第二天继续前进。这里距离俄界还有六十里的路程。红军走到了包座河边,沿着包座河向东北方向疾进,道路十分泥泞,一边是翻滚着浪花的河水,另一边是高耸的悬崖。走着走着,包座河水突然猛涨,淹没了河边的山路。红军中会游泳的奋力游着,不会的便往悬崖上爬去。

毛泽东带头跳进了冰冷的河水中。

当他游到水浅的地方,湿淋淋地站起来时,问身边的警卫员有没有可以充饥的东西。见警卫员没有吭声,毛泽东笑了一下。

此刻,即使与红一军团会合,中央红军的这支部队也只剩了不足八千人。

第五军团[第五军]、第九军团[第三十二军],还有朱德和刘伯承,都还在张国焘那边。

毛泽东在以后的岁月里提及这段历史时,称之为他生命中"最黑暗的时刻"。

在黑暗中行走的毛泽东强烈地意识到:一切需要从头开始。

但是,毛泽东坚信"我们一定要胜利,我们一定能够胜利"——从中华苏维埃共和国在瑞金成立,到一九四九年中华人民共和国成立,毛泽东对他的革命理想和政治信仰的执着与坚守无人可比。

漫长的夜晚过去了。

东方的云翳裂开一道巨大的缝隙,血色的云霞从缝隙中喷涌而出。

第十五章　北斗高悬

1935年9月·陕南与甘南

一九三五年七月十七日凌晨,在陕西南部户县一个名叫南乡的村庄里,鄂豫陕省委代理书记、红二十五军政委吴焕先正在一盏油灯下给中共中央写报告。

油灯火苗跳跃,吴焕先心情激动。报告详尽汇报了鄂豫陕省委和红二十五军一年来的政治与军事行动,总结了工作中的经验和教训;同时,对没有经过中央批准就决定西进陕南做出了解释。在这份名为《红二十五军的行动、个别策略及省委工作情况向中央的报告》的最后,吴焕先写道:"自离开老苏区后到现在没有上级的指示,也没有当地党的帮助,不知我们的行动是否错误"。而目前"群众工作、党的组织十分的薄弱",红军的力量也没能扩大到足以"有力地迅速地消灭整批敌人"。因此,是否"可以同二十六军、二十八军会合起来,集中一个大的力量,有力地消灭敌人,配合红军主力在西北的行动,迅速创造西北新的伟大的巩固的革命根据地",请求中央给予指示。同时,鉴于红二十五军"军事干部异常缺乏",希望中央派来得力的"团长、师长、参谋长、政委",派来得力的省委书记、县委书记、区委书记、无线电电报员——"我们现监用一个所俘的电生〔监视用一个俘虏的电报员〕,只用呼叫中央台名两次,未见回答,未能发报,不知为何。请确定以后永久保持来往方法。"

"六月十三,红军出山。"

一九三五年,陕西长安县一带开始流传这样一句民谣。

民谣指的是红二十五军于七月中旬西出秦岭逼近了陕西省府西安。

在终南山外一个名叫引驾回的地方,红军官兵捉住了当地的一个国民党政府区长。副军长徐海东和政委吴焕先都觉得在军事上有文章可做,就让这个区长给西安打电话,想把敌人调出来一股,然后打个伏击战。吴焕先把要说的话写在纸上,让那个区长照着在电话里说一遍,大致的意思是:共匪有出山的模样,请赶快派兵来增援。电话的那一头说:"毛炳文军长已经顺着西兰公路往西去了,于学忠的部队也从凤翔往西调呢。现在无兵可派。"徐海东在这个区长的办公桌上发现一张《大公报》,随手拿起来一看,映入眼帘的一条消息令他十分兴奋。消息说,红军的两支主力部队已在毛儿盖附近会合,其前锋正在通过松潘。

吴焕先和徐海东拿着报纸,跑到躺在担架上的军长程子华那里,程子华看完报纸后想了想说:"很有可能。"

红二十五军领导决定部队立即出发。

部队一口气向西走出三十公里才停下来,停下来的地方名叫沣峪口。这时,原中共鄂豫皖省委秘密交通员石建民从上海经过西安回到军部,他带来中共中央数月前发出的几份文件,并证实了中央红军与红四方面军会合后继续向北行动的消息。

中共鄂豫陕省委在沣峪口召开会议。会议做出的一个重要决定是:红二十五军西去陕甘苏区,与那里的红军会合。同时,一路争取有力地消灭敌人,"配合红军主力在西北的行动"。会议向全体红军官兵提出了"我们这三千多人就是全牺牲了,也要牵制住敌人,让红一、红四方面军顺利北进"的口号。

后来的历史证明,这是一个十分正确的决定,是鄂豫陕省委在与中央失去联系的情况下,独立自主地做出的战略性决策。这一决定使红二十五军成为从绝境中脱险的中央红军的开路前锋,并为中国红军乃至中国革命最终能够在陕北立足起到了极其重要的作用。

沣峪口会议的第二天,红二十五军上路了。

　　他们本来设想不再进入深山，而是笔直地向西走直接进入陕南。但是，杨虎城的一支骑兵一直尾随着他们，而且距离始终仅在十公里之内，这迫使红二十五军不断地回头与这股骑兵作战。在与这股骑兵打了几仗后，红二十五军突然发现国民党东北军第五十一军的一个师也追了上来，其先头部队距离红二十五军仅有十五公里。为了彻底摆脱敌人的追击，红二十五军决定改变行军路线，掉头往南进入秦岭山脉，经青岗树、宽台子、厚珍子、二郎坝等地，一路佯装要去攻打汉中，试图把敌人的注意力往南调动。

　　七月二十七日，红二十五军到达秦岭腹地留坝县江口镇。在击溃了镇子里的民团武装后，决定在这里休整两天，并进行西征北上的思想动员以及物资准备。

　　红二十五军的突然西进，引起了在成都的蒋介石的关注。他不可避免地把红二十五军向西靠拢的行动与朱、毛红军的未来走向联系在一起，于是他向杨虎城的西安绥靖公署发出了电报：

　　　　区区之匪，至今尚不能歼灭，可知进剿不力，奉命不诚。
　　兹再限期八月十五日以前肃清，如再不能遵令肃清，则唯该主
　　管长官纵匪论罪。

　　红二十五军在江口镇对部队进行了整编：跟随主力部队行动的第四路游击师二百八十余人被分别编入各团；原来在华阳地区坚持武装斗争的游击队仅剩的二十多人此时追上了部队，连同他们沿途收容的伤病员一起，也都被补充进了连队。整编后，红二十五军下辖二二三团、二二五团和手枪团，加上军机关和直属分队，全军共四千余人。

　　三十日，红二十五军从江口镇出发了。

　　红军官兵的目标已经十分明确，因为他们又弄到一份七月十六日的《大公报》，上面的报道是："松潘西南连日有激战。"——对于一路转战历尽艰辛的红二十五军官兵来说，前进的目标令人鼓舞：向西，向党中央和主力红军靠拢！

红二十五军重新出发的第三天,西安绥靖公署主任杨虎城给所属陕军各部队发去一封密电,密电对红二十五军向西北方向开进的目的作出了准确判断:

> 综合最近情报,徐海东股匪主力已窜至留坝、佛坪间之江口镇、黄柏楼、二郎坝附近,有进犯汉中附近或向凤县、天水一带窜扰,以牵制我军,策应朱、毛及徐向前各股之势。

对此,杨虎城制定的战略是:

> 本部为预防朱、毛、徐等股侵入陇南或汉中方面时,得以全力迎击起见,决于朱、毛、徐股匪未侵入陕、甘地境之前,以最大努力与最短时间,先将徐海东股粉碎而歼灭之,以除后患。倘匪万一向东回窜或北窜时,则派队穷追,不灭不止。并派有力部队于陕、甘边境及汉水流域各地严防固守。对于商、雒一带,则划区搜剿,以清散匪。

密电刚刚发出不久,杨虎城就接到了前线的战报:在川陕公路上,胡宗南的一支别动队突然遭到徐海东部的袭击,四个连全部被消灭,一个兵也没能跑出来。更严重的是,一名姓何的少将参议落在了红军手里。

袭击胡宗南的别动队的是二二三团一营,袭击的地点在陕甘交界处的双石铺。双石铺,今天的凤县,位于川陕公路重要交通要道上。红军发起袭击的时候,四个连的国民党兵正押着大批民夫抢修西安至汉中的公路。他们根本没有应战准备,除了被打死的之外全部被俘。红军发现这四个连的国民党军军衔都高一级,士兵是中士,排长是上尉,连长是少校,营长居然是个中校,而且大部分官兵是黄埔军校的毕业生。红军发起袭击之前,一营三连奉命向双石铺东北三公里处派出一个排的警戒哨,警戒哨刚刚布置完毕,红军官兵就看见从凤县县城方向过来了一副滑竿,滑竿上坐着一位国民党大官,红军官兵立即扑了上去。

吴焕先对这个少将参议进行了审问。审问的问题单刀直入:红一、红四方面军现在哪里?少将参议回答说:"贵军两部在懋功附近会合,现在毛儿盖一带休整,有北进的企图。"再问的问题依然单刀直入:国民党军在这一带是怎么部署的?少将参议回答说,胡宗南的第一师、鲁大昌的新编第十四师、王钧的第三军、邓宝珊的新编第一军以及马鸿宾的第三十五师,分别部署在川西北、甘南一线,渭河沿线和西安至兰州的公路一线。

红军在滑竿上又发现了一张七月二十二日的《大公报》,上面的报道是:"红军已越过六千公尺的巴郎山,向北行进……似有窥甘青交界之洮州、岷县、西固等处迹象。"

红二十五军领导拿着那张报纸立即开会,会议决定:部队进入甘肃南部,威胁天水等城市,在敌人防线的后方大造声势,无论付出多大的牺牲,也要把陕甘的国民党军拖住,以减轻主力红军的压力,不惜一切配合主力红军北进。

八月三日,红二十五军自陕西凤县越过省界,手枪团和军部交通队一部化装潜入甘肃两当县,策应随后开来的先头部队迅速攻占了县城。两当县县长朱志和声称自己率县保安队"奋勇抵御七小时之久",而实际上红军杀声一起,他已逃出县城十里远了。红军俘虏了县保安队数十人,处决了保安队副队长乔玉亮和第三分队队长朱玉川,在把县政府里的文件档案搜集了之后,迅速穿城而过。红军的队伍出县城北门径直向北,翻越麦积山,直逼天水城下。

攻击天水的行动是佯动。这座县城一共有五座城门,要打下来并不容易,红军攻击的目的是要把西面的敌人调回来,然后乘虚西进。九日晚,红军主力沿着天水城南边的一条小河悄然向西,而副军长徐海东亲自率领二二三团二营猛攻天水城的北关,在占领北关之后,他们放火点燃了一座造币厂,大火熊熊燃烧,二营的红军官兵迅速撤离。天亮的时候,他们已经在县城西北二十五里的地方吃早饭了。红军攻击天水的行动令国民党军大为吃惊,国民党军第三军第十二师的一个旅奉命紧急回援,结果被红军袭击了后卫部队。

　　绕过天水向北，就是那条横贯陕甘的渭河了。此时，国民党军第五十一军第一一四师滞留在天水东北面的清水县附近，始终踌躇不前，与红二十五军隔河对峙。红二十五军遂决定从天水西面的新阳镇附近渡过渭河，以避免与牟中珩的第一一四师交火，同时还可以把身后追击的敌人甩开。

　　在渭河边，军部一面派人去筹集粮食，一面向当地百姓打听过河的事。一位老人告诉徐海东，这里就是当年诸葛亮收姜维的天水关。徐海东看了地形后，决定先派一个连渡河，占领对岸的一座小庙，以掩护主力的渡河行动。由于只找到一条小船，红军官兵们就弄来一根又粗又长的绳子，待小船到达河对岸后，再利用河两岸的大树把绳子固定好，然后官兵们头顶着枪支弹药沿着绳子溜过去。但筹集粮食的工作却没有这么顺利。河边的镇子四周都有围寨，镇子里的地主武装不敢出击，但是民团也不让红军进去，筹粮干部无论怎么做工作，寨门就是不打开。红军官兵想出个办法，他们把连队的水压机枪弄来，用布包上，伪装成一门大炮，声言如果再不开寨门就用炮轰。结果，镇子里的地主武装吓坏了，乖乖地把寨门打开。等筹粮的红军背着粮食返回渡口时，大部分官兵已经渡河了，他们看见那条唯一的小船上坐着红二十五军的七名女红军和几名重伤员，船上的女红军们直朝他们喊："你们也上来吧！"——红二十五军"七仙女"渡过渭河时的情形，恰巧被两当县城里的一位照相师傅拍了下来，这张珍贵的照片至今陈列在中国人民革命军事博物馆里。

　　红军渡过渭河，蒋介石焦急万分，他不断地发出电报，命令河南、河北等地的国民党军向天水方向增援。八月十日，蒋介石在电报中说："查徐海东匪西窜原因在策应朱、毛。我军应采取内线作战要领，先以优势兵力迅速解决徐匪，再行以全力回击朱匪。"蒋介石的这番话，足以证明红二十五军牵制国民党军队以减轻主力红军军事压力的意图已经初显成效。

　　渡过渭河的徐海东心里有点不踏实。

应该说,部队没有遇到国民党军队的阻击,顺利渡过了渭河,这是有很大侥幸成分的。可是,一旦过了河发展不顺,想走回头路,在军事上就十分危险了。吃了晚饭,徐海东找到吴焕先说:"我们能接到中央更好,接不到,这条水是个大害。往回走准带尾巴,就是背水作战,搞不好有全军覆没的危险。"吴焕先说:"我对渭水也有考虑。假如遇到敌人,怎么过好?不打死些,也要淹死些。"

渡过渭河后的行动让吴焕先和徐海东思量了一夜。

第二天,八月十一日,红二十五军攻击并占领了秦安县城。

得知红军攻击两当县城后一路西进,接着又渡过渭河开始北上,秦安县县长杨天柱已经有好几天寝食不宁了。他向上级请求派部队前来守城,请求没有任何回音。他知道红军一旦攻城定会凶多吉少,于是命令全城三千多家商户百姓将财物粮食设法藏匿,男女老幼一律出城躲避。藏匿财物和争相出城的举动持续了好几天,秦安县终于成了一座空城。上午十时,红军到了,攻击县城的第一枪跟着就打响了。此刻,防守秦安县城的只有县保安队,一共五十四个保安员,除了放哨和担任其他任务的之外,实际守城的只有三十一人。秦安是一个大县城,由一座老城和三座边城组成,仅城门就有十二座,以致每座城门的防守兵力还不足三人。红军的枪声一响,保安队队员立即跑了。红军分三路攀城而上,打死几个保安队队员后,秦安县城落在红军手中。杨天柱看见红军来了才跑,由于过度惊恐,他在事后写给"上级"的报告中居然说他看见红军官兵"额前系以红花":

> 先至城下者,约八九百人,均持短枪,并有少数自动步枪、手提机关枪,马数十匹,行动敏捷,剽悍无比,身着蓝衣,两袖围以约五分宽之红布,头戴八角帽,额前系以红花,口音混杂,各省人均有,似南方人最多。陆续至者,有两千人,枪支不全,服装褴褛。

秦安县县长也许此前从没见过红军,他虽不敢与红军作战,却将红军个个看得十分仔细,只是将红军八角帽上的红星看走了眼。至于县城的丢失,他是这样向"上级"报告的:"职本与城共存亡之决心,引枪自殉,奈被左右拦阻,不得已率队分头冲出。"

红军进入秦安县城,县政府确实转移了物资,整个金库里只剩下些零钱,红军数了数一共八百三十五元。

红二十五军穿过秦安县城继续向北。

一支不知番号的国民党军在后面紧追不舍。

徐海东被吴焕先叫了去,吴焕先说:"还不做出决定的话,我又得一夜不睡。现在不需要省委开会,咱们两个下决心就行。眼前的问题是,如果接不到中央怎么办?"徐海东说:"能接到最好。接不到咱们就进陕北,去找刘志丹。我们不是不要陕南了,是敌人的封锁和渭河让我们回不去了,天上的牛郎织女也不愿意隔开嘛,咱们在哪里都是革命。"吴焕先说:"这个渭水很讨厌,越往下游水越大,根本不能徒涉。我同意你的意见,继续向北,接到中央更好;万一接不到,咱们就朝着陕北走!"

八月十四日,红二十五军逼近秦安以北七十公里处的静宁县城。部队从县城的西面穿过西兰公路,很快就越过甘肃省界进入宁夏,到达一个名叫兴隆的小镇。

这里是回民区。许多红军都听说过回民的强悍,历史上远到左宗棠近到冯玉祥都曾兵败于回民。红二十五军领导一致认为,绝不能与回民发生任何冲突。吴焕先集合部队讲了话,要求全体官兵严格遵守回民的风俗习惯。红二十五军为此做出了很多规定:绝对不准食用猪油,禁止部队驻扎清真寺,禁止毁坏回民的经典,回避回族妇女,买卖要公平,甚至还规定即使从井里打水也不准使用自己的水桶。部队在进入回民区之前,以手枪团为先导,先把红军的民族政策向回民解释清楚,再把标语和口号张贴起来。

这是一个仅有数百户人家的小镇,小镇里有一条小街,街南有一座很大的清真寺。部队开进的时候,镇子里的回民百姓都躲在屋子里,这是他们第一次看见红军。

红二十五军在这里休整了三天,由于与回民的关系处理得很好,官兵们不但没有受到排斥,反而受到了优厚的款待。吴焕先亲自召集当地的知名人士座谈,讲明红军是北上抗日去,不对回民群众征集粮款,也不拉夫派夫。军领导还吹打着洋鼓洋号去清真寺拜访了当地的阿訇,桌子上抬着四块银子、六只肥羊和一块写有"德高望重"的额匾。清真寺的阿訇按照民族礼节宴请了军领导,还赶着一群染成红色的羊送到军部作为回拜。他们也给红军送了一块匾,上面写着"劳苦功高"。红军官兵把镇子里的那条小街打扫得干干净净。

红二十五军离开的时候,镇子里的百姓都出来欢送,小街的两边摆满了香案和点心,并有向导在红军队伍的前边带路。这些向导都是回民自己安排的,而且一站接一站地传递,红军的队伍每走出数十里,前边的向导一声呼哨,立即就出现了新的向导接着给红军带路。

在兴隆镇,中共鄂豫陕省委和红二十五军领导召开会议。与会者综合了从各种渠道得到的情报和消息,认真分析了主力红军可能的走向,最后一致认为:主力红军如果北进,一定会从这里经过,而且必要跨越西安至兰州的公路。会议决定:红二十五军在西兰公路附近牵制敌人,尽一切可能控制公路,等待党中央和主力红军的到来。

红二十五军的官兵认为,他们盼望已久的时刻就要到了。

他们预期的等待时间是半个月。

八月十七日,红二十五军从兴隆镇向东,沿着西兰公路向卡在公路上的隆德县城扑了过去。

隆德县城不但有县保安队防守,还驻扎着国民党军新编第十一旅二团一营。红军发起的进攻十分猛烈。红军从北面攻城,县城里的土豪们从南城墙上往外爬,县长林培霖和公安局局长温葆鑫混杂其间。林培霖事后对他此番举动的解释是:民众的"扶掖推挽"——"约下午二钟,匪共已用迫炮机枪攻至北山。北山碉楼驻军稍抗即退。山上弹如雨落,旋由北山一带包围而下,势甚猛烈。驻军、团队复稍抵抗,攻愈急。驻军慌乱退却。时已到下午三钟,民众因手无利器,亦各纷纷爬城而下。职与公安局长温葆鑫极力约束无效,只拼一命,与城俱尽,以尽守土之责。经左右民众扶掖推挽,缒下南城,藏身山谷禾苗深处得以脱。城遂陷。"

占领了隆德县城的红军照例搜缴了县政府的文件,处决了几个被抓获的民团、甲长,张贴了宣传标语和布告,然后迅速撤离了县城。

这时,沿着西兰公路,国民党军第六师第十七旅的七十多辆汽车正从兰州方向增援而来,车上的国民党兵胡乱向天上发射信号弹用以壮胆。红军官兵中不少人第一次见到信号弹,都很惊奇地朝天上看着。

第二天,丢失了隆德县城的国民党军新编第十一旅给军长邓宝珊写出战斗报告:

> 一、于八月十七日,有前窜踞静宁县属单家集徐海东股匪三千余人,由该集向东窜,于下午二时窜至隆德县南、北两山,以高临下,用机枪猛射扑城。我南、北两山守御部队,以寡众悬殊,故被击溃,伤亡极重。
>
> 二、查隆德城墙经久未修,墙垣倾颓,几如平地,不能掩蔽,且居民稀少,县城面积甚大,仅驻职旅一营,兵力薄弱,布防为艰。
>
> 三、职遵照前令,依着依险固守待援。
>
> 四、第六师丁[丁友松]旅奉令乘汽车七十余辆驰援,中途被匪所阻,迫至下午五时未至。该营与匪激战四小时,每兵所带子弹不过十粒,且该匪攻击甚烈,城墙高不过三尺,行不并肩,无险可守。我兵子弹已尽,匪蜂拥而至。于下午五时三十分,我官兵奋勇白刃肉搏,终以寡众悬殊,援兵绝望,向庄浪县方向撤退。
>
> 五、此役我消耗七九步弹四千余粒,自来得[驳壳枪]弹一千二百余粒、手掷弹五百余颗,辎重、被服均被匪分给贫民,公文均被焚烧无遗。

六、此役职旅第二团第一营官兵重伤二十二名,阵亡二十
五名,被俘二十一名,损失七九步枪四十五支。

七、据探报,第六师丁旅于下午九时克复隆德,匪向东窜。
职饬第二团第一营仍回隆德原防整理,听候丁旅长指挥,待令
追剿。

从隆德县城撤离的红二十五军,连夜翻越六盘山接近了平凉县城。

红二十五军始终沿着西兰公路不断袭击县城的行动是危险的。

他们故意暴露自己的位置和实力,每到一处便大量地张贴标语和
布告,几乎是在故意告诉敌人他们在哪里以及将要干什么。红二十五
军希望向他们围过来的敌人越多越好,因为他们的目的就是尽可能多
地牵制敌人。但是,他们也意识到了这种一反常规的举动是危险的,特
别是他们的兵力和火力十分有限,随着时间的推移,危险的因素逐渐积
累,如果他们还不迅速离开西兰公路,待敌人大批增援部队一旦到位,
残酷的战斗就会来临。

接近平凉的红二十五军进入了国民党军第三十五师的防区。

国民党军第三十五师,是以凶悍著称的"马家军"中的一支,师长
马鸿宾。

两年前,红二十五军与国民党军第三十五师交过手,但当时的第三
十五师并不是现在的这支部队。第三十五师原隶属于马鸿逵的第十五
路军,一九三二年六月奉蒋介石之命进入鄂豫皖苏区"围剿"红军,当
时的师长是马腾蛟。一九三三年三月,这个师乘火车被调往河南与湖
北的交界处,寻找刚刚组建的红二十五军作战。三月六日拂晓,在一个
名叫郭家集的地方,第三十五师遭遇红二十五军的突然袭击。当时郭
家集四周的山顶上,游击队和民众摇旗呐喊,战场气氛令该师官兵胆战
心惊。最终,该师的两个团被红军压缩在一片狭窄的洼地里,一百多名
官兵被打死,两千多名官兵被俘,逃亡的官兵大部分被游击队和手持镰
刀扁担的群众打死或俘获。遭遇重创的第三十五师残余人马撤到了河

南开封,随即被国民党河南省政府主席刘峙吞并。第三十五师名存实亡。后来,蒋介石为了拉拢回民将领马鸿宾,把这个师的番号送给了他,马鸿宾便把自己的暂编第七师改成了第三十五师,下辖三个步兵旅、一个骑兵团,师部直属炮兵、工兵、辎重和特务各一个营,全师共有官兵近九千人。

一九三四年,马鸿宾的第三十五师奉命从甘肃移防陇东。

八月十八日,马鸿宾在他设在平凉城内的师指挥部,得知了红二十五军已经接近的消息。当时平凉城里的守军,仅仅有第一〇四旅二〇八团的一个营。为了平凉的安全,他立即命令驻扎在平凉以北固原的第一〇五旅副旅长马应图,率该旅的两个步兵营和两个迫击炮连增援,同时抽调二〇五团的一个营也归马应图指挥。之后,马鸿宾又命令驻扎在西峰镇的骑兵团一营副营长卡得云率部向平凉靠近。

马应图率领三个步兵营到达瓦亭的时候,与红二十五军遭遇。红军迅速占领了几个山头,马应图部逐渐处于不利地位。这时,卡得云的骑兵营赶到了,战斗骤然激烈起来。红军官兵顽强守着几个重要的高地,战斗虽然短暂,双方的损失都很大,红二十五军二二五团团长阵亡,马应图部也伤亡十余人,卡得云的骑兵营两人负伤、五人被俘。被俘的五名士兵很快就被红军释放了,释放回来的士兵都说红军好,因为红军说话和气还给他们鸡肉吃。

红二十五军继续向平凉逼近。

在占领了西兰公路上的要点三关口后,红军切断了公路,使平凉城的对外联络中断。

为了打通去平凉的通道,马应图决定强行闯过三关口,当两个步兵营营长王凤云和白效禹显出惧怕的情绪时,骑兵一营副营长卡得云自告奋勇表示愿意冒险闯关。凌晨,在步兵的掩护下,卡得云率领骑兵一营向红二十五军防守的三关口猛力冲击,已经决定放弃平凉的红军仅仅留下一个排边阻击边撤退,卡得云的骑兵营因此得以顺利地冲过三关口。

　　平凉城里的马鸿宾一见卡得云,总算松了一口气。他向卡得云询问红军的情况。卡得云说,红军身体都很瘦小,而且很多还是孩子,并不可怕。卡得云的描述加上他顺利闯关的事实,使马鸿宾的胆子突然大了起来。他认为瓦亭遭遇战的损失,完全是马应图怯战的缘故,第三十五师只要主动扑上去,就能把红军吃掉。马鸿宾当即命令骑兵团和第一〇四旅的二〇八团迅速向泾川县城集中,准备竭尽全力把红二十五军逐出他的陇东防区。同时,根据红二十五军绕过平凉东去白水镇的动向,马鸿宾命令马应图率领三个步兵营迅速追击,命令炮兵集中火力向移动中的红军进行轰击。

　　八月二十日,红二十五军到达白水镇附近。

　　马鸿宾得知消息后,命令卡得云率领骑兵一营、马钟选率领辎重营东出平凉城追击。部队出发后,决心彻底消灭红二十五军的马鸿宾,在第一〇四旅旅长马献文的陪同下,带领二十多名警卫员和传令兵跟随出击到达四十里铺。在这里,马鸿宾见到了马应图,他立即拉下脸来质问他在瓦亭为什么怯战,马鸿宾身后的马献文也帮腔说怎么连些娃娃兵都不敢打。马应图回敬马献文道:"你站在后头好说话。你们敢打你就上去吧!"说完掉头走了。这时候,乘坐卡车前进的辎重营到了,车上坐着该营的一百多名枪手。马鸿宾让枪手们下来步行,然后自己和马献文、警卫员、传令兵一起爬上了汽车。马鸿宾命令汽车往东追击。马献文提醒马鸿宾,卡得云的骑兵营还在后面,是不是再等一等。胆子大了的马鸿宾没有搭理马献文,一个劲儿地催促汽车快开。

　　下大雨了。

　　陇东地区很少下雨,即使下雨也没大雨,而这天下的却是罕见的暴雨,这场暴雨竟然持续了两天。

　　红二十五军即将遭遇的巨大创伤,与这场罕见的暴雨密切相关。

　　下午六时,马鸿宾乘坐的汽车顺着西兰公路到达马莲铺,汽车在村西口停了下来。

　　山野在大雨中一片迷蒙。

突然，前方传来剧烈的枪声。

马应图一听就知道这是红军的枪声，他再不能在马鸿宾面前怯战了，于是打马向前奔去。

在马莲铺东面的打虎沟，红二十五军占领了公路两侧的有利位置，机枪阵地设在山顶上的一座小庙里。急需洗刷怯战罪名的马应图，严令他的三个步兵营立即向红军的阻击阵地发起猛攻。在正面反复攻击始终没有得手后，他又派出两个连迂回到打虎沟的西面往山上爬。国民党兵快要爬到山顶小庙时，红军的机枪子弹穿过雨雾射来，马应图的两个连即刻伤亡惨重。瓢泼大雨中，红军官兵趁势冲出了阻击阵地，军号声、枪声、手榴弹爆炸声和喊杀声与大雨倾泻的声音混杂在一起，马应图的三个步兵营顿时陷入混乱，官兵们开始疯狂溃逃。红军很快冲上公路，马应图身边的卫队瞬间跑了个精光。马应图不敢再骑在马上，他跌跌撞撞地在泥水中跑进公路边的一间民居藏了起来。

在马莲铺村西口的马鸿宾不知道前面的战斗进行得如何，只听见枪声越来越激烈。已经认定红军是群娃娃的马鸿宾让马献文留在原地，自己带着他的六儿子马定国和几个警卫员拍马向战场方向冲了过去。刚冲到村东口，迎面就遭到手榴弹的袭击，马鸿宾还以为是自己的部队发生了误会，但是他很快就明白了冲过来的是红军。马鸿宾已经没有了退路，只能命令身边的卫兵抵抗。在警卫人员抵抗的时候，他带着儿子跳下马，爬进公路边的一个院子。红军隔着院墙往里面扔手榴弹，并且把院子团团围住了。

就在这时，卡得云的骑兵一营和辎重营的一百多个枪手赶到了战场。卡得云率领骑兵拼死向包围院子的红军冲击，同时命令士兵用刺刀在院墙上挖洞。卡得云反复冲杀后，红军撤退了。险些成了俘虏的马鸿宾被卡得云的骑兵连拖带拉才逃出那座破败的院子。

接近午夜的时候，第三十五师的炮兵营赶到了战场。

红二十五军的攻击停止了。

大雨依旧在下。

受到惊吓的马鸿宾甚至都不敢回马莲铺了,师部就在村外一片黑乎乎的树林里休息。大雨把所有人的衣服全浇透了,马鸿宾浑身发抖,一个劲儿地说:"太厉害!太厉害!"

平静之后,马鸿宾首先想起来的是:在战场上怎么还是没见着那个该死的马应图?于是命令去找马应图。卡得云在黑暗的大雨中四处叫喊,就是没有人答应。其实马应图听见了,但是他怕卡得云被红军捉住,喊话引诱他出来,所以一直不敢应声。卡得云喊了很久,马应图才从他躲藏的那间民房里悄悄爬出来。大雨倾盆,他竟然不知道红军已经撤了。见到马鸿宾,马应图连哭带闹地说:"我当团长当得好好的,让我当副旅长,什么副旅长,只有三个营,还指挥不动,身边连个护身的卫兵连都没有!你说红军尽是些娃娃,还让我活捉他们,你现在干脆杀了我吧!"

马鸿宾说:"你把三个营都丢了,我不问你罪,你倒倒打一耙!"

第二天,回到平凉城里的马鸿宾立即给马应图记了一大过。

经历了激烈战斗的红二十五军决定继续沿着西兰公路向东。

连日的暴雨使公路北侧的泾河河水猛涨,部队要渡过泾河几乎是不可能了;而公路的南面是一道数十里宽的高塬台地,回旋的余地很小。红二十五军决定暂时离开公路,南渡泾河的支流汭河,佯攻灵台县城,摆出进入陕西的态势,而实际部队回击崇信县城,坚持切断西兰公路,顺着公路再往回走,继续探听主力红军的消息。

大雨仍未停止。

红二十五军离开白水镇向东,在王村附近翻越王母宫塬,然后徒涉汭河。

部队渡到一半的时候,这条平时并不湍急的河流河水迅速上涨。

山洪暴发了。

正在渡河的红军官兵立即被突然而至的洪水卷走。

先头部队二二五团基本渡河完毕。一营营长韩先楚和政委刘震已经在汭河南岸,他们在大雨中开辟了阵地,准备掩护二二三团、军部机关和军直属队渡河。

突然暴涨的洪水令两岸的红军顿时焦急起来。

韩先楚和刘震,这对红二十五军营级军政搭档,作为红军中的中层指挥员,他们能够活下来看到革命胜利无疑是一个奇迹,因为绝大多数红军中层指挥员都在残酷的转战中牺牲了——一九三五年八月二十一日,在陇东罕见的大雨中,浑身湿透的韩先楚和刘震非常紧张。军事常识是,一支部队在渡河时被天然的河流截成两半,这该是最脆弱和最危险的时候。如果这个时候遭遇敌人的袭击,就是中国兵法上所说的"半渡而击"了。

半渡而击的后果将是毁灭性的。

跟随先头部队渡过汭河的吴焕先,也强烈意识到部队已经处在危险中了。

被隔在汭河北岸的徐海东在大雨中来回走着,他始终没有离开河岸,希望看见疯狂上涨的河水在某个时刻会突然平静下来。

没能过河的二二三团在塬上展开了警戒,军部机关、大量驮着物资的骡马、行李担子、医疗药品、军械修理器材以及跟随医院行军的伤病员,此刻都混乱地拥挤在大雨中的北岸。

军衣湿淋淋地裹在吴焕先细瘦的身体上。

二二三团必须赶快渡河!

尽管事先得到的情报是泾河一带无大敌,但是万一呢……

下午,枪声响了。

枪声是从徐海东身后的雨雾中传过来的。

在大雨中向红二十五军冲来的,是国民党军第三十五师第一〇四旅。

先头部队是骑兵,后面紧跟着步兵。

对于红二十五军来讲最坏的事情发生了。

八月二十日,国民党军第三十五师骑兵团奉命到达泾川县城。骑兵团团长马培清不愿意继续追击了，因为一方面骑兵团在大雨中行军十分辛苦，另一方面他已经获悉在马莲铺战斗中马应图旅的不幸遭遇。但是，师长马鸿宾的命令到了，命令他立即出发追击红军，并说红军都是些娃娃和女兵，如果让红军跑了唯骑兵团是问。同时，马鸿宾还命令调步兵二〇八团和二一〇团三营归骑兵团指挥。下午，马培清把二〇八团团长马开基请来商量，开口就说红军不是那么好打的，这次一定要稳扎稳打不可轻易出击。谁知，马开基团长当场就顶了马培清一句："怕死别打仗！"原来，泾川是马开基的防区，马培清的骑兵团是奉命来增援的，理应接受他的指挥，可是师长马鸿宾竟然命令他接受骑兵团的指挥，这让他实在咽不下这口气。商量没能进行下去，因此也就没有战斗部署。马开基命令他的副团长张海禄留下来坚守泾川县城，自己带着步兵一营、二营各两个连以及团直属队，又向马培清要了一个排的骑兵，冒着大雨出发了。马开基出发的时候，根本就没通知奉马鸿宾之命前来参加追击的二一〇团三营。在他出发后，三营营长马维麟自动担负起县城的防守任务。而马培清不愿意跟着马开基走，又不能不按兵不动，于是率领着他的骑兵团向南出发了，说是去迂回红军的侧翼。

二十一日下午六时，马开基的部队到达王母宫塬，发现塬上已经被红军占领；但是，汭河边正聚集着大量的红军。马开基意识到这是突然出击的大好时机。身边的军官对他说，红军人多，也没有攻击咱们的意思，天色已晚，又下着大雨，不利于战斗，不如先建立阵地再说。马开基还是那句话："怕死别打仗！"

马开基命令部队立即向汭河北岸的红军发动攻击。

红二十五军自从在报纸上获得了主力红军的消息，就以正常的行军速度计算着主力红军的行进路程。按照他们的预想，主力红军应该能够进入陇东地区了，所以他们一直冒险徘徊在西兰公路两侧，以期迎接主力红军。然而，他们并不知道主力红军在北进的路途中被迫一次又一次地停留，一次又一次地开会解决尖锐对立的政治与军事问题。此时此刻，张国焘率领的左路红军仍滞留在川北马尔康附近的卓克基，而毛泽东率领的右路红军刚刚进入松潘大草地。

红二十五军最危险的时刻来临了。

首先接敌的是二二三团三营。三营利用塬上一个小村庄的房屋、土墙和窑洞,与最先冲击来的敌人的骑兵展开激烈的对抗。敌人分散成班和排,一波接一波地轮流向前顶,那些被红军砍断了腿的战马在大雨中嘶鸣着。二二三团机枪连连长戴德归,率领几个战士抬着一挺重机枪上了一孔窑洞的顶部,用猛烈的扫射压住了敌人冲击的势头。

这时,渡过河去的二二五团无法回援,战斗力较弱的军机关和后勤人员被迫开始在上涨的河水中拼命渡河,形势危在旦夕……

军政委吴焕先在枪声响起的那个瞬间,纵身扑进了水流湍急的氵内河中,奋力向敌人发起冲击的北岸游来。汹涌的河水将他冲出去很远,上岸后他拼命朝渡口的方向猛跑,一边跑一边大喊"把敌人顶住"。徐海东也迎着吴焕先跑过去,两人紧急商量了一下,然后一起向三营所在的塬上跑,那里现在是整个北岸战斗的最前沿。徐海东的腿受过四次伤,跑起来跟不上吴焕先,吴焕先在剧烈的喘息中回头对徐海东说了句:"来呀,咱俩比赛。"

吴焕先冲到塬上,立即组织军部交通队和学员连直接插向敌人的侧后。他跑在这支队伍的最前边,边冲边喊:"同志们,压住敌人就是胜利,决不能让敌人逼近河边,要坚决地打!"

二二三团一营、二营冒着横飞的子弹,迅速占领塬上的制高点,从侧翼向敌人发动了进攻。

敌人的冲击受到两翼的压力,力度和速度缓慢下来。

在双方接触的前沿,仍听得见肉搏战的厮杀声。

大雨如注。

红二十五军绝不能让敌人拖在这里直至消耗殆尽。

吴焕先一声呐喊,红军官兵开始了反击。

红二十五军必须把这股敌人打跑。

跟随着吴焕先冲击的交通队的战士,看见他们的军政委在大雨中直起细瘦的身体,回过头来对他们喊了句"冲啊",然后就直挺挺地栽倒在大雨中了。

敌人的数粒子弹射中了二十八岁的红军军政委吴焕先的胸口。

战场上突然没有了他那军号般的呐喊声。

吴焕先,鄂豫皖根据地的创始人之一。红四方面军主力撤离根据地后,他留下来在异常艰苦的环境中组建了红二十五军,先任军长,后任政委。对于红二十五军的官兵来说,无论进行的是多么残酷的战斗,只要吴焕先在前面大刀一挥,他们就会拼死争相跟随。在红二十五军官兵的心中,身先士卒的吴焕先永远是一面大旗,他们在这面大旗上懂得了什么是革命、什么是光荣、什么是身先士卒、什么是官兵一致、什么是中国工农红军。

红军官兵的怒火喷发了。

他们向敌人迎面扑去。

他们愿意跟随他们的军政委去死。

国民党军二〇八团官兵几乎无一漏网,全部被红军压在一条烂泥沟里。

这条烂泥沟最终成了国民党军二〇八团的坟墓。

红军官兵往沟里扔手榴弹,开枪射击,最后扑进去用大刀砍用拳头打。敌人已经完全失去了抵抗能力。红军干部在一边喊:"红军优待俘虏! 把他们押出来!"但是,红军官兵仍继续射击、砍杀、撕咬,就是不停手!

二二三团二营通信班班长周世宗,看见一个似乎是敌人指挥官的人要骑马逃跑,于是他开枪了。他连续开了四枪,把那个军官的马被打伤。他跑上前去,命令马背上的那个军官下马投降,军官不肯。周世宗朝着他再次连续开枪,直到他重重地跌下马来。

团长张绍东跑过来说:"立功了! 奖励大洋三块!"

被红军通信班班长周世宗打死的军官,就是声称"怕死别打仗"的国民党军第三十五师第一〇四旅二〇八团团长马开基。

但是，无论消灭了多少敌人，都不能让红二十五军官兵感受到胜利的滋味。

副军长徐海东说："一定要想办法，给政委买一口好棺材。"

天黑下来的时候，先是大雨停了，接着汭河河水开始回落。

徐海东亲自牵着骡子，把吴焕先的遗体运过汭河。

宣传队队员们到处寻找棺材，最后把当地大地主郑庭顺家的一口还没上漆的柏木棺材抬来了。

吴焕先穿上了他一直舍不得穿的那件旧呢子大衣，被安葬在汭河北岸宝盒山山脚下。

第二天，红二十五军离开泾川地区，沿着西兰公路继续向南，逼近崇信县城。

惨烈的王母宫塬之战使国民党军暂时不敢靠近红二十五军了。

为了继续钳制敌人，红二十五军开始在崇信、灵台地域长久地徘徊转战。他们每天都派出侦察员四处打探主力红军的消息，但是一直都没有结果。这时，由兰州方向增援而来的国民党军第六师第十七旅已经到达泾川县城，马鸿宾的第三十五师也开始向崇信方向靠近，从陕甘方向调来的国民党军第五十一军第一一三师也向北推进到陇县，而国民党军第三军第十二师逼近了距离崇信只有二十多公里的华亭。红二十五军已经处在被四面包围的境地。

连日行军作战，伤员无法安置，官兵极度疲惫，这种没有后方的移动作战，会使部队的战斗力逐渐耗尽。红二十五军领导人终于下了决心，不再等待主力红军，离开西兰公路，直接往北去寻找陕北红军。

从八月十四日到三十一日，红二十五军在西安通往兰州的公路两侧，以接连不断的战斗整整等待了十八天。无论多么艰难，多么危险，他们都不愿意离开这条他们认为党中央和主力红军必定要过的公路。他们希望在党中央和主力红军通过这条公路的时候，这一军事要地处在被红二十五军占领的安全状态中。他们奋不顾身的移动与作战，钳制了陕甘境内的国民党军，配合了即将北上的主力红军的行动。现在，即使已经付出巨大的代价,他们还是无法在危机四伏的西兰公路上继续等待下去。而他们此刻做出的北上决定,事后证明是极其正确的——《中国工农红军第二十五军战史》对此评价为:"胸怀全局和远见卓识。"

一九三五年八月三十一日晚,红二十五军自平凉县城以东的四十里铺渡过泾河,离开西兰公路,向东北方向而去。

红军官兵跨过西兰公路以后,不少人纷纷回头张望了一下。他们中间没有一个人知道,此时,毛泽东刚刚到达松潘大草地北沿的班佑,前锋红军正在包座与国民党军血战,试图打开北进陕甘的通道;而张国焘借口嘎曲河水上涨已经不再继续向北前进了。

渡过了泾河,昼夜兼程前进的红二十五军依旧被国民党军第三十五师追击着。九月三日,红军渡过马莲河到达合水县的板桥镇。马鸿宾的第三十五师紧随着红军也到了。为了使部队能够顺利地通过,徐海东率二二三团前去包围合水县城,命二二五团为后卫掩护军部机关。二二五团在板桥镇内短暂休息后,凌晨四时部队准备出发。这时,国民党军第三十五师的骑兵来了,立即与二二五团的后卫部队三营交了火。

二二五团三营的七、八两个连,是由游击队改编的,官兵们的战斗经验不多。

突然攻击三营的又是马培清的骑兵团。

这个团在王母宫塬战斗后,一直尾随着红二十五军。追到泾川与合水之间的西峰镇时,团长马培清接到师长马鸿宾的电话。马鸿宾在电话里命令骑兵团要与红军"好好打上一仗",并把二一〇团也调来归马培清指挥。马培清知道马开基的二〇八团是怎么覆没的,为了避免与红军硬拼又不承担任何责任,他对马鸿宾说自己一个人怕是指挥不了六个营,要求派第一〇四旅旅长马献文来西峰镇。马鸿宾说:"红军现在很容易捉,你就不要推辞了。"

马培清对骑兵团下达的作战原则是:采取守势,谨慎出击。

在西峰镇到合水县的路上,骑兵团两次与红军接触,都采取了这个策略,因此部队没有什么损失。但是,马鸿宾的电话又打来了,说他看出来马培清在消极作战,如果贻误大局军法从事。这一下,过了马莲河后,骑兵团的追击速度加快了。

九月四日凌晨,黎明前天色漆黑,马培清的先头部队一头进入了红二十五军后卫部队的阻击阵地中。

红军二二五团三营与多达六个营的敌人展开激战。对于红军官兵来讲,马鸿宾的骑兵是很强硬的对手。当这些骑着高头大马的国民党兵呐喊着冲过来的时候,红军的阻击阵地上显出了将要顶不住的迹象。前去包围合水县城的徐海东听见板桥镇方向响起枪声,立即返回来,发现二二五团参谋长戴季英还在军部机关的队列前讲话,据说他已经一口气讲了两个小时了。徐海东立即率二二五团二营投入战斗,以掩护三营突围。但是,敌人的兵力过于强大,连同徐海东在内二二五团陷入包围中。

马培清似乎看出了红军阻击阵地的脆弱,他立即命令骑兵团一、三两个营从正面冲击,两个步兵营从右翼包抄,自己则率领一个骑兵营向左翼插过去。骑兵的冲击给红军的阻击阵地带来很大的混乱。危急时刻,二二五团一营营长韩先楚和政委刘震率领部队迅速占领了左翼的一座山头,用猛烈的火力阻击敌人,以掩护徐海东率部冲出重围。

刘震在枪林弹雨中寻找着徐海东。

吴焕先政委刚刚牺牲,红二十五军绝不能再失去徐海东。

在望远镜里,刘震发现了徐海东的身影,他骑在一匹白马上,白马正沿着一道土梁奔跑,敌人的骑兵距离他只有几十米了。刘震立刻命令所有的机枪向敌人的骑兵扫射。

已经认出白马上的人就是徐海东,骑兵团长马培清顿时兴奋起来,因为蒋委员长悬赏“徐匪”的价格是十万大洋。马培清的副官马长清却极端懊悔,因为徐海东是从他的眼皮底下跑走的。那一刻,他看见一匹白马跑到了他的跟前,马上的人一身蓝衣没有拿枪,马长清以为是一位师爷,慌忙中还敬了个礼。白马跑远的时候,马长清才回过神来,他惊叫了一声,立即命令骑兵去追。跑得最快的两名骑兵追上了在徐海东后面掩护的警卫员,他们把这个小红军拉下了马。接着,两个国民党兵为谁能占有小红军身上的驳壳枪争执起来。徐海东继续纵马飞奔,白马绕过了一片高粱地,等马培清的骑兵追上来时,高粱地里突然飞出一片密集的子弹。

这是红二十五军离开根据地后移动作战的最后一战。

二二五团刚刚接任团长的方炳仁在突围中阵亡。

红二十五军医院院长钱信忠突围时还带着十几名伤员。这位三十年后成为新中国卫生部部长的老红军,一九三五年九月四日在陇东板桥镇经历了他人生中最危难的时刻。三年前,钱信忠还是国民党军队中的一名军医。一九三二年六月在湖北黄安的一次战斗中,他所在的国民党军第十师中了红军的埋伏。当国民党兵开始溃退的时候,他藏在稻田里没有走。看见红军的部队上来了,他从稻田中走了出来。红军战士看见的是一个穿戴整齐的军官:黄斜纹布军衣,皮鞋很亮,全副武装,胖胖的身体,看样子官一定不小。红军战士把他围起来,你一拳他一脚要把他绑起来。钱信忠连忙说:"不要打,也不要捆,我是医官,没有逃跑就是因为想当红军。你们把我送到你们的司令部去吧。"参加了红军之后,官兵们问他为什么主动过来,他说在上海宝隆医院学习的时候读了几本马列的书。在红军队伍里,钱信忠经受了艰苦生活和残酷战斗的考验,他把他的全部医术都献给了红军,成为一名坚强的红军干部。过去他穿的是皮鞋,参加红军后,官兵们要他穿草鞋,他不会打草鞋,但是他说:"我打赤脚也要革命!"在板桥镇,当二二五团遭遇突袭的时候,钱信忠首先想到的是救护红军伤员。他跟在徐海东的身后冲上战斗前沿。部队被敌人的骑兵冲散了,他带领他抢救下来的伤员形成一个小集体,他说:"现在,我们能否安全归队成了问题。我们要接过牺牲同志的枪,准备打游击,追部队去!"钱信忠带领伤员晚上走路,摸着地上的草的倒伏方向来判断部队转移的路线,最终他们真的追上了红二十五军的大部队。那个时刻,红军伤员包括钱信忠都哭了,他们为重新回到生死相依的红军队伍中感到万分庆幸。

板桥战斗结束后,红二十五军进入甘肃与陕西交界处的群山之中。这里人烟稀少,沿途没有可以获得粮食的村落,部队发生了严重的饥荒,可他们依然没有间断行军,因为前面就要进入陕甘苏区了。

九月七日,红二十五军到达合水县东北方向的豹子川。在这里部队做了短暂的休整,中共鄂豫陕省委召开会议,决定由红二十五军军长程子华接替吴焕先代理鄂豫陕省委书记兼红二十五军政委,徐海东任红二十五军军长。

红二十五军终于走出了陕甘边界的子午岭山区。接近洛河的时候,部队遇到几百头羊迎面而来。饥饿的红军官兵把羊群拦了下来,后面赶羊的人急忙走上前来,拿出了国民党政府的护照,说他们是做生意的。谁知,这一来,红军官兵表示必须没收这些羊。赶羊的人赶紧问:"你们是红军吧?"当听到确实是红军的部队时,他们又拿出了苏维埃政府的证明,说这些羊都是苏区的,准备赶到白区卖了之后买布。红二十五军的供给干部问,这些羊要卖多少钱?赶羊人说最少要四百二十块,供给干部给了他们五百块大洋。赶羊人丢下羊群兴高采烈地走了。几百只羊,这让红二十五军所有的官兵扎扎实实地吃饱了。

九月十五日,红二十五军终于到达他们长征的终点——陕西省延川县永坪镇,与刘志丹的红二十六、红二十七军会合了。

此刻,红二十五军全军人数为三千四百多人。

一九三五年九月十八日,在永坪镇,中国工农红军第二十五军、第二十六军和第二十七军,合编成为第十五军团,下辖三个师,兵力七千余人。

中国工农红军第十五军团组建的重要意义在于:为毛泽东率领的红军到达陕北奠定了军事基础——《共产国际》第七卷第三期《中国红军第二十五军的远征》:"中国红军第二十五军的荣誉犹如一颗新出现的明星,灿烂闪耀,光波四表!就好像做毛泽东部队的先锋一样,帮助毛泽东部队打开往陕北的途径。"

红二十五军,红四方面军撤离鄂豫皖根据地后留下的一支红军武装,几乎与位于江西瑞金的中央红军同时开始了军事转移,经过数月的颠沛流离和艰苦转战,成为所有红色武装中第一支到达陕北的红军部队。红二十五军从河南进入湖北,从湖北又入河南,从河南进入陕西,从陕西进入甘肃,从甘肃进入宁夏,从宁夏再入甘肃,从甘肃又入陕西,红军官兵一路浴血奋战、前仆后继、舍生忘死,全军兵力最多时不足八千人,最少时只有一千多人。然而,这支小小的红军武装最终摆脱了生存危机,寻找到可以发展壮大的立足点。更为重要的是,红二十五军用坚定的信仰和不屈的精神,在中国的腹地传播了创建新中国的革命理想。在他们经过的每一座城镇和村庄中,百姓因为他们的到来知道了共产党人的革命以及中国工农红军。

那些牺牲在征途上的红二十五军的官兵,他们的鲜血日复一日地润泽着中国辽阔的国土腹地,使那里的山峦得以葱茏,河水得以奔涌,使那里的每一块田野得以丰饶。中国工农红军第二十五军将永远分享着人类最壮丽的史诗——长征——的光荣。

红二十五军已经走在陕甘苏区的境内了,官兵们享受着欢迎的口号、金黄色的小米和肥美的羊肉。而在同一时刻,毛泽东率领的红军正冒着雨雪交加的严寒和不断袭来的饥饿行进在中国西南部蛮荒的原始密林中。

距离从草地边缘分出去的那部分红军越来越远了,被冷雨淋湿的毛泽东万分痛苦,他并不知道此刻红二十五军已经到达陕北,中央红军前景不明的北进实际已经踏上了一条光明之路。

所有的一切都在无形中支持着这位信仰坚定的红军领袖。

九月十一日,从万分危险的情况下脱身而出的红军,陆续到达甘南与川北交界处的俄界。

俄界,今迭部县境内的高吉村。

毛泽东在这里与一直等候着他们的红一军团会合了。

俄界是由一位杨姓藏族土司统治的小村落,由于国民党军队无法在这里立足,到达这里的红军相对安全了。据说,这位杨姓土司自清至今已经是第十九代,他们每年向国民党当局纳税之后便平安无事了。他们对红军也没有什么敌意,土司甚至把粮食仓库向红军敞开,让红军用一些枪支换取他的粮食。杨姓土司知道,这支军队只不过是过路客而已。

与红一军团会合的时候,红军官兵悲喜交加。悲的是,红军居然分成了两部分,且大部分还在很远的地方,这使红军的前途和命运陡增了令人不安的因素;喜的是,自那个充满危险的夜晚匆忙北进之后,至今除了行军的艰辛之外,一路没有发生大的险情,中央红军的主力部队第一、第三军团终于会合在一起了。

当天,中共中央再次致电张国焘,口气严峻了许多:

国焘同志:

（一）中央为贯彻自己的战略方针,再一次指令张总政委立即命令左路军向班佑、巴西开进,不得违误。

（二）中央已决定右路军统归军委周副主席恩来同志指挥,并已令一、三军在罗达、俄界集中。

（三）立即答复左路军北上具体部署。

中央
九月十一日二十二时

第二天,一九三五年九月十二日,中共中央政治局扩大会议召开,史称"俄界会议"。中共中央、中革军委领导以及红一、红三军团的主要指挥员都出席了这次重要会议:张闻天、毛泽东、博古、王稼祥、刘少奇、凯丰、邓发、叶剑英、蔡树藩、林伯渠、李维汉、杨尚昆、林彪、聂荣臻、朱瑞、罗瑞卿、彭德怀、李富春、袁国平、张纯清等。周恩来由于病情再次恶化没有出席。

会议首先听取了毛泽东关于与张国焘的争论以及今后红军的战略

方针的报告。虽然在现存的档案史料中,毛泽东的发言记录已有残缺,但是这一发言无疑是极其重要的史料。毛泽东在其中提出的战略方针,将对未来中国革命的进程产生重要影响,是解释中国革命史中许多重大历史事件起始缘由的重要依据:

……

我们在两河口一、四方面军会合,中央六月十八日决议,现在中央坚持这个方针。有同志反对这个方针,有他机会主义的方针,这方针的代表是张国焘、陈昌浩……四方面军起初是按兵不动,七月十七日要集中第一地点未实现。张到芦花,政治局决定他为总政委,张才把四方面军调动,但未到毛儿盖即动摇,一到毛又完全推翻这一决定,而把主力去阿坝、右路去班佑。张到阿坝后,便不愿意北上,要右路军南下,政治局七个同志在周副主席处开了一个非正式会议,决定给电张国焘北上,徐、陈当时表示,要他走路回草地是不好,但北上有王钧、毛炳文,走草地没有王钧、毛炳文,这是他根据的机会主义观点。所以,张国焘坚决要他回去,他便主张回去。

政治局说四方面军的领导一般是正确的,是说他在鄂豫皖、通南巴时期,从通南巴出来便不正确了,他退出通南巴,是在中央区红军退出中央区之后,那时他觉得通南巴孤立,决定到宁夏,又觉得宁夏有敌人骑兵,所以决定到西藏。四方面军退出通南巴,是不正确的,打了胜仗为什么要退出? 有什么理由呢? ……我们现在背靠一个可靠的地区是对的,但不应靠前面无出路,背后无战略退路,没有粮食,没有群众的地方……所以我们应到甘肃才对,张国焘抵抗中央的决议是不对的。

……

中央坚持过去的方针,继续向北的基本方针,补充决议上说的向黄河以东……一、四方面军会合后,应该在陕、甘、川创造苏区。但现在不同了,现在只有一方面军主力一、三军,所以应该明确地指出这个问题，经过游击战争打通国际联系，得到国际的指示与帮助，整顿休养兵力，扩大队伍。

这个方针是否可能？可能的，在地形上、敌情上，加上正确领导，加上克服困难的精神，无疑是可能的……我们由现地到苏联边境只有五千里……我们估计到运动战的可能还是有，但相应受限制，所以我们应该准备这些阵地战、堡垒战的工具——飞机、大炮，使运动战与阵地战配合，这一问题，很尖锐地提到我们的面前……我们总是可以求人的，我们不是独立的党，我们是国际的一个支部，我们中国革命是世界革命的一部分，我们可以首先在苏联边境创造出一个根据地，来向东发展。不然，我们就永远打游击战争……中央不能打到箭庐去，中央要到能够指挥全国革命的地区去，即使不能到达目的地，我们也不致做瓮中之鳖，我们可以到各处去打游击，即使给敌人打散，我们也可以做白区工作，我们可以去领导义勇军，而且我们估计，经过游击战争，我们可以打通国际关系，可以得到帮助，而克服敌人的堡垒主义。

……

目前与四方面军的关系，是党内斗争，但这是两条路线的斗争。

在今天说来，是两条路线的斗争，将来或者是拥护中央，或者是反对中央，最后组织结论是必要的，但是否马上作组织结论……不应该的，我们现在还有两个军，还有很多干部在那里，我们还要尽可能工作，争取他们，将来是不可避免重作组织结论的。我们还要打电报，要他们来，用党中央名义打电报，要他们来，因为我估计，他还有来的可能，自然也有不来的可能。

……毛泽东的一个观点值得注意：建立川陕甘根据地的计划现在已经无法实现，因为"现在只有一方面军主力一、三军"了，所以出路是继续向北"打通国际联系","在苏联边境创造出一个根据地",途径是"经过游击战争"——此时,毛泽东没有关于陕北苏区的任何消息。他在客观地衡量了目前红一方面军的实力后,提出了打游击这样一个低调的军事策略;而"打通国际联系"的方针,将在此后一年多的时间里成为红军在陕北和甘肃一带继续移动作战的主要指导原则,并由此可以解释中共中央和中革军委在这一时期做出的所有决策的内在原因。

俄界会议进行当中,张国焘的回电到了。

张国焘连续发出两封电报,一封是给中央的,竟然说中央有人"通敌":

林、聂、彭、李并转恩、洛、博、泽、稼:

一、据徐、陈报告:三军撤去脚杖寺、班佑警戒,乘夜秘密开走,次日胡敌有番反占班佑。三十团开班佑,在途与敌遭遇,团长负伤,伤亡百余。贯彻战略方针岂应如此。

二、红大已分裂,剑英、尚昆等均须[?]逃,兄等未留一人在徐、陈处,用意安在。

三、兄等走后,次晨胡敌即知彭德怀部北窜,请注意反动趁机告密。党中央无论有何争执,决不可将军事行动泄之于敌。

四、诸兄不图领导全部红军,竟率一部秘密出走,其何以对国际和诸先烈。

五、弟自信能以革命利益为前提,虽至最严重关头,只需事实上能团结对敌,无不乐从。诸兄其何以至此,反[?]造分裂重反团结,敬候明教。

国焘亲笔

九月十二日十时

张国焘的另一封电报,是给红一、红三军团指挥员的,预言北进"不拖死也会冻死":

林、聂、彭、李:

（甲）一、三军团单独东出,将成无止境的逃跑,将来真会悔之无及。

（乙）望速归来受徐、陈指挥,南下首先赤化四川。该省终是我们的根据地。

（丙）诸兄不看战士无冬衣,不拖死也会冻死。不图以战胜敌人为先决条件,只想转移较好地区。自欺欺人论真会断送一、三军的。请诸兄其细思吾言。

并报徐、陈

国焘亲笔

十二日二十二时

可以肯定,毛泽东两封电报都看到了。

会上有人提出开除张国焘的党籍,毛泽东表示反对。毛泽东说:"你开除他的党籍,他还是统率几万军队,以后就不好见面了。"

彭德怀后来回忆说:"如果当时开除了张国焘的党籍,以后争取四方面军过草地就会困难得多。就不会有后来二、四方面军在甘孜的会合,更不会有一、二、四方面军在陕北的大会合了。"

俄界会议做出《中共中央关于张国焘同志的错误的决定》。

这一文件只发到中央委员一级。

从俄界出发向东北方向,至腊子口三百八十里。

红军出发的第一天,就走进了原始森林中的白龙江河谷。白龙江是嘉陵江的一条支流,发源于岷山主峰,流经甘肃和四川交界处的河段是其最险要的地段,江水在乱石中奔涌,两岸绝壁如削,一条古老的栈道高悬于绝壁之上。栈道在绝壁上打孔架设而成,上面铺有木板,高悬于距江面一二十丈的半空,仅容单人通过。

为了阻止红军进入甘南,当地的反动武装对栈道进行了破坏,有的地方木板被拆下来扔到白龙江里,有的地方横插在悬崖上的木桩已被拔掉。红军官兵一路走过来,还没见过如此危险的栈道,队伍小心地贴着悬崖向前蠕动。走到栈道被破坏的地方,红军停止了前进。悬崖对面的森林中不断打来冷枪,栈道上没有地方可以隐蔽,想还击,满眼林木寻不到目标,队伍中不断有人负伤或牺牲,被子弹打中的官兵摇晃着跌下河谷,在湍急的江水中瞬间就没了踪影。必须寻找木材修栈道!于是,从栈道被破坏的地方开始,口令被一个人一个人地传递下去:"可以砍树的地方赶快砍树,能够买到木板的地方用现洋购买。"就这样,口令一直传到还没有走上栈道的红军那里。等了大半天,木材和木板被一个人一个人地传递过来。队伍在栈道上停留的时间太久,没有饭吃,没有水喝,官兵们只能往干渴的嘴里塞点炒麦子。

红一军团第一师参谋长耿飚的马在栈道上嘶鸣不已,因为害怕,马不但不走还乱蹦乱跳,这样一来随时可能掉下深渊。马夫老谢想尽办法哄着这匹马,抚摩它,跟它说话,给它麦子吃,但是哄着哄着,他身子一歪,从栈道上掉了下去,前后的战友还没反应过来发生了什么事,老谢已经不见了。老谢是福建建宁人,却有一脸北方人的络腮胡子,憨厚的性格深得红军官兵的喜爱和尊敬。从苏区出发的时候,他负责的是一头大黑骡子,一路上无论多么危急的关头,他始终拉着大黑骡子,无论骡子还是物资没有一点损失。部队到两河口的时候,大黑骡子突然丢了,难过得老谢好多天不吃饭,只是闷着头吸旱烟。上级重新给了他一匹马后,老谢对马的照顾更加精心了。红军队伍过草地时,他把身上的干粮全给马吃了,自己一个劲儿地掏棉衣里的棉絮往嘴里塞。第一师走出草地的那天,官兵们一看,老谢身上的棉衣里面都掏空了。

直到晚上十一时,红军的队伍才陆续从栈道中走出。

摩牙寺是一座有四百多名喇嘛的洁净寺院,红军路过的时候,开阔的寺院院子里鹅黄色的菊花正在盛开。

红军沿着白龙江继续向东北方向走,队伍里有干部说:"前面有一道险要的关口,一军团正在那里抢关呢。"

九月十四日,中共中央再次致电张国焘,并特意要求"此电必须转

达"朱德与刘伯承",电报的口气愈加严厉了:

国焘、向前、昌浩三同志:

（一）一、四方面军目前行动不一致,而且发生分离行动的危险的原因,是由于总政委拒绝执行中央的战略方针,违抗中央的屡次训令与电令。总政委对于自己行为所产生的一切恶果,应该负绝对的责任。只有总政委放弃自己的错误立场,坚决执行中央的路线时,才说得上内部的团结与一致。一切外交的词句,决不能掩饰这一真理,更欺骗不了全党与共产国际。

（二）中央率领一、三军北上,只是为了实现中央自己的战略方针,并企图以自己的艰苦斗争,为左路军及右路军之四军、三十军开辟道路,以便利于他们的北上。一、三军的首长与全体指战员不顾一切困难,坚决负担起实现中央的战略方针的先锋队的严重任务,是中国工农红军的模范。

（三）张总政委不得中央的同意,私自把部队向对于红军极端危险的方向[阿坝及大小金川]调走,是逃跑主义最实际的表现,是使红军陷于日益削弱,而没有战略出路的罪恶行动。

（四）中央为了中国苏维埃革命的利益,再一次地要求张总政委立即取消南下的决心及命令,服从中央电令,具体部署左路军与四军、三十军之继续北进。

（五）此电必须转达朱、刘。立复。

中央

九月十四日

中央电报发出的时候,红一军团正向腊子口全速前进。

国民党军飞行员的侦察报告被送到成都。报告说,在腊子口附近发现"赤匪不足万人,没有后续部队"。

620 · 长 征

　　情报让蒋介石火冒三丈。看来把红军围困在草地里的计划算是落空了。但是,走出草地的红军为什么又分开了呢?蒋介石左思右想就是理不出头绪。情报说即将到达腊子口的那股红军是林彪的部队。这是一支极具大规模运动能力的红军,他们一进入甘南就径直向东北方向而去,蒋介石在地图前站立了很久,他把目光沿着甘南朝东北方向一路看去,最后看见的是中国西北那片被黄土覆盖的土地,那里是陕北。

　　蒋介石立即给兰州绥靖主任朱绍良发出一份"赏格令",朱绍良随即把这份最新的"赏格令"转发给了他认为红军有可能路过的各县:

特急。

岷县、临洮、陇西刘县长并转渭源赵县长,天水、武都孔县长:

　　奉委员长蒋阳[七日]亥[九至十一时]蓉行参战电开:据报,北窜之匪毛、彭、林等均在内,饥疲不堪,不难消灭。兹再申擒斩匪首赏格如下:

　　1.毛匪泽东生擒者奖十万元,献首级者奖八万元;

　　2.林匪彪、彭匪德怀生擒者各奖六万元,献首级者各奖四万元;

　　3.博古、周恩来二匪生擒者各奖五万元,献首级者各奖三万元;

　　4.凡伪中央委员、伪军团政委、伪军团长及伪一、三军团之伪师长等各匪首生擒者各奖三万元,献首级者各奖二万元;

　　5.其他各著名匪首,凡能生擒或献首级者,仍照前颁赏格各给0172[原件电码,未译]。

　　希通饬各县及地方军民人等,一体知照。等因。

　　特电遵照。

　　　　　　　朱绍良。覃[十三日]午总参池。

刚刚还是晴天,突然就下起了暴雨。

晚上,大雨中向导迷失了方向,红军的行军被迫停下。

毛泽东和官兵们一起在大雨中坐到天明。

九月十一日早晨，徐向前在前敌指挥部听说叶剑英走了，军用地图也被带走了，他一下子想起头天晚上毛泽东来到院子里问他的那些话，想起毛泽东告辞后渐渐远去的高大而消瘦的背影，徐向前这才明白一切都不可挽回了。他愣在乱哄哄的前敌指挥部里，任凭陈昌浩来来往往地叫喊，一时间竟"说不出话来"。

这一天，红一军团军团长林彪给徐向前打来一个电话，告知部队北进的途中"有一座悬崖险桥，现有一连人防守"，而红一军团部队"即将北撤"，让徐向前"在一天内派部队赶到接防"——率领红一军团一直在俄界等着大部队的林彪还以为编入右路军中的红四方面军的部队会跟进北上。这座悬崖险桥位于一百公里之外，如此的距离"绝非一天所能赶到"，更何况右路军中的红四方面军主力此刻正在松潘与胡宗南部的对峙中，还有近千名在攻打包座的作战中负伤的重伤员需要安置，徐向前根本无法"派兵前往"。

晚年，徐向前忆及此夜，依然痛心不已：

> ……那两天我想来想去，彻夜难眠……我的内心很矛盾。一方面，几年来自己同张国焘、陈昌浩共事，一直不痛快，想早点离开他们。两军会合后，我对陈昌浩说，想去中央做点具体工作，的确是心里话。我是左思右想，盘算了很久，才说出来的。另一方面，右路军如果单独北上，等于把四方面军分成两半，自己也舍不得。四方面军是我眼看着从小到大发展起来的，大家操了不少心，流了不少血汗，才形成这么支队伍，真不容易啊！分成两半，各走一方，无论从理智上或感情上说，我都难以接受。这也许是我的弱点所在吧。

阿坝额尔登寺院的大殿里光线很暗。

出席川康省委扩大会的省委委员，红军总部、工会、青年团、妇女部、儿童团的干部约一百多人。

张国焘开始了他几乎持续了一整天的长篇讲话。

他从布尔什维克的革命理论开始讲起,一直讲到目前中国红军所面临的政治和军事形势。之后,他全面阐述了南下的正确和北上的错误。张国焘深知现在他迫切需要得到广大红军干部的认同,为此他不断地挑拨红四方面军反对中央的情绪,说中央利用红四方面军以牺牲打开的北进通道自己溜了;说他们的秘密出走让蒋介石以为红军的中心仍然在毛儿盖,因此不会去追击进攻他们的队伍;说他们单独北进的行动已经引起敌军注意,这将导致如果我们随后跟进,很可能遭遇敌军的凶狠阻截;说毛泽东走的时候把缴获的粮食等重要物资都烧毁了,为的是给红四方面军官兵造成更大的困难等等。张国焘煽动性的讲话,获得了强烈的会场效果,红四方面军有的干部竟然伤心得哭出了声——从警卫员开始就一直跟随张国焘直至成为内卫排排长的何福圣回忆说:"在四方面军里,只知道有张国焘,不知有毛泽东,我们根本不可能起来反对张国焘,既没那个勇气,也缺乏那样的觉悟。"

红四方面军官兵大多是四川人,因此对于南下计划张国焘描绘出的是一幅光明美丽的前景:"明知道北上是一条死路,还逼着我们四方面军跟着他们走,其用心不是想断送四方面军吗?他们已经把十万红军拖垮了,难道还要把四方面军葬送吗?他们走了也是好事,迟跑不如早跑,他们走他们的独木桥,我们走我们的阳关道,南下英勇作战,咱们打到成都吃大米去!到成都过新年去!"

会场上一片欢呼。

张国焘请朱德讲话,被朱德当场拒绝。

朱德的态度引起了会场上的愤怒情绪。

朱德很沉着,任你怎么说,怎么喊,就是一言不发。

等所有的人都不吭声了,他才不慌不忙地说:"中央的北进战略是正确的。在川陕建立革命根据地是经过反复研究决定的。对中央的决定,我举过手表示拥护,现在依然是这个态度。至于要我和毛泽东划清界限,我和毛泽东从井冈山就在一起,国内外都知朱毛,朱毛是不可分的。你们可以把我朱德劈成两半,但是不能把朱毛分开,更不可能要朱来反毛。"

张国焘说:"你说北上好,你就一个人走吧,我们决不留你。"

朱德说:"我是红军总司令,党中央和军委派我带领左路军北上。现在你们不执行中央、军委的命令,硬要南下,我只能跟着你们。你们到哪里,我也到哪里,我一定要执行党中央、军委交给我的任务,带领左路军北上。"

会后,朱德伤感地对康克清说:"会议开得一团糟,糟透了。"

阿坝会议发布了《大举南进政治保障计划》。计划声称:"大举向南进攻,消灭川军残部,在广大地区内建立根据地,首先赤化四川。"

这之后,红四方面军中开始流传一首歌,歌名叫《红军南下歌》:

> 亲爱的工农同志们啦,亲爱哎哎哟;
> 红军的南下胜利大得很,我唱你来听,亲爱哎哎哟;
> 伟大的胜利,我们打垮刘湘兵,亲爱哎哎哟;
> 一、二、三、四消灭尽,占领懋功城,亲爱哎哎哟;
> 红旗插遍了宝兴,亲爱哎哎哟;
> 天全打垮了刘文辉,芦山来占领,亲爱哎哎哟;
> 乘胜追下雅安去,亲爱哎哎哟;
> 机关枪扫得满天钻,敌人吓破胆,亲爱哎哎哟。

红军情报部门很快就获得了蒋介石最新公布的"赏格令",毛泽东身边的红军干部们一看,不禁回想起在中央苏区时候,红军剧团上演的一出官兵们百看不厌的活报剧。活报剧是时任苏区少年先锋队中央总队参谋长张爱萍编的,内容是罗瑞卿给蒋介石打电话要"赏钱"。在张爱萍的要求下,红一军团政治保卫局局长罗瑞卿扮演他自己,红一军团第二师四团团长耿飚扮演蒋介石。其中的一段台词红军官兵们现在还能背出来:

罗瑞卿:[拿着电话]老蒋吗？我是老罗呀！

蒋介石:哪个老罗？

罗瑞卿:老子就是罗瑞卿！

蒋介石:[对宋美龄]快！拿钢盔来。[对电话]我不怕你！我有百万大军,还有美国的钢盔。娘希匹,怎么把痰盂给我戴上了！

罗瑞卿:你们的报纸宣布我被击毙几次了,可赏钱一分也没发,我至今还保留着脑壳,等钱用哩！

每次看到这里,台下的红军官兵都笑得前仰后合,纷纷喊道:"老蒋彻底交代！钱都上哪里去了？"

台上扮演蒋介石的耿飚就临时编词说:"钱都让我抽大烟啦。"

一九三五年九月十六日,先头部队红一军团第二师四团政委杨成武面对眼前将要攻打的一道天堑惊讶不已:

> 我们来到前沿,用望远镜抬头一看,果然这里地形险峻极了。沿沟两边的山头,仿佛是一座大山被一把巨型的大刀劈开了似的,既高又陡。周围全是崇山峻岭,无路可通。从下往上斜视山口只有三十来米宽,又像是一道由厚厚的石壁构成的长廊。两边绝壁峭立,腊子河从沟底流出,水流湍急,浪花激荡,汇成飞速转动的漩涡,水深虽不没顶,但不能徒涉。在腊子口前沿,两山之间横架一座东西走向的木桥,把两边绝壁连接起来,要经过腊子口,除了通过这个小桥别无他路。桥东头顶端丈把高的悬崖上筑着好几个碉堡。据俘虏称,这个工事里有一个机枪排防守,四挺机枪对着我们进攻必须经过的三四十米宽、百十米长的一小片开阔地,因为视距很近,可以清楚地看到射口里的枪管。这个重兵把守的碉堡,成了我们前进的拦路虎。石堡下面,还筑有工事,与石堡互为依托。透过两山之间三十米的空间,可以看到口子后面是一个三角形的谷地,山坡上筑有不少的工事。就在这两处方圆不过几百

米的复杂地形上,敌人有两营之众,此外还有白天被我们击溃逃到这里的敌人。口子后面的腊子山,横空出世,山顶积着一层白雪,山脉纵横。据确切的情报,鲁大昌以一个旅部率三个团的重兵,扼守着口子至后面高山之间的峡谷,组成交叉火力网,严密封锁着我们的去路。

腊子口,从川西进入甘肃唯一一条通道上的险要隘口。

十七日凌晨两点,四团的官兵被从睡梦中叫醒。他们是两天前在摩牙寺接到攻击腊子口的作战任务的,军团规定占领腊子口的限期是三天。从摩牙寺到腊子口,至少有一百公里的路程,四团只有连夜出发。十六日,他们穿过白龙江山谷,上山时大雪纷飞,下山时却变成了倾盆大雨。到达距离腊子口不远的山脚下,官兵们休息了一下,炊事员连夜做饭,吃饭后四团继续赶路。在大雨中沿着泥泞的山路走了半夜,天亮的时候部队停了下来,给他们带路的六十多岁的向导说,他上次来这里是十多年前,现在前边没有路了,他也不知道该怎么走。团长黄开湘和政委杨成武立即决定用指北针开路,刻不容缓地继续向腊子口前进。没走多一会儿,先头一营就遇到了敌人。

对手是国民党军鲁大昌的新编第十四师第一旅六团,团长朱显荣。

腊子口是这个团的防区,六团不但齐装满员,还得到五团一个营的加强。朱显荣团长认为,在这样一个天然隘口配备六个营的兵力显得有点过于谨慎了,但师长鲁大昌还是不放心。兰州绥靖公署主任朱绍良和驻扎在天水的第三军军长王钧都警告过他,如果让红军从腊子口突进甘肃腹地,其罪责不可饶恕。特别是蒋介石在电报中格外强调,如有重要防地失守,"唯各该防地军民主官是问,照失地纵匪论罪"。尽管鲁大昌也认为腊子口天堑"一夫当关,万夫莫开",但得知红军已经向腊子口方向开进时,他立即命令第一旅旅长梁应奎率一团的两个营,再加上旅直属部队,向腊子口方向紧急增援。梁应奎的增援部队也是沿着白龙江向腊子口行进的,沿途大雨不断,道路狭窄,给养困难,机枪、迫击炮和驮弹药物资的骡子均无法顺利前行。尽管鲁大昌数次来电催促,他们的行军速度依然十分缓慢。当他们终于接近腊子口的时候,不但听见了枪声,而且看到一群士兵正从山上溃败下来。一问,说是一支红军正向腊子口方向攻击前进。听到这个消息后,梁应奎带领官兵们沿着小路慌张地奔跑起来,到达腊子口时已是九月十六日晚。

梁应奎立即部署阻击阵地:一团的赵国华营在小桥的东侧修筑工事,在桥头堡上配备四挺重机枪,原来在这里防守的五团王世惠营负责封锁小开阔地。正在部署的时候,朱显荣带着几名卫兵跑来,说红军到了腊子口附近,六团团部和预备队已被红军打散,电台也丢了。梁应奎顿时大骂起来:"你指挥着六个营,还没打仗就成了这个样子,如何向鲁师长交代?赶快命令你的士兵上阵地!"朱显荣走了,谁知他这一走便不知去向,六团除了被红军打死和俘虏的外,全都散了伙。后来才知道,领受了防御任务的朱显荣一直跑进渭源县城藏了起来。

四团先头部队一营没费什么力气,就把攻击腊子口的道路打开了。但是,在一鼓作气向腊子口攻击的时候却严重受挫。

腊子口的守敌决心利用天堑与红军决一死战。

一营的几次攻击都被猛烈的火力压回来,不但没有任何进展,部队还出现很大伤亡。

团长黄开湘和政委杨成武趴在前沿对腊子口的地形反复观察,终于发现了敌人防守的两个弱点:一是敌人的碉堡没有顶盖;二是敌人所有的火力都集中在正面,试图凭借隘口天然险要的地形进行封锁。敌人防守的这两个弱点,恰是由于地形造成的:这里是一个狭窄的山口,两边全是高耸的绝壁,绝壁几乎是笔直的,陡峭得根本无法攀登。因此,敌人在绝壁的顶端没有设防,碉堡也用不着要顶盖。

黄开湘和杨成武同时意识到,如果能够从绝壁攀上去,就可以直接往碉堡中扔手榴弹,还可以向东攻击那片从正面无法冲过去的小开阔地。

但是,绝壁连看一眼都让人昏眩,如何上得去?

四团的营连指挥员集中在距离口子两百米远的一片树林里开会研究。会议开得很艰难,谁都没有好办法。

下午四时,四团指挥所里挤满了人。红一军团和第二师的领导都到了:林彪、聂荣臻、陈光、萧华,他们轮流用望远镜向腊子口方向观察,都对那里的险要惊叹不已:绝壁间仅仅三十米宽的一道口子,口子中还有一条水深流急的河,别说有几个营防守,正面只要架起一挺机枪谁也别想过去。

毛泽东不断来电询问攻击的情况。

红一军团的指战员明白,严格地说,红军现在已经处在绝路中,别说不能南下,即使往回走南下的路也被堵死了。

必须冲过腊子口,无论付出多大代价。

经过反复研究,决定还是派人攀登绝壁,迂回到敌人的侧后去。

四团召开了士兵大会,让大家出主意想办法。

这时,一个从贵州入伍的苗族小战士站了起来,他说:"我能从绝壁爬上去。只要我一个人爬上去了,就能扔下绳子,别说一个连,一个营也能上去。"

所有的红军官兵都吃惊地望着他。

史料中没有留下这个苗族小战士的名字,只知道大家都叫他"云贵川",因为他自参加红军后已经走过了云贵川三省。这个年仅十七岁的苗族小战士大眼睛,高颧骨,皮肤黝黑,汉话说得不够好。他从小就过苦日子,受过不少欺辱,脾气很倔,但参加红军后作战异常勇敢。

"云贵川"对黄开湘和杨成武说:"我在家经常爬绝壁采药。只要给我一根长竿子,竿头绑上个铁钩子,能钩住绝壁上的树根、崖缝、石嘴什么的,我就能上去。"

黄开湘和杨成武看着他,不知说什么才好,两个人一个劲儿地点头。

四团立即确定了作战计划:由团长黄开湘带领一连、二连以及侦察组和信号组,攀登绝壁迂回,凌晨三时之前到达迂回地点,然后发出一红一绿两颗信号弹。之后,政委杨成武率领二营正面强攻,六连担任主攻连。总攻击的信号是三颗信号弹。

　　杨成武还是对攀登绝壁不放心,他亲自带人用一匹高头大马把"云贵川"送到绝壁下一个敌人看不见的死角。现在,红军突破腊子口的全部希望都寄托在这个身子单薄的小战士身上了。杨成武低声对"云贵川"说:"你爬爬看。一定要小心。""云贵川"赤着脚,腰上缠着一条用战士们的绑腿带连接起来的长绳,拿着长竿,先钩住了一棵小树的树根,往下拽了一下,似乎很结实,于是猛地向上一蹿,像只猴子一样蹬了上去。杨成武后来回忆说:"我和黄开湘同志、李英华同志,还有营、连干部,都屏住气仰视山顶,生怕惊动了'云贵川',好像是谁要咳嗽一声,他就会掉下来似的。""云贵川"的身影越来越小,一会就不见了。绝壁下的每一个人都不敢出声,但都很焦急。"云贵川"能否攀上去,决定着整个腊子口战斗的胜负,甚至是决定着红军的生死。不一会儿,杨成武听见有人小声说:"他上去了! 在上面招手呢!"又过了一会儿,"云贵川"居然从原路下来了。小战士站在杨成武面前说:"我说过,能上去嘛。"

　　天黑下来的时候,"云贵川"一个人先登上绝壁,在上面把绳子顺下来,上百名红军战士开始抓着绳子攀登绝壁。

　　为了麻痹敌人,二营的正面攻击也开始了。

　　二营六连,一个月前还是红四方面军的部队,由红四方面军二九四团的一个营缩编而成,是一支能打硬仗的连队。两个方面军会合后,红一方面军给了红四方面军一些干部,红四方面军为红一方面军补充了一些官兵,六连就是那时被补充到红一方面军四团二营的。在二营里,六连和其他两个连的关系十分融洽,官兵之间相互亲密无间。六连连长杨信义和指导员胡炳云,都是政治坚强的基层指挥员。在连队的战前动员会上,全连官兵的求战情绪十分高涨,大家争先恐后地报名参加突击队,最后决定由连长和指导员亲自带领十二个人打前锋。

　　这是北上红军最急迫的求生之战。

　　在密集火力的掩护下,杨信义和胡炳云率领突击队队员手拿大刀和手榴弹悄悄地向隘口上的木桥移动。在隘口阻击阵地上的国民党兵并不着急射击,他们一直等到红军突击队队员接近了,才突然投出大量的手榴弹。突击队伤亡过半,退了下来。

六连如此反复多次,依旧无法接近隘口。

四团组织宣传队队员向隘口上的守敌喊话:"红军是北上抗日,你们不要受长官欺骗,让路吧,红军发大洋给你们回家!"

隘口碉堡里的国民党兵气焰嚣张,也喊过话来:"你们就是打到明年,也休想从鲁师长的防区过去!"

毛泽东派人来到前沿,问要不要增援。

午夜时分,正面攻击已经进行了四个小时。

杨成武对二营营长说,万不可在这里打成持久战。鲁大昌的主力部队在岷县县城,距离这里很近,只隔着一座大山,如果增援,几个小时之内就能到达,那时打起来就会更困难。攀登绝壁的部队至今没有任何动静,他们定是遇到了事先没有想到的困难。我们不能消极地等,还要加强正面的攻击力量。

六连再次组织突击队发动冲锋,但是无论如何都接近不了桥头。敌人扔过来的手榴弹雨点一般,弹片铺满了桥头几十米的岩石路。黑暗中,可以看见牺牲的红军官兵的遗体躺在那里,六连连把他们拖出战场的机会都没有。

炊事班送来热腾腾的面饼和炖猪肉,心情不佳的六连官兵谁也不吃。

杨成武和连干部经过研究,为了在迂回部队到达指定位置前尽量消耗敌人,决定改变攻击方式,由正面大规模进攻改为小组多点攻击。

六连决定组织三支敢死队。

当场就有数十名党团员报名。

敢死队被分成两路突击:一路沿腊子河前进,接近木桥后顺着桥墩摸过河去;另一路直接向木桥运动,然后两组配合一起冲锋,夺取木桥。

敢死队队员很快消失在黑暗里。

已经接近凌晨两点,全团都已进入总攻位置,但还是没有看见绝壁上发出的信号。杨成武盯着表,又过去了一个小时,还是没有任何动静。正在着急,有人报告说:"敢死队冲到木桥下面了!"

杨成武立即跑上去观察,果然,几名敢死队的战士竟然在敌人的眼皮底下涉水过河到了对岸。

已经是下半夜,腊子口守敌实在是困倦了,红军也似乎停止了攻击,于是他们都缩在工事和碉堡里打起了瞌睡。

六连的敢死队队员顺着绝壁边缘一点点地靠近,其中四名战士已经到达碉堡下面一块岩石的死角处。

一不小心,一名队员踩断了一棵小树。

敌人惊醒了,又开始了疯狂的扫射。

指导员胡炳云在枪声响起的那一瞬间,带领一个排立即扑上去。在敌人只注意桥下的时候,他们扔出一排手榴弹,接着就冲进了桥头敌人的工事里。桥下的敢死队队员一听枪声响了,一齐呐喊着翻上桥面。狭窄的木桥上,双方官兵在黑暗中扭打在一起,红军的几十把大刀上下飞舞,木桥上血肉横飞。一个战士赤手抓住正在射击的敌人的机枪,一使劲就连人带枪扯了过来。一排排长在砍杀中被子弹击中,他身体摇晃了一下,然后扶住桥栏喊:"同志们!敌人已经支持不住了,向前冲啊!"

杨成武急得手心都在冒汗。

敢死队在木桥上已经短兵相接,急需后续部队冲上去增援。但是,迂回的部队依旧没有信号,如果破坏原定的总攻计划,很可能与迂回部队的作战脱节;可不命令部队发起冲锋,六连的官兵只能独自与敌人血拼,一旦让敌人反扑回来,攻击的努力将前功尽弃。

腊子口!

山风呼啸,河水怒号。

黎明前的黑暗中,峡谷里的肉搏声惊天动地。

突然,两颗信号弹从山后升起来了,一红一绿。

接着,三颗信号弹升空了!

这是总攻的信号。

在腊子口前沿阵地上,红军所有的武器,包括军团支援来的迫击炮,一起开火了。参加总攻的官兵从隐蔽处蜂拥而出,向腊子口隘口冲过去,杀声在峡谷中回荡。

国民党军的碉堡上面突然出现了红军,扔下来的手榴弹如同暴雨。

腊子口上的木桥迅速被红军控制,红军官兵们从桥上冲过,向敌人的防御纵深席卷而去。

这是最后的时刻。

也许久攻不下积累了太多的仇恨,四团的先头部队打疯了一样。突破隘口的前沿以后,他们在敌人装满弹药和补给的仓库里或是抱起一堆手榴弹,或是抓起一挺机枪,一路猛追下去。在那片小开阔地上,红军没有遇到抵抗,一路冲到敌人第二道阻击阵地前。迂回部队从一侧压下来,一个小时之后,敌人放弃抵抗,在黑暗中溃退而去。

四团的三个营继续向岷县方向追击。山路上到处是敌人的尸体和各种枪支物资。突然,敌人不知道从哪儿向这里开炮了,炮弹没有任何目标地乱落。在隆隆炮声中,红军宣传队已经跟随着追击部队一路写满了红红的标语:"追到岷州去,活捉鲁大昌!"

毛泽东很快就得到报告:腊子口已在我军手中。

一夜没合眼的毛泽东高兴地笑起来,对警卫员喊:"搞点吃的,吃饱了咱们上路!"

红军大部队通过腊子口向北翻越岷山。

下了岷山就是大草滩,走到这里就走出了藏民聚居区。

先头部队占领大草滩后,缴获了大量的粮食和盐巴,部队再也不饿肚子了。

毛泽东很高兴,立即给担任后卫的彭德怀发去电报:

彭及彭[彭雪枫]、李[李富春]:

一、岷敌守城,哈达铺无敌。第一纵队驻地回、汉民众已大发动,我军纪律尚好,没收敌粮数十万斤,盐二千斤。过大拉山[岷山]后已无高山隘路。现一纵队驻占扎路、麻子川,纵队部驻鹿原里。

二、明［十九］日你们全部开来此间。中央队一科、二科驻鹿原里，二纵队驻濂涡、大草滩，三纵队驻红土坡。

三、部队严整纪律，没收限于地主及反动派，违者严处。请在明日行军休息时宣布。

四、缴获手提迫击炮三门、炮弹百余发，尚在大拉。请动员战士带来，可抛弃粮食拿炮弹。

毛

十八日二十时

走下岷山的红军官兵被眼前的景色惊呆了：九月和煦的阳光照耀着甘南辽阔的田野，将要成熟的庄稼散发着谷物特有的醇香，五彩缤纷的野花在田埂上蓬勃盛开。好客的百姓对红军没有丝毫敌意，他们很快就围了上来，好奇地向官兵们问这问那。官兵们就在原地坐下来，与百姓聊起了天。红军政治工作人员忙乱起来，一方面不断地向部队官兵强调遵守群众纪律，一方面向当地群众耐心地解释红军的性质，同时也试探着问一句部队是否可以进村宿营。百姓竟是没有人反对部队进村，各部队很快就把宿营的房子确定下来，官兵们的和气态度立即得到了房东的信任。大草滩四周的小贩们消息灵通，他们很快就聚集在红军部队的驻地，贩卖的东西让红军官兵惊奇不已，有糖、当地一种很大很厚的面饼、油炸的点心、瓜果和卷烟。红军派出专门的人统一买来，然后官兵们围坐在一起享用。红军派出采购的人全部使用现洋，而且从不与百姓讲价，这让这里的百姓很快就感到这支军队与他们以前见到的所有军队都不一样。民众对女红军极其好奇，当地的妇女和老婆婆把女红军拉进屋子，经过仔细"验身"确定她们真的是女人后，女红军就被请到了土炕上吃饭，妇女和老婆婆们的热情令刚从死亡阴影中走出来的女红军眼泪不断。

毛泽东以彭德怀、李富春、林彪和聂荣臻的名义，又给张国焘发去一封电报：

朱、张、徐、陈及各首长：

　　一、我们执行中央正确路线，连日击溃鲁大昌师，缴获甚多，于昨十七日占领距岷州哈达铺各三十里之大草滩、占扎路、高楼庄一带，前锋迫击岷州城，敌人恐慌之甚。

　　二、此地物质丰富，民众汉回各半，十分热烈地拥护红军，三个半月来脱离群众的痛苦现在改变了。

　　三、请你们立即继续北进，大举消灭敌人，争取千百万群众，创造陕甘宁苏区，实现中央战略方针。

彭、李、林、聂
九月十八日

毛泽东知道电报对张国焘不起作用，他只是想告诉张国焘，中央率领的红军并没有被"拖死""冻死"，不但赢得了突破天险腊子口的胜利，而且还拥有了大量的物资。同时，毛泽东发出电报的另一个重要意图是，必须让朱德、刘伯承知道这支红军现在到了哪里。

无法知道这封电报到达的时候，红四方面军官兵是什么样的感受，或者他们根本不知道有过这样一封电报。正如重病中的周恩来所担忧的是，此刻，徐向前和陈昌浩正率领着第四军、第三十军和红军大学的部分学员走在去阿坝集结的路上，这条路迫使他们必须重新回头走进恐怖的松潘大草地。

徐向前后来回忆说：

　　浩渺沉寂的大草原，黄草漫漫，寒气凛冽，弥漫着深秋的肃杀气氛。红军第一次过草地时留下的行军、宿营痕迹，还很清楚。有些用树枝搭成的"人"字棚里，堆着那些无法掩埋的红军尸体。衣衫单薄的我军指战员，顶风雨，履泥沼，熬饥寒，再次同恶劣的自然条件搏斗，又有一批同志献出了宝贵生命。回顾几个月来一、四方面军合而后分的情景，展望未来的前途，令人百感交集，心事重重，抑郁不已。

在草地行军中,依旧遇有土司武装的袭击。第四军第十师师长陈锡联不幸被冷枪打中了腹部,伤势很重。军长许世友命令三十四团团长找几个身体强壮的战士,不惜一切代价抬着陈师长走出草地。三十四团团长很为难,因为他根本找不出有力气抬担架的战士了。第十师前任师长王友钧在打包座的时候牺牲了,许世友不能在不到一个月的时间里再失去一个师长,他向陈锡联保证说:"就是我死了,也让你活着!"许世友又找到三十五团团长,让他把一匹驮重机枪的马腾出来,把机枪拆成零件让战士分散携带,然后把陈锡联扶上了马。由于伤势太重,陈锡联在马上坐不住,许世友就用绳子把他绑在马背上。之后,他把自己仅剩的一点大米留给了陈锡联,嘱咐战士每天一定要给陈师长喝一点米汤。第四军走出草地的那一天,许世友站在大草地的边沿等着,一直看见驮着陈锡联的马从雾气弥漫的草地深处走出来。他赶紧上前叫了一声,马背上的陈锡联答应了,许世友这才长出了一口气。

此时的松潘大草地已进入秋季,寒风像刀子一样掠过野草深潭,沿途牺牲的红军"有的一个趴在地上,背上还背着一个同志";有的"死亡前仍保持着爬行的姿势,两手攥着泥土和青草";"还有两个女红军抬着一名伤员一起牺牲"的,死的时候"担架仍压在她们的肩上"……红四方面军的这支部队,九月中旬进入松潘大草地,直到九月下旬才走出草地的南沿到达毛儿盖,部队损失了近四分之一的兵力,其中程世才和李先念率领的第三十军走出草地后,不得不由原来的八个团缩编为六个团。

此刻的毛泽东在思索一个问题:下一步红军往哪里走?

毛泽东叫来红一军团侦察连连长梁兴初和指导员曹德连。毛泽东说,现在红军已经不再挨饿了,必须出去找点"精神食粮"来。梁兴初明白毛泽东的意思,过去在红军转战的路上,毛泽东经常对他这样说。毛泽东对精神食粮的解释是:无论是杂志还是报纸,只要是近期的和比较近期的,都要搞些来。

梁兴初,江西吉安人,二十二岁,是个胆大心细、作战勇敢的红军基层干部。在经历了无数残酷的战斗之后,他成长为中国人民解放军的著名将领。这个外号叫"梁大牙"的军事指挥员,率领着中国人民解放军第三十八军,无论是在解放战争中还是朝鲜战争中,所向披靡,战功卓著。

红一军团侦察连的官兵装扮成一队国民党军,直接进入了还没有被红军占领的哈达铺。连长梁兴初穿的是国民党军中校军服,指导员曹德连穿的是少校军服。哈达铺县城里的国民党党部书记、保安队队长和当地的士绅们赶忙出来接待。梁兴初正和这些人聊着天,想了解一些情况,突然来了个真的国民党军官,是鲁大昌新编第十四师的一个少校副官,从兰州来路过这里。梁兴初自然也和这位少校聊得火热,并在少校下榻的地方收集了不少报纸杂志。最后,梁兴初亮明了自己身份,然后把这个国民党军少校绑了起来,连同收集的报纸杂志一起给毛泽东送来了。

毛泽东一页一页翻看着这些报纸杂志,终于看见了一条令他眼睛一亮的消息:徐海东率领的红军到达陕北,与刘志丹的陕北红军会合了。毛泽东希望能得到更进一步的消息。果然,一份杂志上刊登了一幅国民党当局绘制的陕北根据地略图。

这个晚上,毛泽东说他睡了一个好觉。

第二天,红军先头部队占领了哈达铺。

这是一个富足的小镇,以盛产中药当归闻名。

国民党县保安队被打跑了,百姓对红军表现出极大的热情。

毛泽东在哈达铺提出一个口号:"大家吃好!和百姓一块吃!"

洗澡、理发,红军官兵们近一年来第一次洗热水澡,人人洗得很彻底,个个红扑扑的都像胡萝卜。供给部给每人发了一块大洋,让官兵们上街买零食吃。当地的物价十分便宜,一头大肥猪才五块钱,一只大肥羊两块钱,一块钱至少可以买五只鸡,五毛钱可以买一担子蔬菜,一毛钱可以买十几个鸡蛋。鲁大昌的部队在这里留下大量的大米、白面和

636 · 长 征

盐，尤其是大米，让大部分来自南方的红军官兵吃起来格外香甜。为了
落实毛泽东提出的"大家吃好"的指示，每个连队都忙着杀猪宰羊，杀
鸡杀鸭，每天三顿，顿顿五个菜以上，且保证三个菜都是荤的。经历了
千辛万苦的红军官兵，个个吃得肚子胀胀的，互相一见面就笑容满面地
说："真跟过年一样啊！"在河边洗衣服的时候，官兵们交谈的都是自己
的连队今天吃的是什么，都说在家过年的时候也吃不到这么多的肉。
每个连队每天还特地摆上几桌酒席，邀请当地的百姓来做客，被邀请的
有老人和孩子，还有妇女和婆婆们。四团在招待百姓的时候，一位老大
爷把自己珍藏了多年的一坛老酒抱来，说他要提前过七十岁的生日。
哈达铺的百姓边吃边说："鲁大昌在这里这么多年，不但不请我们吃，
还要吃我们呢！"

在哈达铺，梁兴初又给毛泽东收集到大量的《大公报》。其中一张
《大公报》被贴在耿飚住的那家房东的墙上，耿飚在付给房东一块大洋
后小心地将报纸揭了下来。国民党当局在报纸上刊登的军情分析，等
同于在给红军传递情报，他们无论如何也没想到，一张报纸透露出的消
息能对中国历史的走向起到决定性的影响——毛泽东终于确切地知
道：在陕北，红军活动之剧烈犹如当年的江西苏区；而且，在陕北，存在
着一块几乎与江西的中央苏区面积一样大的红色根据地！

七月二十三日《大公报》报道：

山西军阀阎锡山于七月二十二日在绥靖公署省府纪念周
报告上说："陕北匪共甚为猖獗，全陕北二十三县几无一县不
赤化，完全赤化者有八县，半赤化者十余县，现在共党力量已
有不用武力即能扩大区域威势"。"全陕北赤化人民七十余
万，编为赤卫队者二十余万，赤军者二万。"

七月二十九日《大公报》社论《论陕乱》：

徐向前朱毛之趋向，尚不尽明，今姑暂不论甘，而专就陕
事一言。第一，国人应注意者，现在不独陕北有匪，陕南亦然。

徐海东一股,猖獗已久,迄未扑灭,故论陕乱,不能专看北部。第二,过去所谓陕北,系旧榆林、绥德、延安属,近则韩城一带亦睹匪踪,是由陕北而关中矣。第三,就陕北言,兵队确不为多,就全陕论,则目下集中之军队,殆不下十师以上;而匪方总数,通南北计之,有械者当不过万余。由第一、二点,可知陕乱严重之轮廓;由第三点,可知迄今为止,军事效率之不良,证明此后应努力之点,不仅军事上的问题而已也。

八月一日《大公报》报道:

八十四师师长高桂滋则说:"盘踞陕北省为红军二十六军,其确实人数究有若干,现无从统计,但知其枪有万余。匪军军长刘志丹辖三师,为匪主力部队,其下尚有十四个游击支队。此外各种小组及赤卫队等则甚多。匪军现完全占领者有五县城,为延川、延长、保安、安塞、安定等。靖边一度陷落,顷已收复。本人自去岁开到陕北接防担任剿匪后,与匪大小战不下百余次。其后因扰乱绥远之杨小猴匪部窜至陕境,本人抽兵前往堵剿,同时冯钦哉部又调至陕南震慑,以防范徐海东匪部,官兵之力量薄弱,匪军之防地乃愈扩大。当时曾被占有十县之地,防线延长,交通不便,如是剿匪更为不易。现在陕北状况,正与民国二十年之江西情形相仿佛。"

毛泽东明确了红军前进目的地:陕北苏区。

在哈达铺的关帝庙里,红军召开了团以上干部会议,红军基层指挥员看见了重病之后逐渐好起来的周恩来。

毛泽东开始了他的风趣幽默的讲话:什么叫胜利?咱们走了那么多路,打了那么多仗,现在能安稳地在这个关帝庙里开会,就是胜利。以前有同志总是问,咱们到底要走到哪里去?现在我们有答案了,我们要走到陕北,因为那里有刘志丹和徐海东的红军。张国焘说我们是机会主义,现在看,哪一个是机会主义?咱们只有八千多人,少了点,可是目标也小了。咱们别张扬,也别悲观,一九二九年红四军下山的时候,人更少。咱们人少,但都是在政治上、经验上和体力上经过锻炼的,可以以一当十,以十当百。同志们,胜利前进吧!到陕北只有七八百里了!

会议决定对部队进行整编:中央纵队和红一方面军主力正式整编为中国工农红军陕甘支队,彭德怀为司令员,毛泽东为政治委员,林彪为副司令员,叶剑英为总参谋长,张云逸为副总参谋长,王稼祥为政治部主任,杨尚昆为政治部副主任。陕甘支队下辖三个纵队:一纵队以第一军团为主,辖五个大队;二纵队以第三军团为主,辖四个大队;中央纵队为三纵队。每个大队基本保持原来团的建制,但取消了营,直接辖五个步兵连和一个机枪连。

陕甘支队司令员彭德怀在离开第三军团的时候,向军团所有红军干部讲了几句话。讲话的时候,这位历经千难万险的红军将领掉了泪。彭德怀说,红三军团从第一次反"围剿"的几万人,到今天长途奔袭至甘南只剩下两千多人,被错误路线快折腾光了。今天剩下的这些人,都是精华,是中国革命的骨干和希望。大家要再接再厉,争取全国革命的胜利。我的脾气不好,骂过许多人,请同志们批评和谅解。我过去对你们这些干部要求很严格,有时甚至苛刻,这都是对你们的爱护,否则有的同志可能就活不到今天了。

到达哈达铺的红军约八千人,如果按照作战部队计,大约为六千人。六千人的红军,大部分是政治坚定作战英勇的红军干部。这些红色武装的骨干,在未来赢得中国革命胜利的战争中都是创造历史的精英。

一九三五年九月二十三日,中国工农红军陕甘支队离开哈达铺向北出发了。

向北,再向北,红军官兵看见明亮的北斗七星在头顶的正上方闪烁——尽管他们现在还不知道陕北是什么样子,但是他们每一个人在向北走的时候心中都充满了希望。

第十六章　天高云淡

1935年10月·陕北与川西

秋天到了，蒋介石心情郁闷地下了峨眉山。

几十万国民党军追击了大半个中国，终于把红军逼进了必死无疑的蛮荒之地；但是，毛泽东居然走出了那片绝境，红军眼看着离陕北苏区越来越近了。

在峨眉山下，蒋介石抬头看了看被云雾缠绕的山巅，对身边的侍从室主任晏道刚说："六载含辛茹苦，未竟全功。"

蒋介石给正在武汉的张学良去电，让他到成都来见他。

蒋介石和张学良，中国两个最著名的军阀巨头之间微妙而复杂的关系涉及旧中国太多跌宕起伏的重大历史事件。

自一九二八年六月四日，中国北方的最高统治者张作霖被日本人炸死在皇姑屯后，刚满二十七岁的张学良随即成为奉系军队的最高统帅。与父亲"张大帅"的称呼相对应，直到他百岁之时国人依旧称他为"少帅"。这个如此年轻便支配着庞大军队和数省财富的青年可谓生不逢时。一九三一年九月十八日，日本军队发动旨在侵吞中国东北地区的军事行动，坐镇北平的张学良因其麾下的东北军丧失家园而成为全国民众泄愤的目标。及至一九三三年三月四日，东北军驻防的热河失守，张学良在一片同仇敌忾的谴责声中被迫辞职"以示惩儆"。

无论舆论对张学良在九月十八日那个夜晚的"花边新闻"渲染得多么强烈，历史的真实是，张学良数量庞大的东北军确实不曾顽强抵抗日本军队的入侵，以致辽宁和吉林的三十多座城市在一周之内沦陷。

事后，张学良说："日人图谋东北，由来已久，这次挑衅的举动，来势很大，可能要兴起大的战争。我们军人的天职，守土有责，本应和他们一拼。不过日军不仅一个联队，他全国的兵力可以源源而来，绝非我一人及我东北一隅之力所能应付。现在我们既然已听命中央，所有军事、外交均系全国整个的问题，我们只应速报中央，听候指示。我们是主张抗战的，但须全国抗战；如能全国抗战，东北军在最前线作战，是义不容辞的。"辞职后的张学良在蒋介石的一再提示下准备出游欧洲。出国前，国仇家恨还是令张学良悲愤难耐，他在上海发誓戒除鸦片烟瘾。他让卫兵把他捆在床上，枕头边放着一把子弹上膛的手枪，然后让一位德国医生每日给他注射戒毒药。他对身边的人说："无论我怎么叫唤，谁也不准解开绳子，除了这个德国医生。谁靠近我，我就一枪崩了他！"如此长达半个月，张学良终于戒掉了鸦片烟瘾——如此性格的人在以后的历史中做出什么惊人之事都不为奇怪。

一九三四年一月，张学良回国。蒋介石没有让他率领军队打回东北，而是让他在武昌当了个行营主任的闲职。而这时候，张学良的东北军大多已被蒋介石调往偏僻的西北地区，其中主力散布在陕西和甘肃一带。尽管东北军中的大多官兵与张学良一样有着"打回老家去"的愿望，但是他们距离自己的家乡实在是太遥远了。

此时，红军从川北进入甘肃，并继续向陕西北进。

蒋介石叫来了张学良，他赋予张学良的重任是"剿共"——让东北军与红军作战，这是蒋介石自认为"一箭双雕"的得意一笔。对于这一点，张学良十分清楚。

随着红军移动路线的变化，蒋介石将原来设立的行营进行了整顿，只留下三个指挥机关对付红军：一、重庆行营，行营主任顾祝同，负责与徐向前的红四方面军作战；二、宜昌行辕，行辕主任陈诚，负责与贺龙和萧克的红二、红六军团作战；而设立在西安的西北"剿共总司令部"，负责与毛泽东率领的红军作战的，蒋介石亲任总司令，张学良任副总司令，代理总司令之职。蒋介石对张学良说："等把毛泽东这股红军彻底消灭了,我和你一起去打日本。"

无论如何,可以和自己的东北军在一起了,这是张学良答应蒋介石出任西北"剿共"副总司令的重要原因。一年多以后,蒋介石对张学良的这一任命,不但使他险些死于乱枪之中,而且给中国历史带来了一个彻底改变政治格局的惊人事变,这是蒋介石无论如何没有想到的。

一九三五年十月一日,西北"剿共"副总司令张学良向全国发布上任通电,电文简单枯燥得如同他的心绪:

案奉国民政府令开:

特派蒋中正兼西北剿匪总司令,特派张学良兼西北剿匪副总司令。此令。各等因。

奉此。遵于本月东日[一日]在西安成立总部开始办公,并即日启用关防,先行视事。除电呈备查暨分行外,特电知照,并饬属一体知照。

除了东北军的主力之外,陕西、甘肃、宁夏、青海的军阀部队,加之山西军阀的部分部队,张学良可以指挥的国民党军达十万之众。

从哈达铺出发的红军连续行军两百余里,到达渭河南岸。

红军离开哈达铺的时候,同时派出小部队向天水方向佯动,国民党军纷纷聚集天水准备堵截红军。但是红军一天行军九十里,迅速从武山与漳县之间穿过。中央所在的三纵队,当晚宿营在一个碉堡式的村庄里。这个村庄由几个巨大的围屋组成,红军到达的时候,民众站在围屋的墙上警惕地守卫着,经过红军政治工作人员的解释,他们才把大门打开。次日清晨,部队继续出发,目的地是一百三十多里外的新寺。一天的急行军中仅仅休息了三十分钟。天空中不断出现国民党军的飞机,飞机一出现红军部队就要隐蔽,因此天黑的时候才走了一半的路。红军官兵都已疲惫不堪,但司令部传来命令:今天必须赶到新寺。官兵们喝了口井水、吃了点干粮继续走。大地一片漆黑,不准点火把,走着走着前后就失去了联络,掉队的人员不断增加,队伍到达新寺时天已经亮了,而大量的掉队人员以及后面的收容队还没有上来。炊事员开始烧热水,想让走了一天一夜的官兵烫烫脚,可是水还没有烧开,命令又到了:立即前进,目标是渭河南岸的鸳鸯嘴,行程四十里。

如此急切的行军,只是为了安全地渡过渭河。

万幸的是,出现在眼前的渭河,河岸没有敌人的阻击,正值枯水期的河水深仅过膝。

过了渭河,前面响起了枪声。官兵们看见彭德怀站在一座小山包上,示意让队伍休息一会儿再走。毛泽东赶了上来,官兵们问是不是前面有封锁线,毛泽东说:"休息片刻,让他们打一下,把敌人吓跑就是了。"

前面的战斗果然很短暂。

部队继续前进的时候,官兵们突然发现路边光秃秃的,没有一棵树,连草也没有,无法做防空伪装。向导说前面的路全是这个样子。红军各部队的对空警戒员一下子紧张起来,把军号攥在手里,一刻不停地向天空瞭望,只要看见有飞机飞来,或者听见有飞机的声音,赶快吹号,部队立即分散隐蔽。由于四周开阔便于观察,国民党军的飞机来了两次,都没有发现红军的行军队伍。新的宿营地是榜罗镇。

在榜罗镇,部队休息了一天。毛泽东又获得一些近期的报纸,也许是离陕西省界更近的缘故,报纸上对陕北的情况有了更详尽的描述。于是,中共中央在榜罗镇召开政治局常委会议,再次确定陕甘支队前进的目标是陕北苏区。毛泽东后来说,榜罗镇会议改变了俄界会议的决定,因为那时中央得到了新的消息,知道了陕北有大的苏区与红军,所以才改变决定,要在陕北保卫与扩大苏区。在俄界会议上,只想会合后到接近苏联的地区去,保卫和扩大陕北苏区的想法还没有。现在我们在榜罗镇会议上改变了,要以陕北苏区来领导全国革命。

会议决定召开陕甘支队连以上干部会议。

因为国民党军飞机频繁出动,会议的时间定在清晨五时。

会场是露天的打麦场,四周有一圈低矮的土围墙,在一面围墙下放了一张桌子就是主席台,红军干部们全部坐在打成捆的麦草上。中央机关所在的三纵队和由第一军团组成的一纵队按时进入会场,由于行军和战斗的原因很长时间没见面的战友互相问候着。天空下起了小雨,有一点冷,会场出现了骚动,红军干部们纷纷披上携带的雨布。直到六点钟的时候,由第三军团组成的二纵队才到达会场。他们是后卫部队,宿营地距离这里四十里,半夜两点就起床出发了,下雨路滑,走得很慢。二纵队进场的时候,受到大家的议论,不仅因为他们迟到了,还因为他们的装束有点寒酸。二纵队的干部们解释说,第三军团总是担任后卫,你们走在前边把好东西都用光了。第三军团的很多红军还穿着过草地时的衣服——一种用藏民的"氆氇"做的军装或大衣。"氆氇"是羊毛粗编的,有白色的、黄色的和灰色的,纽扣是用布包着的铜元做的。还有的人穿着羊皮缝的上衣,脚下是牛皮做的"草鞋"。"这东西挡雨呢!"二纵队的干部们回应着议论。

毛泽东在会上讲了五个问题:日本侵略中国的问题,陕北根据地和红军的状况,陕北可以成为新的根据地的理由和条件,尽量避免与国民党军队作战以求迅速到达陕北,还有整顿部队纪律的问题。毛泽东最后强调说,我们马上就要面临新的任务,部队要有新的精神。从前"我们在藏人区域,因为没有油吃,每个同志都是成天觉得饥饿,成天在吃东西,坐了吃,睡了也吃,走路吃,甚至连上茅厕还在吃。脸上不是因为吃炒面弄得满嘴白胡子,就是因为吃炒青稞弄得满脸乌黑。现在环境不同了,要把纪律大大地整顿。要教育,要不怕麻烦,讲了一遍又一遍,干部自己先做出模范来"。

会议结束时已是中午,中央机关和红一军团的干部都争着请红三军团的人吃饭。

部队继续北上。

向通渭县前进的时候,毛泽东、林彪和彭德怀三人破例走在了红军队伍的前面。沿途围观的百姓们不断地问:"又是徐老虎的队伍?"——一个月前红二十五军曾经路过这里。

　　通渭县城是一座古老的小城,城墙已经倒塌,城内几乎看不见一座砖瓦房,全是土房。除了主要街道上有几家店铺外,居民不多,大多是农户。这里的守敌早在红军到达前就弃城跑了。红军顺利入城,百姓见怪不怪,县城内生活如常。在通渭县城,来自中国南方的红军官兵第一次住进黄土窑洞,人人都感到十分新奇,因为睡在里面就不怕飞机轰炸了,而且还很暖和,因此红军官兵们都很喜欢这种"房子"。

　　先头部队被派往西兰公路侦察。

　　大部队在通渭县城里休息了两天。

　　这次,政治部又提出"大家吃好"的要求,于是各伙食单位的后勤人员再次忙碌起来。部队的大会餐被安排在县城边的河滩上。为了布置这个巨大的会场,工兵营花了一整天的时间搭起一个临时舞台,河滩上摆上了无数张桌子,四周张贴了五颜六色的标语,会场中央还竖起一根很高的旗杆,上面挂上了一面大红旗,沿着旗杆放射状地拉了绳索,绳索上面系着一面面小红旗。晚上六点以后,国民党军的飞机就不会来了,各部队开始向会场聚集。各单位的后勤人员挑来各种菜肴,沿着河滩的桌子上摆满鸡、羊肉、牛肉、鸡蛋和各种新鲜的蔬菜。宣布开会后,全体唱《国际歌》,然后杨尚昆、邓发和叶剑英先后发表讲话。他们分别讲了北上抗日问题、陕北根据地问题和打国民党军骑兵的战术问题。最后宣布会餐开始。各单位的官兵不断邀请兄弟单位的同志尝自己单位的菜,红军各级指挥员拿着筷子游行似的到处走,这里夹一下那里吃一口,河滩上到处是红军官兵欢乐的笑声。

　　吃饱了,红军官兵们一起唱歌:

> 我们本是工农政府有力的柱石,
> 完成中国革命就是我们的天职;
> 为红区发展巩固大家努力吧,
> 英勇红色战士!
> 我们永远站在最前头,
> 流着最后一滴鲜血;

为着保卫我们根据地,

拼最后一滴血!

通渭县的百姓从来没见过这样一支队伍,也从没听过这么多人一起在夜空下放声唱歌。他们远远地站着,听红军快乐的笑声,又听红军唱流尽"最后一滴血"。百姓们都不吭声,感觉天地骤然间变得十分异样。

第二天,毛泽东、张闻天、周恩来、叶剑英、博古等人一起来到第一纵队一大队。大队长杨得志看到来了这么多首长,对参谋长耿飚说:"首长都来了,咱们要好好招待一下。"耿飚说:"汇报工作你负责,招待首长我负责!"

耿飚在通渭县城里找到一家西北风味的小饭馆,让饭馆老板立即按照每桌五块大洋的标准置办两桌酒席。表情异常惊讶的老板说:"在这里无论如何也做不出这么多钱的菜。"耿飚把大洋拍在桌子上说:"尽管把好东西都弄来! 菜量要大! 盘子要干净! 酒要足! 多放辣子!"

这是自红军长征以来,中央和军委的领导们第一次在饭馆聚餐。他们在通渭的这间简陋饭馆里一坐下,都没客气就开始大口吃肉大碗喝酒。吃了没多一会儿,毛泽东觉得分成两张桌子不热闹,就喊:"合兵! 合兵!"——当时红军内把两支部队的会合叫作"合兵"。于是大家七手八脚地把两张桌子合起来,然后再次举起了酒碗:"为胜利到达陕北苏区干杯!"

不喜喝酒的毛泽东有些醉意了。他把辣子、酱油和醋抹在一块西瓜上,说这是"五味俱全",然后大口吃起来,还热情地邀请大家也这么吃。

毛泽东一再邀请,张闻天尝了一口,连说:"太辣,太辣。"

毛泽东说:"吃辣子的人最革命嘛。"

晚上,领导们都睡在了一大队的驻地,参谋长耿飚在屋子外面亲自担任警戒。半夜时分,毛泽东走出屋子,仰头看天上的星星。他看见了耿飚之后,说:"有一个大队在这里,敌人不敢来。"耿飚说:"说是一个大队,实际上只有四个连。"毛泽东甩着胳膊画了一个大圆圈,说:"不要嫌少,等咱们站稳了脚,会猛烈地扩大,然后,再打出去!"

十月四日,分成三路行军的陕甘支队占领了西兰公路,控制了公路上十几公里的路段——一个月前,红二十五军在这里整整等待了他们十八天。

在控制西兰公路的过程中,红军各部队都与敌人发生了战斗。战斗最激烈的是一纵队的一个先头连。这个连在占领公路后没有发现敌情,于是在公路边生火做饭,做的是红烧猪肉。猪肉刚烧熟,不知从哪里冲出一股国民党兵,红军仓促阻击后撤退了,已经烧好的香喷喷的猪肉留在了公路边。撤下来的红军官兵吃着干粮很是丧气,身后跟着红军跑过来的百姓告诉他们,公路上的那些国民党兵不敢吃红军烧好的猪肉,怕里面下了毒,他们正在那里煮粥喝呢。

陕甘支队几乎沿着红二十五军走过的路,穿越西兰公路进入回族区。红军的队伍在这里受到回族民众的欢迎。经过红二十五军曾经驻扎过的兴隆镇附近时,路边摆满了茶水和面饼,红二十五军送给老阿訇的匾额还挂在大清真寺里。回民百姓对红二十五军的赞誉,让毛泽东对从未见过面的徐海东有了难以磨灭的好印象,对北上陕北与那里的红军会合更是充满了强烈的渴望和坚定的信心。

陕甘支队翻越六盘山主峰后,遇到张学良东北军的骑兵。

部队停止了前进。

四大队的杨成武和黄开湘被叫到最前边,他们看见一大队的杨得志和萧华也在那里,纵队政委聂荣臻和参谋长左权正在山头上用望远镜向山下观察,他们的身后站着拿着根木杖的毛泽东。

毛泽东对杨成武和黄开湘说:"山下隘口上的村庄叫青石嘴,那里有东北军的一个骑兵团。要消灭他们,不然咱们过不去。"说着,毛泽东把警卫员递来两张面饼掰成碎块,给山头上的每个人都分了一些:"大家都没吃午饭,咱们分而食之。打完了这一仗,下山再吃肉。"

一大队和五大队负责两翼迂回,四大队负责正面出击。

驻扎在六盘山下青石嘴村的骑兵是东北军骑兵第七师十九团。

东北军骑兵第七师兵力四千三百多人,师长是两个月前刚在河南就任的中将门炳岳。新官上任,门师长热情高涨,军事训练抓得紧,政治洗脑也频繁,骑兵师每个星期都要集合官兵进行一次"总理纪念周"活动。第七师从河南陕县乘火车到西安,然后经过六天的骑马行军到达甘肃平凉,队伍补充休整后进至六盘山地域,任务是阻击毛泽东的红军进入陕西。第七师师部和二十一团驻扎瓦亭;二十团驻扎牛营子;十九团驻扎在六盘山下的要道上,其中的一连和三连驻扎在青石嘴。

一连和三连到达青石嘴仅两个小时,人和马身上的汗还未落,不但没有向四周派出警戒,而且把马鞍都卸了下来,马在村边的草地上悠闲地溜达着吃草,官兵们则在村子里休息吃饭,一部分官兵因为行军疲倦就地裹着毛毯睡了——他们没有得到任何红军已经翻过六盘山的消息。

天刚黑下来,红军的攻击突然开始。

一大队迅速从北面迂回,斜着插进村庄;五大队在南面截断了公路,向村庄的后面包抄过去;四大队从正面直接扑向村庄。正在吃晚饭的东北军还没反应过来,红军已经冲到了他们的饭碗边。战马都被拴在村边的树干上了,因此东北军仅仅抵抗了片刻就开始四处逃散。三连连长陈钟岳在官兵的掩护下骑马跑了;一连连长杨士荣不敢去牵马,钻进打麦场里的一个草垛藏起来;而一连和三连的其余官兵全部被红军俘虏。

战斗只进行了半个小时,缴获的物资让红军极其兴奋:十多辆马车上全是大箱子,里面是簇新的子弹、军装和布匹,这是西北"剿总"送来的,都还没有开箱。子弹被分给了红军各部队,军装也让不少官兵换上了新衣服,布匹全都给了伤员,让他们做衣服还可以包扎伤口。而两个骑兵连的上百匹战马,匹匹壮硕,这使红军不但有了足够的马匹驮物资,且各级指挥员和伤员们也都有了坐骑。就这样,还剩下不少马,毛泽东建议就此成立红军骑兵部队。于是,赶快动员俘虏中的马夫、马掌兵和兽医等"技术人员"参加红军。中央红军中的第一支骑兵部队在青石嘴诞生了,骑兵连第一任连长是那个不断给毛泽东送去"精神食粮"的梁兴初。

青石嘴战斗打消了红军对国民党军骑兵,特别是对强悍的东北军骑兵的惧怕。其实,在青石嘴附近,还驻扎着国民党军第三十七军毛炳文部的一个师,这个师距离红军之近,甚至可以听见青石嘴方向的枪声,但是他们借口与东北军联络不上,竟在明知道前面不远的地方发生了战斗的时候,下令全师就地宿营。而骑兵第七师的二十团和二十一团也采取了旁观态度,直到枪声平息很久后才派人前去探听消息。探听消息的人小心翼翼地向青石嘴接近,路上遇到一位上了年纪的老头,老头对他们说:"不用吓成这样,红军早就走了,把马都牵走了,队伍呼啦啦地过了很长时间,弄不清楚到底有多少人。"兄弟部队之间如此无情无义,这让遭到重创的十九团团长胡竞先火冒三丈,他先是大骂那些天天在红军头顶上飞来飞去的飞行员定是在天上梦游呢,然后又大骂逃回来的三连连长陈钟岳说仗打成这样还不如自杀死掉。

翻越了六盘山,意味着中央红军越过了长征路上的最后一座大山。

高天空旷,西风长啸的陕北已经遥遥可见。

红军的旗帜在西风中漫卷。

毛泽东的眼前天高云淡,大雁南飞。

而此时,在川西一个名叫卓木碉的地方,红军另一支部队的领导者张国焘宣布成立另一个"中共中央"。

卓木碉,位于马尔康县西北方向,今名为"脚木足"。

一九三五年九月十七日,红四方面军部队分别从松潘草地东西两边的包座和阿坝开始南下,向马塘、松岗、党坝一带集结。九月底,徐向前和陈昌浩率领的红军,在大金川北面的党坝,与朱德、张国焘率领的红军左路军会合。徐向前回忆那一刻他见到的朱德"面色黧黑,目光炯炯,步履稳健",朱德的样子让一直郁闷不安的徐向前心里踏实了许多。徐向前后来一生都对朱德满怀敬重,晚年他在自己的回忆录中写道:"他希望一、四方面军指战员互相学习,取长补短,团结一心,渡过眼前的困难,争取更大的发展。他的这些话,完全是顾全大局的肺腑之言,给我留下了难忘的印象。朱总司令作风朴实,宽厚大度,平易近人,为接近过他的干部战士共同称道。"

十月五日晚,张国焘在卓木碉召集高级干部会议,出席会议的有朱德、张国焘、徐向前、陈昌浩、刘伯承、王树声、周纯全、李卓然、罗炳辉、何长工、余天云等军以上干部五十余人,会址设在一座喇嘛庙里。

张国焘作了长篇发言。他从中共中央撤离中央苏区开始讲起,说中央红军之所以没有粉碎敌人的第五次"围剿",被迫进行大规模的军事转移,不是军事路线而是政治路线出了问题。红一、红四方面军会合后,是红四方面军终止了中央红军的一再退却。但是,中央不但不承认自己的错误,反而指责红四方面军犯了路线错误。红四方面军的南下是战略进攻,中央的北上是被敌人的飞机大炮吓破了胆,是对革命前途完全丧失了信心,只有坚持南下才能最后终止中央的退却。中央竟然发展到"私自率领一、三军团秘密出走",这样的中央已经是一个"威信扫地"的中央、一个失去"领导全党资格"的中央。最后,张国焘说出了他这番长篇演讲的最终目的:组成新的"临时中央"。

张国焘当众宣布了一个他自己拟出来的"临时中央"名单——张国焘承认这个名单事先没有和任何人商量过,也没有和被列入名单中的任何一个人交谈过,张国焘的理由是:"以免他们尴尬。"——"临时中央"名单从来没有以组织的名义正式宣布过,它仅仅是封存在浩瀚档案史料中的一张纸。但是,这个名单确实在卓木碉的会议上宣读过,与会的五十多名红军军以上指挥员都听到了:

　　一、毛泽东、周恩来、博古、洛甫应撤销工作,开除中央委员及党籍,并下令通缉。杨尚昆、叶剑英应免职查办。
　　二、以任弼时、陈铁铮、陈绍禹、项英、陈云、曾洪易、朱阿根、关向应、李立三、夏曦、朱德、张国焘、周纯全、陈昌浩、徐向前、陈毅、李先念、何畏、傅钟、何长工、李维汉、曾传六、王树声、周光坦、黄甦、彭德怀、徐彦刚、吴志明、萧克、王震、李卓然、罗炳辉、吴焕先、高敬亭、曾山、刘英、郑义斋、林彪组织中央委员会。
　　三、以任弼时、陈绍禹、项英、陈云、朱德、张国焘、陈昌浩、周纯全、徐向前、李维汉、曾传六组织中央政治局,以何长工、傅钟为候补委员。

　　四、以朱德、张国焘、陈昌浩、周纯全、徐向前组织中央书记处。

　　五、以朱德、张国焘、陈昌浩、徐向前、林彪、彭德怀、刘伯承、周纯全、倪志亮、王树声、董振堂组织军事委员会,以朱德、张国焘、徐向前、陈昌浩、周纯全为常务委员。

除了毛泽东、周恩来、博古、洛甫[张闻天]、杨尚昆、叶剑英六人外,张国焘的名单保留了当时中国工农红军的大部分领导人,甚至还包括了远在莫斯科的王明[陈绍禹]。由于消息闭塞,红七军团的原中央代表、已于四个月前叛变的曾洪易,红二十五军政委、已于两个月前牺牲的吴焕先,五年前就离开中国去了苏联、目前在莫斯科的一家出版社当中文编辑的李立三,中央红军转移后留在苏区坚持游击战、一个月前被俘遇害的徐彦刚等,也被列在了名单中。

至于"临时中央"的主席,自然是张国焘自己。

对于所有的与会者来讲,"临时中央"是突然而至的事件。

参加会议的徐向前后来回忆说:"人们都傻了眼,就连南下以来,一路上尽说中央如何如何的陈昌浩,似乎也无思想准备,没有立即表态支持张国焘。会场上的气氛既紧张又沉闷……"

张国焘让朱德表态。朱德说,大敌当前,要讲团结。天下红军是一家。中国工农红军在党中央的领导下,是一个整体。大家都知道,我们这个朱毛在一起好多年了,全中国和全世界都知道。要我这个"朱"去反"毛",我可做不到!无论发生多大的事,都是红军内部的问题。大家要冷静,要找出解决办法来,不能让蒋介石看我们的热闹。陈昌浩对张国焘另立"临时中央"的举动不知所措。尽管一直对张国焘十分崇敬,但陈昌浩至少清醒地知道,党中央是由全国党的代表大会选举产生的,并且要经过共产国际的批准确认。在这样一个荒僻之地,在这样一个混乱的会议上,仅凭一个人的意志就试图推翻中央,这显然关乎一个是否合法的问题——也许就是从这一刻开始，陈昌浩心中的政治天平出现了某些变化。而徐向前在会上既不发言也不举手表决。因为徐向前是红四方面军最重要的军事将领，张国焘不得不在会后找到他，小心地探询他的意见。徐向前对张国焘说，党内有分歧，谁是谁非，可以慢慢地谈，总会谈通的。开除这个，通缉那个，只能亲者痛仇者快。现在弄成两个中央，如果被敌人知道了有什么好处？

在以往中国共产党的历史上，无论内部的争执对立多么激烈，从来没有人试图另立一个中央。作为共产党内一个老资格的领导人，张国焘不可能不知道他这一行为的严重性。因此，在他宣布成立"临时中央"之后，很长一段时间都没敢对外公开。直到两个月以后，在他认为已经取得了军事上的胜利时，才把这件事用电报的形式正式"通知"中央，而且完全删除了开除并通缉毛泽东等人并重新制定组织名单的事。张国焘说他成立"临时中央"的目的，仅仅是为了"伸张正义"，并没有强化"临时中央"的组织机构和政治作用，"临时中央"的存在"似只是一个名义"而已。但是，无论张国焘如何狡辩，他在一九三五年十月另立"临时中央"的行为，永远是中国共产党党史上一个绝无仅有的分裂事件。

朱德的警卫被撤掉了，康克清找到方面军的保卫部门，保卫干部表示，只要总司令跟着张总政委一起活动，就不会有危险。康克清只好去找红五军军长董振堂，董振堂派来的几个同志从此跟随在朱德身边，一直到到达陕北延安。后来，朱德和他的公务员连饭都吃不上了，因为伙房开饭的时候不通知他们。康克清生气了，说"革命革得连饭都没得吃了"。朱德说："我们一顿半顿吃不上饭，还不是常事嘛。饿一顿怕什么？"但他还是亲自给第三十二军军长罗炳辉写去一封信。罗炳辉立即派人送了一袋面来。从此，朱德和他身边的人的吃饭问题，就由第三十二军负责。再后来，又有传言说康克清是朱德的情报员，必须把他们分开。康克清被调到了方面军妇女运动委员会，那里离朱德所在的红军总司令部有二十里远。康克清对朱德说："我打算一个人北上。"朱德摇了摇头："你若单独一人行动，正好给他们借口，把分裂的罪名加在你头上。这一点你没有想到吧?"康克清只好去妇女委员会报到了。工作中,康克清的身边总有一位名叫萧朝英的女红军。后来两个人亲如姐妹时,萧朝英才告诉康克清,她是组织上派来专门监视康克清的,上级还要求她在适当的时候把康克清的手枪缴了,但她听说康克清带过兵打过仗,所以一直没敢这么做。萧朝英问康克清:"如果我真要缴你的枪,你怎么办?"康克清把腰间的手枪一拍,说:"那这支枪可就不客气了!"萧朝英吐了吐舌头:"多亏我多了个心眼儿,要是傻里傻气地听他们的话,说不定会挨你一枪哩!"

刘伯承因为反对张国焘的"临时中央",被撤销了红军总参谋长职务。当时,他手里有一套与共产国际联络的电报密码。张国焘的"临时中央"如果想取得承认,必须首先与共产国际联系,而一旦让张国焘联系上,定会给中共中央造成很大的麻烦。那时的刘伯承正在恋爱,他喜欢上了红四方面军中十九岁的女红军汪荣华。从安徽六安参加红军的汪荣华在总参谋部四局工作,她与刘伯承在一、四方面军会合后认识了。两个人一起散步的时候,汪荣华说,我是普通农家的女儿,十四岁就参加了红军,只上过一年的私塾和两年的学堂,无论资历还是学识都和总参谋长差得太远。刘伯承说,我家也是穷苦农民,因为祖父当过吹鼓手,当年我考秀才的时候还被县官赶出了考场。正是因为我们穷苦,活不下去,才起来革命,才走到一起来了。文化水平低不怕,我帮助你!卓木碉会议后,痛苦万分的刘伯承找到汪荣华。他说,张国焘软的硬的手段都使了,现在他不叫我率领部队了,叫我到红军大学去当校长。我是带兵打仗的,敌人的千军万马都不怕,还怕排斥打击和撤职吗?年轻的女红军汪荣华当即表示,无论发生什么事都与刘伯承生死相依。刘伯承把与共产国际联络的电报密码烧了。许多年后他才说:"我告诉了总部秘书长刘少文,把密码烧了。这套密码藏在一本英文版的《鲁宾逊漂流记》里。这件事除了我二人外,谁也不知道。当时如果张国焘知道了,那我们也就完蛋了。"

世上谁人能想到,移动中的中国红军会把电报密码藏在一个举世闻名的漂流故事里?

十月七日,张国焘发布《绥丹崇懋战役计划》。

所谓绥、丹、崇、懋,指的是绥靖、丹巴、崇化和懋功。作战计划要求红四方面军采取"秘密迅雷的手段","沿大金川两岸夹河并进,配合夺取绥靖、崇化。随即分取丹巴、懋功",以此作为方面军南下夺取成都附近富庶地区的策源地。

具体的作战部署是:部队分成左、右两支纵队,分别由观音桥和党坝出发,沿着大金川两岸南下。右纵队由第九军第二十五师、第三十一军第九十三师和第五军共八个团组成,王树声为纵队司令员,詹才芳为政治委员,八日自观音桥出发,沿大金川右岸南下,于十二日占领绥靖,十六日占领丹巴。左纵队由第四军、第三十军、第三十二军和第九军第二十七师共十六个团组成,由徐向前和陈昌浩指挥,十日自党坝出发,沿大金川左岸南下,十三日占领崇化,十六日占领懋功。其中,左纵队的另一部向抚边前进,截断并消灭懋功与两河口之间的敌人,并控制达维一带的道路。同时,以第三十三军的两个团和第九军的一个团组成一个支队,以罗南辉为司令员,张广才为政委,驻守在梦笔山和马塘一带,保护位于卓木碉的红军总部的安全。第三十一军第九十一师师部、二七七团以及红军大学留在阿坝,负责掩护方面军的后方。

原来红四方面军有五个军,与红一方面军会合后,中央红军的第五、第九军团被改编为第五、第三十二军,编入左路军中,现在这里的部队比会合前还多了两个军团。

红四方面军突然掉头南下,完全出乎了川军的预料。

刘湘判断红军一定会在山区建立根据地,于是他开始在大小金川一线部署对红四方面军的防堵。其中,刘文辉第二十四军的两个旅,位于绥靖、丹巴和崇化一线;杨森第二十军的四个旅另一个团,部署在懋功、抚边和达维一线;邓锡侯第二十八军的一个团,扼守抚边以东的日隆关。

大小金川地域山高谷深,水流湍急,易守难攻,不利于大部队运动作战。

十月八日,右纵队的第二十五师七十四团首先从观音桥乘船强渡大金川的支流卓斯甲河,强渡刚一开始就遇到了对岸川军的猛烈阻击。九日晚,七十四团变换了渡河地点,选择对岸都是悬崖峭壁的地段偷渡,一举成功。然后红军官兵沿着河岸迅速袭击了位于卓斯甲河下游的川军据点。

由于右纵队出师不利,徐向前立即命令左纵队的第四军从党坝出发强渡大金川。同时,第三十军攻击崇化和懋功,第二十七师攻击两河口和达维。第四军在军长许世友的指挥下迅速向南疾进,位于绥靖的刘文辉部的两个团没做抵抗即向南撤退,第四军于十二日占领绥靖,十六日占领丹巴。第三十军在李先念和程世才的率领下,于十一日渡过党坝河,十五日占领崇化。第九军第二十七师的推进尤其迅速,他们十五日攻击了驻守在两河口的川军第一混成旅,经过数小时的战斗将这个旅的敌人击溃。敌人逃跑后,第二十七师紧追不舍,一直追到第二天,追到抚边附近,歼灭了川军的两个营。抚边城内的川军第三混成旅,拆毁了抚边河上的铁索桥,然后全旅望风而逃。第二十七师官兵紧急架设浮桥,渡过抚边河后连夜袭击达维县城。袭击开始的时候,由于红军动作神速,队伍摸进了街道时,守敌还在睡觉。川军第四混成旅旅长高德周从梦中惊醒,顾不得穿上衣服,仅仅穿了一条内裤就开始仓皇逃窜。第二十七师穿过达维,继续向东南方向发展,攻克了日隆关、巴郎关等地。第二十七师的红军官兵,数日内连续奔袭近五百里,一路出峡谷,渡急流,抢通路,攻县城,不畏强敌,英勇作战,在川军面前造就了红军"急风暴雨般的攻势"。

在川北地区驻防的川军主力部队是杨森的第二十军,下辖六个混成旅及其直属部队,共计二十二个团三万余兵力。而现在,他的第一、第三、第四混成旅都处在溃逃中。

二十日,红四方面军包围懋功并发起进攻。

懋功附近的制高点全被红军控制住后,从北面溃败下来的川军才到达这里。第二混成旅奉命占领后山高地准备收容,但是他们发现后山也被红军占领了。懋功城内的川军守敌一看大势已去,无心恋战,很快就和溃败下来的川军杂乱地混合在一起,逃往周围的大山里寻找可以躲藏的地方。第二天天黑下来以后,躲藏在大山里的川军听说懋功已经失守,急忙下山继续逃亡。川军下山的时候,用绑腿带连接起来从藏身的悬崖上往下溜,但是没溜下多少人绑腿就断了。第二混成旅六团副团长胡显荣从悬崖上摔下来,迷迷糊糊地爬起来接着跑,结果跑错了方向,竟又一次看见了懋功县城。胡副团长不敢停下来喘口气,连夜开始往回跑,结果又跑进了大山,从此迷了路,流浪半年之久才逃回成都。

　　第二混成旅六团进驻川北的时候,军长杨森亲自接见了团长李介立。在长时间的谈话中,杨军长特别嘱咐李团长:一、要筑起委员长特别看重的碉堡封锁线,以防红军趁夜间从侧后袭击;二、要严防民间妇孺装扮成小商小贩侦察我军情报,然后报告给红军。结果,红军进攻懋功的战斗打响后不久,驻守在天全的李介立就看到了从北面垮下来的部队。第二天夜里,懋功四周已经没有了枪声。逃进山里的李团长从悬崖上下来后,跑了一夜,天亮时才看见路边到处躺着跑不动的川军士兵。他追上了旅部,问旅长李君实:"咱们该怎么办?"李旅长说:"红军突袭攻进了懋功,所有的部队都被打得七零八落。红军肯定还会追来,我看咱们还是赶快往后方跑吧。"旅长和团长一起继续往后跑,直到追上了也在逃跑的第三混成旅旅长杨汉域,才一同停下来喘了口气。两个旅收容了自己的队伍后,接着开始翻越他们撤退的必经之地——夹金山。李团长对这段不堪回首的经历有以下回忆:

　　　　到了夹金山上时,荒无人烟,又值冬季严寒,天上大雪纷飞,地上积雪甚厚,官兵又冻又饿,疲惫不堪。特别是夜间,在雪山上集体露营,大雪仍不断地飞落,士兵们都未穿棉衣,通宵达旦只听着"妈呀,妈呀"的呻吟之声。第三天继续在雪山上行军,有的掉队被冻死,有的滚在路旁雪坑里湮没而死。在这艰难困苦的情况下,忽有旅部传来通报说:"接到后方军部来电,红军有一部由夹金山本道追来,要赶快通过山顶,才能脱离危险。"这才又鼓起逃命的勇气,加快速度往后跑。被打得惨败溃逃的第二十军已成惊弓之鸟。

至一九三五年十月二十日,红四方面军击溃川军六个旅,重创两个旅,毙俘川敌三千有余,"绥丹崇懋战役"胜利结束。

红四方面军南下的第一个战役目的已经实现,即顺利地冲出滞留数月之久的荒凉贫瘠的西康地区,占领了发动更大规模战役的出击地。接下来,只要翻过白雪皑皑的夹金山大雪山,把战斗的目标转向东,就可以直接攻击成都盆地的边缘,然后奋不顾身地冲进那块富饶的盆地——那里翠竹滴雨,菜花繁盛,田畦如画,米香鱼肥;那里乡音亲切,风调雨顺,丰衣足食。红军官兵决心在那里建立起一个新的苏维埃共和国。

红四方面军沿大金川开始分兵南下的时候,北上的陕甘支队就要走进梦想中的天堂了。红军官兵看见了一望无际的黄土沟壑,干燥的西风卷着漫天的沙尘灌满他们的衣袖。夜晚,官兵们听见归圈的羊群在呼啸的风中咩咩叫着;偶尔,一阵苍凉的唢呐声从很远的地方飘荡而来。所有这些,都让来自中国南方的红军官兵不由得神思凝重——毛泽东站在甘肃与陕西交界处的分水岭上,指着省界的界碑对红军官兵说:"我们走了十个省,前边是第十一个,那里就是我们的根据地。"

过了青石嘴,陕甘支队的行军速度明显加快了。尽管各部队都被通知尽量避免与敌人作战,但是,红军的先头部队还是与国民党军碰上了。国民党军第三十五师师长马鸿宾最怕的是红军进入宁夏,因为那里有他的一家老小和他积攒的全部财产,于是他命令他的骑兵团昼夜兼程赶往固原集中,试图把红军北进宁夏的通路堵死。同时,国民党军新编第一军军长邓宝珊奉命抽调两个团,自庆阳出发去加强东北军骑兵师的作战。就是这两个团,走到一半的时候,迎头撞上了红军的先头部队。

红军的先头部队还是四大队。

接到敌情报告后,黄开湘和杨成武立即登上一座小山观察,发现两山之间的一道川里,敌人拖着很长的队伍正在行进,看样子他们并不知道自己马上就要和红军碰头了。黄开湘和杨成武很快制定出作战方案:机枪连和一个步兵连占领右边阵地,另一个步兵连占领左边阵地,然后用两个步兵连和一个侦察连直接向敌人的队伍进行冲击。下达作战任务的时候,杨成武对身边的侦察连连长王友才说:"带着侦察连给我冲上去!"

王友才咧开嘴笑了,答道:"是!"

侦察连连长王友才前几天刚被撤了职。这个二十四岁的广东人,黑黝黝的小个子,入伍前当过海员,经历十分丰富,后来不堪船主的压迫参加了红军。在四大队,王友才是个小"名人",优点和缺点都十分明显。他作战勇敢,尤其是战斗经验丰富,只要他在阵地前一看,八九不离十就知道敌人的薄弱点在哪儿,准确程度简直神了。在中央红军长征路上,他曾率领特务连、三连、侦察连在突破乌江、智取遵义、飞夺泸定和攻打腊子口的战斗中一马当先,立下了赫赫战功。但是,王友才脾气暴躁,最大的缺点是发火的时候不但开口骂人还常动手打人,因此战士们都很怕他。前几天,部队过回民区的时候,上级下达了"不准吃猪肉"的书面命令,王友才因为识字不多,就让连队的文书念给他听。文书是南方人,浓重的乡音加上一时马虎,把"不准吃"念成了"准吃"。王友才一听可以吃肉,高兴得跳了起来,马上弄来一头猪让全连改善一下伙食。结果,侦察连受到团长黄开湘的严厉批评。团长一走,文书来了,向连长承认是他念错了上级的命令,王友才竟劈头给了文书一巴掌。在红军队伍里,干部打战士是一件很严重的事。王友才因此被撤了职,下放到团部通信排。在通信排里行军的时候,他一路念叨着:"只要有仗打,我还是连长!"

政委杨成武听说了这件事,在部队翻越六盘山后,专门找王友才谈了一晚上,直谈得王友才一个劲儿地承认打人不对,以后一定改正,请政委看他的行动表现。现在,政委又让他带领连队冲锋了,王友才的美好感觉又回来了。

　　发起攻击的枪声一响,王友才大叫一声,第一个冲了上去。侦察连的官兵跟着他个个热血沸腾,顺着川道向敌人压过去。王友才见一个打倒一个,见两个打倒一双,红军密集的枪声再加上铺天盖地的喊声令敌人顿时团团乱转。四面都是冲下来的红军,脚下只有一条狭窄的川道,敌人跑都没有地方跑。战斗仅仅持续了半个小时就结束了,王友才红着眼睛在尘土中四处打转,好像仗还没打过瘾似的。

　　四大队继续前进的时候,恢复了连长职务的王友才走在侦察连的最前面,军帽都推到天灵盖上去了。

　　杨成武看见后对他说:"王友才,打了胜仗,可不准翘尾巴。"

　　队伍走到一个名叫白杨城的地方,看见了几家店铺卖香烟、杂货和馒头。刚接到原地休息的命令,跟踪红军的国民党军飞机又来了。空旷的黄土高原上没有可以隐蔽的地方,敌人的十几颗炸弹丢下来,一些红军官兵负了伤。本来计划要在这里宿营的,因为敌机的轰炸,上级的命令改为连夜行军。

　　一望无际的黄土高原,连续不断的黄土沟壑,红军官兵要顺着很陡峭的沟壁溜下去,然后再爬上来。本以为过了这道沟就可以走平路了,谁知道紧接着又是一道巨大的沟壑。红军官兵都说"这比过河还费力气"。

　　直到又出现一个村庄,队伍才停下来休息。村庄名叫杨家园子,红军官兵发现这里没水喝。以前都是没有粮食,自从离开江西苏区,还是头一回没有水。在当地老乡的带领下,红军去很远的沟壑中弄水,半天才弄回来一桶黄水。村庄里没有粮食,只有土豆可以卖给红军。来自南方的红军官兵没有吃过蒸土豆,土豆蒸之前也没有水洗,因此个个吃得满嘴是泥。毛泽东也在吃蒸土豆。土豆盛在一只大茶缸里,毛泽东用手抓着吃,边吃边对身边的人说:"吃不饱没关系,供给部已经出发到前面办粮食去了,走到孟家园就有饭吃了。"

　　杨家园子到孟家园三十里,第二天中午的时候各部队相继到达,散布在这个村庄的四周宿营。孟家园附近有条小河,村子较大,村里还有一座教堂。先头部队没收了当地一地主的一百多只羊,又筹集了一部分小米和面粉,于是各部队开始做饭。热情的百姓帮助红军杀羊,官兵们吃了一顿羊肉和小米饭,人人都吃得很饱。面粉被做成馍馍带上作为干粮。上级决定在这里多休息一天,为的是让各单位分批去河里洗澡和洗衣服。红军官兵洗着洗着,敌人就来了。

枪声从环县曲子镇方向传来——国民党军大约一个师从那个方向悄悄迂回过来。红军两个连的警戒部队顽强阻击,把敌人死死顶住,身后各部队宿营地的紧急集合号声此起彼伏。巨大的黄土沟壑起了作用,红军部队都下到沟里,然后绕道向河连湾方向转移。为了摆脱敌人,部队连续行军,不能吃饭更不能休息,一个昼夜之后,接近河连湾的时候,行军突然停止了。前面传来消息说,先头部队遇到一座堡垒式的村庄,那里有地方民团守着,正在攻打。

疲惫不堪的红军官兵纷纷坐在路边开始吃干粮。

不久,有消息传来了:一连连长毛振华牺牲了。

所有在吃干粮的红军都停了下来。

毛振华,中央红军中著名的战斗英雄。

四大队的先头连攻打的是一个土围子,相当于一个营兵力的一股民团和地主武装藏在里面向过路的红军打冷枪。

等杨成武到达那里的时候,毛振华一动不动地躺在一间土屋的门口,脸上全是血——子弹是从他的额骨打进去的。

杨成武把手伸进他的军衣里,毛振华的身体还是暖的,但是他已经停止了呼吸。

杨成武对指导员喊:"怎么搞的? 怎么搞的?"

指导员哽咽着说:"战斗一打响,他就要上去……"

杨成武说:"他要上你就让他上? 这个仗完全可以不打,把敌人围起来用火力一压制,部队就可以过去了!"

毛振华,红军强渡乌江的时候,他是突击队队长,带领突击队率先偷渡过去,在敌人的眼皮底下潜伏了一夜;红军攻打腊子口的时候,他率领一连官兵攀上绝壁,迂回到敌人的背后发起攻击。他是上过红军

《红星》报的战斗英雄,中央红军中没有人不知道他。他原是红一军团第二师四团一营三连连长,红军突破乌江后,成为四团一营一连连长,由于四团总是中央红军的先头部队,四团一营一连连长毛振华可以说是整个红军队伍的最前锋。

卫生队军医范英武和李智广,小心地为毛振华擦去脸上的血,把他被鲜血染红了的军衣脱下来,换上了一套干净的军衣。这套军衣是从毛振华挎着的小包袱里拿出来的,军衣在小包袱里叠得很整齐。官兵们知道,打腊子口的时候毛连长穿的就是这套军衣,因为那上面还有攀绝壁时磨出的窟窿。几天前毛振华刚把这套军衣洗干净收起来——走过了千山万水的红军连长毛振华,倒在了距离陕北根据地仅仅还有几天路程的地方。这一年,他刚刚二十岁。

风沙漫卷,月光黯淡。

一连的官兵全来了,其他连队的官兵也来了。

毛振华被安葬在这里最高处的黄土坡上。

黄开湘说:"我们谁也不要忘了毛连长,胜利的时候我们都来给他上坟!"

黄开湘和杨成武共同在那堆隆起的黄土前立了个木牌,木牌上写着:毛振华同志之墓。

拂晓时分,部队继续上路。

所有路过这里的红军官兵都会朝那块木牌望一眼。

国民党军骑兵部队始终是红军的一个威胁。

连续行军的红军没有力量与装备精良的东北军骑兵不断作战。毛泽东说:"没有作战要求,避免和敌人发生战斗。"——这是这支接近了最后目的地的万分疲惫的队伍最明智的选择。

红军官兵不断地问:"陕北到了吗?陕北苏区在哪里?"

红军队伍前进,东北军的骑兵也前进;红军的队伍停下来,他们也停下来。经过一个名叫铁脚城的村庄后,红军的队伍上了山,竟然看见东北军的骑兵与他们只相隔一个山头并行着走。两军互相戒备,但谁也不开枪。

彭德怀和叶剑英站在山头上,用望远镜观察敌人的动静,红军部队就从他们的身边走过去。观察了好一会儿,彭德怀对红军官兵说:"快走吧,天快黑了。骑兵不会靠近我们。他们的马没水喝,走不动了。"彭德怀的话很快被传给每一个担心敌人骑兵的红军,官兵们一下子放心了,因为这是彭老总说的。

果然,东北军的骑兵没有靠近,也没有跟上来。

部队上了山。

这座山就是甘肃与陕西交界处的分水岭,当地人叫老爷山。

这里也是白区与苏区的分界。

这时,一直走在队伍最前面的红军便衣侦察员遇到几个可疑的人。狭路相逢,那几个人首先拦住了红军侦察员,问:"你们是干什么的?"侦察员回答的时候江西口音很重:"做买卖的。""听口音你们是从南方过来的。""是的,那又怎么样?"双方小心地互相打量着,拐弯抹角地问些无关紧要的话,最后,红军侦察员突然说:"你们是陕北红军?"对方脱口而出:"你们是中央红军?"

这是徐海东派出来寻找中央红军的手枪团的官兵。

后来双方都说,一看就知道对方走了很长的路,因为每个人都面黄肌瘦的。

双方握了一下手,交换了些情况,然后匆匆分开,各自返回了。

老爷山的山顶上有一座古老的庙宇,里面有三个和尚。这座庙在甘肃、陕西和宁夏很有名,春天的时候,三省的善男信女都爬上山来烧香。现在,老爷山一下子来了这么多官兵,供三个和尚吃水的一个小小的储存雨水的水池显然不够用,于是红军在水池边加了岗哨,每个连队只给两担水,每个战士只分到一茶杯水。因为长途行军,口干舌燥的官兵一下子就把水喝光了,结果没水做饭了,只好派人到很远的山沟里去做饭,因为那里有水,饭做好了再挑上山来。官兵们吃完饭已是半夜,全部露营在庙宇外面。司令部和电台人员住在殿内,叶剑英和蔡树藩等人就睡在佛像的脚下。

第二天,下了老爷山就进入陕西境内了。

五匹快马带来了令红军官兵万分喜悦的消息。马上的青年个个身强体壮,挎着驳壳枪,头缠白毛巾,下马便问毛泽东在哪里。毛泽东的警卫员陈昌奉问他们从哪里来,他们回答:"我们来给毛主席一封信。"

看了信的毛泽东对红军官兵说:"二十五军和二十六军的代表同志来迎接我们了。"

接下来的行军情绪激昂,各路纵队靠得很近,最后就都走到一条路上来了,因此队伍拉得很长,黄土大道上烟尘飞扬。

由于队伍拉得太长,前边还在唱歌,后面却出了事:一队东北军骑兵突然横着冲过来,把走在最后面的干部团的两个连以及收容队截断了。干部团里多是有丰富战斗经验的连排长,团长陈赓和政委宋任穷命令他们打上一仗,把这条讨厌的尾巴彻底割掉。他们利用骑兵不能下沟的弱点与敌人周旋,双方的射击都很猛烈,骑兵在沟上,干部团在沟里,红军在纵横的沟壑中转来转去,射出的子弹每每出其不意。天黑下来后,干部团终于把东北军的骑兵队打跑了,战斗中一位排长和十几名战士牺牲。等到干部团归队之后,三纵队因为宿营地距离敌人的骑兵太近而临时做了移动,全体红军官兵露营在山坡上。半夜里下起了雨,山坡上的红军官兵在雨里坐了一夜——这是他们万里长征到达目的地前的最后一夜。

行军命令:宿营地吴起镇。

吴起镇,注定要在中国革命史上留下名字的一个陕北小城。

天亮的时候开始行军,在晴朗的天气中走了大半天,红军在一个小村庄稍事休息,然后命令来了:继续前进,吴起镇距此二十里。

那二十里路,令所有历尽千难万险活下来的红军官兵永生难忘。

成仿吾回忆道:"我们高兴极了,像小孩子一样向吴起镇跑去。"

尘土飞扬中,那个小镇在红军官兵的视线里越来越近。

杨成武回忆道:"我们在蓝盈盈的天空下,列队进入了这个镇子。"

斜阳把远处的树林染成橘红色,野鸟惊讶地在土崖顶上来回盘旋,路边的一道土墙上一条标语隐约可见:中国共产党万岁!

红军走进了吴起镇。

官兵们站在街道上四处张望,小镇里空无一人,街边的砖窑洞大多已经坍塌,但残垣上依旧可以看见画着的镰刀锤头。

这是陕北根据地吗?

"同志! 同志!"官兵们在寂静的街道上高声地喊。

几个头缠白毛巾的人来了,是这里的乡党支部书记,还有苏维埃乡政府主席。

苏维埃!

红军官兵一拥而上,把这几个人高举起来,热泪久久地挂在脸上。

这是一九三五年十月十九日。

离红一方面军撤离中央苏区开始长征已经过去了一年零九天。

"原来是自己人! 原来是自己人!"

百姓们纷纷返回家,忙着给远道而来的红军做饭。

毛泽东与乡党支部书记和苏维埃乡政府主席等几个地方干部谈话谈得很晚,干部们告诉毛泽东陕北苏区正在进行反"围剿"作战,因此刘志丹和徐海东都不在这里。

夜里,情报到了,东北军的骑兵和马鸿宾的骑兵一共四个团已经追上来,就要到达吴起镇了。

毛泽东说:"看来非要打一仗了,不要把敌人带进根据地。"

彭德怀在吴起镇的四周查看了地形,然后拟定出作战方案:用两个纵队先打马鸿宾的骑兵,然后回击东北军的骑兵。

无论是马鸿宾的部队,还是张学良的部队,不久前都受到过陕北红军沉重的打击。马鸿宾的第三十五师在与红二十五军的作战中损失很大,而东北军在刚刚结束不久的劳山和榆林桥战斗中被红十五军团打得狼狈不堪。当时,东北军第六十七军军部及刘翰东的第一〇七师进驻洛川,何立中的第一一〇师和周福成的第一二九师沿着洛川至延安的公路向陕甘根据地的腹地推进。为了阻止敌人的进攻,会合仅十三天的红十五军团在徐海东和刘志丹的率领下,在劳山附近设置了伏击战场。十月一日,何立中的第一一〇师从延安出发,沿着公路南下,向甘泉县方向搜索前进。中午,当其先头部队到达劳山附近时,第八十一师二四一团的红军官兵突然开了火;同时,第七十八师的红军骑兵团迅速出击截断了敌人的退路。然后,在两侧设伏的第七十五师和第七十八师向公路猛冲过来,把何立中全师分割成了数股。经过五个小时的战斗,第一一〇师的六二八、六二九团以及师直属队被全歼,何立中师长身负重伤,被抬到甘泉县城后死亡。同时被红军打死的,还有包括师参谋长范驭洲在内的一千多名官兵。

毛泽东到达吴起镇的那天,张学良带着大批随从到达了西安。对于武器精良和战斗力旺盛的东北军在陕北接连受挫,张学良感到有点不可思议。他不相信红军有这么强的战斗力。从红军的攻击中得以逃生的何立中的参谋提醒他不要冒进,免得进入红军的伏击圈。张学良说:"咱们四路并进,谁能有这么大的胆子和这么大的胃口?"

因此,当接近吴起镇的马鸿宾的骑兵团遭到红军的伏击,溃逃下来的官兵都说看见大批红军正在吴起镇附近调动的时候,东北军骑兵第六师师长白凤翔对马鸿宾的骑兵表示出极大的蔑视。马鸿宾的第三十五师骑兵团团长马培清对骄傲的白师长讲述了他们的遭遇:部队接近吴起镇的时候,发现镇子里的百姓都跑光了。我们对那里的道路根本不熟悉。这时来了个穿蓝布大褂的先生,说他是种牛痘的"花儿先生",说前面不远有一小队红军正拉着驮满枪的马往山上走。我立即率领部队催马直追,谁知没追出几里就遭到红军的伏击。幸亏有二营上来接应,我们才逃了出来——什么"花儿先生",纯粹是红军的伪装!从这一手上看,定是毛泽东的红军。

马鸿宾的骑兵和东北军的骑兵会合在一起,商量着打还是不打。

马鸿宾的骑兵战战兢兢。

东北军骑兵师师长白凤翔举起手枪说:"不是我想打,是这玩意儿要打。"

第二天早上八点,两股骑兵同时向吴起镇攻击前进,战斗断断续续进行了一天,红军边打边撤,东北军骑兵追得很紧,步步向吴起镇逼近,马鸿宾的骑兵在后面跟着。天黑的时候,一看地图,竟然前进了好几公里,白师长认为红军肯定是惧怕与他的骑兵交战,想拖延时间或者想趁机逃跑,因此决定明天继续进攻。

晚上,马培清团长命令他的骑兵向后退十里再宿营。

十月二十一日,在把敌人引进预设战场之后,彭德怀下达了战斗命令。

这是红军进入陕北根据地后的第一场战斗。

自认为退出十里就可以安全宿营的马培清犯了常识性错误:他的骑兵团与东北军的骑兵师分开了。

马培清的骑兵团一营营长卡得云回忆道:

> 就在我们宿营的时候,红军趁着天黑从远距离迂回,对我们实施了大包围,发动突然袭击。在红军强大的火力下,马部大乱,有的骑马逃跑,有的因马卸了鞍子,只有撒腿奔逃,卸了鞍子的马也被惊跑。好在马向枪声响处的反面跑,大部分在以后仍收容了回来。

部队遭到红军的突袭,马培清想都没想撒腿就撒,然后远远地站在土崖上,看着白师长的东北军骑兵是如何落入红军的伏击圈的:

> 骑兵第六师和第三师浩浩荡荡,沿着头道川直奔而来。白部当时自以为人多势众,装备精良,所以气焰嚣张,根本没有料到红军在这组织伏击。我见此情况,立即与白部联络,但联络人员还没有跑下山坡,白部的先头部队已经和红军接触了。一时枪声炮声,回荡山谷,震耳欲聋……白部完全陷入了

红军的重围。我原想趁机撤退，但又顾虑到将来会以坐视友军被歼，不予救援，干犯军法，于是命令部队向前面一座山头上的红军阻击阵地攻击。红军并未坚守，我部随即占领了一座山头。该山头接近沟口，可以清楚地看见坐落在前面川道里不远处的吴起镇。紧靠这座山头的前面，有一片尚未收割的荞麦地，我命令部队在这块荞麦地里构筑工事，准备在此扼守，不再前进。这时根据我部左翼报告，白部的第十七团已经被歼，第十八团正在与红军激战。即与白部联系，始知当时该部伤亡已近四五百人。

天黑下来的时候，红军竟然回过头来，再次向马培清的骑兵团发起攻击。马培清立即命令部队全速撤退，但是他的骑兵团的两边都出现了红军。部队跟着他开始狂跑，没跑多远退路就被红军截断了。红军的杀声漫山遍野而来，马培清觉得自己这一次是死定了。然而，红军的追击突然间停止，马培清跑着跑着才发现身边已经没有了红军。他回过身朝战场方向看去，那里再次响起红军的杀声，原来红军掉头朝着混乱中的东北军骑兵冲去了，再一次把白凤翔的一个团截住，包围起来，全部缴了械。

吴起镇战斗，红军歼灭敌人的一个团，击溃三个团，缴获战马两百多匹。红军胜利回师的时候，吴起镇的百姓敲打着锣鼓，红军官兵们第一次看见中国北方的一种长长的红布被系在百姓们的腰间，然后又从他们的腰间向着天空高高地舞动。

吴起镇战斗的重要意义在于：红军不但表明了他们走到这里便不再迁徙的决心，并且证明他们有守住苏维埃根据地的决心和力量。

毛泽东挥笔写道：

> 山高路远坑深，
> 大军纵横驰奔。
> 谁敢横刀立马？
> 唯我彭大将军！

彭德怀把最后一句改成"唯我英勇红军",然后将诗稿还给了毛泽东。

第二天,中共中央在吴起镇召开政治局扩大会议。

会议的一个重要内容是:宣布红一方面军的长征胜利结束。

红军陕甘支队到达吴起镇,标志着红一方面军的长征胜利结束。但是,从当时整个中国红军所面临的局势来讲,红军依旧没有摆脱移动作战的状态:红四方面军数万官兵前途未卜,红二、红六军团依旧在极其艰难地转移,中国工农红军尚未拥有一块稳固的红色根据地。一九三四年以前那种在中国版图上武装割据出数块根据地,尤其是在江西和福建地区存在着一个相对稳固的苏维埃共和国的局面,还远没有形成。无论是政治环境还是军事环境,中国工农红军依旧处在极其艰难的生存危机之中。从这个意义上理解,中国工农红军长征的最后胜利还没有到来——后来的历史证明,数万红军还将经历数百次残酷的战斗和数千里艰险的跋涉,一年以后,中国工农红军才真正会合在一起。而对于中国共产党人和中国工农红军来说,那一天才是"中国革命的新的历史阶段"的真正开始。

陕甘边苏区的历史可以追溯到一九二七年。当时,中共陕西省委先后组织了清涧、渭华和旬邑起义。一九三二年二月,中国工农红军陕甘游击队成立。同年十二月,中共陕西省委根据中共中央的决定,将游击队改编为红二十六军,并创建了以照金为中心的陕甘苏区。一九三三年春天,只有一个团兵力的红二十六军南下,国民党军对其进行了大规模"围剿",部队被打散后,部分官兵在刘志丹的带领下冲出重围,转移到甘肃庆阳一带坚持斗争,直到这一年的十月,他们才带着几支驳壳枪重返照金根据地。十一月,中共陕甘边特委将所辖部队改编为第二十六军第四十二师,王泰吉任师长,高岗任政治委员。不久,刘志丹和杨森分别接任师长和政委职务。到一九三四年夏天,第四十二师创建了纵横大约七十多公里的一个小小的苏区,并成立了陕甘边区苏维埃政府和革命军事委员会,政府主席习仲勋,军委主席刘志丹。

在与"围剿"的敌人反复作战的同时,陕甘边苏区周边的游击队逐渐壮大。一九三四年十二月,陕北各游击队被正式改编为红二十七军。一九三五年二月,蒋介石命令驻守河南的国民党军第八十四师进入陕北,会同陕西、山西、甘肃和宁夏四省的军阀部队对陕北苏区进行"围剿"。红二十六军和红二十七军采用声东击西的战术打击深入到陕北的敌人,红军成功地通过机动作战使陕甘边和陕北的苏区连成一片,形成陕甘苏区。一九三五年秋,蒋介石再次调集十万大军对陕北苏区发动第三次"围剿"。就在这时候,红二十五军到达了陕北。九月,红二十五军、红二十六军、红二十七军合编为第十五军团,军团长徐海东,政治委员程子华,副军团长兼参谋长刘志丹。红二十五军的到来,使陕北根据地的军事力量得到了加强,陕北的《信天游》因为红二十五军的到来被乡亲们唱为:

> 一杆杆红旗空中飘,
>
> 红二十五军上来了;
>
> 长枪短枪马拐枪,
>
> 一对对喇叭一对号;
>
> 头号盒子红绳绳,
>
> 军号吹起嘀嘀嗒。

十月二日,红十五军团南下,歼灭国民党军第一一〇师的两个团,取得劳山和榆林桥两次战斗的胜利。但是,在这块面积不大的红色根据地的外围,数十万国民党军正从四面包围而来。一九三五年十月,红一方面军进入陕西后,蒋介石力图趁红军远征疲惫、立足未稳之时,调集大军向苏区腹地强行推进,以彻底"剿灭"陕北红色根据地:

> 查陕北匪区东、西两面业经职团制定封锁办法,已通知各
> 部队及地方政府切实实施在案。为顾虑周密起见,必须四面
> 实施方能奏效。拟恳通饬西、南两路及宁夏接壤之三边、盐池

同时施行,严密封锁,期收实效。当否,乞核夺实施,等情。除
电复外,仰即饬所属切实封锁匪区,断绝其物质资源,期收聚
歼之效为要。

更加令人忧虑的是,在陕北苏区内部,尖锐的政治斗争也危及着红
军的生存。一九三五年夏秋之际,受"左"倾路线的严重影响,特别针
对陕甘边特委以及红二十六军各级领导的大规模肃反运动开始了。随
着刑讯逼供的加剧,肃反运动恶性膨胀,以至于陕北苏区出现了一个奇
怪的现象:前方的红军官兵在与"围剿"苏区的敌人进行着残酷的战
斗,后方的苏区里却在策划着如何逮捕审问红军干部。红二十六军营
以上干部以及陕甘边区县以上干部,几乎无一幸免,不少红军干部因拒
不承认刘志丹"秘密勾结军阀"而遭杀害。刘志丹是在劳山战役结束
后去安塞的路上,得到自己将要被逮捕的消息的。当时他遇到了一个
从瓦窑堡赶来的通信员,通信员并不知道信件的内容,既然信是要送到
第十五军团的,通信员就把信交给了军团参谋长刘志丹。刘志丹打开
一看,是一连串的逮捕名单,第一个就是他的名字。刘志丹把信件还给
通信员,说:"你把信送到军团部去吧,告诉他们我自己去瓦窑堡了。"
在瓦窑堡,与刘志丹关押在一起的,还有陕甘边区苏维埃主席习仲勋。
刘志丹被污蔑为"为消灭红军而创造红军根据地的反革命"——在瓦
窑堡的城门外,砍刘志丹脑袋的大坑已经挖好了——肃反使得整个陕
北苏区弥漫着恐怖气氛,大量党政军干部因各种不实罪名被捕乃至蒙
冤而死,红军队伍的战斗力急剧下降甚至面临着分裂的危险。

中共中央在吴起镇召开的政治局扩大会议做出的另一个重要决定
是:派王首道、贾拓夫两同志立即赶赴瓦窑堡,迅速将中央的情况告诉他
们,同时勒令陕北苏区立即停止"肃反运动"。中央还决定成立由博古负
责的党务委员会,任务是迅速纠正陕北苏区错误的"肃反运动"。刘志丹
在中央"刀下留人"的命令下走出关押室,他见到了毛泽东和周恩来。后
来周恩来说:刘志丹"是一个真正具有共产主义品质的共产党员"。

在吴起镇,年轻的红军团长黄开湘死了。

红军到达吴起镇后,黄开湘患上严重的伤寒病,高烧四十多摄氏度,天天昏迷着。医生想尽了一切办法救治他,就是没想到他枕头下面有一把手枪。昏迷状态下的黄开湘,不知什么时候摸到了枕下的那把手枪,他朝着自己的头扣动了扳机。

这把"六轮子"手枪,是黄开湘的心爱之物,手枪跟着他走过了千山万水,总是被擦得一尘不染。红军渡过赤水河后,黄开湘成为红一军团第二师四团团长,与政委杨成武一起,他指挥着中央红军中最勇敢的前锋部队,经历了无数次残酷的战斗。部队过松潘大草地时,黄开湘对杨成武说:"老杨,我们一定要熬过去,熬过去就好办了。"年轻的红军团长走出了草地,突破了腊子口,翻过了岷山和六盘山,他曾经幻想过:"将来革命胜利了,是什么样呢?"他没能等到革命胜利就离开了人世。黄开湘的搭档杨成武那时也患着伤寒。听到消息后,杨成武在高烧中骑马赶来。那一天,天降鹅毛大雪,杨成武赶到的时候,看见的是一座新坟,坟上的积雪已经落了厚厚的一层……

十月三十日,陕甘支队红军离开吴起镇,经过保安东进,准备在下寺湾一带与红十五军团主力会合。

正在前线指挥作战的徐海东,得到毛泽东即将到达下寺湾的消息,立即骑马从前线赶往下寺湾。一百三十里路,徐海东打马狂奔了三个小时,到达下寺湾的时候人和马都已大汗淋漓。徐海东进了军团司令部,四个人看见他,一齐朝他走来。徐海东谁都不认识,军团政委程子华赶快介绍。毛泽东向大名鼎鼎的"徐老虎"伸出手来:"海东同志,你辛苦了。"

徐海东握着毛泽东的手,不知道说什么才好,他对那一瞬间的记忆是:"终于看见毛主席了。"

与毛泽东一起向徐海东走过来的是彭德怀、贾拓夫和李一氓。

毛泽东拿出一份三十万分之一的陕西地图,从根据地的范围、红军的兵力和装备、干部情况和战士们的吃穿,一直问到目前的敌情。当他听说红十五军团此刻正在打民团的土围子时,毛泽东说:"好,按你们的部署打,等打完了咱们再仔细商量下一步。"

临走,毛泽东握着徐海东的手说,一定要在陕北建立一个巩固的根据地,这就好比"落霞与孤鹜齐飞,秋水共长天一色"——没有人知道,毛泽东为什么用这样一句略带伤感的古老诗句来描绘陕北未来的景象。

十一月二日,毛泽东、彭德怀致电第一纵队司令员林彪、政委聂荣臻,第二纵队司令员彭雪枫、政委李富春,陕甘支队参谋长叶剑英、政治部副主任杨尚昆:

林、聂、彭、李、叶并转杨:

(甲)第一、二两纵队及支队直属队明三日即现地休息一天,四号继续南进。各走六七十里宿营。

(乙)打草鞋、洗衣、洗澡、补充粮食。

(丙)沿途群众热烈欢迎须准备回答其口号,并注意与十五军团见面时应说的话。

(丁)力求部队清洁、整齐、礼节。

(戊)后方究到何处,如果无钱买柴菜时,须发给陕北苏票二百元,每人每日发六分。

彭、毛
二日二十时于下寺湾

陕甘支队和红十五军团召开了胜利会师大会。

陕甘支队向红十五军团输送了大批干部,包括周士弟、王首道、宋时轮、黄镇、伍修权和毕士悌等人。红十五军团则在物资上给予了陕甘支队很大的帮助。毛泽东亲自代表陕甘支队向徐海东借钱,当时红十五军团一共有七千多块钱,徐海东一下子给了陕甘支队五千块。除了钱,红十五军团还从各连队抽出大量的枪支弹药、衣物布匹以及医疗药品送到陕甘支队驻地。

"他是对中国革命有大功的人。"毛泽东这样评价徐海东。

毛泽东的红军与陕北红军会合了。

国民党第三十七军军长毛炳文给蒋介石写出报告,就国民党军对毛泽东的红军围堵失利进行了"愧愤莫名"的总结:

查此次毛、彭股匪长途逃窜,实力减耗。而我以数倍之众,沿途堵截穷追,未克聚歼,愧愤莫名。虽曰天未厌乱,要亦人谋不藏。兹将所得教训,概述于左:

(1)最初因各方面情报不确实,对匪实力估计过大,本军第八师达到定西,匪突陷通渭。当时据各方面情况判断,仅系匪之先头部队。深恐匪以一部截断西兰路,主力威胁皋兰。本军主力应集结定西、通安驿、马营等处,准备经内官营、榆中县截击渭源向皋兰北犯之匪,以固省垣根本。静宁、会宁间故控置兵力较少,匪得乘机向北兔脱。

(2)指挥不统一。本军初次入陇,人地生疏,追击与堵截部队无统一之指挥,难期协同一致,良机坐失,极为可惜。

(3)联络不确实。各部携带之无线电,波长不一,呼号不明,各友军又无通用密本,无法联络。即同隶一军者,亦因波长各异,不能畅达,消息阻滞,遗误颇多。

(4)匪情不明了。匪窜经路,人民逃避一空,无可派之侦探。匪之内容实力及溃窜路线不易明白。纵有所得,多从俘匪传出。匪素狡猾,对俘匪供词,又恐系匪派间谍,惑我耳目,消息极难确实。实由我地方无组织,民众如散沙,且无知识。部队不能得他方之协助,不无遗憾。

(5)给养困难。此次追击路线,地形险阻,人民稀少,纵偶有村落,经匪洗劫之后,十室九空,不仅给养无法采办,甚至饮料亦不可得,各官兵有终日仅得一食者,或终日仅得菜叶、蕃芋以充饥者,或于匪方残余未熟牛羊肉以度日者。因此,坐失机宜。至民众畏匪烧杀逃避,且因为过去军队纪律不良,对军队怀疑误会。地瘠民贫,供不应求,亦系实情。

(6)无统一收容机关。长途追剿,官兵因病落伍者,道路相望,一经剧战,死者伤者,无法传送,迟滞部队行动,关系甚大。如卫生机关健全,减少部队顾累,动作当较敏捷。

(7)各级指挥官缺乏独断力。匪情变幻,惟前线指挥官观察最为明确。此次追剿各战役,与匪接触,大部为其侧后掩护队,势虽顽强,力量究属有限。各级战斗指挥官,每为匪势所眩惑,不能窥破弱点,乘机腰截,或埋伏阻截,致匪主力逃窜。虽逐日穷追,见匪打匪,似非战之善者也。

(8)部队行军力不强。追剿部队困难不免,但匪能往,我亦能往。胜负之争,即在能争持最后五分钟以为断。我追击部队虽能忍饥耐苦,日行百里或百数十里以行追击,然始终仅能尾匪跟追,不能过度要求迂回截击。各匪首均得漏网,未收最后之胜利,不能不认为行军力之薄弱。

他如民众之无组织训练,对国军时生疑惧,侦探部队之不完备,地图方向之差错,往往均有遗误。尤不能不加注意。嗣后进剿陕北股匪,利钝在军食之盈虚与转运之迟速。

似应核实各军支食之人马,计算转运之时日。兵站与交通、卫生种种设备,更不可忽视。

十一月三日,中共中央在下寺湾召开会议。会后,中华苏维埃共和国中央政府宣布:成立西北革命军事委员会。毛泽东为军事委员会主席,周恩来、彭德怀为军事委员会副主席,毛泽东、周恩来、彭德怀、王稼祥、林彪、聂洪钧、徐海东、程子华、郭洪涛为军事委员会委员,后又增补叶剑英、聂荣臻、刘志丹为军事委员会委员。同时宣布,恢复中国工农红军第一方面军番号,第十五军团编入第一方面军序列。彭德怀任方面军司令员,毛泽东任政治委员,叶剑英任参谋长,王稼祥任政治部主任。原第一、第三军团合编为第一军团,军团长林彪,政治委员聂荣臻,参谋长左权,政治部主任朱瑞,辖第二、第四师和第一、第十三团。第十五军团辖第七十五、第七十八、第八十一师和一个骑兵团,军团长徐海东,政治委员程子华,参谋长周士弟,政治部主任郭述申。

第一方面军全军总兵力约一万六千多人。

一年前,红一方面军从中央苏区出发时,兵力为八万六千多人。

在中国革命史上,除了刚成立的西北革命军事委员会外,还曾经存在过两个西北革命军事委员会,即一九三二年十二月在川陕苏区成立的以张国焘为主席的西北革命军事委员会,以及一九三五年二月在陕甘苏区成立的先后以谢子长、刘志丹为主席的西北革命军事委员会。应该说,在下寺湾成立的西北革命军事委员会,实际上就是中央军事委员会。毛泽东自己也始终认为,下寺湾会议之后,他所担任的职务是中央军委主席。他在一九四五年四月填写中国共产党第七次全国代表大会《代表登记表》时,在职务一栏里写道:一九三五年担任中央军委主席。

此时毛泽东还不知道,或者是并不确切地知道,张国焘已经成立了一个"临时中央",并且任命自己为"军委主席"。张国焘还没用任何正式方式把他的这一决定通知中共中央。他没有立即这么做的原因很简单也很实际:他在等待一个最佳的时机,这一最佳时机将是他的南下战役取得决定性胜利的时候,也就是他所说的那个富饶巩固的新苏区建立起来的时候——张国焘把一切希望全部寄托在南下战役上了。

这是一个巨大的政治赌注。

一九三五年十月二十四日,红四方面军南下战役的第二阶段战斗打响了。战役目标是:迅速翻越夹金山,南下并东出,占领川西平原边缘的天全、芦山、宝兴、名山、雅安、邛崃和大邑地区。

红四方面军面对的敌人是当时中国规模最庞大的军阀部队。

中央红军抢渡金沙江进入川西北以来,四川军阀内部相互争斗的矛盾,让位于蒋介石与四川军阀之间的矛盾。当时,中国各省军阀对蒋介石"攘外必先安内"所隐藏着的"一箭双雕"的玄机看得十分透彻:消灭红军的同时,削弱和收编地方势力,最后让中国成为统一的蒋家天下。诸葛亮说四川是一个"沃野千里,天府之土"的好地方,彻底地控制四川的梦想在蒋介石心中积存已久。红一、红四方面军在川西会合之后,蒋介石认为由他控制四川的时机已经成熟。他一面调派大量的中央军进入四川,控制四川重要的军事要点;同时在峨眉山上开办"军官训练团",对川军军官进行分化收买;然后,他派遣大批国民党军政要员以"建设四川"的名义入川。到了一九三五年的秋天,蒋介石已将川军整编完毕。

川军被缩减了三分之一的部队。虽然其总司令部名为"善后督办公署",颇有一点临时机构的意思,但川军依然是一个庞大的军事体系,总兵力仍达二百多个团。

川军的督办兼总司令是上将刘湘。

整编后的川军主力部队的编制是:

第二十军,军长杨森,辖第一三三、第一三四、第一三五师,共十五个团;

第二十一军,军长唐式遵,辖第一、暂编第二、第四师,共十六个团、十二个独立营;

第二十三军,军长潘文华,辖教导师、第五师、边防第二路,共十四个团、六个独立营;

第二十四军,军长刘文辉,辖第一三六、第一三七、第一三八师,加上一系列的宪兵、手枪、飞机、舰炮等大队以及警备区、直属旅等,共二十二个团;

第四十一军,军长孙震,辖第一二二、第一二三、第一二四师,加上特务团,共十九个团;

第四十四军,军长王瓒绪,辖第一、第二师和暂编第一师,共十六个团、十一个独立营;

第四十五军,军长邓锡侯,辖第一二五、第一二六、第一二七、第一二八、第一三一师,共二十四个团;

第一〇四师,师长李家钰,辖第一、第二、第三旅,加上一个补充团和一个特务大队,共十个团。

刘湘的总司令部,即"善后督办公署"还有直属部队:暂编第三、第四师,暂编模范师,暂编独立第三、第五、第六、第七旅,警备第一路等,共三十八个团、十个营、五个大队。

整编后,蒋介石将川军各路将领一一任命为各地的绥靖司令,因而得以将川军主力部队全部调到了四川的边缘地区。

对此,蒋介石由衷地说:"四川不愧我们中国的首省,天然是复兴民族最好的根据地。"

蒋介石当然知道,红军也认为这里是一块"最好的根据地"。

刘湘敢怒不敢言。

面对红四方面军的突然南下,刘湘对川军军官们说了他的原则:只要红军不侵犯川西平原,就与他们对峙相处,别让老蒋坐收渔翁之利;如果红军非要进攻川西平原,那就等于掏咱们的老窝了,那就要与红军决一死战。

一九三五年十月二十二日,红四方面军发布《天芦名雅邛大战役计划》。战役部署是:以第四、第三十二军为右纵队,由丹巴经金汤进攻天全,并以一部向汉源、荥经活动;以第三十军全部、第三十一军第九十三师和第九十一师的两个团、第九军第二十五师组成中纵队,进攻芦山和宝兴,得手后向名山、雅安及其东北地区进攻;以第九军第二十七师为左纵队,除一部巩固抚边、懋功、达维外,其主力向东前出威胁大邑和灌县。另外,以第五军为右支队,巩固丹巴地区;以第三十三军为左支队,留守马塘、两河口,并威胁理县和威州;以第三十一军第九十一师师部率领二七七团驻守懋功和达维。

战役的主要方向是天全、芦山、宝兴、名山、雅安、邛崃和大邑,而对康定、汉源、荥经和灌县等各方向采取的行动都是佯动,为的是配合主攻方向的行动。

即使站在今天的角度看,这一战役设想所要达成的目的也是惊人的。

自川西的夹金山大雪山往东,下山之后自北向南排列着相距不远的几座地理位置极其重要的县城。这些县城拱卫着富饶的川西平原的西沿,大邑、邛崃、宝兴、芦山、天全、名山、雅安如同一道屏障,呈弧形围绕在成都西南方向不出三百公里的山脚之下。占领了这一条线,便可以俯瞰整个川西平原;而自此进入成都,无险可守,可谓一马平川,只要有持续的攻击能力,整个成都平原将尽收手中。

当初,中央红军自南向北经过这里的时候,知道这几座县城对于四川军阀的敏感与重要,因此尽量避开了这一线,向西上了夹金山大雪山。现在,红四方面军把主攻方向选择在这一线,其战略目的十分鲜明:红军要占领的是整个川西平原。

朱德虽然同意这一战役计划,但是出于对战役难度的担忧,他就战术问题向红军指挥员进行了耐心细致的讲解。朱德认为,部队一旦打出山区,战斗就从山地战和隘路战,变成了平地战和城市战;由运动战,变成了阵地战和堡垒战,而后者恰恰是红军不擅长的。因此,要想取得战役的胜利,就要充分注意集中使用兵力,采取重点突破和袭取堡垒的战术原则。侦察要详细,计划要周密,多运用红军擅长的机动、穿插、夜袭等方法。既不能把敌人飞机大炮的威力神化,消除官兵们的畏惧心理;同时也要学会对付敌人的飞机大炮,避免部队无谓的伤亡。

红四方面军掉头南下,渡过大小金川,占领了懋功、丹巴一线,刘湘立即意识到红军下一步的企图只能是川西平原。于是,他急令第二十三军军长潘文华以四川南路"剿共"总指挥的名义进驻名山县城,统一指挥布防在天全和芦山一线的川军。同时,命令刘文辉、杨森、邓锡侯的部队全速赶赴芦山、天全一线增援。刘湘专门召见了第二十三军教导师师长杨国桢以及"善后督办公署"直属暂编模范师师长郭勋祺,对两位师长重申了他的作战目的和原则:川军的主要任务就是把红军堵住,只要把南下的红军堵在西北的山岳地带,保卫住川西平原的屏障,就是胜利。因此,如果仗打得顺利,只要把红军赶上山,部队就不要追了;如果打得不顺利,可以转移阵地保存实力,但要尽可能地与红军周旋,最大限度迟滞红军于天全、名山以西地区,等待增援。最后,刘湘说:"川西平原决不可丢失,两位仁兄应该知道攸关利害所在。"

届时,防守金汤、泸定至汉源、雅安一线的是刘文辉部;防守宝兴至夹金山一线的是杨森部;防守宝兴以东一线的是邓锡侯部;杨国桢的教导师去的是芦山,郭勋祺的暂编模范师去的是天全。

十月二十四日,红四方面军各部队开始翻越几个月前中央红军翻越的夹金山大雪山,唯一的区别是方向相反。翻越雪山的时候,作战部队没有太多的损失,但是跟随部队出征的妇女团、总医院和运输队出现了严重伤亡。总医院年龄最小的女战士是十三岁的孙文莲,她由于身体太弱倒下了,在雪地里像是昏迷又像是睡着了。不久前,在攻打懋功的战斗中,孙文莲在抢救伤员时意外发现了很久没有消息的大哥。大哥负了重伤,抬下来的时候已经晚了,伤口里长了蛆。大哥看了孙文莲一眼就死在了她的怀里,孙文莲都不知道大哥在那一刻是否认出了她。又过了两天,她竟然又遇到了负伤的二哥,她本想好好照顾二哥让他早一点康复,但是攻打芦山、天全的战斗命令下达了,二哥被要求留在老乡家养伤。分别的时候,二哥的话让孙文莲很是悲伤,二哥说:"留下来就等于死了,我想往家的方向走,但很可能死在半路。你好好地跟着红军干,就当二哥已经死了。"自从他们兄妹三人参加红军,因为不断地行军打仗,几乎没有见过面。现在,孙文莲见到了她的两个哥哥,同时也失去了她的两个哥哥。孙文莲实在坚持不住了,在雪山上闭上了眼睛。十三岁的孙文莲被后续部队的一个战士踩着,战士把她从雪里拉出来,然后大家轮流抱着这个瘦弱的小红军,最终让她在红军官兵的怀里活了过来。

红四方面军第三十军第八十八师在师长熊厚发的率领下首先翻过夹金山,向在山下防御的川军第二十军发动了猛烈袭击。处在与红军接触第一线的杨森已经在懋功被红军打怕了,他一听说红军又开始翻越夹金山了,仅仅留下一个团担任后卫掩护,全师人马立即自夹金山脚下撤退了。留下的团长杨干才本来还准备利用有利地形抵抗一阵,但是当红军官兵一路叫喊着冲过来的时候,他的战斗信心瞬间就丧失。熊厚发一手举着驳壳枪,一手举着大刀,率领官兵猛冲猛砍,凶悍无比。川军开始溃逃,红军狂追不舍,追击的路全是险要的隘口峡谷,川军在狭窄的山路上拥挤着溃逃,不少官兵被挤下悬崖摔死。杨干才的这个团一直逃到盐井坪,被李先念率领的第三十军的一支迂回部队截住,全团遭到红军的重创。熊厚发在与王树声率领的部队会合后,直扑宝兴县城。杨森见自己的部队已无法控制且伤亡巨大,干脆放弃了宝兴,向灵关镇方向撤退。在放弃宝兴县城的时候,由于这里的兵站储存着大量的大米和盐巴,杨森强迫官兵每人必须背上一袋大米或者盐巴,但是人手还是不够,最后只得下令纵火焚烧。宝兴县城大火熊熊,火焰很快殃及民众的房屋,整个县城最终成为一片废墟。红军穿过县城继续追击,一路向南追到灵关镇,俘敌一千余人,缴获步枪两千支,轻重机枪五十余挺,其前锋直逼芦山县城。

红四方面军左纵队翻过夹金山后,向东进攻,占领大川场,歼灭了川军第四十五军的一部,直接威胁着邛崃。

右纵队自丹巴出发,首先攻占了夹金山西侧的金汤镇,击溃刘文辉部的一个旅,然后迅速翻过大雪山,突然出现在雪山脚下的险要隘口紫石关的守敌面前。驻守在这里的是川军第二十四军第一三六师的袁国瑞旅。这个旅在泸定桥与中央红军的战斗中严重受创,整编后全旅只有两个团,每个团只有两个营。奉命调防夹金山后,官兵们怨声载道,因为天气寒冷却没有棉衣,武器也只有一半可以使用。负责防守紫石关的是这个旅李全山团的两个营。从大雪山上下来的红军进入天全一线,必须要从这个险要的隘口通过。隘口的两面都是悬崖,川军在布置了对隘口的火力封锁后,认为红军本事再大也很难从这里通过。红军右纵队司令员倪志亮和红四军军长许世友仔细研究了紫石关的地形。在当地一名采药人的带领下,红军官兵沿着一条绝险的小路登上悬崖,绕到紫石关守敌的侧后,突然发动了袭击。李全山团长还没弄明白红军是如何从悬崖绝壁上过来的,他的部队就已经顺着山路往天全县城撤退了。川军在沿途的几个险要阵地试图组织起阻击,但都是还没有进入阵地红军就追到了眼前。跑着跑着,李全山发现身边的官兵不多了,而后面的红军依旧喊着口号在追。在距离天全县城还有十几里的时候,川军和红军都跑不动了,气喘吁吁的红军官兵大声劝说川军官兵不要跑了,只要说出营长和团长在哪里,红军就优待俘虏,结果所有的川军士兵都就地躺下不跑了。只有团长李全山继续跑,跑到已经能看见天全县城的时候,旅长袁国瑞前来接应,红军这才放慢了追击的势头。天黑下来,红军又一次发起攻击,袁国瑞旅在黑暗中一片混乱。天亮的时候,全旅已经退到了天全县城城门外。但是,驻守在县城里的暂编模范师师长郭勋祺不但下令不准开城门,而且还命令机枪向袁国瑞旅的残兵扫射。郭师长说:"把这些杂牌部队清除掉,我们好去打红军。"袁国瑞旅一个名叫雷树清的连长对暂编模范师的无情无义万分愤怒,竟然率领官兵向郭勋祺部的一个机枪阵地发动了奋不顾身的进攻,结果瞬间就把这个机枪阵地冲垮了,这个被打开的缺口让袁国瑞旅的幸存者逃进了天全县城。

天全县城分为新、旧两城,新城在西,旧城在东。全城三面是悬崖绝壁,城南架有浮桥,城西北有大岗山俯视。川军师长郭勋祺认为这里地形险要,对抗红军不需要那么多兵力,于是把第一旅派到远离县城的宝兴方向,命令第二旅防御大岗山,第三旅为预备队,师直属队防守新城,师部在旧城——对于如此分散的兵力部署,郭勋祺说:"纵有红军数万,也难飞越天全。"雄心勃勃的郭勋祺刚刚从旅长升任师长,无论对红军还是对川军的其他部队一律蔑视。在无法阻止袁国瑞旅的溃败后,决心死守天全的郭勋祺一面命令第二旅旅长唐明昭加强大岗山阵地的防御,一面命令廖泽的第三旅派出一个团到县城增防。

攻击天全外围阵地大岗山的红军部队是第四军的第十二师。川军的这个阻击阵地利用天全河为屏障,修筑了大量的碉堡,因此当红军发动进攻后,川军得以藏身在碉堡里与红军顽固抗衡。红军的多次攻击受阻,军长许世友命令部队暂停攻击,决定组织突击队趁夜绕路攀崖实施偷袭。在当地百姓的带领下,红军突击队沿着大岗山西南面的绝壁攀上去,在微弱的星光下登上了大岗山的山顶。果然,红军再次出其不意,山顶上的川军营长周曼生正在屋子里烤火,手还没有离开火盆就被

682 · 长 征

红军活捉了。突击队偷袭成功后,正面部队即刻开始攻击,在大岗山阻击阵地上的川军徐元勋团被消灭大半,剩余的官兵纷纷放弃抵抗逃往天全县城。另一路红军在第十师副师长王近山的带领下,先尾随袁国瑞旅的溃兵接近了县城,然后在当地百姓的带领下涉水渡河,占领天全县城南面的浮桥,继而向防守新城的郭勋祺的手枪营发动了攻击。接着,各路红军协同攻击旧城。当红军官兵举着大刀冲进郭勋祺的师部时,郭勋祺在警卫的掩护下边打边撤,撤到了县城东面的一座高地上。

十一月十日清晨,天全县城被红军攻克。

天全战斗进行的时候,红四方面军对芦山县城的攻击也开始了。

杨森的第二十军一路溃逃进芦山县城,让在这里防守的杨国桢的教导师官兵大惊失色。杨国桢虽然没有像郭勋祺那样轻视红军,但也对自己在芦山外围设置的口袋形防御火网抱有希望。为了把红军进攻的注意力吸引到他已经布置好的火网中,他特地派出一个营当诱饵。十一月四日上午,红军的攻击开始时,似乎确实有一支红军部队与这支"诱饵"展开了战斗。但是,当杨国桢感到红军已经进入他的火网的时候,芦山岗阻击阵地四周突然出现了大量的红军,高地上的第一团陈康营受到红军的迎头猛击。杨国桢立即派部队增援该营,但是包括增援上去的那个营在内,两个营在越来越多的红军的打击下不得不放弃芦山岗阵地。直到这个时候,杨国桢才明白,红军早就看出了他设置的口袋,红军以一支小部队佯装上钩,主力则集中进攻芦山岗。芦山岗的丢失给川军防线带来了崩溃的迹象。在第二天的战斗中,芦山县城外围的川军阵地被迫逐渐压缩,教导师第二团在最后时刻投入了预备队也没能挡住红军的进攻。中午的时候,红军推进到芦山县城城墙下,杨国桢在城墙上观察,几次命令第一团团长张竭诚出击,张团长的表情确实很激动,他不断地喊着:"老子和他们拼了!"但就是不动身,最后竟然在城墙上的行军床上躺了下来。红军对县城的攻击持续了两天,在芦山城处于红军四面包围的情况下,杨国桢最后率部弃城逃跑。

防守天全和芦山的郭勋祺部和杨国桢部在逃跑的时候,都受到了红军的快速追击。郭勋祺师长逃到半路,得知芦山也丢失了,立即命令部队离开公路进入大山,而他自己则带着一个排的警卫和几个幕僚逃往洪雅县城。而杨国桢部更是一逃就溃不成军,虽然事先制定过撤退的路线,但所有的计划都在红军的杀声中被川军忘得一干二净。教导师第二团团长李长烈身边只剩了两个机枪排,天降大雨,他们在惊恐中找不到通往名山县城的路了,转来转去转进了红军的伏击圈。红军的呐喊声一起,李团长身边的官兵扔掉枪支,扯去军装上的番号,丢下他们的团长四处逃窜。那些逃进名山县城的残兵,因为惊魂未定不敢在城内停留,继续沿着公路往百丈关方向退去。

经过十几天的战斗,红四方面军夺取了宝兴、芦山和天全三座县城,占领了青衣江以北、懋功以南的广大地区。

红军官兵为了胜利付出了巨大的代价。

仅在攻占芦山的战斗中,就有近两个营的红军官兵阵亡,第三十军第九十师政委何立池,二七九团团长周绍成、政委韩文吉、副团长丁子高都牺牲在阵地上。但是,川军的损失更是惊人:在天全和芦山前线的川军的七个旅中,独立第二旅伤亡和被俘官兵达五千七百多人,教导师第一旅伤亡两千八百多人,暂编模范师第二旅伤亡和被俘一千八百多人——川军在短短十几天的战斗中,伤亡和被俘官兵总数达到万人以上。

红四方面军已经造成了直取成都的强硬态势。

红四方面军占领天全和芦山之后,张国焘给中央发去电报,虽然依旧没有正式通报他成立"临时中央"的事,但是口气上已经流露出"中央"的味道了:

> 林、聂、彭、李、徐、刘并转毛、周、张、王、博:
>
> (甲)我军于占领天全后,又于本月十二日攻占芦山,是役击刘湘之教导师、模范师、新编二师之第四旅、刘文辉之第五旅,并将刘湘独二旅全部缴械。敌仓皇溃退,我军正跟踪追击,乘胜夺取名、雅,俘获已在五千以上。

（乙）这一胜利打开了川西门户，奠定了建立川康苏区胜利的基础，证明了向南不利的胡说，达到了配合长江一带苏区红军发展的战略任务，这是进攻路线的胜利。甚望你们在现地区坚决灭敌，立即巩固扩大苏区和红军。并将详情电告。

> 朱、张
>
> 十二日

张国焘的电报是发给红一、红三军团的，而"徐、刘"指的是徐海东和刘志丹，这就是说电报同时也是发给红十五军团的，然后再转毛泽东、周恩来、张闻天、王稼祥、博古。

张国焘"证明了向南不利的胡说"这句话，说得太急切了——欠缺军事常识的张国焘并不知道，总兵力仅几万人的红四方面军，就其目前所处的位置来讲，正面临着极其危险的境遇。

同日，中共中央给张国焘回电，旨在提醒他谁才是党中央：

朱、张、徐、陈诸同志：

（甲）我一、三军已同二十五、六、七军在陕北会合，现缩编进行粉碎敌人围攻的战斗。

（乙）中央及中［央］政府、红军陕北间工作磋商［正］与白区党及国际取联系。

（丙）对时局中央已发表宣言，检查政府及中革军委工作，将来再发宣言号召抗日反蒋战争，重申诸协定。

（丁）你们以总司令及四方面军名义，在中央历次对蒙古的范围内发表主张外，不得用此名义作［任］何表示。

（戊）关于方针你们目前应坚决向天全、芦山、邛崃、大邑、雅安发展，消灭刘、邓、杨部队，求得四方面军的壮大，牵制川敌主力残部，川、陕、甘、晋、绥、宁西北五省局面的大发展。

（己）你们战况及工作情形，应随时电告党中央。

> 十一月十二日

十一月十三日，红四方面军集中了中纵队的全部力量：第三十军、第三十一军第九十三师和第九十一师的两个团、第九军第二十五师，再加上右纵队的第四军，一共十五个团的兵力，向天全、芦山的东北方向展开进攻，在朱家场、太和场一线击溃川军两个团的阻击。接着，红军向位于观音场、百丈关的川军阵地发动了攻击。战斗持续了一整天，川军第一〇四师师长李家钰下令放弃百丈关。

百丈关，卡在名山北上邛崃交通要道上的战略重镇。

百丈关的失守，不但令红军直接威胁着四川"剿共"军总司令部所在地邛崃，而且已经让红军有了从北面直袭成都盆地的可能。由此，刘湘严令南路军总指挥潘文华无论如何要把红军的攻击遏制住。潘文华亲自率领特务营，举着手枪，站在公路上制止川军的溃逃，并指挥第四师逆败兵前行，阻击一路追击而来的红军。增援的川暂编模范师廖敬安旅到达了邛崃，刘湘立即说："到南桥去领子弹，到军需处去拿钱，然后赶快给我上去！"接着，第四师师长范绍增率领着师部也到达了前线。大量增援而至川军堵截了红军的追击，双方终于在黑竹关、治安场、王店子一线形成对峙。

红四方面军如果继续追击，就可以进入富饶的川西平原了。

而对于川军来讲，百丈关是川西平原的最后屏障；一旦失去川西平原，失去成都盆地，川军还何以为川军？绝不能让红军进入川西，进而威胁成都，最后"赤化"整个四川。在这个性命攸关的前提下，庞大复杂的川军将所有的内部矛盾与恩怨都让位给了一个共同的目标：紧急调动所有兵力，在进入川西平原的通道上与红军决一死战。

邛崃至名山的公路自西南向东北倾斜，公路以北不出几里就是川西山区，公路以南则是丘陵间的旱田耕地，而扼守在公路上的百丈关四周地势平坦，有利于重武器和大部队的展开。

川军各部队开始向百丈关一带集结，规模之大在川军历史上不曾有过：第二十一军唐式遵部的两个师、第四十一军孙震部的三个旅、暂编模范师郭勋祺部的三个旅、第一〇四师李家钰部的四个旅。至十一月十八日,在百丈关附近狭小的地域内,川军集中了八十个团约二十万的兵力。

同时,蒋介石命令正在围困红二、红六军团的国民党中央军薛岳部立即北上,火速向百丈关开进。

鉴于之前川军的不战即溃,总指挥刘湘发布了《告剿共官兵书》:凡有临阵退缩,畏敌不前,或谎报军情,作战不力者,一律军前正法。其余各级官兵,倘有违令者,排长以下得由连长枪决,连长得由营长枪决,营长得由团长枪决,团长得由师长枪决,师长得由总指挥枪决。总指挥倘有瞻徇隐匿者,由总司令查照依法严办。

百丈关,距离成都不足一百公里的普通小镇,很快就会成为令川军和红军都难以忘却的血流成河之地。

十一月十六日拂晓,川军第四师第十旅向治安场的红军阻击阵地发起进攻,目标是百丈关。第十旅顺着公路以三路队形在机枪和火炮的掩护下不断冲锋,一线和二线部队轮流交替进行,红军阻击部队付出了巨大伤亡的代价,依旧无法遏制川军的攻击,被迫开始向黑竹关方向撤退。川军投入预备队追击进攻,红军又放弃黑竹关撤退到挖断山。川军在百丈关战斗一开始便显示出的决死势头,让红军官兵始料不及。增援部队陆续到达后,红军开始了猛烈反击。在黑竹关至挖断山一线,双方展开了残酷的拉锯战。川军投入的重武器火力十分猛烈,第四师和暂编模范师的部队在阵地上前后一字排开,无论红军的反击如何坚决,他们退下去又接着冲上来。第十旅投入了全部兵力,仅在挖断山附近的战斗中就付出伤亡五百人的代价,而红军的伤亡也达几百人,双方官兵的尸体在战场上堆叠在一起,残肢在剧烈的爆炸中连同潮湿的泥土一起四处飞溅。暂编模范师第三旅的旅部就设在公路边,其八团在公路南,九团在公路北,督战的宪兵横枪站在公路上。红军的反击沿着公路直接向川军的碉堡展开,但是碉堡里射出的重机枪子弹令红军无法推进。红军立即改变攻击方式,沿着公路两边的田埂前进,川军马上将迫击炮的炮口对准了没有任何遮蔽的田野。在剧烈的爆炸声中,红军官兵倒下一批又有一批紧跟上来,川军面对红军决死的态势惊骇不已。第三旅旅长廖泽看出了川军阵地上的动摇,他带着手枪队和预备队赶到前沿,大喊:"我们必须死守,后面就是总指挥部!谁要是后退,就地枪决!"不敢撤退的川军只有拼命射击,把成束的手榴弹投向进攻中的红军。廖泽知道,机枪手是战场监督的重点,于是他两眼发红地站在机枪手的身后,机枪手一看干脆站起身来射击,冲在最前面的红军纷纷倒下。在剧烈的对抗之后,红军的攻势逐渐减弱,廖泽不顾一切地命令手枪队和预备队全线出击。两军开始了混战,双方官兵厮打在一起。廖泽的预备队队长和手枪队队长都在肉搏中被打死。在付出了几近伤亡一半的代价后,红军的攻势暂时停止了。此时,攻击公路南侧川军阵地的红军部队也出现巨大伤亡。红军被迫撤出百丈关战场。

川军的决死坚守和强行推进取得了初步进展。

这是自天全、芦山战斗以来,川军首次没有撤退反而推进了。

川军连夜补充兵力和弹药,并且给官兵分发了大洋。

十七日,红军再次发动攻击,攻击的重点集中在百丈镇。程世才和李先念把第三十军的指挥所就设在镇子附近的一个小山包上。由于连日血战未见成效,徐向前亲自去了前沿指挥所。一路上,天上是敌人的飞机,四周是猛烈的炮火,徐向前在枪弹纷飞中绕来绕去才到达第三十军指挥部。徐向前和李先念的共同判断是:刘湘已经孤注一掷了,红军只要顶住敌人的攻势,寻找时机灭其一部,就有可能转入反攻。目前最大的威胁是敌机对红军阵地持续不断的轮番轰炸,部队处在的开阔地带无法隐蔽,又没有对付敌机的有效武器,冲击部队的头顶上炸弹像下雨一样。

川军新一轮的进攻又开始了。

就是否还能拥有富足的川西平原而言,百丈关之战是川军没有任何退路的战斗。

身经百战的徐向前意识到:对于红四方面军来讲此战凶多吉少。

东、北、南三个方向,整团整团的川军黑压压地上来了。

天上的敌机一次又一次地俯冲投弹。

红军的阵地上一片火海。

川军采取了集团冲锋的方式。在红军数十挺机枪的扫射下,公路和田地里躺满了川军官兵的尸体,但是川军的攻势依然没有减弱的趋势。在百丈镇东侧的桥头,红军临时修筑起堡垒,川军在攻击这些堡垒的时候,数次冲锋都没有取得效果。督战的川军军官把成筐的大洋抬到前沿,现场招募敢死队,结果一百多人争相报名。川军把机枪和火炮都集中过来,一齐向红军的堡垒轰击,敢死队在强大火力的掩护下开始了冲锋。红军的堡垒被一一炸塌,川军的敢死队冲到了桥头。但是,在那一瞬间,红军官兵突然从坍塌的堡垒废墟中冲出来,与川军的敢死队展开肉搏。大刀和刺刀尖厉的碰撞声、官兵们的咒骂和厮打声混合在一起,鲜血在地面流淌,倒下的伤员在血泊中呻吟。红军和川军的后续部队不断地拥挤上来,小桥上堆积的人已经无法分别敌我,红军和川军血淋淋地厮打在一起。一支红军部队绕过桥头,到了川军攻击部队的后面,但是他们发现川军的预备队兵力十分充足,红军试图袭击的部队立即与川军的预备队发生了搏斗。在川军逐渐感到不支的时候,国民党军的飞机开始了不分敌我的猛烈轰炸,轰炸从桥头一直延伸到百丈镇,百丈镇刹那间砖石横飞,大火冲天。红军被迫撤离了战场,川军终于突破桥头进入百丈镇。

红四方面军副总指挥王树声命令王维舟负责向百丈镇运送弹药、转运伤员。作战部队的弹药快要接济不上了,大量的伤员根本无法转运出去。王维舟只好打电话给第三十一军副参谋长李聚奎求援:"你来帮帮忙吧,伤员太多,我一个人搞不赢啦!"李聚奎正带领第三十一军直属队在镇后待命,他放下电话骑上骡子赶到了百丈镇。王维舟的指挥所设立在街上的一家店铺里,他一看见李聚奎就说:"后面又发现了敌人!"话音未落,通信员就喊了起来:"敌人冲进来了!"李聚奎出了店铺一看,川军已经蜂拥而来。他赶快跑到隔壁的红四军第十师政治部,通知他们马上撤离,然后他和王维舟急忙往镇外跑。川军在后面紧追不舍,第三十一军教导队及时冲上来,才把追击的川军廖泽旅三十一团一连顶了回去。三十一团团长谢浚冲进百丈镇的时候,抬头看见了一面红旗,上面写着"中国工农红军第三十一军政治部"。谢浚觉得自己立大功得大洋的机会到了,他立即把这个好消息报告了旅长廖泽,只是他的一连没等他的命令就追了出去。这个连的连长是土匪出身的王廷章。一连追了没多远,就遭到红三十一军教导队的阻击,亡命连长王廷章即刻被红军打死了,全连逃回镇子里的官兵只剩下二十多人。

红军又开始了反击。由于撤离百丈镇时太仓促,大量的枪支弹药和伤员全部丢在了镇子里,因此必须反击回去。许世友的第四军的一个团在陈锡联师长的带领下跑过来,接受任务之后,陈锡联把袖子一捋对官兵们说:"冲进去,打!"红军官兵如同一股洪水向镇子里的川军席卷而去,刚刚占领镇子立足未稳的川军瞬间就被打了出去。李聚奎带着教导队跟在陈锡联的后面进了镇子,令他们没有想到的是,镇子里的第三十一军指挥部已经遭到川军的洗劫,枪支弹药都丢失了,王树声的两个文件包也被翻了个底朝天。经过清查,文件居然一份也没少!红军这才知道川军只要财物。清查文件的时候,有一份文件让第三十一军副参谋长李聚奎十分意外,这竟是一份张国焘制订的再次北上穿过松潘草地的计划!

尽管后来红四方面军确实再次北上,并且第三次穿过了松潘大草地,但是在张国焘一心一意实施他的南下战役的时候,出于什么原因和目的如此超前地制订了这样一份回头北上的计划,无法解释。

被红军反击出百丈镇的川军逃到东面的桥头,被督战的手枪队截住了。川军官兵看见他们的团长谢浚也拿着把大刀站在那里。有川军士兵说:"他捡了一把红军的大刀!"官兵们正犹豫,谢浚团长竟然横躺在地上,将手里的大刀来回舞着:"要与百丈镇共存亡!谁后退我就砍了谁!"

天黑了下来,川军在镇子的东面,红军在镇子的西面,两军对峙入夜。

第二天的战斗更加激烈。为了争夺百丈镇,红军和川军几进几出,镇里镇外布满了双方官兵的尸体,相持不下的战斗持续整整三天。徐向前后来回忆道:

> 二十一日,我黑竹关一带的前锋部队被迫后撤,敌跟踪前进。二十二日,百丈被敌突入,我军与敌展开激烈巷战。我到百丈的街上看了下,有些房屋已经着火,部队冒着浓烟烈火与敌拼搏,打得十分英勇。百丈附近的水田、山丘、深沟,都成了敌我相搏的战场,杀声震野,尸骨错列,血流满地。指战员子弹打光,就同敌人反复白刃格斗;身负重伤,仍坚持战斗,拉响手榴弹,与冲上来的敌人同归于尽。百丈战斗,是一场空前剧烈的恶战,打了七天七夜,我军共毙伤敌一万五千余人,自身伤亡亦近万人。敌我双方,都打到了精疲力尽的地步。

在百丈关这个狭窄的战场上,短短七天之内,双方伤亡官兵竟然达到了两万多,战斗之惨烈难以尽述。

此时,国民党中央军薛岳部的六个师到达了洪雅、雅安一线。

十一月二十二日,红四方面军决定放弃预定计划,撤离百丈关地区。

此时,川军重兵集结在芦山、天全的东面,国民党中央军集结在芦山、天全的南面,红四方面军南下和东出的计划都已无实现的可能。

百丈关一战,成为红四方面军从战略进攻到战略防御的转折点。

张国焘所坚持的南下计划最终被百丈关阻断。

已是冬天,四川西部风雪弥漫,天寒地冻。

就在红四方面军与川军进行着"尸骨错列,血流满地"的战斗时,在川西遥远的东北方向,红一方面军与张学良的东北军在一个名叫直罗镇的地方也进行了一场血战。

红一方面军到达陕北引起国民党军的极大恐慌。十月二十八日,国民党军西北"剿共"总司令部重新调整部署,企图以五个师的兵力沿着陕西西部的葫芦河对红一方面军形成封锁线。具体部署是:东北军第一○六、第一○八、第一○九和第一一一师,由甘肃庆阳、合水地区沿葫芦河东进;第一一七师由洛川北进,然后沿葫芦河西折。

从甘肃东进陕西的东北军四个师,在行军路线上有南、北两条线可以选择:南路经甘肃、陕西交界处的太白镇向东南方向,经过上畛子直接前往洛川。这条路平坦,相对安全,不久前第一一七师就是走这条路到达洛川的,但是走这条路要比走北路多出两百多里。而北路不但道路狭窄,且要通过苏区边缘地带的黑水寺、直罗镇、张村驿等地段,容易受到红军的袭击。当时,四个师的绝大多数军官都认为应该走南路,唯独第一○九师师长牛元峰说:"我主张走北路。我们晚走早住,怕什么?胆小还打什么仗!我一个师都不怕,咱们一共有四个师怕什么?"

一九三五年十一月一日,东北军四个师开始沿北路东进。先头部队就是牛元峰的第一○九师,然后是第一一一、第一○六和第一○八师,总兵力三万人。

东北军的作战部署对于红军来讲是一个巨大的威胁。东北军装备精良,战斗力强,如果他们的封锁线一旦构成,红军就会被困在一个狭窄的地域里,冲破"围剿"将是十分艰难的,红军的生存也将面临严重危机。红一方面军能不能在陕北站住脚,很大程度上取决于这一战的胜负。

对于红军来讲,此仗不但要打,而且必须打胜。

如果让东北军突进根据地,红军就只能再度转战。

直罗镇战役是红军没有任何退路的战斗。

直罗镇,一个不足百户的小镇,三面环山,一条从西而来的大道穿过小镇。镇东面有座破旧石头围墙的小寨子,小寨里的房屋因无人居住已经坍塌。北面是那条平缓的葫芦河。红军将领们仔细地查看了战场上的每一棵树、每一道坡,都认为这里的地形如同一个大口袋,是伏击敌人的绝好地点。查看完战场地形,战斗计划也制订完毕,大家都对镇东头的那个破旧的小寨子不放心,于是专门派第十五军团的一个营把那座寨子拆了,以免战斗打响后被敌人利用。

十九日,红一方面军指挥部进入张村驿镇。

同一天,一支红军部队奉命前去引诱敌人的先头部队进入伏击圈。

东北军第五十七军军长董英斌是个行事谨慎的人。走到离直罗镇不远的黑水寺时,他召集了师长会议,特别提醒部队要提高戒备,加强相互间的联络,并制订了各部队相互掩护的具体计划。

第二天,先头部队第一〇九师在师长牛元峰的率领下从黑水寺向直罗镇行进。下午四时左右,在红军那支边打边退的小部队的引诱下,第一〇九师渐渐开进直罗镇。六二六团和六二七团占领了镇子两侧的高地,并展开警戒。师长牛元峰一边往镇子里走,一边让副官给董英斌发电说他已经占领直罗镇。

牛元峰,山东沂水人,毕业于东北讲武学堂,曾经出任东北军辎重司令多年,因为跟张学良的关系十分密切,所以除了轻视红军之外,连军长董英斌也不在他的眼里。但是,终究是辎重部队出身,刚任野战师师长,别说是作战经验,他根本就没有指挥部队打过仗。

天黑了,各路红军悄悄地将直罗镇包围了。

二十一日拂晓,红军的冲锋号突然响起。红一军团第二师、第四师、十三团从三面向牛元峰的部队发起猛攻。第一〇九师各团之间的联络瞬间就被红军切断了,还在睡梦中的东北军官兵不是被打死就是被俘。六二六团团长在最后一刻开枪自杀,六二七团团长身负重伤后死亡,两个团剩余的官兵在红军的追杀下四处逃散。红军主力部队直扑镇子中央,第一〇九师师部的大部分人员、物资和马匹全部落在了红军的手里。

红军的袭击如此突然,东北军事先没有得到任何情报,各师也没有发现任何迹象,这让师长牛元峰茫然不知所措。他认为头天下午他走进镇子的时候,如果有如此数量的红军埋伏在附近,他的四个团向四面放出的警戒哨怎么可能什么都没发现呢? 而且红军向来惯于夜袭,可是一个晚上都睡得好好的,为什么天一亮就成了这个样子?红军冲进镇子的时候,牛师长带着警卫人员和一部分士兵跑到镇子南面的小山上,但是红军的追击部队紧跟着就上来了。他又往东跑,钻进镇子东头那个有石头围墙的寨子里。

寨子立即被红军包围了。

这个事先让红军拆了的小寨子,昨天晚上竟然被东北军又修复了,也许东北军军官比他们的师长更懂得一些军事常识。

周恩来上来了,在望远镜里观察了一会儿,对带领部队冲到这里的徐海东说:"围住了就行,里面没有吃的没有水,他们总是要出来的。"

牛元峰躲在寨子里不断地发电,要求董英斌派部队解救。董英斌派出的第一一一师六三一团还没看见直罗镇就遭到红军的伏击,六三一团即刻逃回黑水寺去了。

万般无奈的牛元峰把被围的情况报告给了张学良。

晚上十时,西北"剿共"总司令部决定,在直罗镇地域与红军决战。

总司令部直辖第一〇六师、第五十七军第一一一师奉命立即向直罗镇增援,第六十七军第一一七师奉命向红军指挥部所在地张村驿发动进攻,西北军第三十八军第十七师奉命配合第一一七师作战。

二十二日上午,第一〇六、第一一一两个师起程向直罗镇增援,而第六十七军的第一一七师和西北军的第十七师竟然都原地未动。

国民党军各部队之间的芥蒂再次成全了红军。

红军抓住时机先打击第一一一师,然后集中兵力攻击黑水寺的第五十七军军部。董英斌唯恐自己的部队被红军歼灭,在第一〇六师的掩护下向太白镇方向撤退。红一军团第二师和红十五军团第七十五师兵分三路迅猛追击,终于追上了第一〇六师的后卫六一七团,并把这个团歼灭在羊角台至张家湾的途中。

被包围在小寨子里的牛元峰,此刻已经是饥渴难耐。当直罗镇的西边响起枪声的时候,他认为这一定是增援部队来了,于是决定率领身边仅剩的五百多人突围。突围前,牛师长还到各连作了最后的嘱咐:

"到了紧要关头,除了死里求生,没有别的办法。"半夜十二点,突围的队伍刚一出寨子,就被一直包围着寨子的红十五军团冲得七零八落。牛元峰在卫兵的掩护下一路狂逃,连着翻过十几个山头,身边只剩下参谋处处长和一个副官了。天已经亮了,追击的红军越来越近,已经可以清楚地看见跑在前面高喊着"缴械"的红军官兵的模样了。牛师长彻底绝望了,他把自己的勃郎宁手枪递给副官说:"把我打死吧。"副官接过手枪照着牛元峰的后脑开了一枪,子弹从牛元峰的前额穿出,在面颊的上半部炸出个大窟窿。

红军全力攻击第五十七军退守的太白镇,未克。

红军掉头去找第六十七军的第一一七师,这个师早已经逃得没了踪影。

红军就此收兵。

是役,红军共歼敌一个师加一个团,毙伤敌一千余人,俘敌五千三百六十七人,缴获长枪三千四百支、短枪一百二十支、轻机枪一百七十六挺、刺刀一千三百五十九把、子弹二十二多万粒,电台两部。

红军伤亡八百四十八人。

直罗镇战斗对于红一方面军是一个转折点:经过一年的长途跋涉,红一方面军终于有了一个可靠的立脚点以及谋求新发展的出发点。

而对于中国历史来讲,一个真正的转折点就要来临了。

一九三五年十二月九日,高呼着"停止内战,一致对外"口号的六千北平学生走上了街头——对于那些已经走完漫长的征途,还要继续在征途上前行以及正准备踏上艰苦征程的红军官兵来说,此刻,他们并不知道在遥远的北平那个寒风凛冽的冬日里发生的事件将对他们的命运和前程产生多么巨大的影响。而毛泽东已经敏锐地意识到,经历了重重磨难的中国工农红军,将要与一个能够改变历史的巨大机遇迎面相逢了。

第十七章　北上北上

1936年7月·四川甘孜

一九三五年九月二十九日,已经与中共中央和中革军委失去联系数月之久的红二、红六军团突然接到来自中革军委电台的信号,信号传来的是一封明码电报:

　　　　弼兄,我们密留老四处。弟豪。

第二军团政委任弼时喜出望外。

"豪"即"伍豪",就是周恩来。

但是,"我们密留老四处"是什么意思呢?周恩来为什么不使用事先约定的密码,而使用明码发电报呢?

出于警惕,任弼时当日用密码发回一封询问电报:

恩:

　　　(一)我们八月二十七日占领澧州、津市、石门、临澧,现已退出。

　　　(二)我们将敌原"围剿"计划冲破,准备粉碎敌对我们新的大举"围剿"。

　　　(三)你们现在何处?久失联系,请来电对此间省委委员姓名说明,以证明我们的关系。

　　　　　　　　　　　　　　　　　　　弼时
　　　　　　　　　　　　　　　　　九月二十九日

第二天,任弼时收到的回电,使用的是事先约定的密码:

一、二十九日来电收到。

二、你们省委弼时书记,贺龙、夏曦、关向应、萧克、王震等委员。

三、一、四方面军六月中在懋功会合行动,中央任国焘为总政委。

四、广播蒋敌×十月在宜昌建立川×湘黔剿×行营,刘湘已调许绍宗师九个团进攻你们。

五、望你们以冲破敌之原"剿"部署的英勇和经验来冲破新的"围剿"。

六、我们今后应互相密切联络。

朱、张
三十日

"朱"自然是朱德总司令,电文中说中央已经任命张国焘为红军总政委。电报是红军总司令和总政委联名签署的,使用的又是红二、红六军团与中央约定的联络密码,那么此电确实是"中革军委"发来的。

突然恢复了与"中央"的联系,正值困境中的红二、红六军团领导人万分高兴。他们不知道,他们收到的电报并不是他们认为的中革军委发来的,实际上只能说是红军总部发来的——此时的红二、红六军团对红一、红四方面军会合后又分路北上、南下一无所知。

事情的原委是:中共中央和中革军委北上后,周恩来很想与红二、红六军团恢复联络,但是联络的电报密码保存在红军总司令部,于是周恩来不得不用明码电报与任弼时联系。明码电报中"我们密留老四处"就是"电报密码在四方面军"的意思。周恩来强调密码现在哪里,一方面是想告诉任弼时,彼此间已无法用密码联络;另一方面也许是还想告诉红二、红六军团,红一方面军与红四方面军已经分离。但是,任弼时无法理解这一点,包括他在内的红二、红六军团官兵可以设想一切,但是无法设想红军内部会产生分裂。

任弼时给周恩来发出的询问电报使用的是密码,没有密码的周恩来自然无法收到,即使收到了也无法读出。而掌握着联络密码的红军总部电台收到了任弼时的电报,并且随即译了出来。于是,张国焘回电了。回电隐瞒了红一、红四方面军已经分路行动的事实,仅仅告知任弼时两军已经"会合行动"了。

从此,红二、红六军团一直与他们认为的"中革军委"保持着密切联系。而实际上,关于他们行动的所有指示均来自红军总部而不是中革军委。直到数月之后,红二、红六军团与红四方面军会合的时候,贺龙、任弼时他们才明白这一点。

只是,无论如何,与上级恢复了联络,这对红二、红六军团的未来命运来讲万分重要。

当时,红二、红六军团总人数已达两万一千多人。他们创建并坚守的湘鄂川黔根据地,北临武汉南接长沙,对长江中游一带的国民党军威胁很大。因此,当红一、红四方面军以及红二十五军进入了中国西部最荒凉的地区之后,蒋介石调集一百四十一个团的兵力,对红二、红六军团开始实施大规模"围剿",企图彻底消灭这支仍扎根在国民党统治区腹地的红色武装。

蒋介石认为:此前湘军、鄂军对红二、红六军团的"围剿"是失败的,失败的原因在于各省军阀间的隔阂使作战指挥无法统一。目前中国国内的抗日呼声日益高涨,如果仍不能迅速解决"剿共"问题,自己的政治前途将充满危险因素。一九三五年九月,针对红二、红六军团,蒋介石采取了两项措施:一、让国民党中央军加入"围剿"作战;二、步步为营地构筑碉堡,层层严密设防,以待寻机实施攻击。

此时,在湘鄂川黔苏区的北、西、南三面,湘军和鄂军部署的兵力已达八十六个团,其主要任务是巩固和加强对红军根据地的封锁;而在东面,国民党中央军第二十六路军的三个师加一个独立旅,樊嵩甫纵队的四个师,共四十二个团,已经推进到五峰、澧县、石门和慈利一线,准备自东向西进击湘鄂川黔苏区;国民党中央军的另一支部队汤恩伯纵队的两个师,防守长沙和岳阳;黔军第一〇二、第一〇三师被配置在北面的利川和宜昌一线,作为总预备队。至一九三五年秋,部署在湘鄂川黔苏区周边的国民党军已达三十万,是红二、红六军团总兵力的十五倍。为了协调作战,一九三五年十月十日,蒋介石设立了国民政府军事委员会委员长宜昌行辕,任命陈诚为行辕主任,统一指挥在湘、鄂、黔境内与红军作战的国民党军队。

这一次,国民党军放弃长驱直入和疾进猛追的战术,采取了逐段筑堡、交替前进的方式,甚至规定部队每天只准许推进三到五里,以便一边推进一边修筑碉堡:"各防区未成碉堡,赶紧增筑,以班碉为主,依实地形势,构成纵深配备梅花式之碉线网,并注意与邻区碉线双方衔接,勿留空隙。至于交通道路,亦应计划修筑,以利运输。"

面对国民党军的"围剿",红二、红六军团最初决定依靠根据地和东部的游击区,抓住时机突破东面的进攻之敌,在运动战中粉碎国民党军的"围剿"。为此,红军先后主动放弃了位于湘北的津市和澧县,集结在石门西北部地域等待战机。但是,由于国民党军步步为营地推进,封锁线不但横向连接严密,纵向也达成了前后掩护,以致红军的出击战机始终没有出现,根据地反而在国民党军的逐步推进中越来越小。根据地的缩小使红军失去了机动作战的余地,同时也使红军的补给发生了严重困难。湘鄂川黔苏区北有长江,南有酉水、沅江,东有浩瀚的湘北湖区,西有长满巴茅的崇山峻岭,对于根据地内的红军来说,国民党军的层层封锁一旦形成,生存危机即刻就会使他们陷入困境。

一九三五年十月,中共湘鄂川黔边省委和军委分会对红二、红六军团的未来行动进行了反复讨论,一致认为根据地内部的"狭小地区"已不利于红军与强大的敌人持久战斗,红军必须迅速从敌人的封锁中突围出去,转移到根据地以外的"无广大堡垒地带",创造有利的条件对"围剿"之敌进行反击。

十月十五日,朱德、张国焘致电贺龙、任弼时、关向应,同意红二、红六军团开始转移:

贺、任、关：

　　来电悉。

　　（甲）一切请按实际情况由你们自行决定,必须秘密、坚决、迅速、机动,出敌不意。

　　（乙）在狭小地区内固守为失策,决战防御亦不可轻于尝试,远征,减员太大。可否在敌包围线外原有苏区附近诱敌出堡垒,用进攻路线集中兵力各个击破之。上述意见供兄参考。

　　（丙）我方主力仍在川西北活动,当尽量与你方配合。

朱、张

删〔十五日〕午

红军总部的电报虽然支持红二、红六军团转移,但鉴于红一、红四方面军在转移途中的巨大损失,建议两个军团的转移作战不要走得太远。

三天以后,红军总部再次来电,电报仍没有提及中共中央已经北上,但是通报了红四方面军目前的战斗方位：

贺、任、关：

　　（甲）删午电收到否？你们行动方针由兄等按实况决定,我们只作一些建议。取守势是最失策,远征损失大,可否在赤区外围和附近地区诱敌,各个击破之。

　　（乙）我军向川敌回击,刘文辉、杨森均被打垮,现已占领绥靖、崇化、丹巴、抚边、懋功。俘获甚多正追击中。

朱、张

皓〔十九日〕申〔十五至十七时〕

自红一方面军北上之后,红军总部发出和接收的电报,朱德并不是每一封都能看见。康克清回忆说：“一连十来天不看电报,老总是无法忍受的。他天一亮就到张国焘那里要电报看,而机要员就要去请示张国焘。”

十一月四日，红二、红六军团部队陆续集结湘西桑植附近。

中共湘鄂川黔边省委和军委分会在桑植以北的刘家坪召开会议，决定部队转移到贵州石阡、镇远和黄平一带创建新的根据地。

决心已下，立即准备。

首先整编部队，将地方武装独立团被改编为红二军团第五师和红六军团第十六师。同时，两个军团都裁减了机关人员以充实作战部队。红六军团第十八师奉命留下，掩护主力突围，开展游击战争，危急情况下可以追赶主力。

从哪个方向突出去？

红军官兵们说："听贺胡子的。"

贺龙和萧克已经决定：根据地东面的国民党军最强大，敌人一定以为我们不会迎敌东进，那么我们就先往东走，然后出其不意突然南下。贺龙说，湘中富裕得很哩，只要红军能出去，往哪里打都不吃亏，打下个县城就能得到物资补充。红军的突围计划制订得很周密，重点之一是圈子不能兜得太远，尽量避免靠近广东和广西的边界，以免把陈济棠和白崇禧的部队引过来。

整编后两个军团兵力约两万人。其主要领导是：红二军团，军团长贺龙、政治委员任弼时、副政治委员关向应；红六军团，军团长萧克、政治委员王震。他们都是中国共产党和中国工农红军的精英人物。

关于为什么要转移？道理是可以向红军官兵讲清楚的，过去部队经常"跳到外线"去打仗，灵活机动的运动战才能使红军出奇制胜。但是，红军的政治工作者还是遇到一个特殊的问题，而这个问题在红二军团中显得格外突出：红二军团官兵大部分都是本地人。虽然红军干部没说一旦突围就不回来了，但是什么时候回来也没人说过。家在刘家坪的一个老太太，儿子在红二军团第六师当兵，红军干部找到老人讲了红军离开的道理，老太太就去了第六师师部，说："我把儿子交给你们了。"第六师政委廖汉生对老人说："放心！我们会照顾好你儿子的。有我们在，就有你的儿子在。"老太太又说："打赢了你们就回来。"说着就流了泪。廖汉生对老人说:"不管红军走到哪里,一定会回来的。"——许多年后,廖汉生对那片山清水秀的土地依旧满怀愧疚:"他们的儿子和丈夫许多人都在长征中牺牲了,有些连牺牲在什么地方我都很难说清楚。这笔沉重的感情债在我心头压了几十年。全国解放后的三十年间,我迟迟没有回去看望故乡,一个重要的原因就在于此。"那一年,红军师政委廖汉生二十四岁,他就是桑植人。部队要离开的事他一直对家里瞒着。出发前夕,母亲得到消息,走了近三个小时的路来到部队,想再看一眼自己的儿子。廖汉生安慰母亲说他一定很快就回来——廖汉生知道,所有的乡亲都怕自己的亲人一去不还,而包括他在内的一万多湘西子弟却是自此踏上了万里征途,所有活下来的红军官兵与自己的家乡都是一别数年。

陷于痛苦抉择中的,还有贺龙的妻子蹇先任,因为十八天前她刚刚生下一个可爱的女孩儿——要么把小小的孩子留下来,将来再回来寻找;要么她和孩子一起留下来,等红军有了稳定的根据地再去投奔。蹇先任,湘西的第一个女红军,当年在贺龙猛烈的追求下嫁给了她心目中的红军英雄。他们的第一个女儿生于一九三〇年。那时,贺龙率领的红四军开始东征,蹇先任因为怀孕只能留下来。在国民党军和地主武装的搜捕下,她在湘西的大山中颠沛流离直至女儿降生。第二年,部队又要离开根据地,贺龙安排她到一个秘密联络点去休养。但是,国民党军来了,蹇先任只得再次带着女儿躲进大山。湘西的冬季天阴地冷,女儿出了麻疹,蹇先任把女儿紧紧地抱在怀里,直到孩子的气息一点点地消失。现在,蹇先任无论如何不能把刚刚出生的第二个女儿丢弃,任凭谁来劝说,这位刚强的女红军就是不答应。就这样,蹇先任带着她小小的女儿踏上了万分艰苦的转移之路。红军官兵找来一个湘西农家常用的竹背篓,把那个柔嫩的小女孩儿放在了里边。红六军团政委王震听说了,特意跑过来,他给蹇先任的第二个女儿起名叫贺捷生。王胡子说:"希望这个红军的后代能给革命带来好运,让红军永远捷报频传。"贺捷生随红二、红六军团一起上路了,这个出生仅十八天的小女孩儿活了下来,在竹背篓中跟随红军从湖南一直转战到陕北,成为中国工农红军长征队伍中最小的成员——数十年后,这个有着传奇色彩的红军的女儿,成为中国人民解放军的一位将军。

一九三五年十一月十九日晚,红二、红六军团的一万六千多名官兵开始了战略转移。

先头部队是第六军团第十七师四十九团,曾在惨烈的甘溪战斗中九死一生的营长刘转连现在是第十七师的参谋长。刘转连匍匐在澧水河边,向水中扔了一根木棍,棍子瞬间就被湍急的河水冲得没了踪影。刘转连和四十九团团长王烈不但对水流的汹涌感到吃惊,也对江对岸敌人防御的森严感到了巨大的压力。澧水对面的高地上布满敌人修筑的堡垒,堡垒露出的射击孔密集得像蜂窝一样。没有船,也不可能搭起浮桥,红军必须从毫无遮拦的澧水上迎着敌人的火网冲过去——突破国民党军在澧水和沅江一线构筑的封锁线,是红二、红六军团突出重围的第一步。

刘转连和王烈商量了一下,决定组织一个突击队,在夜色掩护下偷渡澧水。王烈亲自带一个营跟在突击队的后面,偷渡不成就强渡。三十名水性好的红军官兵被挑选出来,每人八颗手榴弹。天黑下来的时候,突击队开始向澧水靠近,后面王烈率领的突击营紧跟着。但是,红军刚一摸近澧水岸边,对岸的敌人就开火了。国民党军没有丝毫的松懈,他们发现了红军的偷渡行动。王烈团长不得已率领部队开始强渡。

事先预备好的竹筏刚一推下水,就被迅猛的水流冲散了架。对岸敌人的子弹在黑暗中风一样地呼啸而来,没有时间回头重新弄筏子了,红军官兵不顾一切地扑入水中,很多人就抱着一根竹竿向敌人枪口发出火光的地方游去。如果从单纯的军事角度看,红军的强渡行动几近自杀,因为在他们的身后,掩护的火力十分微弱;而在他们的面前,敌人的机枪把河面打得水花四溅。堡垒后面的炮弹打过来,在澧水上打出一个又一个巨大的浪涌。火光中的红军几乎没有还击的能力,但是他们只要还活着,就默默地向对岸奋力游去。留在北岸的刘转连焦急万分,他希望能够回来一个人报告突击情况,哪怕游回来一个伤员呢。但是,被子弹击中的沉到江底,被江水卷走的消失在黑暗的下游,红军官兵没有一个人回头。突然,澧水对岸离滩头最近的一个堡垒燃起了大火,幸存的红军官兵在火光中爬上岸。堡垒中的敌人在这一刻也冲了出来,双方官兵在泥泞的滩头展开了肉搏。

过了澧水的红军突击部队已经没有了指挥员。

四十九团团长王烈一上岸就扑倒在泥泞中,身边的战士喊他没有回应,战士们用手一摸,团长的身上黏糊糊的,把手伸向亮处一看,全是血。

那些还没有上岸的红军官兵依旧在水中游着,他们看见了滩头上的肉搏情景,他们知道自己的战友急需支援,他们用最大的力气高喊着:"杀呀!杀那些个狗娘养的!"

刘转连知道,现在唯一能做的就是抱着竹竿游过去。

到澧水上游侦察的侦察员回来了,报告说距离这里几里的地方有个地方可以徒涉。

刘转连立即带领部队火速奔过去。

徒涉点对岸的敌人已全部被强渡的红军吸引过去。

第十七师的红军官兵手拉着手迅速渡过澧水,然后扑向敌人的堡垒。砖石砌的堡垒顶盖却是稻草的,里面也铺满了稻草,只要一颗手榴弹扔过去,堡垒就燃烧起来。这个烧起来再打下一个,红军连续点着了十几个,沿着澧水南岸,国民党军的堡垒烧成了一条火龙。刘转连一直向突击队强渡的方向打,终于打到了那个渡口,滩头的肉搏战已经结束,淤泥中到处都是尸体,红军突击队以及跟随突击队前进的那个营牺牲过半。在黑暗的滩头上,刘转连找到王烈团长的遗体。红军战士说,抱着竹竿强渡的时候,团长就中弹了,但他还是坚持到了滩头,上了滩头再次中弹,团长倒下去就再没站起来。

占领渡口的四十九团官兵搭起浮桥后,刚坐在滩头的泥泞中想休息一会儿，一个声音在黑暗中传过来："睡不得！睡不得！现在不是睡觉的时候！再坚持一下！"是军团政委王震。王震对刘转连说："再走两百里路，必须抢在敌人前面，把沅江的大宴溪渡口拿下来！"

红军强渡澧水是突然发起的行动，现在红军的行动目标已经暴露，敌人必定会加强第二道封锁线的防守，所以红军必须赶在敌人调动完毕之前渡过沅江。四十九团的红军官兵立即出发了。一路不停顿地走，一直走到第二天晚上八点，前面的侦察员报告说，渡口对岸的村子里只有十六名民团。红军很快就解决了沅江两岸的敌人，开始架设浮桥。王震也赶上来了，正研究大部队渡江计划，江面上突然传来划船的声音，还有手电筒的光束在晃动，刘转连立即命令把机枪架起来。船慢慢接近江岸，船上的人先发问："哪个部分的？"红军回答："李司令的！"船上显然也是国民党军李觉纵队的官兵，因为他们马上说："自己人！"三只大船靠了岸，立即连船带人被红军扣押了——是李觉纵队的一个营，一共三百多人，奉命前来防御沅江大宴溪渡口。这个营的营长在王震面前一个劲儿地抓头皮："不对不对，昨晚还接到大庸的电话，说你们在澧水的潭口，怎么一夜就到了这里了？"

红军全部渡过沅江后，由于已经位于国民党军包围圈的后面，于是立即抓住有利时机出击，攻占了沅江以南的几个县城。从二十三日至二十八日，短短的五天内，红二军团第四师占领辰溪，第五师占领浦市镇，第六师占领溆浦；红六军团第十六师占领新化，第十七师占领涟源和锡矿山——这是湖南中西部面积广大的一片区域，从地图上看，这个区域处在整个湖南省的腰部，四面通达，物产丰富。一九三五年的时节已进入深秋，谷草垛堆得像山一样，收割过的稻田里放了冬水，明亮的水面照映着橘园里橙黄色的蜜橘——这里无疑是红军建立根据地的好地方，如果红军能够在这里站住脚的话。

可以想见长期受物资匮乏困扰的红军是何等的兴奋。从数个县城缴获的物资堆积如山，粮食和盐巴足够和穷苦百姓们一起分享，数万大洋再次充实了各部队供给部门的担子。红二军团在辰溪截住国民党军的一支运输船队,仅布匹就缴获了两万匹,足以使全军每个官兵都穿上新衣服。锡矿山,今名为矿山,这里有当时湖南省最大的锑矿,有几十家矿产公司和冶炼厂。在大革命时期,这里的工人就有过革命斗争经历,因此当红二、红六军团突入湖南腹地后,这里便成红军筹款和扩军的一个理想之地。

从军事上看,红军占领锡矿山的行动过于向东了,从而使得两个军团的主力部队过于分散,从最西边的浦市镇到最东边的涟源县城,红军的战线仅直线距离已达两百公里。后来的事实说明,这在军事上确实会造成不利。

占领锡矿山的行动,是红六军团第十六师完成的。第十六师四十七团为先头部队,他们穿过新化县城向东直接突击锡矿山。当时这片矿区里只有两百多名矿警守卫,保安团护卫着矿主和豪绅早在红军到达前就跑了。红军占领矿区之后,迅速分散到矿厂、街道和附近的农村,大规模地开展群众工作。第十六师政委晏福生在群众大会上的讲话,是中国红军动员百姓的一个经典范本:"矿山老板不劳动,却养得肥头大耳,整天吃喝玩乐;你们工人天天在矿厂劳动,晒得墨黑,饿得皮包骨头。这是为什么?是因为矿山老板残酷地压迫和剥削你们,是你们的血汗养活了他们。我们只有团结起来,打倒他们,才能翻身过上好日子!"矿山工人成为红军打击矿主和豪绅的助手。宝大兴北矿老板杨笃吾和南矿开源公司老板段楚贤是红军和工人斗争的重点。工人们说,杨笃吾有矿地几千亩,在冷水江和安化等地开有六家公司,每天收的大洋有几箩筐,还建有豪华的庄园;段楚贤是个暴发户,在锡矿山有采矿厂和冶炼厂十多家,雇佣的工人有六千多,每天收入大洋上万。在工人们的带领下,红军抄了这两个矿主的家。矿主早就把财产转移了,金银细软和大洋都被装进煤油桶里埋起来。工人们带领红军到处寻找藏宝地点。他们担着水,在怀疑藏有财宝的地方把水泼上去,哪里渗水就说明那里一定藏有东西。工人们的这个办法很灵,仅在杨笃吾家的院子里,红军就挖出好几煤油桶的大洋。所有没收的粮食和衣物,红军一律向矿工低价出售：只要一块大洋，就可以担回去一担稻谷；如果实在没有钱，说明情况后尽管来担；家里没有劳动力的孤儿寡女，红军战士们给担上门去。一时间，贫苦群众蜂拥而至，担粮食的人彻夜不绝。由于敌情日益紧迫，红军在锡矿山仅停留了四天。但这四天无疑是赤贫工人的盛大节日。尽管到锡矿山"打富户"的重要目的是为红军筹集现款，但是，在贫富差别巨大的社会中，突然而至的红军所讲解的阶级压迫和阶级反抗的道理，无疑将给中国社会最底层的民众留下深刻的印记。

红二、红六军团突破国民党军的合围，突然出现在湖南的中西部，蒋介石不得不把"围剿军"迅速改编成"追剿军"，任命湖南军阀何键为"追剿军"总司令，负责向红二、红六军团发起追击：樊嵩甫纵队的四个师和李觉纵队的三个师兵分两路，一部由慈利渡过沅江向新化、溆浦发展，另一部由沅陵、泸溪南下向辰溪、溆浦发展，最后东西两路实施合击。同时，陶广纵队的三个师和郭汝栋纵队的八个团，前出到沅江西岸进行堵截。在湘鄂川黔根据地，由徐清泉的第四十八师继续"围剿"留在那里的红军第十八师，并防止红二、红六军团一旦出师受挫返回根据地。

在国民党军的各路追击部队中，李觉纵队的前进速度最快。这是湘军中的一支主力，李觉辅佐何键治湘多年，深得何键的信任。红军从湘鄂川黔根据地突围后，蒋介石派来的宜昌行辕主任陈诚宣布：红军从谁的防区正面突破，就撤该防区指挥官的职。李觉知道国民党中央军此举是为了找各种机会、各种借口达到兼并湘军的目的。而李觉的部队不仅防线最长，且由于位置靠前最容易被红军突破。李觉想出的办法是，将他手下的第十六师布防在靠近陈诚指挥部的位置，因为第十六师师长章亮基与陈诚是保定陆军学校的同学，彼此之间私交甚密。有交情就会走动频繁，走动频繁就能及时获悉各种情报和动态。果然，李觉的防线至今还没让陈诚找到下手的借口。

十一月三十日，李觉的第十六、第十九和第六十三师的先头部队已经推进到浦市镇和辰溪附近,如果这时红二、红六军团兵力集中的话,李觉纵队的单独冒进正好给了红军歼灭他们的机会。但是红二、红六军团各部队依旧处在分散状态中,无法形成打击敌人大部队的合力。而等到红军开始收拢部队时,国民党中央军樊嵩甫的四个师到了——红二军团第六师在距溆浦县城约十公里处,与突击而来的李觉的部队遭遇,第六师参谋长常德善指挥十七团奋战一天,始终没能将敌人击溃,李觉部因此得以推进到被红军占领的溆浦城下。樊嵩甫的部队就是这时候到达战场的。

贺龙和任弼时骑马来到溆浦县城的时候,整个县城已处在一片混乱中,城内的百姓因惧怕战事蜂拥向城外奔逃,城门已经被人群堵塞。贺龙认为面对强敌不可硬拼,命令第六师撤出战斗,把掩护城内军团后方机关撤离的任务交给了红军学校。

贺龙的这一决定把红军学校校长谭家述急出一身汗。红军学校只有四个营的兵力,兵临溆浦城下的国民党军有好几个师,敌人对县城的冲击一旦开始,后果不堪设想。谭家述赶紧给王震发电报,请求派部队支援。谭家述的电报发出的时候,李觉的第六十三师已经开始攻城了。

王震向四十七团团长覃国翰交代:"立即从锡矿山出发,务必在明天下午五点之前到达溆浦。"

此刻的溆浦县城已处在国民党军的炮击下,民房集中的城北大火熊熊。红军学校的四个营顽强阻击着国民党军的进攻。由于敌我兵力过于悬殊,红军的城防阵地一个接一个地丢失,谭家述不得不命令官兵撤到城的西北一角拼死抵抗。

下午四点,四十七团到了。谭家述在电台里喊:"覃团长!赶快把敌人压下去!让城里的机关撤出来!"四十七团在十六个小时里跑了一百多里路,没有吃饭没喝水,红军官兵一声呐喊冲进浓烟滚滚的溆浦县城。萧克率领的教导团和警卫营也赶到了。溆浦城外,红军展开了一场拼死冲击。县城门口,红军机关的车马队、医院和家属连首先出来了,他们必须通过双方交战的地段才能转移到安全地区。谭家述对女同志们喊:"谁也不许乱! 听指挥! 伤员都要带走,不许丢下一个!"阻击战从下午打到第二天凌晨两点,当溆浦县城里的后勤机关全部撤离后,萧克才下达了撤退的命令。

　　贺龙让第六师撤出溆浦县城而造成如此险情的目的是:让第六师从溆浦径直南下洞口方向,给敌人一个错觉,以为红军依旧会滞留湘中,有东进衡阳的态势,从而隐蔽全军即将西进贵州东部的企图。

　　但是,国民党军已经知道了红军主力所在,而且前所未有地与红军主力相距如此之近。于是,除了位于溆浦战场的李觉和樊嵩甫的七个师以外,西面陶广纵队的三个师以及郭汝栋纵队的八个团开始自沅江向南压缩,连防守长沙的汤恩伯的两个师也同时出动向西扑来。

　　为了不让敌人明了红军西进的目的,红二、红六军团继续向东南方向移动。十二月十一日,红军急促南下,造成了即将东渡资水的态势。资水纵贯安化与新化之间,渡过这条大河再向东,自北向南排列着长沙、湘潭、株洲、衡阳,皆为湘东重地。于是,国民党大军快速追击而来。当天,红军到达湖南西南部的洞口地域。此地接近桂北,广西的桂军已经闻风准备北上迎战——红军必须西进了。

　　贺龙的想法是:突然折向西,沿着雪峰山山脚直奔瓦屋塘,从瓦屋塘翻越雪峰山西进贵州。

　　但是,国民党军已经洞悉了一切。

　　红二、红六军团异常艰苦的作战从他们西进的这一刻开始了。

　　红军的先头部队是第二军团第五师,师长贺炳炎;第五师的先头部队是十五团,团长李文清。

　　前面就是瓦屋塘了,出现在红军官兵眼前的大山高而陡峭。

　　就在红军先头部队快要接近东山山顶的时候,枪声响了。

　　从猛烈的火力上判断,是国民党军的正规部队。

　　李觉和樊嵩甫的部队都在后面,前面怎么会突然出现敌人?

　　师长贺炳炎上来质问:"怎么不走了?"

李文清团长说:"前面有敌人。"

贺炳炎说:"你去向老总报告,这里归我指挥。"

横在红军前面的是早就迂回过来的陶广的部队。

贺炳炎大吼一声:"机枪掩护! 都跟我冲!"

东山山势太陡,机枪无法架设,掩护火力无法实施。

贺炳炎一甩手,继续往上冲。

敌人的机枪子弹如暴风骤雨。

贺炳炎愤怒的吼声在猛烈的射击声中炸响。他在山上杂乱的灌木丛中时隐时现。当他再次直起身子高喊着"跟我冲!"的时候,官兵们发现他们的师长左手举着驳壳枪,右手臂整个衣袖血淋淋的。冲上来的战士喊:"快来抬师长! 快来抬师长!"贺炳炎叫道:"喊什么? 快给我冲!"卫生员冲上来给他包扎,他挣扎着就是不从:"别按着我! 前面正在死人!"

东山山头被红军占领了。

贺炳炎躺在敌人丢弃的阵地上昏迷不醒。

贺龙赶来问卫生员:"胳膊保得住保不住?"

卫生员摇摇头,说:"只有锯掉胳膊才能保住性命。"

贺龙对参谋说:"去弄只老母鸡来。"然后问卫生员:"几时开始锯?"得到的回答是:"午饭后就干!"

给贺炳炎锯胳膊的时候他疼醒了。

没有麻药。一条大锯在开水中煮了一个小时。几个红军战士负责按住他的双腿和身体。他们还准备了一条毛巾,把师长的眼睛蒙上了。贺炳炎清醒后把毛巾扯下来,看了看说:"都靠边! 锯吧!"说完把毛巾咬在嘴里,眼睛一闭。

卫生连的几个战士心一横,用脚踩住他的右胳膊,锋利的锯齿对准枪伤的伤口"嗤啦"一声锯了下去……

贺炳炎,湖北松滋人,十六岁加入中国共产党,参加了贺龙领导的工农革命军。他性格豪爽,作战勇猛,先后当过班长、排长、连长、团长、师长。终生失去一条胳膊的这一年,他年仅二十二岁。这位年轻的红军指挥员在日后转战的日子里,即使只有一条胳膊,依旧勇敢顽强地作战。在经历了中国革命赢得胜利的艰苦历程后,飘荡着一只空袖筒的贺炳炎成为中国人民解放军上将。

直到锯完了,贺龙才走到跟前,锯下的胳膊被扔在一边,贺炳炎大汗淋漓。贺龙俯下身子,对着那张因为剧痛而苍白如纸的面孔仔细端详了很久。然后,贺龙在地上的那摊血里捡起些什么,攥在了手里。从此,红军每次进行战斗动员的时候,贺龙都会打开他随身携带的手帕,然后肃然地说:"都看看,这是红军师长贺炳炎的骨头渣!"

瓦屋塘战斗结束后,红军绕过陶广部的阻击阵地,从位于瓦屋塘西南方向的竹舟江西渡巫水,然后转向西北急促前行上百公里,在托口镇附近再次强渡沅江。一九三六年一月一日那天,红二、红六军团到达芷江以西的冷水铺附近,这里已经临近贵州边界了。

国民党军队大多没有在崎岖的山路间急促行军的能力。此时,郭汝栋部在四天的路程之外;而汤恩伯的部队干脆回长沙去了,原因是"要防止广西军队进入湖南";只有李觉和陶广的部队追得很紧,其中李觉纵队的第十六师距离红军最近,其前锋已经接近芷江。

但是,年总是要过的。

这里的土豪很多,土豪的肥猪也很多,红军官兵因此很高兴。新年的晚上,炊事员们很忙,官兵们都来帮忙,把猪肉和鸭子炖得很香。第二天中午,红军官兵聚集在一起,刚要享用,枪声响了,敌人的先头部队到了。炊事员们急忙把肉捞起来,放在筐里担着就跑。

既然李觉的第十六师已经过了沅江,红军决定抓住这个机会,一方面把李觉纵队还没有过江的第十九、第六十三师阻击在沅江以东;另一方面集中兵力打一个伏击,把独自冒进的这个第十六师吃掉。战斗目的一是阻止敌人的追击,二是如果仗打好了就可以回湖南去,因为在黔东建立根据地的设想已经难以实现。

便水,位于冷水铺西侧,战斗在这里打响了。

　　一月五日,红军由新晃县龙溪口地区掉头,迎着敌人的第十六师而去。下午两点半,红六军团与敌人先头部队的一个旅突然遭遇。此刻,红军还没有到达预定的伏击地点,他们没想到敌人的推进速度如此之快。双方的战斗很快就到了白热化的程度,国民党军依仗着优势火力沿着公路猛烈突击,战斗一开始就显示出对红军不利的情势。这时,红二军团第四师赶到战场,没有停歇就加入了战斗。红军试图按照原来的部署,迂回到便水截断敌人后续部队的渡河点。但是,没有想到的情况又发生了,敌人的另一个旅渡过沅江到达新店坪,与赶去截断敌人后续部队的红军迎头撞上——迂回敌人后路的红军反被敌人阻击了。战斗进行得异常艰苦,红军的推进十分缓慢,战场上的来回拉锯使战斗成了一场消耗战。而这种战斗状态正是国民党军所希望的,因为只要把红军牵制在战场上,增援部队一旦到达就可以迅速形成总攻态势。

　　如果在这个时候,红二、红六军团果断地撤出战斗,所遭受的损失也许不至巨大,但是,撤离战场的命令始终没有下达。战斗一直打到一月六日的下午,国民党军李觉纵队的第十九、第六十三师相继到达。红军原来计划集中力量打敌人的一个师,现在已经变成要打三个师,战斗的性质即刻从伏击战变成了决一死战。第六军团第十七师五十一团从敌人的左翼插进去,位于敌人右翼的第十六师也横插着打过来,给敌人造成了一时的被动。但是,两个师都没有后续力量补充,没有能力巩固和扩大战果,在增援敌人的猛烈反击下,先后被迫开始撤退。

　　便水一战,红军没有达到预定的作战目的,官兵伤亡一千多人。

　　红二军团第四师参谋长金承忠,第四师十一团团长覃耀楚,第六师十六团参谋长常海柏在战斗中阵亡。

　　二十六岁的红军参谋长金承忠,在率领部队赶往战场的时候,正好从红二军团第六师的阵地前经过。第六师政委廖汉生曾在第四师代理过政委,因此两个人很熟。当时,廖汉生看着第四师的队伍开过去,就对金承忠喊:"喂!打了胜仗以后请你喝酒!注意呀,你老兄可不要被打死哟!"

金承忠参谋长还大声答应了一句:"好哇!"

然而,仅仅过了十几分钟,廖汉生就听到了金承忠阵亡的消息——廖汉生说:"打这以后,我再也不开这样的玩笑了。"

便水一战成为红二、红六军团领导心中一个无法消除的痛。"只准备打一个师,背水战,头天布置好,两个军还搞不倒一个师?"贺龙数十年后回忆说,"要脱了裤子谈!"——"脱了裤子谈"就是要实事求是地总结教训。

便水战斗失利的原因是多方面的。除了对敌情估计不足外,两个军团的相互协调也不够,进入战斗和撤出战斗时都出现了配合脱节。同时,部署上没有对保护侧翼安全给予足够的重视,敌军陶广纵队在红军侧后的出现几乎是致命的。

红二、红六军团没能如愿地往回走,他们只有离开湖南继续深入贵州腹地了。

红军急速地越过湘黔边界,先后占领贵州东部的江口和石阡地区。

在江口镇,奉命留在老根据地的第十八师追上了军团主力。

全师仅剩六百余人的第十八师被缩编为五十三团。

石阡地区,最先开始军事转移的红六军团遭遇重创的地方,这里那个名叫甘溪的小镇令红六军团的官兵难以忘却。一年多后又回到这里,尽管眼前群山叠翠,军团长萧克和政委王震仍是心情异样,因为他们还记得红六军团有太多的官兵牺牲在这里。

红二、红六军团领导在石阡县城内的一座天主教堂里召开会议,会议认为应该放弃原来在这一带建立新苏区的计划,因为这里"居民稀少,经济落后,粮食十分困难,不利于大部队久留";同时,这里"山河纵横,机动不便",也不适于红军展开运动作战。会议最后决定:继续向西,争取在贵州西部建立根据地。

一九三六年一月七日,朱德和张国焘致电红二、红六军团,同意他们继续向西转移的计划:

贺、任、关：

（甲）蒋现组织清一色的亲日政府，现反蒋军阀企图以两广为基干拥胡［胡汉民］反蒋。

（乙）南京公开出卖华北，抗日反蒋运动在继续发展。

（丙）二、六军可在黔滇湘一带广大地区活动，在敌力较弱之处活动，寻求各个消灭敌人之机。

（丁）根据历次长征经验，不宜常采取直径行进，在未给敌严重打击时不宜久停一处，有时急行军夺取要点，有时行军勿过快，离敌策源处较远的地方活动，但勿入太荒野地。敌力虽多，我能进退自如，主动在我。

（戊）敌横的封锁线易袭破或穿过，勿硬攻纵深碉堡线。

（己）乌江下游障碍大，上游障碍较小。黔南、黔西均少大河障碍，给养也不困难。

（庚）桂军只有十七团，能作山地战，不敢远出；滇军只有二十一团，战斗力亦不甚强。滇东有广大地区亦可行动，但不可接近滇越铁路。川南只有达凤岗和穆肃中两旅兵力。

（辛）通过苗人地区必须设法争取苗人，严紧政治纪律。

（壬）经常进行政治工作，广大宣传自觉的艰苦战斗，必能最终获得胜利。

> 军委
>
> 七日

张国焘依旧坚持着他的"军委"。

但电报在军事上为红二、红六军团考虑周到，提醒细致，这完全是朱德的风格，也只有朱德而不是张国焘，才能对桂军、滇军、黔军的作战特点都有所知。

至于在贵州的什么地方可以建立根据地，朱德和张国焘在后来的电报中建议："应以佯攻贵阳姿势，速转黔西、大定、毕节地区，群众、地形均可作暂时根据地。"

如果把红二、红六军团预定的转移路线画在地图上,加上一年前中央红军自湖南进入贵州后的转移路线,贵州地图上定会出现比蛛网更加密集更加复杂的路线图。在中国,没有哪一个省像贵州一样,被红军在一年内所编织的巨大而纷繁的移动线路所覆盖。如果试图把红军为什么对这个以贫困和偏远著称的省份如此感兴趣解释明白,将是一个超越军事领域的内涵极其复杂的社会政治学课题。贵州省内数座险峻的山峰与数条奔涌的大河,注定要被移动求生的红军和追击他们的国民党军的脚步踏遍,这使得中国的这个高原省份自此承载起太多沉重的历史往事。

红二、红六军团开始重走一年前中央红军的长征之路。

朱德和张国焘的建议是正确的。

如果红二、红六军团继续向西直行,必会到达乌江岸边,那样就只有渡过乌江直指遵义了,而已经被中央红军占领过两次的遵义,现在是国民党军重点防御的地方。

红二、红六军团以第六师十八团为先头部队,十八团团长成本新、政委余秋里。他们首先在龙溪附近歼灭国民党军的一个营,在敌人的堡垒线上撕开一个缺口,然后红军大部队穿过敌人的封锁线,掉头往南直逼贵州的省府贵阳。

贵阳城内即刻一片慌乱。

国民党政府贵州绥靖公署得到的报告和贵阳城里富豪之间流传的小道消息没什么两样,都说是到处流窜的贺胡子的十万大军进了贵州。国民党军第九十九师第二九五旅五九〇团副团长邱行湘回忆道:"听到传说,第二十三师各旅团遇到红军一触即溃,全部被红军打散了,大部分携带武器躲进了深山,无法收容。到一月九日,江口、石阡均被红军占领,贵阳震动。"

红军兵临城下,惊恐万分的国民党军立即调兵遣将:贵阳警备司令兼第九十九师师长郭思演奉命率部出击堵截红军,郝梦龄的第五十四师奉命扼守乌江,甘丽初的第九十三师奉命守卫贵阳。第九十九师师长郭思演和他的军官们一致认为,抢占贵阳以东约八十五公里处的马场坪至关重要,因为扼守在那里前可阻截红军入黔,后可保障贵阳的安全。于是,郭思演向马场坪派出了先遣部队第二九五旅五九〇团。郭师长的嘱咐是:"由马场坪到贵阳之间,任何一个要点,决不能落入红军之手。"副团长邱行湘率领先遣部队到达马场坪后,虽然官兵们对疲惫不堪的急行军牢骚满腹,但是又怕遭到红军的突然攻击,于是先是到处放火以壮胆子,然后就守在二十多个碉堡里不出来了。前出侦察的侦察员回来报告说:在距马场坪咫尺之遥的平越县城郊,发现大量的红军部队在运动。邱行湘赶快给平越县专员兼县长聂洸打电话核实情况,聂专员在电话里说红军根本没有进入平越县境,因为瓮安至平越的公路早已被保安队封锁,保安队的张副司令一直与县城保持着联系。聂专员的话与侦察员的报告大相径庭,邱行湘放下电话后脑子里一片混乱。

事后邱行湘才知道,与他通话的"聂专员"根本不是聂洸,而是红军。

红二、红六军团占领瓮安后,直指平越县城。平越县专员兼县长聂洸急忙纠集保安队和民团抵抗。红军还没攻城的时候,保安队和民团气壮如牛;真的看见了红军的影子,立即作鸟兽散。当邱行湘的电话打过来的时候,聂专员已经被红军枪毙了。

马场坪的守军似乎不那么紧张了,但是多疑的邱团副还是不放心,他再次给"聂专员"打电话,说要立即派两个连去平越以加强前沿的力量。"聂专员"说不必费心,现在这里很平静,部队明天再来不迟。满腹狐疑的邱团副又给师部打电话,师部也说与"聂专员"联系了,平越县城现在平安无事,增援部队正在距那里十公里的地方休息,准备明天再向县城增援。第二天清早,邱团副接到了"聂专员"的电话,语气万分焦急:"赶快派部队来!红军开始攻城啦!"邱团副感到电话里的口音不大像聂洸,但又不能不信,于是带领两个连前往平越增援。快要到达的时候,邱团副看见大批从县城里逃出来的土豪富商和他们的家眷,这些惊慌失措的人对他说，红军早就进城了，现在正在打土豪呢。接着，大批的红军就攻到了邱团副的眼前。在短促的阻击抵抗后，邱行湘带领官兵往回跑，竟然跑过了马场坪，一直跑到贵阳附近才住脚。

此时，从湖南一直尾随着红二、红六军团的国民党军已被甩在黔东北地区，而贵州境内的黔军各主力部队纷纷忙于回防贵阳，因此黔西空虚了。红军在贵阳附近虚晃一枪后，突然折向西北方向，绕过贵阳袭击了位于贵阳东北方向的扎佐和修文。在扎佐，红军先头部队第六师避开敌人的堡垒，来到一道深达数十丈的崖涧。这道崖涧两边的绝壁上，凌空悬挂着一条绳子，绳子上仅仅挂着一个木斗，里面一次只能坐进一个人。第六师的红军官兵一个一个地坐在木斗里溜过崖涧，通过了敌人认为不可能通过的封锁线，然后一举打下扎佐西面的修文县城。占领了修文的红二、红六军团，摆出北袭遵义的态势，国民党军又急忙调动部队回防遵义，而红军穿过贵阳至遵义的公路后，突然折向西，以昼夜疾进的速度直取乌江渡口鸭池河。

一九三六年一月二十八日，蒋介石再一次飞到贵阳直接指挥作战。一时间，湘军、桂军、川军和国民党中央军都进入了贵州。

红二、红六军团经过两个月的转战，伤亡人数已达两千，因负伤留在老乡家和掉队的也有一千四百人，特别是有作战经验的老战士、红军干部伤亡很大，这严重影响了部队的作战能力。为此，一月二十五日，红二、红六军团致电朱德和张国焘，请求"一、四方面军此时应以较大的行动吸引川敌及蒋敌之一部，以配合我们行动"。

三天之后的二十八日，朱德和张国焘回电：

贺、任、关：

（甲）湘敌入黔、川、滇只是部分的不积极的远追，事实上亦甚疲劳。湘蒋军一部可能跟追。桂敌与蒋矛盾较大不能离桂，但蒋企图逼你们入桂，一举两得镇压桂、粤，因此桂敌边防极严。滇敌实力不大，分散全省外，又恐我处入滇，事实上不能派多兵远出。黔敌多系蒋军，较积极，指挥亦较统一，但无主力助,又多系客军战斗,力远不及。在湘敌人,有利于你们各个击破之。川敌陈万仞部达[达凤岗]、穆[穆肃中]两旅约四团,分布南六县。杨森新开川南,尚在途中,号称是八九团,质量极差,大败之后士兵极不振,是你们入川开辟道路的最好目标。许绍宗师有可能由酉阳调入渝[重庆]、泸[泸州],其他川军暂时不能抽调,但川军极不善守,有充分的可能争取运动战消灭拦阻之敌的好机会。

(乙)建议你们的行动有二:(1)在黔、滇、川境广大区域与敌在运动战中消灭敌之一部,争取根据地,与我们配合作战。(2)入川,一经滇渡金沙江入上川南,一经毕节入下川南,在泸州上、下游渡大江深入川中,与敌作较大的运动战,均与我们直接会合作战,一、三军也可出陕南配合。

(丙)以上两建议,均须由你们的力量与渡河技术,当前的敌情和你们的机动战术来决定。依据目前政治新形势,抗日反蒋高潮急速到来时,我军不宜与敌决战,应努力争取时间之延长和本身巩固与扩大。目前你们战略当以第一项为宜,第二项是带有决战性质,只是在极有利条件下采用。

朱、张

二十八日

这是朱德和张国焘首次建议红二、红六军团与红四方面军会合。

从各师抽调来的一百二十多名红军组成侦察队,侦察队化装成国民党正规军,成为红二、红六军团突破乌江的尖刀部队,紧跟在他们身后的是廖汉生的第六师。红军冒着寒冷的冬雨连续奔袭,到达乌江渡口边的黔军阵地时,一个连的黔军在睡梦中成了俘房。接着,红军迅速夺取船只并开始架设浮桥。天亮的时候,主力到了,大部队立即开始渡江。顺序是红二军团在前,红六军团在后。红六军团后卫部队渡江的时候,追击的国民党军先头部队接近,最后一批渡江的红军纷纷跳进乌江奋力泅渡。就这样,近两万人的红军部队在不到一天的时间里全部渡过了乌江。等国民党军第二十三、第九十九师赶到时,浮桥已被炸掉,船只已被焚毁,红军的先头部队继续西进占领了黔西县城。

黔西民众对红军很友好,因为中央红军曾在这一带活动过。更重要的是,这里的地方武装和黔军的残部多与中共地下党员有联系,这为红二、红六军团的立足提供了可能。基于建立根据地的设想,红军迅速在这一带展开部队:第十八师驻守黔西,第四、第六、第十七师集中兵力向东北方向迎击国民党军万耀煌纵队,第五、第十六师向西进攻大定和毕节。

红二、红六军团长征途中短暂的黄金时光来临了。

在贵州地下党组织的配合下,红军展开了在黔西建立根据地的工作。这项工作对于红军各级干部来讲驾轻就熟。派遣工作组,建立县、区、乡各级苏维埃政权,实行共产党的土地政策,"以最严厉之手段"镇压一切反动分子和敢于反抗的豪绅地主。一九三六年二月八日,"中共川滇黔省委"和"中华苏维埃人民共和国川滇黔省革命委员会"在黔西县成立。红军的政治主张和施政纲领,特别是红军提出的"抗日民族统一战线"的口号,受到民众的普遍拥护,尤其是得到了当地开明人士的支持。红军占领大定县城的时候,带领当地群众迎接红军的是一位名叫彭新民的士绅。彭新民虽然当过国民党政府的县长,但是他拥护孙中山先生的政治主张。当大定县县长带着细软和随从逃跑的时候,他召集县城里的工匠、教师和学生连夜赶制欢迎红军的标语。进城的红军打土豪没收了粮食五十万斤、大洋五十多万块,各种物资堆积如山。大定县城里如同过年,许多贫苦青年第一次穿上新衣服,第一次把粮食担回家,县城里到处都是"红军万岁"的口号声。红军进攻毕节的时候,一个名叫席大名的彝族人士帮助了红军。席大名曾是黔军的一个团长,由于对蒋介石遣散黔军不满,与当地的共产党地下组织取得了联系,拉起一支反蒋的队伍。红军兵临毕节,毕节城里的国民党官员以十箱子弹和一千块大洋为价让他阻击红军。席大名把这些东西收下后,却在红军攻城的时候带领自己的队伍打开城门迎接红军,而且表示要与红军"合股"。毕节城里最知名的名流,是名叫周素园的老人。早在辛亥年间,他就是贵州省国民革命的领导者之一,曾经出任贵州军政府行政总理。红军占领毕节前夕,其他的名流纷纷劝他躲避一下,他说:"我没有多少家当,不必走。"红军进城后,官兵们进了他的家,要打他的"土豪",但是却在他的书房里发现了大量的马列书籍。红军问:"你这个地主为什么读马列的书?"周素园说:"我研究马克思主义十几年了。我觉得马克思讲得对。你们共产党和红军,是讲马克思主义的,所以我用不着走。"周素园很快得到了红军高级将领的尊敬。当王震请他出任贵州抗日救国军司令时,这位已经年近六十的老人欣然答应,并以他的声望组建起一支下辖三个支队的武装。此事很快传到了坐镇贵阳的蒋介石那里,为了掩饰尴尬,蒋介石指示军令部部长何应钦发出通电,称周素园"不幸被赤匪掳去",责令贵州省绥靖主任吴忠信"设法营救"。

蒋介石不能容忍的除了辛亥元老的政治背叛,更重要的是红军要在贵州"安家落户"了。就在红二、红六军团筹建根据地的时候,国民党军万耀煌、樊嵩甫、郝梦龄、李觉和郭汝栋的五路纵队开始从四面向黔西推进。其中,以万耀煌部推进的速度最快,其先头部队到达了毕节以东的军事要地三重堰,郝梦龄的纵队紧随其后,而郭思演的第九十九师、李必蕃的第二十三师也已靠近乌江边的鸭池河渡口。

为了稳定红军刚刚打开的局面,贺龙和萧克亲自率领三个师东出毕节向三重堰迎敌。红军先以一个师深入敌后,袭击了三重堰南边的打鼓新场,然后军团主力绕到万耀煌纵队的后面,准备将之围歼。但是,第二十五军军长万耀煌作战经验极其丰富,他不但没有理会红军对打鼓新场的袭击,反而趁红二、红六军团正面兵力薄弱的时候,突然袭击了黔西县城,把被红军阻截在乌江东岸的第二十三、第九十九师接应了过来。

二月十八日,万耀煌和郝梦龄的部队会合后,向位于大定的红军发起猛烈进攻。敌人的火力和兵力都远优于红军,大定县城当日失守——红军在这里仅仅停留了十六天。

黔西、大定相继失守后,为阻击国民党军向毕节的攻击,从打鼓新场撤下来的红六军团第十七师赶到了将军山。将军山是从大定通往毕节的门户,由十几座卡在公路两边的山峰组成。红军刚一到达,国民党军的先头部队也到了。在萧克的指挥下,五十团和五十一团从公路的东侧、四十九团从公路的西侧,两面夹击,在红二军团第四师以及第五师一部的增援下,红军只用了一个多小时就把由六个连组成的万耀煌的先头部队消灭了。红军在这里修筑了阻击阵地后,等来了万耀煌纵队的大部队。国民党军反复向红军的阵地冲锋,红军在敌人强大的火力面前伤亡巨大。二十六日,红军开始向毕节方向撤退。

此时,对于红二、红六军团来说,东面的防线已经洞开,国民党军的四个纵队正齐头并进向毕节地区推进。

二十七日,中共川滇黔省委决定:放弃在这一地区建立根据地的计划。

红军官兵创建的黔大毕根据地仅仅存在了二十天。

红军撤退的时候,贺龙派人去对周素园老人说,给他一批黄金和大洋,请他到香港去寓居,以免受到国民党当局的迫害。老人当即拒绝了,他说:"我在黑暗的社会里摸索将近六十年,到处碰壁,现在参加了红军,才算找到了光明。我周素园就是死也要死在红军里!"贺龙听后一拍大腿,说:"我贺龙就佩服这样的人!我就是拿出十八个人来,也要抬着他走!"周素园老人果然跟随着红军的队伍一直走到了陕北。抗日战争爆发后他出任八路军高级参议。一九三八年返回原籍。全国解放后曾任贵州省人民政府副主席和贵州省副省长。毛泽东称他是"我们的一个十分亲切而又可敬的朋友与革命的同志"。

红四方面军也开始从天全、芦山和宝兴一线向西撤退了。

此时,无论在军事上还是政治上,张国焘都遇到了极大的困难。

百丈关战役后,红军逐步西撤,川军与国民党中央军紧追不舍。在把红军向西推出整个川西平原的边缘,直至推到夹金山以北的山区后,两军形成对峙线。

天降大雪,在对峙线上,补给充足的国民党军采取了严密防御和坚决对峙的部署:川军主力位于夹金山以东的名山和邛崃一线,中央军薛岳部位于雅安和天全一线,第十六军李韫珩部位于夹金山以西的康定和泸定一线。国民党军大军横陈,森严壁垒,并有随时向红四方面军发起攻击的态势。

严寒给红四方面军带来巨大的痛苦。

这里是高寒地区,物产不丰,经济落后,人口十分稀少,红军无法解决兵源、粮食、被服等必须解决的问题。大量的伤员由于缺少药品而死去,在恶劣的气候中生病的官兵急剧增加。位于前线的部队由于后方的全力支援,还能够吃上土豆,而分散在夹金山南北的红四方面军的后方人员,此时只能靠野草和树皮充饥。政府机关、后勤各部门、野战医院以及数千名伤员,加起来近两万人,自阿坝南下到大金川地域后,已经感到了生存的艰难。大部队东出作战,国民党军趁机骚扰或攻击红军的后方,大肆捕杀红军和支持红军的群众,并且焚毁一切可能被红军利用的物资——敌人企图在这个寒冷的冬季把红军困死在川西北的不毛之地里。

所有这一切都令声言要"打到成都吃大米"的张国焘处在极其被动的境况里。但是,对于张国焘来讲,还有一件更重要的事令他越发焦急不安,那就是中国共产党驻共产国际代表林育英已经到达陕北的瓦窑堡。

张国焘一不做二不休,以"党团中央"的名义给陕北发去电报,命令在陕北的中共中央"不得再冒用党中央的名义":

　　彭、毛等同志:
　　　　甲、此间已用党中央、少共中央、中央政府、中革军委、总司令部等名义对外发表文件,并和你们发生关系。
　　　　乙、你们应以党北方局、陕甘政府和北路军,不得再冒用党中央名义。

　　丙、一、四两方面军名义已取消。

　　丁、你们应将北方局、北路军和政权组织状况报告前来，以便批准。

党团中央
五日

　　张国焘不能不在乎共产国际的态度，因为在莫斯科待过的他始终对共产国际心存敬畏。如果把他与中央之间的冲突比作一场"官司"的话，那么，共产国际代表林育英在他眼里就是一个"法官"——张国焘之所以迫不及待地发出这样一封荒唐绝顶的电报，是因为现在"法官"并不在川西北雪山脚下他那间即使昼夜烧着牛粪依旧寒气逼人的土屋里，而是在毛泽东那孔炭火融融的温暖的窑洞里。

　　林育英，化名张浩，生于湖北黄冈林家染铺湾一个染工家庭，是红一军团军团长林彪的堂兄。他在著名共产党人恽代英的影响下加入中国共产党。曾在武汉、汉阳、长沙、安源、上海、抚顺等地从事工人运动。一九三三年前往莫斯科，担任中国共产党驻共产国际代表团成员。一九三四年中央红军开始大规模军事转移后，由于共产国际与中共中央的联络中断，共产国际决定派林育英取道蒙古回国。

　　林育英在中国革命的重要时刻出现在陕北，确实起到了任何人都无法替代的历史作用。

　　一九三五年十二月十七日，中共中央在陕北瓦窑堡召开了一次具有重要意义的会议，中国革命史称之为"瓦窑堡会议"。

　　从莫斯科回来的林育英参加了会议。

　　瓦窑堡会议讨论的两个重大问题是：中国政治形势的重大变化和陕北苏区面临的生存困难。

　　首先，随着日本军队对华北的占领，中华民族面临着民族危亡，中国国内国共双方的矛盾已经退居于次，民族矛盾骤然上升为主要矛盾。而蒋介石依旧坚持"攘外必先安内"的政策，在日本政府明显的侵略野心面前不断退让,这使得中国社会各阶层的政治态度发生了重大变化。变化的标志是:除了广大民众,包括爱国军人、知识阶层和劳动阶层日益高涨的抗日救国呼声外,中国的民族资产阶级、乡村的富农和小地主也已经显示出"停止内战,一致抗日"的政治倾向。即使是中国的大地主和大资产阶级各利益集团之间,也在民族危机日益加剧的形势下出现了分化的趋向。因此,中国共产党人必须修正政治策略,以符合中华民族的整体利益——这不仅是民族生存的需要,也是共产党人生存的需要。

瓦窑堡会议通过了《中共中央关于目前政治形势与党的任务决议》。决议指出:"我们的任务,是在不但要团结一切可能的反日的基本力量,而且要团结一切可能的反日同盟者,是在使全国人民有力出力,有钱出钱,有枪出枪,有知识出知识,不使一个爱国的中国人,不参加到反日的战线上去。这就是党的最广泛的民族统一战线策略的总路线。"历史证明,这是中国共产党人在特殊的历史时期做出的十分明智和正确的政治抉择。中国共产党人提出的"最广泛的民族统一战线"策略,虽然随着历史的发展其具体内容不断地改变,但自诞生之日起便成为共产党人赢得革命胜利的一个至关重要的"法宝"——走完了为生存而战的万里征程的中国共产党人,当他们聚集在陕北的窑洞里,在浓烈的旱烟味道中思维和眼界豁然开阔之时,正是这个只有二十四年历史的年轻的无产阶级政党政治成熟之日。

瓦窑堡会议讨论的第二个重大问题是红军的军事战略问题。当时,红四方面军在川西的风雪之中处境困难;红二、红六军团依旧在国民党军的追击中移动作战。即使已经与陕北红军会合,并且有了一块可以立足的红色根据地,红一方面军同样面临着严重的危机:根据地面积狭小,土地贫瘠,经济落后,部队的供给十分困难;红一方面军兵力仅万余人,陕北人口稀少,红军没有扩大兵员的更多余地。目前,陕北苏区北面有国民党军第八十四、第八十六师和阎锡山的五个旅,那里临近长城,长城外就是沙漠地带;西面的宁夏、甘肃地区虽然敌人的兵力较少,但同样地贫民穷;南面的关中和渭北地区物产丰富,人口稠密,但是临近西安,是国民党军重兵防御的地带。为了扩大根据地和求得发展壮大,红军只剩下东面可以考虑了。陕北根据地的东面是黄河,黄河那边的山西是阎锡山的地盘。阎锡山的晋军虽然号称十万,但分散在晋绥两地,没有与红军作战的经验;且阎锡山与日本方面订立了"共同防共"密约,这无疑是一种卖国行为,红军打他有政治上的合理成分。再就是,山西人口稠密,物产丰富,是扩大根据地和发展红军的好地方。瓦窑堡会议最终接受了毛泽东提出的红军东征的主张。

毛泽东请林育英以他特殊的身份,做与红四方面军的团结工作。林育英专门致电张国焘,特别表示:"党内争论,目前不应弄得太尖锐,因为目前的问题是一致反对敌人,党可有争论,对外则应一致。"

一九三五年十二月三十日,朱德致电林育英,提出了"应取密切联系"的请求:

毛、彭、李、林、聂并转林育英同志:

A. 育英同志电悉,我处与一、三军团应取密切联系,实万分需要,尤其是对敌与互相情报即时建立。

B. 薛纵队调川,胡宗南部到青,亦向川中开进,钟林松旅开徐州。

C. 你处敌情近况望告。

朱德

一九三六年一月一日陕北大雪。

毛泽东在给朱德的回电中指出:"本应交换情报,但对反党而接受敌人宣传之分子实不放心,今接来电,当就所知随时电告……我处不但对北方局、上海局已发生联系,对国际亦有发生联系,这是大胜利。兄处发展方针须随时报告中央得到批准,即对党内过去争论可待国际及七大解决,但组织上不可逾越轨道致自弃于党……"

五天之后,张国焘给林育英发去电报,在"一切服从共产国际的指示"的前提下,以怒不可遏的口气开列出中央的"机会主义"表现:"将五次'围剿'估计为决定胜负的战争,在受一挫折的条件下,必然成为失败主义的严重右倾……防御路线代替进攻路线……机械地了解巩固根据地,因此不能学习四次'围剿'在鄂豫皖红军在强大敌力压迫下退出苏区的教训……'忽视川陕苏区和整个川、陕、甘的革命局势'……一、四方面军会合后,放弃向南发展,惧怕反攻敌人"……张国焘表示这些"一贯机会主义路线,若不揭发,就不能成为列宁主义的党"。

一月十三日,中央负责人张闻天致电张国焘:

> 我们间的政治原则上争论,可待将来作最后的解决,但别立中央妨碍统一,徒为敌人所快,决非革命之利。此间对兄错误,未作任何组织结论,诚以兄是党与中国革命领导者之一,党应以慎重态度处之。但对兄之政治上错误,不能缄默。不日有电致兄,根本用意是望兄改正,使四方面军进入正轨。兄之临时中央,望自动取消。否则长此下去,不但全党不以为然,即国际亦必不以为然。尚祈三思为幸。

张国焘认为,无论从历史渊源上还是从个人感情上,他和林育英的关系都不一般,他们曾在汉阳钢铁厂一起从事工人运动,他们还都属于从莫斯科回来的共产党人,而毛泽东和林育英过去从不认识。因此,张国焘甚至怀疑林育英在陕北受到了某种"胁迫"。他打电报询问林育英:"是否允许你来电自由?"并要求林育英:"望告陕北同志,自动取消中央名义。"

一九三六年一月二十四日,这一天是中国农历春节的大年初一,张国焘最担心的事情发生了。

国焘、朱德二同志:

> 甲、共产国际完全同意于中国党中央的政治路线,并认为中国党在共产国际队伍中,除联共外是属于第一位。中国革命已成为世界革命伟大因素,中国红军在世界上有很高的地

位,中央红军的万里长征是胜利了。

　　乙、兄处可即成立西南局,直属代表团。兄等对中央的原则上争论可提交国际解决。

林育英
二十四日

　　林育英的这封电报明确告知张国焘,共产国际的"裁定"是:张国焘不能自称"中央",而只能是"西南局"。只是,共产国际给张国焘留下的"台阶"是:西南局直属共产国际中国共产党代表团。

　　接到林育英的电报,张国焘仍不甘心,三天后致电林育英和张闻天,主张以共产国际代表团暂代中共中央,而将中共中央改为西北局,与他的西南局"平级",共同接受共产国际的领导。因为愤怒以及无奈,张国焘提出了一系列的质问:"究竟在六次大会后为何发生这许多重大事变?布尔什维克化的进程能否得着更顺利的经历?为何使过去中央和鄂豫皖领导发生隔阂?反五次'围剿'为何应是这样的经历?我们会合后为何发生争执?究竟目下有些什么政治内容?"张国焘似乎并没有期望有谁来回答他这些偏执的问题,因为第二天他的电报虽然是发给"林育英和国际代表团"的,但内容已全是关于红四方面军的军事问题了。

　　一九三六年二月十四日,林育英和张闻天在联名发给张国焘的电报中明确表明:"主力红军可向西北及北方发展",并说这一战略方针曾经"得[到]斯大林同志同意"。

　　张国焘终于决定红四方面军准备北上。

　　乌蒙山,中国云贵高原上山高谷深的荒僻地区。

　　从毕节西撤的红二、红六军团,从安全角度讲,只能进入人烟稀少、气候恶劣、道路崎岖的乌蒙山。

　　当时的敌情是:滇军孙渡部取保守态势,只守云南的边境地区,想把红军逼进四川;川军也不愿意进入贵州追击红军,只在川南和长江沿线布防。因此,国民政府军事委员会四川行营主任顾祝同,利用滇军和川军布防的空隙,集中了万耀煌、樊嵩甫、郝梦龄、李觉、郭汝栋各路纵队,从东、南两个方向向红军压来。

红军到达位于毕节西南方向的野马川,发现继续南进已经不可能,因为国民党军李觉纵队堵在了红军南下的路上。于是红军掉头折向西北,开始向四川境内的金沙江方向行进,计划与追击的国民党军兜一个巨大的圆弧,然后再寻找机会南下进入贵州安顺地区。

一九三六年三月八日,鉴于国民党军樊嵩甫纵队的第二十八师追击的速度极快,已走到川黔边界的红军决定回头打个伏击战。具体部署是:第二军团第四师和第六军团的第十六、第十七师在以则河附近伏击敌第二十八师,第五师至恒底钳制樊嵩甫的第七十九师。

接到战斗命令,部队立即做饭,并且是吃一顿再带一顿,然后星夜出发往回走,奔赴五十里外的伏击地点。第十七师师长吴正卿二月十日牺牲在打鼓新场的战斗中,师参谋长刘转连刚刚接任了师长。第十七师一夜急行军,天亮时分到达以则河伏击地点。红军在阴冷的风中潜伏下来,竟然等了一天一夜。第二天早晨,国民党军第二十八师的先头部队出现了。只是,进入红军伏击圈的敌人很少。刘转连正想着大部队究竟还有多远,别这边一开枪,等于给了后面的敌人部署的时间。这时候,敌人的搜索哨兵已经与红军的警戒哨兵遭遇了。打起来才知道,第二十八师只开来一个步兵连和一个侦察连。三个师的红军没费什么力气就把敌人全部解决了。战斗结束后,红二、红六军团掉头继续北上,他们计划越过川黔边界,在滇东北的镇雄附近摆脱敌人的包围,然后再回身南下进入贵州。

以则河一战,战果没有达到预先的设想,却暴露了红二、红六军团主力的位置。在顾祝同的严令下,各路国民党军纷纷向镇雄方向扑来,将红军合围在一个方圆不到五十公里的包围圈内。樊嵩甫部的四个师在红军的后面紧追不舍,而万耀煌和郝梦龄的部队已经到达镇雄。至十一日早晨,四面的敌人相继进入了战场,负责掩护的红军后卫部队第十七师已经与敌人交火了。红军军团指挥部里充满焦虑不安的气氛，如果不能迅速寻找到缝隙冲出去，就有在镇雄全军覆没的可能。十二日天亮的时候，十一团送来国民党军的两名逃兵，逃兵说万耀煌正率领第十三师经得章坝向镇雄前进。贺龙认为，这可能是一个令红军摆脱重围的战机，于是立即率领第四、第六师向得章坝方向奔袭。上午十一时到达预定位置，第六师马上开辟设伏阵地，阵地还没完全掩饰好，万耀煌部的第三十七旅到了。红军官兵没等命令，所有的武器一齐开始了猛烈射击。同时，第四师在大丫口把万耀煌的指挥机关和担任后卫的第三十八旅拦腰截断了。这一瞬间，突然发动攻击的红军占据着兵力上的多数。左翼，十一团突进了敌人的警戒阵地；右翼，十二团打进了万耀煌的指挥所。正在行进中的国民党军完全失去了控制，万耀煌在一片混乱中只身逃走。

在得章坝战斗中，红二军团第六师十八团政委余秋里身负重伤。当时，十八团负责打万耀煌的后卫部队。团长成本新率领战士一路冲锋，当迎面敌人的机枪横扫过来时，冲在他身边的团政委余秋里下意识地拉了他一把，两颗子弹纵贯了余秋里的左臂，血顺着衣袖把他的左手都染红了。剧烈的疼痛令余秋里面色苍白，但他对站在一旁懊悔不已的成本新说："也就是流几滴血。还好是左边，要是右边就不能打枪了。"

余秋里，江西吉安人，十五岁成为农民赤卫队队长，十七岁加入中国共产党，参加过湘赣根据地历次反"围剿"作战。这个性格沉稳的红军团政委身经百战，但是在得章坝战斗中负伤却令他经历了难以想象的痛苦。部队不断在高山峻岭中跋涉，他的枪伤始终无法得到医治，只能一路用冰不断地敷着以减轻疼痛，疼得实在不可忍受时他就把伤臂浸泡在冷水里。这一年他年仅二十二岁。直到红二、红六军团与红四方面军会合后走出草地到达甘南，医生解开他胳臂上的包扎布，看见伤口已经完全溃烂，五个手指头也完全坏死。那时的余秋里高烧不止，如果再不采取断然措施就可能危及生命。医生找到一把能锯硬东西的锯条,并给余秋里注射了一针从敌人那里缴获来的镇痛剂,然后先用刀刮掉伤口处的腐肉,再用锯条锯掉已经碎了的骨头。当时,红军医生不知道镇痛剂的合理使用剂量,一针下去,余秋里就昏迷了。手术之后很长时间,余秋里侥幸苏醒,醒来的第一句话是:"这是我负伤十个月来睡得最安稳的一觉。"

成本新,湖北石首人,三年后在张云逸的建议下改名"成钧",取"雷霆万钧"的含义。他十九岁参加红军,作战英勇无畏,在短短的几年内多次负伤:一九三一年跟随贺龙在洪湖打游击的时候,他负伤四次,两条腿先后中弹;一九三二年,在与敌人的一次遭遇战中,他的腰部嵌进了弹片;一九三五年,在湖南招头寨战斗中,他一天之内两次负伤,一处在腿上一处在左臂。他对子弹和弹片多次进入他年轻的身体并没有特别在意,倒是向别人描述中弹后的感觉时格外出神入化:"伤处豁地一亮,然后感到疼痛。"好像打仗负伤在他是一件很平常的事,但是在那次腰部负伤之后,他不得不扑到冰冷的河水中,因为他感到了彻骨的疼痛——"就像一柄大砍刀斜劈在身上。"数十年后,在一次生病需要照 X 光时,医生惊讶地发现这位勇敢的军事指挥员的身体里仍残留着那些历史的弹片。

得章坝一战并没有消灭敌人的主力,国民党军的五个纵队在四周构筑起防御工事,随时可能向红军发动最后的攻击。在这个荒无人烟的地区与如此众多的敌人进行决战,对于连续作战已非常疲劳的红军来讲十分不利。

贺龙和萧克告诉红军官兵们:我们疲劳,敌人也疲劳,现在是比意志的时候了,红军最大的优点就是意志无比坚强。我们目前只能用机动的方式,在荒山中与敌人来回兜圈子,把敌人彻底拖垮,把他们拖得晕头转向。为了轻装突围,红军官兵把一切不必要的行李和装备全扔掉了。在选择突围方向的时候,红军采取了迎敌而上的非常手段。趁着黑夜,红军的先头部队在郭汝栋与樊嵩甫两部之间的狭窄缝隙中穿了过去。

　　国民党军各部队似乎感觉到最后的大战近在眼前,他们全都突然沉寂下来,谁也不愿意首先出动与红军交火,以免成为红军决死一战的第一个战斗目标。他们唯一做的事就是派出侦察队,严密监视包围圈里的红军。而他们的侦察队回来报告说:红军正密密麻麻地守在山头上——红军在突围的时候,使用了中国最古老的迷惑敌人的办法,这个办法是中国农民在保护自己的庄稼时使用的——红军在前沿阵地上竖起大量用树枝茅草捆扎的假人。同时,还把一部分红旗故意插在密林深处,让它们在风中时隐时现,这给敌人造成了红军正准备打埋伏的假象。

　　到十四日的上午,红二、红六军团悄悄移出了敌人的包围圈。

　　红军官兵的体力已达到透支的极限,却依旧要在大山中急促地行走。贺龙的脚底裂开一条几寸长的口子,鲜血淋淋,把警卫员看得直害怕。贺龙说:"帮个忙,划根火柴烧一烧。"警卫员以为贺龙要烤火,赶忙要去弄柴火。贺龙说:"哪里去? 用火柴烧我的脚!"警卫员知道军团长的脾气,他命令的事必须坚决执行。但是,连续划了几根火柴,都因为手抖而没划着。贺龙板着脸:"怕什么? 烧!"一根接一根的火柴不断地点燃,皮肉在火苗上被烧得滋滋作响。除了在火苗刚一接触到那条伤口时,贺龙的脚动了一下,直到把那条裂口两边翻起来的肉统统烧焦,他再也没动一下。烧完了,满身大汗的贺龙站起来,把脚放在地上试了试,然后满意地对警卫员说:"这下好了,我还要用这双脚板把敌人拖垮呢。"

　　三月十五日,红二、红六军团到达妈姑附近,部队终于休息了半天。十六日清晨继续出发。红军官兵都惊讶乌蒙山之大,因为他们已经转了几天依然看不见出山的路。当疲惫再次袭来的时候,红军官兵看见小路边压在石头下的字条,上面写着:到了宿营地都要用热水洗脚。大家一下子高兴起来,因为这表示晚上可以住上房子了。晚上真到了一个有房子的地方。官兵们都问自己住在哪里,黑暗中传来管理员的声音:"原来住在哪里还住在哪里。"官兵们先是一愣,细看才明白过来,原以为快要走到天边了,没想又走回到了那个名叫奎香的地方——十几天的行军作战中,他们曾经三次经过这里。

二十二日,红军一路南下,穿过贵州的西北角,到达云南东北部的来宾铺一带。红二、红六军团决定从这里进入川黔交界处的南盘江、北盘江地区,建立根据地。

来宾铺距离滇东要地宣威只有不到二十公里,为了给创建根据地打开局面,也为了得到兵员和物资的补充,红军决定攻打宣威县城。阵地选择在一条小河的两岸,红军埋伏好以后,等来了走出宣威县城的滇军孙渡纵队的预备旅。红六军团首先打响战斗,红二军团负责策应掩护——"激战五小时,枪声之密,胜过除夕爆竹,血肉满地,尸横枕藉。"最后的时刻,红军的两个军团全部投入到正面阻击上,但是滇军孙渡纵队的第五、第七旅到达了战场。二十三日晚,红军撤出了战斗。

滇军第三纵队司令孙渡终于在与红军的作战中获得了一些认识,他对自蒋介石"围剿"红军以来已经转了大半个中国的国民党中央军将领薛岳说:"我军专事进攻,则共军必磨旋打圈,徙移无常,以走我疲,伺机反击;我军专事封锁,则我又因构筑碉堡,旷日持久,徒使共军从容坐大,安然休整,不难一举而突出于封锁线之外。现在我军应利用装备上、数量上的优势,趁共军无根据地可供依托之际,实行外锁内攻同时并举,围堵跟追密切配合,庶使共军处处时时受攻,寝食不遑,动则处处被阻,障碍难行,以免共军随时居于主动,我则常陷于被动地位。"

离开宣威后,红军继续向南,于二十八日转移到川黔交界处的南盘江、北盘江地区。应该说,到达这里的红二、红六军团暂时脱离了危险。因为在乌蒙山里一个月的周旋,已把追击的国民党军拖得疲惫不堪,现在当面的敌人只有滇军距离最近,由于宣威一战过于惨烈,兵力单薄的滇军不敢轻易出击了。

但是,红二、红六军团的领导仍是心事重重。

几天前,红军总部发来电报,希望红二、红六军团在金沙江涨水之前过江,进入云南,经丽江、中甸地区,到四川的西康与红四方面军会合。是否向北踏上漫漫征途，关系到两个军团的未来命运，因此红二、红六军团在回电中详细报告了他们的近况，请求"军委"决定他们下一步的行动：

朱、张

　　电悉。

　　一、我军自离开毕节后，在彝良、镇雄地区直至进滇境之先的不长时期内，因粮困难，气候奇寒，居民房屋稀少，急行军和多半时间露营，故部队有相当疲劳，减员亦颇大。以则河、得章坝及宣威城北战斗，共伤亡千人左右，落伍、开小差总共在二千人左右。唯近日又在恢复疲劳中。

　　二、在目前敌我力量下［即包括敌之樊、万、郝、郭、李、孙等纵队］于滇黔川广大地区内，求得运动战中战胜敌人创立根据地的可能，我们认为还是有的。

　　三、我们渡河技术是很幼稚，但如在第三渡河点［元谋龙街渡口］或最后路线［丽江、中甸一线］通过，在春水未涨之前或不致感受大的困难。

　　四、最近国际和国内事变新发展的情况，我们不能甚明了。及在整个战略上，我军是否应即北进，及一、四方面军将来大举北进后，我军在长江南岸活动是否孤立和困难，均难明确估计。因此，我军究应以此时北进与主力会合，或应留在滇黔川边活动之问题，请军委决定。并上望在一、二天内电告。

　　五、我军于昨日进占盘县，现集结在盘［县］、亦资孔之线。

贺、任、关
三、二十九

第二天，朱德和张国焘回电表示："最好你军在第三渡河点或最后处北进，与我们会合，一同北进。亦可先以到达滇西为目的，我们当尽力策应。"

贺龙和萧克明白了,朱德和张国焘还是希望红二、红六军团北上。红二、红六军团在盘县地区休整了三天,筹备了物资,扩大了几百名新战士,同时进行了政治动员。

两个军团的领导经过慎重讨论,决定放弃建立根据地的计划,北进与红四方面军会合。

从这里出发,史称红二、红六军团"长征的第二阶段"。而实际上,从中国工农红军三军会合的角度讲,红二、红六军团从这里起程,才是开始了真正的长征。因为在这之前,两个军团转战湘黔只有一个目的:在滇黔川边地区建立一个新的红色根据地。

红二、红六军团选择渡过金沙江的渡口,与去年中央红军过江的地点相同,即在滇北元谋县城北面的龙街。由于中央红军已经北渡金沙江与红四方面军会合,红二、红六军团的路线和意图也就没有了任何隐蔽性。龙云立即命令滇军张冲的混成旅从昆明出发,一路向北赶往普渡河铁索桥两岸防堵。同时,命令仍位于滇东的孙渡纵队加快追击速度,配合张冲的混成旅把红军歼灭在普渡河以东地区。

普渡河,红军到达金沙江龙街渡口前必须渡过的一条大河。

三月三十一日,红二、红六军团离开位于黔西与滇东边界上的盘县,在平彝附近冲破滇军的防线,红二军团经沾益、寻甸,红六军团经曲靖、马龙,分为北南两路向普渡河渡口急促前进。

但是,张冲的混成旅先于红军到达了普渡河,而孙渡纵队的前锋也已向西推进到款庄地区,两支滇军对即将到达的红军形成了夹击之势。

滇军在普渡河边摆好了决战的架势。

普渡河一战,决定着红二、红六军团是否能够北渡金沙江。

四月八日,第二军团先头部队第四师到达普渡河铁索桥时,桥上的桥板已经被滇军拆除。第四师的红军官兵趁天未亮,从铁索桥下游不远处涉水过河,然后向滇军混成旅的阻击阵地音翁山发起攻击。战斗激烈进行的时候,红六军团正在赶赴第四师原定的渡河地点,但是部队刚刚走到款庄附近,就遭到孙渡纵队第一、第三旅的阻击。由于滇军抢先占领了有利地形,被拦阻的红六军团处境逐渐不利,只有边战边撤。下午五时,由于红六军团渡河受阻,已经渡过河的第四师面临着独自被截断在普渡河西岸的危险,因此第四师不得不从河西重新渡回东岸,追随着红六军团后撤。

红军从元谋北渡金沙江的路线已被国民党军完全封堵。

两个军团的领导人经过紧急磋商,决定放弃沿着中央红军从元谋北渡金沙江的路线,改从滇西金沙江的上游渡江。这是一个极其大胆的计划,因为要到达金沙江的上游,就意味着红二、红六军团要横穿整个云南中部地区,一直前行到云南西北部的迪庆。而眼下的危机还不是长途跋涉,而是要把包围过来的滇军顶住,给部队改变行进路线争取到足够的调整时间。

九日凌晨,贺龙和任弼时命令红二军团第六师从可郎返回到六甲阻击敌人,以掩护整个部队安全脱离普渡河地区。

接到命令的时候,第六师刚刚到达可郎。贺龙对第六师的红军官兵说:"原路回去阻击敌人,要和敌人抢时间抢地形,什么都不要怕!"

没有战斗动员的时间了,第六师立即由军团的后卫变成了一支独立前行的前锋,而十八团由原来的师后卫成为全师的前锋。

十八团在当地的一个十来岁的孩子的带领下,奔跑了十几公里的路到达石腊坨垭口。这是一个天然的山口,山口两边是林木茂密的山峰。十八团刚到,就看见穿着灰色军装的滇军正从垭口下面的河沟里往上爬。十八团立即展开部队,枪声同时响了起来。

十八团注定要不断地打恶仗。

成本新团长的新搭档是第四师原副师长杨秀山。

滇军龚顺壁旅是一支擅长山地作战的部队。官兵打仗凶悍,火力配备充足,特别是火炮和重机枪的火力十分猛烈。龙云下定决心,要把红二、红六军团彻底歼灭在这里。龙云的决心来自于部下给他提供的一份战场报告,报告说经过宣威来宾铺一战,滇军已经把萧克的军团消灭了,现在与滇军作战的只剩下贺龙的部队了。"一担桶已经打烂了一只,剩下的一只就好打了。"——龙云之所以相信显然有夸大之嫌的战场报告,是因为在滇军与红军发生战斗时,他曾陪同蒋委员长乘飞机在战场上空盘旋,他说自己亲眼看见了滇军勇猛冲锋以及红军的"狼狈逃窜"。而且,战后他还看见了滇军打扫战场时拍回来的照片,不少红军尸体的照片上都标注有"师长"、"团长"的字样。即使按照照片上的数字计算,萧克部队的营以上军官也该死光了。龙云的督练处处长说:"现在贺龙残部只剩下万余人,和我们集结起来的滇军兵力相比,相差二十倍,只要我们把硬干、蛮干和沉着三者结合起来,消灭红军指日可待。"由此,龙云产生了再打上一仗,把这股红军全部消灭在云南境内的想法。龙云仅仅在昆明留下少量的部队,把滇军主力全部调到了滇北,并给部队下达了严厉的战场奖惩令。滇军军官们都跃跃欲试,只有长期与红军周旋作战的孙渡态度消极,他说:"共军真想过去就能够过去。他不在你堵的地方过,折头一转,堵的人不小心反而要吃亏的。即使堵好了又怎么样?他一转起来问题就又多了。不如压迫他们赶快走好了。"滇军上下都说孙渡被红军打怕了,讥讽他胆子小得和老鼠一样。

滇军龚顺壁旅向红军的阵地反复冲锋,曾经一度突入十八团的前沿,双方在前沿展开了近距离的搏斗,红军面临着极其危难的考验。身经百战的十八团政委杨秀山战后回忆道:"敌人好像吃了迷魂药,显得异常顽强和凶狠。在密集的炮火支援下,他们开始了猛烈、持续的进攻。前面的刚被打下去,后面的又冒死往前冲,像大海的波浪,一波接一波地往上翻卷。几个回合之后,终于攻占了六连的部分阵地。"红军的阵地被撕开了口子,滇军不断地往上增援。杨秀山命令二营营长带领两个连包抄到敌人的侧后发起突袭,把失去的阵地夺回来。但是,这两个连在滇军猛烈的火力阻击下伤亡严重,不得不回撤。战斗中,杨秀山驳壳枪里的子弹打光了,他大喊一声叫警卫员拿子弹来,却猛然发现身边没人应声。杨秀山回头一看，警卫员已经倒在血泊里。杨秀山刚想蹲下来给警卫员包扎一下，一颗子弹打过来，把他的左眼眶划开一个大口子。杨秀山的眼睛立即被涌出的鲜血蒙住了。他抹了一把血，想继续指挥战斗，可血还是不断地冒出来。

十八团的战斗打响后，后面的第六师拼命地跑，终于在傍晚时分赶到了战场。十六团在左翼占领了新的阻击阵地，十七团在侧后建起第二道阻击防线。战斗在更大的范围内更猛烈地进行着。红军官兵们的子弹打光了，便一边捡拾敌人丢弃的弹药，一边在阵地前堆起石头和滚木，准备与敌人死拼到底。当滇军再次发起大规模冲锋时，贺龙派来增援的第五师一部突然从滇军的左翼插了进去，滇军的冲击顿时被打乱了。

六甲阻击战，红二军团第六师付出了巨大代价，第六师师长郭鹏、十八团政委杨秀山和参谋长陈刚负伤，十八团三个营长中一人负伤一人阵亡，九个连长中伤亡八个。红军撤出战场的时候，团长成本新命令："烈士的武器一件也不准丢！"结果，包括成本新在内，十八团幸存的官兵每人身上都背满了枪支。

第二天，杨秀山找来卫生队队长，指着自己的左眼说："把这里面的弹片给我取出来。"手术在没有麻药的情况下进行，卫生队队长用一把小刀割开杨秀山的伤口，取出一块很大的弹片。整个手术下来，杨秀山把塞在自己嘴里的一条毛巾都咬烂了。

十日凌晨，红军分成两路突然南下，穿过滇军孙渡部与张冲旅之间的缝隙。第二军团依旧是第六师为先头部队，十八团依旧是第六师的前锋。为了把滇军从红军的周围调向昆明，贺龙采取了与中央红军一样的策略：佯攻龙云必救不可的昆明。第六师派出的小部队当日抵达昆明附近，夺取了距昆明仅二十公里的富民县城。当晚，红二、红六军团主力快速南下，全部到达富民县境内。这时候，昆明城内只有滇军的四个团。龙云一面急令张冲和孙渡火速返回昆明，一面把军校学生部署在了昆明城墙上。当北面的滇军开始回救昆明的时候，红二、红六军团突然向西去了。

十七日,红二、红六军团逼近滇西,贺龙、任弼时和关向应致电朱德、张国焘,请求红四方面军前出接应:

朱、张:

(一)我们决采鹤庆、丽江、中甸路线前进。现我们已抵镇南、姚安之线,估计快则十天,迟则两星期可赶到金沙江边。

(二)查丽江附近之金江多系岩河,仅有一座铁索桥,船只少,敌必守桥、封船。我们造船无把握[因行进中无时间试造],敌人[特别是滇敌]尾后跟进,靠我们渡河技术将感重大困难。

(三)据此,我们要求军委令罗炳辉军迳开金沙江之渡河点,占领铁索桥北岸,掩护我军安全北渡,且随带具有造船技术和其他架桥器材之工兵,并请计算时日,罗部能于同一时间开抵金沙江边接应。是否可以,望即电告。

贺、任、关

十七日二十四时

二十三日,红二、红六军团到达云南大理地区与丽江地区交界处的鹤庆县城。部队在这里休整了三天。休整同时也有迷惑敌人的意思:因为鹤庆东面的梓里渡口有一座铁索桥。位于滇西的滇军部队正被紧急调往梓里渡口的对岸,而实际上,红军的先头部队早已从鹤庆出发了——红军选择的渡口是北面的石鼓。

蒋介石和龙云从昆明起飞,飞机向着西北方向一直飞到金沙江边,两个人各怀心思看着舷窗外都不说话。龙云接到跟随蒋介石同乘飞机视察前线的邀请时,心里惴惴不安,他不知道蒋介石此举隐藏着什么动机。飞机在险峻的雪山上飞,龙云往下看,突然觉得飞机好像飞出了云南省界,于是愈加慌乱起来。他害怕蒋介石像对付贵州的王家烈一样,把他弄到远离云南的某个地方,然后宣布南京政府接管了云南。但是,还好——当看见蒋介石让飞行员把他的亲笔信给地面的滇军投下去时,龙云放心了——至少飞机还在云南的上空。飞机盘旋了几圈之后,龙云打起哈欠,他的鸦片烟瘾犯了。不吸鸦片的蒋介石弄不清龙云为什么不舒服,以为他乘坐飞机难受,于是热情地用一只吹风机给龙云吹脑袋,说这样一吹就不晕了,龙云虽不敢说什么却更加烦躁了。

二十五日,红军先头部队迅速而秘密地抵达金沙江边的石鼓渡口。这是金沙江上游的重要渡口之一,是通往康藏地区的重要门户,位于长江上游的大拐弯处。石鼓小镇坐落在玉龙雪山西麓的半山上,土木结构的民居顺着山势层叠。这里的敌情是:民团头目汪家鼎已经把所有船只撤到北岸,民团就散布在北岸的山坡上。赶到石鼓的红军只找到一条船,于是动员船工和民工赶扎竹筏和木排。同时,一部分官兵用唯一的这条船先渡到江北。上了金沙江北岸,红军官兵立即开始沿江搜索,那些民团早已跑得无影无踪了。

第二天,红军大部队到达石鼓,控制了从石鼓到上游巨甸百余里的两岸滩头。红军聚集在金沙江南岸,为了征集船只,贺龙给丽江石鼓区鲁桥乡的开明绅士王赞贤先生写去一封信。这封措辞文雅而又古旧的信件,被王先生的子孙们保存了很长时间:

> 赞贤先生大鉴:
>
> 　此次大军道经贵地,因事先未遣派员拜谒左右,以致有惊台端。兹为冰释,万希请勿疑惧。闻贵地渡河船筏,一律隐藏东岸,此诚不幸之至,字到请阁下将渡河船筏并派人驶来,以便大军北渡。事竣当给重重劳金,决不至误。
>
> 　　　　　　　　　　　　　　　第三路军总司令贺龙
> 　　　　　　　　　　　　　　　　阴历三月初五

自四月二十五日开始,红二军团先后在石鼓附近开设出五个渡口,依靠征集来的六只木船和一批竹筏、木排,动员了当地的二十八位船工,往返于金沙江两岸;红六军团在上游的巨甸征集到七条木船,数十名船工不分昼夜地来回运送红军。船只小坐不了多少人，就有红军官兵在船后用绳子拖上一根大木头，然后他们抱着木头漂过去。至二十八日，红二、红六军团一万七千多人马全部渡过了金沙江。

龙云无言以对蒋介石。

蒋介石对龙云甩下的一句话是："兵无常守！"

此时国民党军十分清楚红二、红六军团马上就要与红四方面军会合，但无奈各路部队都已被长时间的追击弄得疲惫不堪，加之实在无法忍受藏区的高原气候以及物资匮乏，于是无论是滇军还是国民党中央军都在金沙江边停了下来。

渡过金沙江的红军继续向北，迎面是连绵的大雪山。

哈巴雪山海拔五千多米。来自湖南、湖北、贵州等地的红军第一次感受到翻越雪山的艰难。从山脚到山顶，哈巴雪山在金沙江边直入云霄，从闷热的峡谷底端到寒冷的雪线以上，红军官兵还都穿着单衣，干部们急忙喊："把背包打开！把被子披上！"巨大的"之"字行队伍在雪山上显得格外渺小，随着海拔的升高，红军长长的攀登队伍明显缓慢下来。接近山顶的时候，风狂雪暴，贺龙不断地说："不准停下来！不准坐下！赶快走！"因为绝不能在雪山上过夜，红军那天走了十几个小时。萧克说："上下山一百五十多里。"

红二、红六军团对翻越哈巴雪山写有行军总结报告：

> 我们渡过金沙江向中甸前进，中部经过一个很大的雪山，这是事先不很清楚的，因此未曾有充分的政治动员和准备工作，结果有的在雪山上停止休息和吃雪水以致死亡近百。自百松到茨乌，走错了路，过了一雪山死亡亦数十，由东南又多过一雪山，四师当时因前面被番民破坏道路阻碍我军部队走不动，后面部队仍在山上，突然天变下大雪，冻死四十人，十三团亦因前面队伍走不动停止被冻死者近三十人，六师亦死亡数十……

五月三日,红二、红六军团到达云南中甸。

中甸——香格里拉。

到达中甸地区的红二、红六军团,最大的愿望是尽快与红四方面军会合。

四月,张国焘在军事和政治的双重压力下决定北上。

红四方面军在川军连续不断的攻击下,数万人的队伍第三次翻越大雪山,陆续撤退到甘孜一带,并在这片更偏远更荒凉的地方停留下来——红四方面军之前没想在这里停留,但是红二、红六军团已经北上,他们必须停下来等待接应。

红四方面军进行了整编。整编后的建制是:

总指挥徐向前,政治委员陈昌浩,副总指挥王树声,参谋长李特,政治部主任周纯全,政治部副主任李卓然;

第四军军长陈再道,政治委员王建安,参谋长陈伯钧,政治部主任刘志坚,下辖第十师、第十一师、第十二师、独立师;

第九军军长孙玉清,政治委员陈海松,参谋长陈伯稚,政治部主任曾日三,下辖第二十五师、第二十六师、第二十七师、教导师;

第三十军军长程世才,政治委员李先念,参谋长黄鹄显,政治部主任李天焕,下辖第八十八师、第八十九师;

第三十一军军长王树声,政治委员詹才芳,参谋长李聚奎,政治部主任朱良才,下辖第九十一师、第九十三师;

第五军军长董振堂,政治委员黄超,副军长罗南辉,参谋长李屏仁,政治部主任杨克明,下辖第十三师[原第五军团部队]、第十五师;

第三十二军军长罗炳辉,政治委员李干辉,下辖第九十四师、第九十六师。

方面军直辖:

妇女独立团,团长张秋琴;

骑兵师,师长许世友;

四川抗日义勇军,总指挥王维舟;

金川省军区,司令员倪志亮,政治委员邵式平,下辖独立师、独立二师。

红军大学,校长刘伯承,政治委员何畏,参谋长张宗逊,政治部主任王新亭。

方面军共计六个军四万余人。

红四方面军派出第三十二军和第四军的一部,一直南下到大雪山以西的雅江地区,与驻守在那里的国民党军第十六军李韫珩的部队对峙,以保证正在北进的红二、红六军团右翼的安全。

随着两军逐渐接近,电报往来开始频繁。

五月八日,已从云南中甸进入四川西康地区的红二、红六军团致电朱德、张国焘:

朱、张:

甲、至中甸两军团人员武器统计如下:

1.二军团九九九五人,长短枪共四八六七支。

2.六军团五九九八人,长短枪二九八五支。

乙、合计人一五九九三、枪七八五二,另山炮两门、迫击炮四门。

贺、任、关

五、八

红四方面军的回电尽显红军之情谊:

贺、任、关:

甲、蒋贼令刘文辉、唐式遵、邓[邓锡侯]部推进大金川东岸筑碉封锁我。薛岳部在炉[炉霍]、康[康定]、雅[雅江]线。樊[樊嵩甫]、郭[郭汝栋]、孙[孙渡]等纵在金沙江、雅砻江封锁。刘湘以一部驻大渡河。杨森、李家钰驻西昌、会理。敌企图封锁我于现地区,待我出而击我。

乙、你们依沿路粮食情形可缓进,多休息,深入卫生运动,免减员。部队被服补充情形盼告,沿路须搜集羊皮、羊毛、木子布,速补充棉衣。因北来天较寒,伏天需要冬衣,同时须节省经济物质,有做长期艰苦斗争之准备。

丙、炳辉军前占理化南之摩拉[木拉],约今可占理化。

丁、六军在定乡[乡城]如粮食足,可休息十天以上,并查明乡城通义敦和理化两路线、粮房电告。

戊、此间存有盐待补充你们,已动员全体指战员准备物质拥护你们,现已集中一部,但你们须注意沿路补充,随时均需带冬衣。

朱、张

五、十七

甘孜是中国西部最荒僻的地区之一。

这里的藏人被称为"康巴人"。由于历史上备受清兵的袭扰和镇压,因此普遍存在着敌视汉人的心理。红军到达这里后,不进喇嘛寺庙,尊重藏民的风俗习惯,严格执行群众纪律,为贫苦藏民送粮治病,结果甘孜的藏民都管红军叫"新汉人"。对那些袭击红军的藏族土司武装,红军往往是出兵将他们三面围住,攻而不打,留出一面让他们逃走。这是方面军政委陈昌浩的主意。

红军还去甘孜县城北面的绒坝岔举行了一个阅兵式,为的是让那些土司看看红军的威风和力量。从绒坝岔回甘孜的路上,第三十军政委李先念遇到一位藏民骑着一匹黄马跑得飞快。李先念赶上去问藏民他这匹黄马换不换。藏民说:"换呀,两匹小母马,换我这一匹。"李先念就让他在警卫班的马里挑,藏民挑了两匹马,乐呵呵地走了。李先念也笑了,他把这匹黄马给了军司号长,因为这个十八岁的小红军行军总是掉在后面。李先念原来以为他不会骑马,谁知小红军说:"我会骑!可我的马不跑只走。"

红军的举动感动了甘孜白利寺的格达活佛,他不但把白利寺的一百三十四石青稞和二十二石豌豆送给红军,还动员白利乡的藏民帮助红军筹集羊毛、帐篷等北上物资。为了让藏民更加了解红军,格达活佛写下了可以传唱的诗歌:

　　云雨出现在天空,
　　红旗布满了大地。
　　未见如此细雨,
　　最后降遍大地。
　　啊!红军,红军!
　　今朝离去,何日再回?

　　幸福的太阳,
　　从高山上升起来了!
　　像乌云一样的痛苦,
　　被丢到山那边去了!
　　你不要以为山高,
　　有翻山的一匹骏马。
　　你不要以为没有人同情我们,
　　有搭救我们的恩人来了!

后来红军离开甘孜的时候,朱德亲自来到白利寺向格达活佛告别。朱德说:"红军至多十年、十五年一定会回来的!"格达活佛在红军走后救治掩护了两百多名被留在甘孜的红军伤员。

尽管滞留在自然环境极其恶劣的地方,官兵们也不曾有过任何灰心与绝望,因为他们始终相信红军胜利的明天定会到来。红军忙着将羊毛捻成毛绳,再用毛绳织成衣服——"不久,全军服装都是各种颜色的毛织品,其中以白色最多"。红军组织了"野菜委员会",在朱德的带领下漫山遍野地寻找可以吃的野草。红军官兵还在甘孜举办了体育比赛和文艺比赛。体育比赛的内容有：两百米赛跑,通过障碍,跳高,跳远等。文艺比赛的内容有：出墙报,团体唱歌,政治演讲——无论如何,一九三六年春天来临的时候,缭绕在中国西部那片广袤而荒凉的土地上的歌声,是人间难以想象的充满希望的天籁之声。

五月五日,红二、红六军团分成两路继续向北前进：红二军团偏西,沿着川藏边界走得荣、巴塘和白玉一线,然后从白玉东进,进入甘孜;红六军团走定乡、稻城、理化和瞻化一线,自南向北穿过甘孜地区的中部到达甘孜县城。从这两条路线上看,红二军团的路途更远更苦。

六月二十二日,红六军团与前来接应的红四方面军第三十二军到达甘孜附近的普玉隆。红军总司令朱德特意从炉霍赶到普玉隆来迎接红六军团的官兵。

八天之后,六月三十日,红二军团到达甘孜北面的绒坝岔,与红四方面军第三十军会合。朱德又从普玉隆赶往绒坝岔,迎接红二军团的官兵。

然后,朱德骑马十几里去甘孜附近的干海子迎接贺龙。

远远地看见贺龙的时候,朱德勒马停住了,泪光闪闪。

一九三六年七月一日,中国工农红军第二、第六军团全部到达甘孜县。

同一天,陕北发来贺电,"以无限的热忱"庆祝红四方面军与红二、红六军团胜利会师。并欢迎两军"继续英勇北进,北出陕甘与一方面军配合以至会合"。这是一封由林育英、张闻天、毛泽东、周恩来、博古、彭德怀、王稼祥、林彪等六十八人署名,并代表红一方面军、陕甘宁人民、苏维埃陕甘宁三省政府等十多个单位"联名致意"的贺电。

七月二日,在甘孜县,举行了庆祝红军两大主力胜利会师联欢大会。参加大会的部队"服装整齐,按高矮站,成四路纵队进入会场"。当年红六军团第十七师战士谭尚维回忆道："两支从未见过面的兄弟部队,经过了千难万险,穿过枪林弹雨,在最困难的时刻会师了。"朱德在会上讲了话。他虽然不像红二、红六军团官兵想象的那样高大,但是这位红军将领"挂着慈祥的微笑,衣着很朴素,上身穿着一件土制褐色毛布上衣,脚上是一双草鞋,十分平易近人,一切都和士兵一样"。朱德说:"我们祝贺你们战胜了雪山,也欢迎你们来与四方面军会合。但是这里不是目的地,我们要继续北上。"联欢会上,红四方面军政治部剧团演出了歌曲《迎亲人》和舞蹈《红军舞》,这让刚刚历尽艰辛与牺牲的红二、红六军团官兵惊奇不已、兴奋不已。贺龙当即说:"咱们也要搞一个剧团!"

只是,无论文艺演出多么美好,也无论会合后的心情多么喜悦,红军官兵明白,他们充满未知艰险的行军还远远没有结束。他们无法想象红军总司令朱德说的那个北方是什么样子——红四方面军官兵告诉红二、红六军团的兄弟,他们曾经走过的那条北上之路山险水急,还有一片处处隐藏着死亡陷阱的茫茫大草地。

第十八章　江山多娇

1936年10月 ·　甘肃会宁

张国焘是这样描述红二、红六军团领导人的：

二方面军的领导人物以任弼时为重心，他留俄回国后，任少共中央书记，一九二七年以拥护共产国际反对陈独秀著称。中共第六次大会时，被选为中央委员，后来升任为政治局委员。他原富有青年气味，经过许多磨炼，已显得相当老成。当时他已蓄起几根胡子，我往常叫他做小弟弟，现在也要笑着叫他做"任胡子"了。贺龙当时亦已经看不出任何土匪气味，简直是一位循规蹈矩的共产军人，一切听由任弼时指挥。萧克将军倒很像个文人，爱发发牢骚，但也不坚持己见。关向应原也是少共的小伙子，这时仍富有青年气味，不遇着大问题，例不轻易发言。

而任弼时、贺龙、萧克和关向应看见张国焘时，都有些吃惊：红四方面军全军只有他一人又白又胖。

张国焘在第三十军第八十八师驻地炉霍，招待红二、红六军团领导人。饭桌上的食物十分丰富，最令人惊奇的是有海味。第八十八师政委郑维山解释说，两个月前消灭了敌人的一个保安团，这些东西是缴获物资的一部分。连同郑维山在内，红军官兵不知道这些干货是什么东西，只是听说价钱十分昂贵，于是就向上级报告了。陈昌浩说："把好东西都保存好，等和二、六军团会合了，要好好招待他们！"

这一瞬间，贺龙和任弼时都很感动。

就在红四方面军与红二、红六军团会合前夕，张国焘被迫宣布取消了他的"中央"。张国焘对红四方面军干部的解释是："我们双方都同时取消中央的名义,中央的职权由驻国际的代表团暂行行使。如大家所知一样,国际的代表团中,负总责的有陈绍禹[王明]同志,还有别的同志,代表代表团而回国的则有林育英同志等。在陕北方面,现在有八个中央委员七个候补委员,我们这边有七个中央委员,三个候补委员,国际代表团大约有二十多个同志,这样陕北方面设中央的北方局,指挥陕北方面的党和红军的工作,此外当然还有白区的上海局、东北局,我们则成立西北局,统统受国际代表团的指挥。"张国焘慷慨激昂地说:"中国的党,因为中国无产阶级的幼稚、斗争环境的复杂与对马克思列宁主义的了解比较少,所以党内引起争论并不是什么奇怪的一件事。共产党的党内争论与国民党完全不同,国民党可以暗杀自己的人,可以用到卑鄙无耻阴谋的手段,但我们决不会如此。在共产党内有时会发生争论,可是我们可以找到团结的方法去共同对付敌人,冷笑的敌人让他们去笑吧,最后会笑的才是真正会笑的!"——原始讲话记录此处有个括弧,括弧里面的三个字是:大鼓掌。

受到"大鼓掌"的张国焘,夜深之时仍然惴惴不安。他不断地给林育英发去电报,表示"赞成此间对一方面军取协商关系,对北方局取横的关系"。

林育英、张闻天、毛泽东、周恩来等在回电中的劝告异常恳切:

> 弟等与国焘同志之间,现在已经没有政治上和战略上的分歧,过去的分歧不必谈。唯一任务是全党、全军团结一致反对日帝与蒋介石。弟等对于兄等及二、四两方面军全体同志之艰苦奋斗表示无限敬意,对于采取北上方针一致欢迎,中央与四方面军的关系可如国焘兄之意暂时采用协商方式。总之为求革命胜利,应改变过去一切不适合的观点与关系,抛弃任何成见,而以和谐团结、努力奋斗为目标,希兄等共鉴之。

张国焘认为,对于陕北来说,最重要的是要让占中国红军兵力绝大多数的红四方面军北上,以与陕北的红一方面军会合。红四方面军和红二、红六军团会合后,总兵力已达到六万,而陕北红军只有一万多人,陕北无论如何不能把这支庞大的红色武装丢下。只是,此刻红四方面军必须动身北上了,这让张国焘感到自己的政治前途充满危机。

朱德与贺龙、任弼时、关向应、萧克和王震分别谈话,详细地介绍了张国焘与中央对立的来龙去脉,还拿出两河口会议和毛儿盖会议的决议请他们一一过目。朱德认为张国焘另立中央"是大错误",但必须注意"争取、团结,促使他一起北上"。朱德还特别叮嘱道:"不要冒火,冒火要分裂。中央在前面,不在这里。"

为了影响红二、红六军团领导人的政治倾向,张国焘提出"开一个党内会议,把有些问题摆到桌面上来谈谈"。但是,这一建议遭到任弼时的反对。留着胡子叼着烟斗的任弼时话说得极其威严:"我们认为目前召开党的会议的条件不成熟。会上谁作报告都不合适,如果有不同意见,结论怎么作? 现在应集中精力投入北上行动。"

私下里,老资格共产党人任弼时与张国焘、朱德、徐向前、陈昌浩、刘伯承、傅钟、李卓然一一进行了交谈,"期望了解过去一、四方面军会合时的党内争论,并努力促成我党的完全团结一致"。徐向前对任弼时说:"中央和毛泽东同志的北上方针是正确的。自己当时没有跟中央走,是不想把四方面军分成两半"。"大敌当前,团结为重,张国焘另立中央,很不应该,党内有分歧可以慢慢谈"。"现在取消了'中央'对团结有利。北进期间,最好不谈往事,免得引起新争端"。晚年的时候,徐向前回忆起此刻的任弼时时说:"他给我的印象冷静、诚恳,对促进党和红军的团结,充满信心。"

一九三六年七月五日,中革军委颁布关于组织红二方面军及其领导人任职的命令:

军委命令:

　　七月五日决以二军、六军、三十二军组织二方面军,并任令贺龙为总指挥兼二军军长,任弼时为政委兼二军政委,萧克

为副总指挥,关向应为副政委,陈伯钧为六军军长,王震为政
委,即分别就职。此令。

朱德、张国焘、周恩来、王稼祥

中国工农红军第二方面军的番号出现了。

命令到达的时候,红二、红四方面军已经离开甘孜开始北上。

之前的六月二十五日,朱德、张国焘致电徐向前,发布北上部署:

徐:[密译]

A、我军拟以松潘、包座之线为出动目标,分三纵队进。

1.董、黄指挥五军、九十一师在丹[丹巴]两团及留绥[绥
靖]各部为右纵队,由绥经梭磨、马河坝、侧格、杂窝、哈龙进,
但到侧格须抽检并与中、左纵队行程调节。

2.你指挥九军、三十一军四个团,四军两个团,红大、总
供、总卫两部由炉[炉霍]、色[色科],四科经诺科、让倘[壤
塘]、三湾、按坝、查理寺、上壤口、毛儿盖进。

3.我们指挥三十军、四军两个团、三十二军、二方面军及
总直各部为左纵队,由甘孜、东谷经日庆、西倾寺、让倘进,其
先头须查报西倾寺或让倘到阿坝路状,再定前进路线。

A、中、左纵队准备在让倘地带补充粮并整理建制及
指挥。

B、已令玉清[孙玉清]两师明寝[二十六]日由炉向色科
进;洪儒[柴洪儒]两团则于建安[王建安]抵益时,即组织转
色科归还建制续进。红大、总供、卫部则随建安后进,二七七
团则断后,望据此指挥中纵先头速占让倘粮食地带为要。

C、我们拟在二方面军先头进。

朱、张

二十五日

按照这一部署,红四方面军由朱德和张国焘指挥一路为左纵队,徐

向前指挥一路为中纵队,董振堂、黄超指挥一路为右纵队,分别从甘孜、炉霍、绥靖出发。红二方面军跟随红四方面军左纵队由甘孜东谷出发。

根据朱德的建议,任弼时跟随红军总部行动,刘伯承跟随红二方面军行动。

这是一支人数多达六万的巨大人流。一年多前,这种规模惊人的移动在中国国土的腹地曾经出现过,那是在中央红军渡过湘江之前,滚滚人流穿行在江西与广东交界处的翠绿山谷间。而这一次,规模巨大的移动发生在中国最荒凉的高原上,那里空气稀薄,人迹罕至,雪山间纵横着纷乱的冰河。

从甘孜到包座,要翻越大雪山,穿越大草地,没有任何物资补充的必经之地至少有七百公里以上。红军出发前做了大量的准备工作,一张羊皮或者一双结实的鞋子是十分必要的,更重要的是干粮。红二方面军官兵对将要走上的路一无所知,而红四方面军中许多官兵已是第三次走这条路了。

红军出发了,队伍平静而有序。

红四方面军新成立的骑兵师,是中国工农红军中第一支正规的骑兵部队,师长许世友为此觉得甚是风光。三千多人马,浩浩荡荡,风尘滚滚,担负在最前面侦察道路和筹集粮食的任务。许世友已经走过两次草地,他知道筹集粮食的重要。骑兵师出发后不久,快到色曲河时,许世友策马登上一块高地,扑面而来的景色让他眼睛一亮:弯曲的河水两岸,草地像毛毯一样,藏民的帐篷散落在河边,一群群牦牛和数不清的白羊如同初夏的繁花。

"好一座大粮仓!"许世友一声令下,三千匹战马朝着色曲河奔驰而去。

通过藏族向导的解释,牧民们知道了停在河边的红军没有任何恶意,只是对他们的粮食和牛羊特别感兴趣。红军出的价钱绝对公平,付钱时不欠分文。牛羊、青稞、豌豆、酥油、奶渣、土豆,凡是可以吃的东西红军都接受。骑兵师用白花花的大洋购买了四百多头牦牛,一千多只羊,还有一些粮食。

尽管对于长途行军的数万红军来说,这些食物可谓杯水车薪,但是终究能给后续部队的官兵带来极大的希望。

半个月之后,红二、红四方面军各路纵队相继到达阿坝地区。

这里是九个月前红四方面军南下川西平原的出发地,想必包括张国焘在内的红四方面军所有官兵重见这片土地时定会心情复杂。

红军再一次进入了松潘大草地。

第九十一师十六岁的小红军谭清林是打旗兵。打旗兵要举着红旗走在连队的最前面,因此谭清林特别留心先头部队留在草地上的毛绒绳,顺着这条弯弯曲曲延伸到草地深处的绳子就不会迷路,也不会掉到泥潭里去。但是,沼泽中的草墩子往往踩上去就会沉下去一截,接着黑水就泛上来了,谭清林脚下的毛绒绳几次都差点没在黑水里。进入大草地的第四天,一场冰雹过后天降大雪,官兵们只有躲在用手撑起的被单下。雪停了,打旗兵伸出头来先看绳子,却发现毛绒绳不见了。连长命令全连排成一路横队,一个草墩一个草墩地找。谭清林急得掉了眼泪,四野茫茫,他的红旗不知道该往哪里打了。没能找到毛绒绳,只好原地等待后续部队。一天又一天过去了,全连只有谭清林还剩有最后一碗炒面,他把这碗炒面倒进炊事班的大锅里,用水搅得稀稀的,让全连官兵每个人都喝了一口。后续部队仍不见踪影,这支掉队的连队必须走了,因为再等只能全都死在这里。有人从泥泞中挖出一种像萝卜一样的东西,咬上去有些甜味,于是大家疯狂地吃起来,吃着吃着就有人开始呕吐。另一种长满刺的灌木上结着豆粒大的红果实,红军官兵尝了,没中毒,于是每当发现这种灌木,大家就不顾一切地跑过去。谭清林又饿又累,走着走着,眼前的草墩一晃,人跟着栽进了泥潭里。那一瞬间,他仍用一只手举着红旗,他想挣扎着爬出来,却是越挣扎陷得越深。卫生员赶快用一根木棍拉他,可是没把他拉出来,自己差点陷进去。后面的官兵看见前面的红旗没了,急忙赶上来。一个大个子战士把自己的被子铺在草地上,再取下身上的两支步枪,十字交叉地横在被子上,然后几个人趴在被子上一起拉,终于把小红军谭清林拉了出来。队伍继续向前走,来到一条河边,暴雨使河水涨得很高,先头部队在河上拉了一根铁丝。谭清林下了河,拉着铁丝往前游,游到河中央的时候,铁丝断了,他抱着红旗被河水冲向了下游。连长骑上一匹马,跟着河里的红旗追,然后连人带马冲进河里,让谭清林抓住马尾巴。连长拼命打马朝河岸冲。"别松手! 坚持住!"官兵们都在岸边喊。喝了一肚子水的谭清林上岸后,呕吐了一会儿,接着,红旗又湿淋淋地竖在队伍前面了。晚上的时候,官兵们围着一堆火,用茶缸煮水喝。一个战士从衣服里像摸宝一样摸出一小块干姜,抠下一些姜末放进谭清林的茶缸:"喝吧,喝了姜水打旗有力气。"喝了热姜水,疲惫的打旗兵和卫生员挤在一起睡了。第二天天亮时,谭清林怎么也起不来,身子与地面冻在一起了。连长使劲地摇晃,把他拉起来。他回过身去拉卫生员,卫生员一动不动,仔细看,与谭清林年龄差不多的卫生员已经死了,身体和结着薄冰的大草地一样冰冷。连队继续出发,连长和指导员都落在了后面,他们还在宿营地一遍又一遍地推推这个喊喊那个,他们总觉得那些官兵没有死,只是太累了,睡得很深。这个连队一百多人,走出草地的时候只剩下不足二十人。

红四方面军副总指挥王树声前两次过草地的时候是指挥员,而这一次他却躺在了担架上。王树声高烧不退,烧得不断地说胡话:"老子枪毙你! 老子枪毙你!"谁也不知道他要枪毙的是哪一个。北上出发前,张国焘找他谈了一次话,原因是"有人反映王树声对张主席有意见"。张国焘开口就问:"我刚到鄂豫皖的时候,你是什么职务?"——一九三一年五月,张国焘到达鄂豫皖根据地任中央分局书记,王树声那时任根据地红四军第十一师副师长兼三十二团团长。张国焘话中有话地对王树声说:"你眼光要放远一点,不能把自己降到一个普通士兵的水平。"当王树声从昏迷中醒来时,发现抬自己的两名战士不见了,一问,警卫员没说话眼圈先红了。王树声说:"把我的马牵来!"他坚持不让战士抬他,可是这位骁勇善战的红军指挥员已经在马背上坐不住了。于是只能他昏迷的时候抬着他,他清醒的时候再把他捆在马背上。红四方面军快出草地的时候,王树声不再说"枪毙你"之类的胡话了。他知道,红军所遭受的所有磨难就要到头了。

小文书邓仕俊因枪伤伤口化脓高烧不止。部队进入大草地后,第二十六师政委杨朝礼安排四个战士抬着他。小文书躺在担架上昏迷了好几天,醒来的时候发现四个抬他的战士只剩下三个了。又走了几天,好容易爬上一座地势稍高一点的山坡,能有一块地方坐下来喘喘气了。一个战士刚坐下来,身子往后一仰说了句:"我不行啦。"然后就死了。剩下的两个战士对邓仕俊说:"我们两个人一定会把你抬出草地!"邓仕俊的伤口实在痛得厉害,打开一看,皮肉已经完全溃烂。两个战士建议烧点热水把伤口洗一洗,于是就去捡柴。邓仕俊躺在担架上远远地看着他们。看着看着,其中一个战士在往回走的时候突然栽倒,倒下的那个地方瞬间就泛起一圈翻着沫的黑水。只剩下最后一个战士了,他烧了热水,给邓仕俊洗伤口。邓仕俊问:"同志,把你的名字告诉我吧。"那个战士说:"我叫刘宏,四川巴中人。"又说:"别担心,我结实得很哩!"小文书邓仕俊说:"刘宏同志,趁着还结实,你先走吧!"刘宏说:"丢下伤病员自己走,算什么红军?"在接下来的日子里,刘宏背着邓仕俊走。因为负重,他越走越慢,直到落在全师的最后。没有任何吃的,连皮带都已经煮了,刘宏实在背不动了,邓仕俊一定要他去赶部队,他对刘宏说:"你赶上了,吃点东西,再回来接我。"刘宏知道快要走出草地了,就把邓仕俊放在一个草坡上,说:"就在这里,别动,我去找人来抬你。"小文书邓仕俊没有在那个草坡上等,他一个人一点一点地爬,当他终于遇到另一支红军队伍时,已经瘦得让所有看见他的官兵都落了泪。邓仕俊被送到第二十六师师部,杨朝礼政委说:"这不是咱们的小文书嘛。"一年以后,杨朝礼政委在战斗中牺牲,邓仕俊听到这个消息的时候大哭了一场。在以后的日子里他总是说:"我的生命不是属于自己的。"

七月七日,红二方面军从甘孜出发。

关向应在日记中记录道:

> 七月七日,六军行军约百里,沿途均无房屋,到大吉岭附近露营。
>
> 七月十三日,六军经点头寺进沟,顺沟而上,翻了两个山,最后一个较高,下山坡很滑,行军约一百二十里到绒玉。
>
> 七月十六日,六军上午出发,沿河而上,下午到玉楼。各部队还是没有找到粮食,全吃野菜。指挥部及二军四师到打盆、大古岭。六师在东谷。因河水涨,需架设浮桥,明日才能续进。
>
> 七月十九日,六军到作木沟露营,大风大雨,接着下大雪雹,部队人员一夜满身通湿,寒冷似湖南三九天气。
>
> 七月二十一日,六军到离阿坝四十里的地方露营,通宵大雨,帐篷大漏,地下很湿,睡不成。
>
> 七月二十二日,六军过一个上下约四十里的横排山。过山时,大雨倾注,狂风折树,非常寒冷。

红二方面军第一次过草地。为了获得过草地的经验,在甘孜时他们曾不断向红四方面军的同志取经,让他们介绍过草地的注意事项以及应对困难的方法措施,甚至把草地里可以吃的野菜形状都一一记了下来。但是,由于红四方面军已经在甘孜驻扎数月,红二方面军能够筹集到的粮食十分有限。

朱德命令红四方面军直属队把所有驮帐篷和行李的牦牛全都留给红二方面军,而从牦牛上卸下来的东西一律由人背着。临出发的时候,朱德嘱咐贺龙:“牦牛的皮、肠子、蹄子,千万不要扔掉,那些东西都是可以吃的。”后来,当红四方面军渡过嘎曲河的时候,朱德又亲自安排在那里设立兵站,留下一批牛羊,以接济后面的红二方面军——嘎曲河,红四方面军第一次北上折返的地方。

红二方面军最后筹到的粮食仅够维持七八天,而根据红四方面军的介绍,通过松潘大草地即使一切顺利也需要十二天。

贺龙把所有可能遇到的困难都列了一遍,但是部队出发不久遇到的危机还是令他吃惊不小。由于奉命跟随红四方面军前进,他们严格地走在红四方面军的行军路线上,这样一来带来一个严重的问题,就是宿营地可以筹集到的粮食全被前面的大部队筹走了。更令人担忧的是,前面大部队的伤病员和掉队人员全被收容到了红二方面军的队伍中,人员的增多使粮食危机更加紧迫,部队很快就出现了因冻饿而减员的现象。贺龙给各师都下了命令:"不管多么难,都不许丢掉伤病员。活着的人只要有一口气,就要抬着他们走。"贺龙把自己剩的一点炒面,给了身负重伤的警卫连连长朱声达。他命令成立一个由党员组成的"试吃组",尝试着吃各种野草,然后把不会引起中毒的野草挑选出来,仅这个工作就牺牲了不少党员。胡子已经长得像乱草的贺龙心急如焚,因为这些红军还是孩子的时候就与他一起出生入死。贺龙把一个倒在路边的战士扶上自己的马,然后对警卫员说:"把他送到军医院去,不许半路让他死了,让军医院给我打个收条回来。"松潘大草地上,那些倒下的红军官兵为了不拖累其他同志,索性拒绝收容。他们用草把自己的脸盖上一动不动,希望走过他们身边的同志以为他们已经死了。收容队很快知道了这个情况,于是他们扒开每一个人脸上的草,只要发现还有一口气,就要抬到担架上。可是他们看见的更多的是已经冰冷的尸体。

由于是后卫部队,红二方面军不断遭到土司武装的袭击。开始的时候,没有与骑兵作战经验的红军伤亡很大,他们没有力气抵挡旋风一样冲过来的马以及从马上劈下来的锋利的刀。但是,很快红军就摸索出了办法,比如坐在地上背靠背围成一个大圆圈,然后射击。最猛烈的袭击发生在方面军总部宿营地。七百多敌人的骑兵从一座小山丘的背后突然冲出来,担任警卫的特务连人少力单,附近的二八八团听到枪声立即赶来增援。这时候,贺龙正在一个小水洼旁钓鱼。红军过了嘎曲

758 · 长 征

河以后,草地里的小水洼很多,贺龙号召大家钓鱼以补充食物。这里是藏区,藏民不吃鱼,因此鱼很多。敌人的子弹从贺龙的头顶上飞过,警卫员跑过来让他隐蔽,贺龙一动不动,直到把一条大鱼拉上岸才站起来说:"我去看看。"贺龙赶回来,看见二八八团一营营长正命令战士们坐下来围拢成一个圆阵,这给土司的骑兵造成了红军投降的假象,当他们毫不迟疑地再次冲过来时,红军的枪一齐响了。贺龙对一营营长说:"打得很好!把这个办法通报给全军!"

进入草地后,红二方面军副总指挥萧克却被另一个突如其来的问题苦恼着:他的夫人蹇先佛就要生孩子了。

蹇先佛是一个刚满二十岁的活泼开朗的女红军。部队到达甘孜的时候,姐姐蹇先任发现妹妹的肚子大了起来。部队北上出发后,蹇先任因为担心一直跟着妹妹行军,她要帮助妹妹渡过女人生产的这道"鬼门关"。只是,蹇先任没有想到,妹妹会在最艰苦的草地生产。草地无边无际无遮无拦,妹妹仰在马背上,血顺着双腿往下流。蹇先任赶快让马停下来,萧克随即拍马赶到了。

那个夜晚风雨交加,茫茫草地中支起了一顶小帐篷。由于漏雨,蹇先任和正在忍受阵痛的妹妹浑身都湿透了。蹇先佛在极度的痛苦中呻吟了一个晚上,第二天天亮的时候,孩子终于生了下来。

蹇先佛抱着孩子躺在担架上。

看见抬担架的战士艰难行进的样子,萧克和蹇先任都把自己的那份干粮省下来给了抬担架的战士。

为了让更多的官兵活着走出大草地,第十八师师长张振坤提出了"交公粮"的建议。所谓"交公粮",就是大家把携带的干粮或者其他可以吃的东西拿出来,然后所有的人平均分配。张振坤向红军官兵强调的理由是:"革命不是一个人能干成功的。"这是草地中最艰苦的时刻,一粒粮食比金子都宝贵。张振坤在地上铺了块雨布,首先把自己的干粮全倒在上面,红军官兵们也都跟着他这样做了。然后,张振坤拿着个小碗叫名字,全师每个官兵都分到了一份。分配的时候,张振坤听见有战士说:"要是能抽上口烟,就不会感到那么饿啦。"张振坤放下小碗骑马走了,一会儿他带回来一小袋子烟叶,说:"这是贺老总交的'公粮',他的烟我要来了一大半。"三十八岁的红军师长张振坤,后来在"皖南事变"中被俘,被国民党当局杀害于上饶集中营。

第六师是红二方面军的后卫,或者可以说,他们是中国工农红军穿越松潘大草地的最后一支队伍——当第六师走出草地的时候,他们从这片苍茫荒凉的土地上带走了最后一个关于生命的不朽故事。

第六师在甘孜筹粮的时间只有一个星期,于是每人只带了仅够两天的干粮。进入松潘大草地后,第六师的队伍越来越庞大,因为他们必须收容前面所有的掉队人员以及伤病员。每到部队宿营的时候,师长贺炳炎都要带着马匹返回去接应再次掉队的官兵。他把躺在地上的战士拉起来,扶上自己的马,然后用他仅有的一只胳膊拉着马缰绳在前边引路。贺炳炎边走边说:"小鬼,坚持一下,出了草地,就有村子了,咱们搞饭吃,吃它个够。"

晚上,天气突变,暴雨夹杂着冰雹。

第六师的后卫十六团在那个晚上竟然冻死了一百七十多人。

第二天早晨天空明朗起来。休息的时候,跟随红二方面军行军的廖承志坐下来开始画画。廖承志原是红四方面军政治部秘书长,在"肃反"扩大化中被撤职"关押"。红二、红四方面军会合后,任弼时把他要了过来。因为有了任弼时的关照,廖承志不但获得充分的自由,而且还担负起大量的宣传工作。红军开大会张贴的马克思和列宁的像都是他画的。他给刘伯承画了一张像,酬劳是一捧青稞;他还给傅钟画了一张,这张画像傅钟一直保存着,画上写着:"11.7.1936,绒玉。"傅钟后来始终记得松潘大草地那个晴朗的早晨:

> 霎时乌云散了,久违的太阳露出火红的圆脸,把灿烂的光洒满草地。走在队伍中的刘伯承总参谋长情不自禁地高呼了一声:"太阳万岁!"……于是长长的行列上空,像有万顷波涛喧嚣一样,连连响起"太阳万岁!""太阳万岁!"的喊声。

　　尽管许多人倒下了，但是在松潘大草地上，红军的队伍逶迤不断，一直向北。

　　国民党军新编第十四师师长鲁大昌最近格外心神不定。几天前他派出去几十名通晓藏语的侦探，至今一个也没回来。前面的部队送来的情报说，红军在这一带派遣了许多侦探，专门侦察岷县附近的驻军兵力，还培训了六十多名当地人作向导。而新编第一军军长邓宝珊的来电更让鲁大昌迷惑不解了："据战俘供称，共军之口号，要爬到最高高原地方，建成一所根据地，请注意。"——"最高高原"是什么地方？目前向腊子口和岷县靠近的这股红军，是要通过，还是要占领这里？

　　看来红军是非来岷县不可了，鲁大昌向全师官兵发布公告：

　　　　查岷县扼洮河之上游，为由川入甘要冲，共军倾巢北窜，以其所经之路线判断，必先争取洮岷作根据地，再图进犯；如果岷县不守，则西北将受动摇，影响国家大局，诚非浅显。彼等此种企图，早经委员长艳［三十日］电指出：消灭共军之计划，第一项须凭借天然险要及原有碉堡，采用攻势防御；第二项应参照过去教训，利用碉堡处处设防，原期封锁严密，但因兵力分散，反使处处薄弱，仍难堵其突围。今后除严密封锁，坚壁清野外，尚须集中兵力于重点；第三项从黄河、洮河经岷县西至临潭，南至旺藏为第一线，以兰州、临洮、岷县为重点。是本师驻防岷县，在防务上所负之责任至重且巨，自应坚定意志，抱与城共存之决心，固守岷县；况本师官兵，半系黄洮之间健儿，对于家山，尤应努力保卫，如有疏虞，不但无以对国家，更何以对地方父老子弟？今共军已入我堂奥，唯有抱定"有我无敌"之决心，与其作殊死战以尽军人之天职。且非如此，难立足以图生存。务期我官兵共坚信念，则众志成城，必固若金汤矣！

鲁大昌发布这个布告的时候,朱德、张国焘和任弼时接到了西北革命军事委员会主席毛泽东,副主席周恩来、彭德怀的电报:

朱、张、任同志:

岷州一带仅鲁大昌部。毛炳文军部及三十四师部在秦安、天水者,须待八月份款到才能西移,先派员赴岷与鲁师联络侦察情况,估计该部到岷当需七天以外。兄处以一部迅占腊子口天险,则进出便利。

毛、周、彭
八月二日

八月五日,到达草地东部包座一线的红二、红四方面军领导在求吉寺召开中共西北局会议。

求吉寺里的每一层台阶上都洒下过红军官兵的热血。一年前的八月,红四方面军年轻的师长王友钧就牺牲在这里的大殿前。开会之前,徐向前专门去寺院东侧的山上,看望了长眠于此的王友钧。那座低矮的坟已被乱草遮盖,徐向前一个人在这片乱草前站了许久,一年以来所经历的一切令他恍如隔世。

求吉寺会议制订了《岷洮西战役计划》,决定集中两个方面军的主力,采取钳形攻势和东西夹击的战术,先机攻占岷县、洮州[临潭]、西固地区,为红军继续北上打开通路。战役部署是:红四方面军第三十军、第九军、第五军为第一纵队,其主力由包座、俄界、旺藏直出哈达铺,攻击岷县,另一部取道白骨寺、爪咱坝相机夺取岷县以南的西固,并向西固以南的武都方向佯动。红四方面军第四军、第三十一军为第二纵队,首先夺取临潭旧城,得手后向位于临潭东北方向的临洮前进,另一部向临潭西北方向的夏河、临夏发展,以确保方面军左翼的安全。红二方面军为第三纵队,北出哈达铺,策应第一、第二纵队的行动。

同日,红四方面军各部队从包座一线开始北进。

这是一个令人振奋的时刻。

去年的这个时候,红一、红四方面军就是在这里分开的。经过近一年的艰苦辗转之后,红四方面军掉头南下的部队重又回来,并且决定沿着北上红军的路线继续前进。红二、红四方面军如果能够迅速冲破当面国民党军的阻截,中国工农红军三大主力的最终会合,数天之内就可以实现。为此,八月一日,朱德、任弼时、张国焘曾致电中央:"我二、四两方面军全体指战员对三个方面军大会合和配合行动,一致兴奋,并准备好了一切,谋西北首先胜利奋斗到底。"

八月三日,中央回电朱德、张国焘、任弼时:

朱、张、任同志:

(甲)接八月一号电,为之欣慰。团结一致,牺牲一切,实现西北抗日新局面的伟大任务,我们的心和你们的心是完全一致的。

(乙)我们已将你们的来电通知全苏区红军,并号召他们以热烈的同志精神,准备一切条件欢迎你们,达到三个方面军的大会合。

(丙)军事情况,由此间军委随时电告你们。

(丁)国际来电除前次一电已照转外,尚未继续对二、四方面军单独指示的电报,以后接到当照转你们。昨日来电我们已原文转告国际。

英、洛、恩、泽、博
八月三日

八月九日,红四方面军第一纵队先头部队第三十军第八十八师接近了天堑腊子口。

在腊子口防守的是鲁大昌部的一个营。从防御兵力上看,去年鲁大昌将两个旅放在了这里,而攻击的红军仅仅是一个团;现在,鲁大昌仅仅放了一个营,而攻击的红军却是整整一个师。战斗并不激烈,第八十八师一个冲击,就把鲁大昌的这个营赶回了岷县县城——鲁大昌轻易放弃腊子口的举动,引起了红四方面军领导人的警觉。

红四方面军妇女团一营一连负责护送方面军五百多名伤病员通过隘口。

袭击红军伤病员的不是鲁大昌的部队,而是土司的骑兵。

骑兵突然出现,马蹄如风,一路砍杀过来。

那时,红军伤病员正在通过腊子口间的那座小木桥。

连长向翠华带领一个排在前边开路。

指导员刘桂兰带领一个排在伤病员的两侧掩护。

副连长谭怀明带领剩余的战士迎击土司的骑兵。

谭怀明是个面容清秀的姑娘。她背着钢刀,举着步枪,面对即将冲到跟前的敌人,脸色由于紧张和冲动而涨得通红。她对战士们说:“现在伤病员正在过桥,咱们就是死在这里,也不能让一个敌人接近。”

土司的骑兵也看清楚了,阻挡在他们面前的是一群女子。

狂暴的马队一下子就冲乱了妇女连的阻击线。

枪声、砍杀声和咒骂声顿时混杂在一起。由于敌人骑在马上,年轻的女红军都站立着射击。那些被击中的骑兵纷纷落马,女红军的大刀接着就砍了下去。受伤的马匹恐惧地嘶鸣着,在狭窄的山谷中狂奔,而剽悍的土司骑兵与身体单薄的红军女战士扭打成一团。双方都使用了大刀,土司骑兵的马刀刀面窄而长,砍得女红军血肉飞溅;女红军的刀宽而厚重,砍得敌人血肉模糊。谭怀明光洁的额头被砍出一道口子,伤口即刻翻卷起来,血汹涌而出。那把马刀在她眼前寒光一闪之后,她的大刀也砍了下去,土司的骑兵栽倒了。混战进行到最残酷时,连长和指导员都赶了过来。连长向翠华很快就牺牲了,敌人从她的身后袭来,马刀砍在她的头上,向翠华的黑发混在鲜红的血沫里飞扬起来,然后飘落在布满尸体的战场上。指导员刘桂兰也倒在了血泊中。最后的时刻,满脸鲜血的谭怀明喊:“同志们!敌人已经支持不住了!杀死他们呀!”谭怀明即刻成了土司骑兵攻击的主要目标,她被几名骑兵死死围住,前胸、肩膀都已被砍伤,最后,敌人的两把马刀斜着劈下来,她的左肋骨被砍断了——生在江南的女红军谭怀明,倒在了中国西北苍凉的大山里,两眼直直地望向腊子口上那一线淡青色的天空。

红四方面军妇女团一营一连,全连近百名官兵,七十多人阵亡于腊子口。

红四方面军大部队通过腊子口后,相继占领大草滩和哈达铺,击溃鲁大昌部三个团的阻击,扫清了岷县外围据点,包围了岷县县城。

红四方面军领导的警觉得到了证实:鲁大昌决心不惜一切代价死守岷县县城。

就在红军在求吉寺开会研究攻打岷县的那天,鲁大昌也主持了一个军事会议研究岷县防御。除了加强岷县最重要的屏障二郎山的阻击工事外,鲁大昌还特别强调了县城里的粮食储备。会后,鲁大昌清点了防守城池必需的炸弹和炮弹数量:炸弹十万发,迫击炮弹一万多发。鲁大昌还要求岷县县长和各乡乡长配合城防司令部清查户口,"以防共探潜伏"。会后没几天,鲁大昌就接到自哈达铺一线往北各要点被红军占领的战报。最后,当在岷县外围阻击红军的伤员被抬进县城的时候,引起了县城守军的巨大恐慌。

八月十四日晚六时,风狂雨暴,红军对岷县县城以及外围要地二郎山发起攻击。

整整一个晚上,红军以一个团的兵力反复攻击二郎山阵地。防守山顶大碉堡的王咸一的一个团几乎伤亡殆尽。天蒙蒙亮的时候,碉堡里只剩下一个排的官兵在苦撑着,他们已经没有弹药了。红军利用云梯攀上大碉堡,在碉堡的顶上与敌人展开白刃战,眼看着碉堡即将陷落,鲁大昌派来的蒋汉城旅到了。冲在最前面的是杨伯达营,全营每人手持两把驳壳枪,左右射击,火力猛烈,从山脚一直冲到碉堡下面。最后红军退去,杨伯达营包括营长和连长在内全部负伤,排长伤亡一半,士兵伤亡了三分之一。

鲁大昌分析战场形势后,感到了问题的严重:二郎山需要继续增加兵力,但是他的新编十四师已经无兵可调。他立即给兰州绥靖公署打电报请求增援:"敌众我寡,防阔兵单,数日以来,后续共军越来越多。职部以寡敌众,颇多伤亡,总不惜孤注一掷,究无裨国家之寸土,恳请速令就近部队,来岷协防,借固吾围。"鲁大昌的电报发出后不久,蒋介石亲自回电了:"已派队应援并补给,希督励所部杀贼,勇建殊勋。"跟着,张学良的电报也到了:"攻岷县与陇西之共军,系敌三十军之第八十八、八十九两师,九军之第二十五、二十六、二十七三师。敌五军现围攻岷县,其口号为消灭在甘之中央军。现毛[毛炳文]军增援,虽被敌牵制,而周[周浑元]师北开援军,计日可达,万望沉着应战,以竟全功。"——两个大人物亲自打来电报,鲁大昌有点受宠若惊,立即上街去巡查城防。

到了傍晚,还是昨天的那个时辰,狂风又起,红军以主力攻击二郎山,以另一部攻击岷县县城,致使鲁大昌的部队终"不能彼此兼顾"。午夜十二时,二郎山阵地被红军突破。鲁大昌焦急万分,命令梁应奎旅和蒋汉城旅立即组织敢死队,由两个旅长亲自率领,由县城的小南门冲出去,直奔距离城门一公里的二郎山阻击阵地,同时命令迫击炮和机枪集中火力掩护。凌晨四点,消息传来,二郎山阵地保住了,但是官兵伤亡巨大,九个步兵连中七个连长生死不明,一个团的兵力只剩下四百人。

而在二郎山阵地前的战壕里,红军官兵的尸体已有千余。

十六日,国民党军的飞机往岷县县城内空投了大量的子弹、炮弹和粮食。但是在晚上的战斗中,红军的攻势更加凶猛,整整一夜轮番进攻,不曾有过一刻停止。鲁大昌的二郎山阵地虽没丢失,可阵地与县城的联络中断了。十七日清晨,红军的一部开始攻进县城南关,鲁大昌命令城墙上的两个团用机枪掩护,然后动用预备队进行反击,双方在南关的街巷中用大刀、刺刀和手榴弹战斗。两个小时后,红军撤走了。为防止红军再度攻城,鲁大昌下令把南关一带的民房全部拆除,限居民五个小时内一律搬走。同时还决定,放弃岷县外的一切阵地,死守二郎山和县城。最后,鲁大昌把开战以来唯一允许军民通行的北门也彻底封闭了，"以示全城军民破釜沉舟之决心"。这一天，鲁大昌还发放了赏金：
"以团为单位，凡能固守二郎山三天三夜者，各赏现洋四千元。"

可是，到了十八日凌晨的时候，县城的东、西城门都显现出危机，红
军的攻击部队逐步逼近。鲁大昌严令部队不准撤退，而且要立即组织
反击。反击的敌人与红军警戒哨接触的时候，占领了县城边缘的红军
大部队正在做饭，饭锅里煮着黄米粥、炖着牛肉。双方即刻在锅前开始
了肉搏战。红军撤离之后，有报告送到鲁大昌面前，报告说：进攻岷县
县城的红军部队，"全系第九军之教导营和工兵营，官兵年龄半系十三
至二十一岁之间"。

蒋介石再一次亲自致电鲁大昌："该师应鼓励士气，凭城固守。中
正已派飞机三架，增援接济，望勿顾虑。"

鲁大昌接到侦察情报，说红军正在城外广泛征集木头、柴草、木板，
制造攻城的云梯，扬言"不把县城攻破决不罢休"。果然，二十二日晚
上，红军动用了一百多架云梯，开始了前仆后继的攻城。红军的攻击整
整持续三天，双方在城墙两侧形成了残酷持久的拉锯战。

《陆军新编第十四师战斗详报》：

> 一、上午九时，梁［梁应奎］旅长报告：昨夜十二时十分，
> 匪在后所利用故城墙隐蔽演说：中国现在国家存亡关头，全国
> 统一抗日救国，非红军不能引导。我守兵向之射击，而演说者
> 如故，且数人更换；约二时余，大呼赤军万岁而罢。早间在城
> 壕内拾来印刷品多件，皆告将士书及标语数十条。

> 二、上午九时，王［王咸一］团长报告：昨夜十二时，匪在
> 阵地附近隐蔽处演说或唱歌或射击或吹号，至三时始止。

红四方面军攻击岷县的战斗持续了五十天。

最后，红军前沿部队指挥员不断给鲁大昌写信"商洽停止战事"。
鲁大昌派人与红军方面接洽，提出"只要不再攻城，不占岷县地盘，愿
意走哪条路就走哪条路"。红军给鲁大昌写去一封回信，提出了停止

战斗和交换战俘等建议,但是对"不占岷县地盘"一事只字未提。

事实是,红军确有占据甘南的意图,不然决不会付出如此代价来攻击一个县城。

一九三六年二月二十日,红一方面军东渡黄河,发起东征战役,攻占了山西西南部的广大地区。国民党中央军的八个师又两个旅以及阎锡山晋军的四路纵队,于三月下旬开始了对东征红军的大规模"进剿"。

五月五日,毛泽东和朱德联名发出《停战议和一致抗日通电》。通电指出:"中国人民红军抗日先锋军,本意集中全力消灭蒋氏拦阻抗日去路的部队,以达到对日直接作战之目的,但苏维埃中央政府与红军革命军事委员会,一再考虑,认为国难当前,双方决战,不论胜负属谁,都是中国国防力量的损失,而为日本帝国主义所称快。且在蒋介石阎锡山两氏的部队中,不少愿意停止内战一致抗日的爱国军人目前接受两氏的命令拦阻红军抗日去路,实系违反自己良心的举动。因此,苏维埃中央政府与红军革命军事委员会,为了保存国防实力以便利于迅速执行抗日战争,为了坚决履行我们屡次向国人宣言停止内战、一致抗日的主张,为了促进蒋介石氏及其部下爱国军人们的最后觉悟,故虽在山西取得了许多胜利,然仍将人民抗日先锋军撤回黄河西岸,以此行动,向南京政府全国海陆空军、全国人民表示诚意,我们愿意在一个月内与所有一切进攻抗日红军的武装队伍实行停战议和,以达到一致抗日的目的。"《停战议和一致抗日通电》发布的这天,红一方面军东征部队全部西渡黄河返回到陕北苏区。——一九三六年初,中国国情的变化使中国共产党人面临着需要极大智慧的政治抉择。

四月九日,在延安城边降落下一架飞机,从飞机上走下来的是身穿飞行服的张学良。

张学良驾机在延安降落,是中国当代史上一个重大事件。

迎接张学良的是中国共产党人周恩来。

之前,在红十五军团发起的劳山战斗中,红军俘虏了东北军一个名叫高福源的团长。高福源是北京大学毕业生,抗日情绪十分强烈,并与张学良有着密切的私人关系。被俘期间,他受到红军方面非同寻常的礼遇,在与红军高级将领的接触中,他感受到了共产党人抗日的决心。高福源对彭德怀说,东北军普遍希望打回东北去,关键是张学良的态度,如果让张学良了解红军的政治立场,他就有可能与红军合作。彭德怀当即建议高福源回去做张学良的工作。

回到洛川的高福源与张学良谈了一个晚上。

天亮的时候,张学良说:"你谈得很好,我基本上同意。你休息一下就回去,请红军方面派个代表来,我们正式谈一谈。"

高福源立即回到瓦窑堡,当面向毛泽东和周恩来作了汇报。中共中央立即指派李克农前去洛川会见张学良。从此,红军与东北军的谈判通道打开了。在与李克农的交谈中,张学良表示愿意为建立抗日民族统一战线出力,并赞成中国共产党人提出的建立"国防政府"与"抗日联军"的主张。张学良说:"内战不停止,很难造成抗日之局势,从前我认为非先统一则不能抗日,现在我认为非抗日不能统一。"

四月九日,周恩来和张学良在延安城里的交谈进行了一个晚上。张学良承认红军的抗日是真诚的,承认"剿共"与抗日不能并存。他对蒋介石的民族情绪和领导能力表示了认同,但又对蒋介石身边有许多的亲日派感到担忧。张学良坦率地表示,现在中国的武装力量几乎全部掌握在蒋介石手里,蒋介石是有抗日的可能的,因此要实现中国全国的抗日必须联蒋。而如果蒋介石真对日本投降,他就辞职另起炉灶单独抗日。最后,张学良建议,他在里面劝,共产党在外面逼,促使蒋介石走上全面抗日的道路。

周恩来还对陕西实力派军阀杨虎城进行了耐心的工作。杨虎城时任国民党军第十七路军总指挥和国民政府西安绥靖主任,他十分赞同共产党人提出的抗日民族统一战线的主张。在与张学良秘密取得一致的看法后,他的陕军也与红军方面达成了取消经济封锁和互不侵犯的协定。

从一九三六年五月开始，陕北苏区的周边呈现出一种奇特的现象：红军与国民党东北军和西北军之间默契地形成了相对平和的关系。虽然张学良必须执行蒋介石的"围剿"作战命令，但是双方的战斗已经逐渐减少；即使前面偶尔发生了摩擦性的战斗，后方集市上双方的采购人员仍然互相打着招呼。红军剧团还可以去白区演出，台下坐着的国民党军无比惊奇，当红军剧团演出话剧《亡国恨》的时候，台下的东北军官兵哭声一片。

陕北苏区获得了相对的安全。

八月十日，在中共中央政治局扩大会议上，毛泽东说：蒋介石在国内外的压力下，开始倾向全国统一的抗日战线了。我们愿意和南京谈判，应该承认南京是一种民族运动的大力量。我们可以承认统一指挥、统一编制，但是国民党一定要停止"剿共"，一定要实行真正的抗日。会议决定以公开宣言的方式表明共产党人的抗日立场。八月二十五日，《中国共产党致中国国民党书》发表，中国共产党声明，愿意与中国国民党"结成一个坚固的革命的统一战线"，以"实行大规模的抗日战争"——这是中国共产党人在民族危亡之际政治态度的巨大转变，这一转变符合中华民族的根本利益，即捍卫民族的生存与国土的完整。

八月九日，中共中央向张学良提出，与东北军联合占领以兰州为中心的战略枢纽地带，从西、北两个方向打通苏联，然后出兵绥远抵御日军的进攻，首先在西北造成抗日的局面。这一建议得到张学良的赞同。因此，当红四方面军开始攻打岷县的时候，中共中央电告朱德、张国焘和任弼时，提出红军有配合东北军打通苏联、巩固内部、出兵绥远的任务。要求红四方面军迅速夺取岷县，以甘肃南部为临时根据地，以求得补充和休整。之后红四方面军以一部出陇西威胁兰州，另一部出夏河威胁青海，以利于红军的三个方面军在甘肃北部会合——红四方面军之所以以巨大的牺牲持续攻击岷县，实际上是为了实现在岷县地区建立临时根据地的军事计划。

在红四方面军第一纵队攻击岷县的同时,第二纵队在第四军军长陈再道的带领下开始向甘南东部的临潭进军。第十一师沿着洮河西行,第十、第十二师和妇女团在占领临潭新城后,沿着大道向临潭旧城急促行进。八月二十日拂晓,红军逼近临潭旧城。这座四面环山的古城有四座城门,其中东、西、南三门有瓮城,瓮城上都筑有碉堡。鲁大昌的新编第十四师在这里驻有一个团的兵力。第十师在师长余家寿的指挥下开始了攻击。红军冲过五米深的城壕,搭起云梯攀爬城墙,很快就把守城的敌人打垮了——原来,驻守在这里的一个团的敌人在红军到来之前只剩下了一个营。

两天之后,敌人开始反击。

奉命夺回古城的是马步芳的警备第一旅的一个加强营。二十四日,第十师在城外设伏,将这个骑兵营包围,随即展开了歼灭战。受到打击的警备旅旅长马彪集中全旅兵力,向红军的阻击阵地发起反复冲击。在城外的西峰山阵地,马步芳凶悍的骑兵旋风一样砍杀过来,混战中红军的子弹用光了,官兵们只有与敌人拼刺刀。敌人的骑兵一度冲入县城,巷战在每一条街道中展开。骑兵闯入狭窄的小巷里显得十分被动,守城的红军在巷内设置了绊马索,挖了陷马坑,然后爬到房顶上向下扔手榴弹。马彪旅长是个亡命徒,骑兵的攻击受挫后,他把银元和烟土统统抬到前沿,亲自提刀督战。在阻击阵地被敌人连续突破数道后,红军抱着成捆的手榴弹前仆后继地与冲上来的敌人同归于尽,直至把敌人的进攻压下去。

至九月七日,在徐向前的指挥下,红四方面军第三十军一部占领漳县,第十二师占领洮州,第八十九师占领渭源,第九十三师占领通渭——至此,红四方面军突破国民党军在四川与甘肃边界设置的封锁线,控制了甘南的一部分地域。

岷洮西战役结束。

红四方面军终于在甘肃南部开辟出一小块可以暂时立足的区域。

在红四方面军之后,红二方面军也相继到达甘南哈达铺一带。

至此,中国工农红军的三个方面军,全部集中在了中国西部的甘肃、陕西与宁夏三省的交界处。世上已经没有任何力量能够阻止中国工农红军三大主力部队的最终会合了。

红四方面军占领通渭县城后,负责警戒的红军哨兵给第三十一军参谋长李聚奎带来一个骑毛驴的老头。见到李聚奎后,老头摘下了胡子,竟是一个十七八岁的少年。少年说他是红一方面军先遣支队派来送信的。信是九月一日写的,藏在少年的鞋底里,信的内容显示:红一方面军先遣支队已到界石铺,离通渭还有两天的路程。

李聚奎万分激动,当即写了回信:

驻界石铺红一方面军先遣支队负责同志:

你们九月一号来信收到,我们早已闻你们到界石铺并闻有来通渭讯,故悬望数日,至今始接来信,不胜欢迎!

亲爱的同志们,主力红军大集西北地区,这无疑的是领导和推动全国革命的中心。

目前甘南敌情,王钧在天水扎县西和一带。最近我军一部占领了威县续向徽县推进。鲁大昌被我军围困于岷城一月有余,毛炳文在陇西城及其附近。我军也有一部监视中。其余如你们所知。

致以

胜利的敬礼。

廿日夜于通渭

直到新中国成立后,李聚奎才知道,写信的人是红一军团第一师政委杨勇——为了接应红二、红四方面军,在红一军团政委聂荣臻的率领下,一支以第一师为主的特别支队,此时已经从陕北南下到甘肃的静宁与会宁之间了。

尽管红军各部队都已经开始书写"为即将实现的伟大会合欢呼雀跃"的标语,但是中国工农红军的危难时刻并没有最后结束。

自一九三四年以来,全国的工农红军分成数支,选择最荒僻的路径,转战上万里的路途,就是为了在这片国土上寻找到一块可以立足的地方。但是,当中国红军各支部队相继到达中国的西部之后,一个巨大的难题始终缠绕着红军的领导们:在广袤而荒凉的中国西部,究竟哪里才是会合之后数万红军可以休养生息的家园?究竟哪里才能让共产党人建起一个符合他们信仰的苏维埃共和国?——这一难题的出现基于一个严峻的现实:面积不大、土地贫瘠、经济落后的陕甘宁苏区很难支撑数万红军的未来。

一九三六年八月二十五日,张闻天、周恩来、博古和毛泽东联名致电中国共产党驻共产国际中国代表团团长王明,探讨中国红军的生存与发展问题。这是一封极具史料价值的电报——

王明同志:绝对保密

　　二、四方面军已经全部集中甘南,整个红军的行动方针,必须早日确定。为着避免与南京冲突,便利同国民党成立反日,为着靠近苏联反对日本截断中苏关系的企图,为着保全现有根据地,红军主力必须占领甘肃西部宁夏绥远一带。我们这一企图除在九月以下三个月中加紧与蒋介石进行谈判,求得在一般基础上要求他承认划出红军所希望的防地外,还须解决一个具体的作战问题,因为我们所希望的地区,为青海、甘西宁夏至绥远一带,这一带的特殊地形条件是为黄河沙漠草地所束缚着的一个狭长地带,而且其中满布着为红军目前技术条件所不能克服的许多坚固的城池堡垒及围寨,即使蒋介石承认红军占领这个地带[这个可能是极大的],但不见得能使这一地带的土著统治者自动地让出其防地[这个可能是很少的]。依红军现时条件如果不取得这一地带,则不可避免地要向现时位置之东南方面发展,但要取得这一地带没有新的技术之及时的援助是很困难的。在时机上进取这一地带仅能利用冬季黄河结冰之时,红军虽能奋勇抵抗最冷的天候,因地冻,也不利于用坑道方法攻城,在坚城面前即使平时坑道法也是不能必克的。但如果苏联方面能答应并且能做到及时地确实地替我们解决飞机大炮两项主要的技术问题,则无论如何困难我们决乘结冰时节以主力西渡接近新疆与外蒙。其部署拟略变前电计划大致可定为:

(甲)以一方面军约一万五千人攻宁夏,其余担任保卫苏区。十二月开始渡河,因宁夏地形狭小不利回旋,城寨甚多守备坚固,估计红军本身只能占领其一部分,主要的多数的城寨非借助从外蒙来之飞机与炮兵没有攻克之把握。如机炮能在十二月下旬或明年一月确实到达宁夏附近则可及时占领宁夏,宁夏占领则陕北与甘北苏区均有保障,如不能及时占领则红军须乘河冰未解之际退回甘北,以后发展方面亦不得不往甘南与陕南。因陕北甘北苏区人口稀少粮食十分困难,非多兵久驻之地,且北不出宁夏,东不出山西,亦无红军活动之余地,故势必向甘南陕南一带发展。然主力向南之后,苏区必被汤恩伯马鸿逵高桂滋高双成等用堡垒主义逐步侵占而化为游击区。目前陕北苏区,即已大为缩小,红军之财政粮食已达十分困难程度,只有占领宁夏才能改变这一情况。

(乙)以四方面军十二月从兰州以南渡河,首先占领青海之若干地方作为根据地,待明年春暖逐步向甘凉肃三州前进,约于夏季达到肃州附近,沿途坚城置之不攻,待从外蒙或新疆到来之技术兵种配合攻取。

(丙)以二方面军位于甘南,成为苏区南陕甘苏区联系。

以上是基于从今冬至明年以占领黄河以西为基本方针之作战计划。如此方针为苏联方面所赞同,则请兄代表红军直接向苏联关系方面谈判许多具体准备之问题,主要的是援助中国之技术兵种组成输送与按时到达,以及到达后使用的问题,因为我们即使得到技术在开始阶段也不善于使用。此方针与准备问题希望早些解决。如果苏联不赞成目前直接援助之方针,而我们与南京之谈判不能及时成立协定,或协定中不能达到使宁夏甘土著统治者自动让防之程度,红军攻取不克,结冰渡河时机又已过去,则我们只好决心作黄河以东之计划,把三个方面军之发展方向放到甘南陕南,川北豫西与鄂西待明年冬天再执行黄河以西的计划。但这种做法我们认为有下列的损失:甲、将被迫放弃现有陕甘宁苏区,这是非常不利的。乙、红军发展方向不是与日本进攻方向迎头,而是在相反方向,即不是抗日方向而是内战方向。丙、因此也就无法避免与南京在军事行动上发生冲突。丁、日本帝国主义有利用此时机截断中苏关系的可能。戊、宁夏、青海、甘肃等反革命也将利用明年大大加强其堡垒主义,将更加投靠日本,使得而后红军西进发生困难。邓发同志为此使命赴苏,但时机迫促,拟请兄全权代表红军进行交涉并以结果见告。我们希望同南京谈判红军驻地问题的结果,能够与向苏联提出的问题在大体上不相抵触,使国际与苏联对中国的方针不致因红军局部要求而破坏其统一性,我们是想两方面同时进行交涉以期不失时机地解决此问题。

洛甫、恩来、博古、泽东

在等待共产国际回电的时候,八月三十日,中共中央鉴于蒋介石已令胡宗南部迅速北上,并且有分化东北军的企图,认为目前首要任务是必须把胡宗南的部队遏制在甘肃东部,将甘南变成红军的战略根据地之一,以保持陕北根据地与甘南根据地的呼应,从而在冬季到来的时候执行占领宁夏打通苏联的计划。因此,命令红一方面军继续南下策应红四方面军,命令红四方面军进一步控制甘南地区,命令红二方面军东出哈达铺控制陕甘南部的交界地带。中央的电报特别表明:“三个方面军的行动中,以二方面军向东行动为最重要。不但是冬季红军向西北行动的必要步骤,而且在目前我们与蒋介石之间不久就将举行的双方负责人谈判上也属必要。"

　　九月十一日,红二方面军开始行动。左纵队的红六军团向东,沿着礼县北面的崖城、娘娘坝一线,向位于陕甘边界的两当前进。红军选择的路线,是国民党军两军之间的接合部,因此东进的速度相当快。十八日,第十六师和第十七师已经到达两当城下。在当地共产党地下组织的配合下,红军一枪未发便开进了县城。同时,第十八师占领了两当南面的徽县。

　　中纵队的红二军团第四师以及第三十二军,在左纵队的南侧一路向东奔袭成县,于十七日向县城发起攻击。成县守敌为一个营和一个保安团,火力配备猛烈。红军的先头部队十团首先突破敌人在东门和南门的阻击阵地。进入县城的红军发现,敌人隐蔽在街道两边的墙壁后面,射出的子弹打不到他们。十二团政委杨秀山观察了一会儿,想起在一次战斗中,一颗子弹打在他跟前的石头上,飞溅起来的石片使他的两腿七处受伤。杨秀山随即命令机枪向街道上的石板路上打。顿时,石板上飞溅起无数的小石片,躲在死角里的敌人果然出现了伤亡,他们只有从那些墙壁后面出来试图跑向另外的地方,红军的机枪一下子就扫了过去——杨秀山,余秋里负伤后出任十八团政委,十二团政委负伤后他又来到十二团。

　　右纵队红二军团第六师十九日攻克位于甘肃最南边的康县,之后继续东进威胁着陕西的略阳。

　　至一九三六年九月二十日,红二方面军十天之内连续作战,相继占领甘南的礼县、两当、徽县、成县、康县以及陕西南部的略阳、凤县等部分地区,使红二、红四方面军在甘南至陕南地区的控制范围得到了扩大。之后,根据中共中央的指示,红二方面军在这一带开展了建立根据地的工作。

　　红四方面军到达甘南后,朱德和陈昌浩都认为大军不能久留这里,必须迅速通过西兰公路去与红一方面军会合。但是张国焘反对,他说红军最好的出路是往西而不是往北。为此他给中共中央打电报,提出了他主张的两个方案:一是往西进入青海、新疆,接通苏联获得武器后再回来;一是往东南,向川陕豫发展,也就是回到红四方面军的老根据地去。中共中央回电表示:向西的行动中央已经向共产国际请示;至于往东南,那是背向抗日的方向,是向南京进攻的方向,这只能在与南京方面谈判彻底破裂后才能考虑。

千方百计不愿意北上的张国焘只有盘算在甘南落脚的问题。

张国焘开始制订在这一带建立根据地的计划,组织大量的工作组去建立地方各级苏维埃政权,连夜起草建立根据地需要的各种文件。但是,中共中央要求红四方面军迅速北进的电报到了。电报要求红四方面军迅速"以主力占领以界石铺为中心"之隆德、静宁、会宁、定西之间的西兰公路及其附近地区,决不能让胡宗南部"占领该线"。并表示"我们已派一个师向静隆线出动,如此可滞阻胡宗南之行进,而便于四方面军之出至隆定大道"。

第二天,张国焘得到的消息令他的心情更加暗淡了:由红一军团政委聂荣臻率领的近三个团的人马,于九月九日开始南下,其先头部队已于十六日占领西兰公路上的要地——界石铺。

红四方面军必须北上了。

中共中央试图占领宁夏为巩固的根据地,是为了从地理上更加靠近苏联,以期得到苏联的帮助,特别是重武器的援助。从当时中国红军面临的严峻局面以及开辟抗日战场的意图上看,这也许是最稳妥的一个具有战略意义的计划——中国工农红军即将结束万里长征,只有打通与苏联的往来通道,才能解决战役后方和战略依托问题。无论是红军的生存,还是抗日的需要,没有优良的武器和物资保障将是很困难的。同时,张学良对红军打通苏联的计划也抱有极大的热情,他积极建议红军占领宁夏,甚至建议与新疆军阀盛世才达成政治联盟。从某种意义上说,张学良之所以冒着与蒋介石发生政治对立的风险愿意与红军联合,正是基于存在于国民党内部的"联俄抗日"的呼声日益高涨,这种呼声的目的也是为了东北军的抗日能够得到苏联的支持。而打通中国与苏联的通道,其实也符合斯大林的需要。斯大林明白,中国的对日作战将牵制日本从东方进攻苏联的力量。这就是日后共产国际同意中国红军"占领宁夏及甘肃西部",并答应"占领宁夏地域后"给予帮助的重要原因。

但是,随着中国国内政治形势的变化,斯大林答应给予中国红军的帮助并没有实施,国共两党抗日联合统一战线最终形成后,苏联的飞机大炮全部给了国民党军队,这使最终还是在陕北扎下根来的中国共产党人明白了一个道理,就是毛泽东直至晚年依旧坚忍不拔地保持着的"自己动手,丰衣足食"。

九月十六日,中共西北局在岷县三十里铺召开会议。会议制定了《静会战役纲领》,决定:四方面军在胡敌未集中静宁、会宁以前,"先机占领静、会及定西通道",争取尽快与红一方面军会合。

北上,与中央的会合近在眼前,张国焘对其政治前途的担忧也达到了他所能承受的极限。当得知红一方面军为确保陕北根据地,只有一个师南下配合红四方面军作战时,张国焘突然觉得转机出现了:原定计划是红一方面军南下,红四方面军北上,共同对胡宗南进行夹击,而现在红四方面军几乎是要单独与胡宗南作战了。于是,张国焘决定将北上静宁、会宁的计划改为西渡黄河。

静宁、会宁均位于甘肃北部,从那里再向北就进入宁夏了。

而西渡黄河将进入人烟稀少的青海,再往西就是与苏联接壤的新疆了。

红四方面军再一次面临着严峻抉择。

二十一日深夜一时,位于漳县前线指挥部的张国焘给朱德发去电报:"请你负责本夜令军委纵队[红军总司令部及直属队]电告停止待命。"

朱德接电后,立即致电陕北:"西北局决议通过之静、会战役计划正在执行,现又发现少数同志不同意见,拟根本推翻这一原案。"

二十二日凌晨三时,朱德回电张国焘:"国焘同志电悉,不胜惊诧。为打通国际线路与全国红军大会合,似宜经静、会北进。忽闻兄等不加同意,深为可虑。昌浩今早可到漳,带有陕北来新译长电,表示国际态度,望详加研究……静、会战役各方面均表赞同,陕北与二方面军也在用全力策应,希勿失良机,党国幸甚。"

然而,二十二日晚八点,张国焘已将红四方面军即将西渡黄河的计划致电告知了陕北的毛泽东、周恩来、彭德怀,同时还告知了此刻仍停留在甘肃东南部的贺龙与任弼时。

天一亮,朱德骑马赶了一百二十里路,到达漳县前敌指挥部。

二十三日,西北局在漳县再次召开会议。张国焘在会上侃侃而谈,说北上作战会断送红四方面军,方面军自穿越草地之后连续作战,部队从未得到过休整,而且十个炸弹有五个打不响,可胡宗南的部队武器精良,两下一比不得不作万一之想。宁夏地域狭小,红军集结在那里,前有敌人的封锁,后有黄河与沙漠,一旦出师不利必将陷于困境。况且陕北很穷,根本不能解决大军的吃饭问题。共产国际的电报同意我们靠近苏联,所以我们应该立即西渡黄河,占领兰州以北地带。这样既避免了与强敌决战,也不违中央夺取宁夏的意图,同时还可以解决方面军的粮食供应问题。朱德表示:有红一、红二方面军的配合,北上的困难是可以克服的。如果再不北进,三军会合不知要等到哪一天,这样将延误抗日统一战线的形成,且会使红一、红二方面军的侧翼暴露。但是,会议最终还是采纳了张国焘的西进计划。朱德仍坚持自己的意见,他对张国焘说:"若强我们赞同是不可能的。"

张国焘的西进计划再次打乱了中央和红军的整个战略部署。

毛泽东二十四日急电彭德怀:

彭并告聂:

甲、接朱电国焘又动摇了北上方针,我们正设法挽救中[对外守密]。

乙、为使胡敌不占去先机,请加派有力部队南下,交一军团指挥,增加界石铺分兵至隆静道游击至要。

毛

二十四日十六时

红四方面军官兵对突然改变的军事命令感到不解。绝大部分红军官兵不愿意再往西走了。第四军第十二师先奉命到渭源接防,之后又突然命令他们撤离渭源;刚从渭源撤下来还没走出二十里路,又命令他们再度夺取渭源。师长张贤约和政委胡奇才让部队在洮河边停下来,两个人在河边徘徊良久,内心充满着莫名的疑惑。军长陈再道亲自赶到洮河边,催促他们赶快执行命令。第十二师的官兵打了整整一夜,才重新占领刚刚放弃的渭源县城。第三十一军距离红一方面军控制的界石铺最近,他们满心希望成为第一支与红一方面军会合的部队,但是接到的命令却是让他们立即返回岷县,而他们几天前才离开岷县到达这里。返回的路上大雨瓢泼,道路泥泞,红军官兵们对部队前途的猜测五花八门。

红四方面军一旦西渡黄河,对于已经东出甘南的红二方面军来说,他们将即刻失去侧翼与身后的策应。二十五日,贺龙、任弼时、关向应、刘伯承、甘泗淇、王震、陈伯钧,联名致电朱德、张国焘、徐向前、陈昌浩,表示关于目前的行动"比过去任何时期迫切要求能协同一致。否则,只有利于敌人各个击破,于革命与红军发展前途有损。我们已向陕北建议,根据目前情况和三个方面军实际情况做出三个方面军行动的最后决定"。红二方面军请求红四方面军不要立即西渡黄河:"我们请求你们暂以四方面军停止在现地区,以待陕北之决定。陕北与国际有联络,对国内情况较明了,而且与各方面行动、统一战线工作有相当基础,必能根据各种条件定出有利整个革命发展的计划。"

第二天,中共中央的电报到了:

朱、张:

确息:胡宗南部在咸阳未动,其后续尚未到齐。四方面军

有充分把握控制隆、静、会、定大道,不会有严重战斗。一方面
军可以主力南下策应,二方面军亦可向北移动钳制之。北上
后粮食不成问题,若西进到甘西则将被限制于青海一角,而后
行动困难。

英、洛、恩、博、稼、泽

二十六日十二时

而这时候,红四方面军前敌指挥部已经从漳县向西移动到了临潭
附近。

二十六日,张国焘一天内给中央发去四封电报,不但放弃了同中央
保持"取横的关系"的立场,对于中央的指示愿意"遵照执行",并且自
红一、红四方面军分路北上、南下以来,第一次在电报中使用了"党中
央"这一称呼。

张国焘的心绪复杂而矛盾——

电报一:"关于统一领导万分重要。在一致执行国际路线和艰苦
斗争的今日,不应再有分歧。因此我们提议,请洛甫等同志即以中央名
义指导我们。西北局应如何组织和工作,军事应如何领导,军委主席团
应如何组织和工作,均请决定指示,我们当遵照执行。"——这是张国
焘第一次放弃"对一方面军取协商关系,对北方局取横的关系"的立
场,表示愿意接受中央的领导。

电报二:"此次西渡计划决定,绝非从延误党和军事上统一集中领
导观点出发,而是在一、二、四方面军整个利益上着想。先机占领中卫,
既可更有利实现一、二、四方面军西渡打通远方,又能在宽广地区达到
任务。此心此志千祈鉴察。关于统一领导问题已有具体提议,因恐同
志对西渡计划可发生延误统一领导之误会,故决然如此,从此领导完全
统一可期,当可谅解西渡计划确系站在整个红军利益的有伟大意义的
正确计划,现我们仍照西渡计划行进,望以此实情多方原谅。如兄等仍
以北进万分必要,请中央明令停止,并告今后行动方针,弟等当即
服从。"

电报三:"如兄等认为西渡计划万分不妥时,希即明令停止西渡并告今后方针,时机紧迫,万祈鉴察。"

最后一封电报发自这一天的二十二时:"四方面军已照西渡计划行动,通渭已无我军。如无党中央明令停止,决照计划实施,免西渡、北进两失时机。我提议一方面军主力,不必延伸到西兰公路,防敌从黑城镇、同心城截断我一方面军。我们一月内能在靖远附近会合,请善解释,决不可使全党全军对会合失望。"

二十七日,毛泽东、周恩来、彭德怀回电,告知政治局"详细慎重"地谈论了红四方面军西渡黄河的问题,现在"特将结果奉告如下":

> 中央认为:我一、四两方面军合则力厚,分则力薄;合则宁夏、甘西均可占领,完成国际所示任务,分则两处均难占领,有事实上不能达到任务之危险。一、四两方面军合力北进,则二方面军可在外翼制敌;一、四两方面军分开,二方面军北上,则外翼无力,将使三个方面军均处偏狭地区,敌凭黄河封锁,将来发展困难。且胡敌因西兰路断,怕我夹击,又怕东北军不可靠,不敢向隆德、静宁,拟向天水靠王钧。如四方面军西渡,彼将以毛[毛炳文]军先行,胡军随后,先堵击青兰线,次堵击凉兰线,而后敌处中心,我处僻地,会合将不可能,有一着不慎全局皆非之虞。

这时候,红一方面军已有四个团以上的兵力即将通过隆德、静宁一线,以监视胡宗南的部队,确保红四方面军安全北上。因此,中央要求红四方面军"迅从通渭、陇西线北上"。

同一日,党中央致电朱德、张国焘:

> 朱总司令、张总政委并告一、二、四方面军首长:
>
> 四方面军应即北上与一方面军会合,从宁夏、兰州间渡河夺取宁夏、甘西,二方面军应暂在外翼钳制敌人,以利我主力之行动。一、二、四方面军首长应领导全体指战员发扬民族与

阶级的英勇精神,一致团结于国际与中央路线之下,为完成伟
大的政治任务而斗争。

党中央

一九三六年九月二十七日

　　紧接着,向西探路的先头部队派人回来报告:黄河对岸大雪封山,
气候寒冷,道路难行,西渡黄河怕是异常艰险。

　　张国焘终于知道大势已去。

　　二十九日,朱德下达了北进的命令。

　　自一九三六年九月三十日起,红四方面军分为五路纵队,由甘南向
北面的通渭、庄浪、会宁和静宁前进。第一纵队的第四军是先头部队,
他们刚刚到达通渭县城,胡宗南的部队就追了上来,鲁大昌和毛炳文的
两个师也从兰州方向压来。为避免与敌人纠缠,尽快地与红一方面军
接应部队会合,第四军一个昼夜急行军二百三十里。北上沿途全是黄
土山坡,村庄极其罕见。在连续的行军中,官兵在忍受极度疲惫的同
时,还要忍受严重的缺水。出发的第三天,红军官兵终于看见一个小茅
屋,只有一个老婆婆住在里面。经过官兵们的解释,老婆婆把她积攒下
的半桶浑浊的雨水和一小罐蜂蜜送给了红军。官兵们每人喝了一小
口,然后把蜂蜜和剩下的水混在一起全给了伤员。

　　与此同时,为了迎接红四方面军,红十五军团奉命从同心城出发突
袭会宁县城。徐海东对骑兵团团长韦杰和政委夏云飞说,敌人企图阻
截我们与红四方面军会合,我们要抢在敌人的前面占领会宁。骑兵团
连续奔袭二百多里,于十月二日凌晨对会宁发起攻击。由于红军奔袭
的速度太快,敌人还没来得及加强对会宁的防御,会宁县城很快就被红
十五军团攻占。

　　十月八日,红四方面军先头部队第四军第十师在会宁附近的青江
驿、界石铺与红一方面军第一军团第一师会合了。

　　在那个秋日晴朗的天空下,最先相向走来的是红四方面军第四军
军长陈再道和红一军团第一师师长陈赓。

随后,红四方面军第三十军占领通渭,红军总司令部顺利通过了西兰公路。

十月九日,朱德、张国焘、徐向前、陈昌浩等人到达会宁。

一九三六年十月十日,中国西北部偏僻的会宁小城一下子成了红军之城。满城的红军无不兴高采烈,来来往往的任何一个红军,无论过去认识还是不认识,都如久别重逢的兄弟。晚上,红四方面军第十师和红一方面军第一师聚集在县城文庙前的广场上,举行了庆祝会师大会。毫无疑问,这是所有的红军官兵万分激动的时刻。尽管官兵们并不清楚中国红军的会合经历了多少曲折与艰难,但是他们知道红军主力一旦会合在一起未来就会无比光明。

会后举行了大会餐。红一方面军官兵把准备好的礼物——毛衣、毛袜、粮食、蔬菜纷纷送给红四方面军各部队,这让两个方面军的官兵都想起了一年多以前,在夹金山北麓那个名叫木城沟的藏族村庄里他们各自经历了千难万险后会合在一起时的情景。那时雪域高原一片金黄,木城沟里杜鹃怒放,红四方面军官兵为红一方面军送来的也是毛衣和毛袜。此刻,中国的西北天高地阔,长风浩荡,红军官兵们吃着新鲜的羊肉,喝着当地产的一种名叫呢呢的土酒,直喝得所有的人无不热泪滚滚。

红一、红四方面军会师于会宁城的时候,红二方面军正在北渡渭河。

九月下旬的时候,红四方面军停留在甘南,就是否北上的问题一再争论,宝贵的时间因此被严重耽搁,胡宗南部的十多个团趁机进至甘肃东部的清水、秦安一带,向驻扎在天水的国民党军第三纵队司令毛炳文部逐渐靠拢。这不但给红四方面军的北上带来了危险,更严重的是,由于红四方面军从甘南移动而出,位于甘东南的红二方面军的侧翼暴露了。红四方面军开始北上后,胡宗南的十多个团迅速自北向南推进;而在红二方面军的南面,国民党中央军第一纵队司令王钧的第三十五旅和补充团也已靠近成县,第十二纵队司令孙震部也由武都推进到康县一带。红二方面军已腹背受敌。

在向中央请示并得到同意后,红二方面军开始单独突围北进。

这一行动,被贺龙视为"长征中最危险的一次"。

敌人的大军夹击而来,残酷的战斗不可避免。第三十二军在成县阻击王钧部。敌军火力强劲,阻击阵地很快告急。第四师十二团和第六师十八团奉命增援,两个团到达战场即投入了战斗。十八团在团长成本新的带领下向敌人发起反冲击,敌人的炮火十分密集,在十八团的冲击道路上打出一片火海。十八团新任政委周盛宏被爆炸的气浪抛出去一丈多远而阵亡,团长成本新再次负伤。敌人越打越多,从红军的阵地上看下去密密麻麻的,十八团的伤亡越来越大。最后时刻是已经分不清敌我的肉搏战。十二团的阵地上战斗同样惨烈,政委杨秀山又一次负伤,敌人的子弹打中了他的臀部。二营营长蔡久背起他就跑,跑下阵地后,杨秀山发现身上挎着的挎包又被子弹打了个洞,里面的两本书也被打穿了,这两本书是他最喜欢的,一本是《苏联红军步兵战斗条令》,另一本是《列宁主义概论》。前一本是一九三六年一月牺牲在湖南便水战斗中的师参谋长金承忠留下的遗物,后一本是已经身负重伤的师政委方理明送给他的新年礼物。

十月五日,毛泽东、周恩来致电红四方面军,要求他们出兵策应单独北上的红二方面军:

朱、张、徐、陈:

甲、为彻底消灭迫近会宁城西南门之敌人,请你们令向会、静前进之部队即速截断会、静、定西间道路,以便我第一师及守城陈[陈漫远]支队明日将敌击溃后全部俘虏之。该敌大约是邓宝珊部一团至二团。

乙、胡宗南先头才到清水、秦安,大部尚在咸阳、清水道上,判断该敌再需十天左右才能全部集中并开始展开。二方面军从六号起以四天行程经天水以西到达通渭。千万请你们派有力一部立即占领庄浪,在通渭、庄浪两地部队均向秦安迫近游击。以确实掩护二方面军之到达。

毛、周

五号十五时

并告贺、任、关、刘

红二方面军担任突围后卫的,是由师长张辉和政委晏福生率领的第十六师。部队出发没多久,师长张辉就牺牲了。到达盐关镇时,第十六师再次与胡宗南的部队遭遇。为掩护主力北进,第十六师在兵力和火力都占绝对优势的敌人面前誓死不退,因为在他们的背后,模范师师长刘转连正指挥着军团直属机关和后勤部门转移。战斗最终变成了残酷的拉锯战,第十六师参谋长杨旰和政治部主任刘礼年先后负伤。师政委晏福生一个人指挥部队开始突围,一颗炮弹呼啸而至,落在晏福生的身边爆炸了,断了一条胳膊的晏福生倒在地上。他从自己的口袋里掏出电报密码本,对警卫员说:"你负责把这个带出去。"然后他把自己的驳壳枪给了另外一个战士:"这枪很好使,你带上。"晏福生严厉命令他身边的官兵赶快突围。警卫员和战士们不肯走,晏福生喊道:"你们好胳膊好腿,革命需要! 把我的枪给我,谁不走我就枪毙了谁!"官兵们把昏迷的晏福生藏在灌木丛中,走了。

前边就是渭河。

连日的大雨使渭河河水猛涨。

红二方面军两翼没有掩护,前面也没有接应,岸边找到的船只根本不够,官兵们就往汹涌的河水中跳,不少人瞬间就被河水卷走了。更严重的是,两个旅的敌人已经包围上来。过了河的红军官兵上了岸就开始阻击,仍没过河的官兵一边向河边撤一边回击追击的敌人。红二方面军整个部队被牵制在渭河两岸,掩护、抢渡、阻击同时进行着,部队出现巨大的伤亡。

渡过了渭河的王震,得知第十六师政委晏福生负伤的事,立即派刘转连带领一支精干的小分队返回去寻找。战斗已经结束,战场上遍地都是尸体,刘转连没有找到晏福生。回来报告了王震,王震说:"让我们为晏福生同志默哀三分钟。"——这已经是红军官兵第二次为晏福生"默哀三分钟"了。在去年四月的一次战斗中，晏福生因为追击敌人追得太远，没能及时归队。大家都以为他牺牲了，师长提议为他默哀三分钟，红军官兵们刚把头低下来，晏福生回来了，身上挂着好几支枪。一个多月后，驻扎在黄河边的萧克接到一个报告，说是有个流浪汉被老乡用门板抬着送到了红军这里，因为门板上的人自称是第十六师政委晏福生。萧克说："立即抬到军部来！"门板从望不到边的黄土高坡上起起伏伏地过来了，还没走到跟前，萧克一眼就认出了已经脱了相的晏福生，他大步上前，一把握住晏福生的手说："你受苦了！"

红二方面军的单独北进，令贺龙每每想起便心疼不已：

> 我们把四县打下，张国焘不打，向西一跑，所有的敌人都加到我们头上……我们损失了十七团……十七团一个团收不赢，很紧急，我们过河也很仓促。在盐关镇六军团被侧击，晏福生负伤。行军受到敌人的侧击，二军团甩了个团，到海原又吃了点亏，我差点被炸弹炸死……过渭河，狼狈极了，遭敌侧击。渭河上游下暴雨，徒涉，水越来越大……这是长征中最危险的一次。

一九三六年十月二十一日，贺龙在平峰镇[宁夏西吉县]见到了红一军团代理军团长左权、政委聂荣臻。

第二天，红二方面军到达会宁东北方向的将台堡，与红一军团第一师会合了。两军的红军官兵彼此见到的那一刻，双方都向对方跑过去，红一军团官兵的手里捧着热乎乎的土豆。

此时，中国工农红军的三个方面军已全部集中在甘肃与宁夏的交界处。

而国民党军正在加紧准备"通渭会战"。

蒋介石明白红军占领宁夏的意图在于打通苏联，但他认为红军长途跋涉,人马疲惫,伤亡累累,粮弹奇缺,目前处在一个狭小的地域内,基本上再也无路可走。随着国际国内形势的急促变化,国民党军的对日作战日益紧迫,这也许是消灭红军的最后的机会了。蒋介石调集了近二十个师,分兵四路,北堵南攻,企图把红军一举歼灭于黄河以东的甘、宁边界地区。

十月十五日,毛泽东以苏维埃中央政府主席的名义,通过苏维埃通讯社发表了讲话:

苏维埃中央政府与人民红军军事委员会,现已发布命令:

(一)一切红军部队停止对国民革命军之任何攻击行动;

(二)仅在被攻击时,允许采取必需之自卫手段;

(三)凡属国民革命军,因其向我进攻而被我缴获之人员武器,在该军抗日时,一律送还,其愿当红军者听;

(四)如国民革命军向抗日阵地转移时,制止任何妨碍举动,并须给以一切可能之援助。

吾人已决定再行恳切申请一切国民革命军部队与南京政府,与吾人停战携手抗日。该项申请书,已在草拟中。目前察晋绥三省形势,已属危急万状。吾人极愿与南京政府合作,以达援绥抗日救亡图存之目的。如南京政府诚能顾念国难停止内战出兵抗日,苏维埃愿以全力援助,并愿以全国之红军主力为先锋,与日寇决一死战。

苏维埃中央政府主席　毛泽东

一九三六年十月十五日

因为徐向前与胡宗南是黄埔军校的同学,所以中央又让徐向前致信胡宗南停止内战:

黄埔学别,忽又十年,回念旧情,宛然如昨。目前日寇大举进攻,西北垂危,山河震动,兄我双方宜弃嫌修好,走上抗日战线,为挽救国家民族于危亡而努力。敝部已奉苏维埃政府与红军军事委员会命令,对于贵军及其他国民党军队停止攻击,仅在贵军攻击时取自卫手段,一切问题均函商洽,总以和平方法达到停止内战一致抗日之目的。非畏贵军也,国难当前,不欲自相残杀,伤国家力,长寇焰也;若不见谅,必欲一战而后已,则敝方部队已有相当之准备,逼不得已,当立于自卫地位,予必要之还击。敝部我军仅为抗日之目的而斗争,靡愿与贵军缔结同盟,携手前进。蒋校长现已大觉悟,实为佩服,吾辈师生同学之间倘能尽弃前嫌,恢复国共两党之统一战线,共向中华民族最大敌人日本帝国主义决一死战,卫国卫民,复仇雪耻在今日。吾兄高瞻远瞩,素为弟所钦敬,虽多年敌对,不难一旦言欢。特专驰函,征求台兄高见,倘蒙惠予采纳,停止军事行动,静候敝党中央与蒋校长及贵中央之谈判。如承派员驾临,敝部自当竭诚欢迎。时危事急,率而进言,叨在同门,知不以为唐突也。专此顺叩戎绥!

胡宗南没有回音。但是他对心腹说的一句话还是被共产党人得知了——胡宗南说:"剿共是无期徒刑。"

一九三六年十月二十二日,蒋介石飞抵西安。

蒋介石的部署是:毛炳文第三十七军的两个师、王钧第三军的两个师和关麟征的第二十五师,经会宁向靖远攻击前进;胡宗南的第一军四个师经静宁向打拉池方向突击;以王以哲、何柱国指挥东北军的三个步兵师及五个骑兵师,加上马鸿宾的第三十五师,经隆德、固原北进。同时,在西线和北线,以东北军第一一四师由兰州进抵一条城,以邓宝珊的新编第一军固守靖远城,以马鸿逵的新编第七师担任中卫、中宁及其以东黄河沿岸的防守,阻截红军西渡或北渡黄河。

蒋介石把他制订的战役计划,称为与共产党红军的"最后五分钟的决战",他甚至打电报给兰州绥靖主任朱绍良说,在彻底消灭了红军之后"收编者不得超过五千"其余"一律铲除"。

鉴于国民党军队四面合围而来,会宁前线的局势越来越严峻,中共中央决定提前发起宁夏战役,实现"占领宁夏,打通苏联"的计划,使红军能在一个相对安全的地域里得到急需的休整。

执行宁夏战役计划的时候,红四方面军承担了主力作战任务。

国民党军很快到达会宁城下。

会宁县城遭到国民党军飞机的疯狂轰炸。

二十二日黄昏,国民党军逼近会宁城。第五军在军长董振堂的率领下,开始了极其惨烈的会宁保卫战。战至二十三日凌晨,红军三千多人的部队伤亡已达八百多人。在南北两面城防都被国民党军突破后,第五军被迫放弃了会宁。

会宁的失守给正在西渡黄河的部队带来巨大威胁。如果让敌人从会宁继续向西推进,一旦占领了红军渡河的渡口,宁夏战役计划将被迫终止。在陈昌浩的严厉命令下,第五军在会宁城北再次建立起阻击阵地,徐向前迅速从两翼调动了两个团增援会宁。

黄水滔天,浊浪翻卷。

身后的敌情万分紧急。

二十四日晚,已经西出靖远附近的红四方面军第三十军不顾一切开始强渡黄河。至二十五日晚,第三十军从虎豹口渡口全部渡过了黄河。

接着,第九军、第五军也开始了渡河。

国民党军立即调集飞机,对黄河渡口实施狂轰滥炸,同时从东、西、南三面快速调动兵力向黄河两岸压来。第四军奉命在会宁至靖远的大道上阻击向渡口扑来的国民党军。大道上没有利于阻击的地形,进攻的敌人兵力多于红军八倍。第四军军长陈再道和政委王宏坤分了工:陈再道指挥第十二师和第十一师的两个营以及骑兵大队,在大道以西面向兰州方向阻击敌人;王宏坤指挥第十师、独立师和第十一师的另一个营,在大道以东阻击从会宁来的胡宗南部。红军的阻击阵地失而复得,得而复失,残酷的拉锯战从早上一直打到黄昏,然后又从黄昏打到天亮,如此进行了三天三夜。第四天,国民党军逼近黄河渡口,红军被分割在黄河两岸,敌机开始向河面上的渡船轰炸,合围而来的国民党军分成三路,正面突击左右迂回,开始了最后的攻击。第四军边打边撤,已经撤退到距黄河渡口仅十公里的地方,与准备渡河的第三十一军挤在了一起。王宏坤跑到第三十一军军部,见到了军长萧克和政委周纯全。王宏坤说:"后面快守不住了,再往前就没有可以建立阻击阵地的地方了。敌人一突破,就没有办法了,你们赶快准备走吧!"正说着,炸弹落了下来。王宏坤在硝烟中回身又往阻击前沿跑,迎面与撤退下来的第十师师长余家寿碰了头。王宏坤说:"三十一军没有准备,我们得回去坚持! 不能撤! 谁撤我枪毙谁! 坚决执行纪律!"第四军依然艰难地坚持着阻击线。国民党军的飞机飞得很低,机枪子弹暴雨一样倾泻下来。为了给身后的第三十一军赢得渡河时间,第四军与敌人拼杀近四个小时。王宏坤不断地把身边的警卫人员派出去寻找联络,直到身边的人都派光了,指挥所里只剩下他一个人。最危险的时刻,独立师副师长李定灼带着一个营出现了,于是王宏坤指挥着这个营继续阻击。

晚上,国民党军占领了黄河渡口。

渡过黄河的红四方面军部队有第五军、第九军、第三十军以及包括徐向前在内的方面军指挥部,共两万一千八百多人。

没有渡过黄河的部队是第四军、第三十一军。

至十一月初,国民党军各路部队打通了增援宁夏的道路。宁夏战役计划"暂时已无执行之可能"。

红军必须回到陕北苏区去。

十一月十五日,甘肃东部,红一方面军已经移至豫旺堡以东地区,红二方面军到达环县西南地区,红四方面军的第四、第三十一军到达豫旺堡以东的萌城地区。而国民党军毛炳文部准备西渡黄河追击红军,王钧部因军长病逝到达同心城后便停止了推进,东北军王以哲部在胡宗南部的右翼向豫旺堡缓慢推进,只有胡宗南部兵分三路,孤军深入,在向豫旺堡方向展开围堵。

打击胡宗南的时机出现了。

十一月十五日,中革军委向红军总部下达指示,要求红军主力"应即在豫旺县城以东,向山城堡迅速靠近",集结全部兵力,打破敌人的进攻——中国工农红军必须遏制国民党军的大举进攻,这样才能彻底结束移动的状态,才能获得一个相对稳固的陕北根据地,才能赢得长征的最后胜利。

十七日,为了控制战略要点,胡宗南命令部队急促前进。第二天,红四方面军第四、第三十一军在萌城以西地区设伏,击溃胡宗南中路部队的第二旅,毙伤其团以下官兵六百多人。受到伏击后的胡宗南立即命令中路撤退休整,由第四十三师接替继续前进。十八日,胡宗南右路部队的第七十八师丁德隆部向山城堡方向突进,红军等待的战机终于出现了。

该日,毛泽东、张国焘、彭德怀、任弼时、朱德、周恩来、贺龙联名发布《粉碎蒋介石进攻的决战动员令》:

一、二、四方面军各兵团军事政治首长钧鉴:

从明日起粉碎蒋介石进攻的决战,各首长务须以最坚决的决心、最负责的忠实与最吃苦耐心的意志去执行。而且要谆谆告诉下级首长转告于全体战斗员,每人都照着你们的决心、忠忱与意志,服从命令,英勇作战,克服任何的困难,并准备连续的战斗,因为当前的这一个战争,关系于苏维埃,关系于中国,都是非常之大的,而敌人的弱点我们的优点又都是很多的。我们一定要不怕疲劳,要勇敢冲锋,多捉俘虏,多缴枪炮,粉碎这一次进攻,开展新的局面,以作三个方面军会合于西北苏区的第一个赠献给胜利的全苏区的人民的礼物。

红军胜利万岁!

苏维埃胜利万岁!

抗日民族战争万岁!

毛泽东、张国焘、彭德怀、任弼时、朱德、周恩来、贺龙

十八日

十九日晚,彭德怀下达作战命令:红一军团隐蔽于山城堡以南;红十五军团以小部诱敌,主力隐蔽于山城堡以东和东北山地;第三十一军主力隐蔽于山城堡以北;第四军隐蔽于山城堡的东南,红二方面军为预备队。另外,以第二十八军和第二十九军以及第三十一军一部,分别钳制胡宗南部的左路和中路;第八十一师,红一方面军特务团、教导营协助红六军团在环县、洪德城以西,分别阻止东北军王以哲各部的推进。

这是除了西路军之外中国工农红军的全部力量。

这是中国工农红军与一直追击堵截他们的国民党军的决死一搏。

二十一日,山城堡总攻开始。

红一军团第二师和红十五军团一部迂回到敌人的侧后断其退路,红一军团第一、第四师由山城堡以南向北实施突击,红十五军团主力由山城堡东北向西南突击,第三十一军由北向南突击。黄昏时分,在各路红军的猛烈攻击下,单独冒进的胡宗南部第七十八师被迫急切转移,红军占领了山城堡并开始追击。由于退路已断,敌军除小部分突围外,大部分被压缩在山城堡西北方向的山谷中。至二十二日上午,胡宗南部第七十八师基本被全歼。

聂荣臻回忆道:

> 战斗从当天黄昏打起,一直打到第二天上午结束。先截断了敌人西逃的退路,然后从东、南、北三个方向向敌人展开猛烈攻击。战斗开始,五团政委陈雄同志亲自带领一排人一下子就冲入敌人阵地。他们用手榴弹将敌人的临时堡垒一个一个地炸毁,一连占领十个堡垒,随后又把敌人几处主要阵地都拿下来了,敌人就溃败下去了。部队一追就和敌人混战在一起。这时天已经很黑,伸手不见五指,也分不清敌我,枪也不能打,手榴弹也不能投,上去就摸帽子,摸着是国民党军戴的那种帽子就用手榴弹砸头。夜晚打乱了敌人的部署,白天的仗就比较好打了。经过一夜多的激烈战斗,将敌七十八师

二三二旅及二三四旅的两团全部歼灭。与此同时,胡宗南派
向盐池方向进攻的另外几个师也被我二十八军击溃。

山城堡战役是中国工农红军长征的最后一战。

一九三六年十一月二十三日,中国工农红军第一、第二、第四方面
军在山城堡集会,这是中国工农红军三个方面军的官兵经过了万里转
战第一次相聚在一起。中国工农红军总司令朱德说:"三大红军西北
大会师,到山城堡战斗结束了长征。长征以我们胜利敌人失败而告终。
我们要在陕甘苏区站稳脚跟,迎接全国抗日救亡运动的新高潮。"

山城堡战斗结束后,红军炊事员朱家胜挑着担子跟着部队往陕北
走,因为战友牺牲了,他一个人担着的东西太多,渐渐地落在了队伍的
最后。夜色沉寂,雪落无声。朱家胜踩着战友们在雪地上留下的脚印
一直向前。天边出现了一抹淡红色的光亮,朱家胜看见了向他跑来的
红军。红军接过他肩上的担子,扑打着他身上的雪花,往他手里塞了个
热乎乎的洋芋。一位红军干部从背包里翻出一个蓝布小包,拿出里面
的针线对他说:"同志,到家了,补补吧。"红军干部一针一线地缝补朱
家胜那件破得很难再补的衣服,那是他自一九三四年十二月离开根据
地后一直穿在身上的一件单衣。天边那片朦胧的亮色逐渐扩大,苍茫
的河山骤然映入红军战士朱家胜流着泪的双眼——雪后初晴的黄土高
原晨光满天,积雪覆盖下的万千沟壑从遥远的天边绵延起伏蜿蜒而
来……

> 北国风光,
> 千里冰封,
> 万里雪飘。
> 望长城内外,
> 惟余莽莽;
> 大河上下,
> 顿失滔滔。

山舞银蛇，
原驰蜡象，
欲与天公试比高。
须晴日，
看红装素裹，
分外妖娆。

江山如此多娇，
引无数英雄竞折腰。
惜秦皇汉武，
略输文采；
唐宗宋祖，
稍逊风骚。
一代天骄，
成吉思汗，
只识弯弓射大雕。
俱往矣，
数风流人物，
还看今朝。

2001 年 10 月至 2006 年 8 月写于北京
2015 年 11 月至 2016 年 6 月修订于北京
2020 年 10 月至 2022 年 9 月再次修订于北京

引文参考书目

《人类 1000 年》，〔美〕时代生活出版公司编，《21 世纪》杂志社译，上海三联书店。

《红军长征回忆史料》1、2 册，中国人民解放军历史资料丛书编审委员会，解放军出版社。

《红六军团征战记》上、下册，《红六军团征战记》编辑组，解放军出版社。

《一个外国传教士眼中的长征》，〔瑞士〕薄复礼著，张国琦译，昆仑出版社。

《萧克回忆录》，萧克著，解放军出版社。

《外国人笔下的中国红军》，金紫光、靳思彤主编，陕西人民出版社。

《我的长征》上册，新华社军分社采访，解放军文艺出版社。

《1934：沉寂之年》，李继锋主编，山东画报出版社。

《目击中国一百年》，成勇编著，广东旅游出版社。

《红旗飘飘》1，中国青年出版社编，中国青年出版社。

《中华苏维埃共和国史》，舒龙、凌步机主编，江苏人民出版社。

《红军初创时期游击战争回忆史料》，中国人民解放军历史资料丛书编审委员会，解放军出版社。

《土地革命战争时期各地武装起义》，中国人民解放军历史资料丛书编审委员会，解放军出版社。

《毛泽东选集》第四卷，人民出版社。

《中共党史人物传》第二卷，中共党史人物研究会编，胡华主编，陕西人民出版社。

《朱德传》，中共中央文献研究室编，金冲及主编，中央文献出版社。

《毛泽东年谱》上，中共中央文献研究室编，金冲及主编，中央文献出版社。

《毛泽东诗词》，人民文学出版社。

《毛泽东诗词赏析》，周振甫著，中华书局。

《土地革命战争纪事》，蒋凤波、徐占权编著，解放军出版社。

《毛泽东军事活动纪事》，中国军事博物馆编著，解放军出版社。

《毛泽东一九三六年同斯诺的谈话》，吴黎平整理，人民出版社。

《毛泽东传》，〔英〕菲力普·肖特著，仝小秋、杨小兰、张爱茹译，中国青年出版社。

《毛泽东传》，〔美〕R.特里尔著，刘路新、高国庆等译，河北人民出版社。

《毛泽东传》（1893—1949），中共中央文献研究室编，金冲及主编，中央文献出版社。

《贺子珍》，贺传圣著，中央文献出版社。

《"朱毛红军"历史追踪》，王健英著，广东人民出版社。

《中国红军人物志》，王健英著，广东人民出版社。

《红军长征文献》，中国人民解放军历史资料丛书编审委员会，解放军出版社。

《红军长征参考资料》，中国人民解放军历史资料丛书编审委员会，解放军出版社。

《彭德怀传》，《彭德怀传》编写组，当代中国出版社。

《彭德怀自述》，《彭德怀自述》编辑组编，人民出版社。

《红军反"围剿"回忆史料》，中国人民解放军历史资料丛书编审委员会，解放军出版社。

《"围剿"边区革命根据地亲历记——原国民党将领回忆》，中国文史出版社。

《共产国际与中国革命》，陈再凡著，华中师范大学出版社。

《洋钦差外传》，卢弘著，解放军出版社。

《中国纪事》（1933—1939），〔德〕奥托·布劳恩著，李逵六等译，东方出版社。

《周恩来传》，中共中央文献研究室编，人民出版社、中央文献出版社。

《聂荣臻传》，《聂荣臻传》编写组，当代中国出版社。

《伍修权回忆录》，伍修权著，中国青年出版社。

《西行漫记》，〔美〕埃德加·斯诺著，董乐山译，生活·读书·新知三联书店。

《长征——前所未闻的故事》，〔美〕哈里森·索尔兹伯里著，过家鼎、程镇球、张援远译，解放军出版社。

《峰与谷——师哲回忆录》，师哲口述，师秋朗整理，红旗出版社。

《张闻天传》，程中原著，当代中国出版社。

《刘英自述》,刘英著,人民出版社。

《张闻天与刘英》,王林育著,中央文献出版社。

《陈毅传》,《陈毅传》编写组,当代中国出版社。

《中共党史人物传》第三十八卷,中共党史人物研究会编,胡华主编,陕西人民出版社。

《叶剑英传》,《叶剑英传》编写组,当代中国出版社。

《中共党史人物传》第四卷,中共党史人物研究会编,胡华主编,陕西人民出版社。

《李聚奎回忆录》,李聚奎著,解放军出版社。

《康克清回忆录》,康克清著,解放军出版社。

《围追堵截红军长征亲历记》上、下册,中国文史出版社。

《黄克诚自述》,黄克诚著,人民出版社。

《刘伯承传》,《刘伯承传》编写组,当代中国出版社。

《中国工农红军长征史》,中国人民解放军军事科学院历史研究部编著,山西人民出版社。

《红军长征编年纪实》,李勇、殷子贤编著,中共中央党校出版社。

《中国工农红军红一方面军长征史事日志》,费侃如编著,贵州人民出版社。

《中国工农红军第一方面军史》上、下,中国工农红军第一方面军史编审委员会,解放军出版社。

《中国工农红军第一方面军史》附册,中国工农红军第一方面军史编审委员会,解放军出版社。

《中国工农红一方面军长征记》,人民出版社编辑,北京出版社。

《历史的惊叹——中国工农红军长征纪实》,卜松林、李向平主编,上海人民出版社。

《红色铁流》,谢学远主编,中央文献出版社。

《大迁徙》,李镜著,解放军出版社。

《回忆与研究》上,李维汉著,中共党史资料出版社。

《杨成武回忆录》上,杨成武著,解放军出版社。

《耿飚回忆录》,耿飚著,解放军出版社。

《星火燎原》选编之三,中国人民解放军战士出版社。

《国民党军追堵红军长征档案史料选编》(中央部分),中国第二历史档案馆编,档案出版社。

《何长工传》,《何长工传》编写组,中央文献出版社。

《中共党史人物传》第二十五卷,中共党史人物研究会编,胡华主编,陕西人民出版社。

《中共党史人物传》第四十卷,中共党史人物研究会编,胡华主编,陕西人民出版社。

《长征中的毛泽东》,蒋建农、郑广瑾著,红旗出版社。

《国民党军追堵红军长征档案史料选编》(湖南部分),中国第二历史档案馆、湖南省档案馆编,档案出版社。

《贺龙传》,《贺龙传》编写组,当代中国出版社。

《廖汉生回忆录》,廖汉生著,八一出版社。

《中共党史人物传》第二卷,中共党史人物研究会编,胡华主编,陕西人民出版社。

《中国工农红军第二方面军战史》,中国工农红军第二方面军战史编辑委员会,解放军出版社。

《中国工农红军第二方面军战史资料选编》一、二、四,中国工农红军第二方面军战史编辑委员会,解放军出版社。

《粟裕传》,《粟裕传》编写组,当代中国出版社。

《粟裕战争回忆录》,粟裕著,解放军出版社。

《中国工农红军第四方面军战史资料选编——鄂豫皖时期》上、下,中国工农红军第四方面军战史编辑委员会,解放军出版社。

《中共党史人物传》第三十九卷,中共党史人物研究会编,胡华主编,陕西人民出版社。

《徐海东大将传》,张麟著,解放军文艺出版社。

《王诚汉回忆录》,王诚汉著,解放军出版社。

《艰苦的历程——中国工农红军第四方面军革命回忆录选辑》上、下,徐向前等著,人民出版社。

《中国工农红军第二十五军战史》,中国工农红军第二十五军战史编辑委员会,解放军出版社。

《中国工农红军第二十五军战史资料选编》,中国工农红军第二十五军战史编审委员会,解放军出版社。

《中共党史人物传》第五卷，中共党史人物研究会编，胡华主编，陕西人民出版社。

《中共党史人物传》第十四卷，中共党史人物研究会编，胡华主编，陕西人民出版社。

《长征回忆录》，成仿吾著，人民出版社。

《中共党史人物传》第三十三卷，中共党史人物研究会编，胡华主编，陕西人民出版社。

《中国工农红军第一方面军人物志》，中国工农红军第一方面军史编审委员会，解放军出版社。

《中共党史人物传》第六卷，中共党史人物研究会编，胡华主编，陕西人民出版社。

《莫文骅回忆录》，莫文骅著，解放军出版社。

《杨得志回忆录》，杨得志著，解放军出版社。

《民国高级将领列传》7，王成斌主编，解放军出版社。

《国民党军追堵红军长征档案史料选编》（四川部分），四川档案馆编，档案出版社。

《陈赓传》，《陈赓传》编写组，当代中国出版社。

《宋任穷回忆录》，宋任穷著，解放军出版社。

《国民党军追堵红军长征档案史料选编》（云南部分），云南档案馆编，档案出版社。

《彭雪枫传》，《彭雪枫传》编写组，当代中国出版社。

《红军长征记》，丁玲主编，董必武、陆定一、舒同等著，解放军文艺出版社。

《徐向前传》，《徐向前传》编写组，当代中国出版社。

《历史的回顾》，徐向前著，解放军出版社。

《中国工农红军第四方面军战史》，中国工农红军第四方面军战史编辑委员会，解放军出版社。

《中国工农红军第四方面军战史资料选编——川陕时期》上、下，中国工农红军第四方面军战史编辑委员会，解放军出版社。

《中国工农红军第四方面军战史资料选编——长征时期》，中国工农红军第四方面军战史编辑委员会，解放军出版社。

《中国工农红军第四方面军战史资料选编》附卷，中国工农红军第四方面军战史编辑委员会,解放军出版社。

《李先念传》(1909—1949),《李先念传》编写组,朱玉主编,中央文献出版社。

《中国工农红军第四方面军英烈名录》,中国工农红军第四方面军战史编辑委员会,解放军出版社。

《秦基伟回忆录》,秦基伟著,解放军出版社。

《我所知道的龙云》,文思主编,中国文史出版社。

《民国高级将领列传》1,王成斌主编,解放军出版社。

《刘亚楼将军传》,齐春元、杨万青著,中共党史出版社。

《儒将萧华》,李镜著,解放军文艺出版社。

《红旗飘飘》13,中国青年出版社编,中国青年出版社。

《我的回忆》第三册,张国焘著,东方出版社。

《在毛主席身边的日子》,吴吉清著,江西人民出版社。

《李德生回忆录》,李德生著,解放军出版社。

《战将韩先楚》,韩先楚传记编写组编,湖北人民出版社。

《国民党军追堵红军长征档案史料选编》(陕西部分),陕西档案馆编,中国档案出版社。

《红军长征日记》,中国革命博物馆编,档案出版社。

《陈锡联回忆录》,陈锡联著,解放军出版社。

《我所知道的张学良》,文思主编,中国文史出版社。

《大将王树声》,范怀江著,解放军文艺出版社。

《中共党史资料》一九八二年第一辑,中共中央党史资料征集委员会编,中共中央党校出版社。

《王震传》(上),《王震传》编写组著,当代中国出版社。

《戎马一生——记贺炳炎上将》,姜平编著,解放军出版社。

《余秋里回忆录》,余秋里著,解放军出版社。

《陈再道回忆录》上,陈再道著,解放军出版社。

《星火燎原》四,"中国人民解放军三十年"征文编辑委员会编,人民文学出版社。

后 记

记得那是一个夏夜,妻子王瑛突然问我:"为什么长征能够影响人类的文明进程?"

我愣了一下。

王瑛把她刚读完的《人类1000年》放在我面前的书桌上。

我随即翻看了这本书中对长征的评述,那是一种中国人从未有过的认知。

那个夏夜,我们就世界何以这样看待中国的长征讨论甚久。

这个夜晚就是我写作《长征》的开始。

我试图将中国工农红军所创造的历史,从对人类文明进程产生重要影响的角度,还原给今天的中国读者也还原给我自己。

我用了六年的时间写作《长征》。

历史衍生的千山万水,生命承载的万水千山,无不令我动容。

《长征》出版后的十几年间,常常有读者与我讨论与长征相关的问题。这些问题涉及历史学意义上的史料与史实、军事学意义上的策略与战术、政治学意义上的信仰与革命、社会学意义上的文明与进步。这些读者社会身份各异,在冗繁纷杂的当代生活中,也许他们对人生的体会五味杂陈,也许他们对生活的追求千差万别,但是他们思考的焦点却有惊人的相近之处,那就是即使相隔数十年,为什么当我们回顾中国工农红军所进行的那次异常艰险的远征时会怦然心动?为什么年轻的红军战斗员所付出的牺牲会让我们不自觉地审视自我的精神与意志?有

读者告诉我，他们拿着《长征》去了江西、广西、贵州、云南、四川……因
为他们在阅读了《长征》之后渴望立即动身，走向那一座座山、一条条
河——遵义北面的土城郁郁葱葱，遍地怒放的三角梅红得像鲜血染过，
群山环抱中的小镇静谧而安然；狭窄湍急的乌江上游修建了水库，水流
平缓许多的江面上架起连接高速公路的桥梁；娄山关依然云雾缭绕，山
上高耸入云的是中国移动的发射塔……甚至还有读者去了《长征》开
篇写到的黔北甘溪小镇，去找当年桂军对红军发动突袭时利用过的那
条暗水沟，当地的老人说暗水沟就在小镇街道的石板路下面……

　　而我在写完《长征》后，又去了湘江上游的道县，那里是长征途中
最为惨烈的湘江战役的发生地。去道县是为祭拜一座坟茔，那里埋着
一位没有头颅的红军师长。红五军团第三十四师在湘江战役中担负后
卫任务，当中央红军的其他部队渡过湘江后，第三十四师陷入国民党军
各路部队的重围。拼死突围中，全师官兵大部分阵亡，师长因为负伤被
俘。在湘军用担架抬着他押往长沙时，他在担架上撕开自己腹部的伤
口掏出肠子拧断了。湘军军阀何键将他的头颅砍下来，挂在他出生的
那条小街前的城门上——红军第三十四师师长陈树湘，牺牲时年仅二
十四岁。

　　我又去了贵州遵义，驻足在被当地人称为"红菩萨"的小红军的墓
前。四渡赤水时，红军小卫生员因给穷苦百姓看病，没能跟上出发的大
部队，被民团捉住后残忍杀害。当地百姓悄悄地埋葬了这位小红军。
自此之后，百姓只要有灾病，都会来到这座坟前烧香跪拜，说小红军是
上天送来的一个救苦救难的菩萨。今天，小红军的坟已迁至绿树成荫
的烈士陵园内，墓前矗立着一座雕像：一顶红军帽下是一张稚气的脸，
小红军的头微微垂着，望向怀里抱着的一个垂危的孩子。这座雕像已
经被摸得闪闪发亮，当地百姓都说摸一摸能却病消灾。小红军是广西
百色人，自幼跟随父亲学医，十二岁参加红军，是红三军团第五师十三
团二营的卫生员，名叫龙思泉，牺牲那年刚满十八岁。

　　我又去了四川若尔盖大草地，想重温心中的另一座雕像。首先进

入草地的是红一军团第二师四团,队伍里有个十六岁的红军小宣传员。小宣传员背着背包和柴火,一直走在最前面,宣传鼓动的时候会讲故事还会唱歌。几天后,官兵们发现看不到他们喜欢的小宣传员了,原来他生了病。团长把自己的马给他,可是他已经坐不住了,红军官兵只好把他绑在马背上。又过了几天,马背上的小宣传员突然说:"让政治委员等我一下,我有话要对他说。"走在前面的团政委跑回来,小宣传员断断续续地说:"政治委员,我在政治上是块钢铁,但是我的腿不管用了,我要掉队了,我舍不得红军,我看不到胜利了。"四团走出草地的前一天,红军小宣传员死在马背上。他是江西石城人,名叫郑金煜,死时刚满十七岁。

所有牺牲在长征路上的红军官兵,心里无不向往着没有苦难的生活,这种向往令他们不畏艰险、前赴后继、舍生忘死,尽管他们倒下的时候、鲜血流尽的时候,每个人都年轻得令我们心疼不已。

为有牺牲多壮志,

敢教日月换新天。

分散在这片国土上不同区域内的红军,无不是在根据地遭到敌人毁灭性"围剿",或是在军事指挥发生失误的情况下,开始长征的。如何一次次地在绝境中突围、在巨创中重生,如何一次次地进行严峻的自我纠正、自我修复,长征考验了中国共产党人的信仰和意志,历练了中国共产党人的政治和军事智慧,并最终促使中国共产党形成高度的团结一致,独立自主地开创中国革命的历史进程。

分散在这片国土上不同区域内的红军,在各自经历了千难万险的长征后终于集结在一起。尽管总兵力损失将近四分之三,但是集结在一起的红军都是经过了艰苦卓绝的生命历练与意志洗礼的。红军的敌对者永远没有明白的是,他们要"剿灭"的并不是一群"匪",而是伫立在人间的一种信仰、一种主义、一种理想!世界历史上迄今还没有用杀戮手段将一种信仰、一种主义乃至一种社会理想彻底剿灭的先例。那么,在未来的岁月里,中国工农红军以及之后的中国人民解放军,必将是一支不畏一切艰难险阻的不可战胜的力量。

　　分散在这片国土上不同区域内的红军,历尽苦难和牺牲转战大半个中国,令之前从未见过共产党人和工农红军的百姓了解到他们的政治信仰与社会理想:反对剥削和压迫,建立公平和平等,而工农革命将给予劳苦大众一个崭新的人民共和国。长征为中国共产党和他领导的工农武装赢得了相当广泛的社会民众基础。在紧接着到来的全面抗日中,当中国共产党人提出抗日民族统一战线的主张时,这种基础让中国共产党受到了全国绝大多数民众的信任与拥护,并为中国人民最终赢得抗日战争的胜利提供了政治保障。

　　长征是黑暗天际间迸裂出的一道照彻大地的光亮。

　　回首长征,我们始知什么是信仰的力量,什么是不屈的意志,什么是一个民族、一个国家、一支军队的英雄主义。

　　无疑,人类历史上所有的不败皆源于此。

　　具备了这样的精神,中国革命才得以取得胜利。

　　具备了这样的精神,中华民族才得以历经苦难而生生不息。

　　具备了这样的精神,中国就有希望争取到光明灿烂的未来。

　　长征永存人类史册。

　　感谢人民文学出版社,他们在十几年的时间里厚爱有加,为《长征》的出版付出了极有价值的劳作;感谢所有的读者,你们的支持与赞誉支撑着我的写作,并令我尽管万分辛苦依旧锲而不舍。

2016 年 6 月 19 日一稿于北京

2021 年 6 月 12 日二稿于北京

長征